1984 年 6 月摄于塔什干。右为《白轮船》导演谢米什耶夫·巴洛德

1988 年，与巴金（右）在一起

1993 年在香港与周南夫妇

1994 年，与冰心（右）在一起

2005 年 5 月 14 日，在青岛凝望远处的大海

2010 年 4 月 14 日至 21 日，访问台湾，出席由
新地文学社主办的 21 世纪世界华文文学高峰会议

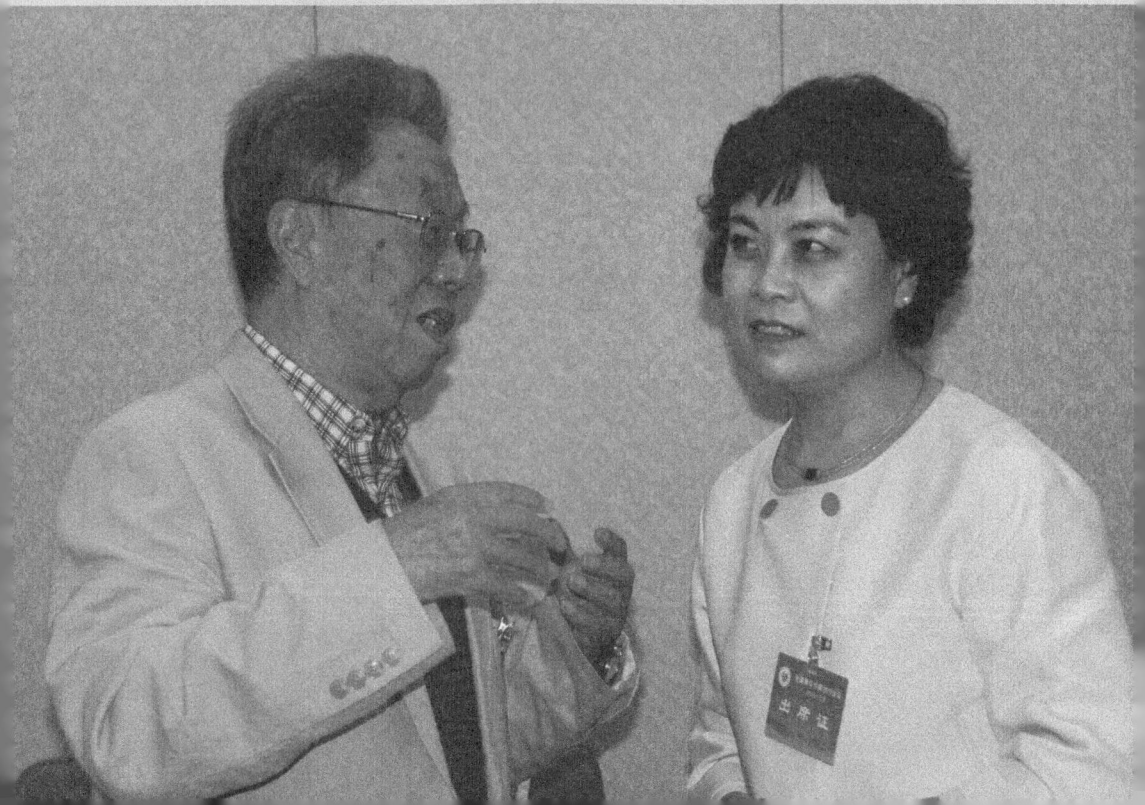

2013 年 09 月 24 日，赴京西宾馆出席中国作家协会青年作家创作会并讲话。图为会前与铁凝（右）交流

王蒙自选集 <small>小说卷</small>

王蒙◎著

天地出版社 | TIANDI PRESS

图书在版编目（CIP）数据

王蒙自选集·小说卷 / 王蒙著 . —成都：天地出版社，2017.3（2021.9重印）

（路标石丛书）

ISBN 978-7-5455-2459-8

Ⅰ . ①王… Ⅱ . ①王… Ⅲ . ①中国文学—当代文学

—作品综合集 Ⅳ . ① I217.2

中国版本图书馆 CIP 数据核字（2016）第 321876 号

王蒙自选集·小说卷

出 品 人	杨　政
著　者	王　蒙
责任编辑	陈文龙
封面设计	今亮后声
电脑制作	九章文化
责任印制	葛红梅

出版发行	天地出版社
	（成都市槐树街 2 号　邮政编码：610014）
网　址	http://www.tiandiph.com
	http://www. 天地出版社 .com
电子邮箱	tiandicbs@vip.163.com
经　销	新华文轩出版传媒股份有限公司

印　刷	廊坊市印艺阁数字科技有限公司
版　次	2017 年 3 月第 1 版
印　次	2021 年 9 月第 4 次印刷
成品尺寸	160mm×238mm　1/16
印　张	40
字　数	655 千
定　价	98.00 元
书　号	ISBN 978-7-5455-2459-8

序言

王蒙

　　新华文轩集团在做一套当代作家的自选集，第一批将出版陈忠实、史铁生、张炜、韩少功、王蒙的自选作品，目前签约的则还有熊召政、王安忆、赵玫、方方、池莉、苏童等同行文友，今后还将考虑出版港澳台及海外华语作家的自选作品。好事，盛事！

　　现在的文学创作并没有太大的声势，人们的注意力正在被更实惠、更便捷、更快餐、更市场、更消费也更不需要智商的东西所吸引。老龄化也不利于文学作品的阅读与推广，因为老人们坚信他们二十岁前读过的作品才是最好的，坚信他们在无书可读的时期碰到的书才是最好的，就与相信他们第一次委身的情人才是最美丽的一样。新媒体则常常以趣味与海量抹平受众大脑的皱折，培养人云亦云的自以为聪明的白痴，他们的特点是对一切文学经典吐槽，他们喜欢接受的是低俗擦边段子。

　　孟子早就指出来了，"耳目之官不思，而蔽于物。物交物，则引之而已矣。心之官则思，思则得之，不思则不得也。"他强调的是心（现在说应该是"脑"）的思维与辨析能力，而认为仅仅靠视听感官，会丧失人的主体性，丧失精神的获得。因为一切的精神辨析与收获，离不开人的思考。

　　当然，耳目也会激发驱动思维，但是思维离不开语言的符号，而文学是语言的艺术，是思维的艺术，是头脑与心灵而不仅仅是感觉的艺术。文艺文艺，不论视听艺术能赢得多多少少百倍更多的受众，文学仍然是地基又是高峰，是根本又是渊薮。文学的重要性是永远不会过时与淡化的。

　　当代文学云云，还有一个问题，"时文"难获定论，时文受"时"的影响太大。学问家做学问的时候也是希罕古、外、远、历史文物加绝门暗器，不喜欢顺手可触、汗牛充栋的时文。

　　但读者毕竟读得最多最动心动情最受影响的是时文。时文而晒一晒，静一静，冷一冷，筛一筛，莫佳于出版自选集。此次编选，除王蒙一人而外都是文革后"新时期"涌现的作家，基本上是知青作家。知青作家也都有了三十年上下的创作历程与近千万字的创作成果。几十年后反观，上千万字中挑选，已经甩掉了不少暂时的泡沫，已经经受了飞速变化与不无纷纭的潮汐的考验，能选出未被淘汰的东西来，是对出版更是对读者的一个贡献。以第一批作者为例，陈忠实的作品扎根家乡土地，直面历史现实，古朴淳厚，力透纸背。史铁生身体的不幸造就了他的悲天悯人，深邃追问，碧落黄泉，振撼通透，沉潜静谧。张炜对于长篇小说的投入与追求，难与伦比，乡土风俗，哲思掂量，人性解剖，一以贯之，未曾稍懈。韩少功更是富有思辨能力的好手，亦叙亦思，有描绘有分解，他的精神空间与文学空间纵横古今天地，耐得咀嚼，值得回味。我的自选也忝列各位老弟之间，偷闲学学少年，云淡风清，傍花随柳，作犹未衰老状，其乐何如？

我从六十余年前提笔开写时就陶醉于普希金的诗：

> 我为自己建立了一座非人工的纪念碑，
> ……所以永远能和人民亲近，
> 我曾用诗歌，唤起人们善良的感情，
> 在残酷的时代歌颂过自由，
> 为倒下去的人们，祈求宽恕同情。
> ……不畏惧侮辱，也不希求桂冠，
> 赞美和诽谤，都心平静气地容忍。

看到文友们的自选集的时候，我想起了普希金的诗篇《纪念碑》。每一个虔诚的写者，都是怀着神圣的庄严，拿起自己的笔的。都是寄希望于为时代为人民修建一尊尊值得回望的纪念碑来的。当然，还不敢妄称这批自选集就已经是普希金式的纪念碑，那么，叫路标石就好。几十年光阴荏苒，总算有那么几块石头戳在那里，记录着时光和里程，记忆着希冀和奋斗，还有无限的对于生活、对于文学的爱惜与珍重。它们延长了记忆，扩展了心胸，深沉了关切与祝福，也提供给所有的朋友与非朋友，唤起各自的人生百味。

目 录

短篇小说 · 447

附　　录

长篇小说

青春万岁（选章）

序诗

所有的日子，所有的日子都来吧，
让我编织你们，用青春的金线，
和幸福的璎珞，编织你们。

有那小船上的歌笑，月下校园的欢舞，
细雨濛濛里踏青，初雪的早晨行军，
还有热烈的争论，跃动的、温暖的心……

是转眼过去了的日子，也是充满遐想的日子，
纷纷的心愿迷离，像春天的雨，
我们有时间，有力量，有燃烧的信念，
我们渴望生活，渴望在天上飞。

是单纯的日子，也是多变的日子，
浩大的世界，样样叫我们好惊奇，
从来都兴高采烈，从来不淡漠，
眼泪，欢笑，深思，全是第一次。

所有的日子都去吧，都去吧，
在生活中我快乐地向前，

多沉重的担子，我不会发软，

多严峻的战斗，我不会丢脸；

有一天，擦完了枪，擦完了机器，擦完了汗，

我想念你们，招呼你们，

并且怀着骄傲，注视你们。

三十七

晴空万里，阳光照耀着无边的土地。新修好的郊外的马路路面已经发软，兽力车走过，刻下了清晰的车辙和蹄印。护路工人推着沙土车，一铲一铲地把沙土洒在沥青路面上。绕过护路工人，有一辆自行车飞也似的扬长而去。

杨蔷云单手扶着车把，离开拥塞的市区，奔驰在看不到头的大路上。她一面尽快地蹬动车轮，一面左顾右盼那匆匆掠过的诸种风景：眼底下移动着自己骑车的威武的黑影；路旁铺展着大片的墨绿色的庄稼；庄稼地旁边纷纷矗立着的新完工的和尚未完工的大楼；遥远的地平线上飘浮着的雾气……一幅幅掠过的简单的图画，是这样符合蔷云的心境，使她兴奋而且舒畅。刚刚结束了中学时代的杨蔷云，她的心不正是和天空一样的辽阔，和太阳一样的明亮，和土地一样的灼热，和庄稼一样的葱郁，和矗立的楼房一样的富有新兴的朝气么？何况，她是第一次到大规模建设着的北京文化区去；何况，在那里有她的一个顶好顶好的朋友。

今年五一节之夜，天安门前狂舞的时候，张世群把他的住址告诉给蔷云："东三楼，五百零三号。"蔷云牢牢地记住了。现在，她走进北京地质学院的大门——其实没有门，只是临时扎起的牌坊；走上校内的路——其实没有路，只是钢筋、混凝土、工棚和大水坑间自然形成的小径，按那个地址打听张世群的宿舍。

那次梦以后，蔷云决定考试完以后去找张世群一次，而且是非和他见一次面不可，为什么？因为她想他。在蔷云心里，张世群隐约地开始发出一种神秘的光亮，也许，这光亮最终会变成照耀杨蔷云全部生命的光辉？也许，它只是人生初期的惑人的昙花一现？

来到五三号房间前，在房门嵌着的卡片上看见了张世群的名字。蔷云怦怦地心跳了，那小伙子见着她会想些什么？她多么害怕张世群不在呀。假期

里，事先没联系，冒冒失失地从城里跑了来……凑近房门听一听吧，也许能听得见张世群豪迈的笑声。

敲门，静无声息；再敲，仍然没有动静；把门推开，一个又瘦又长的男学生正躺着打盹。他迷糊中听到脚步声，猛然坐起，一看是个陌生的姑娘，慌忙披上衬衫，又拿起拢子梳了两下头。

蔷云失声笑了，这老兄怎么见人先梳头呀？

"我找张世群。"

"找张世群？对了，他不在。"

蔷云失望地"啊"了一声，脸色迅速黯淡了。

高个子男生连忙说："张世群不在宿舍，他在图书馆。你到楼下……好，我替你找去吧。"

干净的、散发着油漆气味的房间里，只剩下了蔷云一个人，她走到窗口，快乐地看着为修建七层主楼扎起的脚手架，在那边，混凝土搅拌机"轰轰"地响。张世群在这种蓬勃的建设气氛里学习，多么值得羡慕呀……蔷云一低头，偶然看见了窗台上斜放着的一本小说。

屠格涅夫的短篇《初恋》，第一页题着："1953.7.14.张世群购于西郊。"还是昨天刚买的，这家伙在看这个？！随手翻开，有精美的插画——年轻的俄国女子、少年、花园，在纸牌上绕毛线、骑马的人……翻到最后两篇，几行字不唤自来地出现在蔷云眼前：

> 啊，青春，青春，你什么都不在乎……连忧愁也给你以安慰，连悲哀也对你有帮助，你自信而大胆，你说："瞧吧，只有我才活着。"

蔷云把书掩住，竭力回想这些句子在哪里见过；这些话这样熟悉，这样亲切，这样撩人心绪……再读下去：

> 可是你的日子也在时时刻刻地飞走了，不留一点痕迹，白白地消失了，而且你身上的一切，也都像太阳下的蜡一样，雪一样地消失了……

不对，一点也不对，屠格涅夫为什么嘲笑青春呢？日子不会白白地过去。地质学院的高楼盖起来；什刹海边新植的小树在生长；杨蔷云，聪明、结实，要做大学生了。再往下看：

> 也许，你的魅力的整个秘密，并不在乎你能够做到任何事情，而在乎你能够想你做得到任何事情……

蕾云笑了，这倒像针对她的某种讽刺！

她把书放在原处，打开窗户，看窗下正在义务劳动的大学生。男女大学生们把乱石、秽土打扫干净，用碎瓦垒成弧形的花池，植上小柏树和一些不知名的花。阔气的、带着手表的南方同学用他们特有的嘹亮的喊叫和笑闹压过了别人。蕾云看得正出神，听见有人大声叫她的名字——张世群远远地挥着手，仰脸望着楼窗后边的杨蕾云急匆匆地奔跑而来。

"你终于来了，你终于来了，你这个人真好！"张世群像盼了好久似的，一面喘着气，一面用力握紧蕾云的手。

"我怕找不见……"

"找得见，一定找得见。可是，让我看看，你高了！"张世群像发现了什么似的欣喜地赞美，"你高多了。"

蕾云觉得，在张世群不断地打量和不住地说她高了的后边还隐藏着一句话："你美！"哪个姑娘看不出那被自己的美丽所感染的眼光呢？蕾云骄傲又有些不好意思地转身坐在床边。

然后房间里充满了从他们一见面就没有间歇的谈话。

张世群说："我以为你再也不理我了呢，想不到……"

杨蕾云说："哼，还说这个，五一晚上谁找的谁？现在又是谁找的谁？"

"今天来得真巧，明天晚上我们就要走了，去温泉、周口店实习，第一次到野外……"

"去实习为什么不告诉我一声？"

"对了，还没问你，考什么系？"

"机械制造……"

"真糟糕，为什么不考我们地质学院？现在，地质人才是金子！地质部副部长给我们讲话，第一句就称呼我们：'未来的土地爷、土地奶奶们！'我们学校的楼房多么高，多么大，现在才完成了七分之一……"

"地质学院是好，可惜考试已经错过了。当时我也想报地质当作第一志愿，临时忘了'地质'两个字怎么写……"

"气死我了！"

"……"

"……"

在这貌似嬉闹的谈话里，谁知道包含了多少亲密的纯真的友谊和温暖的青春时期固有的欢乐呀！

下午，他们到颐和园后山的苏州河畔，这是个清幽的好地方。两岸，丛生着没人膝盖的野草，草丛中有可怜的小白花，她们的花朵只有女孩子小手指指甲的四分之一大，蝴蝶才一吻，她们就深深地弯下腰去。在小白花旁，杨蔷云和张世群找了块石头坐下，梧桐树用它们的圆叶子织成多孔的阴影，覆在他们身上。低下头，看见河水不慌不忙地流过，蜻蜓和一些紫色的飞虫寻找伸出水面的枯梗栖息，一只青蛙跳到浮萍上，又滑落了；抬起头，看见一架一架的小红桥，红桥上有远处天边的白云飘浮，白云下面，近处的山坡上有喜鹊喳喳地叫。在苍茫天地之间的这一角，清风徐来，万物各得其所。杨蔷云也得到真正的休憩了，她的奔腾的幻想暂时停止，她的燃烧的热情暂时退去，她安宁地任凭光阴在无所事事中度过。她索性闭上双眼，靠在张世群身上，静听自己的呼吸、蜻蜓的"嗡嗡"和水波的"溅溅"，还有低空盘旋的飞机马达声、附近村落野犬的吠叫和郊外部队试炮的轰响。听完了再去嗅，有野蒿子的香气、尘土的香气、水面蒸发出的河泥味和从游船上吹来的淡淡的粉香。焦躁的杨蔷云，现在却忘我地沉醉在自然与人类的混杂的声音和气息里，一想也不想，一动也不动，只是偶然拾起根枯树枝，投到水面上，撒下了一圈圈的圆晕，把胆怯的小鱼惊走。

一群男学生从岸边山坡上走下来，为首的叫道："来了，一、二、三，快唱！"于是齐声用俄文唱起"春天的花园花儿好"，蔷云好奇地睁开眼，离开张世群，看见前方河面的转弯处出现了一只古色古香的画舫，船工用竹篙缓缓撑来，上面坐着一家苏联朋友，他们指指点点，游兴正浓，妇女的艳丽的服装在阳光下十分耀眼。男学生们唱了两句，一齐用俄语向他们招呼："苏联同志，您好！"

苏联朋友们喜出望外，大人、小孩都跑到船的这一边，高声叫喊，举起了汽水瓶子乱敲，船身失去平衡，剧烈地倾斜了一下，船上的和岸边的游人都大笑起来。

"你们这些男学生，相当贫。"蔷云挑衅说。

"胡说，这是活泼开朗！"

他们不再安静，热烈地谈论起各种事情，从男学生对苏联朋友打招呼谈到人的性格，谈到乐观主义，谈到礼貌，谈到歌儿，谈到俄罗斯音乐的历史，谈到学习外国语言的必要性……

天渐渐晚了，蔷云准备离去，她告诉张世群：

"张世群，我有保送去苏联留学的希望呢。"

"真的？"张世群高兴地跳起来，"太好了，太好了，我恭喜你！"他伸出自己的大手，把蔷云的手紧紧握住，使劲摇晃。

"据说，一去就要七年，多么想这个颐和园呀。"

"不要紧，你去克里米亚玩去，黑海海滨的公园很美！"

"要离开北京了，相当远啊。"

"远什么？到了共产主义社会，从北京去莫斯科，就和从你们女七中到地质学院一样方便。"

"对了。"蔷云同意。

"将来多多地给我写信吧。"

"不写。"

"写吧，写吧，哪怕一年只写一封。"张世群半闭上眼，看看已经走向西边的太阳，感慨地说："有时候我真怕离别，譬如原来两个人是好朋友，顶好的朋友，分开了，最初是一星期来一封信，后来一个月一封，后来一年来一封信，最后，慢慢地失去了联系，就此生疏了，隔阂了，谁也不想谁了。过了十几年，两个人在大街上碰了面，使劲握握手，这个说：'你不是老王吗？快把住址告诉我，我要去看你。'那个说：'老李，你住在哪里？后天星期六我找你一起吃馅饼。'……星期六到了，老李没去看老王，老王也没找老李吃馅饼，友谊，就被日月给冲洗掉了。"

这个豪迈的大个儿，用很懂世故的口气，透露出几分天真的惆怅。蔷云觉得自己和张世群的心靠得很近，她想说："好朋友，难道我们会这样吗？不，绝不！"但是她没有说，她摇摇头，嘴唇似笑非笑地动了动。

张世群误解了她的意思，以为她嘲笑他煞有介事的感触，便说："当然，有时候我也'爱'离别，譬如我的一个好朋友，譬如你，走了，到很远的地方，我就想，世界是多么广大呀，生活是多么辽阔，你去你的吧，去一个遥远的、新鲜的地方，开辟你的战场，进行你的战斗吧！写不写信，毕竟是并不重要的，我们相距几千里，几万里，可是在每一个白天和夜晚，都忙碌着，为了一个共同的事业！"

蕾云站起来，走到水边，向游船上一个戴表的人问时间，回来，她看看张世群，说：

"我给你写信，写，甚至于一个月一封，至少春、夏、秋、冬，每季都写。"张世群站起来，感谢地向她鞠躬。她说："我要走了。"

张世群低下头，恳求地说："再等十分钟……"

"不行了。"

"那么五分钟。杨蕾云，请你用眼睛看着我，我有什么变化吗？"

"不知道，不知道，不知道。"

"我不应该瞒你，你这么老远来找我，是好朋友……我现在有了一种……幸福，也许是……很幸福。"张世群羞涩地低下头，这时候，蕾云稍稍向后退了，她好像有点怕，怕有什么不必要的……怎么说呢？

"我告诉你，好朋友，别笑我。我们班……"张世群使劲搓着手："我认识了一个同班女同学，我们非常要好。也许是我瞎想……真是发疯啊，怎么办呢？"

原来是这样，原来竟是这样。一切都多么突然呀，突然，张世群远远地离她去了，"大"了。而她，她悲苦地觉到自己是个不懂事的小孩子。张世群，同班的女同学……奇妙的安排。为什么杨蕾云那么烦恼呢？她低下头。她抬起头，看见了张世群那信任的、友好的眼光……

他们从昆明湖畔走过。牵牛花依然盛开，青松依然摇荡。湖水依旧清凉、平静，和去年来的时候一样。蕾云的心比湖水还一清见底。她爱恋地望着湖水："露营时候我们并肩走过，他赠给我牵牛花。今天，给了我什么呢？湖水，你隐藏着一切，没有咆哮，没有波涛，一声也不言语，什么都知道。告诉我吧，亲爱的湖水，我现在在想什么呢？帮助我弄清自己吧，亲爱的湖水，我好像不高兴了……"

骑车才走了不远，蕾云忽然感觉天昏地暗了。她不想再走了，就把车靠在枯树上，自己躲到庄稼地里。

一片云遮住了太阳，难道会下雨吗？只有一片云。高粱叶悲哀地呜咽……从早晨，到现在，杨蕾云跑了多少路啊。她为什么悲哀呢？张世群……在她心里，一种宝贵的不可言喻的感情的萌芽在还没有被她自己了解的时候，就破灭了。晶莹的泪水，像珍珠一样，一滴一滴地落在盘着的胳膊上。

眼泪使蔷云觉到了耻辱，不！她抬起头，看见云彩四散，天空更亮了，回过头，她看见马路上驶过的运送建筑材料的大卡车，也许这些建筑材料是运往地质学院的？很大很大的学校，张世群在那儿。

"我们是最好的朋友。"杨蔷云骄傲地想。慢慢地，她觉得，在张世群告诉她他爱着什么人之后，他们的友谊变得更无私、更纯洁，也更美丽了，虽然这种骄傲是以隐约的创痛做代价的；当人们收起了眼泪，灵魂就会变得崇高。真的，好朋友比一切都可贵。

…………

谁都有这么一个时光，这时光只有一次。青春的善意和激情，像泉水一样地喷涌不息。那时，一天想唱一百个歌，每个歌都会引起虔诚的思索和感动；一天想记几十篇日记——把自己欣赏，把自己渲染，把自己斥骂。生活里最小的微波——一阵骤雨、一霎清风、一首诗，都会掀起连绵的喜乐伤悲。那时，惹人欢喜、为人效力的愿望压倒了一切，亲热地问一声"你好"，开个小玩笑，都表示了无比的聪明和善心。

而那时的知心朋友，哪怕是偶然碰见的，哪怕相逢只是一瞬间；如果幸运地邂逅的那个人恰恰和自己有着同样的心境、同样的爱，有着同样为朋友鞠躬尽瘁的愿望，那么这一切就会成为长久不灭的纪念。时间、地域，相隔愈远，记忆就愈鲜明、愈迷人。

生活不会使少年时代的朋友常在一起，他们各自西东，除了回忆，什么都会云消雾散。但是，杨蔷云和张世群，待来日，当紧张的战斗耗尽了他们头上的青丝，变成了额皱鬓白的老人的时候，当年保留下来的友谊仍会联结着他们；那时，某次大会上可能发生的意外相遇，或者获得了某个曲折传来的消息，都会重新燃起他们的激情，唤起他们的欢乐的回忆——杨蔷云在营火旁高声朗诵，张世群在冰场上评东论西……而所有老年人或有的衰颓、疲倦和无动于衷，就会在这再升的春日阳光下面黯然失色，悄悄地消褪下去。

十四

新年前一星期，全校师生员工忙碌起来。每天下午四点钟以后，到处有人准备节目，有的练红绸舞，有的排小歌剧。还有几位教师准备表演京戏，他们"龙格龙，龙格龙格……""框气呆气"，"设坛台，借东风，相助周郎……"的声音，传到学校的每一个角落。

学生会筹办了一个名为"一切为了伟大祖国"的展览，主要有三部分：一部分叫作"祖国大规模建设的先声"，内容是鞍山钢铁公司的建设；一部分是"支援最可爱的人"，内容是朝鲜前线的胜利战果与英雄事迹；最后一部分是"攻克科学堡垒"，内容多半是本校同学的学习成绩——作业、课外制作的工艺品……杨蔷云负责组织第一部分的材料。她当然十分乐于接受这个任务。除了李春，全班同学都帮助她。（她也去找李春了，但李春正在忙于写自己的一鸣惊人的剧本，拒绝了）大家从各种报纸杂志上找出了有关鞍钢建设的一切消息、通讯、图片。她们给鞍山的工人写信，袁新枝辅导的少先队中队，还把孩子们细心采撷的花籽寄给他们，请求来信说说鞍钢的情况。回信一封一封很快地收到，工人们还答应在年前寄一截无缝钢管的模型给她们，作为贺年礼物。这消息轰动了全校，人人都谈论这件喜事。

人们不仅谈论礼物，还谈论鞍钢的一切。每天早晨，当北京人民广播电台女广播员用她亲切动人的声音，向学生们讲述鞍山发生的事情以后，全体同学自动地站起来热烈鼓掌。然后，在课堂里、走廊里、饭厅里到处有人谈论：

"记住了吗？建设鞍钢的设计图纸有多少吨重？"

"对了，光是那一个螺丝钉就好几吨。"

"去吧，那不叫螺丝钉，那叫地脚螺丝！"

"来，咱俩对一对，那是'〇一九二工程'，十一号基地，挖掘土方七千几百立方米？需要的零件是二百几十吨？"

说这段话的是一位数学很不好的同学，但她用自己的全部脑力，努力记住了这一连串数字。

"瞧！"她们指着图片说，"这两个女电焊工，半年前还在乡下喂猪，现在……"

一九五二年冬天，谁的心不向着鞍山，不向着我们多难的祖国破天荒第一遭的现代化工业建设！我们伟大的祖国，像一个巨人，一只手在烽烟中坚守住上甘岭的阵地，一只手在怒吼声中洗涤旧时代遗留的污毒（"三反""五反"），还有一条强壮的胳膊，已经为繁荣幸福的社会主义打基础了。大家都知道，"建设"快来了。但没想到来得这样快！规模这样大！技术设备这样新！这些日子，不论是为新中国卧薪尝胆、流血流汗的老红军，还是仰望光辉夺目的未来的年轻孩子，谁想起来能不热泪盈眶，抖擞精神？

这些天，李春为她那个独幕剧，也是绞尽了脑汁。最初，在病中，她不过是想稍做尝试，试一试自己的能耐，也让别人看一看颜色。可是主意刚一萌芽，一切就不由自己了。"假如我写出了一个剧本……"这个思想一直盘旋在脑子里，最初使她快乐，使她兴奋，因为她所追求的"一鸣惊人"，现在有了实际的目标。后来，这思想却像鬼魂一样地缠绕她。她吃饭的时候想，看书的时候想，睡梦中一翻身，她微笑又觉得惶恐。和杨蔷云在一块儿，她想："你们等着瞧吧。"从北京剧场走过，她想："如果我的剧在这儿上演……"《天津日报》上登了一篇中学生写的小说，她慌张地拿来看，一边看一边心跳："他也是中学生，我也是中学生，难道，我……不如他？"又羡慕又嫉妒，一晚上都觉得憋气得慌。

最初，写什么好像很清楚，她想写一个聪明、正确、有头脑的学生如何受同学们的误解，受他们的打击。这个剧结束时候的台词她都想好了，是这样的：

团支部书记（向那个同学说）：我们再也不理你了，你落后，你不符合马克思列宁主义的要求……（下）

那个受打击的同学：让你们笑你们的去吧，让你们骂你们的去吧，我是我！时间像流水一样地逝去，光阴永不停留，可是我的心，我的心啊！

这段结尾的台词，总在李春耳边回响。它到底说的什么，她自己也弄不清，但她仿佛传达了某种感情，仿佛有些个"深刻"。

李春开始写了，却发现自己什么都写不出来。星期日，她不看电影也不遛大街，一个人远远跑到北京图书馆，硬挤，硬憋，熬得难受。于是她找了一些剧本看，果然受到了一些启发，写出了好几行，于是十分欣喜。

写作是她的秘密，她把草稿夹在夹子里藏好，把夹子放进书包。当她背起书包的时候，她觉得书包中好像有什么神奇的宝贝，书包变得又轻又软又结实。

大家开始觉出李春的异样了，李春病后变得沉默，她不和人争论，但眼睛里常常流露出得意和轻视别人的神色。她每星期日都出去一天，别人问她做什么，她支支吾吾不说。她有时候伏在桌上写东西，别人一过就赶快用纸夹子盖上。这是怎么回事呢？大家莫名其妙。郑波试着去和她聊了聊，都没有聊出什么来。

一九五二年的最后一天。各个教室，都打扫干净。同学们换上了新衣裳，翻出了花领子。同学见了面，显得特别亲热，你搂着我，我拉着你。一切都有点不平常的劲儿。

先生讲课的时候，也是笑眯眯的。最后一堂课是钟先生的化学。钟先生很严厉。她四十多岁了，没有结过婚。但今天她穿了一双很摩登的皮鞋，说话也和气，甚至对同学有点放纵。同学上课心不踏实，她也原谅了。讲了一段，离下课还有十分钟，她干脆把书合起来，向同学们聊自己过新年的感想：

"明年——从明天起，就实行五年计划了，真是！我是学化学工程的，在旧社会没有地方去建设工业。我迎接过多少新年了，哪一年也没让我看见国家有富强的希望。可是一九五三年，真是！同学们，你们福气呀！"

她眼圈红了红，接着谈起对同学的希望：

"……怎么能不好好学化学呢？罗蒙诺索夫说过：化学已经伸到生活的各个领域来了……你们没有受过罪，不知道珍惜今天的幸福的学习条件，青年时代是最宝贵的，也是最短促的。成天无所用心，一晃，也就过去啦。你们得抓住每一分、每一秒，使劲学，使劲干！"

钟声当当，一九五二年的最后一堂课结束了。同学们深深地给先生鞠躬，欢呼着冲向院子……

袁新枝是布置教室的"主任设计师"。她的一队人马抱着红绿纸，拿着一笸箩针、线、糨糊、剪刀，跟随着她。

袁新枝怀着对自己的设计的欣赏和"动工"前的憧憬，向大家讲述自己的"施工计划"：

"过去呀，咱们布置的都是平面的，用花纸编成长条交叉起来，中间挂上一个龙睛鱼式的大灯笼，那玩意儿太俗气……"

"怎么样才是立体的呢？"苏宁问。她参加了布置教室的工作。

"咱们仍然在顶上横挂起花纸条来，"袁新枝指着上方，"然后再用浅绿色的纸剪成小细条，竖着粘在横纸条上，绿条下垂，像杨柳似的。再剪一些白色的、粉色的小花朵，黄色的小燕子，贴到柳条上。"

"这和新年有什么关系呢？"一个同学问。

"新年来了，我们把春天先迎进我们的教室。"新枝得意地说。

于是大家动手。

除了这些装饰，她们还在教室前面的黑板上用彩色粉笔画了一个戴着大红帽子的小男孩，和一个梳着两条翘起来的辫子的小女孩。小男孩高举着书包，小女孩手托着有自己一半大的鸡毛毽儿，两人拉着手向前跑。在另一角，就是他们跑的目的地，画着露出半个脸的红太阳。中间是艺术体字1952—1953。教室背后，更好看了，她们用天蓝色布折皱起来做背景，左下角是几棵枝叶繁茂的老松树，那是画在毛边纸上的水墨画，整个剪下来，别在蓝布上。整块蓝布上，布满了白纸剪成的一片片、一点点的雪花。雪花中，是竖写的两行字："祝你们新年快乐，万岁常青！"女孩子的手的神话般的力量，使这破陋的教室变得栩栩如生，像仙境一样。

在图书馆（现在是"一切为了祖国"展览会会场），杨蔷云忙得不亦乐乎。她一会儿跑到外边，照管排队参观的同学，接待来宾——有"友校"的同学、附近工厂的工人等。一会儿跑到"建设鞍钢"那一部分，听解说员的解说。一会儿又跑到出口，慌忙地看意见簿。上面的意见多半是歌颂一番，蔷云很高兴。只有一个人歪歪斜斜地写了五个字："内容欠充实"。蔷云很不满意，是谁，瞎提这种抽象的意见？准是六十五中来的那些男学生，他们瞧不起女生，哼！

说实在话，内容不多。不过有两件最引人注目的东西。一个是志愿军缴获的完整无缺的降落伞，那是和初二队员常通信的一位志愿军战士从朝鲜寄来的。再有就是那截无缝钢管（今儿早晨才收到，大伙急坏了），崭新的、黑亮的钢管，放在木匣里，下面垫着缎子。同学参观的时候，有人议论："这，就是鞍山的？真的吗？"蔷云正好听见，气冲冲地说："人家鞍钢的工人，特意给寄来的，你们怎么说是假的！"

李春今天早晨写完了独幕剧的初稿，她长出了一口气，在末尾署上："一九五二年除夕"，然后一只脚立在地上转了三圈。一九五二年过去了，她不惋惜；一九五三年来了，她充满希望；因为她做了一件大事。于是她主动要求为除夕晚会做点事。后来和吴长福一起被任命为采买，拿着大家凑的钱，去合作社买糖果、零食。吴长福买东西的时候挑挑拣拣，蘑蘑菇菇，李春却希望愈快愈好，两人一边买东西一边吵嘴。

在教员预备室，校长和钟先生坐在一个沙发上发愁，她们怕参加晚会的时候被学生啦啦表演节目，可她们连一个歌也不会唱。后来叫来音乐先生，打算临时学一个简单的歌。音乐先生抓了一个"我们是春天的鲜花"，于是校长和钟先生变着调唱起："……活泼勇敢向前进……"

六点半，各班分别或联合开始活动。

全校张灯结彩，锣鼓喧天。传达室的工友老侯用积攒的钱买了大量"二踢脚"①，在校园里"砰——叭"乱放。

校门口，站满了各班同学，她们迎接参加晚会的客人。各班邀请的客人有劳动英雄、志愿军战士、解放军战士、演员、作家、团市委和区委的干部……客人们不断地到了，在鼓掌声中，被引到班上去。

高三班请来了一个志愿军的战斗英雄，开晚会的时候请他先讲话，他一开口，说："小朋友们……"全班大笑。志愿军同志大概是和少先队员通信、做"叔叔"做惯了，所以管高三的学生还叫作"小朋友"。

同学们都化了妆。有的同学把她妈妈三十年前结婚时穿的衣服找出来穿在身上。有的从越剧团借来了戏装，打扮得像梁山伯、祝英台一样漂亮。还有的化妆成藏族男女，甩着长袖子；有的化妆成印度妇女，前额上涂着红点……

校长和袁闻道先生参加了高三的活动，和同学们坐在一块儿。袁先生非常欣赏教室的布置，他不住地向校长夸奖，旁边同学告诉他："那是您女儿搞的。"他更高兴。

志愿军同志讲完话，进来了一位新年老人，宽大的衣服，长长的白胡子。大家愣了，这是谁？新年老人说话了："孩子们，我是从火星上来的，特别赶来参加你们的晚会……"大家听出来，是周小玲。周小玲使劲憋住自己的嗓子，企图使它发出一种苍老的男音，但是，办不到，结果弄得不伦不类，又像老生又像花旦。倒霉的新年老人走了，同学们表演节目，大家都使出了吃奶的本事，什么跟自己姥姥学的河北梆子，跟街坊的小孩的舅舅学的魔术，全端了上来。节目表演中间，忽然有人使劲敲门，并且大喊："信！"

三个穿绿衣服的小邮递员走进来，她们背着许多口袋。其中一个向四周行举手礼，说道：

---

① 二踢脚：鞭炮名。

"我代表少先队新年邮局①，祝贺大家新年快乐，身体健康！"然后宣布，"这里是各地送来的贺年片、贺信和礼物。其中，有袁先生送给你们班的二十斤苹果。"

于是，苹果摆在桌上。礼物分发给大家。邮递员走了。同学们吃苹果、看信件和观赏礼物。晚会前全校师生互相赠送礼物，由少先队新年邮局统一办理。有的接到了笔记本，有的接到一张画，还有玩具、书、铅笔。吴长福得到的是一个封面烫着金字的日记本，她很满意；但她翻开第一页，却哭丧起脸来，她告诉苏宁："你瞧……"

原来第一页上写着："新年后第一件大事就是期终考试，祝您门门得一百分，获得巨大成就！"

杨蔷云收到一个厚厚的报纸包，面上写着："内有宝物，一月之后始得启封。"蔷云不管，几下就撕开，什么宝物也没有，只有一个比手指甲还小的瓷制的小母鸡。蔷云马上把小母鸡转送给同学了。

同学们到礼堂去，她们和另一班高三学生联合在那儿跳舞。礼堂里有一棵大枞树，是用从野外采来的大量的松柏树枝扎成的。枞树枝上贴着金星、花纸，还挂着花生壳、鸡蛋壳、废纸做的小人，草编的小动物，各种乐器和文具的模型。枞树里藏着小红绿灯，同学们一进去，红绿灯同时亮起来。

开始放唱片了，没有几个人跳，中学生不习惯跳交谊舞。于是周小玲走到枞树下，大声疾呼："同学们，咱们是过中学最后一个新年了，明年开始实行五年计划了，咱们国家获得很大成绩……所以，咱们得跳舞！"反正不论什么理由吧，就是得跳舞！

跳了几张片子，同学们就出了汗，纷纷脱下了外罩、棉袄，露出各色毛衣、线衣，脸红晕着，越发显得美丽。这时，有三个男学生走进礼堂。

带他们进来的是学生会主席，她介绍道："这是六十五中学生会的代表，来咱们学校祝贺新年，咱们感谢吧。"

鼓掌声中，其中一个围着绿围脖的同学，向大家说："我们带来了同学们写的两封信，是给你们两个班的。大家在跳舞，我们就不念了。我代表我们学校的全体兄弟祝各位姊妹新年快乐！"

大家笑。周小玲吐舌头："真肉麻，坏小子一个。"

---

① 新年邮局是学校少先队员模仿邮局组织的运递贺年信和礼物的游戏性机构。

舞会继续进行下去，三个男同学在唱机旁寂寞地坐着。过了一会儿，有两个男同学自己跳去了，那个围绿围脖的同学一个人待在一边。蔷云有点可怜他，就走到他跟前，勇敢地伸出胳臂，"一起跳吧，好吗？"那人孩子似的脸，一下子就红了。他羞怯而惊喜，笨拙地站起来，小心地搂住蔷云的腰，但又不敢挨上她。

他们跳了几步，蔷云发现她的对手跳得蛮熟。但他只敢从蔷云右肩上望过去，连正面看蔷云一眼都不敢。

蔷云觉得好笑。这个家伙哪里像张世群的同学呢？但那人说话了，"您贵姓啊？"

"你姓什么呢？"蔷云反问，她说"你"。

"我叫赵尘，六十五中，高中二年级甲班。"

"谁问你那么多了？我只告诉你，我姓杨。"

音乐轻快起来，大家迅速地旋转。枞树上的金星闪烁，姑娘们的辫子甩开，礼堂四角生着大火炉，隔着炉门可以看见通红的火焰活泼地跳动。脚尖分开，又合上。眼睛闭上，又睁开。五光十色的一切，都随着孩子们的脚尖跳舞。蔷云嫌赵尘跳得太慢，于是干脆加一把劲，被动变为主动，带着赵尘跳得满场飞。赵尘鼻子上沁出了汗。

袁先生也跳。先和她女儿跳，袁新枝边跳边加以指点。袁先生掌握了一些步伐之后，就找校长一起跳。跳了一场，她和校长喘吁吁地坐下休息。她说："我们的学生，多好！她们幸福。她们想出一切办法让自己高兴……"

在圆舞曲中，蔷云听到一个温柔的、嘹亮的男中音。蔷云猛然觉得，这不知名的调子，是那么熟悉，那么亲切，"似曾相识燕归来"，像在哪儿听过一遍似的，她推开赵尘，说："等我一下。"跑到唱盘旁，问广播组的同学：

"这是什么歌？"

"《大学生之歌》。"

蔷云走开，她笑了，怪不得啊，叫我听出来了。一段歌词唱完了，伴奏响着，蔷云稍一闭目，就想起学生的生活：硫酸烧破了衣服，百米赛跑正在开始，从一个年级升到另一个年级，从一个教室搬到另一个教室……蔷云高兴，《大学生之歌》，多么好的《大学生之歌》，张世群已经是大学生了，明年，杨蔷云也要做大学生。为什么没有"中学生之歌"呢？中学生自己的歌？

蔷云走回来，赵尘呆站在一边，蔷云叫他："别发愣了，跳吧，赵尘！"

"好，杨……"他"杨"了半天，叫不出蔷云的名字。

亲爱的读者，你们都怎样度过这一年之始的时辰？可知道学生们这样热烈，这样多彩？他们郑重而愉快地送别旧岁，迎接新的亮晶晶的日子。他们珍重每一个节日，每一个节日都留下美妙的记忆。在风雪交加的边防前线，在机声震耳的矿井底层，年长的读者，是你们，正用你们的双手保卫着、铸造着年轻孩子们的幸福。敬礼！谢谢你们。

不过，也有这样的读者，他对于时间的感觉渐渐迟钝，渐渐感受不到飞速行进的光阴的鼓舞和鞭策。为什么他的新年过得这样平淡，不去尽情地欢笑，尽情地感受生活的饱满的幸福？

啊，读者：工人、农民、士兵、干部……过新年的时候到学校来吧，不要拒绝孩子们的邀请吧。在十二月三十一日的夜晚，不论走过哪个学校，门口都挤满了同学，他们向你招手，他们欢迎你们。

十五

十一点多钟，舞会停止。各班同学，聚到礼堂里来，全校师生员工要来一个"大团圆"。首先，由学生会的代表、工会的代表，宣读贺信。先是教育工会给同学们的新年贺词。然后由学生代表，初中一个小同学，用儿童的甜蜜的声音，朗读给老师的感谢信：

> 亲爱的老师们，在迎接一九五三年的时候，我们用最感激的心情，来回想一年来老师们对我们的辛勤栽培……

再有给职员的，给传达室工友的信。最后，是一封写给大厨房厨工的信：

> 亲爱的大师傅同志，请接受我们最崇高的敬意……
> 你们炒的菜喷喷香，你们煮的饭不软不硬正合适，你们蒸的馒头又圆又暄……

在这个时候，应该感谢的人，真是数也数不过来的呀！

念完这些信，时钟的两个针已经快要并在一起。喇叭里传来了电台的广播。放过了最后一段音乐，广播员报告："现在是二十三点五十九分。"礼堂里的人群，屏住气，静听时间答答地走过，差十秒、差五秒……

"当！"一九五三年来了，大家欢呼。有两个少先队员议论，"哟，这么快！当，一九五二年就过去了，一九五三年就来了。"电台放送国歌，全体庄严地起立。

校长上台讲话："老师们，同学们，一九五三年好！"

"校长好！"台下齐声回答。

郭校长把一只拳头放在桌子上，她说："这样一个时候，我们聚在一起，大家都有一种温暖的感觉。我们觉得，一个繁荣昌盛的新中国，就要在我们的参与下，由我们眼瞧着建设起来。大家都知道鞍钢的伟大建设了吧？我的爱人——也许现在不该谈我的'家务事'（她笑了）——他最近从部队上转到包头，他告诉我，在包头将要建立一个新的钢铁中心！同学们，我们的工业基地，我们的钢铁中心，不能只搞一两个，要建设上十个、二十个、五十个、一百个！"

礼堂里震响着欢呼的声浪，同学们你看我，我看你，互相重复着校长的话。她们笑，但她们觉得笑还不能尽情表达自己的感情，就拉着别人的手使劲摇晃。

校长接着说："同学们，我羡慕你们。你们将来，都将参加第二个、第三个五年计划的建设，工厂、矿山、田野，到处都有位子等着你们！在伟大的建设面前，我特别觉得自己知识的贫乏，甚至是可怜。我真希望重新做中学生，学代数，学物理，学语文，学工程，学开拖拉机，使自己在祖国的新的历史时期，变得更有用。可是，如果我去考学校，人家究竟不让我报名了。（她转过头问教导员："我还能当中学生吗？"教导员微笑摇头，说："您岁数过了。"全礼堂大笑）没办法，我不可能获得像你们一样念书的好条件了。可是，我不气馁，同学们，我要向你们挑战！各种科学知识，在战争环境中，我早就扔下了，忘光了，现在要从头温习，重新学起。同学们，咱们赛一赛，看谁学得更多，对国家更有用！"

校长在大笑和大鼓掌中结束了讲话。她走下台的时候，也激动得涨红了脸。

全体举行团拜，团拜以后，到大饭厅里吃夜宵。每个桌上放着一盆红米枣粥和一碟蜂糕。呼玛丽慢腾腾地走进饭厅，本班同学已经一桌一桌地组合好了，她就跑到一角，和几个初中小同学凑了一桌。同学们端起碗正要盛粥，学生会福利部长敲着菜盆大声喊："同学们安静一下！今天，为了使厨房的炊事员同志休息一下，这顿点心，是由学生会福利部特别从同学中聘请了烹调大师，制作而成，希望大家认真地吃，吃完了还要提出批评意见。"

大家用筷子敲着盆，七嘴八舌地回答："谢谢！"

大家踊跃地吃起来，但是呼玛丽先不吃，她低下头，默诵饭前的祷文，手还在画十字。

和她同桌的少先队员都愣了，她们也都顾不得吃饭，好奇地注意着她的奇怪的举动，后来一个小孩弄明白了，咬住另一个队员的耳朵说："上帝，这是上帝！"所有的孩子交头接耳地议论。呼玛丽仍然在那里神乎其神地念经，小孩们忍不住，"噗哧"笑了。一个淘气的孩子，压低着声音说："上帝说，你们是我的儿子。"另一个淘气的孩子，在呼玛丽祈祷的时候，把呼玛丽的碗和筷子，偷偷挪到了一边。呼玛丽瞅见和听见了这一切。祈祷完了，筷子、碗也没了。她生气地看了她的同桌的小淘气们一眼，一句话不说，含着泪恨恨地一挥手，跑出饭厅去。

少先队员们原来只是有些好奇，想开开玩笑，没想到把呼玛丽气走了，呼玛丽临走时瞧了她们一眼，那一眼有一千斤的分量。她们面面相觑，觉得是闯了祸。那个藏呼玛丽的碗筷的孩子，吓得捂住脸，哭出声来。

她们当中比较大的一个，拉着这个哭着的小孩，去找辅导员袁新枝。她们走到袁新枝身边，"辅导员，不好了！"

袁新枝看到她们这个神气，也吓了一跳，连忙问她们是怎么回事。

那个哭着的小孩说："我把一个上帝……不是，是一个念经的同学给气走了！"

"念经的同学？谁？"

"我们……不……认识，个儿……不小啦，没准就是……你……们班的。"

"是呼玛丽！"郑波在旁边脑子一动。于是她四处张望，果然呼玛丽没和高三的同学在一起，别处也没有。她听完事情的经过，告诉袁新枝说："是呼玛丽！我追她去。"然后扔下筷子，不管袁新枝叫她，也跑出去。

郑波先看了一下自己的教室，所有教室都黑着，礼堂也黑着，大家都到饭厅来了。她断定，呼玛丽大概是回家去了。她跑到学校的大门口。

站在门口，也看不见什么人。她想了想那次看见的呼玛丽的回家的路，就沿着那条路去追。外面刮着西北风，很冷，而她从饭厅出来，只穿了一件毛衣，刺骨的冷气侵袭着皮肤，她把两条胳膊抱起来，拼命快跑。跑到大街上，她看见一个远远的人影，她大喊："呼玛丽！"那个人影似乎稍微停了一下，又急急地向前走。

郑波气喘吁吁地追上去，终于追到呼玛丽的身边。她又叫："呼玛丽！"呼玛丽停住了。

"你怎么走哇？"郑波拉住呼玛丽冰凉的手。

"我累。"呼玛丽说。

"我知道，有几个小同学对你不太礼貌。可她们还小，并没有恶意。你真的生气了吗？"

郑波又说："现在是一九五三年最初的一小时，你干吗生气呢？干吗离开大伙儿呢？待会儿还要全校大联欢。多好的新年……"郑波打了一个喷嚏。

呼玛丽摸了摸她穿的衣服，看了看她冻僵的脸上的友善的眼睛。她觉得郑波是个好人。她感觉到一种从来还没体验过的、朋友间的无代价的同情和关心。她想向郑波表示一点好意。但是她什么也没有说出来，转过身，默默地向学校走去，把郑波丢在后边。郑波看着她终于回去，高兴得忘记了寒冷。

郑波拉呼玛丽和她挤在一桌吃饭。那几个小队员按袁新枝说的，跑过来给呼玛丽道歉，呼玛丽也向她们轻声说了一声"对不起"。同桌的同学纷纷给呼玛丽和郑波盛粥。袁新枝脱下自己的棉袄给郑波披上。

郑波刚静下来，喝了几口粥，忽然又听见有人喊：

"郑波在不在？外面有人找！"

郑波纳闷地走出去。谁在这时候来找她呢？难道她的妈妈又病了？她的心怦怦地跳。

她走到门口，在黑影里，一个高个子男人扶着自行车站在那儿。那人好像不好意思接受校门上悬挂的大红灯笼的照耀，故意躲在暗处。

"田林！"郑波惊喜地呼唤，她认出来了。

田林羞怯地推着车走过来。他的眼镜片，闪闪反射着大灯笼的红光。

"新年好！"

"你好！"

"你，这个时候来了，真有意思。"郑波天真地说。这话，像含有某些疑问，又含着发自内心的深深的感谢。

"我来找你了，不知怎么，我总怕找不着你。我怕你们也许已休息，也许传达室不许这么晚找人……"

"怕什么，你不是找着我了么？就是我呀。"

"我带来了一点贺年的礼物。"田林解下了车把上挂着的书包，从里面掏出四个大西红柿。

"西红柿？冬天的西红柿？"郑波笑。

"记得一九四八年咱们一块吃西红柿的情形吗？咱们民联小组讨论土地法大纲，你吃了好些个西红柿，你说：'我最爱吃西红柿，我愿意一天吃一斤。可惜，冬天吃不到。'所以，在五三年开始的时候，我把西红柿送来了。"

"冬天，哪儿来的西红柿？"

"冬天，有温暖的地方，也就有西红柿。"

"你真有意思。"郑波快乐地又说。

田林还送给郑波一枚少先队的徽章。那是他在中南地区当"兵"时和孩子们联欢得来的礼物。他把小徽章别在郑波胸前。郑波低头看着它，又看看田林。然后，拿起西红柿咬了一口。

郑波问他，"你们怎么过的年？你在哪儿迎接的一九五三年？"

"在路上，"田林露出一丝狡猾的微笑，"零点钟的时候，我正骑着车在大街上跑。我飞快地骑车，从一九五二年骑到一九五三年，从我们那里，骑到你们这里。"

"你真有意思。"郑波感动地第三次说。

这时，饭厅里，大家闹翻了天。粥快要吃完了的时候，教育工会主席宣布，老师们预先买了几千个元宵，现在正在煮，请大家别走，等着吃元宵。对这意外的礼物，同学们报以长时间的暴风雨般的掌声。等元宵的时候，各个桌互相啦啦唱歌。这个班要求那个班，同学要求老师。还有指名要求某个人出来独唱或独舞的。在喊着、唱着的同时，同学们又纷纷地互相祝贺。

周小玲握住苏宁的手，"祝你长大了一岁！"

苏宁说："也祝你长大了一岁！"

后来苏宁一琢磨，说："不对，按新算法，得等过生日才长一岁呢。"

周小玲慷慨地说："没关系，咱们预祝。"

袁新枝向李春祝贺："祝你一切如意。"

李春马上思想一闪：那个独幕剧也如意么？

杨蔷云跑来跑去，到处祝贺。她祝贺吴长福，"祝你的头发愈长愈密。"（吴长福老抱怨一洗头就脱头发）祝贺袁新枝，"祝你愈长愈漂亮。"祝贺苏宁，"祝你的哥哥身体健康！"见了老教师，她大胆地去祝贺说："先生，祝您永远年轻！"……

　　"祝贺你！""祝贺你！！""祝贺你！！！"

活动变人形（选章）

第二章

闹了一夜的猫。头天晚上，好像天黑还不久，就传来了那种此起彼伏的、凄厉的、痛苦的、贪婪而又凶恶的猫叫。那叫声与其说是像求偶，不如说是像决斗、像凶杀、像吃人。这叫声使得静珍的手一抖，把一个小瓷酒盅落到地上，跌了个粉碎。

静珍（现在户口本上的名字是周姜氏）拿着笤帚疙瘩冲了出去，她向着墙，向着星光中朦胧显现的灰瓦楞子吆喝。她一跳老高，她"呸呸呸呸呸呸呸"啐了一顿，她想象着她已经抓住了那么一只肚皮滚圆、眼放绿光的虎皮猫。那是邪恶和无耻的化身。她的笤帚疙瘩每一下都打在这魔鬼的猫的下腹部，打得猫遍体淋血。她觉得喘出了一口气，缓缓地回到屋里。她的八岁的外甥倪藻和九岁的外甥女倪萍目瞪口呆地看着姨母归来。周姜氏爱怜地看了孩子们一眼，噗地一笑，解释说："这些天咱们家有些个晦气。都是那死猫带来的。我要把那个晦气打破。有晦气也是我一个人搘着……"倪萍和倪藻似懂非懂地眨着眼。周姜氏说："罢，罢，不说这些。让我教你们唱歌。"说完，她就清喉咙，又是咳嗽，又是吐痰，又是长出气，又是吭吭。终于，嗓子弄利索了，她一句一句地唱道：

> 风儿起，云儿飘飘，海"料料吗行子料"……

第二句词，她记不清了，便唱成了"料料"和"吗行子"（犹言什么东西）了。

会说话的树，会唱歌的鸟，

都一起睡着了，

杨柳儿飘摇……

唱着唱着，只觉得鼻孔奇痒钻心，她打了一个大喷嚏，她打嚏喷就像要挣命一样，全身全脸抖成一团，抖个不住，逗得两个孩子笑了起来。

两个孩子被妈妈叫走睡觉去了，静珍——周姜氏一面给自己铺被一面突然又背诵起白居易的《长恨歌》：

……杨家有女初长成，

养在深闺人未识，

天生丽质难自弃，

一朝选在君王侧，

"吗行子吗行子"……

侍儿扶起娇无力，

始是新承恩泽时……

刚刚躺下便又听到一声从低到高、又从高到低的波浪形猫叫，紧跟着是噗——噗的吹气和掐架的声音。静珍本想再冲出去，无奈一上床便只觉得四肢如铅头如斗，似乎被钉在了三块铺板上，身不由己，一动也动不得窝。汉皇重色思倾国，明明是唐明皇偏说是汉皇，呦——喵——呸！

也不知道到底是睡了多长时间，一个钟头还是一分钟，都可能。反正在一片猫叫声中又悚然睁开了眼睛。哪里来的这么多猫？难道是猫儿大会？猫儿成精？长一声、短一声、高一声、低一声、悲一声、闹一声，直如千猫万猫向她扑来，千猫万猫的爪子同时抓向她的脸她的心。恰恰在这个时候，顶棚上又一阵千军万马倒海翻江的轰隆声，却是一群耗子肆虐。这耗子声竟比那猫声还要扰人。你听着，只觉得近在咫尺，只觉得铺天盖地，只觉得一群老鼠踢蹬在你的脑门子——太阳穴上。耗子搬家，耗子娶亲，都是盛大的喜事。却怎么周姜氏只觉得心儿一阵阵紧缩抽搐，脊椎骨好像被什么冰冷的魔爪抓成一团，解也解不开，展也展不直，变成一疙瘩死筋？猫鼠和鸣之中她苦苦地挣扎，却总也挣不脱，最后不知是谁，不知是谁在她枕边嘿嘿地冷笑了三声，又像是对着她的耳朵吹气，她大叫一声，睁开眼睛，泪流满面，冷汗布满了全身。莫非方才我已经死过一次——下过一次地狱了吗？

大概是魇住了，翻个身就会好的。她安慰着自己。

她翻过身去，眼前恍如一个白色的身影闪过。那身影是那样轻盈，孤独，居心莫测。她聚了聚神，又背诵自己的"鼓儿词"。

> 打起黄莺儿，莫叫枝上啼，
> 啼时惊妾梦，不得到辽西。

她会背诵许多诗词歌赋和戏文。但在家里，亲属们都管她背的这些韵文叫作"鼓儿词"。

"鼓儿词"中的这首五言绝句，不知从什么时候变成了静珍的符咒，她念过一遍又一遍，有时候默念不出声，有时候喁喁低语，有时候拉长声音用家乡方言吟诵，有时候她会用一种无师自通的、半似民歌小调《小白菜》、半似老调梆子戏里《杜十娘》的唱腔的自由曲调唱上一番。"打起黄莺儿"，只这五个字就让她神魂颠倒、痛不欲生，像发疟子、生肺炎一样，只觉得周身是无限的热、无限的冷、无限的慵懒、无限的空凉。而在痛哭着、苦笑着、微笑着又沉思着念、吟、唱上"打起黄莺儿"十几遍、几十遍以后，在流了许多泪、出了许多汗之后，她似乎感到了一种解脱，一种寄托。"啼时惊妾梦"，说了归齐，剪断截说，古往今来，女人的命运不过是常常被惊破的残梦而已！又如何到得了"辽西"呢？

这一夜她又执着如诵经地把"黄莺儿"打起了不知几多次。终于把猫声鼠声驱散了，然后她听到了风吹树枝和树叶离枝落地的声响，她听到了一声突兀的火车汽笛声，然后是由强渐弱一点一点消失的机轮撞击钢轨的声音。奇怪的是已经过了五分钟、六分钟了，周姜氏还听得见那咣唧咣、咣唧咣的渐行渐弱以至近于消失的声音。近于消失，但总是不消失。怎么火车有这么长？怎么火车总是开不完呀……这没完没了的火车，究竟又有什么东西值得装运呢？为什么要没完没了地走一节又一节的空车呢？她这样想着，渐渐失去了咣唧咣以外的其他感觉。

周姜氏醒来的时候天已大亮。她一丝不苟地叠起了自己的被褥，神态严肃，好像即将出发去履行一件重大的使命。她用自己的补了一块锡铁的脸盆打了一大盆温水，把搪瓷洗脸盆放在一个破旧的橙色木盆架上。然后，她一遍又一遍地洗脸。她洗脸的方法是先把一条白里透灰、略有破洞的毛巾浸湿，再把猪胰子使劲打到毛巾上，然后用手蘸着水一次又一次地在毛巾上摩擦，沾了水的毛巾上的肥皂呈现出一片薄薄的泡沫，脸盆里的水却不待洗脸已变得混浊了。这时，她开始兴奋地、几乎可以说是冲动地用沾满了胰子和水、又光滑又黏稠的毛巾在脸上抹过来蹭过去。同时她鼻孔里发出一声声闷响，好像是有什么人企图堵住她的嘴、她的鼻孔，要她窒息，而她的呼吸器官正在出声地挣扎和反抗。这样洗完一次再把毛巾浸在水里搓洗，水显得越发污浊了，但不算完，又开始用湿手拿起猪胰子球往毛巾上抹，抹了擦，擦了洗，洗了再抹，循环反复几次以后，脸盆里的水几乎已经成为黑色的了，而静珍的脸却愈来愈白。看到脸盆里的水越变越脏，静珍有一种满意和欣赏的心情，因为水的变化标志着她洗脸的去污成效。但她仍然不肯罢休，还要再洗一次。

倪藻早知道，姨母洗脸和梳妆的时候，他决不能去打搅。不管平时姨姨对他怎样溺爱，但她洗脸和梳妆的时候有一种可怕的不惜一切代价，随时准备摧毁一切障碍的神态，使倪藻望而却步。但他随着年龄的增长也越来越纳闷，姨母洗脸的目的究竟是什么呢？

终于，静珍把脸洗完了。这时，她掔出一个方杌子，放在一条白漆已经斑驳脱落的条桌前。方杌子摆得非常端正，与条案的距离也是像经过尺量一样的精确。她坐在杌子上，拉过来一个长方体的梳头匣子。梳头匣子漆成紫红色，由于年代久远颜色显得发乌，有的地方变成了褐黑色，有的地方还显露出了麻点。她打开盖子，一块矩形镜子角度适宜地斜靠在匣盖上。她拉动左上角的两个小抽屉上的手柄，手柄是铜制的心形小叶。从抽出来的小抽屉里她拿出了梳子、篦子、分簪、扑粉盒、质量低劣的胭脂、唇膏与香粉蜜和一些大小不同的发卡和一个破了洞的发网，小抽屉一拉开便发出一种燠不登的香气。然后，周姜氏打开右面的一扇小门，从显得黑黝黝的匣中之匣里端出来一碟水泡木刨花。然后周姜氏把小抽屉和小门一一关好。她照了一下虽已显出麻点，但由于镜面平滑，仍能准确地映出影像的镜子。她看到了一个黄黄的、长中带方的类似男人的脸。只有眼睛和头发是美好的。眼珠黑亮有神，眼角里流露出那么多幽怨、聪慧、疯狂和早来的憔悴。头发密、黑、亮，而且细。她坚信她的头发比别人的要细一些。她的过高的颧骨和过方的下巴以及过分有力的鼻梁，都是她所不喜欢的。她相信这是"克夫"的面相，她相信这是她终生痛苦不幸的征兆——也许是根源。她端详着自己的面孔，只觉得又厌恶又爱怜，更多的是疲倦。她看到这个熟面孔看得太多，而看到她所希望看的面孔又是太少了啊。

她开始梳妆。一天之中，只有在这个时候她感到一种神秘的力量在酝酿，在积累，在催促她，她感到一阵紧迫的心跳，她身上开始发热，有一种强烈的要哭、要发昏、要上吊、要闹个天翻地覆的冲动在催着她，于是用一连串冷笑掩盖住了自己。她首先用手心蘸着水把香粉蜜调匀抹到脸上，然后两手轻轻在脸上拍。她自己觉得并没怎么用力，但脸上发出了细碎的"叭、叭"声，声音越来越大。这声音常常使倪藻感到心痛，他痛苦地觉得姨姨分明是在自打嘴巴。拍打了一顿以后，她拿起了扑粉盒。扑粉盒是硬纸做的圆盒，盒盖外贴着一张"时代女郎"的头像。她费力地打开严丝合缝、扣得紧紧的盒，她拿起毛茸茸的粉红色的粉扑。从门缝挤进室内来的光束里面开始有香粉的微粒浮沉，这样渺小而又无定的存在。静珍带着一种沉醉、虔敬而又无限哀伤的表情用粉扑蘸上粉轻轻在脸上扑打，她感到了粉扑的一种异样的温柔，那样暖又那样柔软，这似乎是命运留给她的唯一温暖而又柔软的东西了。这使她感觉到自己的脸蛋的柔软。虽然她的心早已硬成了石头，竟还有一个软乎乎的脸蛋，她几乎大哭出来。她的眼睛由于含泪而更加美丽、更加憔悴了。她不停地扑着、抚着、打着。劣质的含铅的香粉使她的脸变得煞白。"大白脸！"这是倪藻和姐姐和妈妈和姥姥用以形容和表达非议的一个传神的词。姨姨在干什么？在"大白脸"。于是连倪藻这样的孩子也要做出哭笑不得而又无可奈何的表情。

大白脸扑完了。开始上胭脂和唇膏。这只是走形式，人们完全有理由怀疑胭脂盒里和唇膏筒里是否还有胭脂和唇膏的残留物，因为即使在用完胭脂和唇膏、收起胭脂和唇膏以后静珍的脸上仍然没有任何红的因子。

就在收起唇膏的一刹那静珍的颧骨上的肌肉和皮肤似乎微微地抽搐了那么一下，静珍哼地冷笑了一声。

周姜氏从镜子里看到了自己的影像的无助、悲惨、绝望和残酷。她又哼地冷笑了一声。想算计我吗，想让我进你的圈套连环计吗，想剥我的皮抽我的筋喝我的血吃我的肉吗，你算瞎了你的眼睛！

她两眼发直，激动起来，"呸"的一声，一口唾沫啐到了镜子上。积蓄已久的仇怨和恶毒，悲哀和愤怒，突然喷涌而出。

你真是心狠手毒。好哇，你？量小非君子，无毒不丈夫！杀人不过头点地。苦苦哀求，就是不留！风急天高猿啸哀！无边落木萧萧下！最是生离死别时！我把你剁成肉泥！杀他个良莠不分，鸡犬不留！一不做，二不休，宁让我负天下人，不让天下人负我！君子报仇，十年不晚！我不下地狱，谁下地狱？死去元知万事空！我容易吗？也可谓书香门第，知书识礼。忠厚传家久，诗书继世长。又是一年芳草绿。爆竹声中一岁除。恩爱夫妻万事空。饿死事小，失节事大。女子一生无非是贞节二字。好一个沉鱼落雁之容，闭月羞花之貌。罢、罢、罢。芍药开，牡丹放，花红一片。艳阳天，春光好，万鸟争喧。春心莫与花争发，一寸相思一寸灰。结草衔环，我来世把你报。良辰美景奈何天，赏心乐事谁家院？冤有头、债有主。只怕你凄风苦雨了却残生，孤独独赤条条来去无牵挂！

静珍嘟嘟嗫嗫地念着这些不连贯的句子，脸上做出各种强烈的表情，忽而痛苦，忽而悲伤，忽而怜惜，忽而迷醉，忽而冷酷。她的情绪愈来愈激昂，她与镜子里的自己谈得愈来愈火热。她挤眉弄眼、咬牙切齿、浑身发抖、直如鬼神附体一般。她挣扎着，边说边浑身用力，边拼命地往上下左右四面啐唾沫——倪藻知道，如果这时候走到姨姨的身边，必被周姜氏啐一脸唾沫无疑。而他们家的任何人，都知道这个时候避姨姨三分。

周姜氏咚地拍响了条案，往地上吐出一口黏痰，变成了破口大骂：你丧尽天良、衣冠禽兽，欺负我寡妇失业的！你心如蛇蝎、煎炒烹炸、五毒俱全，杀人不眨眼，杀人不见血！你来，你过来！我叫你动手！我叫你占个相应！我叫你白刀子进，红刀子出！我叫你使出你祖宗八辈的狗杂碎！你不动手你是婊子养的！你个死养汉老婆，你个骑木驴游四街的娼妇，你个没有人味儿的臭货！你个不忠不孝不仁不义寡廉鲜耻没安好心的下三滥、臭流氓、匪类！我叫你乱箭钻身、大卸八块、出门汽车轧死，天打五雷轰、脖子上长疔、肚脐眼里流脓、吸干你的脑髓，叫你死无葬身之地！

周姜氏的声音并不太大，她似乎还在清醒地掌握着自己的音量，使其不超出"自言自语"性音响的通常量。但她的表情却是疯狂的、沉醉的、忘我的和完全非理性的。任何人如果走过她的身边，看到她这样子，都会感到一种彻骨的恐怖。

她终于渐渐安静下来了。混乱的悲戚的与狂躁的声音在空气中振动过后已经消失得杳无痕迹，只在条案上、梳妆匣上、她身旁的地上以至她自己的衣襟上，留下了她呸呸呸地啐出的口水的湿迹。这时候她把灰里透白的毛巾最后一次浸到已经变冷的污水中。她要再洗一次脸，她要把脸上的已经敷上的一切化妆品全都洗掉。她清醒地知道她的使用化妆品的理由、权利和历史已经终结，化妆品已经与她无缘，方才的施用更像是一种怀旧和送葬的仪式。再洗一次之后，"大白脸"终于恢复了全部蜡黄的本色。

她开始静静地梳理自己的头发。先用一把黑毛猪鬃刷子蘸上刨花水，再用溶解了树脂树胶的刨花水把头发抹得又湿又亮又黏，然后用梳子（宽齿的那种）先梳一遍，湿头发变成一绺一绺的了。再用红色赛璐珞分簪把头发从正中分开。接着用细齿篦子把头发篦一遍。这时头发看来已顺顺帖帖地贴到了头皮之上。她用一个破网子把头顶网住，向镜子左顾右盼，开始把头发梢卷成一个香蕉形的大纂。卷完，又摸摸索索地找出一个镜子和若干发卡，嘴叼着发卡，一只手拿着镜子从后面找自己的香蕉形发纂，同时侧过来歪过去从眼前的镜子里找脑后的镜子里的自己的香蕉发纂的影像，另一只手从嘴角取下一支再取下一支发卡，别在适当的处所，以求发型的固定。在梳头的过程中她不再自言自语拿腔拿势，但她仍时不时地不自觉地突然一笑，鼻孔里嗯哼一声，或突然地一声长叹。这突发的笑声和长叹与方才的自言自骂与乱啐唾沫一样地令人汗毛倒竖。

这是周姜氏——静珍每天早晨必修的功课。她这样严肃认真身不由己地进行这一切，除了她生重病、发高烧的时候，没有一天例外。简直像某种宗教的信徒的虔诚的祈祷、像巫婆的附体跳神。一般用一至一个半小时，才能完成她的固定程序的仪式。

她今年虚岁三十四岁。（以下年龄均为虚岁）她十八岁结婚，十九岁守寡。她的语言不叫"守寡"而叫"守志"。从她下定决心守志以来，一种不可理解的力量攥住了她，她必须在每天清晨的梳洗过程中完成这独一无二的程序。她坚持这一套仪式十余年如一日。

1997 年至 1999 年写于北京等地

狂欢的季节（选章）

第八章

于是我想起了你，你这只可怜的没有来历的虎斑小黄猫。写者认定，在整个六十年代后五年与七十年代前五年，这只小猫是钱文生活中最重要的角色，是那十年的最主要的所指与能指。写者甚至曾经计划将本书命名为《养猫的季节》。养猫才是纲，养猫才有终极关怀、普遍深度、人文主题和道德激情，其余全是目。

你这只小猫果真是晦气的"十三点"陆月兰带到钱文这边来的么？也许你只是来自小说写家的偶动灵机？也许写者对于小说的太多的政治背景叙述感到歉意，他再也忍受不了他自己的夹叙夹议的宏大文体，他急切地需要你的渺小你的温馨你的软弱你的对于时代的疏离来平衡小说的趣味，来安慰变来变去的教授与副教授们的趋时心理，并装扮小说以或缺的亲切随意。渺小的肠胃呀，我怎么能整日地只给你以时代中外全席！也许你像灵隐寺的飞来石，你是天外飞来一猫？那么多的浮沉荣辱、悲欢离合、生老病死都只不过变作写家的作料、包袱和花式子——也许更坏，那不过是他们沽名钓誉的手段和巧言令色的口水，何况一只来历不明自己也不知道自己的身份为何的小猫！然而，你诞生了，带着先验的庄严。你是顽强与顽固的，你要求着自己的并承担着本系列长篇小说的某些不可或缺的命运与故事契机。什么都没有，还不能有一点渺小的悲鸣么？咪——噢……咪——噢……你开始了，你的叫声里充满悲戚！

当第二天你稍稍平静了一点以后，钱文抱起了你这双眼闪着惊惧的光芒的小猫。他的手立即接触到了你的薄如纸张的肚皮与细如竹篾的柔弱肋骨，他只要稍稍加一点力，就能把你的全部骨骼攥成一个小球。他非常难过，一只过瘦的猫竟然引起了他的那么恐怖的感觉，这是他从来没有遭遇过的。一个生命能够弱小软贱到这种程度，以至与死亡并无太大的区别，比死亡百倍地软弱、恐怖与无助，这是他从来没有遭遇过的。而且，显然来到世间并没有太久的小猫的眼睛上长着眼屎，你绝望地吃力地睁着眼睛，活像是一个六十四岁、出版不了诗集也混不上正处级待遇的老诗人，当然也就是一个牛鬼蛇神即被某杂志认定的不同政见者。你瘦得失落了体重，正像后来的诗人们胖得失落了诗之仙姿。你的目光等待的不是生活而是生活的惩罚，你的皮毛也不干净。污秽，瘦小，惊惶，恐惧……莫非你也是刚刚受到了批斗？你已经许多天没有吃上过残渣鱼儿。

由于惊慌，你的下体流出了一点液体。钱文本来是最怕牲畜的粪尿的，这次出于怜悯，他竟然没有把你抛在地上。他把你轻轻地柔和地放下。他把被你尿湿的手放在裤腿上擦了擦。他拿起一块干馍，咬下一口，嚼了嚼，带着温暖湿润的唾液喂给你。而你只是惊惧地注视着，你似乎无法理解钱文在做什么。你根本意识不到人可能喂养你，（用九十年代流行的一个其实不通的词儿）关爱你。在失落了体重的同时，你也失落了对于人这种崇高动物的信任。你变得躲避起崇高来了。

钱文开始抚摸你的毛皮。头两次抚摸使你的眼睛睁得更大了。你也已经不理解抚摸，而只理解折磨和虐杀——也许你以为钱文的抚摸你是为了寻找可以游刃有余的肌理——以便轻松地屠宰和剥掉你的皮。

对于你来说，这好比过了几天。对于钱文来说，这只不过是几分钟。抚摸了那么久竟然你还没有被屠杀和剥皮，所以你忽然感觉到了文理不通的关爱。猫和人一样，常常多疑又常常轻信。你甚至温馨有加地喵地叫了一声，像叫自己的慈娘。你的声音被堵了回去，被你自己。你已经受尽了顽童和陌生人的折磨，你无法信任钱文，现在你还完全没有赢得抒情咏叹的猫权。

又一次轻柔的抚摸。你略略一松弛，只觉得浑身都融化了。你无意中伸展了一下自己，你突然变大了，大而松软，钱文欢呼了一声。他继续抚摸你，并且轻轻地拍了拍你的脑袋。

于是你闻了闻又舔了舔钱文嚼给你的馍馍。你已经决定要下嘴了，你已经有五天没有吃到东西了，五天内你只是在垃圾堆上嚼过一小块烂纸。馍馍的味道使你觉得困惑。这是什么？这是能够吃的么？你不敢相信带有人的唾液气味的馍馍，你觉得那更像一个阴谋。当人们追逐你殴打你用石块砍你砸你的时候，你觉得正常并且真实；而当你得到关爱的时候，你断定这只是阴谋。猫的已经相当进化了的本能告诉你，宁可饿死也不可中计。你怔在了那里。

你没有吃。你又缩小了。你恢复了正在消失的那副样子，像阳光下的一只雪猫。

很可能人是不能够随便地表达关爱的。任何关爱的表示和动作，都会使关爱变得比当初真实和强烈起来。你的瘦弱和虚热，你的柔软和无助，一旦不仅是通过眼睛而且是通过手掌与手指传达给钱文以后，钱文就激动起来了。他是多么希望你能吃他嚼给你的馍馍呀。当你的小嘴靠近馍馍的时候，钱文的心也悬到了嗓子眼上，甚至钱文自己的唾液也开始分泌了。你没有吃馍，但是钱文自己的喉头翻了翻，似乎是吞咽了点什么。你还不吃，他吞咽的是彻骨的冷气。你最后一刻的拒食，使钱文只觉得是已经吃下的东西又被外力从口腔里夺了出来。他有点激动乃至是有点愤怒了。他一跃而起，从碗柜里拿出一条儿羊肉，他拿起羊肉在你鼻子前甩了甩，一股异香使你晕眩。钱文干脆把羊肉摔到了你的鼻子下。

于是昏天黑地的大嚼开始了。你在这一刻回到了你的茹毛饮血的野猫列祖列宗那里。你虽然弱小，然而仍然不能排除古久的洪荒密林中猛兽先猫的野性，那兽中之王的虎氏家族的基因。在你咬到第一口羊肉的时候，你的威胁性的嘶吼的声音开始发出，你的利爪也开始伸展——刀出鞘而箭上弦了。你的遗传基因通知你，获得了美食的时候也就是一级战备的关头，必须不惜一切代价地准备厮杀，保卫自己的食物，宁可流尽鲜血也决不把到了口的食物让给更凶狠的兽类。即使驯化、羸弱和困顿到如今这种半死不活的样子也罢，即使还远没有发育成猫的样子也罢，你仍然在瞬间显现出了食肉类动物的虎威。

狼吞虎咽，风卷残云，钱文好不痛快！你也伸出红红的小舌头，舔着嘴唇和鼻孔，发出愉快的呜呜声，再低下头东找找西找找，意犹未尽地嗷了一声。这一声嗷已经不再是微贱的而是威猛的了。

钱文又激动了，他看到了小猫的用食，他看到了一个可怜的小生命的起死回生，他看到了一只委琐衰竭尴尬的小猫蕴藏着的虎豹的灵魂。他连忙去找另一块羊肉，虽然，那个年月买肉是要肉票的，而且即使有了肉票也常常买不到肉而使肉票"过期作废"。钱文兴奋地用钝刀剁下了一条儿肉，忽然，他粗中有细，他又嚼了一块馍馍，他尽量把烂馍馍与肉条儿混合起来，他捏得两手脏乎乎的。你闻到了新鲜的羊肉气味，这一次的肉味比第一次的更清晰和鲜活，你怒吼了，然后来不及让钱文做出反应，你从怒吼变成了惨叫，为了一块羊肉你已经狂怒失态了。

你疯狂地继续吃下了那么多。你的肚子立即鼓胀起来。你开始觉察到了钱文的可爱与可以信赖了。取得一只猫的信任毕竟比取得一个领导的信任容易得多。你大大方方地东张西望。你用力闻个不停。你准备记下这个地方了。你继续伸伸懒腰摇摇尾巴。尾巴一摇，你就回到文明社会中来了。你用舌头舔湿了你的前爪，你开始洗脸——你更加融入了北半球文明圈。你急了，你东找找，西觅觅，你发出了短促的锐厉的叫声。

钱文不知道你要什么，你愈显不安。东菊判断："它要尿尿！"果然，你是决不随地便溺的淑女。钱文为你打开了门，你冒着严寒外出小解，小解完了还要掩埋自己的不雅的排泄物，蹬不动冰冻如铁的土了，便蹬下了些许积雪。你回到房间，你突然被疲倦攫住了，你就在钱文的破皮鞋上睡下了。你的鼾声如泣如诉，如怨如慕，乐而不淫，怨而不怒。你又显示了你的弱小与温柔，你盘成一个圆球，你细小的样样俱全的生命领略的只是人的善意。钱文已经十分喜欢你了。钱文与东菊讨论猫的花色品种，他坚持，这种虎斑黄猫是猫中的贵族，你就成了这个家庭中的最后的贵族了。

然而，你为这次饥饿后的饕餮付出了惨重的代价，你几乎死在了这次大啖上。你一下子吃了那么多肉，你的在饥饿中已经萎缩了的肠胃，却已经丧失了你的祖先遗留下来的耐饥复耐超饱食的消化功能。于是，在这顿饱食之后三小时，你腹痛如绞，头昏眼花，四腿软绵。你缩成一团，陷入昏睡，一天过去了，两天，三天四天和五天，五天过去了，你一动也不动，只是时而痉挛地痛楚地一抖。你无法自我清洁，你的毛色黯淡而且肮脏，你削瘦得只剩下骨架了。

钱文一开始仍然认为你是饿的，他认定了你是饿坏了。当然，骨瘦如柴，毛皮无光，簌簌发抖，不是饿还能是什么呢？于是他再次拿出自己的羊肉，他似乎已经下定决心，把一个月的肉票的定量全部献给你。然而，你对于一切食物都已丧失兴趣。你没有反应。钱文用肉条捅你的鼻子，你只有昏天黑地地躲闪。钱文是多么的失望啊。这时出现了惊人的机遇，却原来是那个本地的半大小子捉住了一只老鼠，他倒提着被他拍得半死的老鼠来找钱文，他说："是一只羊！真主在上，这是给你的猫儿的一只新宰的羊！"他自己就像一只猫一样的兴奋。然而，猫儿甚至于对于一只活老鼠也没有表现出任何热情。你在老鼠面前，一点反应也没有。

"啊，天啊，你的死啦，你的猫死啦！"半大小子惊呼道。

钱文意识到了问题的严重。他抚摸这只可怜与可怖的猫。他摸到了小猫的凸硬的肚子，肚里只像是有几块石头。钱文发现了，原来问题不是发生于饥饿，而是发生于过食。你碰到了与钱文最崇拜的诗圣杜甫类似的遭遇。钱文懊悔不已，他立即把责任归结到了自己头上。五七五八年的事情以来，他已经习惯于碰到坏事就立即反省自身。看来五七五八的事情对人生也并非完全无益。他已经害死了四条鱼，难道又要害死一只猫么？他无师自通地弄了一勺菜籽油——那个年头儿吃的油更比肉珍贵难得。钱文把一勺油灌到了猫口里，他残酷地强迫那只猫喝下了一勺清油。而且他成功了，他挽救了你的生命。当你终于拉出了你的一条粗硬得惊人的屎棍儿的时候，钱文是多么高兴呀！

人，丑恶的与渺小的人，为什么有时候为自己做了一件好事而那样激动？是因为他们难得做一件好事么？

于是你与钱文结为生死之交，于是你养成了不但一只猫难以养成而且一个人也是难以养成的吃食上的节制——自我控制能力。非礼勿食，过量勿食，非洁非时都不食。当钱文好不容易买到了肉票所供应的羊肉，你立即自觉回避，走路的时候都绕着远儿，一定与并非指定为猫食也没有通过一定的程序将之赏赐给你的羊肉拉开距离。你已经知道了过食的危害，你更无师自通地知道取之无道的危险。你从钱文和东菊的神态与他们的言语中，也懂得了他们是在谆谆告诫你不要碰那些羊肉。挽救了你的性命的钱文却在担心你偷他们的羊肉，这使你感到了失落和悲伤，因为你同样需要尊严和信任。你干脆低下了头，你对那些肉连看也不看。于是他们惊呼了，真是猫中的君子——淑女，真是猫中的圣徒，真是清洁而没有了低级趣味！他们从来没有见过这样自觉自尊的猫！他们的夸奖使你得意，你的表现是更有出息了。饿死不偷食，憋死不（随地）便溺，痒死不在家里的家具上磨爪子，你已经是一只至善至美的猫女士了。

除去吃饭和睡觉，你把全部时间放到了清洁自身上，你如此耐心地舔湿了爪子，再用爪子洗净脸孔。你连尾巴也一段段地舔洗和咬洗干净。你嚼咬着打了绺的毛，清洁和理顺它们。你嚼咬着和洗涤着你的爪心的肉垫。你耐心地做完了这一部分再做另一部分。虽然你的身体的构造使你在做自身的清洁卫生工作的时候碰到一些难以够得着的死角，你仍然是耐心地一分钟又一分钟、十分钟又十分钟地做着。你的美容的坚决和耐心超过了人类，你的洁癖显示了你的高雅，显然你属于高雅而不是通俗的宠物。钱文便来帮助你做你的死角的清理，他沾湿了一块小毛巾，擦拭你的耳边额头，你们之间似乎更加默契了。

钱文常常是早上出发傍晚回来，当然，你不知道他是去下地劳动，是在永无休止地改造思想。漫长的没有钱文的白天使你寂寞，于是一到下午，太阳刚刚偏西，你就蹿房越脊跑到村口，你痴痴地张望着过往的所有车辆行人，你为这当中没有钱文而怅惘。然而，一只猫的耐心是人类所不能比拟的，你就这样趴在村口的房顶上，你望一望远方，你闻一闻近处，你不动声色地等着等着再等着，你是一个忠诚的守候者，友谊与忠诚的守候者。你像一尊石像，一守候就是五六个钟头。终于，时间到了，钱文回来了，他有时骑着一辆破自行车，有时是趔趔趄趄地拖着疲乏的步子。他扛着铁锨或者砍土镘。他穿着叫花子般的打满补丁的衣裳。他的身上充满着汗臭、植物毛毛和混合着牛马骡驴的粪便末子的尘土。你已经学会了辨别钱文的破车响动与他的脚步声，你已经习惯于在下工时刻闻到钱文身上的肮脏的臭味。你还没有看清他的形影，便从房顶上跳到了地上，不顾撞车或是被陌生人捕去的危险，你欢呼着扑向钱文，你又叫又跳，你跑过来又跑过去，你撒起了欢儿，你用你的小脸去磨蹭钱文的裤脚，去磨蹭钱文的鞋面。钱文躬下了腰，向你伸出了爱抚之手，你伸出小小的红舌，舔着钱文的手，你甚至露出一点点爪尖，痒痒地抓一下钱文，你掌握得恰到好处，抓他的痒痒而绝对不会造成对他的皮肤的伤害……你不知道该怎样表达你的欢欣！

而到了晚上，常常是你们四个"人"的乒乓球玩耍。你卧坐居中，钱文东菊和儿子各占一方，他们互相抛掷着拨拉着小小的乒乓球。而你活跃地东扑西挡，上蹿下跳，不时地"断球""传球""击球"，有时你还四爪"盘球""带球"。凡是你能得到的球你都志在必得，球到手后再决定传给哪一个人。却原来你也有一种支配欲，有一种以自身为中枢的野心。对于球的感觉激发了你的兴致，你的兴致带动了一个又一个的好球。球跳了，球滚动了，球出现了活泼的声音，球也像你一样地充满了灵气与对人的呼应。你对待乒乓球竟然比那三个人还要兴奋，而你的技术显然也更高超。你是名副其实的出人头地。你的精彩表演时时博得那三个人的掌声，欢声笑语，响彻在那黝黑的土屋里。这样的轻松，这样的物我两忘，人畜同欢，这样的童趣盎然的快乐的日子，人生一世又能有几次？

于是你在温暖中长大，你的皮毛放出了光泽，你的眼珠神采奕奕，你的身躯大了又大，你对这一家人的脾性、爱好、禁忌、习惯益发了如指掌，你做他们希望你做的，你不做他们不愿意你做的。你非礼勿食非礼勿溺非礼勿嬉非礼勿喵，钱文多少次看到你绕着他们的饭食和肉菜走路，跑出去很远很远大小便，发现了一件可以玩耍的东西例如一个线团或者一截绳头一张纸片，在玩耍以前你都看一看钱文或者他的妻儿，当你以为得到了认可的暗示至少是没有制止或者不快的表示，你才开始玩耍……钱文夸奖说："世上哪有这样有教养的猫崽儿呀！他比我们人还要自尊自爱！"

而那一次，那是一个难忘的夜晚。那时候东菊带着儿子回北京探亲去了，钱文不敢造次，不敢在不请假未获准的情况下回北京，而要请假在那样的年月他不知道该去找谁，弄不好也许找出病来，在一个动不动揪人斗人打人糟践人的时期，人只能销声匿迹忍气吞声无声无息而绝对不能张扬招摇没事找事把别人的目光往自己身上引。这样他就一个人留了下来。

东菊和儿子走了以后，他才发现自己的心情不好。他独处边疆，自己不知道自己是干什么的。家人在的时候不明显，反正是起床吃饭下地劳动或者闷在家里假装有病或者有事，反正也没有人过问他的事情，走到哪里都是有他不多没他不少，活着没人讨厌死了没人心疼，他甚至于为这种处境而庆幸，可把我忘了吧，亲爱的各位领导和同志们战友们老大爷老大娘们！于是你的生活只剩下了妻儿，噢，当然，还有你，一只可人的虎斑小黄猫，据说是黄猫最珍贵，黄猫身上才能看出虎的高贵的血统。

但是现在他的妻子和孩子都走了，北京去了，到和他的过去联结在一起而和他的现在风马牛不相及的地方去了。妻与子一走，家也就不成其为家了，而没有家，他简直就失去了生存的必要与依据。

只剩下了他和你。除了你这只不能说话不能和他议论"文革"的形势与毛主席的真实意图的小动物以外，他再没有亲人了。

于是他全部心思放到了你心上。他一会儿想喂你点这个，一会儿想给你吃点那个，搅得你都倒了胃口。你刚刚出去一小会儿，他就会"皮什皮什"

地叫个不住。你也明白钱文的无依无靠了，干脆，除了如厕，你就趴在钱文眼前，一动不动，随钱文要抱便抱，要摸就摸，要叫就叫。钱文叫猫用的是当地少数民族的叫法，他一叫你也就多情地叫上几声以为回答。而到了晚上，当钱文上了床以后，他是怎样的辗转反侧，难以成眠呀！于是你也就有意无意地跳上了他的床，你钻进他的被窝，你靠近他的肚腰，他的手抚摸着你的身体，你的身体温暖着他的枕席。你知道吗？甚至当他翻身时也是特别小心翼翼的，他害怕压着你。

英雄气短，猫狗情长。在严峻的岁月他好像有一种预感，他害怕失去你！

于是我们要说到那个晚上了，那是边疆的三月，那天起了风。三月的风天在边疆，也许比内地的冬季还要肃杀。然而，春天是绝对的和不可抗拒的，春天的火焰说烧就要燃烧起来，哪怕把一切烧成灰烬。是的，这里说的是你心中的春天，你身体里的春天的火焰。那天晚上你的眼睛睁得有碗大，那天晚上你不肯与你的恩主钱文同眠，那天你从鼻腔后部发出了奇怪的鸣声，你像火烧火燎一样地在房里乱转。你听见了，也许你没有听见而只是想着听见了一声声雄健的虎啸，那是上天的声音，那是春天的声音，那是宇宙的召唤。而你的恩主钱文由于不了解或者是由于自私，他仍然试图挽留你，不让你出门撒欢儿野跑，不让你告别你的童贞，他希望你永远长不大，永远做他的脚边的一只小宝宝。然而，你怒了，你发出了凶恶的令人胆寒的吼声。你开始从一个驯顺的可人意的小狸猫，变成了一个嗞嗞冒烟的炸弹。你用爪子磨抓房门，发出刺耳的噪音。忽然，你发出一记压抑的哭声，像人，像女人，像孩子，这声音使钱文魂飞天外，这个猫是怎么了？

当然，钱文立即明白了。他很孤单，他希望与你在一起，然而，你已经不是小崽子了，你不可能整天守着你的恩主。钱文从床上一跃而起，他一句话没说就打开了房门。他要放你到开阔里去。

你并没有立即像获释的囚徒一样一溜烟儿跑出房门。你的娴雅的风格不允许你那样做。你与钱文的情感使你做任何事情都有所顾忌，你做不到义无反顾的决绝。你仍然恋恋不舍地看着钱文，你最后——最后？也许正确一点说是你的少女时代的最后吧，你用你的小脸小鼻子蹭了蹭钱文的裤脚鞋面，你是在致歉还是在请求理解？你出了一点声音，好像是在唱"哎呀妈妈"，当然你应该换成"哎呀爸爸"。你走到了院子里，青色的月光照在你身上，寒风吹动了你的皮毛，你的皮毛像波浪一样地颤动。你在院子的土地上趴了一趴，你的目的是不是想让钱文再看一看你呢？还是为了习惯一下夜色，扩大你的惊人的瞳孔？反正你呈现了一个定格。然后，一伸一跃一蹿，你从漆黑的杏树上一溜烟儿地跑到了房顶，你嗅到了那雄健腥臊的狼猫气息，你整个生命随之伸展舒张和活跃起来了，你不见了。

那一夜钱文觉得自己已经无法睡觉。他相信他面临着一个久违了的失眠之夜。他觉得自己已经魂不附体。他好像随着小猫跑到了户外，跑到了高处不胜寒的房顶，他也兴奋，他也迷惘，他也走失，走失在零下十几度的严寒里，走失在如狼似虎地嗥叫着的西北风里，走失在溶化着一切又遮蔽着一切的青白的月光中，走失在生命的欲望和为这种天赐的天生的天杀的欲望油然而生的愧疚里。他的眼前是一片房顶，厚厚的土泥和麦草抹成的房顶，俄罗斯风格的刷着油漆的洋铁皮屋顶，也有少数排列整齐似乎大有深意的瓦顶。他多么希望能够在那样的屋顶上沉思，来想象每一个屋顶下的生活特别是每一个屋顶下的愚蠢和罪恶呀！

但是他没能沉思，他挂记着那只小猫。对于他来说屋顶的方向比地表上的方向更难于辨认，一只猫的本能比一个人的本能更盲目和危险。生命总是燃烧，燃烧则充溢着破坏和毁灭的力量。生命呀，难道你的秘密你的精髓恰恰在于趋向着破坏和毁灭？年方三十有六，你已经亲见亲历了多少大火、多少毁损破灭呀！

也许这时他睡着了？睡着了也只觉是睡在寒风料峭与高低不齐的无边的屋顶上，他又冷又惊。他忽然跳了起来，他披上一件坚如铁皮的羊皮大衣，他走到门口，他推开对开的房门，他发现匆忙中忘记了戴眼镜。他重新走回卧室，找到并戴上眼镜，他向对面的一座屋顶望去，他望见了，他依稀望见了两只小猫，听到了两只小猫不知道是调情还是决斗的呜呜声。钱文当然判断不出这两只猫中是不是有一只是你，他伸直了脖子拼命往房顶上看，他深深地为人类的感官的不中用而遗憾，于是他"皮什皮什"地大叫起来。半夜这样叫猫，他也感到了不妥，而那两只猫没有哪一个有任何回应。他益发感到了自己的不妥，也许是感到了自己的多余。他回到自己的床上，他想给东菊写一封信，他想告诉东菊他也许会自杀。他觉得他可以了，活得可以了，死得可以了。不知为什么，这次他特别不愿意东菊带上孩子回北京，当然，他没有道理，没有说辞。他不可以老是那么自私，那么事事以自己为中心。

他似乎万念俱灰，悲凉中却又隐约感到了自己的滑稽。

如果东菊回来时发现他已经不在人间了呢？

他再也没有悲剧感了，甚至在考虑自杀的时候。

其实也未必是想自杀。上吊？割腕上的动脉？触电？无可无不可，没有痛苦也没有悲伤。钱文想，我只是再也找不到活下去的说辞了。

他掉到了汪洋大海之中，黑夜，寒风，屋顶，猫叫，欲望，焦虑——多么可笑呀，他一直担心从这一夜起他将失去这只猫，就是说这只猫将会迷失在高高低低质料各异而又无边无际的屋顶上，迷失在早春冷月的清辉里，迷失在靠近苏联的伟大祖国边疆，迷失在正在计划结束自己的生命的钱文那里。所有这些都是汪洋大海。我们迷失在海里了。他说。

钱文的周围是茫茫的大海，是淡淡的月光，是冷冷的雾气。这茫茫淡淡冷冷使他感到平静而神秘，这平静和神秘的感觉就是死亡。他的青春死了，他的希望死了，他的梦幻死了，他的情感死了。日复一日，月复一月，年复一年，他莫名地行尸走肉般地维持着，就是说，他的心终于死了。他已经活过了，爱过了，追求过了，胜利过了，错过了，改过了，悔过了，平静过了，也激动过了，他剩下的只有零了，只有死了。死了，他将化为月光，化为寒风，化为料峭的初春，化为寂静。是时候了，再无别的话可说。

一直到天光微现的时候，你回来了，你在钱文门前轻轻叫了一声，你的声音非常小，你知道你不该这时打扰他。然而，他还是立即听出了你，睡梦中的他一跃而起，开开了门。你进到房里，两眼如炬，你东张西望，想向钱文诉说什么又苦于开不得口。你毕竟具有猫的天真与赤裸，你兴奋地张望了一阵以后，开始舔自己的血迹未干的器官。

钱文从来没有看到过一只猫会有那样的目光。

无常。轮回。一只猫也进入——一定进入上苍为它设定的轨道，经受种种痛苦、烦恼、危难、诱惑和折磨。有了生，还能没有死吗？有了情，还能没有燃烧吗？有了欲，还能没有毁灭吗？

无非如此。没有哪只猫哪个生命能够摆脱肉身的俗气与毫无道理的轮回。太阳、月亮、星光和云朵下面压根儿就没有新意。这里有一种令人愤恨和绝望的宿命，这里有一种令人恐怖的无奈和无望。却原来所有的激情的困扰和不眠之夜，所有的梦寐以求与浪漫冒险，所有的生命的潮汐与画面的轮替，都不过是千篇一律的不可抗拒的定数，都由不得自己，都早已经安排就了轨道和结局，都是带着血腥和异味的恶俗。天地不仁，以万物为刍狗……我们都只不过是造物主的道具。钱文平静些了，好在猫没有走失。他不再想睡，便去给猫搞一点吃食。

于是你一连几天夜夜外出。钱文干脆为你挖了一个猫洞。为挖猫洞钱文把玻璃窗凿敲得稀里哗啦。钱文不再关心你。你也不再挂记谁。后来，当然，东菊回来了，她把孩子放到了北京。在东菊回来以后，钱文发觉自己无法向东菊叙述自己的精神危机——因为你？还是因为东菊她们的短暂离去？因为文化大革命还是因为文化大革命对于生命对于你其实是毫无意义？不难理解却又毫无意义。总之，他觉得黯然，他又忽然觉得自己理解了伟大领袖毛泽东为什么要发动文化大革命了，敬爱的主席七十好几了，四九年建国的时候主席才五十多岁呀。疯吧，闹吧，作（读暧）吧，反了吧，生命该是何等的寂寞啊。

你继续按既定的轨道发展和变化。你的青春是何等的短暂！三月的寒风中度过了你的疯狂的多角初恋，鬼哭狼嚎，愁云惨雾。一只公猫和一只母猫对着看对着叫的情景真是美不胜收。你们保持着一米左右的距离，一对视就是几个小时，然后一个跑一个追，一个嚎一个叫，再找一个可以对视的地方再对视，就是不吃不喝不错眼珠地互看整整一夜。然后一切都过去了。

你平静了，发胖了，懒惰了。你的肚子迅速鼓胀起来。你的双目再不会有那离疾和狂欢的光辉了。你开始了母体的带有自我牺牲性质的生命孕育的千篇一律的过程。你吃得很多，吃完了动也不动地蜷曲成一团。甚至连乒乓球的滚动也已经引不起你的兴趣，甚至连钱文的爱抚也得不到你的回应。当主人买回羊肉的时候，你没有忘记作为一个多礼的猫儿的应有的自制，这时候你会忽地跑出门去，三下两下从杏树跑上房顶，你改在房顶上睡觉。聪明的钱文竟没有发现你已经差不多无法抵御羊肉的诱惑。他倒是对大肚子的你的照旧登高不误赞不绝口。

现在开始了你的生命的悲惨的一页了。不知道你从哪里学到了内外有别的道理，你在家里继续保持着猫中淑女的风度，翩翩浊世之佳女史也。然而你每天夜间出门寻找机会。怀孕之后，你感到的是疯狂的饥饿，你又不好意思在家里狂吃不已，你把希望寄托在吃野食上。你抓到了一只鸟，大约是一只麻雀吧，你兴奋地把那只可能是麻雀的鸟叼回家去，你回到家兴奋地把鸟抛起接住，松开嘴再叼起来，你弄得乒乓响。你要使你的主人看到你的光辉业绩。东菊和钱文发现了，原来是你在跳舞，你搞得鸟的羽毛满地都是，你得到的不是理解夸奖而是申斥。他们没有想到你这是得不到充足供应的结果。

从而你失去了揣摩人的思想的能力，你已经怀有身孕，你急需更多得多和更好的营养，但是他们人仍然按你幼小时的习惯，每次给你那么少的食物。长期得不到足够的供应是可怕的，饥饿政策培养的必定是危险的罪犯。于是你进行狩猎，从而尝到了追杀的甜头。你坚信捕捉活物是一个猫崽的天然需求和巨大快乐。你虽然彬彬有礼，你仍然是一只猫而不是一截雕刻完美的木头。又一天晚上，你甚至于从房檐的燕巢里捉住了一只燕子。你带着半死的燕子回家折腾，钱文一眼看到了燕子的黑色的剪刀般的尾巴。最悲惨的是罹难燕子的配偶，它冒着巨大的危险绕着它的伴侣的残羽飞来飞去。这一次你不但受到了责骂而且挨了打。钱文费了很大力气半夜大声给你上课："听见了没有，燕子是不可以捉的，听懂了没有，你这个残忍的坏蛋！燕子是最美丽最善良的鸟类，如果你再碰燕子，我要活活打死你！"

钱文相当沮丧。早在一九六五年，钱文一个人到达这边不久，燕子就在他的住房的房檐下筑了巢。农民纷纷说按当地风俗，这证明钱文是一个善良的人，燕子是决不在恶人家筑巢的，钱文也十分欣赏那一对黑亮的燕子。他后来还亲眼看到燕子在他房檐下的巢里生蛋孵蛋，哺育叽叽喳喳的雏燕。那光秃秃的雏燕，从早到晚发出一阵阵生命的聒噪……谁又想得到，他辜负了燕子的信任，他的房檐，竟成了燕子的死地！

钱文的体罚教育对于你收效甚微。你不爱吃嚼过的馒头，你不爱吃放在猫食盘里的肉，当然，这样的肉数量极其有限，根本不能满足你的食欲。你要自己捕捉，自己偷窃，你酷爱那种悄悄隐蔽，突然下爪，瞬间得逞，粉碎猎物的反抗和吞食猎物的刺激。哪怕只是捕捉一只苍蝇。从记录上看你还吃过一只绿头苍蝇。你用前爪打倒了一只苍蝇，然后吃掉了它。你没有尝出苍蝇有什么滋味，你的捉苍蝇吃苍蝇完全是趣味主义，为艺术而艺术，或者，更正确地说也许应该是为体育而体育，因为你的打苍蝇的姿势和心气恰如一个选手在竞技场上追打一只羽毛球。一个人与一只猫到底哪个更残忍，谁知道？你本来与钱文是相依为命一点即透的，为什么自从三月的那个寒风凛冽的晚上之后，你们之间就隔膜了呢？

匆匆地，匆匆你一窝下了六只小猫。才刚刚六月份，钱文甚至觉得这时间不对，你本不该生养得这般匆忙。他请教了当地的农民，农民说，一只猫甚至于一年会下三窝崽，每窝大概三至六只。几何级数的心算使他感到恐怖，十年后，这只猫加上它的后代，将达到五百万只左右，就是说，全世界都会盘踞着他的这只猫的后裔。他必须接受。六只小猫睁不开眼睛，发出了和老鼠没有二致的吱吱声。此前钱文已经听到关于猫生养以后由于兴奋或是由于狂怒——由于陌生人去看它它便误以为自己的小崽是老鼠从而吞下自己的后代的故事，这使钱文又感到了一种莫名的恐怖。钱文为你的生养特地从黑市买了两块钱的羊肝，两块钱的羊肝你一天就吃完了，由于生育、哺乳和大量地吞吃生羊肝，你变了，你变得欲壑难填，你变得饕餮而且凶残，狡诈而且阴冷。你对钱文和东菊愈来愈冷漠了，他们不能满足你的食欲。没有足够的食物更没有足够的理解。他们给的馒头对你没有起码的刺激。每天夜间，你奶完了六个孩子，你就悄没声息地走上冒险之路。你已经不满足燕巢鼠穴边的机会，你开始袭击各家的鸡窝鸽子窝。你毫不在乎地咬断鸽子、小鸡和大鸡的喉咙，喝它们的血，吃它们的软骨，撕碎它们的皮肉，再把鸡毛弄得满地都是，在这些活动中你得到了一只猫儿的最大的满足。你蹲在房顶上欣赏鸡鸽主人在发现损失后的气急败坏，你奇怪人类怎么会这样无能，动作迟慢，视力低下，既不能爬高又不能钻洞，对于一只聪明的猫来说，人就是废物。一只彬彬有礼的猫儿就这样成了半夜杀手、家禽的死敌、邻里的公害，而钱文他们却没有察觉。

你依稀感到了这样做的危险，是吗？鸡窝的密封使你明白你是不受欢迎的客人。鸡窝的缝隙又使你认定那是一个属于你的世界。你的一些响动使鸡的主人一跃而起，鸡的主人拿着木棍和铁锹冲了出来，你完全明白他们是冲着你来的。你觉得好笑，因为人这种东西天一黑就变成了瞎子。你与他们近在咫尺，他们虚张声势了老半天其实根本看不见你，你就在他们的脚前跑来跑去。而你，愈是黑天双目愈是大放光芒，愈是黑天愈是觉得自由自在。鸡的主人吆喝着乱打着，和这样的人捉迷藏你觉得有趣。深夜出行，为所欲为，从各种柴缝门缝里钻过去，从各种屋顶上蹿下来，从各种地洞里逃出去，如入无物之境，其乐也无穷。主人，恩人，钱文也罢东菊也罢，他们毕竟只是人罢了，他们其实与养鸡的人没有任何区别。他们永远体会不了你的深夜出行，擅入禁区，周旋游刃的快乐。非法性和隐蔽性正是这种快乐的无可替代之处。按照你的体会，造反不仅有理而且有趣。你在大嚼大闹大快之后，常常孤独地坐在一幢最高的房顶上，咂着嘴唇，追逐着尾巴，舔洗着脚爪和脚掌，欣赏着蓝蓝的月亮，体味自己的胜利，而且愈来愈坚信胜利与幸福只能依赖自身，只能由自身创造，全不用等待好心的赐予，也不必管威胁与非议。

猫的世界只能由猫做主，猫的生活只能由猫决定，你的文质彬彬与严守礼仪已经做到了超水平的发挥，你为了讨好主人所做的一切已经超过了一只猫所能够做的。你于心无愧。再好的主人——例如钱文也不可能跟随你上树上房，深夜狩猎，茹毛饮血，高踞屋顶，怡然月下……他们每夜躺在自己的床上，辗转反侧，唉声叹气，放屁打嗝儿，他们最常说的两个字就是江青，说得多了你也有了印象。他们一说江青你就会侧过耳朵去听，接着你听到了他们的哭哭笑笑的怪声怪气和一声又一声的潮水一样的叹息。然后他们无趣地睡下了……他们是多么可怜复可笑呀。

然而人是更加凶残和狡狯的，人对你的危险远远大于你的偷吃几只鸡的冒险，他"人"就是你的地狱。正当你高高在上地愉悦着自己的生命的时候，一家养鸡的人制定了对付你这不速之客的可以称为"边疆之狐"或者"边疆风暴"方略。人最容易萌动的就是杀机。你不知道，你毕竟入世太浅，见事太有限。你照旧在那一天深夜出行，你来到了一家鸡窝前，你突然发现就在鸡窝前弃置着一块羊肉——你就不想想，一块好肉怎么会放置在那里！你快乐地吃起了那块肉……

肉刚刚被你嚼了两口，你已经感到了事情有点不对劲。先是上腭后是下腭被狠狠地刺痛了，然而，你仍然没有警惕，你已经习惯于吞食带着骨头的活食，你张大了自己的喉咙，想干脆把肉吞下去。就在这时，接连几下的刺痛使你呆木了，你忽然明白，你中了计了，你的喉咙已经被鲜血堵塞，你的血管已经一个又一个地被刺裂被撕开了。你的动脉流出了汩汩的鲜血，自己的鲜血使自己窒息，鲜血流到了鼻孔里，鲜血流到了耳朵和眼球上，你的眼睛睁得老大，你知道，你完了。

孩子，你临终的时候想起了你的六个嗷嗷待哺的孩子。

羊肉里有七根针。这七根针刺破了你口腔和喉咙的粘膜、皮肉、静脉和动脉，刺破了你的气管和食管，卡住了你呼吸的通路，最后结果了你的性命。

你的死亡不光彩。你的身体因为恐怖和疼痛缩成了一团，再极度伸长，僵硬，固定在那里。你的尸体像是一条四条腿别在两端的破板凳。你的面孔因为痉挛和挣扎全变了形。你不像一只猫而更像一只缩小了的狐狸。你的皮毛立即污秽不堪，并且结成了一球球的疙瘩。

……那天清晨你没有按时回家，钱文十分惦记你。六个小猫吱吱地叫。

说也巧，那天是你的孩子们一周月生日。它们已经可以开始吃点什么，于是钱文给它们用剩肉汤拌了米饭，它们不太爱吃但也多少吃了一点。天已大亮，你仍然没有回来。你本来每天都是天一麻麻亮就回家的。钱文觉得不妙。他自己磨叨。东菊说："过会儿它就会回来的。"她老是把世上的事情看得那么简单。

然后是中午，然后小猫崽吱吱叫个不住，然后东菊也开始磨叨：怎么还不回来？然后是下午四点半，钱文听到一个邻居说是水渠支渠边发现了一只死猫。他觉得不祥，他不能决定要不要过去看一下。也许是他不敢去看，他怕当真是你。最后他来了，他已无法辨认，谁也无法辨认，比起活着的时候，死猫显得瘦长、丑陋、僵硬，一点可爱的劲儿也没有了。一切死了的生命都令人觉得它该死。他的心怦怦然。

然后是晚上，钱文说："我怕是出了事儿。"东菊说："不会的，一会儿就回来了。"然后钱文回忆，他模模糊糊地记起似乎已经有一次你晚归四五个小时，是不是有过这么一次？那天中午了你才回来，身上有伤。他只想到你可能是被顽皮的孩子捉住，你可能受了苦。他根本没有想到你会受到人的精心策划的算计。他甚至想到，是不是有过关于猫偷鸡吃的警告。可能有也可能没有。也许那真的不是你？一连十几天他们还做着你突然归来的好梦，他们总觉得不至于，他们总觉得你能够逢凶化吉，遇难呈祥。也许你再次遇险，被顽童捉住甚至被拴了起来，但是以你的聪明，最终还是能够摆脱羁绊。他时时听到你的叫声，他一天好几次突然跑到门外疯狂地大叫"皮什皮什"，他甚至梦里也与你再次相会，在梦里他抚摸着你的皮毛，他叫着你。

一天过去了，两天过去了，许多天过去了。钱文也好东菊也好，都明确了，那只变形的难看的死猫就是你。

……于是他们把对你的纪念变成精心照顾你的孩子的实际行动。钱文用眼药瓶往它们的嘴里喂牛奶，钱文给它们点眼药水。钱文每天清扫它们的屎尿，眼看着它们成长。钱文自称是猫的代理妈妈。

然而你的孩子们的命运也都很不济。可能是你太聪明了，一只猫太聪明和一个人太聪明从根本上说是一样的，不祥。你占用你的家族的灵气运气占用得太多，于是你的孩子们大多都有点智力方面的困难，而且都是苦命。你的大儿子，一只小公猫又傻又脏，钱文给了一个朋友，但是那个朋友不久就把它抛弃到距离此地一百多公里的外县去了。你说它傻吧，一个月后，这只脏猫找了回来，找到了老主人钱文的家。这简直难以置信。钱文热烈地欢迎了它。

钱文与农民们讨论一只猫何以能够认路，农民们说是猫会观察星星来辨别方向。从此钱文心里常常出现一只孤独的小傻猫在房顶上夜观天象的镜头。他感到神奇——这也近于恐怖。

没几天，这只似乎善于夜观天象的猫就使他们难以容忍了。由于它随地便溺，臭气熏天。它尤其爱吃人的分泌物，由于边疆气候变化剧烈，人们常常会因呼吸道不适而吐痰或者擤鼻涕，而这只傻猫一听到有吐痰声或擤鼻涕声，就娇啼婉转着跑过来等吃。这种嗜痂成癖的习性令钱文发指。君子之泽，五世而斩，何况猫乎？后辈的面子毕竟有限。钱文再次把它装到一个书包里，骑上自行车走出去了好几公里，把它抛到了一个门口有军人站岗的重要机关的后花园里。回家路上他有点后怕，他怎么把猫"派遣"到机要单位去啦？如果拍下一张照片，也许会判定他是在做什么非法勾当。接下来它怎么样了呢？被收养？被处决？沦为野猫、冻饿而亡？

你的另一个儿子更加吓人，它的爱好是往灶火堆里钻，从十月份它就钻起灶火来了。它为什么那般怕冷？为此钱文用纸板把灶火坑盖死，当然，这有引起火灾的危险。最后，不是纸板而是你的这个扑火的儿子燃烧起来了。它差不多可以说是自焚身亡。

另一个儿子是一个聋子，它长得不错，略具乃母之风。但是它听不到唤它的声音。它被钱文给了出去，据新主人说，它没呆住，丢了。总之，来之于空冥，去之于茫茫，不明下落。

你的一个女儿看来身强力壮，它才一个半月大便早早爬上了门前的杏树——你当年就是从那里大胆地向前走的。它上了树却不会下来，钱文愈是接应它它愈是往远里跑，它最后冒险往下跳，摔折了腿，后来死了。

你的另一个女儿是个小贼，什么都偷，什么都舔，什么都弄脏。给它喂食的搪瓷盆子里，经常剩着小鱼和肉馅拌的食物，而它却经不住偷窃的诱惑，它最擅长的是钻到邻居家偷烤饼。当地习惯，一次烤出大量半发面饼，放置在悬挂在房梁下的木板上。所以悬空放饼是为了便于通风，也为了躲避老鼠的骚扰。但是此猫不知用怎样的技巧爬到了半空中的木板上。它吃得很少，但要把所有的烤饼糟蹋一个六够，为艺术而艺术。它屡干不爽，其乐无穷，足以把当地居民气死。后来它被钱文的邻居处以了死刑。不是阴谋，而是公开宣判，公开处死。这亦令钱文心怦怦然，钱文觉得实在对不起你。

你的最后一个女儿其实最像你，它本来有希望继承你的风范和智慧，而且，它比幼时的你更加秀丽。它是一只三色猫，白底儿，黄与黑的斑点。它叫唤的声音也极温柔雅致，富有人文色彩。它同样的洁身自好和善解人意。它是你的最后的纪念，是你给钱文留下的最后安慰。钱文戏称之为小公主。一天，它在廊子上晒太阳，突然从墙头上跳下一只大狼猫，狼猫向小公主扑去，把它扑倒在地，不知意欲何为。公主还十分幼小，不大像施暴的对象。但或许强者的威风全在于摧残弱者，面对弱者、未成年者，才有威风，如果是面对更强者，强者的威风何在？猫性正是如此。狼猫被东菊轰走了，小公主奄奄一息，瘫痪在地。

我们一定要救活它，东菊和钱文说。他们想尽了一切办法，给小公主喝牛奶羊奶，给它吃肝吃肺，给它吃生鸡蛋。果然几天后，它初步恢复，能够起身走路了，但走起来有点歪歪晃晃。

一天晚上，正在喝饭后的砖茶，钱文和东菊听到了奇怪的惨叫声。儿子说，是小公主钻进了他们夏季闲置在床下的锡铁烟筒里。他们急急地叫唤小猫，愈叫它钻得愈深，惨叫声也愈不忍卒闻。最后，小猫出来了，浑身都是毒性强烈的烟灰和为保护烟筒而抹上的机油。小公主匍匐在那里，只剩了捯气和抽搐的份儿，忽然它厉声惨叫如一小人儿，然后伸腿瞪眼死去。

在北京待了四个月刚刚回到边疆的儿子评论说："这只小猫儿什么都好，就是有神经病。刚养好了伤，它上哪儿不好，干吗要钻烟筒呢！"

于是好猫全家覆灭，从此断子绝孙。

虎头蛇尾是万物难逃的规律。这只天才的高品位淑女猫氏家族亦是如此。

2000年2月开篇于北京
2003年5月完稿于青岛中国海洋大学
2003年8月定稿于北戴河创作之家

青狐（选章）

第二十三章

　　高层领导同志关于青狐的爱国主义表现的批文下达了，这使整个文艺界与青狐的所在单位大为震动。本单位的党委书记亲自与卢倩姑同志谈心，希望青狐在党员大会上给大家讲一次，她是怎么样捍卫国格人格尊严，回击了西方知识分子的偏见与有意无意的挑衅，做到了立场坚定、爱憎分明、有理有利有节，既显示了新中国新时期文艺工作者的风貌，又广交了朋友，增进了友谊的。青狐死活不干，她坚持说自己不会讲，而且自己一直觉悟不高，缺点甚多，有愧于党和人民的信任。青狐一听说有关情况就慌了神，不知道怎么踩咕自己好。再说一见新来的党委书记，她不由得表现了自己最谦虚、纯朴、实在、傻呵呵的那一面，与和文艺人们在一起时完全不同，她的表现像个二傻子，像个男人，像半个郊区农妇，三分之一个公共汽车售票员和六分之一个街道积极分子——小脚侦缉队员。她毕竟是下去搞过"四清""整社"，参加过夏收、大炼钢铁、社会主义大辩论，批判过反动分子也接受过苦口婆心的帮助什么的这样一个女干部。几十年过去，最无心计最不懂政治如"卢倩姑同志"者，也完全胜任好几路角色。无产阶级的味儿说来就来，白白接受毛主席的教育了还行？

　　她的表现使党委书记感动，书记甚至检讨自己：长期以来，受到左倾思潮影响，对于卢倩姑同志这样的有才能有热情的知识分子，认识得比较片面，有关门主义和先锋主义情绪。现在，党的十一届三中全会以后，党的思想路线、政治路线、组织路线，都实现了并且正在实现着拨乱反正。领导同志就是站得高看得远，我们要实现社会主义的现代化，就是要吸收卢倩姑这样的好同志参加到党的战斗集体中来。如此这般，一个月后就展开了青狐的入党进程：写申请表、确定老党员中的联系人、个别谈话、小组讨论，直到支部大会通过。青狐开始有点缺少思想准备，但仍然不免兴奋。回想几十年来，她什么时候扬眉吐气过？仅仅一个"生活问题"就已经让她——一个女性——永辈子抬不起头来。和不止一个男人睡过觉，未婚先睡，这在中国过去就得骑木驴游四街，木驴"脊背"上是一根立起来的木头橛子，象征着男人的阳具，把这个橛子插到淫妇的下体里，游街示众，凌迟处死，这在一个极少数老爷少爷性无度，多数男女由于恐惧和营养不良而性无能，而更大多数男女性压抑性恐怖的国家，是一个何等刺激的文艺节目！她卢倩姑有幸没有生活在骑木驴的时代，但是她的体会和自己不止一次骑过木驴游四街一个样儿！她毫不怀疑自己早就具备了骑木驴的资格。每每想起，她确信自己已经接受过骑木驴游四街的惩罚。不但是心理上，而且是生理上，她已经一次又一次地受到了这种蹂躏这种折磨这种屈辱，她已经为这种刑罚这种道德外衣下的集体的极端野蛮和残酷出了一次又一次冷汗，淌了一次又一次鲜血，流了一次又一次眼泪，为之而疯狂，为之而痉挛，为之而肝胆俱裂。她有时相信她是一个受到骑木驴游四街和凌迟处死的冤魂的转世，她在梦中不止一次地体验了木驴插入和四街示众直到挨小刀的全过程。母亲告诉过她，历史上，她的祖籍县城里出过一件谋杀亲夫的命案，淫妇被骑木驴、游四街，处死的时候身上罩上渔网，拉紧绳子，用小刀割露在网眼外的肉，一面紧网一面割肉，一共割了三天两夜，共一万九千九百九十九刀。这才叫血海深仇啊！

她在某些文学作品里也感到了这种阴森和冤屈，例如《复活》，例如《我在霞村的时候》，例如《赛金花》和《羊脂球》，甚至在《静静的顿河》和《珍妮》里，她也体察到了那种专门为女人安排的厄运、陷阱和肉刑设施。她从上中学时候就开始懂得了人们的冷眼，包括男人们专门为坏女人准备的戏弄和欣赏、轻蔑和猥亵的目光与女人们的嫉恨的、毒辣的、幸灾乐祸与吞噬异类的眼光。她抬不起头来，她永远抬不起头来，因为女人如果有一点"貌"而且有一点"才"的话，如果她确实是女人确实具备男人所没有的那些凹凹凸凸圆圆平平的点线面体的话，她便永远摆脱不了同性的嫉恨和异性的玷污、摧残、蹂躏、强暴，最少也是诱骗。她一次又一次地梦见自己在大庭广众面前一丝不挂，她被脱光了衣服，她被剃光了毛发，她被投掷、被鞭答、被哄笑、被一群野兽强奸。在这样的梦中她会大喊大叫，却叫不出声音，她会大哭大闹，却哭不出眼泪，她会东躲西藏，却是上天无路，入地无门。

然而她也爱面子、爱荣誉、爱听好话、爱被人羡慕，因为她也羡慕那些地位高名声好、说话有腔有调、既会摇头也会摆尾、连出气也比旁人粗的领导、大人物、劳模、党员和积极分子。即使只是看一场红绸舞票也是紧着积极分子发，同看一场"受教育"的电影例如《天罗地网》，她的票不是太前就是太后要不就是太边儿。即使是春节联欢会，积极分子领到的瓜子和水果糖也会比她领到的更饱满，即使是上公厕小便，她也觉得是党员和积极分子占尽了先机，与她们一起如厕，她总是觉得自己应该选择那个离门最近、最不够隐蔽、刚刚有人在那里解过大手从而气味最恶劣的蹲坑。

而在"文革"结束以后，在自己成了著名的文学新星之后，在结交了文坛名流杨巨艇、犁原等等之后，她有了长出一口气、直直地足足地伸了一下腰的感觉。突然，雪山来报信了，说是领导同志有大大表扬青狐与钱文的批语下达。青狐不敢相信。马上，党委书记来谈话了，她谈完话回到家大笑了一场，笑出了眼泪。

共产党一向讲究要翻身，要天翻身来地打滚。共产党最最令人叹服令人落泪令人喊万岁的地方就在这个**翻身**二字！一切受苦受难剥光了衣服拔光了毛发烙上了耻辱的火印的罪人，除了共产党，谁能替他们喊出翻身解放的口号？"起来，饥寒交迫的奴隶！起来，全世界的罪人"，《国际歌》的原译词比后来订正的"……全世界受苦的人"要高明得多。"旧社会，好比那，黑咕隆咚枯井万丈深……"郭兰英唱的《妇女自由歌》也永远让她热泪横流。郭兰英把"旧"字唱成"鸡义呕"，把"会"唱成了"胡衣"，吐字的力度更平添了几分悲凉凄怆，直至壮烈慨慷！哈哈，大姐我如今也要成为这个闹翻身求解放的大名鼎鼎的共产党的一名成员了！而且不是我在那里苦苦申请，又写思想汇报又痛哭流涕，又做保证又做检讨，那些个申请入党的人的苦肉相我也见得多了！现在是我们伟大的党来找我来了，就冲这一点党也是伟大的！党能够了解我，正是我这样的人，能够为党的翻身事业赴汤蹈火，肝脑涂地！

讨论青狐入党的支部大会开得荡气回肠。党是代表无产阶级利益的，党是维护贫下中农利益的，党是代表妇女利益的，党是与一切被压迫民族和人民心连着心的，党是一切被污辱被损害被强暴被剥夺被踩咕被抽了筋扒了皮敲了骨吸了髓封了嘴割了舌的人的救星。我青狐入党不是为了做官提级涨工资分房子安电话要汽车。我都快四十了，就我这个相儿，我能当官儿吗？我能提级吗？我坐得上小汽车吗？我现在房子就够用！电话我有公用传呼，四十四局二四幺四！原因是我嫁一个丈夫死一个丈夫，人口愈来愈少，也就不感到房子太窄！我是天生的白虎星，没有哪个贵族绅士大人先生要我，没有哪个资产阶级地主阶级工人贵族社会民主主义修正主义政党要我，但是共产党要我，我爱共产党！我就是要斗争，我就是要革命！不让我革我也得革，不要我的命我要拼命！（说到这儿卢倩姑同志当真流泪了。）我就是苦大仇深！我就是血海深仇！我就是喜儿！我是毛泽东教育出来的，我要和一切压迫人剥削人的人进行殊死的战斗！我要和美帝国主义、苏联现代修正主义、各国反动派、地富反坏走资派，和祸国殃民的"四人帮"还有康生曹轶欧和谢富治——有没有谢富治？我要和一切敌对势力斗！

是的是的（在一个老同志委婉地对于她的"生活作风"问题表示困惑之后，她坦率赤诚地回应说），我犯了太多的可耻的错误，我的生活作风不好，大家都知道，我迷失了方向，因为我缺少了党组织的领导指引呵！我缺少党的基本知识，我缺少共产党员的战斗精神！第一次……第二次……第三次……其实我也是受害者！我太感动了，少奇同志就指出，《雷雨》里头的繁漪是要革命的，是可以入党的，她受到了周朴园周萍两代人的欺侮，她的革命性会更强。我就最看不起那些假洋鬼子，自己是中国人，用高等白皮肤人种的口气居高临下地谈论中国、质问中国，甚至讹诈中国。而受过毛主席的教育的中国人不论（读 lìn）这个，要坚决地顶回去！

青狐讲得起劲，说得动情，听者无不动容。诚然，过去就是因为受了极左路线的影响，竟没有发现卢倩姑同志这样的另类人物的革命性。而青狐本人也极其感动，不说不知道，一说吓一跳，过去自己竟然不知道自己蕴含着这么炎热的革命激情，积蓄着这么大的革命决心。

支部大会以全票通过吸收卢倩姑同志为中国共产党预备党员，众多只热情的手伸过来，与卢倩姑同志的手紧紧握在一起，难分难解。

这正是落实知识分子政策的高潮阶段，一切顺风顺水，比任何人的想象更理想，比一切可能的圆满更完备出色。批准入党后不久，青狐甚至主动提出，她愿意为国家的安全部门做一些秘密工作，她愿意做红色的谍报人员，她愿意接受训练，做出各项承诺保证。她的要求并没有付诸实施，然而她的态度还是令领导满意不已。

一个月后青狐受到高层领导同志的接见，有人说是青狐写了信求见。她当然应该感谢领导同志的关心，领导同志的批语改变了她的生活和命运，是从此之后她的一切好运的根由。但也有人说是领导同志主动约见了青狐，说是领导同志约见青狐的目的是批评她的一篇涉嫌不正经的新作。青狐对这些说法不置可否，倒是领导同志又就青狐的住房发出了一些关心性的指示，使青狐周围的人又惊又喜、又妒又羡，却又颇感迷惑：究竟是怎么了？要怎么着呢？

　　领导同志是一个风度翩翩的老人，说是他读过马恩列斯的所有著作，大部分是从原文读的。他读过高尔基、李卜克内西、普列汉诺夫、法共作家阿拉贡、巴西共产党诗人亚马多①、智利共产党诗人聂鲁达、民主德国女作家安娜·西格斯和土耳其共产党诗人希克梅特……的大部分作品。他应该说是满怀深情地与青狐见了面。青狐知道这里用"满怀深情"四个字有点不伦不类乃至有点酸不溜丢与神经兮兮，但是青狐委实忘不了他那欣赏的关切的悲哀的望着她的眼睛和他的由衷的老人的笑容。那笑容就像盛夏阵雨后的西山上的落日，令人流连难舍。他把自己过去写的几首新诗送给了青狐，青狐早年在报纸上读过他老人家的诗，不光是新诗而且有旧诗和他填的中规中矩的词。他是领导层中的一个大学问家、理论家、大文人。他的家住在紧闭的双扇车门里，门口有军警把守。盘问无误以后才放她进去。一进院子倒是极开心的，更正确地说这是一座不小的园子，有一些花草树木和大藤萝架，宽大的房檐下也摆满了花盆。一进院子，空气和心情同时都变得好了。

　　青狐还听说，由于此位领导同志的干预，钱文担任白有光的副手的事情没有实现。钱文说是他找了这位领导，请他帮助。但是从雪山和李秀秀乃至从犁原那边传出来的消息是此位领导压根儿仍然是极左派，他不信任钱文这样的人。他一面发挥影响不让钱文任职，一面给有关部门打招呼，说是要给钱文调房子与装电话。青狐完全相信钱文的话，钱文是真的不想"当官儿"，但是几乎除了青狐外没有人相信钱文的话，袁达观就以钱文终于没有任职为由到处论证钱文还是有问题的，白有光才是正确文艺路线的代表。反正不管谁信谁不信，钱文为高层领导的没有最终任命他的职务而十分满意。有趣的是，钱文成功了，不必任职了，叶东菊却当起政协委员来了。钱文的房子问

---

① 巴西著名诗人亚马多，原为共产党人，后退党。

题的解决也沾了叶东菊这个"台属"与政协委员的光。

领导同志的会客室有一股子旧书和沉重的窗帘布的混合气味。过大的房间里除了几个破旧的沙发以外都是书橱，与那些在办公室里摆崭新的精装书却从来不会抽出书来翻一翻的大人物不同，他的书橱里摆着的书大都已经翻阅得旧损，有的还精心包装了书皮。由于会客室过大，显得有点空旷，说话有些微回声。他说话的节奏非常缓慢，不知道是由于中气不支还是多年来的领导地位培养出来的字斟句酌、出口成章（文件）的习惯。他谈了许多文学，从李商隐到龚定庵，从巴尔扎克到麦尔维斯，从伍尔夫到乔伊斯。他称颂古典，抨击现代派与后现代派；称颂现实主义但是不排斥浪漫主义、象征主义乃至神秘主义；他质疑典型化的理论，尤其不明白为什么苏共领导人例如马林科夫要大谈典型问题。说着说着他一点过渡也没有地说起了青狐的小说，他说青狐的小说算不上老练，然而完全不受教条主义的束缚，有很好的艺术感觉艺术质地。"好久了，我们没有自己的真正的艺术家。"他一面说一面摇头，一副心情沉重的样子。

青狐想说，您是领导呀，如果有教条主义的束缚，那束缚的来源就是您老人家自己呀您哪！当然，她说不出来。

领导同志突然抬起头来而且提高了一点嗓门儿，他说白有光紫罗兰还有白部长他们不能接受你的小说，是因为他们的艺术趣味太狭窄。"怎么能说你的小说看不懂呢？他们看得懂什么？他们看得懂《儿女英雄传》还是《老残游记》？看得懂《小二黑结婚》还是《刘巧儿团圆》？他们看得懂齐白石的画吗？知道画家画的是小虾还是大南瓜就算是懂画了吗？我们的作家我们的领导就是这样低能吗？"

老人家说着说着生气了，他顺口提到白某某呀紫某某呀全不在乎，这些在青狐眼中的庞然大物在他那里完全不屑一顾。虽然他十分注意自己喜怒不形于色，但是谈起白某某紫某某他还是没有能抑制住脸上的细小的歪鼻撇嘴的怪相。他讨厌白有光，这是毫无疑问的了。这已经是天大的喜讯。人与人的地位、眼光、心情和姿态该是多么的不同！青狐没有完全抓住要领，但是她听明白了，老人家喜欢她的小说，不喜欢对于她的那些小说的攻击。这使青狐乐了起来，傻乐了起来。

青狐的傻乐的样子似乎不受老人家欣赏，青狐明明白白地看到了老人家皱了一下眉，他招呼公务员给青狐添了茶水，他低下头，看也不看青狐，念念有词地说了一番话。这一番话说得很不客气，中心意思是要青狐多学古典，少学现代，尤其再不要搞太多的形式实验。大江大河是沉稳的，小溪小涧才最喧闹，这是英国的一句谚语。"在我们这样一个国家，走得太远了会吃大亏。你可以少写一点，不要做出头椽子。当然，其实你走得并不远，你其实还是反映现实，有助于拨乱反正。然而你应该清醒，应该学习政治。你刚刚入党，你是个新同志，你应该记住这个教导：共产党员作家首先是党员，其次才是作家……"

对于这一段话，青狐不服气也闹不明白，但是她毫不怀疑老人家领导同志的用心是关爱呵护，是慈父心肠。他已经说得够多的了，他说的已经非同一般了，早就超出了他的地位责任所允许的词汇范围了。他的责任重如泰山，他的举动影响神州，他的言语一字九鼎，他的找她见面的姿态本身就够她受用不浅，他怎么能不对她讲一些原则话儿呢？谢谢了，敬爱的领导同志！

她于是频频点头，表示感谢他的话语——她本来应该说是他的"教诲"的，临出口时觉得肉麻，便改说是"话语"——表示今后一定做得更好，写得更认真，更严格要求自己，而且今后就是要加强学习政治。她特别表示，她信奉和热爱马克思主义。她流着热泪说，她最喜欢最激动的马克思主义的核心词就是"翻身"。共产主义运动就是无产阶级和全体劳动人民的翻身运动，除了共产党，什么党什么人也不可能来领导这个翻身，只有共产党能做到这个翻身，能为翻身抛头颅洒热血。

这回轮到老领导频频首肯了，他的笑容团得如同中秋明月。

尤其令青狐惊异的是，她告辞，老领导示意让她少安毋躁，问她："你对王模楷的作品有什么看法？"

"挺好哇……"青狐知道这种不痛不痒的回答一定会叫这个显然十分挑剔字句、严肃认真、高雅骄傲的老人不满，但是突然间她也真是不知道说什么好，她只好做敷衍式的回答。

老人又皱了眉——这次会见，他已经皱眉三次了，已经快与他笑的次数持平了。青狐赶紧说了她对王模楷的印象：他的思想很深很深，他不像一般的作家那样轻浮冲动，他有自己的看法，从不跟着旁人说东道西。他沉着，有点忧心忡忡。他特别喜爱游泳，他有一次半夜下海游泳，把她青狐吓坏了。

老领导嘘了一口气，点点头说："你看了他的写游泳的新作了吗？他写得好。他有真正的文学眼光。他是真正的文学家，不像杨巨艇，杨巨艇其实不懂什么叫文学。他只会发表言论，他只能算半个理论家，他所有的是帽子和言论、议论而不是理论。当然有些言论也还是有参考价值的。"

青狐听之大喜，她说："太好了，您喜欢王模楷的小说，我要打电话告诉他，我要让他来看您……您能肯定杨巨艇的言论有价值，这也是令人鼓舞的……"

老人家板起脸孔摇摇头："不要讲。我们今天谈的都是私人谈话，不要对外讲，也不要跟王模楷讲。很可惜，'文化大革命'当中王模楷为什么有那一段？杨巨艇我也谈不到肯定，我个人不喜欢他的文字，他其实好像是一个教条主义者，恐怕是。你阅读他的文章，你没有发现他的一个大本领其实是扣大帽子吗？呵，不要传出去我怎么怎么说他们的作品了，会有误解，会有麻烦的。你们写小说会受到误解受到歪曲，我们做工作受到的误解和歪曲也许会更多。你们有顾虑，我们的顾虑更多。不说了，回家问你母亲好。"

他什么都知道？不至于吧，总不至于找我谈以前先查阅我的档案吧？

高位领导不让她把他的一些文学看法讲出去，不让她把这些看法讲给杨巨艇或者王模楷，但是他把这一切告诉了她，促膝谈心般地说给了她听，这不是证明，领导同志视她为更亲近更知己吗？她能不受宠若惊、沾沾自喜吗？她乐开了花。

而且她立即意识到，她本来一向提到领导是没有好气儿的，高位者永远是遭恨的，当然。芸芸众生，交租交粮，忘我奉献，拥护照办，听喝俯首，能不嫉恨自己抬着捧着哄着的那一个个领导吗？别的没有，还能没有一点怪话，一点小道消息吗？然而，当你得到了机会与高位者坐在一起，当你得到证明高位者对你是特别青睐，你的神态立刻会显出讨好来，你的言语立刻会显出迎合来，既然既没有必要也没有可能更没有道理推翻、颠覆掉现有的领导，你又没有权力任免任何领导，你的唯一的可能不正是与领导搞好关系、分享一杯羹，也反映一点民心民意，让领导不那么脱离群众吗？

可高级领导为什么会那样说杨巨艇？毕竟是领导呀，他不可能理解人民群众对杨巨艇的喜爱。

与老领导告辞的时候青狐当真是十分感动了，先是老人家从沙发上要站起来没有能站起来，不知道一直站在哪里的公务员跑过来搀他，他偏偏不让搀，他不愿意在青狐面前显出一副颤巍巍的样子。他扶着沙发背终于立起来了，有点喘。他与青狐握手的时候又认真地笑了一下，一认真，他笑得嘴有点干瘪。嘴边出现了放射形的纹路，像是小笼包子的嘴儿。而他确实想用力地而不是走过场地与青狐握一下手，他一用力，他的瘦瘦的手就呈现出一种鸡爪形，由于枯瘦，手也显得过小。青狐顿时想到他的风华正茂的青年时代，投身救亡图存的革命热潮的伟大情怀，叱咤风云的英雄气概，他历任的高级职务，他的共产主义理论理想与在苏联受过的训练、在延安受过的锻炼、在党内外斗争的惊涛骇浪中的经历，他的一篇篇革命的檄文，他的一次次出生入死，他的渊博、深邃、英勇和才气纵横……还有在历次运动中他受到的冲击、冤枉，想不到胜利以后，大获全胜以后仍然是九死一生……

"谢谢您。"青狐哽咽了。

领导同志放松地笑了。他的笑容似乎是表示，他相信自己的爱才，自己对青年（对于他，青狐当然只是青年）一代的好意，对青狐及她所代表的新派文学的青睐已经被领了情。他感到了安慰。他愿意示人以好。

由一位穿军服的同志送她出了门，门严严实实地关闭上了。

出门以后，青狐才注意到门里院墙边的几株高大的杨树，杨树上有小鸟栖息，小鸟在跳跃和鸣叫。真是可爱的园子可爱的老人。刚才在墙里倒没有好好看树，偏偏现在在墙外看。青狐觉得自己怪怪的。但青狐仍然在感动着，她走了没有几步，看到一群人在围着一个挑挑子卖装在笼子里的蝈蝈的小贩讲价钱。什么都恢复了，包括鸣叫不已的蝈蝈，如果是前几年，这也算是走了资本主义道路的吧，那时人们的口号是不堵住资本主义的路，就迈不开社会主义的步。有趣，他们把领导同志的门前变成了卖蝈蝈笼子的地点，在老百姓与卖蝈蝈小贩的衬托下，那紧闭的大门后面的生活，未免有些寂寞。

回家以后她连夜寻找载有王模楷的新作的刊物。真是惭愧呀，领导同志读了的王模楷的新作她青狐还没有读过呢，不但是没有读过，而且还没有听说过。这里这里，噢，不是这一期，那么，呵，也不是这一本，现在给她赠阅的文学刊物真是不少啊。哈哈，它在这里，王模楷在这里似乎向着青狐默默一笑。

王模楷的小说的题目是《夜之海》。青狐越读越觉得惊心动魄。他写得太精细了，过分精细的描写不像是出自人手而更像是所谓鬼斧神工。那简直是鬼狐的笔触。他用第一人称描写夜间下海游水，那时的海水使人觉得微温，这当然是由于夜间气温降低而水还大体保持白天的温度的缘故。他描写夜海表面的星月闪烁流光溢彩与下水后的一片漆黑，尤其是当把头埋到水里呼气的时候，越是往下看往水深处看越是感觉到那种不可测的令人毛骨悚然的漆黑。他写到了游到远处以后的静谧，静谧不是因为没有声音，而是因为清清楚楚地听到了每一响水波、海涛、风和浪花，听到了第一人称的"我"自身划水、蹬水、吐气、吹动水花和吸气的声音。"我"也听到了大海的呼吸，大海的轻鼾，大海的梦话，风儿的摇篮曲。"我"分得清自己鼻子和嘴里含有海水时和没有水时、水多时和水少时呼吸的不同声音。"我"的声音已经进入到结合于大海的宇宙的律动里。"我"有时还听到一条鱼在水里摆尾游过去和水拍打海岸拍打礁石拍打沙滩。海水的声音有规律又有变化，单调又有分别：风是不停地变着的，水流是时有变动的，海底与陆地的距离是时有不同的。

可怕的是后来风渐大了，海有点急躁了，风有点憋闷了。浪花起伏与成灭的溅溅声、沙沙声、扑扑声超过了"我"划水与蹬水的声音。这种状况使小说里的"我"感到了自己的渺小。这渐行渐强而又节奏分明的声音反过来也激励了小说里的"我"的游水动作，浪花形成、推移、连接与破碎的声音像是交响乐团的指挥棒，"我"按照这个指挥棒的指挥手、腿、腰、头、脖子联合运动不已。

人生能有几次游？能有几夜游？能游几多海几多水？即使你年年到大海怀抱里，即使你每次能游五公里，即使你每年能这样游十次，即使你还能畅游二十年，就是说极限了夸张了遐想了，你也不过是再游一千公里。对于海洋来说，一千公里是太短小的距离，是太仓促的游泳。然后是永远的安息。

夜游者流下了泪。与海水相混合的，一样咸一样苦的眼泪。

下面一大段写得何等凄美：

"我"翻过身仰泳，仰望半个月亮与刚刚升起的一天星斗。眼睛已经习惯了黑夜，只觉得天空一片璀璨。波浪打湿了眼睛，水花反射和过滤过的月光星光千变万化，目摇神迷。目光透过水花，但见条条道道光线追逐、缠绕、摇摆、荡漾、旋转。用眼睛的余光看去，海面上也是道道片片点点银光如针如米、如花如火、如轮如绸缎。"我"的身体在这一片璀璨中起伏运动，徜徉逍遥，乌波万顷，身作轻舟，银团迸裂，神游河汉，沧海一粟，天地穹庐，年近半百，心犹炽烈。"我"要游远些再游远些，要永远与风浪鲸鲨为伍。"我"已经变成了一条大鱼。"我"的身上已经长出了鳞甲。"我"已经变成了一朵浪花。"我"的思念已经粉碎为无数的光斑。"我"已经变成了一叶扁舟，飘飘悠悠，浮浮游游，独自面对着天海，独自面对着星月。"我"感到了一种肃穆，却又轻松。"我"感到了一种虚无，却又庄严。去矣归矣，消散于疾风星月中矣。"我"不回来了，大海是"我"的永远的家园，永远的归宿！

不知为什么，读到这里青狐眼角上沁出了豆大的泪珠。

尽兴啊，尽兴的一夜畅游大海？什么是畅？什么是尽兴？越尽兴就越危险，越畅游得越远。畅就是兴，兴就是险，险就是兴，险就是畅，无兴无险无畅，无畅无险无兴。世事如海，你可有一次尽兴的畅游？

我青狐从来没有这样游过呢。

而后来风愈益大了，浪愈益高将起来，风浪的声音如同千军万马，嘶鸣号叫，杀声震天。这好像交响乐的第三乐章，急板匆匆，叫作急急风，如京剧开打，各种打击乐器叮叮当当，铿铿锵锵，纷至沓来。"我"在海中遇到了涡流，豪情无限的"我"终于决定回游，"我"调整好自己缓缓向岸边游去。游了一段以后，略感疲劳，便再改成仰泳，随遇而安，任凭风浪咆哮并且想着能这样尽情夜泳一次，也不枉造访了一回大海。如此这般，"我"接近于筋疲力尽了，估计也快到了岸边了，"我"改作蛙泳并且抬起头来。

不好！"我"一抬头看到的是作为航船的标志的一个圆球形浮标，这个浮标离海岸很远，平时如果不是天气特别晴朗，在岸上用肉眼是看不到的。现在，这个圆球离"我"是那么近，球变得那么巨大、明亮，发出类似荧光的青光。休矣！大圆球是一个恐怖的符号，是歧路和死亡的标志。"我"的生命中还从来没有出现过这样的标志，浑圆、静默、严密，没有缝隙也没有端倪，无始无终无边无缘，这边与那边并无任何区别。圆球像是一声凄厉的不谐和音，令"我"心头吃紧：谁想得到"我"仰泳时游偏了方向，"我"在水里绕了一个大圈，"我"仰泳了一个小时，不是离岸近了而是更加遥远了。

略略一转头，"我"看到的是已经落向海面的半个月亮，月亮和海水的反光令"我"睁不开眼。

已经过了几个小时了呢？"我"亲眼看到了半个月亮爬上来再落下去。

一阵痉挛传遍了全身，"我"想起了聂耳，《中华人民共和国国歌》

的作曲者在日本海游泳时不幸出了事。"我"想起了麦尔维尔的《白鲸》与杰克·伦敦的《海狼》，浪漫的想象与浑身的痉挛浑身的"小米"。"圆球"的态势十分危险，它是死亡的象征，它是空间与时间的终止。如果就这样再见了，呵，能够把自己的心情告诉谁去？大海也是有生命有意志的吧？也许大海需要"我"？天空也有意志有心情？也许天空等待着"我"？长风也许有自己的安排自己的喜怒？也许长风要带走"我"？从此以后，"我"的小说就是海涛，就是波浪，就是星月，就是夜风，就是鱼虾龟贝……然而"我"的生命，"我"的感觉，"我"的痛苦，"我"的常常像弄错了型号一样总是对不上口对不上（螺丝）"扣"的命运啊，你就注定了这样销声匿迹吗？伟大的造物主，我的老天爷，为什么又是"我"轮到了这个路径，获得了这个密码，抓到了这张"大鬼"！

而现在最重要的是冷静、是信心、是自己救自己的愿望，没有任何人能够帮助你。你已经离开人群，你已经投身黑暗，然而你还活着，你还健康，你还没有发作心脏病、抽筋、呛噎、急性腹症，尤其是精神错乱。你怕这个圆球。你觉得圆球正在吞噬你压迫你。你的神经尚称正常，你的肌肉也许可以获得再生的力量，你的机械般的节奏使你可能发挥出无穷无尽的能量。风浪虽然变大，水温仍然适宜，你必须稳住自身，做好准备，告别圆球，对准目标，一下，再一下，再一下，十下，百下，千下，万下，十万下，就这样一寸又一寸，一尺又一尺，一米又一米地游回去。你给自己定的目标是天亮，是游着泳看日出，你完全没有心急的理由，你的潜力足够再游十到二十个钟点。你是要给自己创造一个纪录，给这里的海滩创造一个纪录，给小说创造一个纪录，你要把这一夜的经历写出来。这是一个启示。这里有着某种含意。这个圆球在惊吓你威胁你压迫你的同时也在提醒你考验你审问你，你的又一个生命开始了。

而且，而且"我"知道，岸上有一个人在等待"我"，"我"不想知道她究竟是谁，但是"我"已经感谢上苍安排的"我"们的邂逅。"我"不想知道"我"们之间本来没有也不可能有的故事，但是"我"们已经悄悄地相互放光。"我"们没有任何的希望和前途。"我"不想说今夜"我"是为了她而下海畅游，"我"不想承认今夜"我"还要为了她而不辞辛苦地游回岸去……但是"我"知道，如果"我"终于游回到了岸上，"我"最想告诉的就是她，"我"想告诉她"我"在夜海里度过的体味的一切。

如果"我"最终没有游回去，那么这一切就是永远的秘密。

读到这里青狐再顾不得读结尾，她已经号啕大哭，她已经趴在了地上，眼泪与地上的尘土混在一起和成了泥，弄脏了她的脸和衣裳，她哀哀地哭着，伤心痛肺，肝肠寸断。

妈妈被她的哭声惊吓，悄悄来到她身边。她为难了好久，欲言又止了好几回。最后，老太太嘴里含混不清地说："你还是找一个男人吧……"

青狐无话可讲，她想说有男人，怎么能够没有男人呢？有男人喜欢青狐，也有男人青狐喜欢，然而这些该死的男人已经不可能属于她了，没有任何希望与可能了。这其实并不重要，她与男人的关系全部是失败的记录，她其实害怕与男人真实地相处在一起，她其实是讨厌他们远胜于喜爱他们，没有哪个男人真正值得她爱。她其实瞧不起他们，他们其实说到底了都是庸人懦夫，都是去了势的太监，都是胆小的兔子。

老太太的嘴角嚅动了一下，她吐出了三个字："杨巨艇！"

"滚！"青狐骂道。

老妈妈也焕发出了韧性，死不退缩，死不改口。她认定了杨巨艇，她一再重复这个名字。

青狐发疯似的狂笑起来。

就在这时响起了门铃，同时有人用手指敲门，敲门声愈来愈大，母女俩面面相觑。看看表，十二点过十分了，谁呢？

杨——巨——艇。

这边风景（选章）

第二十五章　库图库扎尔转守为攻

雨中情

痛惜乌尔汗失去了的青春要说也快，赛里木来到不久，就发现库图库扎尔迅速地、自然而然地成了众矢之的。在四队庄子上，乌甫尔队长个别向赛里木谈起了一个重大的问题：那就是，在一九六二年的动乱的时刻，库图库扎尔曾向乌甫尔说公社怀疑他的国籍，怀疑他要走"那边"，这曾使乌甫尔大闹情绪以至躺倒不干，只是后来由于里希提同志的教育他才不再听信这些流言，站出来坚持了工作。乌甫尔是个直率的人，在一九六二年的事件过去以后，他终于去公社找塔列甫同志谈了自己心里的疙瘩。塔列甫瞠目结舌，莫名其妙，难道有谁说过哪怕是一个字的怀疑乌甫尔的话吗？……他越想越觉得奇怪。为什么身为支部书记的库图库扎尔说话那么没有原则，而且客观上完全配合了木拉托夫送来的假岳父肖盖特的来信，起着挑拨离间、把水搅浑的作用呢？

在那天的支部扩大会议以后，伊明江也找了赛里木。这个眉清目秀、穿着齐整、略嫌瘦弱的小伙子、青年团员，带着几分羞怯对赛里木说，他的伯母帕夏汗曾经拿来了包廷贵的信让他给翻成维语，信上叙述，包廷贵在乌鲁木齐用走后门的手段购买汽车的尝试已告失败，而包廷贵的那个"朋友"——某工厂的管理员，已在城市"五反"运动中被揪了出来。因此，伊明江说："那天的支部扩大会上，伯父不肯说这些实情，他是故意在装糊涂……这封信恐怕别人是不知道的，该不该反映给您呢？这使我思想斗争了好久……但是千万不要让我的父亲知道……"

"谢谢！"赛里木拍着小伙子的肩膀，"请放心，对您的伯父，我们当然是抱同志式的帮助态度。但是，不应该说假话。说假话，对他、对工作都没有好处……"

阿卜都热合曼与艾拜杜拉把他们在七队查账的情况汇报给赛里木。简单地说，穆萨的态度看来很好，凡是账面上的问题，他大包大揽，一概承担，决不推脱。他承认自己给自己多加了补助工分，承认大量预支了现金，承认拿了一些公物——例如马厩的马灯——私用。而且，他表示准备陆续退赔并立即开始，他已经把大三针手表撸了下来要交给查账组，查账组由于未经请示，没有收下。对于穆萨的这种态度，多数人认为是真诚的，"穆萨本来就是这么个二杆子[1]，"他们说，"穆萨的老婆是个好人，马玉琴整天逼着穆萨退赔债务。"另一些和穆萨一家比较熟悉的人补充说。但是，他们查账小组也有一些怀疑，从穆萨的慷慨承当中感到有一种把事情包下来、包起来以防再追究下去的意向。例如穆萨给玛丽汗批了四十块钱"治病"，会计明明记得当时穆萨说是根据库图库扎尔书记的命令，但是穆萨现时却坚称完全是他个人的意思，与大队无关。再如此次包廷贵去乌鲁木齐前从七队拿走了许多食用清油和土产，连这样明显的是由库图库扎尔安排的事情穆萨也竟然说成又完全是他个人的意思，目的是——这种解释就更可笑——汽车来了以后七队用起来方便一些。"这就产生了一个问题，"阿卜都热合曼与艾拜杜拉说，"穆萨的问题与大队支部书记有什么关系？为什么穆萨要一人承担？为什么库图库扎尔同志不主动承担责任？"

还有许多其他的反映。包括库尔班的问题，也被提出来了，支部会上伊力哈穆介绍了惹扎特的来信和那天晚上的啤酒烤肉宴。伊力哈穆的态度是这样认真，感情是这样激动，使一贯在任何场合都能谈笑风生、周旋自如的库图库扎尔脸一阵红，一阵白，他的舌头失去了他曾经称是润滑油的语言，变得干涩了。

库图库扎尔似乎已经陷入了重围之中。是这样的吗？

库图库扎尔究竟是什么问题呢？思想认识的问题吗？工作作风的问题吗？自发势力的影响吗？还是……

对，应该找他本人谈一谈，然后，把这些情况汇总起来，带到公社去，

---

① 犹言"二百五"。

和公社有关领导同志一起，必要时召集党委会研究一下。

就在赛里木这样掂量着的时候，库图库扎尔自己找上来了。

这次库图库扎尔的到来与平常的任何一次都不同，没有挂在脸上的经久不泯的微笑，没有风趣的妙语警句，没有亲切的问寒问暖，也没有那种讨好的甚至是谄媚的侧头躬腰的谈话姿势。库图库扎尔十分严肃，也可以说是怒气冲冲。他开门见山地说：

"我想了很久，我必须对党的事业负责。正是党关于阶级斗争的理论武装了我的头脑，使我看清了过去没有看清的现象和问题。"库图库扎尔响亮地咳嗽了一下，瞥了一下赛里木的注意的神情，他做了一个有力的手势。

"更远了不用说了，"他继续说，"只从伊力哈穆去年从乌鲁木齐回来说起。伊力哈穆到底是什么人呢？他到底要干什么呢？这不能不引起我们的深思。俗话说，和善走在一起会变成善，和恶走在一起会变成恶。考察一个人，首先要考察他经常和什么人在一起。具有象征意义和发人深省的是，我们的这位伊力哈穆恰恰是陪着叛国犯、贪污犯、盗窃犯伊萨木冬的妻子——呵，我还忘了，伊萨木冬还是吸毒犯——伊力哈穆是陪着伊萨木冬的妻子、本人也外逃未遂的乌尔汗一起回到家园的。那么，请问，身为共产党员并且后来担任了支部委员的伊力哈穆同志，与这个两个脑袋的坏女人在一起，对她做了什么斗争呢？不，完全没有斗争。不但没有斗争，而且千方百计地予以袒护，脉脉含情，关怀备至。"

"等一等，"赛里木问道，"您认为乌尔汗是一个怎样的人？"

"我已经说过了，她是长着两个脑袋的坏人。"

"那您为什么前不久还在她家里做客吃烤肉呢？"

"这个情况我以后再向您说明，那天完全是穆萨搞的……但我的关于伊力哈穆的重要的话还没有说完。其次，我们谈一下廖尼卡……"库图库扎尔事先已经绞尽脑汁想了一些为自己堵漏洞的说法，像在乌尔汗家吃烤肉的问题，他已经准备好了对策，所以赛里木的问题虽然使他略有不快，但并没有中断他的气势汹汹、滔滔不绝的雄辩。他说到廖尼卡和伊力哈穆与廖尼卡一家的暧昧的友情，他说到泰外库，以及伊力哈穆对泰外库的纵容。他断言，干脆说，伊力哈穆是死猪闹事的黑后台。他论证说："没有伊力哈穆撑腰打气，泰外库就不会那样猖狂，泰外库不那样强硬，死猪的事情也就早了结了，根本就冲突不起来，没有泰外库和包廷贵的冲突，也就没有那种危险的反汉情绪和闹事的行动。而这种危险的、反动的、反革命的、分裂祖国统一和适应了现代修正主义的需要的反汉思潮的根子，就是伊力哈穆。"

库图库扎尔越说越愤慨，帽子越扣越大，不但赛里木听后吃了一惊，连库图库扎尔自己听自己讲话也觉得骇人听闻。

本来，从县委书记到来参加支部会议时起，库图库扎尔便有一种被动挨打的感觉。当达吾提在支部会上提出包廷贵的问题和伊力哈穆提出库尔班的问题之后，他更觉得自己有变成被告的危险。"难道不战而败了吗？"他深锁着双眉思考着摆脱这种尴尬的处境的路子。就在这苦恼的时刻，他接到了一封匿名信。信是夜间从门缝里捅到他家里来的。信上说：

　　勇敢的鹰隼，我们亲爱的兄弟，聪明的、有头脑的库图库扎尔同志，我必须提醒您，有一些宵小之徒很可能利用当前的某些机会向您进行可恶的攻击。因为世界上的任何存在都是有缺陷的，没有缺陷就没有事物，也没有世界，这样，您自然不难成为您的敌人恶言相加的靶子。但是，您完全毋须忧虑。因为，斗争的理论本身并不能把谁怎么样怎么样，反对修正主义的宣扬本身并不能把谁怎么样怎么样。他们可以运用阶级斗争的口号，您为什么不能够用呢？您应该争取主动，转守为攻。您是一株根深叶茂的大树，没有什么风能把您连根拔起，不管气候怎样变化，您脚下的地面是不会塌陷的。但是，仅仅凭依您那猴子般的灵活、鸭子般的圆润、狐狸般的机智、兔子般的敏捷和百灵鸟般的啼啭，您仍然无法躲开泼向您的污水。这样的攻击虽然不可能把一棵大树放翻，却是可以敲落树枝上的纷披婆娑的叶子，因而影响这棵大树的壮观和美丽。但是，为什么要等待恶言的袭来呢？能够使您受到攻击的那些空隙，在您的对手身上肯定也是可以寻找到的。我相信，我甚至以为这并不需要特别去寻找，因为以您的智慧、老练和周到的算计，您手里这样的环节肯定是现成的，准备好了的。现在是转守为攻的时候了，即使您也没有足够的把握把对手放翻，至少可以大大减少您被放翻的危险，可以改变您单纯防御的劣势。请记住，事在人为。世上没有任何武器是万能的。也没有任何堡垒是牢不可破的。还没有任何理论说辞只对一边厢的人有利。那么，谁攻得下谁的碉堡，关键在于火力。要有很强的火力，要坚决，要狠，要先发制人，因为人们的习惯是：一般性的指责总是允许申辩的，而特殊重大的、毁灭性的指责却具有不容讨论的性质。在这里，震慑力量排除了讨论的可能，任何讨论都会使同情者和被指责者共同处于特强火力的摧毁之下。当您握着的是拳头的时候任何人都是敢于还手的；当您握着一把匕首的时候，连周围看热闹的人也会连忙后退；而当您抱起的是一挺重机枪的话，如果您的重机枪不乏子弹，请注意，铜弹、铅弹或是沙弹哪怕是纸弹都同样具有可畏的杀伤力，那时，您就会所向无敌，如入无人之境了。

祝您成功，祝您胜利！

一直关心着您的局外人
您永远可以指望的最忠实的朋友

这封信使库图库扎尔心惊肉跳。读完第一遍以后他的第一个反应是立即把信揣到了怀里，不顾帕夏汗的惊疑的眼色他跑到了院子，又跑到院门外四下张望，不管是院外、院内、房外、房内，不管是屋顶、菜窖、羊圈、鸡舍、驴厩，一句话他家的里里外外上上下下的任何角落里都没有任何人迹。他甚至查看了一下家里的牲畜：牛在不慌不忙地舐着鼻孔。鸡在兴致勃勃地点头啄食。驴呢，劈开腿，撒了一泡没完没了的多泡沫的长尿。显然，并没有纳赛尔丁先生 ① 的哪个朋友化装成牲畜钻到他的家里。然后，他走进内室，掏出信来再看了一遍以后立即把信烧掉了。老婆的恶毒的和嫉妒的目光（帕夏汗以为是哪个不要脸的婆娘写来的呢）也没有引起他的注意。

他把信烧掉了，心情恢复了如常。现在，他并没有接到过什么信。

谁写的信，这对于他来说是毫无疑义的。他感到愤怒的恰恰就在这里，这么个人怎么敢来指点他，何等地轻率！何等地不自量！何等地胆大包天！他恨不得把写信的人打上一顿。他忽然又后悔起来。本来，不应当把信烧掉的，有了这封信，写信的人的把柄就攥到了他的手里。但这封信同样也会给自己带来麻烦。是的，烧掉了好，压根儿就没有这么一封信。噢，帕夏汗生气了吗？让她生气去吧，甚至把这样的话传给女人们也不错，在她结交的那

---

① 纳赛尔丁先生，即阿凡提，他的一个友人曾化装成驴子去整治一个地主。

些女人们中间，风流韵事将不会有损于男子的名誉，而恰恰相反，会增加他的男人的雄风与魅力。

虽然库图库扎尔全身心地憎恶、轻视、又惧怕这个写信的人和他采取的写信的方式，但是，信的内容却强烈地打动了他。

库图库扎尔扭转了自己的情绪。他向赛里木主动出击。他大放厥词，把同情和庇护外逃分子、挑动反汉情绪的特大号的帽子戴到了伊力哈穆的头上以后，他又提出了第二个问题，那就是，伊力哈穆与里希提勾结起来，企图把他放翻。从各方面的表现一直说到伊力哈穆甚至不择手段地破坏他的家庭关系，教唆和挑动库尔班向他要钱寻衅，最后又不知把库尔班隐匿到了什么地方。

库图库扎尔的这些话甚至对于他自己来说也像天方夜谭一样地是新鲜的、闻所未闻的、富有刺激性和吸引力的。听着他自己说的这些话，他既觉得毛骨悚然又觉得淋漓尽致。他担心自己的信口开河，又佩服自己的勇敢和口才。他越说越快，越说越重，已经是欲罢不能了。

"您认为，库尔班是被伊力哈穆藏起来了吗？"赛里木问。

"是的，当然，毫无疑问。至少客观上是伊力哈穆把他藏了起来。"

"什么叫客观上把人藏了起来呢？"赛里木不懂地问。

"伊力哈穆的挑拨是造成库尔班不见的根源。"

"他怎么挑拨呢？"

"他的挑拨太多了。他曾经对库尔班说：'库图库扎尔不是你的亲爸爸，不会真疼爱你的。让你干活，你要尽量少干一些，帕夏汗做饭如果不合口味，你就和他们哭闹。他们绝不敢打你。'伊力哈穆还说：'从现在起就要向他们要钱，要了钱，我给你存起来，一晃你就是大小伙子了，到时候没有钱办喜事，有谁会管你？'等等等等。"

"您听到这些话了？"赛里木仍然不大相信地问。

"当然听到了！最初，他说了这些话，库尔班回来告诉了我们。后来，他的挑拨奏效了。有许多话库尔班不再告诉我们了，但仍然有许多别的社员听到了这些话，告诉了我们。"库图库扎尔眼不眨心不跳地信口说着，他早从幼年就已积累下这样的经验了，谎话一经开头，就必须一鼓作气，坚持说到底，不要怕把慌扯得太大，要扯就必须越扯越大，越大就越能使人头晕目眩而最后相信。但是，他也不宜在这个问题上停留过久。他说：

"结果，伊力哈穆反倒在支部会上给我提意见，说什么我虐待了库尔班。他的目的就是要操纵支部会，把当前的运动的斗争矛头指向我。这纯粹是不怀好意。县委书记同志，我建议您控制一下、掌握一下会议的方向，不然，我也不得不被迫把上述的那些事情全给他兜出来！到那时候，可就不好收拾了。"他说的最后的话，带着一种露骨的威胁的口气。

　　"那也好嘛，"赛里木和善地点点头，似乎并没有察觉什么，"把问题提到党的会议上，让大家共同议一议，分析分析，这是正常的做法。这有什么不好收拾的呢……譬如，关于死猪的事，我去年就听您讲过的，县委的简报上也曾经登载过这个事情，您在州上的大会上也讲起过，是吧？"

　　"是的，是的。"库图库扎尔忙答道。

　　"那时您的讲法和今天有所不同。您没有提出过伊力哈穆的问题，您们说，死猪闹事的幕后人是地主分子玛丽汗和依卜拉欣。"

　　"当然，当然有地主分子的捣乱。至于伊力哈穆的问题，我是逐渐认识到的。"

　　赛里木又随便地问了几个情况，关于乌尔汗儿子的找回，关于穆萨的当选队长，关于包廷贵在乌鲁木齐的活动情况……可以看出，赛里木扎扎实实地、一步一个脚印地积累了不少材料，他根本不是那种一知半解、自以为是、其实很容易被欺蒙的领导人。他提的这些问题都是对库图库扎尔很不利的，好不容易他随机应变应付了过去，自信还没露出太大的破绽。但是，当库图库扎尔离去的时候，尽管县委书记没有否定他、批评他，他刚来时那种进攻的锐气已经大大地减弱了。

　　"看样子庸庸碌碌，实际上眼尖，心也很厉害，还不大好对付呢。"库图库扎尔悻悻地想，"不行就给他来一个混战，反正没抓住我什么大把柄。"库图库扎尔安慰着自己。

　　库图库扎尔走了，赛里木一个人在临时充当他的宿舍的支部办公室里踱来踱去。"有意思。"他自言自语地说。"真有意思。"他又说。

　　作为领导者，见到矛盾暴露出来，他有一种兴奋的感觉。

　　库图库扎尔突然如此凶猛地告了伊力哈穆一状。说是告状，因为它超出了一般反映情况、甚至是揭发问题的范围，完全是一种诉讼的口气、宣判的腔调、揪住不放的恶狠狠的敌意和幸灾乐祸的洋洋自得。比较一下伊力哈穆、里希提、热依穆、乌甫尔他们对库图库扎尔的意见，事情很明显：他们的谈话中充满了苦恼、犹豫、焦急和气愤，表达了他们对于一个担任支部书记的同志的期望和不满。唯其期望极大，所以不满也十分强烈。他们的心情是沉重的，他们的语气是疑问的，他们希望身为县委领导的赛里木帮助他们来分析解决这一问题。

库图库扎尔则完全是另一种态度。他只是想在县委书记跟前把伊力哈穆搞臭。

共产党的哲学是斗争的哲学，党内斗争是不可避免的。但这绝不是说斗争本身便是目的，矛盾越激烈越好，斗得越不可开交越好。不，党内的斗争反映着社会的阶级斗争，但它毕竟与社会上的敌我斗争有所不同，它一般表现为思想斗争，应该从团结的愿望出发，达到团结的目的。应该与人为善，应该实事求是。

还有一条。伊力哈穆他们并不掩盖他们对库图库扎尔的意见，不论是会外闲谈还是会上正式谈，不论当着不当着库图库扎尔本人，他们都流露着、述说着这些意见，他们几次试图把这些问题正式在党的会议上提出来，虽然他们谈得还不深，不系统也不全面。倒是库图库扎尔一接触到这些意见就躲躲闪闪，顾左右而言他，把话题引向远方。至于库图库扎尔对伊力哈穆的意见，截至今天以前似乎从来没有表露过。就在这次赛里木来大队以后还问过他，他说："伊力哈穆嘛，看问题片面，急躁，不够灵活，但也还好呢。不过他太好胜，好表现自己……"他含含混混地说了伊力哈穆一些不好的话，但这些话与方才谈的口径根本不同。就是今天，库图库扎尔的话虽然说得尖锐，但看来他也只限于与赛里木个别交谈，所谓"我要在会上提出来"不过是以此促进赛里木"控制一下会议的方向"，换句话说，让人们不要再给他提意见。咄咄逼人的言词后面是一种防守的态势。

库图库扎尔的话还有一些自相矛盾的地方……总之，他给人以一种不大正派的印象。

"这是一个不大正派的人。"赛里木停住踱步，自言自语出了声。

一阵凉风突然吹进了窗子，吹得桌上的报纸落到了地上，吹得煤油灯的灯焰一晃一晃。赛里木来到了窗前，探头看了看黑沉沉的天空，把窗子关上。由于插销损坏，风一下子又把窗户顶了开来。赛里木只好走出去，在漆黑里摸索着找了一个大土坯，抱回来顶住了窗子。

赛里木捻大了油灯，躺在床上，看了一会儿报纸，然后，吹灭了灯，计算了一下还能在这个大队待多少日子和下一步的做法。风声不断地传来，屋里也弥漫起了尘土。"要闹天气呢。"他想。

刚刚睡下不久，一阵噼里啪啦的雨点又惊醒了他。很快地，变成了哗啦哗啦的倾水声，接着，又传来了稀溜稀溜的流水声。

真是罕见的大雨！不要说赛里木的故乡、南部新疆没有这样大的雨，就是降水较多的伊犁，这样的雨也是少有的。透过窗户缝，已经传进来新鲜强烈的泥水气味。

赛里木翻了一个身，迷迷糊糊又睡去了。过了一会儿，一种稀疏的却又是分明的哒哒哒的声音唤醒了他。

"怎么回事？"他坐了起来，揉了揉眼睛，弄清是房顶漏了。新疆农村的房子大都是平顶厚草泥，这样的屋顶造价低，又便于农民在上面晾晒柴草以至粮、菜，一般地说，也完全可以适应在雪大雨小的新疆遮风避雨、靠吸水而不是靠防水避雨的要求。不过，一遇到特大的暴雨，就要漏水了。

房顶的漏雨使赛里木一阵紧张。他并不是为自己担心，这毕竟是办公室，盖得坚固，房顶上的草泥上的也较厚。但是，在这么大的暴雨里，社员们的家庭会怎么样呢？还有各队的粮库、马厩、工具房、办公室，会不会有什么危险呢？

赛里木连忙穿上衣服，找出了手电筒，推门走了出去，他打算叫一下库图库扎尔，一同到各队看一看。但是，来到雨地里，借着手电筒的亮光，他看见许多人影在活动，在向大队西面的桥头一带聚集，他便跟了过去。

虽然是夏天，但一下雨就急剧地降温，从被窝里刚出来，更觉得寒气袭人，大雨立即打湿了全身，打湿了面颊，顺着脖子流到了身上，而且，雨打得人睁不开眼睛，张不开嘴，喘不过气。同时，雨声遮盖了其他的声音，显得十分紧张。赛里木深一脚浅一脚，噗唧噗唧走到了桥头。只见那里聚了不少的人，有的还牵着马。只听得是里希提的声音。为了不被雨声所压倒，他拼命地大叫：

"骑马的人跟我去庄子！"

"不，庄子还是我去。您在这边吧。"这是伊力哈穆的声音。

"也行。"急迫中里希提不想争执，"那这样吧，你们快去，重点是粮食，马厩，五保户的家，还有谁家房子危险都帮助暂时转移出来。骑马的跟伊力哈穆走，其余的留下！"

马蹄嘚嘚，大雨中伊力哈穆他们走了。

"剩下的人分两拨，各队浇水的人随穆明去各个分水口，防备洪水冲坏渠道，如果上边来的水太大，就打开口子把洪水暂时泄到伊犁河。其余的跟我去各个粮库马厩，各队队干部去检查本队的社员家庭的房屋……"

里希提分配完了，行动了起来。黑暗中没有人发现赛里木。赛里木跟着众人来到各队，他们找来了毡子、防水布、草袋子，有的甚至抱来了棉被去苫盖粮仓的屋顶。他们还用圆木和方木加固了仓库的屋架结构。他们点起了一盏一盏的马灯挂在牲畜槽头，明亮中便于观察情况和应付紧急事故。穿过马灯的光照，清楚地看到了一条条、一团团、一片片的雨柱雨栅雨林，这雨好生了得！他们把某些马匹挣松了的缰绳系紧，又把某些系死了的缰绳重新解活，再把散乱的饲草归拢，把料桶盖好。然后，他们又挨家挨户检查了房屋的漏水情况，扶老携幼，帮助一些住房老旧的社员暂时转移出来，通知一些房屋坚固宽大的社员点上灯，架起火，打开门，迎接临时的"难民"。他们没有雨衣、没有雨伞，这里的农民本来就没有用雨具的习惯，他们最多是穿上浇水用的胶靴，穿戴上本来是冬季御寒用的棉衣和皮帽子，也有的翻过来穿上羊皮大衣挡雨，雨水顺着一绺绺的羊毛流淌。不管穿什么、戴什么，最后仍然是人人上上下下里里外外都淌着水，雨水和汗水流在了一起。而且，参加这个防雨抢险的工作的人都是自愿前来的，没有人通知，没有人下令，也没有人登记姓名和记下工分报酬，但是，聚起来的人越来越多，这个队伍越来越大，他们干得越来越欢，管得越来越宽，连女主人都忘记了遮盖的社员家庭的打馕的土炉，他们也帮助给盖上了。有的社员生火找不着干柴急得要命，于是他们帮助寻找，调剂和交流仅有的一些干柴，雨天的干柴，可真比金子还珍贵。

这支队伍一直干到了天亮，他们的工作大大超出了里希提原来要求的范围。赛里木在这支队伍中，他穿得最单薄，浑身冰凉，但是他非常高兴，自觉为公和互伸援手的劳动，这真像一把火，烧得他心里热乎乎的。

天大亮了，雨势也渐渐小了下来，里希提宣布暂先休息，该吃点东西，换换、烤烤湿衣服，如果雨不停，中午再集合待命。这时候，人们才发现了湿漉漉、笑嘻嘻的赛里木。大家纷纷拉着县委书记：

"到我那儿去喝茶！"

"到我那儿去！我箱子里还有一身新衣裤！"

"到我那儿去！干脆喝上杯酒驱寒……"

人们笑了起来，大家的情绪不像冒雨奋战了一夜，倒像刚刚参加了婚礼喜宴。

赛里木还注意到，很可能别人并没有注意天亮以后，穆萨才牵着马说是要去庄子查看。而党员当中，只有一个人压根儿没露面，他就是库图库扎尔。

到了下午，雨基本上停了，分离开了的、破碎了的云块在天空运行。上午还没有丝毫缝隙的阴冷的天空立刻透出了耀眼的阳光。雄鸡兴奋地争相啼鸣，连性格稳重的老牛也禁不住为太阳的别来无恙而哞哞连吼两声。云散开了，正像雨和寒气来得有多么快一样，太阳也同样快地恢复了它那夏日的炽烈的烘烤。

伊力哈穆带领着一批骑马的青年从庄子上返回了。他们浑身泥水，脸色铁青，筋疲力尽。但是，在大队见到里希提和赛里木以后，他们似乎又十分欢快起来。他们七嘴八舌地向领导报告，由于他们和庄子上的社员一道采取的有力措施，人、畜、粮食、房屋都平安无事。他们自豪地说说笑笑。但是，等他们解散离去的时候，疲倦使他们骑在马上竟东倒西歪起来。

伊力哈穆把马交回了马厩。下马以后，他几乎倒在了地上。他咬紧牙关、强忍住疼痛，艰难地走回家去。只是因为泥污，他的惨白的面色才没有被注意。一到家，他就完全支持不住了。等米琪儿婉晚些时候回来时，他躺在毡子上正簌簌地发抖。

"你怎么了？"米琪儿婉惊叫起来。

伊力哈穆没有说话，他指了指自己的右腿。

米琪儿婉过来挽起了他的裤脚。啊，小腿上有一道七八厘米长的破口和一片已经凝固了的、和泥污混合起来了的血迹。

这是在黑夜里，伊力哈穆帮助乌尔汗和她的儿子从有倒塌危险的破房子转移出来的时候，为救援波拉提江而负的伤。当时伊力哈穆与伊明江来到漏雨如注的乌尔汗的家。乌尔汗蜷缩在墙角，搂着孩子，被暴雨吓呆了。伊力哈穆告诉她要立即转移到伊明江——阿西穆的家里去躲避一下。乌尔汗顺从地跟了出来。波拉提江已经五岁多了，但是乌尔汗既不肯领着他走路又不肯把他交给别人。先是自己抱着，走了几步就走不动了。便又改为背着，轻一脚重一脚，气喘吁吁地跟着伊力哈穆走。当走过一个旧砖窑的取土的大坑的时候，她滑了一跤，趴到了地上，孩子从身上甩了下来，顺着坑边向下滚去。乌尔汗尖声叫喊，伊力哈穆当时并没有弄清发生了什么事情，但是乌尔汗的尖叫使他意识到出了事情，便转身奋不顾身地冲了过去。由于大坑的这一边坡度不太陡，孩子边挣扎边下滑，还没有落到坑底。伊力哈穆一个箭步蹿了过去，人跑在坑边，手抓住了波拉提江，波拉提江被抱了上来，伊力哈穆在跪下的时候右腿被一面尖利的石块划了一大道口子。本来，划破得并不算深，如果立即包扎住，是没有多大妨碍的。但是，当时顾不上。雨水、污泥浸泡着、腐蚀着伤口，终于，伤口火辣辣地疼痛起来了。

第二天，伤口真的感染了，肿胀、疼痛，而且伊力哈穆全身发烧。米琪儿婉借了斯拉木老汉的一架驴车把伊力哈穆拉到了公社医院，给上了药，打了青霉素。医生说，如果到当天下午体温仍然不降，需要送到伊宁市住院，可不要变成可怕的丹毒。

正好狄丽娜尔抱着她的孩子来看病，看到了状况相当严重的伊力哈穆，并向米琪儿婉问清了情况。等回到庄子以后，狄丽娜尔把伊力哈穆的病情告给了乌尔汗。

乌尔汗非常不安。自从一九六二年以来，乌尔汗总是躲着伊力哈穆。伊力哈穆是个什么样的人，她当然完全明白，所以她更觉得在伊力哈穆面前，她不但无话可说与无颜说话，而且伊力哈穆的存在本身，就使她难于与儿子相依为命、苟且偷生、浑浑噩噩地活下去。伊力哈穆的存在促使她正视一系列她怎么也不敢正视的问题，破坏她心里的暂时的平衡，这就是伊力哈穆妨碍了她的生活的地方。伊力哈穆几次想与她谈一谈，她都避开了，而且不仅伊力哈穆，连米琪儿婉她也远远地避开。在那个烤串羊肉的夜间，伊力哈穆又来了，如果他当时对她采取怒目横眉、轻蔑训斥的态度，她心里说不定要好过得多……相反，她看出伊力哈穆为她有多么难过。真是一个多么难对付的、可厌可恨的人！当一个人自己已经不再关心自己、不再为自己而忧伤的时候，旁人的关怀是多么的残酷和不必要啊！她惧怕和厌恨伊力哈穆，像一个外科病孩惧怕和厌恨那个拿着镊子与纱布、准备给她清理创面、换药与打针的护士……

偏偏，这次暴雨里又是伊力哈穆为救她的儿子而负了伤……如果没有伊力哈穆，波拉提江硬是会落到没人的泥水里！

在昏黄的灯光旁，乌尔汗呆呆地坐着、想着。

"妈妈，妈妈，您怎么了？"聪明而敏感的波拉提江问。

一年来，儿子长高了，脸也长了些。正是由于乌尔汗把自己的全部心力放到了孩子身上，她才能大体正常地活下去。在家里，她能够目不转睛地一连几个小时地看着儿子，一会儿摸摸头，一会儿捏一捏手，儿子也总是注意地观察着妈妈。他顽强地不准他母亲发呆。只要乌尔汗一出神，就会立即被孩子发现、打乱。乌尔汗的呆怔，总是立即引起波拉提江的痛苦的反应。

"不。没什么，你想吃点什么吗？我买了方糖。"

"不，我不吃。妈妈，您不高兴了，是不是有人骂了您？"

"骂我？为什么？这是从哪儿说起！"

波拉提江看着妈妈，眼睛一闪一闪。他像一个大人一样地低下了头。他说："也有人骂我。"

"骂你，谁骂你了？为什么骂你？你做什么坏事了吗？"

"没有。我不做什么不好的事情，但是，他们骂我是坏蛋的儿子，说我的爸爸是坏蛋。"孩子的声音越来越低了。

"什么？这是谁说的？"乌尔汗激动起来，她伸出了手臂但是波拉提江没有让她搂抱。

"妈妈，您告诉我！爸爸在哪里？爸爸是坏蛋吗？"

"不……知……道。"

"他真的是坏蛋啊！"孩子哽咽了。

波拉提江的眼泪使乌尔汗心如刀绞。她不知道从哪儿来的勇气，说：

"不，你爸爸不是坏蛋。"

乌尔汗自己也没有想到，她说得这样肯定，也许这只是为了安慰孩子。也许这确是她心里的话！她说：

"你爸爸有许多错误。错误，你懂吗？就像是你打破了茶碗，或者把一大块肉偷偷喂了猫，这都是错误。然而，这不是坏蛋……懂了吗？"

孩子点点头。

"妈妈，妈妈，您怎么了？您哭了？"

"没有，我笑呢。"乌尔汗掩饰着。事实上，她在骗孩子，也在骗自己。波拉提江的爸爸就是坏蛋，这已经是无可挽回的了。但是，这话究竟是谁说的呢？是谁用这样的毒刺，去扎向波拉提江的心？

"这可是谁呢？"乌尔汗想着想着，说出了声。

聪明的孩子马上理解了妈妈的意思。他说："这是库瓦汗大妈说的。她让我上树给她够苹果，我没管，她就这样骂我了。后来，米琪儿婉姨不让她这样说。"

"这是什么时候的事？"

"好几天了。"

"你没说呀！"

"我怕您听了不高兴。妈妈，您说，库瓦汗大妈好还是米琪儿婉姨好？"

"你说呢？"

"我说，米琪儿婉姨好，库瓦汗大妈不好。伊力哈穆叔叔也好。库图库扎尔伯伯不好。"

孩子像一个大人一样地说着自己的看法。一刹那间，乌尔汗觉得自己身旁的已经不是才几岁的孩子而是非常懂事、非常明白事理和了解自己的一个友人了。她也披露着自己心里的话说：

"是的，伊力哈穆和米琪儿婉是很好的人。为了救你，你伊力哈穆叔叔的腿负伤了。"

"我知道。我知道的。"

"你怎么知道？"乌尔汗诧异地问。

"我知道他受伤了。后来他抱着我的时候，他下巴动了一下。我知道那是痛得很。人痛的时候都是那样的。"过了一会儿，孩子又说，"妈妈，您为什么不带我去看望一下伊力哈穆叔叔去呢？"

"我……是的，应该去。可你……怎么能空着手去呢？"乌尔汗认真地与儿子商议着。

"您不要空着手去。您打几个托尕其①，您再把那一包方糖带去吧。我不吃，给伊力哈穆叔叔吃。"

孩子的主意有多好！他好像比乌尔汗还要头脑清楚！怎么能不接受孩子的指引，像接受天使的指引呢？

第二天，乌尔汗提着五个精致、整齐、花纹喜人、火候又恰到好处、用牛奶和面打好的、像小孩子的脸蛋一样红润的托尕其，提着一包方糖，再加几个精选出来的苹果，领着波拉提江，去看伊力哈穆。

---

① 一种精巧的小馕。

伊力哈穆的症状已经遍及全身，淋巴结也肿大起来，但是体温却有所降低。公社的医生到他家里来给他打针。乌尔汗走进伊力哈穆的院子的时候米琪儿婉正送医生出来。医生一再嘱咐：

"要注意！如果再发生高烧或者昏迷，一定要立即送到伊宁市的医院去……"

乌尔汗听了，吓了一跳。她悄悄地把礼物放下。伊力哈穆家的条案上已经摆满了来探望他的社员送来的水果、鸡蛋，还有饼干和挂面。乌尔汗本打算进原来巧帕汗外祖母住的内室稍坐一下就退去，并且一再示意米琪儿婉不要给她斟茶。但是，伊力哈穆听到了她们的声音。他轻轻招呼着米琪儿婉。

"有客人吗？"他问。

乌尔汗拼命向米琪儿婉摆手。但是，米琪儿婉如实地回答说：

"是稀客，乌尔汗姐带着儿子来了。"

"是乌尔汗吗？"伊力哈穆提高了声音，"请他们到这边来！"

乌尔汗和波拉提江，跟着米琪儿婉踮着脚走了出去。伊力哈穆费力地睁开了眼。他定睛看了乌尔汗一眼，脸上掠过了一丝笑意。"请坐！"他清晰地说。

"乌尔汗姐给你带来了礼物。"米琪儿婉拿过已经放到条案上的东西，介绍说。

"谢谢。"伊力哈穆又笑了，"把那一包饼干给孩子，对，拿上，聪明的好儿子！"

他问乌尔汗："您是第一次来我们家吗？"

"是的。我住在庄子上，很少到这边来。"不知为什么，乌尔汗想解释一下。

伊力哈穆闭上了眼，他的额头上微微出着汗。他又睁开了眼，说道：

"不，您不是头一次来。十三年前，您来找过巧帕汗外祖母……钉扣子。"

"钉扣子？"乌尔汗莫名其妙。

"是的，"伊力哈穆说，"那时候您在县上排演节目，准备去县里宣传演出。您外衣的一个扣子丢失了，是老人家帮助您配上、缝好了的，怎么，您不记得了？"

乌尔汗摇摇头。

"米琪儿婉！"伊力哈穆叫着，"你还记得乌尔汗和扎依提跳的莱派尔①吗？"

扎依提，现在是公社拖拉机站站长，当时和乌尔汗搭档跳过舞。这个名

① 一种维吾尔族双人歌舞。

字也早已忘却多年了……当时，乌尔汗在他的手鼓的伴奏下、在他的身边旋转的时候，心跳得像一条欢乐的金鱼……

"怎么不记得？她们也到我们的新生活大队演出过。姑娘们在看了她的舞蹈以后，人人都学着平移自己的脖子。"米琪儿婉伸开两臂，做了一个舞蹈中动脖子的姿势，笑出了声。

"妈妈，您会动脖子吗？"波拉提江问。这回，连病中的伊力哈穆也笑出了声。

乌尔汗却是真的忘记了。如果他们不提，便是永远也想不起来了。她完全不记得找巧帕汗外祖母缝扣子的事，她听着甚至觉得有点新奇。她从来也没有回想过这一类的事。是不是伊力哈穆由于发烧记糊涂了呢？也许，她从来也没有进过伊力哈穆的家？但是，莱派尔、扎依提、宣传演出、去县里和新生活大队，这又分明是有过的、真实的。她记得这些事情，只不过这不像是她自己的经历，却又像是听说的或者看到过的旁人的事情。

像一扇久已关闭了的、被铁钉钉死了的窗子，突然被打开了，一线光亮射进了黑黝黝的、气闷的暗室。像一个迷路的人听到了家人的一声遥远的呼唤，亲人亲昵地呼喊着自己久违了的童年小名。她好像看到了令人头晕目眩的光亮，听到了热切地渴望着的却仍然是模糊和遥远的召唤。惊喜、迷惑、亲切、温暖，也还有恐惧和哀伤的寒战一时涌上她的心头，眼泪随着流了出来。

"妈妈！"波拉提江搂住了母亲的脖子。

"但是，您为什么拿食堂的肉呢？"伊力哈穆突然说，声调是相当严厉的。

"我……"乌尔汗啜泣起来。

"您不要激动，您靠着这儿坐，"米琪儿婉拉过一个枕头，垫在乌尔汗腰后，又拿起了乌尔汗的一只已经变得十分粗糙了的手，"我们常常说起您，我们始终相信，您不是坏人。我们认为，伊萨木冬的事情也总有一天会弄清楚……"

"他……还有什么可说的？"

"事情总要弄清楚。"米琪儿婉说，"但是，您不应该拿食堂的肉。您不需要深夜侍候他们。您用不着这样，您这样让我们大家失望。当他告诉我的时候，我也生气了，我当时就要找您去，是这个人①拦住了我……"

"我们好久就想和您谈一谈了，"伊力哈穆接着说。波拉提江这时放开了

---

① 指伊力哈穆，维吾尔妇女说到自己的丈夫一般不呼其名。

他的妈妈。他知道，米琪儿婉姨和伊力哈穆叔叔正在和他妈妈说一些非常要紧的好话，他乖乖地坐在一边，瞪大了眼睛看着他们，听着。

"您应该挺起胸来，做一个好社员、好公民。您应该好好教育您的孩子，您的孩子也要长大的，让他毫无愧色地去上学，去戴红领巾，去生活。您自己也并不老，更多的应该是光明的生活还在您的前边……"

"我已经……没有希望了，不要和我说这些好听的话吧。"

"不！我们不允许您沉落下去。您为什么悲观呢？党哪一点对不起您了？人民公社哪一点对不起您了……对，您说了，您从来没有怨恨党和组织，您爱家乡爱咱们的土地和生活吗？爱的，当然。那么，您有前途，有信心。您不会沉没。您并没有掉到泥塘里。您要敢于面对发生过的一切，那并不是胡大的安排，也不是命运的捉弄，也不是您个人的偶然的不幸。不是的，您的伊萨木冬走过的路子，正是社会主义时期的阶级斗争的一种表现，最近毛主席讲了这个问题……伊萨木冬到底是怎么一回事，您到底是怎么一回事，您应该弄清楚，您应该很清楚。您应该讲清楚，向朋友，向大家，也向您的可爱的儿子……"

"我说不清楚。"乌尔汗啜泣着说。

"那又是为了什么呢？您心里藏着什么秘密呢？您老是那样沉重！"

伊力哈穆咳嗽起来。他没有再讲下去，米琪儿婉强制让他休息了。

米琪儿婉再次把乌尔汗让到内室里。乌尔汗哭着向她叙述了许多。在说到伊萨木冬最后一个夜晚被叫走的时候她听到的声音，她提到了库图库扎尔的名字。她无意揭发库图库扎尔，她只不过是在对伊力哈穆夫妇的感激、信赖和被激动起来的情绪下，她没有再故意向米琪儿婉隐瞒和欺骗罢了。

这是一个事关重大的新线索。一个星期以后，伊力哈穆的伤口还没有完全愈合，谢天谢地，他总算没有得丹毒，公社的青霉素、消炎粉和绷带已经使他康复了。他扶病把这个情况汇报给了赛里木。

　　小说人语：一个女性，她青春过，她追求过，她生命过，她唱过跳过笑过美丽过活泼过，够了，她永远是美丽和善良的安琪儿，她永远会得到怀想、呼唤、关注和体谅，哪怕时间冲刷掉了一切，她仍然不会被忘记埋没。

　　爱里边包含着太多的记忆。爱包含着痛惜。与爱相比，责备，怨怼，反而有点向前看的味道。

　　该怎样解释呢？伊力哈穆那样地同情、怜惜软弱卑微的乌尔汗。却原来，最最煽情的是陀斯妥耶夫斯基的命名：被侮辱与被损害的。

　　咱们都老啦。

第二十八章　麦素木大讲马克思、列宁、斯大林

麦素木邀请泰外库共进晚餐

　　正像在一切事情上消息灵通一样，麦素木"科长"当夜就得知了扣牛的事情。第二天一大早，不顾老婆古海丽巴侬的怀疑和保留，他端起一大碗熬过了的、浮着耀眼的黄油和厚实的奶皮子的牛奶来到了尼牙孜的家。进门的时候，他的满意的笑容马上变成了同情的愁眉苦脸。

　　顺便说一下，伊犁农家饲养的奶牛，是一些土种牛，个头约为丹麦、荷兰良种牛的三分之一或二分之一，牛乳产量约一公斤半至七八公斤，所需饲料也不太多。内地的汉族居民往往无法想象北部新疆农家对于奶牛的饲养，人们往往会认为养奶牛是极为豪华与阔绰的事。知道了这里说的是小小土奶牛，就好理解了。

　　主人尼牙孜刚洗完脸，脸上还带着水珠和没有洗净的眼屎。他光着脚，坐在炕沿上。这个不速之客的到来，使他怔在那里。对于绝大多数人，他有一种习惯的敌意，别人和他打交道，多半是为了欺骗或糟害他，他认为。他戒备地、疑惑地打量着麦素木那黄白扁平的脸，甚至忘了回答这首次造访的客人的问好，没有按常规说一声"请进"，甚至脸上连一点起码的笑容都没有做出。女人库瓦汗则是另外一种样子，她没顾看清来客是谁，柴灰迷住了她的眼睛，却一眼盯住了盛奶的碗，她忍住疼痛、透过泪花，立即测量了奶皮子的厚度，判定了牛奶的浓度和含脂率。于是她的每一条皱纹上都堆起了笑意。她一面安拉、胡大、请进、请上坐地叫嚷，一面胡乱收拾尚未叠好的被褥，连拉带扭带掐驱赶起了还没有睡醒的孩子。在她的声音和动作中，洋溢着一种天真和廉价的满足，好像嘴馋的孩子在垃圾堆里拣到了一个糖球；流露着一种讨好的娇媚，如果你闭紧眼睛，说不定会联想到热情的白痴少女。

　　麦素木放下奶碗，忍住难闻的气味和呛鼻的灰尘，不慌不忙地靠着炕沿边的柱子——那是为了支撑已经有了裂纹的房梁而在不久前楔进去的——坐

了下来，有意无意地问道："还没有喝茶吗？"

"哇耶喂耶，让我们怎么喝茶呀？您看，能这样欺负人吗？把我们可怜人的牛也抓了去了。呀，安拉，呀，胡大，莫非我们是地主？我们又没有钱买牛奶，没有钱，钱哪里有啊！"

尼牙孜制止库瓦汗说："不要说那么多话！还不快去烧茶、摆桌子、铺饭单！"

"马上，马上。这次茶叶也不好。上月我和供销社的售货员吵了一架。这世上的坏人是多么多啊！从此她就不给我好茶叶，全是碎的，全是梗子……"在客人送来的上好的熟奶所引起的兴奋和喜悦中的库瓦汗，打开了话匣子，但是她看到了丈夫的紧蹙的眉头下的阴沉的目光。尼牙孜不顾客人在场，悄悄地厉声警告说："少废话！"

"胡大造人的时候，就不该给女人以舌头！女人说这么多话，本身就是灾难！"他严肃地说，并向麦素木严肃地一笑，"请上坐！"

尼牙孜的故作威风的样子，使麦素木暗自发笑，他不言不语坐了"上坐"。等到炕桌摆好、饭单铺上、奶茶端来以后，他一面细心地掰着馕，一面啧啧地叹息说：

"看样子，您那条牛，再也不会给您了！"

"什么？"尼牙孜和库瓦汗同时一惊，叫了起来。

"队长的意思，扣下你的牛顶账。"

"真的？"

"难道不是真的？"麦素木从鼻子里轻轻地哼了一声，对尼牙孜竟敢怀疑他的情报的真实性表示了不满。他呷了一口奶茶，眼睛看着别处，冷淡地、呆板地说，"阿卜都热合曼哥逢人便说，您欠队上好几百块钱。您的牛前后五次进了麦地……"

"怎么是好几百块？哪里有五次？"

"一百块也罢，八百块也罢，四次也好，六次也好……反正牛不给了。"

"这不行！"尼牙孜大叫起来，"我不答应！"

"嘿！您不答应！"麦素木伸展了一下眉毛和上唇，用一种成年人逗弄孩子的认真劲儿，做了一个吃惊而又敬佩的样子。

"我和他动刀子！"麦素木的轻佻刺激了尼牙孜，他大叫起来。

麦素木轻蔑地微微一笑，他的眉毛和嘴唇的变化，呈现了一个鬼脸。

"我……"尼牙孜自觉失言，大话总是把人引到死巷子里。他求救的目光不由得向库瓦汗一瞥。

"麦素木大哥，麦素木科长，"不该长舌头的女人库瓦汗的舌头抖动起来，"您说话啊，可怎么办呢？您知道，一天不喝奶茶，我就头昏，睁不开眼，两天不喝，我就四肢酸痛，起不来炕，三天不喝，灵魂就会从我的躯壳里走开，我的头疼得快裂开了……啊赫①，呜赫②……"库瓦汗叹息着、哀求着，眼泪流在了眼角上。

"有什么办法呢？"麦素木同情地点一点头，阴云出现在他的脸孔上，"队长是他！如果穆萨当队长……"

"穆萨是我的友人，那当然就不用说了，我们俩自幼就像兄弟一样……"尼牙孜抓住了另一个话题，借机吹嘘着。

"自幼？"麦素木的耳朵偏偏很尖，"自幼您不是在南疆吗？"他问，盯视着尼牙孜，目光仿佛在说："你们的底细，你以为我不知道？"

尼牙孜翻了翻眼，他习惯于说谎，习惯于谎言被戳穿，习惯于在被戳穿的时候装聋作哑脸都不红一下。

但是麦素木宽洪地放过了尼牙孜，他说："是啊，队长是谁，就像爸爸是谁一样，将决定我们的命运。不同的是，爸爸不归我们选择，而队长是可以选择的。"

"可我们的牛呢？"库瓦汗插嘴说，显然，她对麦素木的抽象的论辩不感兴趣。

"你们的牛当然是不应该扣的。按照政策，只应该对你们进行思想教育，讲道理，说服，至多是口头上批评批评，反正是人民内部矛盾，你们是贫农，打击贫农，便是打击革命。毛主席说的。他扣牛，这是不对的！"

"您瞧！"尼牙孜和库瓦汗同时欣喜地连连点着头。

"可他扣了！让他扣去！我们不要了！快了，我们说话的机会快到了……"

"您这是什么话！"库瓦汗激愤地涨红了脸，已经是一副吵架的架式了，"不让我们要牛了！把您的奶牛给我吗？还是当过科长的人，我已经说过，不喝奶茶……"

---

① 疼痛感的语气词。

② 疲惫感的语气词。

"可以啊，明天您就把我们家的奶牛牵到你们家来吧。"麦素木慷慨而又轻松地说。

维吾尔人懂得，过分的慷慨是绝对不能当真的，当然，不慷慨是绝对不允许的。越慷慨就越不可当真。表达慷慨是男子汉的豪迈。相信、依赖与认领慷慨则是不可救药的白痴葫芦头①。

"我一定要把牛要回来，"尼牙孜威风凛凛地说，"伊力哈穆不给，我就去大队告他！我去找库图库扎尔大队长，谁都知道，去年我是怎样地为他说过话！为了这，那个修正主义的廖尼卡威胁我、侮辱我……"

"所以大队长会向着您，替您把牛要回来？"麦素木冷冷地反问道，"看来，您根本不了解我们的大队长！何况现在，他在受排挤、受打击。您去大队，他只能训斥您、收拾您，让您的屁股流汤……"

"这……"尼牙孜承认，麦素木的话是对的。

"请不要这样啊，麦素木哥，您给我们一点智慧吧！"库瓦汗又哀求起来。

想教给你们一点智慧，真比教驴子跳舞还难呢！麦素木心里说。看来，只好退而求其次了。总不能搭上一碗牛奶，却落个挨骂的结果。

"让库瓦汗去找一下帕夏汗吧。"麦素木漫不经心地说。

尼牙孜懂得库瓦汗找帕夏汗的意味，不禁沉吟了一下，摸了摸前额。

"其实呢，您也太不像话，"麦素木忽然话锋一转，"麦田是队里的，奶牛是您个人的，您就光知道个人利益，不顾队里的利益，当干部的哪能不生气？伊力哈穆队长是那么积极，又怎么能宽恕您？要不您就写个检讨书、保证书，那叫什么来着？对，对，就叫低头认罪。说明您是自愿送去奶牛还账。可您的账不是用一条牛可以偿还得清的，最好把驴子也牵上送去。从今以后起早贪黑，积极劳动，队里的一根草、一粒粮也不要往家里拿……说不定您还可以当上劳动模范，奖给您两条毛巾、一个搪瓷缸子，上自治州开会吃手抓羊肉……哈哈哈，我要走了。我要喂鸽子去，库瓦汗，听说您捡回不少的糜子米，能不能给我一点点？哎，唉，我的鸽子，咕咕咕，咕咕咕，要吃糜子米……什么？没有了！对，对，对，没有关系，不要紧，找得到的，世上有的东西，人们就能找到，糜子能找到，金子也能找到，葫芦更是到处都是。我走了。听说咱们公社今年是社会主义教育运动的重点，下个月会有一大批工

---

① 犹言"傻瓜"。

作干部来呢。瞧，您的脸色变了，您怕什么？这次运动主要是整干部的，是伊力哈穆收拾您还是您收拾伊力哈穆，还要走着瞧，可能的，什么都是可能的，当您烦闷的时候，到我那里去坐一坐吧……再见。"

尽管对"科长"充满了反感和怀疑，尼牙孜还是采纳了他的意见。在衡量比较了两包方糖和一头奶牛的价格与得失之后，他派库瓦汗去到帕夏汗那里。

库瓦汗带着方糖去找大队长的夫人帕夏汗，哭哭啼啼地论述了奶牛——牛奶——奶茶——女人的头的公式，用人间一切最恶毒的字眼咒骂了伊力哈穆和阿卜都热合曼。

这一年多来，库图库扎尔的处境有一个含混不清的变化过程。去年夏末，包廷贵和库尔班的事情曾经一度使他非常狼狈。秋后他降成了第二把手，更是令人扫兴。库图库扎尔犯了心脏病，帕夏汗犯了关节痛，夫妻二人双双住进了公社卫生院的病房。一冬天，他们都称病在家。但是自从春起以来，似乎一切又趋向于正常，并没有发生什么不得了的事情。库图库扎尔仍然分管着加工厂和基建队，社员们见了他仍然尊敬地合手屈身问安。更重要的，对扭转库图库扎尔的情绪起了决定作用的是，今年三月公社党委召集一次会议，里希提书记不在就指定让他去参加的。看，他的地位仍然大体保持原状，何况里希提的健康状况日益恶化，他仍然是大队里举足轻重的人物，他的优美的风度、自信的举止、洪亮的嗓音渐渐恢复了。自然，他谨慎了许多。

但是帕夏汗的后遗症没完没结，出院以后，她增加了一个新的习惯——呻吟。无时不在呻吟。随时可以呻吟。睡着觉、吃着饭、说着话、逛着商店，她时不时地发出一声声娇嫩婉转，好像装水不多、开始受热冒出一点气来的茶炊的声音似的呻吟。她的胖胖的身体微微颤抖，她脸上的表情好像刚刚喝下了半瓶苦药水。她的呻吟起着全休的病假证明的作用，她再也不参加生产队的任何劳动或者会议了，哪怕是夏收大忙的时候做做样子。

帕夏汗呻吟着听取库瓦汗的诉说。两包甜甜的方糖和一串恶毒的咒骂提起了她的精神，恢复了她青年时代爱吃甜食、爱受礼物、爱管闲事的某种热情。她不但答应尽力由大队出面替库瓦汗把奶牛要回来（说这话的时候，好像她本人也是大队的领导干部），而且临走的时候送给库瓦汗一碗牛奶、两个烤包子和一串葡萄。

门前互道再见。一个女人说："就这样空着手来到您这儿，我真害羞。"

另一个女人说:"让您这样空着手走了,我真抱歉。"然后两个人共同叹息:"有多少办法呢?我们的景况就是这样。"似乎论心愿,库瓦汗来登门的时候本打算带上几箱子绸缎和首饰;而帕夏汗在送客的时候也很想回赠三匹马和两峰骆驼。"您经常到房子来嘛!我们壶里煮着的茶水,总是为了您这样的客人而沸腾!""您也多多到我那儿去呀,我们家的饭单,总是为了您这样的贵人而铺展。"两个女人都十分感动,满眼含着泪,依依不舍地分手了。

麦素木从尼牙孜家出来,思忖着、筹划着往大队加工厂走去。在农村落户已经两年多了,到加工厂担任出纳员也超过了一年,他总算度过了最难堪、最危险的日子。创口已经愈合,疼痛消散在记忆里。回忆是痛苦的,阿巴斯霍加的爱子、经文学校的幼小的学生、民族军的军官、科长……乌兹别克人麦斯莫夫、听候审查和处理的叛逃未遂者……那间四壁橙红的低矮精致的房子……在他的额头上写着的是怎样的命运呢?想起来像一个不合逻辑的、光怪陆离的梦。他自己都不能不佩服,他没有垮,他活了下来,经营着、积累着、活动着、进展着,父亲小时候就说过:"他是不平凡的。他将成为一个人物。"他大概属于那种即使埋到坟墓里也还会在地底下折腾一番的人。还说大人物呢,他的珍贵的岁月正在一群愚昧无知的乡巴佬间度过。想一想尼牙孜和库瓦汗吧,这是一对怎样令人反胃的蠢货!话又说回来了,如果没有蠢人,智者又去玩弄谁、驾驭谁、利用谁去呢?

迎面走来了一个身材高大,腰板挺直的老人。他穿着在伊犁已经基本上被淘汰了的老式的叫作袷袢的长袍,这种袷袢是没有扣子的。只在腰上系着一根绕了好几匝的褡包。老人眉骨高耸,银色的眉毛密长而且弯曲,深邃的、严厉的大眼睛很有神采。虽然脸上布满了细密的皱纹,却呈现出一种不寻常的健康的红润。他的白色的胡须理得齐整而且浑圆,好像刚刚用理发推子剪过,为这副庄严的面孔增加了几分和蔼。他是亚森木匠——宣礼员,他的形象突出地表现着维吾尔老人的郑重、虔诚和古板。

"萨拉姆!亚森哥。"麦素木抢先一步,用含在胸里的低音,抚胸问好。

"萨拉姆,麦素木阿洪!"亚森还礼。他张口的时候,露出了洁白的、完好无缺的牙齿。这是恪守清教徒的生活方式——不吸烟,不饮酒,不吃一切不洁的、异端的东西——的标志。

按照礼仪,他们相互对工作的顺遂、身体的强健、生活的平安和家人的康泰，一一进行了全面的问候和回答。

"少见啊，亚森哥，您是来做主麻日的午祷的吗？"麦素木说话的声音仍然很低，态度也很拘谨，这样，才能表现出对长者的礼貌。然而，他的口气却十分亲昵。

"不，你们大队要安装木轮车，叫我来帮忙的。"

"是了是了，瞧我给忘了。您来得可真早！现在，铁匠、木匠们还都没来呢，请到我的办公室休息一下吧！"

麦素木的"办公室"就在加工厂大院一进门的地方，狭窄、潮湿、阴暗，由于堆了不少油漆桶、纸箱和木箱，显得更加拥挤。墙上贴满了各种账目、收支明细表，表现了主人的干练和精细。麦素木把算账时坐的一把椅子搬过来请亚森坐下，然后自己谦卑地坐在两个叠在一起的木箱上。

"我到加工厂一年有余，您老的尊贵的步履才首次踏上这块渺小的地面，真是蓬荜生辉，鄙人是三生有幸啊。"

"怎么样？农村的生活习惯了吗？"亚森含笑询问。即使是最刻板的宣礼员，见了麦素木的多礼的举止，听了他的阿谀讨好的话语，也不会不感到愉快的。

"当然了，当然，马克思说过，男子汉对什么都能习惯。毛主席也讲过：'农村是一个广阔的天地。'对于人类来说，粮食是最神圣、最伟大的。先知穆罕默德，当年也当过农民……"

麦素木深知老人的性格。老人虔敬地信仰穆罕默德。老人又竭诚拥护党和人民政府，爱戴和尊崇革命导师。他的谈话把信口胡言的所谓马克思的"说过"、穆罕默德的经历和确确实实的毛主席的教导，与穆斯林的观念掺和在一起，恰像一盘俄罗斯人的纸花和炸洋芋块放在一起的冷拼。他知道，这样做既便于亚森老人吞下他的拼盘，又能格外显出他的高明。他胡诌的那一套，除了从他口里，亚森还能听谁说过？这不就更使老人惊服赞叹，如醍醐灌顶一般吗！

"呵，呵，是的。"老人连连点头。

"农村是好农村，农村的生活是过得惯的，但农村的事情却有好多让人看不惯！"麦素木的舌头轻轻一掉，把话题引入了他挖就的渠道，"就拿今天早晨来说吧，尼扎洪把我找了去，絮絮叨叨诉说了半天，可怜人的牛被扣下了。"

"怎么回事？"

"他的奶牛误入了麦地，伊力哈穆队长要扣下他的牛抵账。"

"嗯。"亚森的反应很冷淡。

"库瓦汗哭了一顿。呜赫，人，是软弱的；生活，是艰难的啊。没有牛，就没有奶，喝不成奶茶，提炼不成奶油，做不上油塔子和奶油面片。还指望着换点零花钱，买点盐、茶叶呢。除了流泪，一个女人还能怎么样！"麦素木悲天悯人地连连叹息着，眼圈也发红了。

"尼扎洪是个没意思的人，没有味道的……"亚森木匠皱了皱眉。他是从不用恶言背后说人的，没意思、没味道，在他的词汇中已经是最沉重的了。

"是的是的，"麦素木连忙应道，"尼牙孜确实是有缺点的，马克思早就说过，宇宙万物，都存在着缺点。存在和缺陷，这是一对孪生的姐妹。您不懂吗？地球也有缺点，两极寒冷而赤道炎热。这个算盘也有缺点，"他站起来，顺手拿起桌上的算盘，指给亚森看，"瞧，这一档上就少一枚珠子，何况是可怜的人类！唯其有缺点，才成其为世界，唔，这是哲学……"

亚森粗通文字，他吃力地、马马虎虎地看过一点新书和旧书。他没有学习的机会和足够的阅读能力。他嗅到了书籍和学问的芳香，却毕生努力也没能掌握真正的学问。这样，他就十倍地仰慕书本知识。他喜欢听人们讲述一些玄虚和高深的理论，越听不懂就越爱听。他尊敬阿訇、毛拉、医生、知识分子和干部。作为一个宣礼员，他追求真理，甘当宗教、哲学和文化的仆侍。这就是他接近麦素木的基础。

注意到亚森老人被吸引的、洗耳恭听的样子，麦素木受到了鼓励，他继续讲道：

"何况是农民呢？农民是小生产者，农民每日每时地产生着资本主义。农民是劳动者又是私有者。农民的利益是不能侵犯的。列宁在逝世前，打发走了旁人，留下斯大林，单独对斯大林说过：'农民好比一只小鸟，抓得太松，他就会飞掉。而抓得太紧，他就会被捏死的啊！'"

麦素木用左手做着一抓一放再一抓又一放的动作。

"什么？列宁说过农民是小鸟？"亚森大吃一惊，类似的比喻他早年就听说过，却万万没想到是列宁的名言！

"当然啰，书上写着哩！您认识俄文吗？"

亚森惭愧地摇了摇头。

"汉文呢？"

亚森又从齿缝里说了一个"不"字。

"那就没办法了，我那儿的列宁著作多卷本可惜不是维吾尔文的。没什么，列宁是说了。这个话，是人没有不知道的。尼牙孜不就是这样一只落光了毛的、光秃秃的小鸟儿吗？所以，按照列宁同志的教导，他的牛是不该扣的。伊力哈穆队长做得太过分了。"

亚森点点头，他开始有点信服了。

"按照穆斯林的情谊，就更不能那样做。你官儿再大，可还是维吾尔人呀，怎么能翻脸不认乡亲呢！太恶劣了！您说，库图库扎尔这人如何？"

"库图库扎尔吗？那是个好样的人。"

"您瞧！就像您说的，库图库扎尔是这样的人，"麦素木竖起了大拇指，"可有人专门排挤他。是谁？不用我说。您会明白的。我们有机会，要为他说话呀。听说，下个月社会主义教育工作队就要来了。"

……麦素木把亚森送了出去，正碰上满身满脸全是黑煤，连眉毛、胡须上都沾满了煤末子的泰外库赶着马车拉煤回来。煤块上铺了一小块也已经染黑的毡子，泰外库高高地坐在上面，虽然天不冷，他还是披着污黑的光板皮大衣，似乎星夜出发，凌晨装车时的寒气仍然没有从他的身体上散尽，从头到脚，只有眼白是青白色的，嘴唇是粉红色的，显示出人的生气。

"泰外库拉洪，哪里的煤呀？"

"察布查尔的。"

"怪不得这样好！全是匀溜块儿！"

"有点末子，在下边呢。"

"把这一车给我吧，我付现钱。"

"不行的，这一车是给五保户拉的。"

"好，好！我不过是说着玩儿，为您能拉回这样好的煤而唱赞歌而已。我家的煤还多着哩。老弟，今天您这就算下工了吧？"

"下午还要收拾一下牲口套具。"

"那好那好，您从马号就到我家来吧……"

"您请……"

"什么叫您请？我可是真诚地邀请您！下午五点，完不了？那就六点，我等着您。可一定来，不要不来，好吗？"

麦素木的邀请并没有使泰外库感到惊奇。作为单身汉，他经常受到各家各户的招待，有的是出自对他的照顾或者怜爱，一个大男人去摆弄菜刀案板、锅碗瓢勺有什么意思？有的是有求于他，想利用一下他的较多的时间和劳力。对于麦素木，他既不格外尊敬也不格外轻视。科长、外走未遂、社员，他走过的道路是他自己的事情，自有愿意为他操心的人去操心，干他泰外库屁事？自然，并不是每个农民都能当得上科长，但是一个科长却也不妨当当农民。科长不是喜，外走不是罪，务农不是忧。根据他的一贯的大而化之的待人哲学，下午在马号里收拾完套具时间还早，他帮助饲养员铡了一会儿苜蓿，等到天色擦黑，他带着质朴的善意和旺盛的食欲，准时地来到麦素木的家。

　　麦素木住在爱国大队和新生活大队交界的地方，面临公路，左面是通往生产建设兵团一个单位的土路，右面是新生活大队一个加工棉絮的小作坊，这个作坊，一年中有半年空着。作坊背后，是一大片新生活大队的菜地。现在，最后一茬大白菜已经收获完毕，只剩下了依稀可辨的高畦埂子、掘松了的泥土和脱落下来的、颜色变黄了的半湿不干的菜叶子。

　　这是麦素木的第二个住所了。一九六二年夏，当科长被安排下来的时候，队里腾了一间早先的木工房给他。今年春季，他买下了本属于新生活三队的一个社员的这个院子，盖了两间新房，将原来房主人居住的一间破败的小屋改作贮藏室，另一间改成牛棚，修了新的鸡舍、鸽子房、菜窖，并且重新打了院墙。看到在农村未免太高也太正规了的墙，泰外库想起了当时的一场冲突。那天他正好赶车从这里经过，老远就看见了一群人，听到了喊叫的声音，原来，麦素木打墙的时候，比旧墙基向外扩展了一米，侵占了新生活大队的菜地，阿卜都热合曼制止他，他不听，辩解说："我和新生活三队队长说好了的，用不着你管！"热合曼说："任何人也没有权力侵占集体的耕地！任何人都有权管！"争执不下的时候，伊力哈穆来了，支持了热合曼老汉，批评了麦素木……面色阴沉的麦素木在伊力哈穆到来的时候改变了态度，似乎含含糊糊地还作了几句检讨，忍痛拆掉了已经打了膝盖高的新墙基。

　　泰外库推开虚掩的院门，迎面是一片历史悠久的杏园，老杏树的深褐色的龟裂的树皮上，令人心疼地挂着许多串透明的树胶。院里空无一人，暮色中，杏树显得身影高大，似乎不仅占满了地面，也占满了天空。于是，泰外库迈步向杏林深处的住房走去。

　　刚走了两步，他仿佛听到一点动静，凭直觉他知道有一条狗从侧面后方向他奔来。这种不吠的狗是最卑劣的，它们的性格是趁你不备咬上一口就溜。泰外库连忙一转身，果然，是一条尖嘴、眼上带着白点的大黑狗，毛色如缎。刹那间，泰外库甚至替这条狗的外貌的美好与行为的低下之不协调而觉得惋惜，泰外库略一屈身，左腿微弓，右脚向后一挪，准备一旦狗扑上来就飞起一脚。他那巨大的身躯，有准备的、弓满欲发的姿态，和圆睁着的大眼，使这条狗儿受到震慑。它塌下腰身，用前爪狠抓着地面，不敢向前一步，同时高高翘起尾巴，凶恶地汪汪汪大叫起来。泰外库和狗僵持了大约有十秒钟，泰外库猛地向前抢上一步，黑狗吓得一退，却叫得更凶，甚至在原地蹿跳起来。泰外库冷笑一声，转身大步走去，看也没回头看，当然，也还在警惕。

随着狗叫，房门吱的一声推开了，走出了麦素木的妻子、乌兹别克女人古海丽巴侬，她直端端地立在高高的前廊上，既不喝住黑狗，也不招呼来客，只是死死地盯住泰外库。可能因为天色微茫，她没有看清是谁。直到泰外库一条腿已经迈上了廊子，叫了一声"古海丽巴侬姐"，她才恍然应声。

和一般乌兹别克血统的人的浑圆笃实的面孔不同，古海丽巴侬长着一副长脸。她高个子，肤色黧黑，身穿一身虽然已经褪了色，却是用讲究的绒面做的紫色连衣裙，更显出了身材的苗条。她眉毛细长，扁扁的大眼睛，鼻准端正而且高耸，她的如水的目光和微微撅起的两片小嘴唇，嘴角的两边纹路，娇媚之中又显示一种成熟甚至清醒。认出了泰外库以后，呆立着的她立刻充满了活力，她尖声细气地回答来客的问好，她总是这样子，初见客人，把声音提高八度，用假嗓表达自己的惊喜。

"请进！请！泰外库拉洪，我的兄弟！"

"麦素木哥在家呀？"

"请吧，请屋里坐！"

等泰外库进屋坐下，再次问起麦素木，她才回答："不，他还没回来，快了，很快就回来了。"她笑着说，笑容使她的好看的鼻梁打皱，嘴噘得像一朵牵牛花，露出了一颗小小的灿灿的金牙。

古海丽巴侬的回答使泰外库吃了一惊。倒不是因为男主人不在，而是因为女主人换了真嗓子——一个鼻音很重的、沙哑的女低音。

泰外库老老实实地坐着，饥肠辘辘。古海丽巴侬正在和面，准备饭。她揣着的面团是如此之小，不够泰外库一个人的。她热情地向泰外库问东问西，泰外库只是简单地回答"是""不"或者"堂^①"。不知为什么，古海丽巴侬的嗓音有一种使人不自在的东西，使泰外库联想到——例如某种软的和粘连的胶汁。

半个小时过去了，十分钟又过去了。天完全黑了。

麦素木仍然没有影子。泰外库觉得十分尴尬，他坐不住了。

古海丽巴侬看出了，问道："您找他有什么事吗？"

"是他……"泰外库没有把"叫我来的"说出，算了吧。他回答："没事……我走了。"

古海丽巴侬没有挽留，泰外库起身走出了房子。很明显，麦素木根本无意、也绝对没有安排请他吃晚饭，虽然上午他那样千叮万嘱地邀请了他。这也不必愠怒，说了就忘，这对于某些人来说并不稀奇。归根到底，麦素木为什么有义务招待他一顿饭呢？不。那么，就无需费脑筋分析麦素木为什么说话不算数。赶快回到自己的家——按维吾尔语的说法是自己的"房子"——去吧。

确实麦素木就是忘了。他的作风是，邀请归邀请，实际归实际。除非拉住人家的胳膊叫人家马上前来，其他的邀请，不过是一种情意、一种礼节、一种美好的语言、一种友谊的姿态。美好的吃食安慰肚子，美好的语言安慰心灵。当你盛情邀请一个人到你家做客的时候，哪一个被邀者的脸上能不露出笑容呢？为什么要吝惜美好的语言呢？美食越吃越少，美言越说越多。

所以，在上午邀请了泰外库以后，他旋即把这事忘在了脑后。他无意说谎。相反，他确实计划请泰外库一坐。但他没准备，也没安排在今天、在此次。下班以后，他到一个靴子匠家里去了，喝了回茶，说了回话，量了回脚，他订做了一双皮靴。之后，他不慌不忙地回家转去。

在院门口碰到了泰外库。他想起了一切。他立即抓住了泰外库，千道歉，万遗憾，大骂该死的四队的会计，说是四队会计缠住了他。最后，把泰外库再次拉进了房子。

一进门他就对古海丽发起脾气："怎么把客人放走了？"又骂，"怎么做起了汤面条，我不是早就告诉过你了，今晚有贵客驾临吗？"

"你什么时候说了？"古海丽巴侬的眉毛竖起来，无声地说了以上的话。

---

① "堂"是伊犁地区人们表示"谁知道呢"的语气词。

但是，不等看到丈夫的眼色，古海丽巴侬已经恍然大悟，她低下了头，嗫嗫嚅嚅，承担了这一切错误。而且从此，她低头做饭，一句话也不说。在男人面前，她是驯顺安静的淑女。

泰外库漠不注意，他们的问答引不起他的兴趣。饿劲儿已经过去了，对于赶车人，少吃顿饭就和多吃顿饭或者不多不少地每日三顿饭一样地平常。他靠在墙上正在遐想。为什么那匹白马今天出了那么多汗！右轮轴又该膏油了。再有七个小时就是新一天的套车了。明天路过伊宁市的百货店，买个小花铃，拿给伊力哈穆的小女儿玩去吧，顺便取回米琪儿婉给他补的裤子。依他的意思，衣服穿破了一扔就算了，米琪儿婉偏要给他补，还批评他不艰苦朴素……

汤面端了上来，随着又是一套自我批评。幸亏泰外库没有用心听，否则，如果认真地听一听那些沉痛的负疚的语言，真是令人感动得落泪而无法进食的。

面刚刚吃了一碗，在古海丽盛第二碗的时候，麦素木起身到里屋去了。传来了开箱和关箱的声音，再出现的时候，麦素木拿着一瓶白酒和一个酒杯。

泰外库爱喝酒，麦素木是知道的。他得意地迈着跳舞一样的步子，拿着酒瓶在泰外库眼前一晃。泰外库眉毛一挑，嘴角上露出了一丝笑意。麦素木咚地一声把酒瓶放到了饭桌上。按照维吾尔人的饮酒习惯，他先给自己倒了一杯，喝了下去，愁眉苦脸，龇牙咧嘴，不停地哈着气，似乎不胜这酒的苦辣有力。然后，咕嘟咕嘟，他倒了满满欲溢的一杯，递给泰外库。

泰外库头也不抬，三下两下，吸干了第二碗汤面。然后拿起酒杯，轻轻一倾，干干净净，不但没有洒，嘴唇也没有湿，没有吃力地仰脖，没有做作地吞咽，比喝冰水还轻松。

"瞧这？"麦素木接过酒杯，由衷地赞道，"这才叫男子汉！这才叫维吾尔人！这才叫友谊！"

古海丽巴侬捡净了桌子，端上一小盘水果糖和一盘盐腌的青番茄。麦素木给自己倒满以后，轻轻呷了一口，举着杯子，说道：

"仅仅从刚才您饮酒的那一下，再说一遍，仅仅一下，我看到了维吾尔人的骄傲，青春，和灵魂！韶光易逝，青春难留……时代变了，现在哪里有几个真正的维吾尔人！但是，我看见了您，能吃、能干、能玩、能受苦、能享福，该念经的时候念经，该跳舞的时候跳舞……"

"我没有好好念经……"泰外库小声说。

"这只不过是个譬喻，是个谚语！您勇敢、坚强、快活，比雄狮还威武，比骏马还有力……"

泰外库不耐烦地挥了挥手，催促道："请喝下去呀！"

"等等，而您又是这样谦虚，像山一样地高大，像水一样地随和，像风一样地疾敏，像火一样地热烈……"

"算了！"泰外库再次制止他。

麦素木把酒杯高高一举："本来，这一杯是轮到我的，但是，为了向您表示我的敬意，请把他接过去，做我的朋友吧，您答应吗？"

泰外库接过了酒杯，他嘴唇动了动，按照礼节，他应该回赠一些美妙动听的话语的，但是，麦素木的过分的夸张和露骨的阿谀，即使在酒瓶子旁边也令人难以消受，他想不出有什么话好答，便默默地又是"一下"，喝完，他皱了皱眉。

"请问，什么叫喝酒呢？我们这样才叫喝酒。汉族人喝酒吃那么多菜，酒水成了洗菜水与调味水。俄罗斯人喝酒，啵，那哪里是喝酒，那是喝药，喝完酒他们就一块水果糖，一口洋葱，一瓣大蒜。最可怕的是俄罗斯人喝罢酒受不了酒精的药味，他们只闻一闻自己的帽子，用他们的多汗的头发气味驱逐掉酒气，这干脆说是没有文明……哈萨克人抱着羊皮口袋喝酸马奶，他们不是喝酒，他们是饮马……"

泰外库示意地将手一挥，他用不着聆听麦素木的族际酒民俗研究。

酒杯来往传递，泰外库的脸色微红，麦素木的面色却更加苍白。在又喝了半杯酒，嚼下了块被科长嘲笑了一个六够的水果糖之后，麦素木说：

"世上谁能比赶车人更伟大？俗话说，车夫就是苦夫。你不分寒暑，没日没夜，忍饥挨渴风餐露宿，尘灰沤烂了你的新衣，煤炭染黑了你的肌肤……而且你冒着多大的危险，行走在断崖深谷之旁、旧桥河滩之上，何况是日夜与不通人性的牲畜为伍……我就亲眼看见过一辆马车从车夫身上轧过……有几个赶车人到老能不折断腰腿，损伤耳目？至少也要丢几个手指！"

"请不要说这些没有边儿的话了。"

"是的，"麦素木误会了泰外库的意思，以为是自己的不吉之言使泰外库惊怵，便说："我只是说，全队哪一个也赶不上您！您的功劳最大，贡献最多，本事最高，干活最辛苦……当然，赶车也是最高贵、最神气、最自由的职业。哪个过路的人不想搭您的脚？哪个在家的人不想托您捎东西？车马，这就是财富！这就是权力！车夫，这就是旅途上的胡大……"

"我明天去煤矿，给您带一麻袋碎煤好吗？"泰外库赶忙提出一个有现实感的问题，以便从麦素木的滔滔翻滚的奉承浪潮与泡沫中脱身。

"不，不，不，我没有这个意思，我找您来万万不是为了煤，我是为了人。"略一停顿，他又不好意思地一笑，"苏共中央第一书记尼基塔·谢尔盖耶维奇·赫鲁舍切夫 ① 就说过的：'一切为了人！'……这个这个，还有还有，当然，如果您一定给我捎来碎煤，我怎么办呢？难道我要说'不'吗？我们不过是几粒砂子……"

泰外库又沉默了。盯着酒杯的眼睛似乎在催促："该给我斟酒了。"

麦素木偏偏不慌不忙，他叹了口气，放低了声音：

"要派您拉大粪去。"

"什么？"

"队长说的，派您去伊宁市淘厕所，拉运大粪。"

泰外库用舌头打了一个响，表示了否定。

"真的！"麦素木用手指捣着桌面，强调说。

泰外库惶惑了，慢慢地气恼了。伊犁的农村是没有施用人粪尿肥料的习惯的。在他的心目中，没有比大粪更肮脏，更令人厌恶的了。由于厌恶粪尿，他解手的时候很少去厕所，宁可远走几十米，找一个僻静的旷野，难道让他这个堂堂的男子去淘厕所？难道让他精心爱护的车厢里装上人粪尿还有脏纸和蛔虫？难道让他心爱的白马去忍受那种污浊……他断然声称：

"不！"

"不去行吗？队长说的！"麦素木的眼光里包含着揶揄和挑逗。

"队长说了也不去。"泰外库提高了声音。

"当然，冬天还是跑煤矿好，每次给自己留下一块半块的，一年就不用买煤了。"

"我没干过那样的事，我有足够的钱买煤！"

"其实，拉大粪倒也是好事，积肥嘛，汉族农民就是爱用大粪！祖祖辈辈，我们没有用过大粪，照样吃白面馕……可现在什么事都要向汉族学习啊……"

_____

① 一般译为赫鲁晓夫，麦素木这里将"晓"发作"舍切"，意欲强调他的俄语发音的精确性。

"这和汉族有什么相干，没意思。"泰外库反感地说。他的情绪显然变得焦躁了，他不客气地催促道：

"倒酒！"

"请喝！"麦素木恭顺地把酒拿给了泰外库，"可您为什么把媳妇放走了呢？放下鞭子回到家，四壁像冰一样冷……"

泰外库低下头，看着酒瓶子。

"雪林姑丽越长越漂亮了，真是说太阳太阳比不上，说月亮月亮也不如她……现在，白白落到了队长弟弟的手里！"

"您提雪林姑丽干什么？"泰外库的头更低了。雪林姑丽的成婚，使他感到了一点怅惘。

"我为您心痛啊，可怜人！艾拜杜拉哪一点比得上您？就仗着伊力……"

"麦素木哥，您是叫我来喝酒的，为什么要把那个人的名字拿到嘴边？"

"别生气，别生气，我使您伤心了，我知道，那个美丽的丁香……"

"胡说！"泰外库敲响了桌子，他抬起头，直瞪着麦素木，阴郁的目光里流露着无限的骄傲，"尽是些没意思的话。我泰外库是堂堂正正的男子！我一天打过一千二百块土坯，一天割过三亩麦子！媳妇不愿意了，走！随她去！有我的什么事情？我既然放走了一个老婆，就有本事娶第二个！如果第二个也受不住我的拳头，还可以离掉娶第三个……"

"瞧这！好！好！"麦素木连声喝彩，并赶紧把自己呷了一口的酒再次"敬"给泰外库。

泰外库一饮而尽："我脾气不好，但是心地善良！伊力哈穆对待我像亲兄弟一样。您说那些做什么？我是公社的好社员，不管走过谁家的门口，人们都邀请我：'进房子来，请进！'我怎么是可怜人？放下鞭子回到家里，艾买塔洪送来一碗拉面，赛买塔洪送来一盘包子。谁说是四壁冰冷？您不是请我喝酒吗？在哪儿？有酒，请拿来。就这一瓶？我醉不了。没有酒了？再见！"

泰外库站立起来，再不听麦素木的喃喃，也不道谢，起身就走。走到门口，他回过头来招呼！

"古海丽巴侬姐！请看住您家的黑狗，如果它扑上来，只怕受不住我的一脚！"

小说人语：在新疆农村"劳动锻炼"的时候，小说人多次听到过各族农民传述列宁向斯大林密授天机，以掌控小鸟作政策火候的比喻的故事，显然，这是胡说八道。但此说到底是从哪里出来的呢？怎么会在新疆至少是北疆流传得这样广？

直到一九九五年，也还听陆文夫文友用同样的鸟儿的比喻讲述党对文艺的领导，讲给中国作协的党组书记。於戏！

被邀请赴宴是人生乐事，被口头邀请而实际全无则是不可思议的奇妙的经验。这是天才，这是世说新语，这是禅机，这是启示录。有就是没有，没有就是有，然后随机应变，弥补于无形，天衣扯了一个大口子，而后无缝。玄而又玄，众妙之门！

第五十一章　雪林姑丽与爱弥拉克孜沉痛谴责泰外库

泰外库的精神负担

严寒的冬夜
奔跑、巧遇、无言以对

雪林姑丽是软弱的吗？曾经是的。她温顺，寡言，爱哭，毫无保护。艾拜杜拉为了这曾经劝导过她多少次呀。艾拜杜拉说：

"你还记得么，我们刚上小学的时候，那个被娇惯了的小流氓，他每天欺负我，他把沙土扔到我的书包里，把我推到泥坑里，还管我叫'丫头子'。我一声也不吭，我不愿意和人打架。他以为我是不懂还手的，有一天我正在做功课，他把半瓶墨汁洒在我的作业本上。我跳起来'叭'给他一个嘴巴，他一个跟头倒在了地上，他爬起来抄起了棒子，我夺过了他的棒子，左手又给他一个嘴巴。他两边的脸肿得高高的，扬言要和我动刀子。同学、老师，包括后来我的父母都很惊奇，他们从来不知道我会打人，连老师都警告我小心那个小流氓的报复……其实呢，一点事也没有，从此他服气了，见了我俯首帖耳，后来，我帮助他还提高了学习成绩。过了很久以后，他有一次说：'唉，艾拜杜拉，没想到你打人那么厉害！从那一次，到现在我一感冒耳朵就嗡嗡地响呢！'"

"……不记得有这么回事。我只记得有一次男生和女生打架，你抄起了一把椅子……你的样子真可怕，我以为你要砸死一个人的。"

"是的是的，有这么一回。其实我也是为了吓他们，哪里能真的往人头上砸呢！我们有多少办法？就有这样的人，视善良为可欺。我们退让，一次、两次，直到第十次，但是第十一次，我就一定要把他打回去，让他永远耳朵边嗡嗡作响……"

在试验站，杨辉也常常给她讲：

"不要怕困难，不要怕坏人，不要怕旧思想的习惯和流言蜚语。你如果不怕它们，它们就反过来会怕你的……我刚到伊犁工作的时候，也是阻力重重。一抬头，全是维吾尔人，男的留着胡须，女的穿着连衣裙，个子不比我高一头也高半头，说话叽里嘟噜，听不懂。我提出什么技术上的建议，没有人听，还有人拿我开心，说我的坏话……为了这，我不知道哭了多少次。赵志恒书记告诉我，第一要学会跑路，第二要学会说话，第三要学会吃饭睡觉，不管在什么条件下都要能吃能睡，第四要学会吵架，只要是为了生产，为了集体的利益，什么人都敢碰！只要你相信自己正确，你就不要低头，不要畏缩……"

还有再娜甫，还有伊力哈穆和米琪儿婉，这都是雪林姑丽的良师益友，美好的、智慧的语言是能赠予人的最高贵的礼物。他们的话语确实就比黄金更珍贵。然而，还有一个老师，还有一种语言，它比什么都更加强有力，比什么都更能说服人和改变人，它的名字叫作"生活"。

雪林姑丽是好面子的么？生活偏偏一次又一次地无情地往你的脸上抹下锈斑，然后打开聚光灯，让众人观看你的被涂丑了的双颊。雪林姑丽是娴静和内向的么？生活的浪潮却一次又一次地将你抛起又放下；到处都是雷鸣、闪电、风风雨雨，是明的和暗的漩涡和湍流，是纠缠不清的大大小小的结。雪林姑丽是文雅和纤细的么？生活偏偏不仅使你面对了粗犷，而且面对了野蛮，面对了狼虫虎豹——恰恰投枪与木棒就在你的手边。

在打坏了那一炉馕以后，雪林姑丽委屈地向杨辉诉说了事情的始末。"走，我们找大个子去！"杨辉拍响了桌子。怎么能让杨辉为这个分心呢？县农技站站长和报社记者马上要来了，他们要总结杨辉的工作，还要给杨辉照相呢。"您不用管了，我一定设法把事情弄个水落石出。"雪林姑丽说。

"那你先不要回试验站。七队的情况我知道一些，农村的技术工作从来离不开思想政治工作，你们队的几位人物我也都打过交道。他们要干什么呢？你不能回避，也回避不开。他们要在你身上做文章呢。"

于是，雪林姑丽留了下来，她出席对伊力哈穆的批斗会。开始，她简直不敢抬起头。她替直端端地站立在那里的伊力哈穆哥难过，胸口憋闷得透不过气来。她替那些随声附和、信口攻击伊力哈穆的人害羞，她不敢、不愿意看这些人的下贱的嘴巴，正像不敢、不愿意看一个外科病人的化脓的疮口。她万分厌恶那些造谣者和诽谤者，不管他们说得怎样好听，她也不想看他们，因为她从来不看长着红绿须毛的毛毛虫或长着花皮的毒蛇。她低着头来开会，却仔细地听着每一个发言和发言之间的沉默和欷歔。沉默和欷歔给了她许多力量，于是，她抬起了头。

她的目光触到了许多社员的目光，她们用目光交换着彼此的忧虑和同情。然后，所有的忧郁的、含泪的眼睛都集中看向伊力哈穆。"如果是我，"雪林姑丽想道，"如果是让我一次又一次地站在大庭广众之下，如果是让我一个小时又一个小时地恭听这些诬蔑不实之词，我将无法忍受下去，我将无法活下去的。"

然而伊力哈穆仍然默默地站在那里，有时，他身子动一下，他抬起手来搔一搔脸颊，他把全身的重心从这条腿移到那条腿，再从那条腿移到这条腿，显然，他有些疲劳、有些烦躁了。但过上一会儿，他又放松了身体，哪怕是无可奈何也罢，他似乎站得并不那么不舒服。伊力哈穆的样子有时候像是听得十分用心，他头微微歪斜，脖子略略前伸，口稍稍张开，似乎被发言吸引住了。有时候却又像是在想别的，他的眼睛在看别的影像，他的耳朵在听别的声响，他的心被吸引到别的事物上。他的脸上偶尔也显露出愤懑和痛苦，还有嘲讽和怜悯，但更多的是一种平静的思索，一种谦和的良善。

雪林姑丽目不转睛地看着伊力哈穆，从伊力哈穆的姿势和面孔上她好像体会到了许多。尤其她知道，伊力哈穆并不是为了个人，而是为了她雪林姑丽、为艾拜杜拉、为廖尼卡和狄丽娜尔、为乌尔汗和波拉提江，特别是为泰外库，为了全体社员，其中也包括那些正在用粗暴的言语损伤着他的那些人而受过的。想到这里，她的喉头哽咽了，嗓子里好像点起了一把火，发生了许多辣的、苦的、割人喉管的烟。就在这个时候，伊力哈穆略一转头看到了她，他们的目光相遇了，伊力哈穆克制地、却是鼓励地向她一笑，憨厚地露出了上牙花子，笑的样子像是一个悄悄地做了好事，不追求表扬却终于被发现和表扬了的孩子。一股清凉的泉水熄灭了她喉头的火和烟，她整一整头巾，更好地坐在那里。

在停止生产开了一天会议以后，宣布第二天改为上午生产、下午开会。下午大家来开会，不知为什么屋里烟气特别大，一种刺鼻的、有毒的恶臭使人们无法进文化室。开开门吧，室内温度就会立即降到零下，有人进了屋里又被烟气臭气熏了出来，站在门口咳嗽。捅一捅用废油桶改制的铁炉子吧，屋里的烟气更大了。见到这个情况，伊力哈穆什么没说就走了，过了一会儿，他扛来了一个梯子，他攀着梯子上到了屋顶上，检查了一下烟囱，由于年久失修，烟囱堵住了，他脱下了棉衣的一只袖子，伸进一条胳臂去掏烟囱，他掏出了一团泥土、树叶和煤烟的混合物，胳臂上全是没有充分燃烧的烟灰末子，他的样子像一个煤矿工人。然后，他下了梯子，抓起几团雪洗了脸和手，这时，文化室的室内温暖和舒服了。他低头走了进去接受"批判"。在用雪洗完脸站起来的时候，他伸了一个懒腰，好像十分高兴。雪林姑丽甚至听到了他在小声唱歌，是维吾尔人最爱唱的帕哈太克里民歌：

> 把天下的树木都变成笔，
> 把江湖和海洋的水都变成墨，
> 把蓝天和大地都变成纸张，
> 也写不完领袖毛主席的恩情。

伊力哈穆的脸上一片光明。光明的脸上带着愁苦。雪林姑丽的心里一片希望。既然她信仰伟大的真主，她怎么能不相信和她一样相信真主的乡亲？

但是，雪林姑丽的光明心境被破坏了，因为她看见了泰外库，她的从前的丈夫。这个高大、强壮、粗野然而绝对正直的男子如今好像换了一个人，猥琐，委靡，一脸的晦气和苦相，好像吃多了驱蛔药片。如果说从前他像一匹野马，现在却只像一头患了重症的呆熊。雪林姑丽一见到他，直觉得全身的血液都冻结了……昨天晚上，雪林姑丽给伊力哈穆送去了一点吃的东西，她才不管章洋的禁止与伊力哈穆来往的禁令呢。米琪儿婉说：

"我打问了好多人，就是有那么一帮子老婆子在胡说八道，在讲泰外库，而且还说是咱们两个人说出去的……我追问了半天，查不出来源来，但是，人们说，似乎前几天在古海丽巴侬家里喝茶的时候听帕夏汗说起……"

"这些下流娼妇！"雪林姑丽第一次骂人了，脸涨得通红。

"这是一个阴谋，"伊力哈穆说，他甚至笑了，"我担心的是泰外库，他怎么这样容易上当……"

"我担心泰外库……"这话真使雪林姑丽热泪喷涌！

"我们应该去告诉泰外库……可又不方便，章组长住在他家，他不会允许我和他说话的……"

"我去说。"雪林姑丽第一次把一件难办的事揽到了自己的身上。

……终于，这一次她等到了散会，偏偏章洋又把泰外库和尼牙孜、包廷贵和库图库扎尔几个"积极分子"留下了，雪林姑丽在门外等着，她几次轻轻拉开门，透过门缝，看到了泰外库的心不在焉和不耐烦的表情。终于，泰外库向门口走来。

就在文化室的门前，在一个为了每年浸泡麻纤维做套绳而挖的坑边，雪林姑丽挡住了泰外库的去路。

"请等一等！"她命令说，并不顾忌身旁还有人过路。

"您？"高大的泰外库被瘦弱的雪林姑丽吓了一跳，"您好！"

雪林姑丽并不回答他，她的眉毛立起来了，她的目光尤其严厉，她说：

"听着，我告诉您几句话：我从来没有说过您一句不好听的话，米琪儿婉姐更是没有。那些毛驴子的话语，只有毛驴子才传播，毛驴子才相信，您如果还算是个人，您自己去问清楚，并且好好地想一想吧，可伊力哈穆哥到现在担心的仍然是您……呸！您让我感到耻辱！"

雪林姑丽一甩头就走了，迈着大步，迎着寒风。她计划的本来是另一种文明得多的说法，但是愤怒使她第一次啐了别人。她威风凛凛，说了，啐了，骂了，走了，把一头孤零零的呆熊丢在了一边。

泰外库低下了头。从那一天起，他的理智和记忆似乎都丧失了、混乱了。酒醒以后，他模糊地觉到自己做了一些很冒失的事情。"活该，反正不管怎么说，他们把我写的信拿出来取笑，我永远不原谅……"他安慰自己，坚定自己的怨恨，用怨恨填补心灵的不安和空虚。他还记得：自己在一种暴怒、绝望，一种非理性的狂乱之中，在麦素木的指导下好像写了一些什么控告伊力哈穆的东西。不久，章洋找他谈了话，拿出了他亲笔写的和签了名、按了手印的材料。那材料使他自己也怅然失色，譬如说什么伊力哈穆挑拨和制造死猪事件，这明明是昧着良心胡说。他想更正和辩驳，他甚至想抗议，但是他张不开嘴，难道他能说是在醉后，在别人影响下写的吗？那他不是成了个信口雌黄、自打嘴巴的长舌妇了吗？他默认了这一切，他失去了衡量是非和真伪的能力。他好像落在了一片黑暗之中。他想躲开章洋，他从来没有当过积极分子，他更不想当批判伊力哈穆的积极分子。但是章洋没完没了地纠缠着他，又是真心诚意地关心他和接近他，章洋有时候给他烧茶，帮他扫地，使他十分过意不去，章洋要他在会上念本来就是他亲笔写下的"控告"，他无法推辞。反正事情已经是这样了，他从小就是孤儿，今后仍然是孤儿，他是戈壁滩上的一粒黄沙，他是盐碱洼地上的一株孤独的芨芨草。他开篇念了几句，念不下去了，但是章洋仍然热情地培养他，向他讲解斗争的意义，讲解伊力哈穆就是当前的马木提乡约，就是最危险的敌人。这些东西的灌输，更使他的头变成了一个装满了垃圾、死死实实、毫无空隙的筐篮——木头疙瘩。他的心似乎变成了冷冷的石块，他的血液也不再通流……就这样过了几天，他像一块木头，默默地参加了几次对伊力哈穆的批判会，在他完全没有想到的情况下，雪林姑丽向他说了一些十分愤激的话。

雪林姑丽说了些什么呢？雪林姑丽说的话对于泰外库像鼓槌敲打在树墩子上，没有能发出一下清亮的反响。

雪林姑丽走了，章洋走了过来，问：

"那是谁？她和你说了些什么？"

"没有谁。"泰外库加快了步子。

他回到家，和章洋一起喝了茶，稍稍休息一会儿，雪林姑丽似乎有两句话仍然在他耳边响。"我没有说过您的坏话，米琪儿婉更没有说过。"这话是什么意思？"伊力哈穆哥现在仍然担心您。"担心？什么是担心？他在问自己。他好像是隔着一道墙听到了邻居说话的声音，他听不清，更看不见隔壁的光辉，但是这声音是告诉他，隔壁有灯光，有人，有生活，自然这一切都不属于他。

"毛驴子！"雪林姑丽还骂"驴子"了吗？这是一根刺，似乎扎透了什么。算了吧，他挥挥手，把透风的小孔又堵住了。

章洋去主持工作组的会议，泰外库一个人躺在毡子上，一动也不动，灯捻在跳动，灯油已经不多了，泰外库也懒得坐起来添油。他干脆闭上眼睛，免得灯捻跳动看着难受。这些天，他懒得出奇，已经五天没有做饭了，每天三顿，都是奶茶就馕。章洋显然不习惯这种吃法，他都瘦了。

他听到了门声，他以为是章洋回来了，眼也没睁，一阵寒风冲向他的全身，奇怪，这个进来的人为什么不关门，这样的冬夜哪有进门不关门之理？

他睁开了眼睛，他看到了一个黑影。

这是一个特别高大的女人，她的影子差不多挡住了整个门框，她穿着一件剪绒的短皮大衣，长毛绒领子翻在外面。披肩把头脸围得严严的。下身是一道长裙，露出了有些尖头的家乡的皮靴。……他屏住了气。在不稳定的灯光返照下，他看到了扩大了的爱弥拉克孜的身影。

"您在吗？"身影问。是的，她就是爱弥拉克孜。只因为泰外库躺着自下仰望，才显得身影特别高大。

"是您，爱……"泰外库坐了起来。

爱弥拉克孜不关门。任凭零下三十度的夜风吹进这间简陋的房屋，她也没有容泰外库叫出她的名字。她说：

"我今天刚刚听到了您所做的一切，您，您，我要来告诉您……"

"请坐，请坐下谈呀……"

"不。我不是来做客的，也不是来看望您的。我来是为了作证，我是来充当证人的。请，您请，请不要关门，我说一两句话就走。米琪儿婉姐姐亲手把您的信交给了我的。后来信怎么传到了外面，我也不知道，但是，这只能由我负责，与米琪儿婉姐无关。我看着您的信，来了一个伤病人，就是尼牙孜，现在他是您最亲密的战友，是您的导师和父亲了吧？我忙着照料他，这中间可能发生过什么事情吗？我没有抓住谁的手，但是，我负责，米琪儿婉姐无辜。我万万也想不到您去诬蔑米琪儿婉姐和雪林姑丽，您辱骂她们，听说您现在还成了诽谤伊力哈穆哥的勇猛斗士……您真卑鄙，真肮脏……"爱弥拉克孜的牙齿咯咯地响，她说不下去了。

"爱弥拉克孜，您听我说……"

"不要叫我的名字，"爱弥拉克孜像被火烫了似的叫道，"从此，我不认识您，"她的声音呜咽了，"我难过，只是因为我后悔……看您的信的时候我流了那么多泪，我还以为我碰到了一个真正的男子，一颗纯洁和热烈的心……谁想到您是这样地不可救药地愚蠢。尤其可恶的是，您竟然那样心地卑劣，竟然听任，不是听任，而是和那些毒蛇一起去毁掉那些您本来应该尊敬和珍重的东西……您使我永生永世感到不是您而是我自己可耻、下贱、丢人！"

夜风灌满了小屋，水桶里的水正在冻结。煤油灯捻的光焰最后跳动了一下，熄灭了。在爱弥拉克孜的高大的身影的背后，在树影之间是闪烁的寒星……爱弥拉克孜转身离去。

泰外库屏神静气，任凭刺脸的寒风吹打着他，他没有穿棉衣，人好像快冻僵了，心里却感到了一丝丝暖气。

过了好长时间，似乎一切都凝结在那里了，地球已不再转动，时间已不再流逝。泰外库忽然站了起来，他穿上靴子，戴上帽子，却没有穿棉衣，他一件绒衣就跑了出去，向爱弥拉克孜走去的新生活大队那个方向追去，他奔跑着，跨越着，深一脚浅一脚。风越来越大了，把屋顶和树枝上的积雪吹到了他的脸上。他的脸颊反而热一些了。他迈着大步，奔跑着，像一匹好马一样地跳跃着，一溜烟来到了坟地旁边。这就是那一次泰外库为爱弥拉克孜解围，后来把手电筒借给了她的地方。他停了一下脚步，定睛向前看了看。下弦月已经升起，照着左面的荒滩、堵坟墓和右面的大片农田，照着前面的伸延到远方的大路，现在，荒滩、农田和大路又都隐没在统一的白雪的覆盖之下。白雪青光之中，泰外库看到了一个匆匆移动的小黑影……那就是她。

泰外库加快了步子，很快，他已经走近了，离女医生只剩了二三十米远。他已经利用月光看清了爱弥拉克孜的大披肩，看到了她的肩背在走路的时候的摆动，看到她的有力的腿怎样迈上高坡，又怎样走下了低地，他还看到了下弦月送过来的杨树影，一道又一道地从她的背影上飘摇而过。他多么想追上去，走近她，拉住她的手，和她好好地谈一谈啊。在那一次她送还电筒之后，在伊力哈穆家土炉前的疯狂发作之前，他想了多少话要在下一次会面的时候告诉给她呀：他要向爱弥拉克孜诉说自己的过去和未来，诉说自己的过失和自己的天良，诉说自己的孤独和欢乐，诉说自己的好朋友和坏朋友，自我批评和今后的打算与愿望……他要披肝沥胆，敞开自己的灵魂，倾听爱弥拉克孜的检验、评论和解剖，从此爱弥拉克孜就是他最好最好的友人，哪怕她并不愿意成为他的妻子……

今天，他又见到了爱弥拉克孜，爱弥拉克孜又一次来到了他的不成样的房间。他的不成样子的生活……已经完全崩溃了……他能和她谈什么呢？姑娘呜咽了和愤怒了，这是他造成的啊。

他离爱弥拉克孜更近了，再迈几步，他就又可以看着她的骄傲的、轮廓分明有力的脸庞，他就可以哪怕是略微为自己解释那么一两句，或者是请求她的原谅，安慰一下她的心了……然而，他止步了。

"……我不认识您！"

他的耳边又响起了这好听的，却是宣判死刑的声音……他感到，他的身躯已经是彻骨冰凉了。

原来，已经到了离新生活大队医疗站不远的地方，他远远地看到爱弥拉克孜走近了医疗站的门，看到她在摸口袋，掏出钥匙，开锁的爱弥拉克孜走进去了，门砰地一声关得紧紧的，紧接着，电灯亮了，是爱弥拉克孜在拉窗帘，然后窗帘上映出了爱弥拉克孜的剪影，那样可爱，那样娴雅，又是那样孤独……看样子，姑娘在看书吧，但是，没有多久，她的头伏在桌子上，她的肩在一动一动，她又哭了。

"我不是人！我不是人！我不是人！"

泰外库呻吟着，悲痛欲绝，他抱住了一棵路边的小树，才使自己没摔倒在雪地里。

远方又出现了一个黑影，稳定，从容，大步向这边走来。泰外库转过了身，他冻得嘚嘚地发抖，他不想见任何人。

但是那人走到了他的身边，似乎在观察着他。泰外库自然用背脊对着那人。

"泰外库！"

正在发抖的泰外库又是一个冷战，是伊力哈穆的声音，他转过了身。他看见了伊力哈穆，穿着山羊皮领子的崭新的黑条绒面棉大衣，他的眉毛上和胡须上，以及帽檐下面全是冰霜，他像一个白发老人了，然而，他的眼睛里跳跃着欢乐的火星，连泰外库都觉得了。

"我从县里来。"他解释说，"您为什么没有穿棉衣？"他拉住了泰外库的手，"我的胡大！这么冷，您会生病的……"伊力哈穆脱下了自己的短棉大衣，披在了泰外库身上。

泰外库又是一抖。他拿下棉衣往伊力哈穆手里一推，仍然穿着一件绒衣跑回去了，他好像是怕伊力哈穆追上来，跑得飞快。

伊力哈穆皱了皱眉，用手拂了拂脸上的冰霜，他看了看医疗站的房屋，这才恍然泰外库为什么出现在这里。他轻轻摇了摇头，又吐了口气。"会好的，"他自言自语说，"一切都会很好。"他又说。抬起大步，像一个接受检阅的战士，他向着泰外库身影活动的方向走去了。

小说人语：六十年，已经写了一千五百万字了。

然而这一段，尤其是爱弥拉克孜谴责泰外库这一段，什么时候重读什么时候会把小说人自己激动得热泪盈眶、泪流如注，读一次大哭一次。

因为爱。因为尊严。因为痛心疾首！痛心疾首！痛心疾首！

陆文夫兄曾经婉转地说，本小说人首先是诗人。然而，这一回是小说，真正的小说，是戏也是情，是正义也是痛苦，是爱也是顿足，是严丝合缝的情节故事。

终于，小说人找到了自己，在幽默与游刃有余之外，在老练与左右逢源之中，找到了四个字：

痛心疾首！

闷与狂（选章）

第一章　为什么是两只猫

1

为什么是两只猫？两只猫的四个眼睛，像四个电灯泡，它们亮得使我感到威胁。

而且两只猫都是黑的。

有一个理论：黑猫是最健康最纯正的原生，白猫花猫的形成是由于猫族的皮肤病变，像人类的白癜风与牛皮癣。

那时虽然不知道这种高明得令人倒吸一口凉气的理论，我仍然被黑猫吓醒了。

后来又有一种理论，说是在西方，尤其是指美国，黑猫的意义是保持沉默。被称作"黑猫权"的是指沉默的权利。

不知是否确有其说。这样的不知真伪的说法很多。

在一间大客厅里，一切都是黑暗的，因为我睡着了，可能不该睡那么久。小时候认定睡眠有着沉重的不再醒来的危险。后来深知不睡眠有着发疯的危险。两只小猫渐渐变大，越来越大，它们的四枚黑眼珠黑亮黑亮，越来越亮，像四盏二十五瓦的灯泡发展成长为四盏两千瓦的黑光灯泡。它们此生第一次照亮了我的意识，渐渐地走入到一个孩子的灵魂。不知道是黑猫在捕我的灵魂还是我的灵魂要俘获两只黑猫。我悚然欢呼：我，是我啊，我已经被黑亮照耀，我已经感觉到了猫、猫皮、猫眼、猫耳、客厅，巨大的房屋与充实着房屋的猫仔，而且在那一刹那我自信我已经比那两只猫更巨大也更有意义了。我在乎的是我被猫眼注视，不是在乎那两只猫。我与猫、黑猫有一种特别的契合，命中注定。它的皮毛，它的品种，它的眼眶都是那么黑，但猫的眼珠有点橙红。因为我才刚刚对世界睁开眼睛，我的世界还相当黑暗。我害怕，我不能接受更不能分辨黑以外的颜色，如果那有生以来的进入记忆中的首次午睡醒来后看到的干脆是红或者白，是黄或者绿，我怕我会被刺瞎了眼睛，我至少会因为那如同歌剧戏装的颜色而害怕活下去。

猫的眼珠有一点橙红，这使我不免惊心动魄。

我看到的是漆黑，我看到的是差不多什么都没有看到。区别在于也许有亮的黑与黑的黑，还有暗的黑，还有淡淡的黑。猫眼是亮的有点橙红的黑；猫头是黑得雄壮的黑；猫鼻子是漆黑的黑；猫皮毛是暗的黑；猫背是浓浓的黑；猫爪子是淡淡的黑。这就是造物主在冥冥中给我的最早的关于颜色的知觉与启示，与水墨画或有什么关系。知觉是很不容易的，修炼了亿万斯年，功德了亿万斯年，有了一次关于黑猫的知觉。生命的开始有些黯淡，似乎安宁，但也马虎，可有可无，毕竟是逐渐的浸润。太感人了，区分就更不容易，区分太痛苦也太艰难。

与世界的关系是从黑到渐亮到白到各种颜色，原色与复合色，带着些微的恐惧和无力。

感谢造物主，我没有在五颜六色中迷失，没有瞎盲。然而我落到大坑里了。对于人生的最最不舒服的感觉是失重，虽然那里那时还没有失重一词的出现。故乡有千百亩的大梨园，花开时洁白得叫你醉迷。你怕你失重坠落在雪白的梨花里。到三十年后我读到了契诃夫的话剧《海鸥》，主角尼娜说："我是在为生活穿孝啊，我不幸福。"她的孝衣是黑黑的，家乡的梨花雪白，白得如天山上与黑龙江边的雪。

北方的春天：最早是杏花，是冬天的挥手离去，白中有橙黄直到粉红，是春天的小女孩，是小女孩的嘴唇与脸蛋。然后是山桃，是情窦忽开的少女如火。桃花红得浅显灿烂。杏花粉得天真梦幻。桃与杏都是先开花后长叶。梨花则是花朵与叶芽同时生长。银装素裹，雪花飘飘，玉蝶翩翩，绿萼青青。春天的太阳渐暖，盛开的梨花如海，如涨潮的浪花飞溅，如群帆起航，如遗留在舰船尾后的流苏，如欧洲的百万婚纱的大囍与白衣舞会。

我什么也没想，还不会想。什么也没做，还不会做，也不知道啥是做。但是我知觉到了失足，莫名其妙地一脚踩空，落到了大坑里。许多年以后，人们说，如果你在睡梦中动了一下脚或腿，你恐怕会有梦中失足落井的感觉。

我记住了坠落，却不记得满春天的梨花。春天梨花，是在七十岁以后，少小离家老大回，我才会沉醉的。

然后是两只猫或 N 只猫或一只猫或没有猫在大厅里追逐奔跑，有声无声，有形无形，有夜无夜，有厅无厅。它们或没有它们，奔走着放置着旋转着懒惰着，跳动着安宁着点缀着也破坏着。这个世界仍然是或有或无。

世界果然是可有可无？众妙之玄，玄于 N 只黑猫。

罗素说，哲学是黑猫在暗室里寻找并不一定存在的老鼠。生命说，黑猫是世界给我的第一次符号、第一次呼唤、第一次吸引，尤其是那两只明亮的眼珠。梨花说，有了我黑猫才落到了实处，你才落到了大坑，就是说从无下载为有，从花朵融合为泥土，从不安的神态到惊怖的下坠，再到落地的平安。除了世界，除了土地，除了坑底，你还能飞向哪方？

我说，黑猫和梨花可能是偶然，眼睛和春天却常常与我相伴。不要问我从哪里来，因为我已经来到。不要问为什么与我相伴，因为我们已经互为伴侣，谁也摆脱不了谁。什么是世间？什么是人生？什么是梨园与厅堂，什么是故乡与异域，我那时不知道，我后来说不清，我不在意谜团或者非谜团，我回忆起来亲切而且满足，我回忆起来会浮现一丝凄凉的，更是得意的，尤其是迷迷糊糊的微笑。我掉在大坑里了，我仍然无恙安全。

2

你无恙他有事，你活着他走了。这就是世界的无理数，如小数点后不循环的实数 π。日本长野县饭田市公司职员近藤茂有一个业余爱好，将圆周率计算到小数点后第 10 万亿位，它仍然无穷无尽。

只是事后，我分析出来，我理解了，那是午夜，不然为什么会有那么多移来动去的灯火，为什么会有那么多走来走去的身影，为什么有一次出现了父亲的严肃面孔，庄严如囚。那是童年的家乡里唯一的一次。而且有几个字：奶奶死了。

什么是奶奶？对不起，不知道。什么是死了，呵，也不太知道，至今仍是一个 π。但想起了一张照片，黑色白色与灰色，那想必是奶奶的遗像，当然那时更不知何为遗像。可能有人，不知道是不是妈妈，告诉我说，奶奶死了，我困极，我睡了，困到极点就绝对不怕死了，这是我三岁时候的多么伟大的发现！然后五年以后，姐姐对我说，死了就是睡了，有几天我死一样地害怕睡觉，我的第一次失眠的经验是七岁时想起来了死。我曾经将这种体验有所文学化郑重其事地写到我的处女作里。一个老作家对我说，一个少年不可能有这样的生命的不安体验。而我在十四岁时因了失眠去中和医院（原名中央医院，现为人民医院）看医生的时候，医生也断然否定十四岁的人有失眠的可能。

有许多的白色，纸与布条、布片、布衣裳，都是白色的。白色比黑色使我更容易入睡，我觉得很累。死是一件很累的事情吗？爸爸说，奶奶临终的话语是：我走了，应该当真有另一个世界。爸爸说，这就是一个关于此岸与彼岸的题目。如果那深夜的灯火，那严肃的心情，那白色的纸条布条，那两只黑猫都已一去不复返了，那么奶奶又能去向哪里？

对于老家的记忆到此为止。仍然有炊烟，有玉米秸与树枝的燃烧气味，有生菜叶子与泔水的气味，有咸菜缸的香与亲切的臭气。然而，没有老家了。半个世纪后再访，有原址，却没有了原室和原来的梦中掉下去过的梨园大坑洼，更不要说黑猫栖留过的客房了。

时过境迁，谁能找得着自己的老家？

留下了遗案：那铡草与吃草的声音是在哪里，是从老家去大城市的路上吗？是从大城市到老家的路上吗？

多么真切，多么清晰，多么分明，比白天还脆生。我听到了并且凄凉了十五秒钟，然后我睡得很实。这里掺杂着卢沟桥的近代史。

咔哧，咔哧，咔哧……是马在吃草？是车夫在铡草？我闻到了浓馥的干草香气。是在三岁的我的睡梦里。这是第一次对于黑夜的确认，此前的黑猫也罢，大坑也罢，祖母去世也罢，更像是梦，像错落的飘移，像对于我的感觉与理解的撑胀，就是说，我不知道也没有想那是什么，是不是梦，是不是真实，是不是发现，是不是困倦，那只是一闪，是稍纵即逝。

而咔哧咔哧是如此清楚确定，咔哧咔哧开始了我确定的世界，确实的生命，确定的听觉，确实的感受，是我的受想行识的开始。当我想键出受字的时候，出来了爱字，爱想行识，这应该也是天意。

铡草与吃草的声音表示着黑夜，表示着行路，表示着沉沉的睡眠与偶然的醒转，表示着惊觉，表示着继续睡下去的福气与不负责任。有马儿在吃草，有人儿在铡草，有你的明天的遥远的路程。

后来听到了一个新词：逃难。这个词有历史与政治，命运与上苍，也许还有戏剧与怯懦的草民意味，我不知道为什么会出现了这个词。我的孩子们已经不大感受得到这两个汉字的亲切与宝贵了。

信不信由你，因为我自己也不知道应该信还是不信，生命的最初记忆应该是朦胧，是梦，是感觉而已，如黑色的亮光，如倏地下坠，如喊里喀喳，如灯影人形，当你幼小的时候世界是如此之大，大人是如此之大。此后渐渐地，视觉是跟随听觉而清楚确定起来的。

然而为什么还有自己的受宠与满足？母亲抱着自己坐进了一个有棚子的马车，而姐姐坐的是敞车。还有一个不解的情节，为什么是马车？为什么要在路上过夜，有那么远吗？

你不可能解清这些，从无到有，从混沌到自知，从没有记忆到有了记忆，你不知道这记忆这黑猫是从哪里来。

它们来了。

我来了。

尔后你想念午夜的铡草与大车店，你再也听不到了，已矣，已矣。风萧萧兮易水寒，壮与非壮之士一去兮不复还！

那些可能知道这些铡草的声音的亲属，已经不在人间，在人间的有一个人，她不记得。

3

那时我为你而醉迷。

因为你是春天，是干枯的冬天后的转身，是沉睡后苏醒的笑容，是安宁后的动颤，你想抖下身上的冰雪与尘土。是一片小草的不安的试探，它们不知道它们的新绿会不会引起大风的报复。然而它们绿了，一绿到底。寒风仍然呼啸。雪花时而从天空降下或者从远方飞来，敲打面颊，有时会钻到嘴里。也有小的与大规模的扬沙。万花缤纷的时段何其短暂。正是春光的短暂突显了春天的疼痛，我在年满三十岁的时候曾经满心悲伤、痛惜与告别。我知道人正是在没有多少悲伤的时候才易于悲伤的。

以后的许多年，许多十年，春天令我觉得温暖，温暖得让我不安，温暖得让我不知所以，温暖得使我觉得似乎自己忘记了穿好衣装。花朵的绚烂华丽使我羞愧，花太俊，我太丑；花太大，我太小。绚丽的短暂使我怯于欢喜与陶醉。我没有那种权利、颜面，干脆说是没有资格去赏春伤春惜春送春，我能有什么理由为春天而大哭一场？

我仍然愿意回忆的是藤萝与藤萝架。那就是我的宫殿，我的房屋和窝巢。燕子筑起香巢，台湾籍作家落华生（许地山）的名篇《梨花》里的这句话令我艳羡不已。那紫色的高贵是罕见的早霞直到成为旭日。如王室的紫气东来，紫而发展变化为白，如玉的深浅浓淡的歇息，如云的层层叠叠的收放，如刺绣的悬挂镶边婉转，如波浪的起伏薄厚开阖，如蟒蛇的藤蔓牵延，如网的枝条伸张，如屋顶的方正齐整，如花毯的巨大平匀，如尘土的切近，如饭食的米香，如花朵的清纯，如水珠的普普通通闪闪烁烁。它是春天的最后的纪念。它开了那么大一片花，鲜而不艳，流而不俗，热而不烈，多而不繁，沉而不醉，柔而不媚，亲而不密。它一串一串，一丛一丛，变成好大的豆荚，春天至此远去，如果你留恋，如果你期待，还要再等好几个季节，还要再经受秋风苦雨冰天雪地瑟缩忍耐。

我已经七十有八，我为什么至今没有好好沉下心来欣赏一下藤萝和所有的花事？人生本来苦短，人生本来可疑，不如意事常八九，穷愁嗟叹都是平常；转眼已是老叟（妪）。还好，人生中有那么几次春天，几次百花盛开，几次藤萝花藤萝架和藤萝饼，几次对于藤萝花开的欢喜与对于藤萝花谢的叹息。几次盼望，几次期待，几次回想。春天已经渐行渐远，春天仍然值得珍惜温习。我是秋天的孩子，我出生在秋天。我是春天的记忆，我关于春天还有许多许多的话。已经老朽的人仍然感到了令人疯狂的春天的挑动，至少是在文学的时候。真的到了春天我又有些慌乱，人生似乎不是一次赏心悦目的寻求，而只是一种咀嚼，一次尽责，一次注定了会一败涂地的抗争。一败涂地的春天可能成为很好的小说，而赏心悦目与心想事成却使人空虚，说不定还有疲惫。

与藤萝一起响，想起了《苏三起解》的字与腔，京胡与捏细了的嗓子。从一开始我就感受到了苏三的陌生，她似乎老旧而且缺少新的希望新的前景。她像一盆刚刚用过的洗脸水，含着半凉半温，含着老上海的香胰子气味，含着洗掉的污秽与脱落的头发，残破的头发有一种放了三天的炸馃子的嗅觉作用。我好像看到了贴在"香粉蜜"瓶身上的美人画。由于印刷的低劣，轮廓与线条，位置上都有误差，美人的鼻子不像是两个鼻孔，而像三四个。

而她仍然是苏三，是宠幸，是女人，是中国的可怜巴巴的娇女儿。她让你从小就怜爱女人，怜爱女人的娇滴滴、笑嘻嘻，忍受强暴摧残蹂躏，忍受买卖，忍受遗忘，忍受罪名与刑讯，等待斩监候或者斩立决。

比起苏三，还是挂在藤萝架上的蝈蝈笼子更亲切，蝈蝈的叫声与清脆的周璇在一起，与同样纯真的李香兰在一起，呼唤着童年，呼唤着慈爱，呼唤着夏天，呼唤着好花不常开，好景不常在，蝈蝈不常鸣，知了转眼去。童年的我常常想哭，这多半是不健康，这同时是一个意欲翻天覆地的契机，爱哭的我常常感到世界的不义与翻天覆地的必须。蝈蝈是世界对于我永远的呼唤与惦念，我的一千八百万字的著作是对于那永远清脆纯真的、永无保留的生命呼唤的、转瞬间被严冬掠走了的蝈蝈鸣叫的回应与记录。

那时的父亲有过客厅，客厅里挂着郑板桥的书法，你说对了，是永远的难得糊涂。他的字陡峭夸张，像喝多了酒。一幅油画，画的是天坛，碧蓝的天空，洁白的云朵，古雅的建筑，那时的北京规规正正，杳无声息。还有一张拓片，上写"卢沟晓月"，是乾隆为"燕京八景"的题字之一。我不知道这些东西与我们有什么关系，我不知道我与这些字画有什么关系。人生里的多种遭际与多种邂逅，并不是都有道理，都有意义，但是都不妨珍惜。噫！

4

应该有过关于三进四合院的记忆，藤萝在最后那个院落里。但那没有意思。失去了的天堂不一定是天堂，失去使你不再为之操心挂虑，这证明失去并不一定就不好。童年当然有大与小、亮与暗、饱与饿、甜与苦的感觉，但是童年绝无长短、得失、贫富、升降、好坏的认知，因为童年不懂得比较，不会去计较，不会有衡量与恩怨。我更想回味的是此后的蜗居。蜗居是一个古老的具有普世含义的词。我相信中国早在古代就有类似蜗居的感叹。例如《陋室铭》，刘禹锡完全没有住房焦虑，更没有婚前住房压力。对于小孩来说，蜗居更亲热也更安全。一间房子里充满了亲人的气息，似乎有一点煤烟，似乎有一点半生不熟的玉米面与小麦白面的酵母。可能还有人的气息，有口气与潮气。可能有糊顶棚时遗留下来的糨糊味。有樟脑——卫生球味。也有家乡的冬菜——蒜腌大白菜的味道。可能还有猫屎与老鼠屎气味。半夜，顶棚上的老鼠闹翻了天，不知道老鼠们是在娶亲还是在乔迁。所以也常常养猫。养猫的结果是老鼠仍然活跃生猛。我长大以后才明白也许不养猫的话就更得把天下让给众鼠。

总之这是北方的城市草民一家，小民一家，亲热的儿女父母一家，放屁暖床、抽烟暖房的一家。贫苦、拥挤，你的心连着我的心，你的手够得着我的腿。你从你的手里掰下一块饼子给我吃饱。我把我的杯子递给你免得你等不及刚烧开的水晾凉，也有时候因为你碰伤了我的额角让我发出一声惨叫，或者是我踩了你的脚而我们二人同时责备对方。不吸烟的人会屡屡呼吁吸烟的人停止害人与呛人。急于睡觉的孩子会埋怨不睡觉的人不时发出的窸窸窣窣的声音。我们还会互相提醒，不要开灯，开开了灯也要尽快关掉，不要费电，不要费钱。尤其是夏天，你最好每晚都坐在板凳上，坐在院子里，或者坐在院门口，或者看看星月，或者看过路的人。那年月星月都看得很清楚，那时节更要强调省电。天长，九点了也不能算完全黑，你哪怕是缝扣子也不必拉开电灯，那时的电门多半是拉绳式。还有一种可疑的理论，说是一开灯会招引蚊子，对此我一直心存疑惑，蚊子毕竟是黑了天才活跃，天一亮它反而要躲藏，那么灯光引蚊的说法未必能够成立。那时候就有小道理服从大道理的思维选择模式，既然开灯要花钱，不开灯就利人利己利国利民利家庭团结利国计民生。不开灯便成了一种美德，那时我已经相信了人需要吃苦，需要节衣缩食，需要咬紧牙关。我早早地就相信了享受直至挥霍，乃是不可饶恕的罪行。

我无法想象在那样的小院与蜗居里我是怎么度过的夏天。我已经十分疲劳，我已经汗流浃背，室内更是潮热得令人喘不过来气。在极困倦的时候比较能认识到狭小坚硬的板凳不是一个合适的坐处。在我已经瞌睡得抬不起头来以后，我进了屋。我已经不知道冷和热、湿与干。我躺下了，很快被头上发上枕上肚子上的汗水淹醒。我闻到了没有洗净的头发与黏稠的汗水掺和起来的恶味。然后就这样继续入睡，不知道汗水是否接近于把我漂浮起来。然后是影子与臭虫，那时候的世界是由煤球、剩菜、臭虫与半饥半饱的草民们所组成的。

而冬天也很奇妙。早晨醒来，来不及吃什么东西了。拿两毛钱去买一块白薯，买一把花生米，就算早餐了。晚上一觉睡下去，清晨醒来，头一天没有倒净的洗脚水已经冻成一大块冰疙瘩。

什么是童年？有慈爱也有娇生惯养，有艰难也有苦中作乐，有乡音也有粗鲁无知，有汗流浃背也有室内结冰，有乱世辛苦也有未来之梦。很久了，久违了，你生臭虫的铺板，你跑老鼠的哄闹，鲁迅说夜半房顶上老鼠的大吵大闹是因为它们正在娶亲。你室内的冻冰，你大哭与小叫，你只开一分钟的电灯，你杂音如沸的话匣子，你冬日遍天的乌鸦，你夏日遍室的蜗蚣，你串胡同的粪夫，你哀怨与扭捏的情歌，久违了，我们这一代人的童年！

童年，到过许多更阔绰、更光亮、更文明也更优雅的家庭。见过院子里的石头假山。见过院子里月光下晃动着的竹丛的倩影。见过房顶上的虎皮猫咪。见过中俄与中德混血儿的家里的大客厅。首次见到沙发，首次见到使我痴呆呆发怔的远比黑猫更鲜艳也更空洞的彩色图案。首次喝到龙井，苦涩而又甘甜得令我挤眼睛。首次见到墙壁上的大挂钟，嘀嗒嘀嗒的声音使我肃然恐惧。首次看到落地式大瓷瓶，这是干什么用的，我为之不解也不安。首次用象牙筷子与调味瓶儿。首次吃到黄焖鸡块里的栗子与迷人醉人的香蕉，以为是登上了天堂的大门口，以为是被天庭所捕获。首次见识了国际象棋棋盘。高贵的家庭散发着人为的香气，龙眼龙舌，花露水香水，胭脂口红，甚至那时候已经见识了朱古力，朱古力的经验像是服用新发明的西药。为什么你们家香而我们家臭？为什么你们家讲究而我们家穷凑合？为什么你们家有那么多我们家没有那么多？国际象棋学了半天仍然不会。我哪里配？那时的一副棋也高贵得令人咋舌。然而越是这样就越同情自家，穷困的、污秽的、破烂的、憨直的、艰难与痛苦浸满着并且互相折磨着的老老少少几口子的小蜗居，我永远亲爱的蜗居！蜗居就是童年，蜗居就是亲情，蜗居就是相争以蠡的分量，蜗居就是世事苍凉中的记忆与文学。缺少蜗居印象的童年会不会透露出纨绔与轻薄？薄幸儿们啊……

5

贫民窟的小院子里的生活的迷人之处还在于它的雪雨晴风寒暑。

住在小院里的人与自然多么亲近，下雨时分看得清一个又一个水泡，说是越有水泡就越可能连续阴天下雨。说不定这与气压什么的有关。雨声也与住在高大的公寓楼里完全不同。雨打芭蕉，这完全是平房生活的产物，如果你是住在二十几层高的、窗户封闭性能极好的楼房高层，上哪儿听芭蕉或者残荷或者风吹鸟鸣蝉嘶虫吟去。

突然，小院黑云压了上来，你想欢呼，盛夏希望雷雨，严冬期盼太阳。雨的声音你分辨得清晰细腻。沙沙，卟卟，啦啦，哗哗，咣咣，再加上流水的嗞溜嗞溜。小雨与微尘的气味的混合，中雨与土气的混合，大雨的腥气与渐渐加上来的植物茎叶的气息，然后是从室内外各个角落里散发放射出来的湿潮与旧物气息，有时候已经上百年的房子会突然散发出油漆味道，使你敬佩于祖国漆料的源远流长、历久弥新。

雨打苫煤球的破席子的声音效果也是一样。还有雨打尿盆呢，清脆的叮当声。水积多了渐渐变成卟卟，雨点不区别贫民窟还是植物园，不论雨点打到的是什么，都有同样的节奏与疑惑。

雨是交响，雨是明暗，雨是敲击，雨是搜寻，雨是清爽，雨是湿瘴，雨是季节，雨是安慰，雨是为难，雨是灾难，雨有千般妙或者不妙，小院里才知道。那时没有现时的塑钢铝合金双层密封窗户，现在的门窗墙壁使我们渐成陌路。

院子里的地上，有了一点湿，有了一点白雪，有了一点尘土，你立马从自己的鞋上看到这一切。你还可以在自己的家门口堆一个雪人，用两粒烧透了的、显出灰白与红褐色的煤球嵌入做眼睛，用一块木片做鼻子，用一把破扫帚做它的武器或者臂肘。

我坚信，是公寓楼使得天少降乃至不降雨雪了，包括雨与雪之间之外的霰雹雾露霜等等。在没有公寓楼的时候，四时成焉，万物生焉，寒暑阴晴冷暖湿燥风霜雨露雪雾雷电各行其时各就其位。从前我们生活在四季，现在生活在空调里，从前我们生活在风雨里，现在生活在水泥屋顶水泥地面水泥墙壁水泥匣子里，从前我们生活在泥土上，与树木花草一起，现在我们生活在半空中，生活在 N 层上。从前我们生活在冷与热里，我们出汗再出汗，加衣服再加衣服，现在我们生活在恒温里……现在的雨不再冒泡，现在的雪不再堆积，更不再洁白。现在的雪是从天上下来的吗？还是人造的喷雾？现在的冰不再光滑，现在的泥泞不再沾黏。会不会人们渐渐忘记了冰霜雨雪？

我们在房间。我们在楼道。我们在升降机——电梯。我们上了汽车，上了飞机，上了动车高铁，上了地毯、地板、大理石，我们使用了 84 消毒液、雷达杀虫剂、敌敌畏、来苏儿。看不到当年的蚂蚁、野蜂、蝙蝠、蜘蛛、老鼠、壁虎、蜈蚣、萤火虫、土鳖、屎壳郎……现在看到的是过去很少见的蟑螂。我还养过两只小白鼠呢，我想将它们培训成杂技演员，它们的夭折使我悲观厌世，世事无常，转眼成空……

还有深夜的盲人的笛子：占卜还是贩毒？我不相信我幼年的时候世界上已经有了黑手党。还有一个敏感与深奥的话题：黑手党与毒贩能不能唱一曲、吹奏一曲催人泪下的歌儿？"满洲映画"的混账影片里有没有难以释怀的插曲？白天的各种吆喝，萝卜呵，赛梨，辣来换。江米，小枣，好大的粽子喽。磨剪子来，戗菜刀。卖卤鸡的外带抽签，小小的博彩与渺小的生活中的难得的乐趣。提着风雨飘摇的煤油灯的装羊头肉的篮子，小贩操刀把肉片切得薄得透明，一点点胡椒盐就让人感觉踌躇意满飘飘欲仙……穷人也爱生活爱美食与美女。过年了，到处是送财神爷的，在连年战乱中，在民不聊生时，在吃了上顿不知下顿的年代，设想着得到财神的眷顾，梦见了自己捡到了钱包，梦见自己发了大财，愚昧能给你多少安慰，天真的人有多么幸福！

啊，光阴，啊，世界，啊，城市，你已经渐渐陌生，你已经渐渐发展得面目全非，对不起，我当真是愈来愈陈旧了，我留恋着的仍然是：

> 下雨喽，
> 冒泡喽，
> 王八戴上草帽喽……

6

有人敝帚自珍，有人怨天尤人。有人感恩叩拜，有人诅咒发狠。有人在烈火一样的期待里焚烧，有人在平静的自慰里渐渐安详。有人在安详里觉得劳累，有人在歇斯底里中获得平安。有人认定自己叠起的纸船上运载着万有的美丽丰饶，有人抱怨着上苍独独坑害了自己的美意与肌体。有人在故乡的泥土里用童话栽花，有人在记忆里注入苦涩的泪水。有人在平凡里享受世界的恩惠，有人因为令人发疯的平凡而不仅自杀，而且意欲杀人放火。

也许多了一点记忆？多了一点不安？多了一点不解？多了一只梦里的猫咪与一只早夭的耗子？多了面对不吃不饮的蚕蛾，眼看着它们交配、甩子、枯干，瑟缩的悲哀？春蚕到死丝方尽，童年的吟诵已经受不了这蚕终丝尽并且作茧自缚的悲剧。这世界使我炫目，使我慌乱，强光的照耀使我无地自容，使我渴望拥抱和爱抚，渴望母亲、妻子、你——我的小小姑娘，会飞的天使，我深信我四岁时就想说的话是："我爱你。"

我的童年有一些悬案，其中之一是，小小年纪，一天晚上一只蚊子飞入了我的右耳，嗡嗡噜噜，我伸手指用耳挖勺抠挖，用凉水温水肥皂水洗涤冲刷都无济于事。我的右耳感觉到的是哄闹与疼痛，是鼓槌的敲击。我想象着愤怒的与绝望的影子向着我的耳膜猛冲。它要自由，要生命，要突破该死的牢笼。并且我感到恐怖至极，我不知道这会有什么样的后果：聋掉一只耳朵？七窍流血而亡？吵上一星期使我疯狂？蚊子挣扎求生，曲径通幽，最后从我的嗓子眼里飞出来了？或者把它的毒性带入喉咙，使我由聋而哑而吐了血？反正我一宵没有成眠。

母亲带我去看一位乡亲，他是留学日本的眼科大夫，他私人开了一家眼科医院，医院里充盈着药液的味道，他的手指干净得使我不敢想象那是人指。为了耳朵去找眼睛，因为他是乡亲。说是我的耳中会分泌一种具有强大消毒能力的体液，蚊虫应已毙命，然后随耳屎排出，我的耳朵五官脸颊无碍。但我仍时感悲哀，我的右耳，我的身体，我的生命似乎从此有了自己的污点，自己的短处，我对不起疼爱我的父母师长，也对不起此生此世的纯洁生命，也对不起那只可怜的蚊子。你因为扰人清梦、喝人鲜血而被人"啪"地一巴掌打死，是多么利索。你着了杀虫药——那个年代叫44776——也算死了个慷慷慨慨。不，44776是化妆品，杀虫的叫滴滴涕。你怎么会飞入到一个半饥半饱、孱弱不堪的少年的耳朵眼里，然后一挣扎就挣了三个半小时？

而且我因此发育不佳，因为发育不佳而藏贮了太多的愿望，太多的梦幻，太多的思恋，太多的情爱。

我，还有那只死于非命的蚊子，我们欠缺了一次或者几次温情的抚摸，揉捏，拍打。你本来应该轻轻向我的耳朵眼里吹气。粗野，欠教养，话声太大，突然动怒，所有的不够文明、不够典雅、不够贵族绅士雍容华贵的我的那些个欠缺，就是从蚊虫的入侵开始。

还有一次不过是一只麻雀，它误入我家，飞不出去了。我开开了门而且示意它要从门开处飞走，因为，家里能通室外的只有此门，我们家没有能开关的窗户，我们的采光靠的是窗户纸，贴在窗棂上，家里人管此种纸叫猫头纸，又叫高丽纸，据说这种纸有它比玻璃更科学的地方，它有呼吸换气的过滤作用，它遮挡了强光的刺目，它能保温、节能减排低碳等等。麻雀撞晕了，还在抽搐。我非常伤心，我哭了。家人说我可以将小鸟拿出去，说是过一会儿它多半会醒过来，然后它会自由地飞走。我把它拿到院子里了。后来我睡着了，第二天清晨，不见了。它飞走了吗，还是被猫吞吃了呢？人生鸟生，草生树生，就这样轻率而且糊涂，活了，死了，根本不足挂齿，还能说什么呢？房里也飞进过蜜蜂，大个儿的被叫作马蜂。我太胆小，竟然连被狠狠地蜇一次也没有，竟然没有吸吮过那被蜇肿了的手指。直到七十多年以后，打核桃的时候青毛虫直接落到右眼眼皮上，整个眼眶都肿起来了，这也是惠顾，这也是生活生命，它没有损坏到我的眼珠。它圆了我少年时代没有与蜜蜂亲近过也没有被狠狠地蜇过的怯懦人的勇敢梦。害人的毛虫绰号是"洋拉子"。我怀疑"拉"字应该写作"刺"。小时候阿拉伯一般写为阿剌伯，而我读作阿剌伯。太好了，这个人没有童年，他只能等待老了以后补课。

有一只袖珍熊，我不相信那是熊，然而相信更能带来乐趣与幻梦。是花钱买来的，我随着它爬杆，我随着它走钢丝，我随着它过桥与钻洞。然后它没有了，大人小人，都不承认看到了它，但我始终怀疑是它死了，被扔到了垃圾堆里，他们怕刺激，才不告诉我。生命变为垃圾，结束变为失踪……你为什么不想象它逃走成功，重获自由，不自由，毋宁死，它进入地道，进入树林，从此过着幸福美满、独立不羁的生活。

还有表舅送给我的一只刺猬，他说恰恰在我们所住的小院门口，他捉住了这只刺猬，它的样子非常美丽可爱。但是有刺，扎人，不然为什么名叫刺猬？我不敢抚摸也不知道应该如何照顾它，当然我喜欢它。我不愿意它到处乱跑，我在它身上扣上了一个破洗脸盆，我以为有盆，它就不能跑掉，破盆，它就不会憋死，我以为我的知识与成熟已经足够帮助一个我所喜爱的刺猬。第二天，刺猬无影无踪。破盆翻倒在一边。说是它从泄雨水的阳沟，即院墙脚特地留下的一个方方的洞洞跑掉了。大人说是忘记了堵住阳沟，我担心的则是它跑到街上就比在我们院子里更加危险。

我也不理解为什么童年时代我们的城市里有那么多蜗牛。多么悲哀呀，现在的人们知道蜗居却不知道蜗牛。"水牛／水牛／先出犄角／后出头来唉／你爹／你妈给你买／烧着骨头／烧羊肉哎唉。"

雨后所有的墙脚都有水牛即蜗牛出现，北京人们把蜗牛叫水牛，可不是南方水田里耕地里的、犄角长而弯的与北方黄牛同列的水牛。水牛其实很可怜，动作缓慢，爬过的地方留下一道水印，爬行过程中常常受到顽童的攻击，它的壳子一碰就碎。它还常常成为漫画家调侃的材料，描写那种胆小怕事、毫无进取心的人时，就用蜗牛来做符号。天一晴，蜗牛不见了，也许就此消失了？童年的城市仍然是生命的乡土。现在的城市则是水泥、钢铁与塑胶的天下。

北海公园团城是乌鸦的窝巢，它们啊——啊——地叫着，遮得昏天黑地。甚至也有蝙蝠与猫头鹰造访普通百姓，带来的是噩耗、凶信、预警、灾祸？在已经充满艰难与不幸的生活里，似乎人们对于一切灾星也渐渐麻木。

最大的悬案是一颗星星，夏日乘凉的夜晚，我看到了一颗星星的飞翔，它打了一个晃，它从一个区域进入了另一个区域，没有看清它是消失了还是参与了新的星群。我相信那是一个天使，我相信有多少星星就有多少天使。我相信其实星星天使们生性活泼好动，它们常常排成各种队形起舞，伴舞的曲子常常在我的耳边响起，薄云与薄雾随曲子飘拂，蝙蝠近地的飞驰扰乱了我对于星星天使的高飞的注视，云雾的移动模糊了我的判断，而且星星太高。我相信只有飞移十万公里的天使才能被地上的孩子看得到些微的闪烁。我相信些许的小风是星星飞翔移动所引起的。为什么我们会想象高空的潇洒舒适，只因为那时我们没有去过高空。我痛恨康德，他使观星变成了媚俗。我痛恨诸葛亮，他使观星变成了巫师作法。我痛恨哥伦布，他使观星变成了航海征服开拓殖民之术。我宁愿没有天文学没有星相学没有哲学没有航海没有罗盘技术，只有一个小小少年打着盹，朦胧地呆傻地想念着会飞的星星。

第二章　瘦弱的童年也许更加期待爆炸

7

下述的紧张则仍然有振聋发聩的功效。每年春天都有乡下人挑着两筐箩雏鸡到城里叫卖。你买了几只小鸡雏，你甚至做了关于生蛋与吃鸡蛋的梦，你开始思考伟大的蛋生鸡还是鸡生蛋哪个在前的命题。如果有一个前，那么此前之前必定还有一个更前。这才是最根本的悖论，比阿基米德或者贝克莱大主教的悖论更悖谬。此后你在这样的坚硬的思辨面前开始了光荣的退却。在你的童年里，世界上并没有比葱花炒鸡蛋更好更有营养的食物。还有葱花酱油拌馒头与葱花拌咸菜与老油条，用芝麻酱拌上黄酱抹到窝头片上。你渴望着弱小的生命的长成，你爱惜着它们的细小的绒毛，它们细小与娇嫩的吱吱喳喳令你心慌意乱，内心深处感到实在对不起那些小小的生命。你不明白为什么小鸡出现的时候它们都是金黄色，而成长使它变得那样斑斓夸张，有时候发展到了庸俗低俗。然后有一只鸡雏不吃东西了，它歪着头闭上了一只眼睛，你们把它叫作打蔫。然后有一只开始泻肚，它排泄出了液体。然后有一只小东西突然从喉咙里发出了怪声……它们无例外的结果是终结，是死亡，是失去，是兀地蹬直了僵硬的腿，而你完全无能为力。

　　记忆里同时堆积着一只又一只死去的猫咪，养活的猫咪似乎远没有养死的猫咪多：穷苦与狭窄的生活里任何生命的添加都是罪过，任何对于生命的兴趣都是害己害生，无能的慈爱好比毒药，无能的祝祷其实是虚伪，无能的善意其实是网罗，无能的怀恋其实是陷阱，无能的眼泪其实是酸酸的秀与骚。

　　回忆久远的——例如七十五年以前——往事是否可能？怀老老的旧，是否犹如怀念才刚握过手的你的天真纯洁与慈祥还有你的手的芳香？不，当然不，你完全没有衰老，你完全没有失落光华芬芳。你仍然是"我的太阳"，虽然帕瓦罗蒂已经离去，即使那不勒斯我已经再不造访。我不相信七十五年前与一天前没有了区别。回忆是淡淡的，如水，如雾，如干草，如困乏中的链接。这很可能。淡的是往事的细节，淡的是某些情势可能具有的压力与催迫感。也似乎有一点更浓了的感觉，是陈旧的伤感。陈旧会带来一股霉气和老旧的味道，像太久没有打开过的衣箱，像大人说的压在箱子底的最最宝贵、最最舍不得穿、一直准备着你的盛大的节日的衣服。那节日也许正是我们的婚礼。遥远会带来你所舍不得，叫作有所不忍的距离，长距离给人一种叹息与疲劳感。你好比从一个地方出发走远，你没有坐快车，更不是乘飞机起飞。不妨说是你慢慢走开，你边走边回首，你看到了你原来住过好久的房子，走过的街道，抚摸过的槐树，绊过跟头的枯树根。它们一点点地变小变远变模糊，然而你小时候毕竟比后来视力好得多，你仍然看得见它们，那本来属于你的一切。终于，它们离开了你的视野，它们沉落到阻挡物的下边，城市里总是有什么东西隔离你的目光。城市的定义就是看而不远。如果是在乡下，也许你仍然能够看得见它们。如果是在海上，你能看到它们变成了小点，变成了雾气，变成了水滴，直到你们的距离超过了地球的弧度。

　　为什么说往事如烟或者不如烟？是说它们的形状没有定准？是说它们的浓度迅速丧失？是说它们上升而且随风飘散？有时候我觉得往事如冰，它仍然反射着阳光月光星光，它忽然亮晶晶，它产生了你所无法把握的曲光与断层，它折射出带几分紧张的神秘与美丽，它渐渐蒙尘，它渐渐黯淡，它渐渐因地下的温热而融化。往事还如一盆盆花，它本来就不可能天长地久，哪怕它曾经鲜艳妩媚，哪怕你曾为它施肥浇水剪枝和安插护持，它的花朵总要枯萎，它的叶片终归陨落，它的精神不会不再衰减。往事保存在你的记忆里正如鲜花保持在花盆里，它注定短命，只有舍弃，只有重归大地，只有再经风雨雷电，只有你与花的命运的交会，我才培育出了一簇寿命长久些的花株。

老了还是会回想。回想使你安静，使你满足，而且羞愧。不满足活该，不满足你也没招儿，不满足就是逆天违理，自己拿着自己与世界当寇仇。不羞愧你也害臊，因为你不能拿着回忆当伟哥补药。回想使你淡淡地悲哀，这淡淡的悲哀几乎是一种纪念，是几行文字，你可以安慰自己，我有那么点做悲哀形状的文字。然后是一片白茫茫大地也未必干净，还有原野上的小蓝花，还有麻雀与乌鸦，最主要的还有风，小风阵阵，如鲍罗丁的《在中亚细亚的草原上》，如白色的矢车菊，如夏牧场上的马蹄印迹，如热烈后的空无，如迁走了的牧人帐篷，如谢幕十五次后关闭的，落下的厚厚的蓝紫天鹅绒大幕，如拉上窗帘后上门锁时的嘎哒一声金属别棍的声响。

其实回忆的感觉是对于零的靠拢，是对于世界的源头的靠拢，是对于平静的宏伟阔大的靠拢。回忆的终结是与巨大的零的融合。

零与无穷大，这就是上帝——终极。它是我们的安慰与依托，它是一首赞美故事，它是我的两只黑猫，两只眼睛如被两枚钉子钉了的灯泡。一只眼睛是空无，窥探空无，就是对于无边的阔大与无尽的可能的靠拢；一只眼睛是一切，它包容万有万象万年万世万色万声万念万变万喜万悲。它是你的墓碑你的安息你的护佑你的泪，背后是青山，再背后是天与白云，再后是我的双簧管，是献给你的娇羞。

永远不忘的是站在大树下拿着弹弓，你似乎是在瞄准一只树丫上的小鸟，其实你绝对没有猎鸟的动机，你是想用一粒石子伸展你的臂膀去与树梢拥抱，你想与所有的树叶亲吻，你太矮。树太高，不用弹弓你够不着树的面庞与嘴唇。

不，弓太小，弦太软，力气也还不够，你没有身体与气概，你没有雄强与骨骼，你没有身高与实力去吻你的崇拜与沉醉，你的温柔与芳香，哪怕只是去握一握手。那是一棵大槐树，那就是北京，那就是世界，那就是女娲，那就是我膜拜我恋爱我错过了我唐突了的女人。

8

请告诉我，这是轻而易举的吗？这是无比快乐的吗？这是轻狂有害的吗？这是侥幸与遭恨的吗？国人相信的是痴人自有痴人福，聪明反被聪明误。我参加过比赛，没有费太大力气，老是第一。我跑得快，这是命，这是赐予。

我知道你很努力，你很疲劳，你开夜车，你害怕落在后面。你脸色铁青，你十二岁时就喝浓茶，从你身上我可以想象头悬梁锥刺股的肉搏。而且你们几个人互相刺探互相摸底你们故意不说出真情，你们警惕着彼此。

不，我不喜欢苦，我只是咬紧牙关忍受苦难，同时努力化苦难为经验，为自得其乐，为粲然一笑。舒适与相当正常不是由于骄傲或者怠惰，不是由于自信与自得显摆。只是由于软弱，由于可怜，由于自己不具备拼的本钱。知道必须努力，从努力中得到的不是疲劳，不是辛苦，而是趣味与自己存在的认证。

而且从童年便知道了失眠的滋味，知道生命的辛苦与短暂，就更没有可能自弃自戕。害怕两只黑猫会使我筋疲力尽头晕眼花头上扎针小腿发软。必须正常，不能加班加点，否则你活不了。发现正常了才能够稳稳当当，这令人吃惊，与可怜你的喝浓茶的同伴。

肯定是五行缺水，不论什么时候水都是那样醉人恋人。我只是需要看见水，水色、水泡、水光、水纹、水星、水花与水汽。也喜欢闻到水的鲜腥的女人的味道。喜欢水边的树木、石头，与蓬草映在水中，成为另一个能动的与朦胧的世界。水在树叶中，水在云霞里，水在风雨中，水在堤岸旁，水在相爱时，水伴随着低语。是生机也是活跃，是你的明亮你的摇荡你的祈求你的潜伏你的激动你的汩汩，能不使人落泪吗？

好像还是我们的未来，水波，水流，浪涛，裹挟，冲刷，旋涡，转向，不必再见，不似来过，恰似曾经，谁的一生能够踩过两次同样的水？

喜欢水是因为水的鲜活，水动，水柔软而且曲折，死水也有波澜，死水也有渗透、蒸发与承受——雨雪与溪流，活水更是源远流长，百川入海。水上上下下，高高低低，左左右右，前前后后，闪闪烁烁，明明暗暗，龙龙蛇蛇，润润湿湿，滑滑溜溜，水冲过石头，发出了不知道是石头还是水的乐音。水冲下了泥土，不知道是改变了泥土的格局还是改变了自身的颜色与清浊。水有情，水有语，水与岸的对话天长地久，像调情也像争辩，像咒语也像预言，像密码也像天机，像切切也像唔唔。它温存偏又激越。

那时候有木制的水车，木制的水梢，是山东汉子挑水送到各家，一块钱大约可以换到——注意，没有说买到，那时的人们宁愿意用"换"字代替"买"——五十枚竹牌子，送来两大桶水缴纳一个竹牌，往事安安静静，往事窝窝囊囊，往事亲亲热热，往事牵肠挂肚。七十年前，中国人觉得讲买卖远不如讲交换更人情更古朴更道德更仁义。

水使歌声变得清爽，水使美貌得以纯净，水使你忘掉，然后入眼然后入梦然后升腾。在曲里拐弯以后，在绕过了千山万壑以后，我找到了你，你在与天诉说，你在与星调皮，你在与花逗弄，你在与风撩拨。喜欢坐船，坐船的愿望是不再上岸。喜欢躺在大岩石上冲刷沐浴接受阳光，冲刷的感觉是生命的愿望与幻想。喜欢游泳，游泳的目的是恐惧与胜利，是鱼，是生活在玻璃一样的透明里，是再不遮蔽，再不躲藏，再不忧伤，再不离去——也许有那么一次，再不回来。

最伟大的游泳是游入太平洋大西洋印度洋北冰洋，游入银河天海太空之洋，浩荡缥缈，变成一个黑点，变成一个水滴，变成永远的海洋之水星。

直到后来我才渐渐明白自己有多么讨厌，让老师讨厌，让同学讨厌，让课本讨厌，让那只不吃不喝的三色猫讨厌，让白雪公主与七个小矮人讨厌。老觉得自己比别人聪明的人是丢人的。把一个鸡毛毽子踢上天空，然后打了一个哈欠，自以为是睡了一觉，然后顺脚一抬，接着了你踢上天空的那只毽子，然后把毽子随便一扔，你去买烤白薯。

我必须告诉大家，我曾经有多么讨厌，请讨厌我的应该讨厌的自信与自得，根本不觉得自己有什么自信与自得的自自然然的自信与自得，天生的不自知的毛病，更难于更改修理。不知不觉地我伤害了残害了弱者拙者蠢者。不知不觉地损害了所有的平庸与随和，我活该吃瘪，中家伙，瞒跚，遭恨，让人看笑话，嘻嘻嘻。

却仍然喜欢在黑板上做题，在公开课上当众答复，喜欢大声回答问题得一百分，九十九都不能算。还相信聪明是一种美，清晰与自信也是美丽的，准确与干净就更美。清楚的口齿，洪亮的声音，准确的理解，命中十环的回答，矮小的个子，这个孩子成为宠儿，教师的，父母的，但不一定受同学们的欢迎。

9

然而这太次要了，只是儿童的游戏，是"我找我哥去"的恐吓，是"德性""你德性好""比你强"……的对答，是"老师，她老瞪我"的告状，是偷偷使个绊把同学绊倒的成功与教室门上放一个板擦，落下来没有砸到任何一个人的失落。人不一定生而恶，但是人生而喜欢恶作剧。小时候，我渴望着有神妙结局的行动，例如去孵两只蛋，让世界上增添两只小鸡。例如去叠一只纸船，放入北海太液池，就像购鱼放生一样，纸船一见水就活泼了生命，像鱼一样地漂游，想象着二十年后它又漂游到自己身边的疏影。二十年后，纸船老了，我还年轻。例如用身体的温热去帮助一只蝴蝶过冬，让这只蝴蝶享年十六岁。早就听说过，将一只蟋蟀或者蝈蝈放到葫芦里，将葫芦揣在肚子上，大襟下面，蟋蟀与蝈蝈就可以过冬。例如多向枣树树根上贡献一点自己能够出产的肥料，会不会得到一枚比西瓜大的甜枣。冬日的严寒中我是多么同情落寞的乌鸦，忍受刺骨的寒冷，它们的痴叫是抗议还是喝彩？是提醒严冬中不要忘记鸟儿的喧哗，是提醒太阳不要忘记北方，是诉求春天不要迟到。对于它们的祝福也许会使其中的一只对我产生好感，它将能带上我走一趟苍茫的远路。

就在此时，小星星从云下升起，小鸟从柳叶丛中飞出。又有情妹坐马英雄牵马上来。小时候爱李丽华，恨死了赵匡胤，赵不是英雄，是变态狂与不通人性，不懂得爱惜女性的男人，第一应该阉割，第二应该处决。情妹，也许你更喜欢写作青妹，软弱得使我落泪。错字就是散文，乱码就是诗，如果你是诗人诗心诗情。而散文就是错字，诗歌就是假造乱码，如果你不是真正的诗人诗心诗情。谁是我的兵，跟着我走，谁不是我的兵，大屁崩！我上小学的时候的时尚密码如上。那些无耻地写不是诗的诗的人大屁崩！真正的诗的秘密我不会告诉你，像告诉你今天的汇率。在假寐的时候我得到了你的心你的奖你的欢笑。哥哥在路上行走，步行，咪咪在马上左顾右盼，心痛。小时候我觉得李丽华是一只好美的大猫。歌声一次又一次地把少年的我呼唤。长途跋涉却只是为了做上皇帝，不解芳心的皇帝有什么可劳您大驾的？皇帝的滋味未免单调枯燥，广东的老哥们到北京吃过御膳以后，纷纷反映做皇帝太辛苦，连粤菜都吃不上。总是把弦调到升 C3，把音响开到 25 满频，装腔作势而又战战兢兢，连眼珠都不敢错一错，连笑容都像在喝煎熬过了度的苦苦的汤药，活活折磨死人。七十二年前我没有听出来，什么举鞭策马，什么策马狂奔，什么高头大马，那时策马我以为是坐马，就是坐在马上享福。为什么我却深深为妹心打动而含泪不已。虽然大风吹起，虽然乌云转眼蔽空蔽野，虽然大雨如注，虽然电雷交加，哥呀不如同鞍向前进，用不着费心我不怕这区区路程，就这样陈旧着软弱着凄凉着与温柔着，渺小着感动着亲切着，直到一声惊天动地的巨响，炸他个人仰马翻，这才叫作历史。

没有别的办法，旧事是一大堆歌曲。是老式的七十八转唱片，是划出了刺耳的杂音的沟纹，是早该以旧换新的唱针，是装模作样的像向日葵一样巨大的喇叭，是折断过又接上的发条，是明亮的终于暗淡了的、不敢太用力又不能不用力的摇柄。是姓周的与姓陈的，姓李的与又一个姓李的，后来是姓邓的莺莺雀雀。记不住词了还有调，记不住调了还有词，还有面庞，还有笑容，还有听起来那么单纯和娇嫩的呢喃，那么融化的情意，那么芳香的举动，那么多包含泪水的转身。还有你的乳名，亲切的，芳香的，久违了的，绝对不可以出让的。其实只比我大十来岁，怎么那个时候我觉得她们那样年长与成熟？而我只是个屁孩儿。现在呢，我把她们收到亲切里，与莎拉·布莱曼在一起，与芭芭拉·史翠珊与阿黛尔·阿德金斯在一起，她们的声音各不相同，却又都那么女性得紧，正像你的文字，你的文字千种风姿，万种好处，无边的情义。

你知道吧？小鸟依人，依人的小鸟太多了你会渴望秃鹫的俯冲，从 B-29 到 B-52 的战略轰炸，蘑菇云，宇宙大放射大爆炸，世界末日。甜美的微笑太多了，你期待血性的厮杀，让青龙偃月刀司令员同志做重要讲话，让中子手枪连指挥员同志发表号召，让大炮先锋队批评旧世界，让航母唱一曲灌溉灵魂的饥渴之大合唱。正常的生活时间表太多了你会渴望爆炸与颠覆，阴阳日月寒暑冬春全都给我倒立过来，马牛羊鸡犬豕全部占山为寇，狼虫虎豹鹰蛇鲸全部驯良得宠钻进新婚夫妇合用的被窝。一家人甜甜蜜蜜、亲亲热热、黏黏糊糊、臭臭香香，庸俗得你渴望着生离死别，天涯海角，断头台上，骇浪惊涛。周璇与布莱曼听多了你会追寻嘶哑泣血，呐喊雷鸣，天崩地裂，海啸龙卷风……你渴望翻脸变色，你渴望水滴石穿，你渴望茹毛饮血，你渴望决一死战，你渴望刺刀见红三击掌血滴子，如果宰不了虎狼就骗自己。英雄豪杰，齐天大圣，普罗米修斯，特洛伊木马，堂吉诃德，李逵黑旋风砍瓜切菜，武松血溅鸳鸯楼，肃反扩大化，叫作杀得兴起。

是砰然的决断，是打铁的铿锵，是风驰电掣的手段，是决绝毅然。是摇曳的情，是隐隐的雷，是匆匆的跳，是忽忽的仇，是飘飘的雪，是远远的喊。是一个个的头，是一双双的手，是一排排的琴，是一面面的鼓，是一行行的浪，是渐渐靠近的大地，是渐渐疼爱你的前呼后拥的树。祖先排着队，贡献出怎样的精妙与明察。志士拉着手，做出了怎样的壮烈与牺牲。哲人托起腮，他怕你至今弄不明白，不怎么明白，明白了也不透彻，透彻了也表示不出来。于是有了些舒展，有了些雍容，有了曙光朝霞，有了安静的回音与回响，有了嘀嘀嗒嗒的小喇叭，尾响向着一个又一个的 P 行走，蓦地一声钟鼓，指挥终于放下了手与木棍。无声的喝彩泪如雨下。这是青春，这是历史，伟大的也是混账的，英勇的也是荒唐的历史。

10

呵，童年！你被打扮为天使，你被打扮成鲜花，你被放飞到天上云间，你的粉嫩的脸蛋被所有爱怜。你本来就是那么纯洁，那么美丽，那么善良，那么干干净净，一尘不染。你那么想讨好所有，愉悦所有，金童玉女，你只会一种表情，它就是笑靥；你只会一种说话，它就是佳愿；你只有一个使命，就是温暖。让所有人都喜欢你宠爱你奉献你抚摸你背负你搂抱着你。你像跳跃的小鸟，你像浮游的鱼儿，你像飞奔的马驹，你像一朵飘飞着的蒲公英，你像你喜欢我也喜欢唱的那首儿歌，响铃，风车，纸鸢，拜月的银狐狸，恭恭敬敬，虔心虔诚，在偏僻的山林里修炼成了无瑕的少女，在水银般的月光下，你行着礼。每天的子时与午时，你跪求了日月的精华，你吸收了日月的光辉，你出落得水里芙蓉，梦里雪莲，林里云雀，竹竿上长出新叶与练实。

偏赶上那样的疯狂，血腥，缠斗，肮脏，野心，拼死拼活，钩心斗角。又是那样地英勇，高尚，理念，崇拜，献身……明月不承认倒影，花朵不承认花盆，女儿不承认父亲，大地不承认大树，阳光与雨露不承认小草的萌芽，金鱼不但不承认鱼缸也不承认放在缸里的水以及取水的江湖，那氧气充足的自然水域。

你漂亮，有什么用呢？你贤淑，有什么用呢？你纯洁，当然，你从小拥有了一切，你不需要为冬小麦而咬牙切齿影响美观，你不需要为生活而拼搏厮杀，你只需要善良就足够用了，你不需要为了生活而下泥塘进污水道挖腐臭，你永远纯美如玉如白云而与龌龊的地面远离。你自以为是天的骄子，人的骄子，自以为是带来快乐和美妙的信息的天使，有什么用呢？在人不承认人的时刻，人能够接受天使吗？宁愿意接受的是匕首、投枪、子弹、大炮、火箭、轰炸机与密告。

然而仍然至情于你的娇柔，你的细嫩，你的纯洁，你的永远的笑容，你的自以为能够让大家都高兴都满意都和美的酣梦。向着女歌手喊布拉娃，向着男演员喊布拉沃。唱歌就是人生。跳舞就是人生。鼓掌与鲜花就是人生。你的人生就是这样的欺骗与被骗。骗自己，那就骗自己吧，抚摸自己的额头，那就抚摸它吧，大哭一场后硬是强颜欢笑，妙语如珠，阔大豁达，阳光明媚，那就欢笑吧，妙语吧，豁达吧，明媚如春光无限吧。必须说服自己，生活是福，人是福，还有青春与将青春变老了的历史。

然后刹那的春光会带来月复一月季又一季的寒热风雨，三日的盛开引来了无尽的衰败的悲伤，质疑接着质疑，责备接着责备，愤怒接着愤怒，怨怼接着怨怼，伤害的诽谤诉告恶言会带来弱者的唯一快感。直到校准了枪口，三点连成了直线，顶住肩胛，扣动扳机，嘎——咕，飒的一声，却是空管。萨克斯在城墙上吹响，喷泉随着音乐起伏，白裙轻盈地摆动，女孩在山路上奔跑，她们的小腿带来了春光。惊鹿蓦地停步于溪下，雄鹰骤然定格于高空，巨石突变为细沙，大浪速退。海滩露出了太多的扇贝与红螺，海腥味渐渐四散，大鼓是逐步敲响的，鼓声从中心传向边缘，从鼓面导向鼓底鼓架鼓槌和鼓槌上的丝穗，然后鼓声引起了锣钹的共鸣，引起了弦丝的吹拂颤抖，然后你得到了青春，然后你知道这梦非梦、花非花、情非情、生命正不是生命，而只是你纯洁的天使的反光与折射，缥缈，所以永而且远。我不得不承认，我是一个相当怯懦的人。怯懦是温柔的另一面，凶狠才是男子汉。那年我们去一个大有名气的学校看球赛。不，我不告诉你是什么球，你可以忘记篮足排手曲棍的区分，乒羽玻璃弹砂壶的大小，你可以不去追究棒与垒、壁与网……你只需要回忆那怯懦的一瞬：跳！所有的同学纷纷从那截断墙上一跃而过，同校的与异校的，同班的与异班的，他们都是轻轻一上一下，如飞如跃，齐活大吉；而你欲跳还休，欲休还跳，你欲落地而收脚，欲求安全而躲闪，你摔裂了脚踵，你接受了木板固定与数月的治疗修复。骨裂以后你做了不少的梦，温暖的与美丽的梦。小猫的灵巧与快乐离不开搏杀的敏捷与无情。狗儿的忠诚与仁义离不开它的窝囊。在我们饥饿时候你多多美餐。在我们粗陋的时候你娇白细嫩。在我们抬不起头的时候你辉煌灿烂。而且你事儿事儿的，你挑剔，你怨恨，你怎么会觉得人人欠你一百吊钱？

所以我们仇恨你。而你自以为是朋友，是好心人，是明媚的歌声婉转，是瑶池下界的活神仙。

当然不会懂得，贫穷有多么温馨，不幸有多么亲切，衰弱有多么甜蜜，争吵有多么体贴，怯懦有多么爱惜，局促有多么幽默，不幸的童年有多么光芒万丈，还有，两只黑猫的梦境有多么踏实，多么深邃，人生一世有多么辛苦而且可圈可点、可歌可泣，终究是无声无息，你睡得好福气。

你知道这个经验吗？因为严冬，所以喜爱哪怕是破烂与狭小的房屋。由于饥饿，所以欣欣于一个玉米面窝头的咀嚼。由于卑微，所以珍爱家人与亲情，除了亲属，还有谁正眼看你？由于室内没有取暖之物，所以认定烂被褥会带来温暖与幸福。由于孱弱，所以谨慎小心，努力奋斗，处心积虑，争取向上。

11

唯一的解释是建筑物尤其是高层建筑的林立，水泥丛林的拔地而起，城市规模的扩大与城市设施的密集，扩大了再扩大，密集了再密集，现在你在北京已经很少听到冬季西北风的鬼哭狼嚎了。没有见过鬼，也没有听过多少狼啸，但是可以断定大风吹过电线的线与杆的时候，会引起残忍的颤抖，像死亡一样无情，像刀尖一样锋利，像野兽一样凶狠，像天崩地裂一样破损，像抽搐一样疼痛；我说的是风声，它像鞭打一样决绝，像强盗一样无情掠夺，像魔鬼一样与人特别是穷人为敌。它令你胆战。比寒冷，比冰雪，比大风，甚至有时候比饥饿更恐怖的是这种风声，这种风声直接刺入心房，令你变色。正是这样的鬼哭狼嚎的风，使你愿意与亲人，与同伴依偎在一起，相濡以沫，相暖以心，以言语、以死咱们就死在一块儿的决绝，温暖着饥饿、寒冷、寂寞而且风声凄厉的童年。

呵，还有忘记了描述树干特别是树枝在风中的痉挛：那疯疯的——飒飒的树枝，那抖颤的莫名其妙地挂在了树梢上的广告纸、破布、浑身破绽的风筝与你随便信与不信，那是女人用过的卫生巾都青云直上，高踞于树之巅。它们发出的声音似乎更多一点人间，像哭泣，像絮叨，像梦中咬着牙齿，像突然憋住了气。

那时是古老的北京，是无数大大小小的四合院的北京，是从高处一看都是黑瓦屋顶的北京，是正南正北、密密麻麻的棋盘一样的胡同的北京，是抽水烟袋、喝茉莉花茶、礼貌得让人啰唆，啰唆得让人感动，感动得让人更加多礼的北京……

也曾经有过航海的梦，也听说过哥伦布与麦哲伦的姓名与故事，然而一直怀疑竖鸡蛋的情节是否真实与可能。那时的特点是各种意外与随机，不能确定鸡蛋里孵出来的一准是小鸡还是天鹅还是癞蛤蟆，不肯定摔一跤是骨折还是捡到一个装着金条的钱包，还是因为摸了一下钱包就挨了一枪子儿。还从麦哲伦身上体会到葡萄牙当年的威武，西班牙的强大，并且联想到澳门的圣保罗教堂遗址，现在被称为大三巴的，土化为洋，洋化为土，误读误记误会成为了更加有趣的风景。联想到绕地球一周会减少或者增加一天，其实计算得并不清楚，我不免吓了自己。哪怕只是听说过鲁滨逊和礼拜五，再哪怕是天方夜谭里神灯的模模糊糊的故事。贫穷与匮乏中仍然有神奇的礼物，伟大的与难以理解的奇遇。越是无望越会想念命运，甚至想象中了头彩的辉煌，乞丐会当上皇帝如薛平贵，瞎老太会龙驹凤辇进皇城，然后是包黑子打龙袍，无产者渴望着失去锁链，虽然不一定能得到全世界，而可能是失去了其他。就是说你得到了一艘小船，说是——你也亲眼见到了，这艘小船能够在脸盆的水面上航行。只需要点一下火，拧一把小小的钥匙。你的心里吹起了海风，你的眼前掀起了浪涛，你的耳旁奏起了交响乐，有许多美女为水兵送行，有许多银鱼飞翔在海面上，许多海鸥与银鱼颉颃。海鸥的肚腹丰满而且洁白。那么低龄就知道了水兵与美女，这不免有些可疑，但是高龄以后确实认定，坚决地认定了六岁时就懂得了美女送海军出航的雄伟与浪漫，就向往着一切高大与不凡。船一走就碰到了搪瓷洗脸盆边缘，你略加点拨，船时而自主地时而被行走为圆周线段。停了一次，略加指导，又开航了。又停了一次，又由叔叔阿姨给军舰下达了修复的指令并进行了操作，小船走得如飞，你激动得掉了泪，你相信你的未来是当海军，如果不是司令，就是参谋；不是参谋，就是舰长；再不就是烈士，反正不是逃兵。你已经浑身的浪花满脸的水迹。

然而再没有第二次，没有继续，美好的事物从来难再，美丽的梦想消失于不知不觉之中，没有过程也没有缘由。高楼大厦是所有北京人的梦，得到了高楼大厦以后才知道没有了古老的北京。所有的获得都是失去，所有的失去也都是获得。第二天，仅仅是十几个小时以后，小船已经不能发动，你拨拉它，你才发现盆水的阻力远远大于头一天的演示，你擦拭它，然后心中疑惑，很可能是你的擦拭彻底毁损了你的第一艘巡洋舰，你的第一艘巡洋舰娇嫩得如同杏仁豆腐，以致你怀疑你目睹的第一次航行究竟是实有其事还是仅仅是一次幻梦。

还有一座雪山，许多枞树，一间应该是看林人的木屋，七十年后，认定那应该是阿尔卑斯或者喀尔巴阡山，反正那是欧洲的山，不是幽雅的黄山，雄伟的泰山，秀丽的峨眉山和奇峭的崆峒山，它是欧洲的高贵与清纯的山，而且它拥有一泓清水，明亮的湖泊比镜子还清爽。一、为什么会拥有一座欧洲的山？二、为什么认定它是欧洲的山？即使不曾拥有，也毕竟认为拥有。拥有又当如何？三、它是一个画作？一张照片？一个模型？是庙会上从拉洋片的镜箱的透镜里看到的西洋风景？也许它是一个模型，为什么会有一个欧洲山岭的模型？它与我有什么关系？什么缘起？

又岂止如许！还有白雪公主与七个小矮人。它是木偶，它是影片，这是连环图画，这是格林童话集。公主白如雪？呵，她太凉了。公主为七个小矮子所拥戴，所保卫，所忠诚，所爱，一定的。我也爱。

你喜欢一切能够动的玩具或者本来并不是玩具的玩具。比如走马灯，灯一点，人车马，大家都旋转起来，你的思想是多么美妙。电影？尤其是动画，许多年我想自制一批动画影片，最好看的是万氏兄弟绘制的《铁扇公主》，对不起，我两次看过此片，我同情的不是孙悟空更不是猪八戒，尤其绝对不可能是乏味的唐僧。我同情的是铁扇公主，是牛魔王的二奶玉面狐狸，孙悟空用棒子或者是猪八戒用耙打死玉面狐狸令我痛心疾首。

喜爱蝙蝠，因为寓言故事。说是老鼠吃多了盐巴，就变成了傍晚高飞的蝙蝠，它们吃蚊虫，帮助了儿童的敏感的皮肤。夏夜乘凉的时候常常看到蝙蝠起飞。深夜，它们还飞不飞呢？据说它们是倒悬着休息的。倒悬是一种休息的方式。

童年留下的美好十分有限，因为有限才格外美好。真正的不幸是：童年留下了太多的愤懑与悲伤。原因很简单，你在童年失去了童年。

12

然而童年全不需要同情的眼泪。渺小、贫窘、孱弱，通向的不注定是匍匐与乞怜，不确定是呻吟与哀叹，它可能是走向辉煌的梦。由于一种姿态高扬的理念，既高富帅，又白富美，有头有尾，成本大套，无所不包，天衣无缝。锣鼓终会喧天，大旗终会飘扬，战刀终会闪光，这里有一个相信：生命终会闪光，蓓蕾终将怒放，智慧不怕轻侮，正直不介意冥顽的甚嚣尘上，真正的生活将从你开始。而你有一手活，我有一手活，他有一手活，她有一手活，生就要活，活就是活儿，就是活儿的精彩绚烂，是生命的精彩与绚烂，是造物的伟岸与激扬，是白浪滔天，是群星灿烂，是众鸟高飞，是群山连绵，是比人本身更不知牛气多少的人的纪念碑与殿堂。

切记，人的制造常常比制造者更伟大。即使从裸剔后的骨架上你也会看出一头雄鹰的英武，即使从后世的咒骂中你也可以听出一匹恶狼的充分，即使从一事无成的蹉跎里你也体察到了一个生命的不离不弃，何况从一个悲悯而又明哲、圣贤而又天真、坎坷而又强大的成功中产生的赞美与羡慕。

就如那在寒风中呜呜叫着的枯树，貌似枯萎的树。它只剩下了褐黑，它只剩下了枯枝，它只剩下了瑟瑟发抖，但是它仍然有自然而然的记忆，有自由自在的伸展，有不求不说不哭不倒的尊严，有对于严寒的微笑，有对于星空的凝视，有对于大雪的冷对，有对于乌鸦的迎迓，它什么都没有夸张，它什么都没有倾吐，它从来不说什么当年的勇敢与阔绰，它仍然表现了春天的繁荣，夏天的肥硕，秋天的完满，冬天的自信与庄严。

在播撒小雨的时候开放了心花。在蝉嘶鸟飞的时候覆盖了大地。在告别时分燃烧起鲜艳的往事。在黦出了一切的诉说中真实地活了一次，在碰壁与绝望中得到了宁静从容，在残忍与肃杀中奏响神经质的，其实是威严的绝响。

像春花一样盛开的是世界名人的带图故事。苹果为什么落到地上？水壶的盖子是怎样顶起来的？踢足球受了伤遂成了伟大的作家。承受了人间的一切打击，你仍然站住了，像屹立在海浪中的灯塔。对于世界的发现使你疯狂。徒然的努力其实并不徒然。受到嘲笑与打击又怎么样？庸人的不理解并不使你丧气。相信我开始上高中的时候成为了短跑名将，跳高选手，我会轻功、毯子功、金钟罩、铁布衫、梅花桩、猫蹿狗闪、太极形易、甩头一子、运筹帷幄，我可以除暴安良，包打天下，喊一声："变！变！变！"

13

也许走得太快了，本来不需要如此匆忙，没有童年的孩子是悲哀的，不必让儿童有太多的承担与奉献，扩充与爆炸。夏日的古城，缺水的古城毕竟还有湖泊与泉流，夏天在水面上搭上了木板，木板上搭起了凉棚，凉棚里摆上了简朴的桌椅板凳，就有了清凉，有了小风，有了荷花的清香，有了仿清朝宫廷的小吃：芸豆卷，豌豆黄，小窝头，肉末烧饼，荷叶粥。相信这里有一个精灵，旧时代有许多这样的精灵，称作什么店小二。他来去匆匆，跑动的姿势像京剧舞台上的台步，小碎步飞快，上身平稳不动，如同在冰场上滑冰，耳轮上夹着一支笔，口里吆喊着应答着，手里托着盘碗，轮番出现在一张又一张桌前。他用歌唱的旋律重复着顾客点的菜肴名称。他再在用餐完毕以后一面盘点大小碟盘一面唱出不同的碟盘代表的不同菜肴的价格，分别报着。累计加着：木樨肉三毛六三毛六，广烧鱼一块三毛八一块三毛八加三毛六是一块七毛四一块七毛四，莲子粥三碗每碗四毛二四毛二一共一块两毛六加上前头的一块七毛四是三块整三块整喽您哪三块整……他是那样快活，他有那么好的嗓子、腰腿、记性、笑容、礼仪、兴致与麻利快，他比算盘快活，比计算机亲热，比纸笔聪明，比打印机人性化人情味……你相信吗？你理解吗？这是真的吗？会不会因为过往而显得分外甜蜜？

　　而你只不过是一个小蠓蠓虫，你在水上飞翔，你接触着清凉的平移着的小风与温热的上升着的暑气，你跟随着青蛙，青蛙游水的时候它的长后腿的动作屈伸蹬踢已入化境，你时时看着浮上水面乃至跃出水面的鱼儿，你在巨大的荷叶叶片上休息，你沉醉于莲花与碧叶的香气，你完全不在意人间的嘈杂，你不认为那些莫名其妙的人类活动与你有什么关系，蠓蠓虫感到奇怪的只是从人类的厨房里不时飘出热气腾腾的大米煮熟与荷叶加热的怪怪的香味。他们喝荷叶粥。好像《红楼梦》里已经有类似的茶点。

　　蠓蠓虫跟随你去到了船坞，那里有过你的父亲与一位欧洲学者共同拥有的小小木质游船。那时候你们走进公园后门，听着并非令人烦躁而是令人清爽的响杨的飒飒唰唰与知了的嘶嘶的鸣响，还听到小小瀑布的冲淘的声响。你不明白，为什么林黛玉不喜欢杨树的声响，你也不明白为什么后来更新换代的时候除掉了响杨而换成了其他的杨树树种，你还不明白为什么小小水闸的动静也远不如当年响亮。

　　啊，童年，你是糊涂的精灵，你是半睡的猫狗，你是飞飞停停的麻雀，你是东张西望的小虫。你享受快乐也冷淡悲哀，你享受美食也忍受饥饿，你对一切都无所谓也都有兴趣，你一边关注一边忘却，你一边走路一边被抱起来。你骑在一位德国学者的肩上，即使在不好的境遇下世界仍然提供给你宽大的肩膀。你不懂得什么划船行乐，你仍然不会忘记那花花点点，明明暗暗，滴滴溜溜，光光影影，桥桥洞洞，草草木木，波波纹纹，凉凉爽爽，摇摇晃晃。你从无忧愁也从无得得。你从无要求也从无失望，快乐的不过是你什么都不知道。

你难忘的是点煤气灯，却懂得了期待煤气灯的突然崭亮。你不懂为什么架起了梯子。水上搭台更像是一种演出一种作秀一种玩耍，像是进入了大宅门，叫作荷花金鱼池，肥狗胖丫头。到处说的是："给您请安，给您带好！"至今有人相信，他们甚至著文，北京是人类文明与世界都市的峰顶，因为他们会说您与怹，纽约不会，广州也不会。你喜爱别人送你一只粘下来的知了，却在知了到手的第一刻感到了对于一只惨叫着的昆虫的伤心的同情，难处在于你完全不知道如何将知了放回树枝的高端。你得到了一只什么叔叔伯伯送给你的小鸟，你爱鸟爱得想哭，但是你已经懂得已经预见你将无法确保它的生存，得到的结果无疑是失去，活泼的结果无疑是房室内外的沉寂，生命的结局是死亡，你在对什么都糊里糊涂的时候却体味到了生与死的残酷与无奈。你知道了依偎母亲，而且你立即明白人不可能一辈子依偎在母亲怀抱。你明白母亲在某一天也会离去，你紧张得发抖。你去了一次庙会，你迷上了功夫，你在床上翻跟斗竖直溜，你一头栽到砖地上，你哇哇大哭，哭得自己甚感无趣。有一阵你甚至希望通过功夫对付死神的到来，你从小就明白的一个国学概念就是吸收日月的精华。日月的精华啊，我需要你！

你害怕夏天的午觉，你害怕大人睡觉而你只能无所事事地痛苦，你最小最小的时候却体味了人生最大的苦恼——无所事事，穷极无聊，没有伙伴。没有玩具，没有游戏甚至也不会游戏，于是，也就没有童年，在童年时候失去了童年，只剩下了两只阴郁的黑猫。

啊！即使是瞬间的快乐也已经无比欢愉，即使是转瞬即逝的良辰美景也会永远保留在记忆里。你公园里的湖景。你五龙亭里的茶座。你宫廷的小吃甜品。你自己的游船。你付了账然后告诉店小二"不用找钱了"时候的踌躇意满。

这就是生活，这就是人生。前生活，前人生。被前生活，被前人生。敏感却又健忘，动情却又无端。糊涂却不准备跟随，失败却又顽强，怯懦却又深埋着自信，所有的童年都意味着先验的韬光养晦：我来了，暂时无声无息，其实我不怕你们也不信你们，我不满足这个现成的世界。其实我将有我的主意：叱咤则风云变色，喑呜而山岳崩颓！

第十六章　明年我将衰老

81

我知道这一切都有你的心思，都有你的参与和祝愿，有你的微笑与泪痕，有你的直到最后仍然轻细与均匀的，那是平常的与从容矜持的呼吸。到了2012这一个凶险与痛苦的年度的秋天。上庄·翠湖湿地，咱俩邻居的花园，黄栌的树叶正在渐渐变红，像涂染也像泡浸，赭红色逐渐伸延扩散，鲜艳却又凝重。它接受了一次比一次更走凉的风雨。所谓的红叶节已经从霜降开始。通往香山的高速公路你拥我挤，人们的普遍反应是人比叶多，看到的是密不透风的黑发头颅而不是绯红的圆叶。伟大的社稷可能还缺少某些元素，但是从来不乏热气腾腾与人声滔滔。

夏天时候我觉得距离清爽是那样难得的遥远。虽然数年前咱们有过"暑盛知秋近，天空照眼明"的诗句。这时候，你甚至觉得萧瑟与无奈正悄然却坚毅地袭来。好像有指挥也有列队，或者用我的一句老话，你垂下头，静静地迎接造物删节的出手不凡。你愿意体会类似印度教中的湿婆神——毁灭之神的伟大与崇高。冷酷是一种伟大的美。冷酷提炼了美的纯粹，美的墓碑是美的极致。冷酷有大美而不言。寂寞是最高阶的红火。走了就是走了，再不会回头与挥手，再不出声音，温柔的与庄严的。留恋已经进入全不留恋，担忧已经变成决了断。辞世就是不再停留，也就是仍然留下了一切美好。存在就是永垂而去。记住了一分钟就等于会有下一分钟。永恒的别离也就是永远的纪念与生动。出现就是永远。培养了两名世界大奖得主的教授给我发信，说："没有永远。"好的，没有本身，就是永远。有，变成没有，就是说，一时化为永远。有过就是永远，结尾就是开端，在伟大的无穷当中，直线就是圆周。与没有相较，我们就是无垠。

比起去年，充分长大的黄栌，出挑得那么得心应手，行云流水，疏密凭意。它已经有了自己的秋天的身姿，自信中不无年度的凄凉、寂静中又仍然有渐渐走失的火热。那临别的鲜艳与妩媚，能不令你颠倒苍茫，最终仍然是温柔的赞美？也可能只是因为你去了，我才顾得上端详秋天，端详它的身段，端详它的气息，端详它的韵味，有柔软也有刚健，如同六十年的拥抱与温存，你的何等柔软的脸庞，还有时下时停的雷雨，时有时无的星月，像六十年前一样丰满。

也许天假我以另外的七八十年。银杏与梧桐的叶子正在变得淡黄金黄，它们的挺拔、高贵与声誉，使秋天也同享了时节的从容与体面。秋天是诗，秋天是文学，秋天是回忆也是温习。秋天是大自然的临近交稿的写作。敲敲电脑，敲出满天星斗，满地落叶与满池白鱼。柿子树的高端几乎已经落尽了叶子，剩下了密密麻麻的黄金灯果。相信某一个月星暗淡的夜晚，枝头的小柿子会一齐放光，像突然点亮了灯火通电启动。月季仍然开着差不多是最后的花朵，让人想起爱尔兰的民歌《夏天，最后一棵玫瑰》，它们的发达的正规树叶凋落了，新芽点染着少许的褐与红，仍然不合时宜地生发着萌动着，在越来越深重的秋季里做着早春的梦，哪怕它们很快就会停止在西风与雨夹雪里。芦苇依靠着湖岸，几次起风，吹跑了大部分白絮银花，我们都老了，渲染了它们的褐黄与柔韧。靠着芦苇的，有送走了白絮的小巧的蒲公英。比较软弱的是草坪，它们枯黄了或者正在枯黄着，它们掩盖着转瞬即逝的夏天的葱茏与奔忙，它们思念着涟漪无端的难言之隐。

湿地多柳，女性丰盈的外观与脾气随和的垂柳，她们的长发仍然拂动着未了的深情。它们说，不，我们还没有走，我们还在，我们还在恋着你哄慰着你。你在哪里，我在哪里，你与我一起，我与你一起。

我喜欢你的命名：胜寒居。我更喜欢居前的开阔地。你比古人更健朗，他是高处不胜寒，你是高处不畏冷，不畏高。高只是一个事实，所以你不讳言也不退让。你在胜寒居上养了一只黄鼠和一只小羊，你在胜寒居的胜寒楼上吟诗赏月，那是一个刚刚开始的梦，一个尚未靠近的故事。

82

我说了未曾去过的外国，那旋转润滑的玻璃风门，那深夜的归来，那巧克力与杜松子酒的混合，那哭哑了嗓子并且敲断了鼓槌弹崩了吉他弦子的背景的痛苦。那同行的欢声笑语，是不是有几分亢奋？那从文革与为纲的苦斗中走出来的舞文弄墨的、其实是幸运的"狗男女"，见到了欧洲就像见到了一批盛装的、却也是半裸的、脱下了我们长久以来说不出口的某些遮掩的辣妹猛男，兴奋与惶惑同在，欲望与摇头共生。那各色各式的汽车与多棱的反光后镜，那五颜六色、刺鼻的与诱人的香水气味，那永远的置放在滚石（块冰）上的黄金色泽的苏格兰威士忌，那服务小姐的身材与短裙，那酒吧歌女的金发与长腿，还有为她伴奏的震耳欲聋的乐曲。

我觉得我的牙周已经被架子鼓震得酥松，我的龋齿正在因小号而疼痛，我的好牙正在随着萨克斯风而动情地脱落，我的耳朵开始跟随着提琴的上天入地的追寻与躲藏而渗血，它在赌咒？它在起誓？它意欲奔逃背叛？它意欲变成一只飞奔的豹子。我的眼睛已经因打击乐而紧闭，我的眼球已经因放肆的疯狂而疼痛。会不会爆炸？还是离开？我看到了深夜出行的王子，他从来都养尊处优、脱离人民、不知世事艰难，也满以为人生美好温暖，以为他带给世界的是爱与祝福。他碰到了类似柏林的墙，变成了墙上的浮雕古典，然后烧到盘子上，挖到木板上，凿到石头与玉上，印在明信片上，变成此行的唯一存贮。

我看到了我自己的仪礼，由你的吉他陪伴，唱着"归来、归来"的歌。我们小时候在一起踢过毽子，跳过"我们要求一个人"，划过白塔。后来你在欧洲，我在风是风火是火的大潮里。你的歌声太动情，你的服装太古板，你的肩膀太宽大，你的嘴唇太憨厚，不，我只能说不了，是闹，是诺，是聂，是南，是 N 与不同的"无意"即五笔字型"元音"重码的联结。是游乐场上的旋转秋千，翻滚过山，疯狂老鼠，水滑梯自由落船。我累，我疲倦，我快要听不见说话与睁不开眼，我有倦容又有得色。但是是你而不是我感到了晕眩。你改变了百叶窗的颜色。

从那一天我开始了百叶窗之思念。从那一天我下决心在我的新作里好好描画一下百叶窗。多么遗憾，我忘记了郭沫若译的《茵梦湖》和它的作者史托姆。我听到了赞美声。感谢我上过的小学，它教会了我欧洲的旋律与中文的歌词："老渔翁，驾扁舟……一箬笠，一清钩……"还有"百战将军得胜归"。我知道身上的重担，我没有理由不为那如火一样燃烧的众人的纯真与壮志所感动。没有理由不为世界而感动。有许多欢迎，有许多鼓掌，有许多好的建议与期许。我不喜欢太多的研讨、谋略、咋呼与歪着嘴装腔作势。虽然我也不拒绝枕戈待旦，至今我想着在黄栌旁入睡的时候身旁不妨放一件一万五千伏的静电防身器。因为这里至少有五户半夜进过披发鬼。在几乎等同于入睡的倦态中我保持的是阿尔卑斯山泉一样的清冷，品质、深情与才能同在。奇怪的是这一次我竟因了电影《爱情故事》的主题曲而感动莫名。我怎么会觉得多米米多通向的是米骚米骚拉骚多拉骚，即爱情故事与二泉映月相联通。感情就像旋律，它攀缘直上，顺流而下，起起落落，别具肺肠，像是抚弦的手指，艰难地前进，无望地滑落，终于大放悲声——这是家乡农民对于地方戏的评说专用语，虽说仍然归于寂寥。有一段相声，我忘记了是马季还是牛群说的了，逗哏的人说他会用各种不同风味的曲调演唱同一首歌曲，捧哏的人说："你用河北梆子给我唱一首《我的太阳》吧。"逗哏者曰"唱——不——了——"相声戛然而止。其实，我就会用河北梆子唱："可爱的阳光，雨后充满辉煌……"我照样唱得天昏地暗，死去活来，爱比死更强，在意大利拿波里民歌与河北大戏里，一个样。

是的，没有绯闻，真的没有。然而有过笑声，有过意大利通心粉与三色冰激凌，有过莱茵河游艇上的蓝天与骄阳。苦苦的咖啡。有一万五千里的距离，有七个小时的时差。这里也有一句诗：

"你的呼唤使我低下头来。就这样等待着须发变白。"我可能有各式各样的不慎与失策，大意与匆忙，然而从来不轻薄，并视轻薄为卑劣与肮脏。

83

还有过最早的失眠，十五岁。我去看望你的彩排，你沉稳而无言，你跳着用瞿希贤的歌子伴奏的舞。都说你的特长不是舞蹈而是钢琴。然而那是全民歌舞的岁月，高歌猛进，起舞鸡鸣，你为什么有那么细白的皮肤？你对我有特别的笑容，我不相信你对别人也那样笑过。你如玉如兰，如雪如脂，如肖邦如舒曼，如白云如梨花瓣。还有红旗，红绸，聚光灯，锣鼓，管弦乐，腰鼓。我的幸福指数是百分之八百，你的笑容使幸福荡漾了。每一声鸟叫，每一滴春雨，每一个愿望，每个笑容都是恩典。在没有人问你幸福不幸福的时候，我们当真很幸福过。在你微笑的时候我好像闻见了你的香味，不是花朵，而是风雨春光倒影。

然而我失去了你，永远健康与矜持的最和善的你，比我心理素质稳定得多也强大得多的你。你的武器你的盔甲就是平常心。你追求平常心早在平常心成为口头禅之前许久。对于你，一切剥夺至多不过是复原，用文物保护的语言就叫作修旧如旧，或者如故如往如昔。一切诡计都是游戏与疏通，都是庸人自扰与歪打正着，都是过家家很好玩。我乐得回到我自己那里，回到原点。它不可伤害我而且扰乱我。我用俄语唱遥远，用英语唱情怀，用维吾尔语唱眼睛，用不言不语唱景仰墓园。一切恶意都是求之不得，都是解脱，免得被认为是自行推脱。是解脱而不是推脱，是被推脱所以是天赐的解脱。一切诽谤都可以顺坡下驴，放下就是天堂。一切事变与遭遇都是踏破铁鞋无觅处，得来全不费工夫。叫作正中下怀，好了拜拜。那哥们儿永远够不着。因为，压根儿我就没有跟那哥们儿玩儿。

我的一生就是靠对你的诉说而生活。我永远喜欢冬妮娅与奥丽娅，你误会了，不是她。有两个小时没有你的电话我就觉察出了艰难。你永远和我在一起。那些以为靠吓人可以讨生活的嘴脸，引起的只是莞尔。世上竟有这样的自我欣赏嘴脸的人，所向无敌。那好人的真诚与善意使你不住地点头与叹息。那可笑至极的小鱼小虾米的表演也会使你忍俊不禁。

我们常常晚饭以后在一起唱歌，不管它唱的是兰花花、森吉德玛、抗日、伟人、夜来香、天涯歌女，也有满江红与舒伯特的故乡有老橡树。反正它们是我们的青年时期，后来我们大了，后来我们老了，后来你走了。我不希望今天再划分与涂染歌曲的颜色，除非有人想搞左的或者右的颜色革命。我从来没有想到会是这样，从来不相信这是真的。但是你午夜来了电话，操持说锅里焖的米饭已经够了火候，你说："熟了，熟了。"你的声音坚实而且清晰，和昨天一样，和许多年前一样。你说你很好，我知道。

你说已经不可能了，我不相信。我坚信可能，还有可能。初恋时我的电话是 41414，有一次我等了你七个小时。而我忘记了你的宿舍电话号码。我顽强地一次、两次、一百次给你拨电话。你说，让过去的就永远过去吧，而我过不去，从十八岁到八十岁。我睁开眼睛，周围是电饭锅里的米饭气息，仍然是你的声音，使我平和，使我踏实。

生活就是这样，买米、淘米、洗菜、切菜，然后是各种无事生非与大言欺世。然后是永远的盎然与多情的人生，是对于愚蠢与装腔作势的忘记，是人的艰难一把把。然后是你最喜欢的我行我素与心头自由。然后是躺在病房里，ICU——重症监护室，不是 ECU，不是洗车行驶定位器，也不是 CEO——总经理或者行政总裁。美国总统候选人罗姆尼就被认定为 CEO。你走得尊严而且平安。有各种管与线、机器、设备，然后拆除了这一切……我一次又一次地抚摸着的是铺天盖地的鲜花与舒曼的《童年》——梦幻曲。我亲了你的温柔与细软。那样的鲜花与那样的乐曲使我觉得人生就像一次抛砖引玉。是排练与演出，无须谢幕也不要鼓掌。

我凝视着多年前的开幕式上各界送来的大大小小许多个花篮的痕迹。这里没有火起来，这里仍然有美好的记住，即使网球场上养起了山羊，滑雪场上种植了桃林，近百岁的老媪唱着喝着，一个开发不成的故事，一个仍然交还给山野的故事。

在山野，我们安歇。空山不空，夜鸟匆匆。你带给我们的人生的是永远的温存与丰满。

就在此时发现了旧稿，首写于 1972 年，那时我在五七干校里深造，精益求精、红了再红、红了半天却是倒栽葱。攀登高峰。我恭恭敬敬地写下了无微不至的生活。虽然威权能够也已经给生活打下了刻骨的烙印，但毕竟是生活笑纳了又抛弃了夸张的自吹自擂、吹胡子瞪眼。强力也许能扭曲人心，但毕竟是人心坚忍了也融化了哪怕是最富杀伤力的连天炮火。

我们有过 1919、1921、1927、1931……1949、1950 年，我们也确实有过值得回味与纪念的 1960、1966、1970 年。我们的生活不应该有空白，我们的文学不应该有空白，我们俩没有空白。高高的白杨树下维吾尔姑娘边嗑瓜子边说闲言碎语。明渠里的清水至少仍然流淌在四十年前的文稿的东西南北、上下左右。我们俩用白酒擦拭煤油灯罩，把灯罩擦拭得比没有灯罩还透亮。我们躺在一间五平方米的房间的三点七平方米的土炕上。我说我们俩是"团结、紧张、严肃、活泼"，这是林彪提倡的"三八作风"当中的那八个字。这八个字令你笑翻了天，我们是最幸福的一对。虽然那时候不做"你幸福吗""不，我不姓符，我姓赵"的调查。我们都喜欢那只名叫花花的猫，它的智商情商都是院士级的。它与我们俩一起玩乒乓球。你还笑话我最贪婪的是"火权"，洋铁炉子，无烟煤，煤一烧就出现了红透了的炉壁，还有白灰，煤质差一点的则变成褐红色灰。煤灰延滞了与阻止了肆无忌惮的燃烧，却又保持了煤炭的温度，这就是自（我）封（闭）。一天以后，两天以后，据说还能够达到一周至半月以后，你打开火炉，你拨拉下煤灰，你加上新炭，十分钟后大火熊熊，火苗子带着风声，风势推动着火焰，热烈抚摸起你我的脸庞，我热爱这壮烈的却也是坚忍不拔、韬光养晦的煤与火种。冬火如花，冬火红鲜嫩。嫩得像 1950 年的文工团员的脸。我最喜欢掌握的是燃烧与自封的平衡，是不止不息与深藏不露的得心应手。

还有庄稼地、苹果园、大渠小渠、麦场、高轮车、情歌民歌、水磨、蜂箱、瓜地里的高埂，还有坎土曼与钐镰，这是我们的共同岁月，共同见证，共同经历，共同记忆，像垒城砖一样地垒起煤块。你爱这些，我爱这些，打从心眼里，倒像我们是在漫游崭新的天地，寻求崭新的经验。倒像我们是徐霞客，是格列弗，是哥伦布，是没有撞过墙也没有变成浮雕的王子与公主。如果你是白雪公主，我是七个小矮人吗？如果你是灰姑娘，我可不是举行舞会的王子。而2012对于我来说最惊人的最震撼的是当记忆不再被记忆，当往事已经如烟，当文稿已经尘封近四十年，当靠拢四十岁的当年作者已经计划着他的八十岁耄耋之纪元，当然，如果允许的话；就在这时，靠了变淡了的墨水与变黄变脆了的纸张的帮助，往事重新激活，往日重新出现，空白不再空白，生动永远生动，而美貌重新美貌，是你给了我这一切。

我还有一个化学的与商品的发现，纯蓝墨水经久颜色不变，蓝黑墨水，反而充满了沧桑感。

我们生活在剧变的时代，我们已经忘记或者被忘记。例如三十五年以前更不要说四五十年以前的旧事。我最欣赏的是江南人用普通话说"事情"的时候，情不会读成轻声，而是重重地读成事——情——，情是第二声。我们觉得今是而昨非，我们常常相信重今而轻昔才是最聪明最不伤心伤身伤气的选择。我们都听北京电视台养生堂的教训。养生会不会成为了国学的核心价值？北大教授说，国学就是国将不国之学。然而昨天也曾经是当时的今天，也曾经无比生动无比真实无比切肤，无比激越无比倾注无比火热，昨天不可能被遗忘就像今天不可能被明天消除干净了痕迹。是生活，是永远的生活。有稚嫩也是生活，有唐突也仍然是生活，有声嘶力竭也仍然是生活，被变形也仍然是广阔芜杂混浊而强硬的生活。稚嫩的唐突的声嘶力竭的生活同样可能是好小说，好的摇滚歌曲或者意大利歌剧罗曼斯咏叹。就像贫穷与苦难，悲惨与失落，对不起，乃至疾病与苦药水会是很好的文学一样。它们常常是比秀幸福骚快乐更好的小说。生活与记忆不可摧毁，直观与丰饶不可摧毁，何况贫穷与苦难当中仍然有勇敢的吟咏，失望与焦灼当中仍然会做出最动人的描摹，在墓碑前的伫立与面上的泪珠滚滚当中仍然有此生的甜蜜与感激。

谢谢你，一切！让我们假设它有回天之力雷霆之威来揉搓捏拿生活，生活却更有力量来洗净它的力威，即使在它猛烈发作的时候，生活仍然显示着自己的不事慌张与无限情趣，自己的亲切与温暖。生活从前是这样，现在还是这样。你从前是这样，现在还是这样，呵，勇敢的人！浮雕从前是这样，现在还是这样。有一切苦涩与昏乱，有一切抒情与佯狂，有一切兴会与体贴。

呵，我当然自觉自愿地接受你的教诲，另外的什么人称之为洗脑，当我以我的方式与思路平静地接受一切新奇的大话的同时，当被洗脑者成群结队地大笑起来或欢呼起来以后，谁知道后面是什么吗？

你不知道。谁还是不知道。他也不知道，谁都不知道。谁们的共同点是自以为是，以为世界是手中的橡皮泥。谁们不知道，如果谁想改变一切，一切就会改变谁，如果谁想改变人家，人家已经在改变谁，如果谁想消除，谁同样是在消除自己。一个凶犯在首次作案以后，他改变了被害者的生活与轨道，也改变了、毁坏了他自己。一个童男子首次做爱以后，他当然也就是做了自己。

而且四十年前的书写就像今天的书写一样，它仍然和着心跳，和着吐纳，带着笑靥，带着享受，带着哪怕是枷锁与重负。忍着冤枉，忍着粗暴，笑对标语口号，冷对胡言乱语。情生淳厚质朴，仍然充溢着阳光与林荫，充溢着日子的一切琐屑实存，指望梦幻，摆出姿势，发出美声。戴着重铐的时候我跳得那么好。没有放肆。我们一起拥抱，我们拥抱在一起，我们走进了时光隧道，如当初，如兹后，如三世佛，如永恒如无穷。

我们活得、记得、忆得十分真切，真切得像每平方米四角八分钱的住房。真切得像每斤九角六分的酱猪肉，像阔口瓶装的卤虾酱与翻扣在条肉上的霉干菜。真切得像一枝落到树枝上的鸟在叫。真切得像我抚摸过的唯一的温暖。

时间，什么是时间，时间是什么？烟一样地飘散了。波纹一样地衰减、纤弱、安静、平息下来，不再有声响了。死一样地经过了哭号，经过了饮泣，经过了迎风伫立，经过了深深垂下的眼帘，忘却一样地失去了喜与悲、长与短、生与殁、有与无的区分了。时间仍然可能动人，时间仍然可能欢跃，时间仍然可能痛哭失声，痛定不再思痛。痛变为平静，平静不会轻易再变成痛，平静是痛与不痛的痊愈的伤口。请猜猜，伤口与什么词重码？太天才了！仓颉也有王永民。根据五笔字型输入法，"伤口"等同于"作品"，它们具有同样的输入码：WTKK。

花朵枯萎了，也许有种子，种子也许发芽，长成小的、中的、大的、古的树。痛苦结尾了，有一抹微笑与宁馨。然后有一个符号，有一行字，有一点记载，然后电闪雷鸣，然后往事如狂，旧泪如注，然后凝结为作品，作品结了疤，你能不为作者而掉一滴滚烫的眼泪？语出《最宝贵的》。然后成为一片夹在笔记本里的树叶，一张照片，一个梦中的惦念与操持提醒，在若有若无之间，在若你若我之际。时间在等待相遇与相识，时间在等待知己与挚爱，等待抚摸与亲吻，时间在等待迷恋与融化，在等待阴阳二电激荡出雷鸣电闪。昨天与今天既相恋更相思，既苦涩又甜蜜。时间等待复活、审判、重温，像蓓蕾等待开放，像露水等待草籽，像钢琴等待击打，像礼花等待鲜艳的点火。上个世纪的生物学杂志报道：塔斯社列宁格勒讯：苏联科学院植物园的温室中出现了世界上最罕有的现象之一：一颗古代保留下来的莲子发了芽。这颗莲子是中国朋友送给他们的六颗种子之一。这些种子是在沈阳附近挖掘泥煤时发现的，这些种子已被保留了数千年。时间的精灵始终躲在我们的身畔，或者有突然的绚烂，或者有永久的谦和，以无声期待大的交响，或者只是轻轻地挠痒我们。它其实非常耐心，是幽默的悲壮。

沿路修起了许多路灯与扬声器，给灯火穿上树根的包装。你走了，留下了愿望，留下了施工的方式，留下了小木屋，启动阶段的投资。人生易老山难老，还在走，还在写，还在歌，还在山上。

然后是并非十分炎热的多雨的夏天。我以为我已经绝望，我以为我已经孤单与沉落。天亡我也，非"战"之罪。在新加坡我观赏过蓝天剧团演出的莫言的新编话剧《霸王别姬》。为什么到那么远的地方去看？它说，吕后爱的也是项羽，妹妹，你大胆地往前走！你在我这样的时候夺去我的另一个我。我喜欢过门《夜深沉》，我喜欢梅派唱腔"看大王，在帐中，和衣睡稳"，有一片青光……什么都没有，就有了战争、胜负、乌骓马与十面埋伏，还有更重要的：历史。

我以为此岁我可能抽筋或者呛水，可能供血不足，晕眩而且二目发黑。我想如果结束在海里也许并不比结束在ICU中更坏。当然，结束无好坏，大限无差别。无差、无等、无量、无觉、无恋栈。我每天十三点五十六分注视CCTV13新闻频道。我必须知道今天本水域的海水水温、浪高、水流（流读去声）。我已经告别了十四摄氏度敢于下水的年月。对于海水，污染与杂质的抱怨都是铺天盖地，但我还是游了下来。连毒害都不怕，连永别都没有击倒在地，没有惧红也没有畏黑，还怕不太过度的肮脏吗？我什么没见过？什么没经过？历经坎坷，幽幽一笑。我喜欢红柳与胡杨。我喜欢山口的巨叶玻璃树。我喜欢苦楝与古槐。我喜欢合欢。我喜欢礁石上的尖利的贝壳残片，割体如刀，血色仍然如黄昏的落日。

仍然是在蓝天与白云之下，是在风雨阴晴之中，是在浪花拱动下，沐浴着阳光与雾气，沐浴着海洋的潮汐与波涌、洁净与污秽，向往着那边，这边，旁边，忍受着海蜇与蚊虫。接受着为了大业而施予的年益扩大的交通管制，环顾着挺立的松柏、盘错的丁香、不遗余力的街头花卉、鸣蝉的白杨、栖鸟的梧桐、大朵的扶桑、想象中盛开一回的高山天女木兰和一大片无际的荷莲。如果不是横在头上的高压线，那莲湖就是天堂佛国极乐。去年你在那里留了影，仍然丰匀而且健康，沉着中有些微的忧愁与比忧愁更强大的忍耐与平顺。

你和我一起，走到那里，你的床我的床边，你的枕我的枕旁，你的声音我的耳际，你的温良我的一切方向。你的目光护佑着我游水，我仍然是一条笨鱼，一块木片，一只傻游的鳖。我有这一面，小时候羡慕了游泳，就游它一辈子，走到哪里都带上泳帽、泳裤、泳镜。一米之后就是两米，十米以后是二十米，然后一百米，二百米，仍然有拙笨的与缓慢的一千米。

我还活着，我还游着，我还想着，我还动着。活着就是生命的满涨，就是举帆，就是划桨，就是热度与挤拥，就是乘风破浪，四肢的配合与梦里的远航。还能拳击，砰砰砰，摇晃了一下，站得仍然笔直。哪怕紧接着是核磁共振的噪音，是叮叮、噗噗、当当、嗒嗒、咣咣、咻咻、嘚嘚、嘟嘟、嘻嘻、乒乒、乓乓、唰唰唰。是静脉上安装一个龙头，从龙头里不断滴注显像液体。是老与病的困扰，是我所致敬致哀致以沉默无语的医疗药剂科学。是或有的远方。一事无成两鬓白，多事有成两鬓照样不那么黑了。所差几何？必分轩轾。

然而我坚信我还活着，心在跳，只要没走就还活着，好好活着，只要过了地狱就是天国，只要过了分别就是相会，从前在一起，后来在一起，以后还是在一起。我仍然获得了蓬蓬勃勃的夏天。风、阳光、浓荫、暴雨、皮肤、沙、沫、潮与肌肉，胆固醇因曝光向维 D 演变，与咱们从前一样。而且因为你的不在而得到关心与同情，天地不仁，便更加无劳哭泣。过去是因为你的善待而得到友好，在与不在，你都在好好对待朋友。对待浅海滨。我去了三次，我喜欢踩上木栈道的感觉，也许光着脚丫子踩沙滩更好。去年与你同去的，沙砾，风，海鸥，傍晚。我期待月出，我期待，更加期待繁星。"我爱月夜，但我也爱星天。从前在家乡，七八月的夜晚，在庭院里纳凉的时候，我最爱看天上密密麻麻的繁星……"这是巴金散文《繁星》里的文句，我会背诵的，不知道为什么，后来不止一个编辑给改成冰心新诗繁星（与春水），七十年前，我的国语（不叫语文）课本里有巴金的此文。

然而难得在海滨的夏天见到星月。云与雾，汽与灯光、霓虹、舰船上的照明，可能还有太多的游客与汽车使我一次次失望。我许诺秋天再来，我没能来，我仍然忙碌着，根本不需要等待高潮的到来。有生活就有我的希望与热烈，就有我尚未履行的对于秋涛星月的约定。在秋与冬春，我与渤海互相想念。

你许诺了那瓶二锅头酒，你病中特意上山赠送给了老人家，我们素不相识。你在山野留下了友谊，你在山峰留下了酒香，你在朋友心里留下了永远的好意。

84

在我的记忆里已经有许多年没有在中秋夜看到团栾的美丽了。八月十五云遮月，正月十五雪打灯。头一天，月色尚好，我们一起吟唱苏东坡的《水调歌头》，第二天却是遍天的云霾。说的是去年。然后等到清爽到来，月色已经是后半夜的事了。已经许多年，我没有在深夜起床赏月，那时还在山村，深夜的清辉给了我们另一个世界，就像丁香花与紫罗兰给了我们另一种花事。

今年的天气很有意思，那么多阴雨，像拧干净了的衣巾，该晴的时候自然明朗绝尘。白云卷成鲸鱼，蓝天净成皓玉，这是展翅飞翔的最佳时机。一阵又一阵风，是洗濯也是擦拭，是含蓄也是抖擞，是清水也是明镜。今年的中秋月明如洗。这样的月夜里你数得清每一株庄稼与草，你看得清每一块坑洼与隆起，你摸得着每一枚豆粒大的石头，你看得清远方的山坡与松峰。你可以约会抱月的仙人与丢落棋子的老者，你可以孤独地走在山脚下，因为孤独而带几分得得，你已经被美女称为得得。我想守在你的碑前，你会悄悄地与我说闲话，不再是团结紧张严肃活泼，而是如诗如梦如歌如微风掠影。这时我听到了六十年前的那首歌曲，从前的从前，少壮的少壮，面对海洋的畅想，我们一起攀登分开了大西洋与印度洋的好望角的灯塔。

我们看到了蓝鲸，我们看到了河马，我们看到了飞逐的象群。我们看到了猴子与鸵鸟的密集。河水在地上泛滥，女人生育了许多孩子，她们的皮肤像绸缎一样。她们浑圆，温热却又雄武。菜香蕉与木薯随时随地充饥。已经成立了共和国的前部落王室继续举行仪式。我听到了所有的情歌。那糯糯的声音，那哭号一样的表白，那重复一样的前行，那蓦然的停顿，那猝然的截止。

我多次与你说笑，我说我在梦中与一个黑皮肤的浑圆的柔道冠军争夺锦旗，你说我是以歪就歪不说真情。世界上有这样的男子吗？我的初恋是你。我的少年是你。我的颠沛流离是你。我的金婚是你。我的未有实现的钻石婚是你。你的唯一的对手是非洲冠军，是欧洲长跑，是俄罗斯与白俄罗斯网球手，是澳大利亚的鱼。我老了老了迷上了女子举重，期待着世界纪录打破者，举起，旋转，砰的一声，接在手里，或者粉碎在大地。我坚信你是我的女子举重手，我却够不上你的杠铃，也许我只是你的加上去就打破世界纪录的小铁片。请加上我。女权万岁！

世上有海，有风浪。海上有月和星星。我躺在海上入眠。阳光照得我睁不开眼，重复再重复的运作正好催眠。说海是起源，海是归结，海是摇篮，海是家园，海就是神祇。早春遇海，我们惺惺相惜。我只是怕你孤单。本来你可以不那么孤单。本来你可以与我相伴，就像星与月相伴，草与花相伴，沙与沫相伴，呼唤与回应相和，回忆与追思为伴。来啊！

月光是月亮的招手，星光是星星的眨眼，吹拂是风儿的抚摸。我欲乘风归去，我欲羽化登仙，我欲彩云追月，我欲登堂入室与你拥抱在一起。500年前我在深山里参拜，日月精华，山川灵秀，草木生机，狐兔欢跃，安宁当中有星月的低语，吐纳当中有天地的安慰。世界是你的胜寒居。

85

你可晓得，明年我将衰老？

五年前，那次也是在海边，在山路上，在欧洲与非洲，在秋叶树下。一个温顺的女孩子问我：你有洛丽塔情绪吗？

我不知道她是不是真的想问我这个，因为那是一个午夜的节目，人们不大相信节目，已经有朋友打电话告诉我不要上传媒的当。八〇后九〇后告诉我说，传媒为了收视率有意识地渲染代沟与偏见，锔碗的戴眼镜，鸡蛋里挑骨头。我根本只是一笑。有沟无沟，有针尖对麦芒无麦芒对针尖，我仍然是我。宣布了什么命名了什么，谁红了谁白了，谁抄了谁没抄，全无意趣。我怜惜那些嘀嘀咕咕的宣布者，他们已经基本销声匿迹，像驶入海洋的纸船，像脱了线的纸鸢，像噩梦中的一声阴声冷笑，他们嘛也不懂，他们嘛也不会，他们嘛也没有。山里深秋，我感动于晴日清晨复活过来的、头一晚上已经僵死过去的蝈蝈。它一醒就又叫唤起来了，然后第二天或者第三天还是悄悄汰去。我未能帮了你。

我说，我不知道什么是洛丽塔，她给我解释是说什么老男与少女的钟情。

那怎么能问我？我糊涂了或者装作糊涂了。鲁迅说，他们粗暴了或者将要粗暴了。我已经度过了、提前度过了青年时代、中年时代，我已经清醒多了所以糊涂了或者装作糊涂了或者其实恰到好处难得。

果然，已经到了时候。你记住的已经太多太多。我赶上了无风三尺土，有雨一街泥的刚刚安装有轨电车的年代。我常常走过胡同拐弯处的一处小宅院，高墙上安着电网，有时候电网上栖息着麻雀，黑大门上红油漆书写着对联：忠厚传家久，诗书继世长。树上的蝉叫得正是死去活来。小院对面的略显寒碜的、油漆脱落的院门上的对联，对于我来说有更多的依恋与普世情怀：又是一年芳草绿，依然十里杏花红。草枯黄了，又绿了起来。

花儿早就落地与被遗忘了，然后倏然满街满树满枝地绚烂与衰败。尤其是春天，这副对联，令我幸福又伤感地颤抖，像挂在电线杆上的一只不能放飞的风筝。赶上了飒飒的春雨与从斜对面吹过来的小风。已经是七八十届芳草与杏花了。

我也赶上了在老教授家里看到书法与诗，日日好春风里过，令人梅雨忆家乡。前两句我死活想不起来了，也许第二句是似雪翻飞天昏黄，是说北方故都的粗粝的春天。当然与"江南好，风景旧曾谙"不一样。一枝垂柳一枝桃是别样风景。那时候古城夏日的雨后到处飞蜻蜓，青蛙与刺猬会进入四合院，夜间到处飘飞着萤火虫，一只青蛙爬到我的小屋里，它的眼神使我相信它有博士学位。而初夏的古槐上吊着青虫，每到春天到处卖鸡雏。屠鸡是一个不好的名称，百姓争养的是油鸡，是进口品种。我是为了省钱才步行到六站以外的公园里的。那里的杨树会响会唱会讲故事。我一次次经过那个继世长的小红门，听到水声轰轰地响。凉爽与水声同在。从来没有见到过它的门打开过，那里有不为人知的故事，是一个人老珠黄的美女，被金钱与威势所席卷。那个故事与故事的散落已经泯灭，那个故事还等待着我们的发现与转述辛酸。

经过迷茫，自以为是大明白，然后是雾啊我的雾，二战歌曲。然后是欲老未老，然后是不太敢于面对旧日的照片，然后大家都会静下来，我看到了我也看到了你，我们本来都在襁褓里。都说你有福相，从那时起。

有许多次我被离别，我不喜欢别离，离别的唯一价值是怀念聚首与期待下次重逢的欢喜。离别的美好是看到月亮以为你也在看月亮，同一个月亮。被离别时我常常深夜因呼唤而叫醒了自己，然后略略辗转。我呼唤的是你的名字。你有一个乳名，你不许我叫你。我们在春水与垂柳下见面，我们站在汉白玉桥下面，我们身旁有一壶一壶的茶水，一碟一碟瓜子。你闻到了水与鱼的气味，柳条与藤椅的气息。是一见钟情，那时候还没有忘记千里送京娘的流行歌曲。

醒来后的第一个感觉是我怎么已经活了那么久？我上了幼稚园，小学，初中，高中，当了第一名，干部，分子，队长，嘛跟嘛嘛嘛……听取那么多赌咒发誓，说了太多的真话与不那么特别真实的话，费了那么多纸，三十岁的时候我蓦然心惊，原来如此。

这里有丽塔？洛塔？丽丽？塔塔？洛洛？不，不不，不不不，只要有你。我不想知道丽塔洛。

然后礼貌的女孩子问我，你有什么因为年老而产生的不那么舒服的感觉吗？例如记忆力的减退，例如体力的丧失……她果然很天真，她顺应了媒体的捉弄。

这果然是一个难以回答的问题，我说是的，我为什么要说是的？我的头发那一年远远没有全白，现在也没有。我还在登山抛球与游泳，我还在学俄文与英语歌曲，我还在奋键疾书，我还可以及时应对，一语中鹄。然而，我已经七十好几，我已经绝不年轻，我还有不错的肱二头肌、肱三头肌和胸肌，不比那些秀胸的国际政要差。后来我还从好声音那边学到了爱我如君，是说话也是唱歌，是诵读也是吟咏，像是大不列颠的梅花大鼓，像是欧洲的花小宝与籍薇。她就是阿黛尔：求求你不要忘记，我流下了眼泪。

我接受了媒体的套路与传播上的花式子。宁做一个易于上套的小傻子，不做一个麻木不仁却又怨气冲天的坏种，老辈人说比木头墩子多俩眼睛，可远远不止。

但我不想在摄像机前卖萌。我岂可说不是的？世界是你们的，是他们的，是孩子们的，我早该隐退，谁让我还能连吃四五个狗不理包子，天津卫？简单地说，在境外受过良好教育的女孩子问我：你不觉得你老了吗？

我怎么敢说没有这回事。

我当然老了，岂止是老了，走了歇了去了别了如烟了西辞黄鹤楼了烟花三月下扬州了也是题中应有之义。潇洒走一回，潇洒老一回，是自然而然，是四时交替，昼夜有常。我也年轻过，万岁过，较过劲也开过花。你……你老过吗？

我回答：是的，也许是明年吧，明年我将衰老。没有说出来的话：如果明年的衰老仍然不明显，那么就是明年的明年

或明年的明年的明年衰老。衰老是肯定的，这不由我拍板，何时衰老我未敢过于肯定，这同样不听谁的批示：

这是多么快乐，明年我将衰老，这是多么平和，今天仍然活着……

这是我最近十年说过的最好的话，最得得的话，明年我将衰老，今天仍然歌唱。他们偏偏删去了这话，从此我不再想搭理他们，虽然春节他们给我送过腊味。我不会原谅他们。我自行一次再一次地讲了这个故事，都说我的得得精彩，你删不动我，你摁不住咱。我在胜寒居里读老庄的书，有秋日的阳光灿烂，叫作虚室生白。我终于虚室了。

86

我看到了你，不是明年的衰老，而是今年的崆峒。位于甘肃省平凉市。

这是一座早负盛名，却又常常被虚构成邪门歪道的山。它的样子太风格，它不像山而像狂人的愤怒雕塑。它太冒险，太高傲突兀，拔地而起，我行我素，压过了左邻右舍，不注意任何公关与上下联通、留有余地。空同不随和。悬崖峭壁，树木和道观，泾水和主峰，灌木和草丛，石阶、碑铭，牌坊，天梯，鹰，和山石合而为一的建筑与向往。天，天，天，云，云，云，与天合一，与云同存，再无困扰，再无因循。多么伟大的黄河流域！我在攀登，我在轻功，我在采摘，我看到了你……我看到了蝴蝶与鸟，我闻到的是针叶与阔叶的香气，我听到的是鸟声人声脚步声树叶唰啦啦。我这里有黄帝，有广成子，有衰老以前的肌肉，有不离不弃的生龙活虎，愿望、期待、回忆、梦、五颜六色、笑靥、构思策划、邀请函件、微信与善恶搞。有渐渐出场的喘气。当然不无咳嗽。本应该成为剑侠，本应该有仙人的超众。我将用七种语言为你唱挽歌转为赞美诗。我已经有了太极。即使明年我将衰老，现在仍是生动！

明年我将离去，现在仍然这里。你走了，你还是你，谁也伤不了你。我攀登，我仍然山石继世长。嗒嗒嗒嗒，我听到了自己的拾级而上的脚步，我像一只小鸟一样地飞上了山峰，登上了云朵，我绕着空同——崆峒飞翔了又是飞翔了。我仍然舍不得你，亲爱的。

我永远爱你。

中篇小说

组织部来了个年轻人

一

三月，天空中纷洒着的似雨似雪。三轮车在区委会门口停住，一个年轻人跳下来。车夫看了看门口挂着的大牌子，客气地对乘客说："您到这儿来，我不收钱。"传达室的工人、复员荣军老吕微跛着脚走出，问明了那年轻人的来历后，连忙帮他搬下微湿的行李，又去把组织部的秘书赵慧文叫出来。赵慧文紧握着年轻人的两只手说："我们等你好久了。"这个叫林震的年轻人，在小学教师支部的时候就与赵慧文认识。她的苍白而美丽的脸上，两只大眼睛闪着友善亲切的光亮，只是下眼皮上有着因疲倦而现出来的青色。她带林震到男宿舍，把行李放好、解开，把湿了的毡子晾上，再铺被褥。在她料理这些事情的时候，常常撩一撩自己的头发，正像那些能干而漂亮的女同志们一样。

她说："我们等了你好久，半年前就要调你来，区人民委员会文教科死也不同意，后来区委书记直接找区长要人，又和教育局人事室吵了一回，这才把你调了来。"

"可我前天才知道。"林震说，"听说调我到区委会，真不知怎么好。咱们区委会尽干什么呀？"

"什么都干。"

"组织部呢？"

"组织部就做组织工作。"

"工作忙不忙？"

"有时候忙，有时候不忙。"

赵慧文端详着林震的床铺，摇摇头，大姐姐似的不以为然地说："小伙子，真不讲卫生。瞧那枕头布，已经由白变黑；被头呢，吸饱了你脖子上的油；还有床单，那么多褶子，简直成了泡泡纱……"

林震觉得，他一走进区委会的门，他的新的生活刚一开始，就碰到了一个很亲切的人。

他带着一种节日的兴奋心情跑着到组织部第一副部长的办公室去报到。副部长有一个古怪的名字：刘世吾。在林震心跳着敲门的时候，他正仰着脸衔着烟考虑组织部的工作规划。他热情而得体地接待林震，让林震坐在沙发上，自己坐在办公桌边，推一推玻璃板上摆得高高的文件，从容地问：

"怎么样？"他的左眼微眯，右手弹着烟灰。

"支部书记通知我后天搬来，我在学校已经没事，今天就来了。叫我到组织部工作，我怕干不了，我是个新党员，过去当小学教师，小学教师的工作与党的组织工作有些不同……"

林震说着他早已准备好的话，说得很不自然，正像小学生第一次见老师一样。于是他感到这间屋子很热。三月中旬，冬天就要过去，屋里还生着火，玻璃上的霜花融解成一条条的污道子。他的额头沁出了汗珠，他想掏出手绢擦擦，在衣袋里摸索了半天没有找到。

刘世吾机械地点着头，看也不看地从那一大摞文件中抽出一个牛皮纸袋，打开纸袋，拿出林震的党员登记表，锐利的眼光迅速掠过，宽阔的前额下出现了密密的皱纹。他闭了一下眼，手扶着椅子背站起来，披着的棉袄从肩头滑落了，他用熟练的毫不费力的声调说：

"好，好，好极了，组织部正缺干部，你来得好。不，我们的工作并不难做，学习学习就会做的，就那么回事。而且，你原来在下边工作得……相当不错嘛，是不是不错？"

林震觉得这种称赞似乎有某种嘲笑意味，他惶恐地摇头："我工作做得并不好……"

刘世吾的不太整洁的脸上现出隐约的笑容，他的眼光聪敏地闪动着，继续说："当然也可能有困难，可能。这是个了不起的工作。中央的一位同志说过，组织工作是给党管家的，如果家管不好，党就没有力量。"然后他不等问就加以解释："管什么家呢？发展党和巩固党，壮大党的组织和增强党组织的战斗力，把党的生活建立在集体领导、批评和自我批评与密切联系群众的基础上。这些做好了，党组织就是坚强的、活泼的、有战斗力的，就足以团结和指引群众，完成和更好地完成社会主义建设与社会主义改造的各项任务……"

他每说一句话，都干咳一下，但说到那些惯用语的时候，快得像说一个字。譬如他说"把党的生活建立在……上"，听起来就像"把生活建在登登登上"，他纯熟地驾驭那些林震觉得相当深奥的概念，像拨弄算盘珠子一样灵活。林震集中最大的注意力，仍然不能把他讲的话全部把握住。

接着，刘世吾给他分配了工作。

当林震推门要走的时候，刘世吾又叫住他，用另一种全然不同的随意神情问：

"怎么样，小林，有对象了没有？"

"没……"林震的脸刷地红了。

"大小伙子还红脸？"刘世吾大笑了，"才二十二岁，不忙。"他又问："口袋里装着什么书？"

林震拿出书，说出书名："拖拉机站站长与总农艺师。"

刘世吾拿过书去，从中间打开看了几行，问："这是他们团中央推荐给你们青年看的吧？"

林震点头。

"借我看看。"

"您还能有时间看小说吗？"林震看着副部长桌上的大摞材料，惊异了。

刘世吾用手托了托书，试了试分量，微眯着左眼说："怎么样？这么一薄本有半个夜车就开完啦。四本《静静的顿河》我只看了一个星期，就那么回事。"

当林震走向组织部大办公室的时候，天已经放晴，残留的几片云现出了亮晶晶的边缘，太阳照亮了区委会的大院子。人们都在忙碌：一个穿军服的同志夹着皮包匆匆走过，传达室的老吕提着两个大铁壶给会议室送茶水，可以听见一个女同志顽强地对着电话机子说："不行，最迟明天早上！不行……"还可以听见忽快忽慢的嗒哧嗒哧声——是一只生疏的手使用着打字机，"她也和我一样，是新调来的吧？"林震不知凭什么理由，猜打字员一定是个女的。他在走廊上站了一站，望着耀眼的区委会的院子，高兴自己新生活的开始。

二

组织部的干部算上林震一共二十四个人，其中三个人临时调到肃反办公室去了，一个人半日工作准备考大学，一个人请产假，能按时工作的只剩下十九个人。四个人做干部工作，十五个人按工厂、机关、学校分工管理建党工作，林震被分配与工厂支部联系组织发展工作。

组织部部长由区委副书记李宗秦兼任，他并不常过问组织部的事，实际工作是由第一副部长刘世吾掌握，另一个副部长负责干部工作。具体指导林震工作的是工厂建党组组长的韩常新。

韩常新的风度与刘世吾迥然不同。他二十七岁，穿蓝色海军呢制服，干净得抖都抖不下土。他有高大的身材，配着英武的只因为粉刺太多而略有瑕疵的脸。他拍着林震的肩膀，用嘹亮的嗓音讲解工作，不时发出豪放的笑声，使林震想："他比领导干部还像领导干部。"特别是第二天韩常新与一个支部的组织委员的谈话，加强了他给林震的这种印象。

"为什么你们只谈了半小时？我在电话里告诉你，至少要用两小时讨论发展计划！"

那个组织委员说："这个月生产任务太忙……"

韩常新打断了他的话，富有教训意味地说："生产任务忙就不认真研究发展工作了？这是把中心工作与经常工作对立起来，也是党不管党的一种表现……"

林震弄不明白什么叫"中心工作与经常工作对立起来"和"党不管党"，他熟悉的是另外一类名词："课堂五环节"与"直观教具"。他很钦佩韩常新的这种气魄与能力——迅速地提高到原则上分析问题和指示别人。

他转过头，看见正伏在桌上复写材料的赵慧文。她皱着眉怀疑地看一看韩常新，然后扶正头上的假琥珀发卡，用微带忧郁的目光看向窗外。

晚上，有的干部去参加基层支部的组织生活，有的休息了，赵慧文仍然赶着复写"税务分局培养、提拔干部的经验"，累了一天，手腕酸疼，在写的中间不时撂下笔，摇摇手，往手上吹口气。林震自告奋勇来帮忙，她拒绝了，说："你抄，我不放心。"于是林震帮她把抄过的美浓纸叠整齐，站在她身旁，起一点精神支援作用。她一边抄，一边时时抬头看林震，林震问："干吗老看我？"赵慧文咬了一下复写笔，笑了笑。

三

　　林震是一九五三年秋天由师范学校毕业的，当时是候补党员，被分配到这个区的中心小学当教员。当了教师的他，仍然保持中学生的生活习惯：清晨练哑铃，夜晚记日记，每个大节日——五一、七一、十一——之前到处征求人们对他的意见。曾经有人预言，过不了三个月他就会被那些生活不规律的成年人"同化"。但不久以后，许多教师夸奖他也羡慕他了，说："这孩子无忧无虑，无牵无挂，除了工作，就是工作……"

　　他也没有辜负这种羡慕，一九五四年寒假，由于教学上的成绩，他受到了教育局的奖励。

　　人们也许以为，这位年轻的教师就会这样平稳地、满足而快乐地度过自己的青年时代。但是不，孩子般单纯的林震，也有自己的心事。

　　一年以后，他经常焦灼地鞭策自己。是因为社会主义高潮的推动、全国青年社会主义积极分子会议的召开，还是因为年龄的增长？

　　他已经二十二岁了，记得在初中一年级时写过一篇作文，题目是《当我××岁的时候》，他写成《当我二十二岁的时候，我要……》。现在二十二岁，他的生命史上好像还是白纸，没有功勋，没有创造，没有冒险，也没有爱情——连给某个姑娘写一封信的事都没做过。他努力工作，但是他做得少、慢、差。和青年积极分子们比较，和生活的飞奔比较，难道能安慰自己吗？他订规划，学这学那，做这做那，他要一日千里！

　　这时，接到调动工作的通知。"当我二十二岁的时候，我成了党的工作者……"也许真正的生活在这里开始了？他抑制住对小学教育工作和孩子们的依恋，燃烧起对新的工作的渴望。支部书记和他谈话的那个晚上，他想了一夜。

　　就这样，林震口袋里装着《拖拉机站站长与总农艺师》，兴高采烈地登上区委会的台阶。他对党的工作者（他是根据电影里全能的党委书记的形象来猜测他们的）的生活，充满了神圣的憧憬。但是，等他接触到那些忙碌而自信的领导同志，看到来往的文件和同时举行的会议，听到那些尖锐争吵与高深的分析，他眨眨那有些特别的淡褐色眼珠的眼睛，心里有点怯……

　　到区委会的第四天，林震去通华麻袋厂了解第一季度发展党员工作的情况。去以前，他看了有关的文件和名叫《怎样进行调查研究》的小册子，再三地请教了韩常新，他密密麻麻地写了一篇提纲，然后飞快地骑着新领到的自行车，向麻袋厂驶去。

工厂门口的警卫同志听说他是区委会的干部，没要他签名，信任地请他进去。穿过一个大空场，走过一片放麻袋的露天货场与机器隆隆响的厂房，他心神不安地去敲厂长兼支部书记王清泉办公室的门。得到了里面"进来"的回答后，他慢慢地走进去，怕走快了显得没有经验。他看见一个阔脸、粗脖子、身材矮小的男人正与一个头发上抹了许多油的驼背的男人下棋。小个子的同志抬起头，右手玩着棋子，问清了林震找谁以后，不耐烦地挥一挥手："你去西跨院党支部办公室找魏鹤鸣，他是组织委员。"然后低下头继续下棋。

林震找着了红脸的魏鹤鸣，开始按提纲发问了："一九五六年第一季度，你们发展了几个人？"

"一个半。"魏鹤鸣粗声粗气地说。

"什么叫'半'？"

"有一个通过了，区委拖了两个多月还没有批下来。"

林震掏出笔记本记了下来。又问：

"发展工作是怎么样进行的，有什么经验？"

"进行过程和向来一样——和党章的规定一样。"

林震看了看对方，为什么他说出的话像搁了一个星期的窝窝头一样干巴？魏鹤鸣托着腮，眼睛看着别处，心里也像在想别的事。

林震又问："发展工作的成绩怎么样？"

魏鹤鸣答："刚才说过了，就是那些。"他好像应付似的希望快点谈完。

林震不知道应该再问什么了。预备了一下午的提纲，和人家只谈上五分钟就用完了，他很窘。

这时门被一只有力的手推开了，那个小个子的同志进来，匆匆忙忙地问魏鹤鸣："来信的事你知道吗？"

魏鹤鸣无精打采地点了点头。

小个子的同志来回踱着步子，然后撇开腿站在房中央："你们要想办法！质量问题去年就提出来了，为什么还等着合同单位给纺织工业部写信？在社会主义高潮当中我们的生产迟迟不能提高，这是耻辱！"

魏鹤鸣冷冷地看着小个子的脸，用颤抖的声音问："您说谁？"

"我说你们大家！"小个子手一挥，把林震也包括在里面了。

魏鹤鸣因为抑制着的愤怒的爆发而显得可怕，他的红脸更红了，他站起来问："那么您呢？您不负责任？"

"我当然负责。"小个子的同志却平静了，"对于上级，我负责，他们怎么处分我也接受。对于我，你得负责，谁让你是生产科长呢！你得小心……"说完，他威胁地看了魏鹤鸣一眼，走了。

魏鹤鸣坐下，把棉袄的扣子全解开了，喘着气。林震问："他是谁？"魏鹤鸣讽刺地说："你不认识？他就是厂长王清泉。"

于是魏鹤鸣向林震详细地谈起了王清泉的情况。王清泉原来在中央某部工作，因为在男女关系上犯错误受了处分，一九五一年调到这个厂子当副厂长，一九五三年厂长调走，他就被提拔成厂长。他一向是吃饱了转一转，躲在办公室批批文件下下棋，然后每月在工会大会、党支部大会、团总支大会上讲话，批评工人群众竞赛没搞好，对质量不关心，有经济主义思想……魏鹤鸣没说完，王清泉又推门进来了。他看着左腕上的表，下令说："今天中午十二点十分，你通知党、团、工会和行政各科室的负责人到厂长室开会。"然后把门砰地一带，走了。

魏鹤鸣嘟哝着："你看他怎么样？"

林震说："你别光发牢骚，你批评他，也可以向上级反映。上级绝不允许有这样的厂长。"

魏鹤鸣笑了，问林震："老林同志，你是新来的吧？"

"老林"同志脸红了。

魏鹤鸣说："批评不动！他根本不参加党的会议，你上哪儿批评去？偶尔参加一次，你提意见，他说：'提意见是好的，不过应该掌握分寸，也应该看时间、场合。现在，我们不应该因为个人意见侵占党支部讨论国家任务的宝贵时间。'好，不占用宝贵时间，我找他个别提，于是我们俩吵成了现在这个样子。"

"向上级反映呢？"

"一九五四年我给纺织工业部和区委写了信，部里一位张同志与你们那儿的老韩同志下来检查了一回。检查结果是：'官僚主义较严重，但主要是作风问题。任务基本上完成了，只是完成任务的方法有缺点。'然后找王清泉'批评'了一下，又鼓励了一下我开展自下而上的批评的精神，就完事了。此后，王厂长有一个来月对工作比较认真，不久他得了肾病，病好以后他说自己是'因劳致疾'，就又成了这个样子。"

"你再反映呀！"

"哼，后来与韩常新也不知说过多少次，老韩也不搭理，反倒向我进行教育说，应该尊重领导，加强团结。也许我不该这样想，但我觉得，也许要等到王厂长贪污了人民币或者强奸了妇女，上级才会重视起来！"

林震出了厂子再骑上自行车的时候，车轮旋转的速度就慢多了。他深深地把眉头皱了起来，他发现他的工作的第一步就有重重的困难，但他也受到一种刺激，甚至是激励——这正是发挥战斗精神的时候啊！他想着想着，直到因为车子溜进了急行线而受到交通民警的申斥。

四

吃完午饭，林震迫不及待地找韩常新汇报情况。韩常新有些疲倦地靠着沙发背，高大的身体显得笨重，从身上掏出火柴盒，拿起一根火柴剔牙。

林震杂乱地叙述他去麻袋厂的见闻，韩常新脚尖打着地不住地说："是的，我知道。"然后他拍一拍林震的肩膀，愉快地说："情况没了解上来不要紧，第一次下去嘛，下次就好了。"

林震说："可是我了解了关于王清泉的情况。"他把笔记本打开。

韩常新把他的笔记本合上，告诉他："对，这个情况我早知道。前年区委让我处理过这个事情，我严厉地批评过他，指出他的缺点和危险性，我们谈了至少有三四个钟头……"

"可是并没有效果呀，魏鹤鸣说他只好了一个月……"林震说。

"一个月也是效果，而且绝不止一个月。魏鹤鸣那个人思想上有问题，见人就告厂长的状……"

"他告的状是不是真的？"

"很难说不真，也很难说全真。当然这个问题是应该解决的，我和区委副书记李宗秦同志谈过。"

"副书记的意见是什么？"

"副书记同意我的意见，王清泉的问题是应该解决也是可能解决的……不过，你不要一下子就陷到这里边去。"

"我？"

"是的。你第一次去一个工厂，全面情况也不了解，你的任务又不是去解决王清泉的问题。而且，直爽地说，解决他的问题也需要更有经验的干部，何况我们并不是没有管过这件事……你要是一下子陷到这个里头，三个月也出不来，第一季度的建党总结还了解不了解？上级正催我们交汇报呢！"

林震说不出话。

韩常新又拍拍林震的肩膀："不要急躁嘛！咱们区三千个党员，百十个支部，你一来就什么问题都摸还行？"他打了个哈欠，有倦意的脸上的粉刺涨红了："啊——哈，该睡午觉了。"

"那，发展工作怎么再去了解？"林震没有办法地问。

韩常新又去拍林震的肩膀，林震不由得躲开了。韩常新有把握地说："明天咱们俩一齐去，我帮你去了解，好不好？"然后他拉着林震一同到宿舍去。

第二天，林震很有兴趣地观察韩常新如何了解情况。三年前，林震在北京师范上学的时候，出去当过见习教师，老教师在前面讲，林震和学生一起听，学了不少东西。这次，他也抱着见习的态度，打开笔记本，准备把韩常新的工作过程详细记录下来。

韩常新问魏鹤鸣："发展了几个党员？"

"一个半。"

"不是一个半，是两个，我是检查你们的发展情况，不是检查区委批没批。"韩常新纠正他。又问："这两个人本季度生产计划完成得怎么样？"

"很好，他们一个超额百分之七，一个超额百分之四，厂里黑板报还表扬……"

谈起生产情况，魏鹤鸣似乎起劲了些，但是韩常新打断了他的话："他们有些什么缺点？"

魏鹤鸣想了半天，空空洞洞地说了些缺点。

韩常新叫他给所举的缺点提一些例子。

提完例子，韩常新再问他党的积极分子完成本季度生产任务的情况，他特别感兴趣的是一些数字和具体事例，至于这些先进的工人克服困难、钻研创造的过程，他听都不要听。

回来以后，韩常新用流利的行书示范地写了一个"麻袋厂发展工作简况"，内容是这样的：

......本季度（一九五六年一月至三月）麻袋厂支部基本上贯彻了积极慎重发展新党员的方针，在建党工作上取得了一定的成绩。新通过的党员朱××与范××受到了共产党员的光荣称号的鼓舞，增强了主人翁的观念，在第一季度繁重的生产任务中各超额百分之七、百分之四。广大积极分子围绕在支部周围，受到了朱××与范××模范事例的教育，并为争取入党的决心所推动，发挥了劳动的积极性与创造性，良好地完成或者超额完成了第一季度的生产任务（下面是一系列数字与具体事例）。这说明：一、建党工作不仅与生产工作不会发生矛盾，而且大大推动了生产，任何借口生产忙而忽视建党工作的做法是错误的。二、......但同时必须指出，麻袋厂支部的建党工作，也仍然存在着一定的缺点......例如......

林震把写着"简况"的片艳纸捧在手里看了又看。有一刹那，他甚至于怀疑自己去没去过麻袋厂，怀疑自己上次与韩常新同去时睡着了，为什么许多情况他根本不记得呢？他迷惑地问韩常新：

"这，这是根据什么写的？"

"根据那天魏鹤鸣的汇报呀！"

"他们在生产上取得的成绩是、是因为建党工作么？"林震口吃起来。

韩常新抖一抖裤脚，说："当然。"

"不吧？上次魏鹤鸣并没有这样讲。他们的生产提高了，也可能是由于开展竞赛，也许由于青年团建立了监督岗，未必是建党工作的成绩......"

"当然，我不否认。各种因素是统一起来的，不能形而上学地割裂地分析这是甲项工作的成绩，那是乙项工作的成绩。"

"那，譬如我们写第一季度的捕鼠工作总结，是不是也可以用这些数字和事例呢？"

韩常新沉着地笑了，他笑林震不懂"行"，他说："那可以灵活掌握嘛......"

林震又抓住几个小问题问：

"你怎么知道他们的生产任务是繁重的呢？"

"难道现在会有一个工厂任务很清闲吗？"

林震目瞪口呆了。

五

初到区委会十天的生活，在林震头脑中积累起的印象与产生的问题，比他在小学呆了两年的还多。区委会的工作是紧张而严肃的。在区委书记办公室，连日开会到深夜。从汉语拼音到预防大脑炎，从劳动保护到政治经济学讲座，无一不经过区委会的忠实的手。林震有一次去收发室取报纸，看见一份厚厚的材料，第一页上写着"区人民委员会党组关于调整公私合营工商业的分布、管理、经营方法及贯彻市委关于公私合营工商业工人工资问题的报告的请示"。他怀着敬畏的心情看着这份厚得像一本书的材料和它的长长的题目。有时，一眼望去，却又觉得区委干部们是随意而松懈的，他们在办公时间聊天，看报纸，大胆地拿林震认为最严肃的题目开玩笑，例如，青年监督岗开展工作，韩常新半嘲笑地说："嚯，小青年们，脑门子热起来啦……"

林震参加的一次部务会议也很有意思，讨论市委布置的一个临时任务，大家抽着烟，说着笑话，打着岔，开了两个钟头，拖拖沓沓，没有什么结果。这时，皱着眉思索了好久的刘世吾提出了一个方案，大家马上热烈地展开了讨论，很多人发表了使林震惊佩的精彩意见。林震觉得，这最后的三十多分钟的讨论要比以前的两个钟头有效十倍。某些时候，譬如说夜里，各屋亮着灯：第一会议室，出席座谈会的胖胖的工商业者愉快地与统战部长交换意见；第二会议室，各单位的学习辅导员们为"价值"与"价格"的关系争得面红耳赤；组织部坐着等待入党谈话的激动的年轻人，而市委的某个严厉的书记出现在书记办公室，找区委正副书记汇报贯彻工资改革的情况……这时，人声嘈杂，人影交错，电话铃声断断续续，林震仿佛从中听到了本区生活的脉搏的跳动，而区委会这座不新的、平凡的院落，也变得辉煌壮观起来。

在一切印象中，最突出和新鲜的印象是关于刘世吾的：刘世吾工作极多，常常同一个时间好几个电话催他去开会，但他还是一会儿就看完了《拖拉机站站长与总农艺师》，把书转借给了韩常新。而且，他已经把前一个月公布的拼音文字草案学会了，开始在开会时用拼音文字做记录了。某些传阅文件刘世吾拿过来看看题目和结尾就签上名送走，也有的不到三千字的指示他看上一下午，密密麻麻地划上各种符号。刘世吾有时一面听韩常新汇报情况，一面漫不经心地查阅其他的材料，听着听着却突然指出："上次你汇报的情况不是这样！"韩常新不自然地笑了。刘世吾的眼睛捉摸不定地闪着光，但他并不深入追究，仍然查他的材料，于是韩常新恢复了常态，有声有色地汇报下去。

赵慧文与韩常新的关系也被林震看出了一些疑窦：韩常新对一切人都是拍着肩膀，称呼着"老王""小李"，亲热而随便。独独对赵慧文，却是一种礼貌的公事公办的态度。这样说话："赵慧文同志，党刊第一百零四期放在哪里？"而赵慧文也用顺从包含着警戒的神情对待他。

……四月，东风悄悄地刮起，不再被人喜爱的火炉蜷缩在阴暗的贮藏室，只有各房间熏黑了的屋顶还存留着严冬的痕迹。往年这个时候，林震就会带着活泼的孩子们去卧佛寺或者西山八大处踏青，在早开的桃李与混浊的溪水中寻找春天的消息。区委会的生活却不怎么受季节的影响，继续以那种紧张的节奏和复杂的色彩流转着。当林震从院里的垂柳上摘下一片多汁的嫩芽时，他稍微有点怅惘，因为春天来得那么快，而他，却没做出什么有意义的事情来迎接这个美妙的季节……

晚上九点钟，林震走进了刘世吾办公室的门。赵慧文正在这里，她穿着紫黑色的毛衣，脸儿在灯光下显得越发苍白。听到有人进来，她迅速地转过头来，林震仍然看见了她略略突出的颧骨上的泪迹。他回身要走，低着头吸烟的刘世吾做手势止住他："坐在这儿吧，我们就谈完了。"

林震坐在一角，远远地隔着灯光看报，刘世吾用烟卷在空中划着圆圈，诚恳地说：

"相信我的话吧，没错。年轻人都这样，最初互相美化，慢慢发现了缺点，就觉得都很平凡。不要有不切实际的要求，没有遗弃，没有虐待，没有发现他政治上、品质上的问题，怎么能说生活不下去呢？才四年嘛。你的许多想法是从苏联电影里学来的，实际上，就那么回事……"

赵慧文没说话，她撩一撩头发，临走的时候，对林震惨然地一笑。

刘世吾走到林震旁边，问："怎么样？"他丢下烟蒂，又掏出一支来点上火，紧接着贪婪地吸了几口，缓缓地吐着白烟，告诉林震："赵慧文跟她爱人又闹翻了……"接着，他开开窗户，一阵风吹掉了办公桌上的几张纸，传来了前院里散会以后人们的笑声、招呼声和自行车铃响。

刘世吾把只抽了几口的烟扔出去，伸了个懒腰，扶着窗户，低声说："真的是春天了呢！"

"我想谈谈来区委工作的情况，我有一些问题不知道怎么解决。"林震用一种坚决的语气说，同时把落在地上的纸页拾起来。

"对，很好。"刘世吾仍然靠着窗户框子。

林震从去麻袋厂说起："……我走到厂长室，正看见王清泉同志在……"

"下棋呢还是打扑克？"刘世吾微笑着问。

"您怎么知道？"林震惊骇了。

"他老兄什么时候干什么我都算得出来。"刘世吾慢慢地说，"这个老兄棋瘾很大，有一次在咱这儿开了半截会，他出去上厕所，半天不回来，我出去一找，原来他看见老吕和区委书记的儿子下棋，就在旁边支上招儿了。"

林震把魏鹤鸣对他的控告讲了一遍。

刘世吾关上窗户，拉一把椅子坐下，用两个手扶着膝头支持着身体，轻轻地摆动着头：

"魏鹤鸣是个直性子，他一来就和王清泉吵得面红耳赤……你知道，王清泉也是个特殊人物，不太简单。抗日胜利以后，王清泉被派到国民党军队里工作，他当过国民党军的副团长，是个呱呱叫的情报人员。一九四七年以后他与我们的联系中断，直到解放以后才接上线。他是去瓦解敌人的，但是他自己也染上国民党军官的一些习气，改不过来，其实是个英勇的老同志。"

"这样……"

"是啊。"刘世吾严肃地点点头，接着说，"当然，不能以这为他辩护，党是派他去战胜敌人而不是与敌人同流合污，所以他的错误是应该纠正的。"

"怎么解决呢？魏鹤鸣说，这个问题已经拖了好久。他到处写过信……"

"是啊。"刘世吾又干咳了一会儿，做着手势说，"现在下边支部里各类问题很多，你如果一一地用手工业的方法去解决，那是事倍功半的。而且，上级布置的任务追着屁股，完成这些任务已经感到很吃力。作为领导，必须掌握一种把个别问题与一般问题结合起来，把上级分配的任务与基层存在的问题结合起来的艺术。再者，王清泉工作不努力是事实，但还没有发展到消极怠工的地步，作风有些生硬，也不是什么违法乱纪。显然，这不是组织处理的问题而是经常教育的问题。从各方面看，解决这个问题的时机目前还不成熟。"

林震沉默着，他判断不清究竟怎样对。是娜斯嘉的"对坏事绝不容忍"对呢，还是刘世吾的"条件成熟论"对。他一想起王清泉那样的厂长就觉得难受，但是，他驳不倒刘世吾的"领导艺术"。刘世吾又告诉他："其实，有类似毛病的干部也不只一个……"这更加使得林震睁大了眼睛，觉得这跟他在小学时所听的党课的内容不是一个味儿。

后来，林震又把看到的韩常新如何了解情况与写简报的事说了说，他说，他觉得这样整理简报不太真实。

刘世吾大笑起来，说："老韩……这家伙……真高明……"笑完了，又长出一口气，告诉林震："对，我把你的意见告诉他。"

林震犹豫着。刘世吾问："还有别的意见么？"

于是林震勇敢地提出："我不知道为什么，来了区委会以后发现了许多许多缺点，过去我想象的党的领导机关不是这样……"

刘世吾把茶杯一放："当然，想象总是好的，实际呢，就那么回事。问题不在于有没有缺点，而在于什么是主导的。我们区委的工作，包括组织部的工作，成绩是基本的呢，还是缺点是基本的？显然成绩是基本的，缺点是前进中的缺点。我们伟大的事业，正是由这些有缺点的组织和党员完成着的。"

走出办公室以后，林震有一种奇怪的感觉：和刘世吾谈话似乎可以消食化气，而他自己的那些肯定的判断、明确的意见，却变得模糊不清了。他更加惶惑了。

六

不久，在党小组会上，林震受到了一次严厉的批评。

事情是这样：有一次，林震去麻袋厂，魏鹤鸣说，由于季度生产质量指标没有达到，王厂长狠狠地训了一回工人，工人意见很大，魏鹤鸣打算找些人开个座谈会，搜集意见，准备向上反映。林震很同意这种做法，以为这样也许能促进"条件的成熟"。过了三天，王清泉气急败坏地到区委会找副书记李宗秦，说魏鹤鸣在林震支持下搞小集团进行反领导的活动，还说参加魏鹤鸣主持的座谈会的工人都有历史问题，最后说自己请求辞职。李宗秦批评了他的一些缺点，同意制止魏鹤鸣再开座谈会，"至于林震，"他对王清泉说，"我们会给予应有的教育的。"

批评会上，韩常新分析道："林震同志没有和领导上商量，擅自同意魏鹤鸣召集座谈会，这首先是一种无组织无纪律的行为……"

林震不服气，他说："没有请示领导，是我的错。但是我不明白为什么我们不但不去主动了解群众的意见，反而制止基层这样做。"

"谁说我们不了解？"韩常新跷起一只腿，"我们对麻袋厂的情况统统掌握……"

"掌握了而不去解决，这正是最痛心的！党章上规定着，我们党员应该与一切违反党的利益的现象作斗争……"林震的脸变青了。

富有经验的刘世吾开始发言了，他向来就专门能在一定的关头起扭转局面的作用。

"林震同志的工作热情不错，但是他刚来一个月就给组织部的干部讲党章，未免仓促了些。林震以为自己是支持自下而上的批评，是做一件漂亮事，他的动机当然是好的。不过，自下而上的批评必须有领导地去开展，譬如这回事，请林震同志想一想：第一，魏鹤鸣是不是对王清泉有个人成见呢？很难说没有。那么魏鹤鸣那样积极地去召集座谈会，可不可能有什么个人目的呢？我看不一定完全不可能。第二，参加会的人是不是有一些历史复杂别有用心的分子呢？这也应该考虑到。第三，开这样一个会，会不会在群众里造成一种王清泉快要挨整了的印象因而天下大乱了呢？等等。至于林震同志的思想情况，我愿意直爽地提出一个推测：年轻人容易把生活理想化，他以为生活应该怎样，便要求生活怎样。作为一个党的工作者，要多考虑的却是客观现实，是生活可能怎样。年轻人也容易过高估计自己，抱负甚多，一到新的工作岗位就想对缺点斗争一番，充当个娜斯嘉式的英雄。这是一种可贵的、可爱的想法，也是一种虚妄……"

林震像被打中了似的颤了一下，他紧咬住了下嘴唇。

他鼓起勇气再问："那么王清泉……"刘世吾把头一仰："我明天找他谈话，有原则性的并不仅是你一个人。"

七

星期六晚上，韩常新举行婚礼。林震走进礼堂，他不喜欢那弥漫的呛人的烟气和地上杂乱的糖果皮与空中杂乱的哄笑，没等婚礼开始他就退了出来。

组织部的办公室黑着，他拉开灯，看见自己桌上的信，是小学的同事们写来，其中还夹着孩子们用小手签了名的信：

林老师：您身体好吗？我们特别特别想您，女同学都哭了，后来就不哭了，后来我们做算术，题目特别特别难，我们费了半天劲，中于算出来了……

看着信，林震不禁独自笑起来了，他拿起笔把"中于"改成"终于"，准备在回信时告诉他们下次要避免别字。他仿佛看见了系蝴蝶结的李琳琳、爱画水彩画的刘小毛和常常爱把铅笔头含在嘴里的孟飞……他猛地把头从信纸上抬起来，看见的却是电话、吸墨纸和玻璃板。他所熟悉的孩子的世界和他的单纯的工作已经离他而去了，新的工作要复杂得多……他想起前天党小组会上人们对他的批评。难道自己真的错了？真的是莽撞和幼稚，再加几分年轻人的廉价的勇气？也许真的应该切实估量一下自己，把分内的事做好，过两年，等到自己"成熟"了以后再干预一切？

礼堂里传来爆发的掌声和笑声。

一只手落在肩上，他吃惊地回过头来，灯光显得刺眼，赵慧文没有声响地站在他的身边，女同志走路都有这种不声不响的本事。

赵慧文问："怎么不去玩？"

"我懒得去。你呢？"

"我该回家了。"赵慧文说，"到我家坐坐好吗？省得一个人在这儿想心事。"

"我没有心事。"林震分辩着，但他接受了赵慧文的好意。

赵慧文住在离区委会不远的一个小院落里。

孩子睡在浅蓝色的小床里，幸福地含着指头。赵慧文吻了儿子，拉林震到自己房间里来。

"他父亲不回来吗？"林震问。

赵慧文摇摇头。

这间卧室好像是布置得很仓促，墙壁因为空无一物而显得过分洁白，盆架孤单地缩在一角，窗台上的花瓶傻气地张着口。只有床头小桌上的收音机，好像还能扰乱这卧室的安静。

林震坐在藤椅上，赵慧文靠墙站着。林震指着花瓶说："应该插枝花。"又指着墙壁说："为什么不买几张画挂上？"

赵慧文说："经常也不在，就没有管它。"然后她指着收音机问："听不听？星期六晚上，总有好的音乐。"

收音机响了，一种梦幻般的柔美的旋律从远处飘来，慢慢变得热情激荡。提琴奏出的诗一样的主题，立即揪住了林震的心。他托着腮，屏住了气。他的青春，他的追求，他的碰壁，似乎都能与这乐曲相通。

赵慧文背着手靠在墙上，不顾衣服蹭上了石灰粉，等这段乐曲过去，她用和音乐一样的声音说："这是柴可夫斯基的《意大利随想曲》，让人想到南国，想到海……我在文工团的时候常听它，慢慢觉得，这调子不是别人演奏出的，而是从我心里钻出来的……"

"在文工团？"

"参加军事干部学校以后被分配去的，在朝鲜，我用我的蹩脚的嗓子给战士唱过歌，我是个哑嗓子的歌手。"

林震像第一次见面似的又重新打量赵慧文。

"怎么？不像了吧？"这时电台改放"剧场实况"了，赵慧文把收音机关了。

"你是文工团的，为什么很少唱歌？"林震问。

她不回答，走到床边，坐下。她说："我们谈谈吧，小林，告诉我，你对咱们区委的印象怎么样？"

"不知道，我是说，还不明确。"

"你对韩常新和刘世吾有点意见吧，是不？"

"也许。"

"当初我也这样，从部队转业到这里，和部队的严格准确比较，许多东西我看不惯。我给他们提了好多意见，和韩常新激动地吵过一回，但是他们笑我幼稚，笑我工作没做好意见倒一大堆，慢慢地我发现，和区委的这些缺点作斗争是我力不胜任的……"

"为什么力不胜任？"林震像刺痛了似的跳起来，他的眉毛拧在一起了。

"这是我的错。"赵慧文抓起一个枕头，放在腿上，"那时我觉得自己水平太低，自己也很不完美，却想纠正那些水平比自己高得多的同志，实在自不量力。而且，刘世吾、韩常新还有别人，他们确实把有些工作做得很好。他们的缺点散布在咱们工作的成绩里边，就像灰尘散布在美好的空气中，你嗅得出来，但抓不住，这正是难办的地方。"

"对！"林震把右拳头打在左手掌上。

赵慧文也有些激动了，她把枕头抛开，话说得更慢，她说："我做的是事务工作，领导同志也不大过问，加上个人生活上的许多牵扯，我沉默了。于是，上班抄抄写写，下班给孩子洗尿布、买奶粉。我觉得我老得很快，参加军干校时候那种热情和幻想，不知道哪里去了。"她沉默着，一个一个地捏着自己的手指，接着说："两个月以前，北京市进入社会主义高潮，工人、店员还有资本家，放着鞭炮，打着锣鼓到区委会报喜。工人、店员把入党申请书直接送到组织部，大街上一天一变，整个区委会彻夜通明，吃饭的时候，宣传部、财经部的同志滔滔不绝地讲着社会主义高潮中的各种气象。可我们组织部呢？工作改进很少！打电话催催发展数字，按前年的格式添几条新例子写写总结……最近，大家检查保守思想，组织部也检查，拖拖沓沓开了三次会，然后写个材料完事……哎，我说乱了，社会主义高潮中，每一声鞭炮都刺着我，当我复写批准新党员通知的时候，我的手激动得发抖，可是我们的工作就这样依然故我地下去吗？"她喘了一口气，来回踱着，然后接着说："我在党小组会上谈自己的想法，韩常新满足地问：'难道我们发展数字的完成比例不是各区最高的？难道市委组织部没要我们写过经验？'然后他进行分析，说我情绪不够乐观，是因为不安心事务工作……"

"开始的时候，韩常新给人一个了不起的印象，但是，实际一接触……"林震又说起那次写汇报的事。

赵慧文同意地点头："这一二年，虽然我没提什么意见，但我无时无刻不在观察。生活里的一切，有表面也有内容，做到金玉其外，并不是难事。譬如韩常新，充领导他会拉长了声音训人，写汇报他会强拉硬扯生动的例子，分析问题他会用几个无所不包的概念，于是，俨然成了个少壮有为的干部，他漂浮在生活上边，悠然得意。"

"那么刘世吾呢？"林震问，"他绝不像韩常新那样浅薄，但是他的那些独到的见解、精辟的分析，好像包含着一种可怕的冷漠。看到他容忍王清泉这样的厂长，我无法理解，而当我想向他表达什么意见的时候，他的议论却使人越绕越糊涂，可除了跟着他走，似乎没有别的路……"

"刘世吾有一句口头语：就那么回事。他看透了一切，以为一切就那么回事。按他自己的说法，他知道什么是'是'，什么是'非'，还知道'是'一定战胜'非'，又知道'是'不能一下子战胜'非'。他什么都知道，什么都见过——党的工作给人的经验本来很多。于是他不再操心，不再爱也不再恨。他取笑缺陷，仅仅是取笑；欣赏成绩，仅仅是欣赏。他满有把握地应付一切，再也不需要虔诚地学习什么，除了拼音文字之类的具体知识。一旦他认为条件成熟需要干一气，他就一把把事情抓在手里，教育这个，处理那个，俨然是一切人的上司。凭他的经验和智慧，他当然可以做好一些事，于是他更加自信。"赵慧文毫不容情地说道。这些话曾经在多少个不眠的夜晚萦绕在她的心头。

"我们的区委副书记兼部长呢？他不管么？"

赵慧文更加兴奋了，她说："李宗秦身体不好，他想去做理论研究工作，嫌区委的工作过于具体。他当组织部长只是挂名，把一切事情推给刘世吾。这也是一种相当普遍的不正常的现象，有一批老党员，因为病，因为文化水平低，或者因为是首长爱人，他们挂着厂长、校长和书记的名，却由副厂长、教导主任、秘书或者某个干事做实际工作。"

"我们的正书记——周润祥同志呢？"

"周润祥是一个非常令人尊敬的领导同志，但是他工作太多，忙着肃反、私营企业的改造……各种带有突击性的任务。我们组织部的工作呢，一般说永远成不了带突击性的中心任务，所以他管得也不多。"

"那……怎么办呢？"林震直到现在，才开始明白了事情的复杂性，一个缺点，仿佛粘在从上到下的一系列的缘故上。

"是啊。"赵慧文沉思地用手指弹着自己的腿，好像在弹一架钢琴，然后她向着远处笑了，她说："谢谢你……"

"谢我？"林震以为自己听错了。

"是的，见到你，我好像又年轻了。你天不怕地不怕，敢于和一切坏现象作斗争，于是我有一种婆婆妈妈的预感：你……一场风波要起来了。"

林震脸红了。他根本没想到这些，他正为自己的无能而十分羞耻。他嘟哝着说："但愿是真正的风波而不是瞎胡闹。"然后他问："你想了这么多，分析得这么清楚，为什么只是憋在心里呢？"

"我老觉得没有把握。"赵慧文把手放在自己的胸前，"我看了想，想了又看，我有时候想得一夜都睡不好，我问自己：'你的工作是事务性的，你能理解这些吗？'"

"你怎么会这样想？我觉得你刚才说得对极了！你应该把你刚才说的对区委书记谈，或者写成材料给《人民日报》……"

"瞧，你又来了。"赵慧文露出润湿的牙齿笑了。

"怎么叫又来了？"林震不高兴地站起来，使劲搔着头皮，"我也想过多少次，我觉得，人要在斗争中使自己变正确，而不能等到正确了才去作斗争！"

赵慧文突然推门出去了，把林震一个人留在这空旷的屋子里，他嗅见了肥皂的香气。马上，赵慧文回来了，端着一个长柄的小锅，她跳着进来，像一个梳着三只辫子的小姑娘。她打开锅盖，戏剧性地向林震说：

"来，我们吃荸荠，煮熟了的荸荠！我没有找到别的好吃的。"

"我从小就喜欢吃熟荸荠。"林震愉快地把锅接过来，他挑了一个大的没剥皮就咬了一口，然后他皱着眉吐了出来，"这是个坏的，又酸又臭。"赵慧文大笑了。林震气愤地把捏烂了的酸荸荠扔到地上。

临走的时候，夜已经深了，纯净的天空上布满了畏怯的小星星。有一个老头儿吆喝着"炸丸子开锅！"推车走过。林震站在门外，赵慧文站在门里，她的眼睛在黑暗中闪光，她说："下次来的时候，墙上就有画了。"

林震会心地笑着："而且希望你把丢下的歌儿唱起来！"他摇了一下她的手。

林震用力地呼吸着春夜的清香之气，一股温暖的泉水从心头涌了上来。

八

韩常新最近被任命为组织部副部长。新婚和被提拔，使他愈益精神焕发和朝气勃勃。他每天刮一次脸，在参观了服装展览会以后又做了一套凡尔丁料子的衣服。不过，最近他亲自出马下去检查工作少了，主要是在办公室听汇报、改文件和找人谈话。刘世吾仍然那么忙。

一天，晚饭以后，韩常新把《拖拉机站站长与总农艺师》还给林震，他用手弹一弹那本书，点点头说："很有意思，也很荒唐。当个作家倒不坏，编得天花乱坠。赶明儿我得了风湿性关节炎或者犯错误受了处分，就也写小说去。"

林震接过书，赶快拉开抽屉，把它压在最底下。

刘世吾坐在另一边的沙发上正出神地研究一盘象棋残局，听了韩常新的话，刻薄地说："老韩将来得关节炎或者受处分倒不见得不可能。至于小说，我们可以放心，至少在这个行星上不会看到您的大作。"他说的时候一点不像开玩笑，以致韩常新尴尬地转过头，装没听见。

这时刘世吾又把林震叫过去，坐在他旁边，问："最近看什么书了？有没有好的借我看看？"

林震说没有。

刘世吾挪动着身体，斜躺在沙发上，两手托在脑后，半闭着眼，缓慢地说："最近在《译文》上看了《被开垦的处女地》第二部的片段，人家写得真好，活得很……"

"您常看小说？"林震真不大相信。

"我愿意荣幸地表示，我和你一样爱读书：小说、诗歌，包括童话。解放以前，我最喜欢屠格涅夫。小学五年级，我已经读《贵族之家》，我为伦蒙那个德国老头儿流泪，我也喜欢叶琳娜，英沙罗夫写得却并不好……可他的书有一种清新的、委婉多情的调子。"他忽地站起来，走近林震，扶着沙发背，弯着腰继续说，"现在也爱看，看的时候很入迷，看完了又觉得没什么。你知道，"他紧挨林震坐下，又半闭起眼睛，"当我读一本好小说的时候，我梦想一种单纯的、美妙的、透明的生活。我想去当水手，或者穿上白衣服研究红血球，或者当一个花匠，专门培植十样锦……"他笑了，他从来没这样笑过，不是用机智，而是用心。"可还是得当什么组织部长。"他摊开了手。

"为什么您把现在的工作看得和小说那么不一样呢？党的工作不单纯，不美妙，也不透明么？"林震友好而关切地问。

刘世吾接连摇头，咳嗽了一会儿又站起来。靠到远一点的地方，嘲笑地说："党的工作者不适合看小说……譬如，"他用手在空中一划，"拿发展党员来说，小说可以写：'在壮丽的事业里，多少名新战士参加了无产阶级的先锋行列，万岁！'而我们呢，组织部呢，却正在发愁：第一，某支部组织委员工作马大哈，谈不清新党员的历史情况。第二，组织部压了百十个等着批准的新党员，没时间审查。第三，新党员须经常委会批准，而常委委员一听开会批准党员就请假。第四，公安局长参加常委会批准党员的时候老是打瞌睡……"

"您不对！"林震大声说，他像本人受了侮辱一样难以忍耐，"您看不见壮丽的事业，只看见某某在打瞌睡……难道您也打瞌睡了？"

刘世吾笑了笑，叫韩常新："来，看看报上登的这个象棋残局，该先挪车呢还是先跳马？"

九

魏鹤鸣告诉林震，他要求回到车间当工人，他说："这个支部委员和生产科长我干不了。"林震费尽唇舌，劝他把那次座谈会搜集的意见写给党报，并且质问他："你退缩了，你不信任党和国家了，是吗？"后来魏鹤鸣和几个意见较多的工人写了一封长信，偷偷地寄给报纸，连魏鹤鸣本人都对自己有些怀疑："也许这又是'小集团活动'？那就处罚我吧！"他是带着有罪的心情把大信封扔进邮箱的。

五月中旬，《北京日报》以显明的标题登出揭发王清泉官僚主义作风的群众来信。署名"麻袋厂一群工人"的信，愤怒地要求领导处理这一问题。《北京日报》编者也在按语中指出："……有关领导部门应迅速做认真的检查……"

赵慧文首先发现了，她叫林震来看。林震兴奋得手发抖，看了半天连不成句子，他想："好！终于揭出来了！还是党报有力量！"

他把报纸拿给刘世吾看，刘世吾仔细地看了几遍，然后抖一抖报纸，客观地说："好，开刀了！"

这时，区委书记周润祥走进来，他问："王清泉的情况你们了解不？"

刘世吾不慌不忙地说："麻袋厂支部的一些不健康的情况那是确实存在的。过去，我们就了解过，最近我亲自找王清泉谈过话，同时小林同志也去了解过。"他转身向林震："小林，你谈谈王清泉的情况吧。"

有人敲门，魏鹤鸣紧张地撞进来，他的脸由红色变成了青色，他说，王厂长在看到《北京日报》以后非常生气，现在正追查写信的人。

经过党报的揭发与区委书记的过问，刘世吾以出乎林震意料之外的雷厉风行的精神处理了麻袋厂的问题。刘世吾一下决心，就可以把工作做得很出色。他把其他工作交代给别人，连日与林震一起下到麻袋厂去。他深入车间，详细调查了王清泉工作的一切情况，征询工人群众的一切意见。然后，与各有关部门进行了联系，只用了一个多星期的时间，就对王清泉做了处理——党内和行政都予以撤职处分。

处理王清泉的大会一直开到深夜。开完会，外面下起雨，雨忽大忽小，久久地不停息，风吹到人脸上有些凉。刘世吾与林震到附近的一个小铺子去吃馄饨。

这是新近公私合营的小铺子，整理得干净而且舒适。由于下雨，顾客不多。他们避开热气腾腾的馄饨锅，在墙角的小桌旁坐下来。

他们要了馄饨，刘世吾还要了白酒，他呷了一口酒，掐着手指，有些感触地说："我这是第六次参加处理犯错误的负责干部的问题了，头几次，我的心很沉重。"由于在大会上激昂地讲过话，他的嗓音有些嘶哑，"党的工作者是医生，他要给人治病，他自己却是并不轻松的。"他用无名指轻轻敲着桌子。

林震同意地点头。

刘世吾忽然问："今天是几号？"

"五月二十。"林震告诉他。

"五月二十，对了。九年前的今天，'青年军'二〇八师打坏了我的腿。"

"打坏了腿？"林震对刘世吾的过去历史还不了解。

刘世吾不说话，雨一阵大起来，他听着那哗啦哗啦的单调的响声，嗅着潮湿的土气。一个被雨淋透的小孩子跑进来避雨，小孩的头发在往下滴水。

刘世吾招呼店员："切一盘肘子。"然后告诉林震："一九四七年，我在北大当自治会主席。参加'五二〇'游行的时候，二〇八师的流氓打坏了我的腿。"他挽起裤子，可以看到一道弧形的疤痕，然后他站起来："看，我的左腿是不是比右腿短一点？"

林震第一次以深深的尊敬和爱戴的眼光看着他。

喝了几口酒，刘世吾的脸微微发红，他坐下，把肉片夹给林震，然后歪着头说："那个时候……我是多么热情，多么年轻啊！我真恨不得……"

"现在就不年轻，不热情了么？"林震用期待的眼光看着。

"当然不。"刘世吾玩着空酒杯，"可是我真忙啊！忙得什么都习惯了，疲倦了。解放以来从来没睡够过八小时觉，我处理这个人和那个人，却没有时间处理处理自己。"他托起腮，用最质朴的人对人的态度看着林震，"是啊，一个布尔什维克，经验要丰富，但是心还要单纯……再来一两！"刘世吾举起酒杯，向店员招手。

这时林震已经开始被他深刻和真诚的抒发所感动了。刘世吾接着闷闷地说："据说，炊事员的职业病是缺少良好的食欲，饭菜是他们做的，他们整天和饭菜打交道。我们，党的工作者，我们创造了新生活，结果，生活反倒不能激动我们……"

林震的嘴动了动，刘世吾摆摆手，表示希望不要现在就和他辩论。他不说话，独自托着腮发愣。

"雨小多了，这场雨对麦子不错。"过了半天，刘世吾叹了口气，忽然又说："你这个干部好，比韩常新强。"

林震在慌乱中赶紧喝汤。

刘世吾盯着他，亲切地笑着，问他："赵慧文最近怎么样？"

"她情绪挺好。"林震随口说。他拿起筷子去夹熟肉，看见了他熟悉的刘世吾的闪烁的目光。

刘世吾把椅子拉近他，缓缓地说："原谅我的直爽，但是我有责任告诉你……"

"什么？"林震停止了夹肉。

"据我看，赵慧文对你的感情有些不……"

林震颤抖着手放下了筷子。

离开馄饨铺，雨已经停了，星光从黑云下面迅速地露出来，风更凉了，积水潺潺地从马路两边的泄水池流下去。林震迷惘地跑回宿舍，好像喝了酒的不是刘世吾，倒是他。同宿舍的同志都睡得很甜，粗短的和细长的鼾声此起彼伏。林震坐在床上，摸着湿了的裤脚，眼前浮现了赵慧文的苍白而美丽的脸……他还是个毛头小伙子，他什么也没经历过，什么都不懂。他走近窗子，把脸紧贴在外面沾满了水珠的冰冷的玻璃上。

十

区委常委开会讨论麻袋厂的问题。

林震列席参加。他坐在一角，心跳、紧张，手心里出了汗。他的衣袋里装着好几千字的发言提纲，准备在常委会上从麻袋厂事件扯出组织部工作中的问题。他觉得麻袋厂问题的揭发和解决，造成了最好的机会，可以促请领导从根本上考虑一下组织部的工作。时候到了！

刘世吾正在条理分明地汇报情况。书记周润祥显出沉思的神色，用左拳托着士兵式的粗壮而宽大的脸，右腕子压着一张纸，时而在上面写几个字。李宗秦用食指在空中写划着。韩常新也参加了会，他专心地把自己的鞋带解开又系上。

林震几次想说话，但是心跳得使他喘不上气。第一次参加常委会，就作这种大胆的发言，未免过于莽撞吧？不怕，不怕！他鼓励自己。他想起八岁那年在青岛学跳水，他也一边听着心跳，一边生气地对自己说："不怕，不怕！"

区委常委批准了刘世吾对于麻袋厂问题提出的处理意见，马上就要进行下面一项议程了，林震霍地举起了手。

"有意见吗？不举手就可以发言的。"周书记笑着说。

林震站起来，碰响了椅子，掏出笔记本看着提纲，他不敢看大家。

他说："王清泉个人是作了处理了，但是如何保证不再有第二、第三个王清泉出现呢？我们应该检查一下区委组织工作中的缺点：第一，我们只抓了建党，对于巩固党没给予应有的注意，使基层的党内斗争处于自流状态。第二，我们明知有问题却拖延着不去解决，王清泉来厂子整整五年，问题一直存在而且愈发展愈严重。……具体地说，我认为韩常新同志与刘世吾同志有责任……"

会场起了轻微的骚动，有人咳嗽，有人放下了烟卷，有人打开笔记本，有人挪了一下椅子。

韩常新耸了一下肩，用舌头舔了一下扭动着的牙床，讽刺地说："往往听到一种事后诸葛亮的意见：'为什么不早一点处理呢？'当然是愈早愈好啰！高、饶事件发生了，有人问为什么不早一点，贝利亚，也有人问为什么不早一点。再者，组织部并不能保证第二、第三个王清泉不会出现，林震同志也未尝能保证这一点。……"

林震抬起头，用激怒的目光看着韩常新。韩常新却只是冷冷地笑。林震压抑着自己说："老韩同志知道缺点的存在是规律，但他不知道克服缺点前进更是规律。老韩同志和刘部长，就是抱住了头一个规律，因而对各种严重的缺点采取了容忍乃至于麻木的态度！"说完，他用手抹了抹头上的汗，他也不知道自己怎么敢说得这样尖锐，但是终究说出来了，他有一种如释重负的感觉。

李宗秦在空中划着的食指停住了。周润祥转头看看林震又看看大家，他的沉重的身躯使木椅发出了吱吱声。他向刘世吾示意："你的意见？"

刘世吾点点头："小林同志的意见是对的，他的精神也给了我一些启发……"然后他悠闲地溜到桌子边去倒茶水，用手抚摸着茶碗沉思地说："不过具体到麻袋厂事件，倒难说了。组织部门巩固党的工作抓得不够，是的，我们干部太少，建党还抓不过来。麻袋厂王清泉的处理，应该说还是及时而有效的。在宣布处理的工人大会上，工人的情绪空前高涨，有些落后的工人也表示更认识到了党的大公无私，有一个老工人在台上一边讲话一边落泪，他们口口声声说着感谢党，感谢区委……"

林震小声说："是的，正因为这样，我才觉得我们工作中的麻木、拖延、不负责任，是对群众犯罪。"他提高了声音，"党是人民的、阶级的心脏，我们不能容忍心脏上有灰尘，就不能容忍党的机关的缺点！"

李宗秦把两手交叉起来放在膝头，他缓缓地说，像是一边说一边思索着如何造句："我认为林震、韩常新、刘世吾同志的主要争论有两个症结，一个是规律性与能动性的问题，……一个是……"

林震以不知从哪儿来的勇气对李宗秦说："我希望不要只作冷静而全面的分析……"他没有说下去，他怕自己掉下眼泪来。

周润祥看一看林震，又看一看李宗秦，皱起了眉头，沉默了一会儿，迅速地写了几个字，然后对大家说："讨论下一项议程吧。"

散会后，林震气恼得没有吃下饭，区委书记的态度他没想到。他不满甚至有点失望。韩常新与刘世吾找他一起出去散步，就像根本没理会他对他们的不满意，这使林震更意识到自己和他们力量的悬殊。他苦笑着想："你还以为常委会上发一席言就可以起好大的作用呢！"他打开抽屉，拿起那本被韩常新嘲笑过的苏联小说，翻开第一页，上面写着："按娜斯嘉的方式生活！"他自言自语："真难啊！"

他缺少了什么呢？

十一

第二天下班以后，赵慧文告诉林震："到我家吃饭去吧，我自己包饺子。"他想推辞，赵慧文已经走了。

林震犹豫了好久，终于在食堂吃了饭再到赵慧文家去。赵慧文的饺子刚刚煮熟。她穿着暗红色的旗袍，系着围裙，手上沾满面粉，像一个殷勤的主妇似的对林震说："新下来的豆角做的馅子……"

林震嗫嚅地说："我吃过了。"

赵慧文不信，跑出去给他拿来了筷子，林震再三表示确实吃过，赵慧文不满意地一个人吃起来。林震不安地坐在一旁，一会儿看看这，一会儿看看那，一会儿搓搓手，一会儿晃一晃身体。

"小林，有什么事么？"赵慧文停止了吃饺子。

"没……有。"

"告诉我吧。"赵慧文目不转睛地看着他。

"昨天在常委会上我把意见都提了，区委书记睬都不睬……"

赵慧文咬着筷子头想了想，她坚决地说："不会的，周润祥同志只是不轻易发表意见……"

"也许。"林震半信半疑地说，他低下头，不敢正面接触赵慧文关切的目光。

赵慧文吃了几个饺子，又问："还有呢？"

林震的心跳起来了。他抬起头，看见了赵慧文的好意的眼睛，他轻轻地叫："赵慧文同志……"

赵慧文放下筷子，靠在椅子背上，有些吃惊了。

"我很想知道，你是否幸福。"林震用一种粗重的，完全像大人一样的声音说，"我看见过你的眼泪，在刘世吾的办公室，那时候春天刚来……后来忘记了。我自己马马虎虎地过日子，也不会关心人。你幸福吗？"

赵慧文略略疑惑地看着他，摇头："有时候我也忘记……"然后点头，"会的，会幸福的。你为什么问它呢？"她安详地笑着。

林震把刘世吾对他讲的告诉了她："……请原谅我，把刘世吾同志随便讲的一些话告诉了你，那完全是瞎说……我很愿意和你一起说话或者听交响乐，你好极了，那是自然而然的……也许这里边有什么不好的、不合适的东西，马马虎虎的我忽然多虑了，我恐怕我扰乱谁。"林震抱歉地结束了。

赵慧文安详地笑着，接着皱起了眉尖儿，又抬起了细瘦的胳臂，用力擦了一下前额，然后她甩了一下头，好像甩掉什么不愉快的心事似的转过身去了。

她慢慢地走到墙壁上新挂的油画前边，默默地看画。那幅画的题目是《春》：莫斯科，太阳在春天初次出现，母亲和孩子一起到街头去……

一会儿，她又转过身来，迅速地坐在床上，一只手扶着床栏杆，异常平静地说："你说了些什么呀？真的！我不会做那些不经过考虑的事。我有丈夫，有孩子，我还没和你谈过我的丈夫。"她不用常说的"爱人"，而强调地说着"丈夫"。"我们在五二年结的婚，我才十九，真不该结婚那么早。他从部队里转业，在中央一个部里当科长，他慢慢地染上了一种油条劲儿，争地位、争待遇，和别人不团结。我们之间呢，好像也只剩下了星期六晚上回来和星期一走。我的看法是：或者是崇高的爱情，或者什么都没有。我们争吵了……

但是我仍然等待着……他最近出差去上海，等回来，我要和他好好谈一谈。可你说了些什么呢？"她又一次问，"小林，你是我所尊敬的顶好的朋友，但你还是个孩子——这个称呼也许不对，对不起。我们都希望过一种真正的生活，我们希望组织部成为真正的党的工作机构，我觉着你像是我的弟弟，你盼望我振作起来，是吧？生活是应该有互相支援和友谊的温暖，我从来就害怕冷淡。就是这些了，还有什么呢？还能有什么呢？"

林震惶恐地说："我不该受刘世吾话的影响……"

"不。"赵慧文摇头，"刘世吾同志是聪明人，他的警告也许并不是完全没有必要，然后……"她深深地吐一口气，"那就好了。"

她收拾起碗筷，出去了。

林震茫然地站起，来回踱着步子，他想着、想着，好像有许多话要说，慢慢地，又没有了。他要说什么呢？本来什么都没有发生。生活有时候带来某种情绪的波流，使人激动也使人困扰，然后波流流过去，没有一点痕迹……真的没有痕迹吗？它留下对于相逢者的纯洁和美好的记忆，虽然淡淡，却难忘……

赵慧文又进来了，她领着两岁的儿子，还提着一个书包。小孩已经与林震见过几次面，亲热地叫林震"夫夫"——他说不清楚"叔叔"。

林震用强健的手臂把他举了起来。空旷的屋子里顿时充满了孩子的笑闹声。

赵慧文打开书包，拿出一叠纸，翻着，说："今天晚上，我要让你看几样东西。我已经把三年来看到的组织部工作中的一些问题和自己的意见写了一个草稿。这个……"她不好意思地摸了一下一张橡皮纸，"大概这是可笑的，我给自己规定了一个竞赛的办法，让今天的自己和昨天的自己竞赛。我画了表，如果我的工作有了失误——写入党批准通知的时候抄错了名字或者统计错了新党员人数，我就在表上画一个黑叉子；如果一天没有错，就画一个小红旗。连续一个月都是红旗，我就买一条漂亮的头巾或者别的什么奖励自己……也许，这像幼儿园的做法吧？你觉得好笑吗？"

林震入神地听着，他严肃地说："不。我尊敬你对自己的……"

临走的时候，夜已经深了。林震站在门外，赵慧文站在门里，她的眼睛在黑暗中闪着光，她说："今天的夜色非常好，你同意吗？你闻见槐花的香气了没有？平凡的小白花，它比牡丹清雅，比桃李浓馥。你闻不见？真是！再见，明天一早就见面了，我们各自投身在伟大而麻烦的工作里边。然后晚上来找我吧，我们听美丽的《意大利随想曲》。听完歌，我给你煮荸荠，然后我们把荸荠皮扔得满地都是……

林震靠着组织部门前的大柱子好久好久地呆立着，望着夜的天空。初夏的南风吹拂着他——他来时是残冬，现在已经是初夏了。他在区委会度过了第一个春天。

他做好的事情简直很少，简直就是没有，但他学了很多，多懂了不少事。他懂了生活的真正的美好和真正的分量，他懂了斗争的困难和斗争的价值。他渐渐明白，在这平凡而又伟大的、包罗万象的、担负着无数艰巨任务的区委会，单凭个人的勇气是做不成任何事情的……从明天……

办公室的小刘走过，叫他："林震，你上哪儿去了？快去找周润祥同志，他刚才找了你三次。"

区委书记找林震了吗？那么不是从明天，而是从现在，他要尽一切力量去争取领导的指引，这正是目前最重要的……

隔着窗子，他看见绿色的台灯和夜间办公的区委书记的高大侧影，他坚决地、迫不及待地敲响了领导同志办公室的门。

1956 年 5 月—7 月

布礼

一

一九五七年八月

奇热的天气。P城气象台预报说，这一天的最高气温是摄氏三十九度。这是一个发烧、看急诊的温度，一个头疼、头晕、嘴唇干裂、食欲减退、舌苔变黄而又畏寒发抖、颜面青白、嘴唇褐紫、捂上双层棉被也暖和不过来的温度。你摸一摸桌子、墙壁、床栏杆，温吞吞的。你摸一摸石头和铁器，烫手。你摸一摸自己的身体，冰凉。钟亦成的心，更冷。

这是怎么回事？忽然，一下子就冻结了。花草、天空、空气、报纸、笑声和每一个人的脸孔，突然一下子都硬了起来。世界一下子降到了太空温度——绝对零度了吗？天空像青色的铁板，花草像杂乱的石头，空气凝华以后结成了坚硬的冰块，报纸杀气腾腾，笑声陡地消失，脸孔上全是冷气。心，失去血色，硬邦邦的了。

事情是从七月一日开始的。七月一日，多么美好，多么庄严，多么令人热血沸腾的日子！在这一天以前，中共P城市中心城区委员会的青年干部、办公室调查研究组的组长钟亦成，正像在解放后的历次政治运动中一样，积极热情，慷慨激昂，毫无保留地参加着反右派斗争，他还是办公室领导运动的三人小组的成员呢。然而，七月一日，首都出版的一家报纸上，刊登了一位文艺评论界的新星写的批判文章，这篇文章批判了钟亦成发表在一个小小的儿童画报上的一首小诗。小诗的题目是《冬小麦自述》，总共不过四句：

　　野菊花谢了，

我们生长起来；

冰雪覆盖着大地，

我们孕育着丰收。

　　可怜的钟亦成，他爱上了诗。（有人说，写诗是不会有好下场的，不论拜伦还是雪莱，普希金还是马雅可夫斯基，不是决斗中被杀就是自杀，要不也得因为乱搞男女关系而坐牢。）他读了、背诵了那么多诗，他流着泪，熬着夜，哭着，笑着，叨念着，喊叫着，低语着写了那么多那么多诗，就是这首《冬小麦自述》也写了那么多那么多行，最后被不知是哪一位学识渊博、德高望重、近视度数很深的编辑全给砍掉了。截至这时为止，钟亦成发表出来的诗只有这四句，而且是配在一幅乡村风景画的右下角。然而这也光荣，这也幸福，这是大地的一幅生生不已的画面，抖颤的小黄菊花，漫天遍地的白雪，翠绿如毡的麦苗和沉甸甸的麦穗……这四句也蓄积着他的许多爱，许多遐想。他在对千千万万的儿童说话。读了他的诗，一个穿着小海军服的胖小子问他的妈妈："什么叫小麦？小麦比大麦小多少？""我的孩子，小的不见得比大的小啊，你明白吗？"烫头发的、含笑的妈妈说，她不知道该选择怎样的词句。还有一个梳着小辫子的小姑娘，读了他的四句诗，她就想到农村去，想看一看田野、庄稼、农民、代谢迭替着的作物，还有磨坊，小麦在那里变成了雪白的面粉……多么幸福，多么光荣！

　　然而它受到了评论新星的批评。那是一颗新星，正在红得透紫。评论文章的题目是《他在自述些什么》。新星说，这首诗发表在一九五七年五月，正是反党反社会主义的右派分子向党猖狂进攻的时刻，他们叫嚣要共产党"下台"、"让位"，他们要"杀共产党"，他们用各种形式，包括写诗的形式发泄他们对党和人民的刻骨仇恨、变天的梦想、反攻倒算的渴望。因此，对于《冬小麦自述》这首诗，必须从政治斗争的全局加以分析，切不可掉以轻心，被披着羊皮的豺狼、化装成美女的毒蛇所蒙骗。"野菊花谢了"，这就是说要共产党下台，称共产党为"野"，实质上与美国驻联合国代表奥斯汀污蔑我们党毁灭文化遥相呼应。"我们生长起来"，则是说资产阶级顽固派即右派要上台，"我们"就是章罗联盟，就是黄世仁和穆仁智、蒋介石和宋美龄。"冰雪覆盖着大地"，表达了对我们社会主义祖国的强大的无产阶级专政的极端阴暗、极端仇视、极端恐惧的即将灭亡的反动阶级的心理，切齿之声，清晰可闻，而且作者的影射还不限于此，"我们孕育着丰收"，其实是号召公开举行反革命叛乱。

载着这篇文章的报纸下午才运到 P 城，临下班以前来到了中心城区委员会。文章像炸弹一样地爆炸了，有的人惊奇，有的人害怕，有的人发愁，有的人兴奋。钟亦成只看了几句，轰的一声，左一个嘴巴，右一个嘴巴，脸儿烫烫地发起烧来了，评论新星扭住了他的胳臂，正在叭、叭、叭、叭左右开弓地扇他的嘴巴。你怎么不问问我是什么人呢？怎么不了解了解我的政治历史和现实表现，就把我说成了这个样子？钟亦成想抗议，但是他发不出声音，新星已经扼住他的脖子。新星的原则性是那么强，提问题提得那么尖锐、大胆、高超，立论是那么势如破竹、不可阻挡，指责是那样严重、那样骇人听闻，具有一种摧毁一切防线的强大火力、具有一种不容讨论的性质。文艺批评是可以提出异议的，政治判决，而且是军事法庭似的从政治上处以死刑的判决，却只能立即执行，就地正法。

然而他不能接受，他非抗议不可。一辆汽车横冲直撞，开上了人行道，开进了百货商场。一个强盗大白天执斧行凶，强奸幼女。挖一个三十米深的大坑，把一座大楼推倒在坑里。抱起一挺重机枪，到小学课室里扫射。即使发生了这样的事，也不见得比这篇批判文章更令钟亦成吃惊。白纸黑字，红口白牙，我们自己的报纸上怎么会出现这样的弥天大谎？所有的那些吓死人的分析，分析的是他和他的小小的诗篇吗？他听见了自己的骨头碎成渣的声音，那位评论新星正把他卷巴卷巴放到嘴里，正在用门齿、犬齿和臼齿把他嚼得咯吱咯吱作响。

他去找区委书记老魏，老魏的家就在区委会的后院，老魏的妻子也在这个区工作，但是老魏多数情况下仍然住在办公室。灯光下，老魏拿过了那张报纸，越看，眉头就皱得越紧，没有听完钟亦成的激动的申辩，他就说："你这个同志呀，不要紧张嘛，要沉得住气嘛，要经得起考验嘛。好好工作！有什么想法，可以谈嘛。"

区委书记的话，主要是区委书记的态度，使他安心多了。但当他从走廊走过的时候，无意中看到办公室主任、三人小组组长宋明正在认真阅读评论新星的文章，手捏着红铅笔，圈圈点点。宋明同志，不知为什么一想起他来钟亦成就有点发憷。宋明长着一副小小的却是老人一样的多纹路的面孔，戴着一副小小的、儿童用品一样的眼镜，最近刚与老婆离了婚，从早到晚板着面孔，除去报刊和文件上的名词他似乎不会别的语言。给钟亦成印象最深的是一年以前，钟亦成发现，在宋明的工作台历上和密密麻麻的"催××简报""报××数字""答复××询问事项""提××名单"等事项并列的还有"与淑琴共看电影并谈话"（淑琴是他妻子的名字，当然，那时候他们还没有离婚）以及"找阿熊谈说谎事"（阿熊是他的儿子的名字，现年六岁）。现在，评论新星的文章引起了宋明的注意，肯定，他的工作台历上将要出现新的项目，如"考虑钟亦成《自述》一诗"之类，这令人未免发毛。

钟亦成找了自己的恋人凌雪。凌雪说："这简直是胡扣帽子！是赤裸裸的陷害和诽谤，是胡说八道！"又说："也不能他说什么就算什么啊，不用理他！别发愁，劳驾，走，咱们上街喝一杯冷牛奶！"

凌雪的话使钟亦成的心活动了些，抬起头，天没有塌下来，跺跺脚，地没有陷下去。钟亦成还是钟亦成，爱情还是爱情，区委会还是区委会。但他觉得凌雪把问题看得简单了，她怎么体会不到，新星的咄咄逼人的架势和语言后面，隐藏着多么巨大的危险！

什么危险？他不敢想。他可以想象自己生命的终止，可以想象太阳系的衰老和消亡，却不能想象这危险。但从七月一日这一天他产生了一种如此令人懊恼又令人羞辱的心理：他非常注意旁人对他的态度，注意别人的眼和脸。可能是他神经过敏，也可能确是事实，他觉得绝大多数人在这一天以后程度不同地对他改变了态度——他知道，这是新星的文章的效应。有人见了他习惯地一笑，但笑容还未完全显露出来就被撤销了，脸部肌肉的这种古怪的运动可真叫人难受！有人见了他照例伸出了手，匆匆地一握——眼睛却看着别处。有些特别熟悉的同志，见了他不好不说几句话，但说的话颠三倒四，显然是心不在焉。只有宋明，见了他以后态度似乎比往日更好一些，宋明的彬彬有礼和从容不迫后面包含着一种自负、一种满足，却绝没有虚伪。

八月，形势急转直下。先是上级批评了这个区的反右运动，说是这里的运动有三多三少：声讨社会上的右派多，揪出本单位的右派少；揪出来的人当中留用人员多，混在革命队伍内部的，特别是党内的少；基层揪出来的多，区委领导机关里揪出来的少。接着宋明在各种会议上发动了攻势，并贴出了大字报，指出这里的运动所以迟迟打不开局面，是由于老魏手软、温情，领导人本身就右倾，还能搞好反右派斗争吗？例如，首都某报纸已经对钟亦成的反党诗进行了严厉的批判，区委这里却按兵不动，甚至还让钟亦成继续混在办公室的三人小组之中，这难道不能说明老魏在政治上已经堕落到了何种地步了吗？果然，在上级和宋明的夹攻之中，老魏做了一次又一次的检讨，钟亦成也被"调"出了"三人小组"。紧跟着，各部门的运动进入了新阶段，呼啦呼啦地揪出了许多人。揭发钟亦成的大字报一张又一张地出现了。真奇怪，一个好好的人只要一揭就会浑身都是疮疤。钟亦成曾经嘲笑过某个领导同志讲话啰嗦，钟亦成曾经说过许多文件、简报、材料无用，钟亦成曾经说过我们的党群关系有问题……越揭越多，使钟亦成自己也完全懵了。终于，在奇热的这一天，他被叫去谈话，和他谈话的主要领导人是宋明，老魏也在场。

从此，开始了他一生的新阶级，而一切的连续性，中断了。

一九六六年六月

红袖章的火焰燃烧着炽热的年轻的心。响彻云霄的语录歌声激励着孩子们去战斗。冲呀冲，打呀打，砸烂呀砸烂，红了眼睛去建立一个红彤彤的世界，却还不知道对手是谁。

但是有标签。根据标签，钟亦成被审问道：

"说！你是怎么仇恨共产党的？你是怎样梦想夺去你失去的天堂的？"

"说！你过去干过哪些反革命勾当？今后准备怎样推翻共产党？"

"说！你保留着哪些变天账？你是不是希望蒋介石打回来，你好报仇雪恨，杀共产党？"

集体念语录：

"在拿枪的敌人被消灭以后，不拿枪的敌人依然存在……"

"革命不是请客吃饭，不是做文章……"

嗖，一皮带。嗡，一链条。喔噢，一声惨叫。

"说，说，说！"

"我热爱党！"

"放屁！你怎么会热爱党？你怎么可能热爱党？你怎么敢说你热爱党？你怎么配说你热爱党？你这是顽固到底！你这是花岗岩脑袋！你这是向党挑战！你这是不肯认输，不肯服罪！你这是猖狂反扑！我们就是要把你打翻在地再踏上……"

嗖和嗡，皮带和链条，火和冰，血和盐。钟亦成失去了知觉，在快要失去知觉的一刹那，他看到了那永远新鲜、永远生动、永远神圣而且并不遥远的一切。

二

一九四九年一月

一九四九年一月十一日，人民解放军向 P 城发动了总攻击。两天之后，P 城党的地下市委通知各秘密支部：决定性的时刻已经到来，为了防止国民党军灭亡前的疯狂破坏，防止地痞流氓、社会渣滓利用新旧历史篇章迭替中可能出现的空白页进行抢劫和其他犯罪活动，各支部要按照近两个月来反复研究和制定了的迎接解放的部署，立即付诸行动。

P 城省立第一高中的学生、三个平行支部之一的支部书记、入党已经两年半的十七岁的候补党员钟亦成，在接到上级联系人的通知以后，打破秘密工作的常规，连夜把他所联系的四名地下党员（其中有一名是年逾五十的数学教师）、十三名民主青年联盟盟员召集到一间早已弃置不用的锅炉房地下室里，在闪烁着微弱的光焰的蜡烛照明之下（发电厂早就不发电了），传达了上级的指示，然后用短促有力的话语为这十七个人分配了任务。十七个人第一次聚在一起，为党员和盟员队伍的壮大兴旺而欢欣鼓舞，为有钟亦成这样干练、这样聪明、这样富有忘我精神的指挥员而感到放心和自豪。回到宿舍，正是午夜沉沉的时刻，他们叫醒了北斋所有的住校生，钟亦成说道：

"同学们，现在，解放大军已经攻进了城，国民党反动派的罪恶统治就要结束了！中国的几千年的人吃人的历史就要结束了！天亮了！繁荣、富强、自由、平等、人民当家做主的新中国，就要诞生了！根据华北学联的要求，我们要组织护校、护城、防止破坏，保护国家名胜古迹和人民的生命财产……凡愿意参加的，到这边来领袖标……"

钟亦成亮出了早已准备好的学联的旗帜和袖标，同学们各自的脸上分别呈现出了惊喜、诧异、迷惘、恐惧的表情。学生当中本来还有少数的特务分子和从解放区逃出来的反动地富的子弟，他们已在前不久被"剿总"招到"自救先锋队"里，准备和共产党决一死战去了。这样，学生宿舍里剩下的大多还是比较正派的学生。很快，在秘密党员和盟员的带动之下，在"国家兴亡，匹夫有责！""我们是新时代的主人，新社会的先锋！"等豪言壮语的鼓动之下，除了少数几个嘴唇哆嗦的胆小鬼以外，大多数同学都响应了号召，他们佩戴上了红袖标，他们撬开了体育室的门（学校行政负责人已经不知去向），每人拿了一根"童子军"军棍做武器，列队向校外走去。至于那位党员教师，他以教联的名义组织在校的教职员工护校。

天色微明了，冷风料峭，炮声停止了，枪声还在时紧时慢地鸣响着，有远处传来的炒豆般的劈劈啪啪的声音，也有近处子弹划破空气所发出的尖利的"啾""啾"声，四处充满了硝烟的气味。街道上阒无一人，所有的商店都关紧了门窗，上着厚重的木板。日常行驶在大街上的仅余的几辆破破烂烂、叮咣作响的有轨电车和改装成烧木柴的、烟气刺鼻的公共汽车根本没有出场，洋车（黄包车）、三轮和排子车也失去了踪迹，连在这个一切都日渐紧缩和衰败的城市唯一急速膨胀、扩大着的乞丐队伍也不知道收缩到哪里去了。只有街头堆置的散发着刺鼻的腐臭气味的五颜六色的垃圾，使你还能想起这个城市的居民，想到他们的正在腐烂、正在死亡、正在沉沦、正在蜕变和正在新生的生活。

钟亦成带领着一个由三十多个年轻的中学生组成的队伍走过来了。他们当中，最大的二十一岁，最小的十四岁，平均年龄不到十八岁。他们穿得破破烂烂，冻得鼻尖和耳梢通红，但是他们的面孔严肃而又兴奋，天真好奇而又英勇庄重。他们挺着胸膛，迈着大步，目光炯炯有神，心里充满着只有亲手去推动看得见、摸得着的历史车轮的人才体会得到的那种自豪感。

> 路是我们开哟，
> 树是我们栽哟，
> 摩天楼是我们亲手造起来哟！
> 好汉子当大无畏，
> 运着铁腕去消灭旧世界，
> 创造新世界哟，创造新世界哟！

钟亦成的耳边似乎响起了他最喜爱的这首歌的雄强有力的合唱。"跟紧！""站齐！""向左转！"钟亦成神态凛然地指挥着队伍，向他们负责保卫的金波河石桥进发。在接近这座古老的、成为连接河东河西两岸的交通要冲的石桥的时候，十字路口的南侧又出现了一支由女中的学生组成的队伍，她们衣着朴素，面黄肌瘦，好像生在贫瘠干旱的山坡的树苗一样长得都不怎么舒展，但一个个也是神采奕奕，动作迅速而且整齐，俨然是一支训练有素的女兵队伍。钟亦成立即认出了带队的女孩子——凌雪。

凌雪是私立静贞女中初三的学生，圆脸，窄额头，短发，长着一双目光非常沉稳和善的眼睛，一个端正、秀美、光泽和神气的鼻子，一张总是带着笑意却又常常是闭得紧紧的嘴。一九四七年，在五个大学的学生自治会联合举办的反内战、反饥饿营火晚会上，一九四八年抗议伪参议会主使屠杀东北流亡学生的游行中，以及后来在苏联对外文化协会举办的一些电影晚会上，他们见过几次面而且交谈过。今天，在这个历史转折的时刻，在即将属于人民所有的城市的街头邂逅，而且各自带着一支队伍——这说明了他们的即将公开的政治身份，两个人脸上都显出了明朗的、会心的笑容，一种比爹娘、比兄弟姐妹还亲的革命感情暖热了他们的心胸。"天亮了！"钟亦成向凌雪扬起手，喊道。

凌雪正要回答钟亦成的招呼，一阵枪声传来，沿着干涸了的旧河道，仓惶逃过来两个国民党败兵，有一个显然是腿部负了伤，绿裹腿被血迹染得殷红，一跛一拐。另一个是个大个子，满脸络腮胡子，手里端着步枪，像个凶神。钟亦成连思索都没思索，大喝一声"站住！"就从两米高的桥端向着这个大个子扑了过去，他和大个子一起摔倒在地上，他闻到了大个子身上的哈喇和霉锈的气味，他举起了"童子军"军棍，又喝了一声："缴枪，举起手来！"这时，男学生和女学生也都冲了过来，形成了一个包围圈。

两个国民党败兵慌忙举起了手，那个跛子还跪到了地上。败兵们根本没有分析他们的对手的实力，他们没有想到抵抗也无法抵抗，正像年轻的孩子们没有想到危险也并不存在危险。革命正在胜利，他们也正在胜利，就连从两米高跳下来的钟亦成，不但没有摔坏，甚至也没有磕碰着一块皮肤。"押到那边去！"他下令说，像战场上的指挥员。"祝贺你！一来就成功了。"凌雪笑着走过来，像大人那样地与钟亦成握了一下手，然后集合起自己的队伍，转身前进了。

"你们负责哪里？"望着女学生们的背影，钟亦成发问说。

"鼓楼。"凌雪回过头来答道，她又高高举起右手，向钟亦成挥了一挥，她喊道：

"致以布礼！"

什么？布礼？这就是说，布尔什维克的敬礼，康姆尼斯特——共产党人的敬礼！钟亦成听说过，在解放区，在党的组织和机关之间来往公文的时候，有时候人们用这两个字相互致意，但是在现实生活中，这还是头一次从一个活着的人、一个和他一样年轻的好同志口里听到它。这真是烈火狂飙一样的名词，神圣而又令人满怀喜悦的问候。布礼！布礼！黄钟大吕般的声音在耳边响起……

一九六六年六月

他苏醒过来了。

他看见了戴红袖章的青年们。绿军装，宽皮带，羊角一样的小辫子，半挽起来的衣袖……他们有多大年纪？和我在一九四九年一样，同样是十七岁吧？十七岁，这真是一个革命的年岁！一个戴袖标的年岁！除了懦夫、白痴和不可救药的寄生虫，哪一个十七岁的青年不想用炸弹和雷管去炸掉旧生活的基础，不想用鲜红的旗帜、火热的诗篇和袖标去建立一个光明的、正义的、摆脱了一切历史的污垢和人类的弱点的新世界呢？哪一个不想移山倒海，扭转乾坤，在一个早上消灭所有的自私，虚伪和不义呢？十七岁，多么激烈、多么纯真、多么可爱的年龄！在人类历史的永恒的前进运动中，十七岁的青年人是一支多么重要的大军呀！如果没有十七岁的青年人，就不会有进化，不会有发展，更不会有革命。

"亲爱的革命小将们！"他喃喃地说。

"放屁！你竟敢拉拢我们，快闭住你的狗嘴！"

又是一阵疼痛和晕眩。为什么这样灼热呢，难道他们点起了一把火，把他投到了火焰里？难道在他身上浇了汽油，要点燃他的身体？他们那样热情，那样富有献身精神，那样相信革命的号令，他们本来可以做多少事情！

"致以布礼！"再一次失去知觉的时候，钟亦成突然这样喊了一句，带血的嘴角上现出了发自内心的笑意。

"什么？他说什么？置之不理？他不理谁？他这条癞皮狗敢不理谁？"

"不，不，我听他说的是之宜倍勒喜，这大概是日语，是不是接头的暗号？他是不是日本特务？"

"报告，他醒不过来了。他是不是——死了？"

"不要慌。一个敌人。一条癞皮狗。革命无罪，造反有理！"

一九七〇年三月

在"清队"学习班。宣传队的一位刚刚长出了一圈黑胡子的副队长,斜叼着烟,乜着眼,用含混不清的(他认为大舌头、结巴、沙哑和说话不合语法乃是老资格和有身份的表现)语言,对钟亦成说道:

"你的历史,彻头彻尾的伪造,不老实,你的问题很严重。本来,像你这样的,交给公安局专政,条件蛮够,比你轻的都有枪毙的。一群什么样的牛鬼蛇神,乌龟王八蛋,你们自己清楚。什么十五岁入党,十七岁候补党员当支部书记,骗谁?你填表了么?谁批准的?在哪里宣的誓?为什么只有一个介绍人……"

"那是在地下,特殊情况……"

"什么特殊情况!我看那是假共产党!"

"您不能这么说,您怎么能这么说!"

"你老实点!"

"我……"

"我们打败了日本侵略者,我们消灭了蒋介石的八百万中央军,你一个小小的钟亦成,还敢不老实吗?"

"……"

三

一九四九年一月

这是一个濒于死亡的城市。古老的历史,悠久的文明,昔日的荣华,留下的只有灰色的虚影。矗立在你眼前的却是大街小巷直到闹市路口上的成山的垃圾。穷人的孩子整天蠕动在垃圾山上,用特制的粗铁丝耙子扒拉着,刨着,寻找还有什么宝贝能被自己捡起——一块没有烧透的煤核,一团菜叶,一把蚕豆皮或者是一堆招惹了无数绿头苍蝇的鱼头。报纸上多次报道过吃了腐坏的鱼头的贫民家庭,全家中毒,"大小十三口一时毙命"之类的消息,但是穷孩子们还是视之如珍宝。"行好的老爷太太,有剩的给一口吃吧!"到处都是这样的凄婉的行乞哀嚎,组成了这个城市的主旋律。与之相呼应的,则是警笛、吵架、斗殴、哑声叫卖耗子药和千奇百怪的像叫春的猫和阉了的狗的合唱一样的流行歌曲。三岁的小孩在那里唱"这样的女人简直是原子弹",

二十岁的大小伙子唱"我的心里两大块"……冬天,赤身露体的叫花子为了激起一些人的怜悯,故意用大砖头照着自己的凹陷的胸肋拼命砸下去,还有的干脆用一把利刃割破颜面上的血管,把鲜血涂得满脸都是。就在他们的身边,从著名的饭馆珍馐楼的明光闪闪的玻璃门里,走出来脑满肠肥的官员、富商和挽着他们的胳臂的身穿翻毛皮大衣、嘴唇涂得血红的女人……

但就在这个腐烂的、散发着恶臭的躯体里,生长着新的健康的细胞,新的活力。它就是党,党的地下组织,许多地下党员,以及党的外围组织——民主青年联盟的盟员们。这些在敌人的心脏里,在军、警、宪联合组成的有权就地处决"匪谍"的执法队的刺刀尖下,在牛毛般的特务的追踪之下,在监狱、大棒、老虎凳的近旁进行革命活动,配合解放军的作战的革命家们当中,有许多年轻人,有许多像钟亦成这样的年龄甚至比他更小的严肃的孩子。他们是孩子,他们不带任何偏见地去接受生活这个伟大的教师的塑造。他们来到世间以后上的第一课是饥饿、贫困、压迫、侮辱和恐怖,他们学到手的自然就是仇恨和抗争。我们党的城市工作——地下工作干部在这些孩子们的充满仇恨和抗争的愿望的心灵上点燃起了革命真理的火炬。一开始用邹韬奋和艾思奇的著作,用新知书店、生活书店和读书出版社的社会科学小册子,用香港和上海出版的某些进步书籍来启发他们的思想,使他们看到了光明,听到了另一种强有力的、符合人民的心愿的、召唤着他们去斗争、去争取自己的自由和幸福的声音。然后,他们进一步得到了在《老残游记》《金粉世家》的书皮下面的新华社电讯稿、陕北广播记录稿、《土地法大纲》直到《论联合政府》和《新民主主义论》。于是他们变得严肃了,长大了,他们自觉地要求为埋葬旧王朝和创造新世界而献出自己的力量。他们严肃地考虑了参加革命活动所冒的危险,他们有牺牲的决心和牺牲的准备,他们在还不到十八岁的时候就入了党(钟亦成入党的时候只有十五岁)。而由于秘密工作的特点,在一个单位要组成几个互相毫无所知的秘密支部,这样的平行支部多了,才不容易被破坏。这样,在党的组织获得较快的发展的时候,甚至候补党员也充当了支部书记。他们还孩子气,他们对革命、对党的了解还不免肤浅和幼稚,然而,他们又是毫不含糊的、英勇无畏的、认真负责的共产党员。

解放P城的战斗结束后第三天,钟亦成接到通知去S大学礼堂参加全市的党员大会。严寒的天气,钟亦成上身穿的棉袄是四年以前他十三岁时母亲给他缝的,已经太小了,冻青了的手腕露在外面,胳肢窝紧巴巴的,举动不便。他的下身，御寒的只有一条早已掉光了绒毛，擀成了一个个小疙瘩的绒裤。除了上衣口袋里有一支破钢笔和一个小本子以外，他的样子并不比沿街行乞或者趴在垃圾堆上拾煤核的孩子们强多少。但是，他的浓而短的眉毛像双翅一样地振起欲飞，他的脸上呈现着由衷的喜悦和骄傲，他的动作匆忙而又自信：我们胜利了，我们已经是这个城市的和全中国的全权的主人。他走在顺城街上，看到沿街颓败的断垣和旧屋，他想：我们要把这一切翻个个儿。他还看到一辆又一辆的军车在抢运垃圾。战斗一停止，军车就昼夜二十四小时不停地投入了这场清除垃圾的战斗，眼看就要把秽物全部、彻底、干净地消灭了，而 P 城的垃圾问题，曾经被国民党的伪参议会讨论过三次，做过三次决定，收过无数次"特别卫生捐"，拨过许多次"特别卫生费"，最后还由伪中央政府的监察院前来调查了多少次，其结果却是官员们吞没费用而垃圾在吞没城市。现在呢，刚解放三天，垃圾已处于尾声，丧失了它的全部威力，这是我们把它消灭的，钟亦成想。他又看见了几个瘦骨伶仃的孩子在寒风中瑟瑟地发抖。别忙，我们会使你们成为文明的、富裕的、健康的有用人材。他走近 S 大学，他看到了胸前佩戴着"中国人民解放军"、臂上佩戴着"P 城卫戍司令部"的标志的战士，他迫不及待地远远地就掏出上级发给他的红色入门证，向警卫战士挥动："我是党员！"入门证是会说话的，它在向战士致敬："致以布礼！"战士怀着敬意向年轻的秘密党员微笑了。"我们会师了。"这笑容说道。"我们再不怕逮捕和屠杀了，因为有了你们！"钟亦成也报之以感激的笑容。这次党员大会要谈什么呢？走近礼堂的时候钟亦成想，会不会会后组织一部分人去台湾呢？要知道，我们是饶有经验的地下工作者了，以我的年龄，更便于隐蔽和秘密活动。那就又会看到国民党军、警、宪的刺刀，又要和 C.C. 和中统打交道……那更光荣，我一定第一个报名。

　　他走进了礼堂，倏地，他惊呆了。

　　原来有这么多的共产党员，黑压压的一片，上千！P 城有二百万人口，上千名党员，这在日后，在共产党处于公开的执政党的地位以后，也许是太稀少了。然而，在解放以前，在敌人的鼻子底下，在无边的黑暗里，每一个党员，就是一团火，一盏灯，一台播种机，一柄利剑，培养和发展一名党员，其意义绝不下于拿下敌人的一个据点和建立我们自己的一个阵地。在严酷斗争的年月，每个党员都是多么宝贵，多么有分量！习惯于单线联系的钟亦成，除了和上级一位同志和本支部的四名党员（这四名党员在四天以前彼此从不知晓）个别见面以外，再没有见过更多的党员。如今，一下子看到了这么庞大的队伍，堂堂正正地坐在大礼堂里，怎么能让人不欢呼、不惊奇呢？他好像一个在一条小沟里划惯了橡皮筏子的孩子，突然乘着远航的大轮船行驶到了海阔天空、风急浪高的大洋里。

何况，何况悲壮的歌声正在耳边激荡：

> 起来，饥寒交迫的奴隶，
> 起来，全世界的罪人……

一个穿军服的同志（当然，他也是党员！）大幅度地挥动着手臂，打着拍子教大家唱《国际歌》。过去，钟亦成只是在苏联小说里，在对布尔什维克就义的场面的描写中看到过这首歌。

> 快把那炉火烧得通红，
> 你要打铁就得趁热……

这词句，这旋律，这千百个本身就是饥寒交迫的奴隶——一钱不值的罪人——趁热打铁的英雄的共产党员的合唱，才两句就使钟亦成热血沸腾了。他还从来没有听到过这样悲壮、这样激昂、这样情绪饱满的歌声，听到这歌声，人们就要去游行，去撒传单，去砸烂牢狱和铁锁链，去拿起刀枪举行武装起义，去向着旧世界的最后的顽固的堡垒冲击……钟亦成攥紧了拳头，满眼都是灼热的泪水。泪眼模糊之中，台上悬挂的两面鲜红的镰刀锤子党旗，党旗中间的党的领袖毛泽东同志的巨幅画像，却更加巨大、更加耀眼了。

礼堂其实也是破破烂烂的。屋顶没有天花板，柁、梁、檩架都裸露在外面，许多窗子歪歪扭扭，玻璃损坏了的地方便钉上木板甚至砌上砖头，主席台下面生着两个用旧德士古油桶改制的大炉子，由于煤质低劣和烟筒漏气，弄得礼堂里烟气刺鼻，然而所有这一切，在鲜红、巨大、至高无上的党旗下，在崇高、光荣、慈祥的毛主席像前，在雄浑、豪迈、激越的《国际歌》的歌声当中，已经取得新的意义、新的魅力了，党的光辉使这间破破烂烂的礼堂变得十分雄伟壮丽。

解放 P 城的野战部队的司令员、政委们，在地下市委的基础上刚刚充实起来的新市委的第一书记和第二书记们，原地下的学委、工委、农委的负责人们，早在战斗打响以前便组建起来的中国人民解放军P城军事管制委员会的主任、副主任们……坐满了主席台。他们穿着草绿色的旧军装或者灰色的干部服，服装都是成批生产的，穿着并不合身，而且由于从来顾不上浆洗熨烫，都显得皱皱巴巴。他们一个个风尘仆仆，由于熬夜，眼睛上布满了血丝，他们当中最大的不过五十岁，大部分是三四十岁，还有一些是二十岁刚过的领导人（这在钟亦成看来已经是一些德高望重的长者了），大都是身材精悍、动作利索、精力充沛，没有胖子，没有老迈，没有僵硬和迟钝。从外表看，除了比常人更精神一些以外并无任何特殊，但他们的名字却是钟亦成所熟悉的。其中几个将领的名字更是不止一次出现在国民党的报纸上，那些造谣的报纸无聊透顶地刊登过这些将领被"击毙"的一厢情愿的消息。现在，这些在国民党的报纸上被"击毙"过的将领，以胜利者、解放者、领导者的身份，在战斗的硝烟刚刚散去的P城的讲台上，向着第二条战线上的狙击兵们，开始发表演说了。

一个又一个的领导同志做报告。湖南口音，四川口音，山西口音和东北口音。他们讲战争的局势，今后的展望，国民党对于P城的破坏，我们面临的困难和克服困难的办法……每个领导人的讲话都那么清楚、明白、坦率、头头是道、信心十足，既有澎湃的热情、鼓动的威力，又有科学的分析、精明的计算；像火线宣传一样的激昂，又像会计师报账一样的按部就班、巨细无遗；却没有在刚刚逝去的昨天常常听到的那些等因奉此的老套，陈腐不堪的滥调，哗众取宠的空谈，模棱两可的鬼话和空虚软弱的呻吟。这不再是某个秘密接头地点的低语，不再是暗号和隐喻，不再是偷偷传递的文件和指示，而是大声宣布着的党的意志，详尽而又明晰的党的部署，党的声音。钟亦成像海绵吸水一样地汲取着党的智慧和力量，为这全新的内容、全新的信念、全新的语言和全新的讲述方式而五体投地、欢欣鼓舞，每听一句话，他好像就学到了一点新东西，就更长大了、长高了、成熟了一分。

不知不觉，天黑了，谁知道已经过了多少个小时？电灯亮了。多么难能可贵，由于地下党领导的工人护厂队的保护，发电厂的设备完好无损，而且在战斗结束四十几个小时以后，恢复了已经中断近一个月的照明供电。多么亮的灯，多么亮的城市！但是，随着灯亮，钟亦成猛然意识到：饿了。

可不是吗，中午，为了赶来开会，他饭也没有来得及吃，只是在小铺子里买了两把花生米，现在，已经这么晚了，怎么能不饥肠辘辘呢？

好像是为了回答他，主持会议的军管会副主任打断了正在讲话的市委领导，宣布说，市委第一书记最后还要做一个较长的总结报告，估计会议还要进行三个小时左右，为了解决肚子里的矛盾，刚才派出了几辆军用吉普去购买食品，现已买回来了，暂时休会，分发和受用晚餐。

于是满场传起了烧饼夹酱肉，大饼卷果子，螺丝转就麻花，还有窝眼里填满了红红的辣咸菜的小米面窝头和煎饼卷鸡蛋。笸箩、提篮、托盘、口袋，五花八门的器具运送着五花八门的来自私商小店的食品，看样子买光了好几道街的小吃店。钟亦成的座位靠近通道，这些食品他看得清楚，馋涎欲滴，烧饼油条之类对于生活穷困的他来说也是轻易吃不着的珍品啊。但他顾不上自己吃，而是兴高采烈地帮助解放军同志（大会工作人员）传递大饼麻花，远一点的地方他就准确合度地抛掷过去，各种简单而又适口的食物在刚刚从"地下"挺身到解放了的城市的共产党员们的头上飞来飞去，笑声，喊声——"给我一套！""瞧着！""还有我呢！"响成一片，十分开心。革命队伍，党的队伍在 P 城的第一次会餐，就是这样大规模地、生气勃勃地进行的，它将比任何大厅里的盛宴都更长久地刻印在共产党员们的记忆里。像战士一样匆忙、粗犷，像儿童一样赤诚、纯真，像一家人一样和睦、相亲相爱……共产主义是一定要实现的，共产主义是一定能实现的。

可是，钟亦成是太兴奋了，食物一到手他立即传送给别人，似乎快乐就产生在这一收一递里，结果，他却没有留给自己。接连三个柳条编的大笸箩都见了底，第四批食品却不见来，原来，食品已经分发完毕了。由于饿，也许更多的是由于高兴，人们狼吞虎咽，风卷残云一样地速战速决，全歼了食物，人们开始掏出手绢擦嘴擦手了，可钟亦成还在饿着。芝麻、面食和肉食的余香还在空气中摇曳，胃似乎已经升到了喉咙处，准备着冲出他的身体，向着远处一个细嚼慢咽的同志手里的半块烧饼扑去。

就在钟亦成被饥饿搅得头昏眼花、狼狈不堪，但又觉得十分可喜可乐的时候，从他的座位后面伸过来一只手，人还没看清，却已经看到了那只手里托着的夹着金黄色的油条的烧饼。

"拿去。"

"你？"

她就是凌雪。她笑着说："我坐在你后面不远，可你呢，俩眼睛光注意看前边了。后来看你高兴得那个样儿，我寻思，可别忘了自己该吃的那一份……"

"那你呢？"

"我……吃过了。"

显然不是真话，推让了一番以后，两个人分着吃了。钟亦成觉得好像有些羞愧，可又很感激，很幸福。他每嚼一下烧饼，都显得那么快活，甚至有点滑稽，凌雪笑了。

麦克风发出尖厉的啸声，人们安静下来，凌雪也回到自己的位子。钟亦成继续聚精会神地听报告，他没有回过头，但是他感到了身后有一双革命同志的友爱的眼睛。

……不知过了多少时间，反正已经是深夜了，散会，外面正下着鹅毛大雪。出大门的时候，有一位部队首长看到了钟亦成的不合身的小棉袄和露在袖口外面的细瘦的手腕，"小同志，你不冷吗？"首长用洪亮的声音说，同时，脱下自己身上的、带着自己的体温的长毛绒领的崭新的棉军大衣，给钟亦成披到了身上。快乐的人流正推拥着钟亦成向外走，他甚至没有来得及道谢一声。

一九五七年——一九七九年

在这二十余年间，钟亦成常常想起这次党员大会，想起第一次看到的党旗和巨幅毛主席像、第一次听到的《国际歌》，想起这顿晚餐，想起送给他棉大衣的、当时还不认识、后来担任了他们的区委书记的老魏，想起那些互致布礼的共产党员们。有些记忆随着时间的流逝而逐渐褪色，然而，这记忆却像一个明亮的光斑一样，愈来愈集中、鲜明、光亮。这二十多年间，不论他看到和经历到多少令人痛心、令人惶惑的事情，不论有多少偶像失去了头上的光环，不论有多少确实是十分宝贵的东西被嘲弄和被践踏，不论有多少天真而美丽的幻梦像肥皂泡一样地破灭，也不论他个人怎样被怀疑、被委屈、被侮辱，但他一想起这次党员大会，一想起从一九四七年到一九五七年这十年的党内生活的经验，他就感到无比的充实和骄傲，感到自己有不可动摇的信念。共产主义是一定要实现的，世界大同是完全可能的，全新的、充满了光明和正义（当然照旧会有许多矛盾和麻烦）的生活是能够建立起来和曾经建立起来过的。革命、流血、热情、曲折、痛苦，一切代价都不会白费。他从十三岁接近地下党组织，十五岁入党，十七岁担任支部书记，十八岁离开学校做党的工作，他选择的道路是正确的道路，他为之而斗争的信念是崇高的信念。为了这信念，为了他参加的第一次全市党员大会，他宁愿付出一生被委屈、一生坎坷、一生被误解的代价，即使他戴着各种丑恶的帽子死去，即使他被十七岁的可爱的革命小将用皮带和链条抽死，即使他死在自己的同志以党的名义射出来的子弹下，他的内心里仍然充满了光明。他不懊悔，不伤感，也毫无个人的怨恨，更不会看破红尘。他将仍然为了自己哪怕是一度成为这个伟大的、任重道远的党的一员而自豪、而光荣。党内的阴暗面，各种人的弱点他看得再多，也无法遮掩他对党、对生活、对人类的信心。哪怕只是回忆一下这次党员大会，也已经补偿了一切。他不是悲剧中的角色，他是强者，他幸福!

四

一九五〇年二月

钟亦成听老魏讲党课。头一天，钟亦成年满十八岁了，支部通过了他转为正式党员。

老魏在党课中讲道:

"一个共产党员，要做到真正的布尔什维克化，要获得完全的、纯洁的党性，就必须忘我地投身到革命斗争中去，还必须在党的组织的帮助下面，运用批评和自我批评的武器，改造思想，克服自己身上的个人主义、个人英雄主义、自由主义、主观主义、虚荣心、嫉妒心等等小资产阶级的以及剥削阶级的思想意识。

"……以个人主义为例，无产阶级是没有个人主义的，因为他自身一无所有，失去的是锁链而得到的是全世界，为了解放自己必须首先解放全人类，他的个人利益完全融合在阶级的利益、全人类的利益之中，他大公无私，最有远见……而个人主义，是小私有者、剥削者的世界观，它的产生来自私有财产和阶级的分化……个人主义和无产阶级的政党的性质是完全不相容的……一个个人主义严重而又不肯改造的人，最终要走到蒋介石和杜鲁门或者托洛茨基和布哈林那里去……"

"太好了! 太好了!" 钟亦成几乎喊出声来。个人主义是多么肮脏，多么可耻，个人主义就像烂疮、像鼻涕，个人主义者就像蟑螂、像蝇蛆……

区委书记老魏继续讲道:

"共产党员是无产阶级的先锋战士，是摆脱了一切卑污的个人打算和低级趣味的人。他有最大的勇敢，因为他把为了党的事业而献身看作人生最大的幸福。他有最大的智慧，因为他心如明镜，没有任何私利物欲的尘埃。他有最大的前途，因为他的聪明才智将在千百万人民的斗争事业中得到锻炼和成长。他有最大的理想——在全世界实现共产主义。他有最大的气度，为了党的利益他甘愿忍辱负重。他有最大的尊严，横眉冷对千夫指。他有最大的谦虚，俯首甘为孺子牛。他有最大的快乐，党的事业的每一点每一滴的进展都是他的欢乐的源泉。他有最大的毅力，为了党的事业，他不怕上刀山、下火海……"

党课结束以后，钟亦成和凌雪一起走出了礼堂。钟亦成迫不及待地告诉凌雪说：

"支部已经通过了，我转成正式党员了。在这个时候听老魏讲课，是多么有意义啊。给我提提意见吧，我应该怎样努力？我已经订好了克服我的——个人英雄主义的计划，我要用十年的时间完全克服我的非无产阶级意识，做到布尔什维克化，做一个像老魏讲的那样的真正的无产阶级先锋战士。帮助我吧，凌雪，给我提提意见吧！"

"你说什么？小钟。"凌雪眨了眨眼，好像没怎么听懂他的话，"我想，做一个真正的合格的共产党员，这是需要我们努一辈子力的，十年……行吗？"

"当然要努力学习，努力改造终身，但总要有一个哪怕是初步实现布尔什维克化的目标，十年不行，就十五年、十六年……"

一九五七年十一月

七年以后，钟亦成被定为反党反社会主义的资产阶级右派分子。

经过了三个多月的大量的工作，经过了一个漫长的、其结果却是早已注定了的政治的、思想的、心理的过程。其中包括宋明同志的耐心的、有时候是苦口婆心的推理与分析；钟亦成的一次比一次详尽、一次比一次上纲上得高、一次比一次更难于自拔的检讨；群众最初并无恶意的但在号召之下所做的揭发批判，当然其中也有人为了表现自己的革命性而加大了嗓门和挑选了最刺人的词句；到后来，由于宋明的深文周纳的分析和钟亦成的连自己听了也会吓一跳的检讨，更由于周围政治气温的极度升高，这种揭发批判变成了无情的毁灭性的打击、斗争，最后，做出了上述结论。

定右派的过程，极像一次外科手术。钟亦成和党，本来是血管连着血管、神经连着神经、骨连着骨、肉连着肉的，钟亦成和革命同志、和青年、和人民群众，本来也是这样血肉相连的。钟亦成本来就是党身上的一块肉。现在，这块肉经过像文艺评论的新星和宋明同志这样的外科医生用随着气候而胀胀缩缩的仪表所进行的检验，被鉴定为发生了癌化恶变。于是，人们拿起外科手术刀，细心地、精致地、认真地把它割除、抛掉。而一经割除和抛掉，不论原来的诊断是否准确，人们看到这块被抛到垃圾桶里的带血的肉的时候，用不着别人，就是钟亦成本人也不能不感到厌恶、恶心，再不愿意用正眼多看他一眼。

对于钟亦成本人，这则是一次胸外科手术，因为，党、革命、共产主义，这便是他的鲜红的心。现在，人们正在用党的名义来剜掉他的这颗心。而出于对党的热爱、拥护、信任、尊敬和服从，他也要亲手拿起手术刀来和术者一道挖，至少，他要自己指划着："从这儿下刀，从这儿……"

当这个手术完成以后，当钟亦成从镜子里看到一个失去了心的人的苍白的面孔的时候，他……

天昏昏！地黄黄！我是"分子"！我是敌人！我是叛徒！我是罪犯！我是丑类！我是豺狼！我是恶鬼！我是黄世仁的兄弟、穆仁智的老表！我是杜鲁门、杜勒斯、蒋介石和陈立夫的别动队！不，我实际上起着美蒋特务所起不了的恶劣作用！我就是中国的小纳吉！我应该枪毙！应该乱棍打死！死了也是不齿于人类的狗屎！成了一口黏痰！一撮结核菌……

坐上无轨电车，我不敢正眼看售票员和每一个顾客，因为我理应受到售票员和每一个顾客的憎恶和鄙夷。走进邮局，当拿起一张印有天安门的图案的邮票往信封上贴的时候，我眼前发黑而手发抖，因为，我是一个企图推翻社会主义、推翻中华人民共和国、推倒五星红旗和光芒四射的天安门的"敌人"！走过早点铺，我不敢去买一碗豆浆。我怎么敢、怎么配去喝由广大热爱党热爱社会主义的农民种植出黄豆，由广大热爱党热爱社会主义的工人用这黄豆磨成，而又由热爱党热爱社会主义的店员把它煮熟、加糖、盛到碗里、售出的白白的香甜的豆浆呢？我看到了报纸上刊出了我国人民银行发行硬币的消息，看到了人们怎样快乐而又好奇地急于去搜罗、保存、欣赏和传看一分、二分和五分的镍币，人们欢呼国民经济的繁荣、社会主义的优越、物价的稳定、货币值的有保障和硬币的美观、喜人、耐用。我也得到了一枚五分钱的硬币，我也喜欢，观赏着硬币上的国徽、五星红旗、天安门、麦穗、年号，爱不释手……但是，突然，在反光的硬币上，我似乎看到了自己的癞皮狗的形象……我有什么资格、有什么权利为了社会主义中国的经济成就而欢欣鼓舞呢？我不是共和国的敌人、社会主义的蛀虫吗？我和祖国的矛盾，不是不可调和的、对抗性的、你死我活的敌我矛盾吗？不是说不把我揪出来，斗倒斗臭，就会使中华人民共和国灭亡吗？我不是只能和汉奸、特务、卖国贼为伍吗？汉奸、特务和卖国贼难道也欢呼中华人民共和国发行硬币吗？

毛主席啊，这究竟是怎么回事？究竟是怎么了？这都是真的吗？真的？

钟亦成整夜整夜地不睡，他吃得很少，喝得也很少，但他不断地小便，不断地出汗，每二十分钟他就小便一次。五天以后，他的体重由一百二十四斤降到八十九斤，他脱了形，变了样。宋明同志见他这个样子，鼓励他说："脱胎换骨，脱胎换骨，你现在不过刚刚开始！"

一九六七年三月

群众组织举行对老魏的批斗大会，老魏撅在中间，右边是钟亦成，左边是宋明陪斗，钟亦成被按倒，"跪"在台上，以示与老魏和宋明有别，体现了区别对待的"政策"。

革命造反派说："魏××，借讲党课为名，大肆放毒，为刘少奇的黑《修养》摇旗呐喊，宣传驯服工具论、公私溶化论、吃小亏占大便宜论……他，走资派，一贯包庇和重用假党员、真右派钟亦成，一贯包庇和重用反革命修正主义理论家宋明……"

"坚决打倒魏××！打倒宋明！钟亦成永世不得翻身！"

"砸烂魏××的狗头！宋明不老实就严厉镇压！"

"只准左派造反，不准右派翻天！钟亦成想翻案就让他尝一尝无产阶级专政的铁拳头！"

钟亦成痛苦、不安，因为他知道，抄家的时候抄走了他一九五一年听老魏讲党课时详细记录的笔记。为了抢这本笔记，革命造反派与无产阶级革命派打得头破血流，重伤一个，轻伤七名。最后，召开了这次批斗会，作为"反面教材"的就是他的这本始终珍爱的笔记。由于痛苦和不安，他不由得扭动了身躯，这使抓着他的头发的手，更加狠狠地把他的头抓紧、下按、再提起、再下按。

这天晚上，宋明同志自杀了。他长期患有神经衰弱症，手头有许多安眠药片。这件事，给钟亦成留下了十分痛苦的印象。他坚信宋明不是坏人。宋明每天读马列的书、毛主席的书、读中央文件和党报党刊直到深夜，他热衷于用推理、演绎的方法分析每个人的思想，把每粒芝麻分析成西瓜，却自以为在"帮助"别人。一九五七年，他津津乐道地、言之成理地、一套一套地、高妙惊人地分析钟亦成所说的每一句话或者试写过的每一句诗，证明了钟亦成是彻头彻尾的资产阶级右派。"不管你自觉不自觉，不管你主观上意识到还是没有意识到，你的阶级本能的流露，你的言行举止的实质，其客观的不依人们的主观意志为转移的性质，是反党反社会主义。"他说。他举例："譬如你很喜欢问别人：'今天会不会下雨？'你的一首诗里有一句：'不知明天天气是晴还是阴？'这是什么意思呢？这是典型的没落阶级的不安心理……"宋明的分析使钟亦成瞠目结舌、毛骨悚然而又五体投地。然而，就在进行这种分析的同时，宋明从生活上仍然关心和帮助着钟亦成，下雨的时候借给钟亦成雨衣，在食堂吃饺子的时候给钟亦成倒醋，"处理"完了以后真诚地、紧紧地握住钟亦成的手："你是有前途的，但要换一个灵魂。祝你在改造自己的道路上前进到底，把屁股彻底地移过来。""彻底地忘掉小我，投身到革命的烘炉里去吧！"他说了许多热情而真挚的，而且，以钟亦成当时的处境，他觉得是很友好的话。但宋明自己却原来是那样软弱，他选择了一条根本用不着那样的道路，文化大革命的风暴只是轻而又微地触动了一下他，他就受不了了——愿他安息。

一九七九年

一个灰影子钻到了钟亦成的卧室。灰影子穿着特利灵短袖衬衫、快巴的确良（一种流行的化纤混纺面料）喇叭裤，头发留得很长，斜叼着过滤嘴香烟，怀抱着夏威夷电吉他。他是一个青年，口袋里还装有袖珍录音机，磁带上录制了许多"珍贵的"香港歌曲。不，他不年轻，快五十岁了，眼泡浮肿，嘴有点歪，牙齿、舌头和手指被劣质烟草熏得褐黄，嘴里满是酒气，脸上却总是和善的笑容。也许他只有四十多吧，大眼睛，双眼皮，浑身上下，一尘不染，笔挺笔挺，讲究吃穿，讲究交际，脸上一副目空一切的神气，眼神里却是一无所长的空虚。或者，她只是一个早衰的女性，过早地白了头发，絮絮叨叨，唉声叹气。或者，他又是另一副样子。总之，他是一个灰影，在七十年代末期，这个灰影常常光临我们的房舍。

灰影扭动舌头，撇着嘴说："全他妈的胡扯淡，不论是共产党员的修养还是革命造反精神，不论是三年超英，十年超美还是五十年也赶不上超不了，不论是致以布礼还是致以红卫兵的敬礼，也不论是衷心热爱还是万岁万岁，也不论是真正的共产党员还是党内资产阶级，不论整人还是挨整，不论'八一八'还是'四五'，全是胡扯，全是瞎掰，全是一场空……"

"那么，究竟还有什么真实的东西呢？究竟是什么东西牵动你，使你不愿意死而愿意活下去呢？"钟亦成问。

"爱情，青春，自由，除了属于我自己的，我什么都不相信。

"为了友谊，干杯！其实，我早就看透了，早就解脱了。五七年也让我去参加鸣放会，给他个一言不发！二十多年了，我不读书，不看报，照样领工资……

"生为中国人就算倒了霉。反正中国的事儿一辈子也好不了，干脆来个大开放。

"我的女儿在搞第三十四个对象了，但是，不行，不顺我的心，不能……"灰影子说。

"好吧，我们先不讨论你们的要求是否合理。"钟亦成说，"我只是想知道，为了国家，为了人民，或者哪怕仅仅是为了你个人，为了你的爱情和自由，为了你的友人和酒杯，为了你能活着混下去，能够大言不惭地讲什么开放，也为了你的女儿……不，应该说是你自己找到理想的女婿，你们做了些什么？你们准备做什么？你们有能力做什么？"

"……傻蛋！可怜！到现在还自己束缚着自己，难道你的不幸就不能使你清醒一点点？"灰影子生气了，转守为攻。

"是的，我们傻过。很可能我们的爱戴当中包含着痴呆，我们的忠诚里边也还有盲目，我们的信任过于天真，我们的追求不切实际，我们的热情里带有虚妄，我们的崇敬里埋下了被愚弄的种子，我们的事业比我们所曾经知道的要艰难、麻烦得多。然而，毕竟我们还有爱戴、有忠诚、有信任、有追求、有热情、有崇敬也有事业，过去有过，今后，去掉了孩子气，也仍然会留下更坚实更成熟的内核。而当我们的爱，我们的信任和忠诚被蹂躏了的时候，我们还有愤怒，有痛苦，更有永远也扼杀不了的希望。我们的生活，我们的心灵曾经是光明的而且今后会更加光明。但是你呢？灰色的朋友，你有什么呢？你做过什么呢？你能做什么呢？除了零，你又能算是什么呢？"

五

"但是，我相信党！我们的伟大的、光荣的、正确的党！党，擦干了多少人的眼泪，开辟了怎样的前程！没有党，我不过是一个在死亡线上挣扎的可怜虫。是党把我造就成了顶天立地的共产党员，革命干部。我了解我们的党，因为即使说是混入吧，我毕竟在党内生活了十多年，用我的不带偏见的孩子的眼睛，我看了、观察了十多年。我阅读党刊，我做党的机关工作，我参加党的会议，我接触过许多党的干部，包括领导干部，他们都喜欢我，我也爱他们。我知道，中国共产党是由民族和阶级的精华，由忧国忧民、慷慨悲歌、大公无私、为了民族和阶级的解放甘愿背十字架的人组成的。你读过方志敏烈士的《可爱的中国》吗？你读过夏明翰烈士的就义诗吗？我们都读过的，我们知道这都是真的，我们相信的，因为我们相信自己在那种情况下，也会像方志敏、夏明翰那样去做的。我们知道，党除了阶级的利益、民族的利益、人民的利益再没有别的利益。正因为这样，党有权利也有义务严格要求它的队伍里的每一个人，党员之间，也有必要、有可能互相提出极为严格的、毫不留情的、毫不含糊的要求。我从小入党，这并不能成为怜悯、宽容或者庇护的理由，而只能成为更加严格要求的根据。而且，党对我的批判并不是由于哪一个个人的恶意，没有任何个人的动机。为了共产主义的事业，为了英特纳雄耐尔，为了同国际资产阶级和国内的资产阶级、同国际修正主义和中国的修正主义作殊死的斗争，党铁面无私！党伟大坚强！哪怕我只是下意识地说过不利于党的话，写过不利于党的文字，哪怕我只是在梦中有过片刻的动摇，党也应该采取果断的措施，该清除出党的就清除出党！该划右派的就划右派！该施行无产阶级专政就施行无产阶级专政！该枪毙的就枪毙！就像匈牙利枪毙伊姆雷·纳吉一样。中国如果需要枪毙一批右派，如果需要枪毙我，我引颈受戮，绝无怨言！虽然划了右派，我仍然要活下去，我仍然能活下去，就因为我有这个坚定不移的信念，坚如磐石，重如泰山！"

这是一九五八年三月八日，下午五点钟，在金波河石桥的桥下面。天下着小雨，一阵阵的风把雨斜吹到钟亦成和凌雪的脸上、衣服上和他们脚下的暂时还是干涸的河道上。寒气彻骨生凉，行人很少。自从钟亦成被批判以来，他一直躲避着凌雪，又赶上凌雪到外地出差几个月，他们好久也没见面了。这次，是他主动约了凌雪，他打算和凌雪进行一次最后的谈话。最痛苦的时刻已经过去了，虽然否定和消灭自己是痛苦的，但是，他仍然有力量去经受这种不可思议的困难和痛苦，因为他的最根本的信念——对于党的信念并没有丝毫的削弱或者动摇，相反，随着他个人的被清洗，他更增加了对党的崇高的敬意和难以言喻的热爱。这样，在这个凄风苦雨的春日黄昏，在这个风景依旧而人事全非的金波河石桥洞下（其实，除了石桥本身，周围的风景也变了——盖起了多少幢新楼），虽然当年英勇保卫石桥的青年——少年共产党员如今已变成了"分子"，虽然他肝肠寸断、心如刀绞，但是，解放这个城市，解放这座桥梁的党仍然存在着，不仅在市委和区委，在工厂和农村存在着，而且仍然崇高而又庄重辉煌地存在于钟亦成的心里，即使手术刀可以剜出他自己的心脏，却挖不出党的形象、党的光焰。所以他对凌雪所说的话，仍然是大义凛然、惊天动地。他继续说：

"我自己想也没有想到，原来，我是这么坏！从小，我的灵魂里就充满了个人主义、个人英雄主义的毒菌。上学的时候总希望自己的功课考得拔尖，出人头地。我的入党动机是不纯的，我希望自己做一番轰轰烈烈的事业，名留青史！还有绝对平均主义、自由主义、温情主义……所有这些主义到了社会主义革命的严重关头就发展成为与党与社会主义势不两立的对立物，使我成为党内的党的敌人！凌雪，你别忙，你先听我说。譬如说，同志们批判说，你对社会主义制度怀有刻骨的仇恨，最初我想不通，想不通你就努力想吧，你使劲想，总会想通的。后来，我想起来了，前年二月，咱们到新华书店旁边的那个广东饭馆去吃饭，结果他们把我们叫的饭给漏掉了，等了一个小时还没有端来……后来，我发火了，你还记得吧？你当时还劝我了呢。我说：'工作这样马虎，简直还不如私营时候！'看，这是什么话哟，这不就是对社会主义不满吗？我交代了这句话，我接受了批判……啊，凌雪，你不要摇头，你千万别不相信，千万别怀疑，更不要对党不满。哪怕是一点一滴的不满，它会像一粒种子一样在你的心里发芽、生根、长大，这样，就会走到反党的罪恶的道路上。我就是坏，我就是敌人，我原来就不纯，而后来就更堕落了。你应该毫不犹豫地抛开我，和我划清界限，仇恨我！我欺骗了你的爱情，玷污了你的布尔什维克的敬礼！在我被清除出党的队伍的同时，让我也被你从你的心中永远清除出去吧！"

钟亦成说不下去了。一种又苦、又辣、又像火一样烫人的气体郁结在他的喉头，他的声音呜咽了，泪水哗哗地涌流到他的脸上，他连忙转过头去。他本来可不打算流露任何悲伤。在被批判的日子里，他也多次想过凌雪，想过自己和凌雪共同走过的每一条街，共同吃过的每一顿饭，共同看过的每一个电影画面，共同唱过的、小声哼哼过的每一首歌。他们的爱情建筑在互致布礼和互相提意见上。他写过一首爱情诗，这诗也许会受到后人嘲笑和不理解，但他写得真诚而且深情。情诗的题目是《给我提点意见吧》，诗是这样的：

　　给我提点意见吧，
　　让我们更加完美和纯净；
　　给我提点意见吧，
　　让我们更加严肃和聪明。

　　我们没有童年，我们
　　把童年献给了暴风；
　　我们效法那勇敢的海燕，
　　展翅，向着电闪雷鸣。

　　我们没有自己，我们
　　把自己献给了革命；
　　我们效法先烈，刘胡兰
　　和卓娅使我们惭愧而又激动。

　　为了国际歌，镰刀和斧头，
　　为了一个共产党员的忠诚，
　　为了我们任重道远的事业，
　　提点意见吧，请批评！

　　在沉沉的黑夜里，
　　意见就是灯；
　　在茫茫的天空上，

意见就是星；

在干涸的土地上，

意见就是雨；

在待发的帆船旁，

意见就是风。

在我的心里呀，亲爱的同志，

你的意见就是爱情，爱情！

多么真挚的情诗！让后人去嘲笑、去怀疑、去轻视吧，让他们认定我们不懂诗，不懂人情、教条主义和"左"吧，即使在成了"分子"以后，这首诗的温习，带给钟亦成的仍然是善良而又美好的、充实而又温暖的体验。

然而这一切已经不属于他，一切已经完结，基础已经挖掉，釜底已经抽薪，互致布礼已经不可能，同志式地互提意见也已无从说起。他只能决定，毫不犹豫地结束他们的来往，坚决彻底，刻不容缓。他必须做得十分决绝，非这样不足以使凌雪同意，任何伤感都只能使凌雪恋恋不舍，使凌雪痛苦，藕断丝连，结果使自己的恶名、自己的丑行玷污和亵渎那样纯正无瑕的凌雪，那将是极大的、不容饶恕的罪行。所以他绝对不能哭。他深信自己根本不会哭。因为他的眼泪已经哭完，他的反动思想和反党罪行已经证明他早已就毫无心肝。然而，想象和现实却并不一致。想象中的决绝完全合乎逻辑，完全没有困难，三言五语就可以办齐。而今天下午呢，当他看到凌雪那熟悉的面孔，那熟悉的、柔软的、带有一点药皂气味的黑发，那富有光泽和神采的端庄的鼻子，那朴素而优雅的穿着；听到她那口齿清楚的、平静的、好听的声音，感到她的呼吸和温热；当他按照早已在肚子里周而复始地酝酿了不知多少遍的腹稿说完了他要说的话的时候，他哭了，哭得一塌糊涂，本来就是凄风苦雨，现在更是天昏地暗。布礼，布礼，布礼，好像在遥远的天边还鸣响着这样的欢呼、这样的合唱，还衍射着这样的霞光、这样的彩虹，而他呢，却是下坠着，下坠着，下坠到深渊的无底，下坠到漆黑的虚空。他张开嘴，泪水和雨水，咸水和苦水一起流到了他的肚里。

"不，不！你不要这样说，你不要这样说！"凌雪慌乱地围着钟亦成转，寻找着钟亦成的正在躲避她的目光，不顾一切地抓住他的手，抚摸着他的头发和脸蛋，扳转他的头颈，让他正眼看着自己。"你怎么了？你怎么了？你如果犯了错误，那就检讨吧，那就改正吧，那又要什么紧？你为什么要说那么多不沾边的话？我不懂，事情怎么会是这个样子的呢，我完全糊涂了，我不信，说你是敌人，我不能相信。我只能相信那确实存在、确实叫人相信的东西，我不相信那些分析出来的东西……你不要夸张，不要感情用事，不要言过其词，不要听见什么就是什么。对《冬小麦自述》批判，胡批！把你定成右派，这也不对，这也是搞错了！人家怎么说你，这有什么了不起，你自己什么样，你自己不知道？你不知道，我知道你。你不相信，我相信你！如果连你都不相信，连自己都不相信，那我们还相信什么呢？我们还怎么活下去呢？至于别的，我不知道，我不懂。不仅银河外的事情我们不知道，不仅两万年以前和两万年以后的事情我们不知道，就是我们现在的生活里，我们的党的生活里，也还有一些我们还不知道、还不懂的东西，不知道就是不知道，不懂就是不懂。然而，不可能老是这样子，这太严重了，这不能不认真想一想，这又太荒唐了，实在叫人没有办法认真想。小钟，原谅我，过去你就不爱听这话，然而这是真的：你太年轻，太年轻，我要说，是太小了啊，你太单纯也太热情，太爱幻想也太爱分析。如果说不符合党的事业的要求，正是这些，而不是别的。你想得太多也太玄了，哪有那样的事情？黑怎么能说成白，好人怎么能说成坏蛋，让他们说去吧，你还是钟亦成！你是党的，你是我的，我也是你的……让我们、让我们结婚吧！七八年了，我们在一起，让我们永远在一起吧，让我们一起去受苦吧，如果需要受苦。让我们一起去弄懂那些还没有弄懂的东西吧……也许，这只是一场误会，一场暂时的怒气。党是我们的亲母亲，但是亲娘也会打孩子，但是孩子从来也不记恨母亲。打完了，气会消的，会搂上孩子哭一场的。也许，这只是一种特殊的教育方式，为了引起你的警惕，引起你的重视，给你一个大震动，然后你会更好地改造自己……也许，下个月就要复查的，你的事情会重新考虑的，运动当中过火一点，'不过正就不能矫枉'嘛，矫完了枉呢，事情还会回到正常的轨道……没什么，没什么，让我们……在一起！七八年了，你也太苦自己……"

她的话语，她的声音，她的爱抚，产生着一种奇妙的力量，钟亦成好像安稳多了。世界还是原来那个光明和美好的世界，金波河桥还是那座坚固而又古老的桥，人还是那些纯洁而真挚的人。被恶毒和污秽的语言，被专横和粗暴的态度，被泰山压顶一样的气势压扁了、冻硬了的心灵，在她的从容，她的信赖，她的像春天的阳光一样的爱里开始复苏，开始融解。"布礼！布礼！布礼！"这欢呼，这合唱。这霞光和彩虹重又成为对他的被绞杀着的灵魂的呼唤，成为对他的正在漂游下坠的心的支持。这世界上不会有痛苦，因为有凌雪。这世界上不会有背叛、冤屈、污辱，因为有凌雪。他把头埋在凌雪的胸前，忘记了一切，沉浸在这被威胁、被屈辱然而仍然是无玷的、饱满的爱情里。

一九五一年——一九五八年

我们是光明的一代，我们有光明的爱情。谁也夺不走我们心中的光，谁也夺不走我们心中的爱。

当我们幼小的时候，我们在黑暗中挣扎，当我们从孩子变成青年的时候，我们从黑暗走向光明。夜是太黑了，太暗了，所以，早晨，我们看到的是一片光辉，是万丈光芒。我们欢呼跳跃着奔向光明，拥抱光明。我们不知道还有阴影的存在，我们以为阴影已经随着黑夜而消逝，我们以为头顶上永远是八九点钟的太阳。

于是我们爱了，爱党，爱红旗，爱《国际歌》，爱毛主席，爱斯大林，也爱金日成、胡志明、乔治乌·德治、皮克和世界所有的国家的共产党和工人党的领袖，爱每一个共产党员、每一个领导人、每一个支部书记和党小组长。我们爱每一个劳动者，爱劳动者所创造出来的一切，我们爱新落成的百货公司和电影院，新出厂的拖拉机和康拜因，新安装的路灯和电线，新修建的街道和楼房。我们爱孩子们胸前的红领巾，爱挽着手臂行进的年轻人的笑声和歌声，爱春天的柳枝上的嫩芽，爱冬天踏着新雪的沙沙声，爱水，爱风，爱小麦和野菊花，爱丰收的田野。所有这些都属于党，属于人民政府，属于新生活，属于我们自己。

爱使光明更加光明，光明使爱成为更深、更强的爱。

于是我们相爱了，从听老魏同志讲共产党员的修养那个晚上起。听完党课，我们没有上汽车，我们本来想，走上一站再上车，结果，却走过了半个城市。我们在路灯下走着，我们的影子一会儿短，一会儿长，一会儿在后，一会儿在前。我们的心潮也是这样的起伏不定。我们走了很长的时间，夜风使我们瑟缩了，但我们的心却更热。"能不能用十年的时间实现布尔什维克化呢？""十年不行就十五年。""怎么样才能更快、更彻底地消灭个人主义呢？""我们永远听党的话，做一个好党员。""可那天我为什么对××急躁呢，'同志'，这是一个多么珍贵的称呼……可是我……""我要树立一个目标，就是老魏，我要像老魏那样质朴，那样成熟，又那样耐心……什么时候我才能像他那样呢？""你能，你能，你一定能！""难道除了做一个真正合格的共产党员，除了更好地完成党的任务，我们还有别的心思吗？为了党，我们甘愿抛头颅、洒热血，难道反倒舍不得丢掉自己的缺点吗？""是啊，是啊，就怕自己认识不到，自己不自觉，如果认识到了，我一定改，我一定丝毫也不宽容自己。如果认识到这是缺点，却又不肯改，这又算是什么共产党员呢？""但是，改造自己也是并不轻松的事，这需要主观的努力，也需要群众的监督。""那你就先监督吧，就给我提点意见吧……""我的意见嘛……""呵，你真好，你真好，你提的多么好啊，我一定接受你的意见。现在，我也给你提一点……"

给我提点意见吧，这就是爱情。可笑吗？教条吗？但是爱情之所以被珍惜，不正是因为它具有使人们、使生活变得更加美好、更加完满的强大的力量吗？这是从心底升起的追求光明、奔向光明的原动力。为什么柳条是那样浓密而又温柔？为什么槐树是那样沉稳而又幽深？为什么梧桐是那样谦和而又雍容？为什么天那么蓝，旗那么红，灯那么亮？为什么你、我和他，我们的脸上都呈现着幸福而又崇高的笑容？为了让世界美好，首先得让人们自身变得更美好些。为了让自己能够爱和值得被爱，首先要让自己变得更可爱些。为了能了解我们的事业，我们的斗争，我们的人生的真谛，首先要让自己的心灵更光明一些。所以，我们如饥似渴地互相征求着意见，互相鼓励着克服自身的缺点。甚至在我们互相通信的时候，我们在"吻你"的位置上写的却是"布礼！"是孩子气吗？"左"派幼稚病吗？令后人觉得格格不入吗？然而，既然我们是吸吮党的乳汁而长大成人的，既然主宰我们的头脑的是党的钢铁的信念，我们身上流着的是随时准备了为了党而喷洒的热血，我们的眼睛是为党而注视，我们的耳朵是为党而谛听，我们的心脏是为党而跳动。既然斯大林同志说共产党员是特殊材料制成的，既然我们努力要做一个名副其实的特殊材料制成的共产党员，既然没有党就没有你和我，就没有我们的人生，就没有我们在人生路程上的相会和相互的无条件的信任（为了这相会和相互信任，让祖先和后人永远羡慕我们！）我们相互之间怎么能不用党的方式来问候呢，我们怎么能不为这特殊的问候语言而骄傲、而欢乐、而爱得更深呢？

我们常常因为工作，因为党的任务而不能相会，或者约会好了却不能守约。有一次，我们当中的一个人在电影院的门口等着另一个人。我不说是钟亦成还是凌雪，因为，在这些体验上我们两个人互为自我。那时候，另一个人却因为取缔一贯道的事务而不能按时前去，打电话已经来不及了。一个半小时以后，这个人才跑到电影院。那个人正在那里等着，仍然忠实地等着，一点也不着急。"对不起！对不起！"这个人慌不迭地说。"可又有什么对不起的呢？你没来，我就知道你忙，你有任务，我在这里站着等你，你在那里忙碌，并不因为我等着你而急躁马虎，这有多好！"电影散场了，他们和看电影的人走在一起，别人看着，他们比最欣赏电影、最理解电影的人还满足，还高兴呢。

还有一次，一个人等了另一个人七个小时。利用七个小时他读了毛主席的好几篇著作。七个小时，天，从亮变得昏黄、变得黑了。下午已经变成了夜晚，太阳已经变成了星星。每一扇门的响动都使得这个人觉得是那个人在到来，每个细小的声音都像是爱人的自远而近的脚步。这个人焦躁了，他拿出了党章，他学习："中国共产党是中国工人阶级的先锋队……是有组织的部队……阶级组织的最高形式……"第二天才知道，另一个人临时接到通知去市委开会了，因为毛主席要到这里来视察工作。当第二天得知了这个消息，七个小时的焦灼的和平静的等待之后，是欢呼和跳跃……

我们一起走过了城市的每一条街，我们一起走过了解放以来的每一个年代，我们每每惊异，我们为什么竟然这样幸运地生活在这样伟大的党里，有了党的"介绍"，我们那么快地互相发现了，没有一点犹豫，没有一点疑虑，不懂得衡量条件，不懂得对别人有什么要求，不懂得有什么保留，好像生来就该如此。我们从来没想过我们的生活会是别的样子。

人们发明了语言，用语言去传达、去描述、去记载那些美好的事物，使美好更加美好。但也有人企图用语言，用粗暴的、武断的、杀人的语言去摧毁这美好，去消灭一颗颗美好的心。在这方面，有人得到了相当大的成功。然而，并没有完全成功，埋在心底，浸透在血液和灵魂里的光明和爱，是摧毁不了的。我们是光明的一代，我们有光明的爱情。谁也夺不走我们心中的光，谁也夺不走我们心中的爱。

一九五八年四月

五一节的前夕。这是一个新鲜、美好的时令。经过漫长的冬季的委顿，阳光重又变得明丽辉煌了。柔软的枝条和新绿的树叶，已经日趋繁茂，已经遮住了城市街道两旁的天空，却仍然那么鲜活，那么一尘不染，好像昨天才刚刚萌发出来似的。树下到处是卖草莓的姑娘，嫩红、多汁、甜中带酸，更带有一种青草的生味儿的草莓，正像这个节令、这个城市一样的生动而且诱人。人们在换装，古板的老者还没有脱下大头棉鞋，孱弱的病人仍然裹着厚厚的毛绒围巾，年轻人呢，已经用他们的五颜六色的毛线衣甚至用轻柔而又洁白的单装来呼唤生活、呼唤盛夏了。就在这样一个青春的季节的晴朗的日子，钟亦成和凌雪结婚了。

世界是光明的，斗争是伟大的，生活是美好的。钟亦成更加坚定、更加执着地相信着这一点。凡是人制造出来的，人就受得住。只有人享不了的福，没有人受不了的罪。从小，他的父亲的穷朋友们就爱引用这句名言来互相砥砺，互相安慰。可不是吗，批呀，斗呀，划"分子"呀，宣布是"死敌"呀，揭露"丑恶面目"呀，清除出党呀，一关又一关，他都过来了。疼痛是难忍的，但是单因为疼痛却死不了人。凌雪说得对，关键在于自己的信心。自己不垮，谁也无法把你整垮，整死了也不垮。他可能确实犯下了严重的错误——或者叫作"罪行"，他可能犯的错误并没有那么严重，他可能确已被"批倒批臭"，他可能实际上并不臭，这些情况他自己还有点判断不清楚。但是有一条是肯定的，他仍然要活下去，要革命，要改造思想，要做一个真正的共产主义战士。他能这样，因为他强烈地、比什么都强烈地要求这样。

所以他恢复了，恢复了健康、热情和乐观的生活态度。筹备婚事的一个多月，他和凌雪一起照了许多相片。他现在不用参加那么多会了，他现在是"听候处理"，他有了恋爱的时间了，任何一次约会都不会失约。他知道了按时赴约，和凌雪在一起多呆会儿是多么幸福。有一张相片是这样照的：爬山之后，他热了，他脱掉了制服上衣，用一只手在肩上抓着垂在身后的衣服，另一只手叉着腰，夕阳照在他的脸上，清风吹拂着他的头发，背景是山下的纵横阡陌。这张相片洗出来以后使钟亦成自己都感到惊奇，可以说是震惊，在目前的处境下，他的相片为什么竟是这样神采飞扬、潇洒自豪、蓬勃向上、喜气盈盈？

他应该是这样的。他本来就是这样的。他是搏击暴风雨的海燕。他是向着高天飞翔的鹰。他是沐浴在阳光里的一朵欢乐的春花。无论施行怎样精巧的整容术，他的脸上无法出现符合"地、富、反、坏、右"的排列的惧怕混杂着虚伪、谄媚，混杂着猥琐的表情。他无法做一个合格的右派，即使这使他感到抱歉也罢。

但他不敢把相片出示给别人，他也不敢让其他人知道他每个星期天和凌雪去照相，他必须偷偷摸摸地去做一个光明正大的人。

……这天晚上，他们结婚。除了几个近亲，他们没有邀请什么人。就是近亲，也有好几个托词不来。而且，就在这一天的早上，凌雪所在的工厂的一个领导人（凌雪初中毕业以后上了中等专业学校，现在担任一个工厂的技术员），对凌雪进行了最后一次"挽救"。因为她硬是与钟亦成划不清界限，在运动中，她没有能立场坚定地奋起揭发钟亦成；而现在，在钟亦成头上的冠冕还牢牢实实、还崭新刺目的时候，她竟在一个月内五次打报告要与钟亦成结婚。凌雪拒绝了最后的挽救，于是，领导不得不迫不得已采取了纪律措施，就是这一天的下午，召开了支部大会，通过了把凌雪开除出党的决议。

凌雪不接受这个处分，表决的时候，她不举手。签署本人意见的时候，她毫不含糊地写上了"不"字。为此，她受到了警告，说她"态度恶劣""还要加重处分"。

两个小时以后，她换了一件紫地带绿色花点的衬衫，套上一件黄色的毛线衣，穿上一件灰色哔叽裤子，半高跟黑皮鞋，然后，她坐上公共汽车，把自己"嫁"出去了。

这是一个十分冷落的、应该说是冷落得可怕的婚礼。除了双方的母亲（他们都没有父亲了）和年幼的弟妹，除了两位在街道上打零工的邻居以外，再没有别的客人。一盘瓜子，一盘水果糖，一盘果脯，几杯茶，这便是全部的招待。而且，凌雪把早上和下午发生的事情告诉了钟亦成。她并不认为这仅仅是对他们的结合的一个打击，相反，这似乎增加了他们的结合的意义。在天塌地陷的时候，他们挽起了手。钟亦成的脸白了一下，眉头也皱了一下，虽然他自己经受了许多，但是落在凌雪身上的打击比落在他身上的还让他难受。但是，凌雪的倔强的嘴角上呈现着的是笑容而不是哀伤，凌雪的眼睛里流露着的是令人销魂的温柔而不是怨怼，凌雪的一举一动里，都包含着欢乐，包含着那么饱满的幸福，而不是寂寞和悲凉。于是，钟亦成也笑了。七年了，他们在一起，却又不在一起，这有多么苦！现在呢，他们将永远在一起了，他感谢命运，感谢凌雪的真情，感谢太阳、月亮、地球和每一颗星。

到晚上九点，屋子里就没有人了。但还有收音机，收音机里播送着鼓干劲的歌曲。凌雪关上了收音机，她说："让我们共同唱唱歌吧，把我们从小爱唱的歌从头到尾唱一遍。你知道吗，我从来不记日记，我回忆往事的方法就是唱歌，每首歌代表一个年代，只要一唱起，该想的事就都想起来了。""我也是这样，我也是这样。"钟亦成说。"从哪一年唱起呢？""一九四六年。""一九四六年唱什么呢？""唱《喀秋莎》，这个歌我是一九四六年学会的。""好，唱完这个，我们就唱'兄弟们，向太阳，向自由'。""一九四七年，一九四七年呢？""一九四七年我最爱唱的是这个歌，这是我入党的时候最爱唱的歌……"

路是我们开哟，

树是我们栽哟，

摩天楼是我们亲手造起来哟……

"那时候，我唱着这个歌走过各条街巷，我觉得，整个旧世界都在我的脚下……""一九四八年，一九四八年我们唱'天快亮，更黑暗，路难行，跌倒是常事情'……""一九四九年呢？""一九四九年的歌儿可太多了，'没有共产党就没有新中国''大旗一举满天红啊'……""一九五〇年唱'五星红旗迎风飘扬''我们要和时间赛跑'……""一九五一年唱'雄赳赳，气昂昂''长白山一条条……'记得那时候我们都要求到朝鲜去吗……"他们唱起来了，嘹亮的歌声填补了被剥夺的一切，嘹亮的歌声里充满了青春的动人的光明和幸福。他们就这样回忆着、温习着那纯洁而激越的岁月，互相鼓舞，互相慰藉着那虽然受了伤却仍然是光明火热的心。

他们唱得太高兴了，甚至没有听见敲门声，也没有听见门被推开的声音。及至听到了"小钟""小凌"的招呼和脚步声，他们转过头来一看，客人真好比是从天上降落到了他们的面前。三个人：区委书记老魏和他的多病的妻子，他的汽车驾驶员小高。

经过运动，老魏也瘦了，下眼皮似乎略有浮肿，嘴角上的纹路也更明显了。老魏的妻子是一个农民出身的妇女工作干部，黑瘦黑瘦的，在对钟亦成进行"批斗"的过程中，她没有说过一句话，而且，她总用一种大惑不解的、同情和安慰的眼光看着他，这使钟亦成铭记不忘。批斗的日子里，谁给钟亦成倒过一杯水，谁见面的时候向他点过头、微笑过，谁发言的时候用了几个稍许有分寸一点的词汇，都被钟亦成牢牢地记在心里，终生感激。老魏夫妻俩带着友谊，带着和善的笑容出现了，只有汽车驾驶员，年轻的小伙子，跷着一只脚，嚼着牙花，显出一种不耐烦的样子。

"好你个小钟，你们竟然向我封锁消息。"老魏大声说，他的关心和慈爱的态度使钟亦成回想起一九四九年初第一次党员大会上送给他军大衣的情景。老魏招招手，妻子拿出了礼物：一对刺绣的枕套，一本相片册，两本精装的美术日记。

"拿酒来，让我们为你们俩的幸福干一杯！"他喊道。

"可是，可是……"钟亦成尴尬了，手足无措了，"我们没有酒啊。"他小声说，声音是颤抖的。

"什么，什么？"老魏好像听不懂他的话，"为什么没有酒？这是喜酒啊，我们可是来喝喜酒的啊！"

"没有就算了，天也晚了。"老魏的妻子温和地说。

"我不喝。"驾驶员简短地声明。

"但是我要喝，我一定要喝你们的喜酒。"老魏似乎是负气地说，"为什么没有酒？为什么没有酒啊？"他大喊道，他的声音里充满了悲怆，他的眼睛是湿润的，钟亦成，凌雪，老魏的妻子，连驾驶员都不由得被触动了。

"小高，你给我买酒去！"他看了看表，用战争中下达军令的不容商讨的坚决态度说，"半个小时内完成任务。他们不招待，我们敬他们，我们将他们的军！"他笑了起来。

小高从书记的神色里知道这确实是一个不能打折扣的任务，他匆匆地走了。二十多分钟以后，小高气喘吁吁地回来了，"真糟糕，商店早就关了门，火车站附近的昼夜售货部偏偏又赶上月底结账，停止营业一天。"他说。"咱们家就没有一点酒吗？"老魏带着质问、带着莫名的怒火问他的妻子。"没有。"他的妻子抱歉地说，似乎喝不上喜酒是由于她的过错，"你又不喝。医生也不让你喝……对了，咱们还有一瓶料酒，那是炒菜用的。""料酒能不能喝？当然，要喝也不会被禁止。"老魏自问自答，下令说，"把房门钥匙给小高，就把那瓶料酒取来！"

小高走了以后，他说这，说那，只是不说那分明刚刚发生过的事，没有说那刚刚开始的苦难。一瞬间，钟亦成也忘记了这些荒谬绝伦的事情，从老魏到来的那一刻起，他好像有了依靠，有了主心骨。好像在睡梦中被魇住以后听到了醒着的人的呼唤，只要一活动，一睁眼，所有的恐怖和混乱就会丢到冥冥之中去了……

小高回来了，拿回来的不是料酒，而是一瓶尚未启封的茅台——小高拿来了自己家的"储备"。

"为了钟亦成同志和凌雪同志的新婚，为了他们的幸福，为了他们一定能克服前进道路上的困难，为了……总会……干杯！"

老魏庄严地举起了杯，钟亦成和凌雪也举起了杯，他们喝下了这暖人肺腑的喜酒，杯中半是茅台，半是热泪。

六

一九五八年十一月

列车在一望无垠的冬日的原野上飞驰。青纱帐撤去了，视线没有遮拦，世界显得更是无边地辽阔了。初冬，还没有积雪，田野上秋收作物的茬子和虽然略有瑟缩却仍然没有褪尽绿色的冬小麦清晰可见。"孕育着丰收"的冬小麦啊，结果却孕育了苦难。不可思议吗？事出有因吗？在劫难逃吗？赶上"点"了吗？还是党的一种特殊的教育自己的儿女、考验自己的儿女的方式呢？不论是什么，作为党的一个忠诚的战士，他要从积极方面接受这一切。老魏出席了他的婚礼，许多的同志也仍然是友好地、正常地对待他。"划清界限"，这本是暂时在一种压力下才发生的，待到压力稍稍放松，"界限"就不那么严酷了。还有凌雪，她那么体贴，那么痴情，用十倍于往昔的温存温暖着他那颗受了伤的心。

别的"右派"早就下乡"在劳动中改造自己"去了（钟亦成不爱说"劳动改造"，因为那四个字叫人联想到囚犯），但是老魏通知钟亦成"等一等"，说他的问题可能还要复查。这给他带来多少希望，他不敢想象这样的幸福，正像原来不敢想象这样的灾难。他梦见机关支部书记找他谈话，支部书记通知他，对他的处分改为留党察看二年了。虽说仍然是严厉的处分，然而他感激得哭醒了，醒来，枕巾已经湿了一大片。半年过去了，每天早晨他都充满了希望，每天晚上他都祝祷着明天。到了明天，乌云就会散去了，一切就都会好了；到了明天，所有的冤屈，所有的愁苦，将会变成一个宽厚而又欣慰的微笑了。但是，最后，通知他："这次运动一律不搞复查。"真是奇怪，所有的运动都有复查，"三反""五反"时候打的那么多"老虎"经过复查都解脱了，唯独这次运动，不准复查。"过去的事情已经过去了，希望你今后好好努力，只要自己努力改造思想，总有一天还会回到党的队伍。"临下乡前，在办公室，老魏对他这样说。这样说也给他带来无限的温暖啊！

现在，他坐在列车上了。他的眼前仍然浮现着站台上送行的凌雪的努力含笑的脸。"一路顺风！"车开动之后，凌雪用抖颤的声音喊道。这声音的抖颤使钟亦成感到那么悲怆。"凌雪！我对不起你，我对不起你呀！"他想哭……

汽笛长鸣，车轮铿锵，车头粗重地喘气，烟囱放出浓烟。车过桥梁时大地猛烈地颤抖，车过隧道时车厢一片漆黑（乘务员忘记了打开灯）。车厢喇叭里响彻了大跃进的豪言壮语和"超英赶美"的气壮山河的歌声，各车厢正在举行红旗竞赛。列车员除了不停地打扫、送水以外，还要说快板、读报、进行政治宣传，用自己的声带和广播喇叭比赛。这一切都像鼓槌一样地敲打着钟亦成的心房，使他渐渐地把对城市、对凌雪的依恋之情暂时放在一边，过去的让它永远地过去吧，生活仍然是这么强健、这么红火、这么吸引人。我才二十六岁嘛，时间在前面，未来在前面，唯有一心向前！他自言自语说。其实，早在上火车之前他就多次对自己这样说过，但只是现在，在车厢的嘈杂和明明暗暗的多变的光照之中，在他贪婪地隔着车窗注视着正在掠过、正在飞旋的田野、道路、池塘、房屋的时候，他才当真是又痛苦、又兴奋、又快乐地感到了："过去的过去了，新生活正在开始！"

他还年轻，有力量，身体健康，四肢和头脑都好用，革命和生活都还在他的前面，像是一朵花，才刚绽开花蕾，甚至还是含苞待放的时候，突然来了一阵毁灭性的狂风暴雨。然而，花的本性是芬芳，花的本色是万紫千红，花的本来面目是开放，特别是，如果它有很好的根，很好的蕊，如果它有对太阳、对土壤、对空气和水的天然的亲和爱，那么，你用火烤，用烟熏，用刀锯，用沸汤浇，它总还会有一点根、有一点花心活下去，它活着，接受阳光和雨露，吸收大地的滋养，重新抽出枝条、长出绿叶。看吧，尽管他的眼角上已经过早过密地出现了鱼尾纹，尽管他的额头上也有那么几道悲哀的、深深的纹路，尽管他的嘴角上的纹线给人一种惧怕和痛楚的感觉，这一点当他咧嘴笑的时候就更加明显。但是，他的眼睛仍然是明亮的乐观的，他的鼻子仍然是坚毅的稳定的，他的头颅仍然是昂扬的；随着列车的行进，随着"鼓槌"的敲击，他的目光中更飞出了兴高采烈的火花来。

车到站了，在经过了一个又一个隧道，一块又一块蓝天之后，在一个三面环山、一面近傍着大河的险要的地方，火车停下来了。

钟亦成像士兵一样地背着行李包，手里拄着一根刚刚撅下来的助步的粗树枝，攀登在崎岖的山路上。雄鹰在头顶盘旋，油松和核桃树在山坡上伫立，青石在道路旁虎踞，激流在山谷里跳跃，钟亦成不知哪里来了那么大的劲，飞快地走着，走着。由于他是等待复查而最后下去的一个"分子"，没有人和他同行。但他感到有一股巨大的力量在催促着、驱赶着他。他不能停，在改造的道路上他必须快马加鞭。国家在跃进，再过几年就要取消三大差别、进入共产主义了，中国即将成为全世界第一个繁荣、富裕、先进、一大二公的国家了，他难道还能停留在"资产阶级"的泥坑里？到了全国实行共产主义的时候，他们这些"资产阶级"，不是太滑稽、太不合时宜、太有碍观瞻了吗？他不灰心，他不怕，看，他能一口气走上三个小时、五个小时的山路，虽然早已是汗流浃背，他的耻辱只有用汗水来冲洗了，出汗，这才刚刚是序幕呢。青春是无价的财富和无穷的力量，青春什么都不怕，就算过去二十六年全错了，白活了，全是罪过，那又要什么紧呢？今后不还有五十年的时间给他重新生活、重新革命、重新做一个共产主义的战士的机会么？五十年的时间难道不能做许多许多有益于党、有益于人民的事情么？五十年的时间难道不够他重新塑造自己之用么？他已被清洗，他无法做党务工作了，那就——譬如让他去学建筑或者数学去吧，他本来也很喜爱数理功课，只是因为党的事业的需要他才转移了自己的心。但是不行，他得先改造，先取得一个公民、一个人的资格，那就到山区来吧，在山区他也要献出自己的青春，放出自己的热。

汗水淹没了全身，连睁眼都困难了。裤角上粘满了牛蒡子、刺草叶。鞋面上盖满了红的、黄的、黑的和白色的尘土。钟亦成爬过了正在开采马牙石的琥珀色和白色的山，爬过了核桃、大枣、桃、梨、杏、柿、山楂满坡的花果山——只有个把橙红如火的柿子还挂在枝头。又爬过了乌黑如墨的煤山，穿着单裤、赤着上身的矿工推着小矿车从简易的坑口走出来，使钟亦成觉得分外亲切。又走过了灰黄色的石灰石山和依然碧绿的松山，终于，他登上了制高点——雁翅峰。

凉风习习，热汗淋淋，视线一下子开阔，千山百岭都已在他的脚下。大河如同一道银带，辗转蜿蜒，尽收眼底。远处的地平线上，烟气飘飘，氤氲渺渺，树木和村庄隐隐约约，好像是在大海里出没着的船。脚下近处呢，是炊烟袅袅的房舍，是阡陌纵横的田亩，是正在施工的筑路队的帐篷、工棚。回首来路，几个小时的奔波已经不仅使城市而且使平原远远地被抛在后面。俯视眼前呢，山川历历，天地悠悠，豁然开朗，心旷神怡。他放眼四极，忽然吃了一惊，这风景，这地面，这高山与流水，树木与田野，村舍和工地，怎么如此熟悉，似曾相识，竟像是过去来过、见过一样呢？明明他是生平第一遭到这儿来，不但是初次到雁翅峰来，而且是初次上山下乡来，为什么这风光景物竟使他觉得这样亲切、熟悉、心心相印呢？莫非他在哪一本小说中看到过这样的描写？莫非他在哪一部电影里看到过这样的画面？莫非他曾在梦中到此一游？莫非他多年来所寻找、所期待、所要求的正是党给他安排的这样一个宽广的天地？

我来了，新生了，过去的永远过去，新的里程从兹开始。他想欢呼，想高歌，想长啸，但他想到了应该克服这种小资产阶级的狂热性，过分的激情只会带来灾难……他想起了临行前凌雪对他提的意见："劳驾，别那么激动。有许多事情我们还不懂，我们需要思考，需要理解。作为一个共产党员，不仅要有火一样的热情，还要有冰一样的头脑……"虽然钟亦成提醒她正视现实——难道还用提醒么？奇怪，为什么一个女同志会这样执拗，凌雪仍然在用党员的感情、党员的目光、党员的语言来看问题、想问题、说问题……批下来了，凌雪也被开除了党籍。一个从小做过童工，从小参加革命，一个本来没有任何辫子的好同志，只因为忠于他们的互致布礼的爱情，也被从政治上判处了死刑……布礼，布礼，布礼！突然，泪水涌上了他的眼睛。

一九七九年

灰色的影子说：你真可怜！你怎么到那个时候还看不透，你怎么会像个傻瓜似的欢欣鼓舞地去劳动改造？看穿一点吧，什么也不要信……

然而灰色的朋友，你有什么资格说看透，说不相信呢？你只不过是在生活的岸边逡巡罢了，你下过水吗？你到生活的激流中游过泳、经历过浮沉吗？没有下过水的人有什么资格评论水、抨击水、否定水呢？你那么聪明，又那么爱惜自己，于是，你冷眼旁观，把自己的生命闲置起来，白白地浪费掉，于是你衰老了，白了头发，落了牙齿，你絮絮叨叨，发出盲肠炎急性发作的病人才能发出的呻吟。你的一生，不过是一场误会，一场不合时宜的灾难，一声哀鸣罢了，你怎么看不透你自己呢？你何必活下去呢？

一九七九年

你说什么？你热爱党？你热爱党为什么注销了你的党票？注销了你的党票你还能热爱党吗？

多么天才的逻辑，真是高屋建瓴，势如破竹！但什么叫党票呢？难道我们的国家除了有粮票、肉票、布票、油票以外，还又发行了党票吗？党票可以换来什么？在黑市又是以多少钱一张的价格买卖的呢？

你说什么？你热爱党，热爱党为什么给你戴帽儿？你这就是翻案！这就是反攻倒算！

奇怪，多一个敌人究竟对国家有什么好处？能提高钢铁的产质量吗？能提高农民的粮食定量指标吗？否则，为什么要千方百计地塑造一个定型的敌人呢？

赎罪？你赎了什么罪？你是老账未完又加新账，对你要老账新账一起算，罪恶滔天，死有余辜！

祥林嫂！为什么生活在社会主义新中国的一个共产主义者，一个朝气勃勃、赤诚无邪的年轻人的命运竟然像了你？中华民族呀，多么伟大又多么可悲！

好吧，先把你的问题挂起来……

把什么挂起来？钟亦成是什么？一顶帽子吗？一件上衣吗？一个装酱油的瓶子吗？

先通通轰下去，然后，就地消化……

他们是什么？是一块窝头，一碟切糕？还是一盘需要好胃口的莜面卷？消化以后变成什么东西呢？尿吗？大便吗？一个打出来的嗝或是一个放出来的屁吗？

清队结论：钟亦成，男，一九三二年出生于P市，家庭出身：城市贫民。本人：学生……该钟自幼思想极端反动，怀着不可告人的个人野心，于一九四七年未经履行应有的手续，混入刘少奇及其代理人控制下的党组织……一九五七年，利用写诗向党猖狂进攻……至今拒不服罪，拒不揭发刘少奇的代理人大搞假共产党的滔天罪行……实属没有改造好的资产阶级右派分子……

年代不详

黑夜，像墨汁染黑了的胶冻，黏黏糊糊，颤颤悠悠，不成形状却又并非无形。白发苍苍、两眼圆睁得像两口枯井一样的钟亦成拄着拐杖走在胶冻的抖颤中。呼啸着的狂风，来自无边的天空，又滚过了无垠的原野，消逝在无涯的墨海里。是闪电吗？是地光吗？是磷火还是流星？它偶尔照亮了钟亦成在一个早上老下来的皱缩的、皮包着骨的脸颊。他举起手杖，向着虚无敲击，好像敲在一个老旧的门板上，发出哪、哪、哪的木然的声音。

钟亦成，钟亦成，钟亦成！

他发出的声音苍老而又遥远，紧张而又空洞，好像是俯身向一个干枯的大空缸说话时听到的回声。

钟亦成，钟亦成，钟亦成！

黑夜在旋转，在摇摆，在波动，在飘荡；狂风在奔突，在呼号，在四散，在飞扬。桅杆在大浪里倾斜，雪冠从山顶崩塌，岩浆从地下喷涌，头颅在大街上滚来滚去……

钟亦成，钟亦成，你怎么了？

钟亦成，钟亦成，他死了。

闪电之后是彻底的黑暗。

寂静无声。暗淡无光。凝定无波。

多么微小，好像一百个小提琴在一百公里以外奏起了弱音，好像一百支蜡烛在一百公里以外燃起了青辉，好像一百个凌雪在一百公里以外向钟亦成招手……

布礼，布礼，布礼……你对我有什么意见？

他要追逐这布礼，他要去追逐这意见，他要抬起这难抬的、被按着的头，他要睁眼，极目远望……

又是一道闪电，他看见钟亦成了，钟亦成就在凌雪的身边，戴着袖标，举着火炬。不，那不是火炬，那是一颗痛苦的、燃烧的心。

一九七八年九月

钟亦成的日记：

今早写了申诉，二十一年来，第一次向党说了那么多心里话。多么令人惋惜，每个人的生活都只有一次。人们经历的一切，往往都是在事先没有准备、没有经验的情况下就打响了的遭遇战。假如一切能重新开始一次，我们将会少多少愚蠢……然而，回顾二十余年的坎坷，我并无伤感，也不怨天尤人。我也并不感到空虚，不认为这是一场不可思议的噩梦。我一步一步地走过了这二十一年，深信这每一步都不会白白走过。我唯一的希望是，这些用血、用泪、用难以想象的痛苦换来的教训将被记取，这些真相，将恢复其本来面目并记录在历史上……

七

一九五八年十一月——一九五九年十一月

劳动，劳动，劳动！几十万年前，劳动使猿猴变成了人。几十万年后的中国，体力劳动也正发挥着它净化思想、再造灵魂的伟力。钟亦成深信这一点。他的对祖国山川和人民大众的热爱，他的献身的愿望，他的赎罪的狂热，他的青春的活力，他的不论在什么处境之下都无法中断的、不断从生活中获得补充和激发的诗情，全都倾注在山区农村的笨重的、应该说是还相当原始的体力劳动里。

他背着满满的一篓子羊粪蛋上山，给梯田施肥，刚起步两分钟，就像做豆腐的最后一道工序——用石板压一样，汗水像豆腐水一样从四面溢了出来。他爬梁越坡，沿着蜿蜒崎岖的山径前行。他的腰背弯成七十度，尽力学着老农的样子，两腿叉开，略略拳曲以利于维持平衡。两只手是自由的，有时甩来甩去，觉得上肢轻松得令人飘飘然。有时交插手指放在胸前，一副虔诚的样子。有时用两手拢成一个圆环，这是一个练气功的姿势，为了跋涉陡坡，必须气运丹田。每走一步他都觉得腿在长劲，腰在长劲，他确实是脚跟站稳，脚踏实地，在把自己的体力和热情，把饱含着农作物所需要的氮、磷、钾和有机质的肥料，献给哺育着我们的共和国的农田。

他淘大粪。粪的臭味使他觉得光荣和心安。一挑一挑粪稀和黄土拌在一起，他确实从心眼里觉得可爱，拌匀了，发酵了，滤细了，黄土变得黑油油的了，黏土也变得疏松，然后装上马车，拉到地里，撒开。风把粪渣送到嘴里，他觉得舒畅，因为，他已经被大地妈妈养活了二十多年，如今第一次把礼物献给大地妈妈……

春天了，他深翻地，目不斜视，耳不旁听，全部肌肉和全部灵魂的能力都集中在三个动作上：直腰竖锨，下蹬，翻土；然后又是直腰竖锨……他变成了一台翻地机，除了这三个动作，他的生命再没有其他的运动。他飞速地，像是被电马达所连动，像是在参加一场国际比赛一样地做着这三位一体的动作。腰疼了，他狠狠心，腿软了，他咬咬牙。腿完全无力了，他便跳起来，把全身的重量集中到蹬锹的一条腿上，于是，借身体下落的重力一压，扑哧，锹头直溜溜地插到田地里……头昏了，这只能使他更加机械地、身不由己地加速着三段式的轮转。忘我的劳动，艰苦而又欢乐。刹那间，一个小时过去了，三个小时过去了，十二个小时也过去了，他翻了多么大一片土地！都是带着墒、带着铁锹的脖颈印儿的褐黑色土块。你想数一数有多少锹土吗？简直比你的头发还多……人原来可以做这么多切实有益的事。这些事不会在一个早上被彻底否定，被批判得体无完肤……

夏天，他割麦子，上身脱个精光，弯下腰来把脊背袒露在阳光下面。镰刀原来是那么精巧，那么富有生命，像灵巧的手指一样，它不但能斩断麦秸，而且可以归拢，可以捡拾，可以搬运。他学会用镰刀了，而且还能使出一些花招，嚓嚓嚓，腾出了一片地，嚓嚓嚓，又是一片地。多么可爱的眉毛，每个人都有两道眉毛，这样的安排是多么好，不然，汗水就会糊住眼睛。直一下腰吧，刚才还是密不透风的麦田一下子开阔了许多，看见了在另一边劳动的农民，看到山和水。一阵风吹来，真凉快，真自豪……

秋天，他打荆条，腰里缠着绳子，手里握着镰刀。几个月没有摸镰刀了，再拿起来，就像重新造访疏于问候的老友一样令人欢欣。他登高涉险，行走在无路之处如履平地，一年的时间，他爱上了山区，他成了山里人。如同一个狩猎者，远远一望，啊，发现了，在群石和杂草之中，有一簇当年生的荆条，长短合度，精细匀调，无斑无节，不嫩不老，令人心神俱往，令人心花怒放。他几个箭步，蹿上去了，左手捏紧，右手轻挥镰刀，嚓的一声，一束优质荆条已经在握了，捆好，挂在腰间的绳子上。再一抬头，又发现了目标，他又攀登上去了，像黄羊一样灵活，像麋鹿一样敏捷，身手矫健，目光如电……

除了和农民、和下放干部们一起劳动以外，他和几个"分子"还主动地或被动地给自己加了成倍的额外任务。夜里三点，好像脑袋才刚挨枕头，就起来"早战"了，把粪背到梯田上，把核桃、枣、甘薯、萝卜背下去。在星空下走小路，星星好像就在人的身边，随手都可以抓到。中午嘴里还啃着咸菜和窝头，就又开始"午战"了。晚上喝完两大碗稀粥，又是"夜战"。夜战的时间长了，有时候也犯迷糊，分不清早战和夜战了。除了星宿的位置有些不同，别的区别很少能觉察到。人真是有本事，把加班说成什么什么"战"，马上就增加了一层非凡的革命的色彩，原来他们是在战，在打仗，在向资产阶级、向自己思想中的敌人开火，不是你死，就是我活，谁能懈怠呢？干就干吧，还要竞赛，还要批评表扬，一得空就要评比，还要按劳动和遵守纪律的情况划分类别，改造得较好的———一类，一般的——二类，较差的——三类，继续反党、反社会主义的准备带着花岗岩脑袋见上帝的——四类。这种评比可真有刺激的力量！所以农民反映："分子"们劳动是拼命，像"砸明火"一样气急败坏，看着他们干活我们都害怕——他们重载上山的时候是跑步，下山的时候是跳跃，喘气的声音二里地外都听得见。这还不算，一有空他们还得考虑自己的罪行，考虑通过这种"砸明火"的劳动如何进一步认识自己的丑恶面目，进一步感谢党的挽救……

钟亦成出身城市贫民，从小家境不好。在他发育成长的关键时期——十一岁至十四岁的时候，正是家里吃了上顿没有下顿的时候，所以，他身材瘦小，手腕和脚踝特别细。解放后的繁忙的会议、工作之中，他也没有年轻人应有的娱乐、体育锻炼和足够的休息。来山区后营养又差，农民还可以从供销社买点点心吃，但他们的纪律是不准买任何吃的东西。但不知道是一股什么样的内在的、神奇的力量，支持着钟亦成，使他在如此严酷沉重的劳动中没有垮下来——许多比他们干活少得多的下放干部这个住了院，那个请了假，有的一回城就半年不见影子——他咬紧牙关，勇往直前，在严酷的劳动中体味到新的乐趣，新的安慰。他甚至觉得，以往不从事体力劳动的岁月全是浮夸，全是高高在上，虚度年华。而如今，他的四肢，他的肠胃，他的身体和精神都得到了解放。一切的清规戒律，什么饭后不要立即从事重劳动啊，什么一天应该睡八小时啊，什么刚出过大汗不要下凉水啊，全都打破了。有一天吃面条——这是罕有的改善，小小的钟亦成一顿吃了六碗——一斤半干面出的条儿。这种出色的、努力认真的、傻气的劳动沟通了他和农民的感情。农民说："你刚来时我真怕一阵大风把你吹跑了。谁知道，你还真豁着命干。"农民一再爱惜地劝导说："悠着点劲儿，别那么卖死力气，伤着身子一辈子的事儿！"还有的农民悄悄邀请他："甭听他们的限制，上我家喝两盅儿，我给你煮两个鸡蛋，瞧你瘦成了啥样子！"农民的热情使钟亦成五内俱热，然而，他是一个罪人啊，他有什么颜面接受农民父老的这种关心和爱护呢？

有一个小名叫老四的农家孩子，才十三岁，对钟亦成特别好，一会儿递给钟亦成一把红枣，一会儿抓一个蝈蝈叫钟亦成去看，好像钟亦成是他的同龄的伙伴似的。家里烤好两个土豆，他也要趁热给钟亦成拿一个吃，他还给钟亦成的背篓缝上了一层棉垫，这样背起来就不那么硌腰，老四无微不至的帮助使钟亦成感激而又惶恐，他对老四说："你还小呢，你倒老替我操心！"老四说："我看着你们几个人实在太苦。"说着，眼泪在眼眶里打转。"不，我们不苦，我们有罪！"钟亦成慌忙解释说。"你们不是改好了吗？你们思想要不好，能这么劳动，这么老实吗？""不，我们改造得不好……"钟亦成继续嗫嗫嚅嚅地，自己也不知所云地解释着。

说是每个月休假四天，但是对于"分子"们，两个月也不见得放一次假，宣布放假也是突然袭击，早晨吃完早饭，正擦着铁锨，有关负责人把"分子"们叫去了："今天起你们休息，按时回来，不得有误……"这样临时通知，据说有利于改造。钟亦成更来了个彻底的，通知休假的时候，他一咬牙，申请说："我不休了……"

凌雪来了好多信，并没有责备他不该放弃休假，却是说：

"……知道你健康，劳动得好，我很高兴。可你为什么不写诗了呢？为什么你的信里没有诗了呢？你不是说山区的生活十分可爱吗？我相信它一定是十分可爱的。我相信不管有多么苦（你当然不说苦了），它仍然是甜的。你不是说常常想念我吗？那就写一首关于山区、关于劳动的诗，寄给我吧。干脆写一首给我的诗也行。别忘了，我永远是你的诗的第一个和最忠实的读者。现在，我也许是你唯一的读者了。将来呢，也许你有很多很多的读者……

"为什么不征求我的意见了？我的意见就是要你——写诗。不要气馁，不要悲伤，哪怕一切从零做起，我相信你……"

凌雪的信给钟亦成带来了自信和尊严。战胜这一切，体味着这一切，他时而写一首短的或相当不短的诗，寄给凌雪，并从凌雪的回信里得到意见，得到新的启发。

一九五九年十一月二十三日

一年的时间过去了，最初的参加劳动、净化自己的狂喜和满足已经过去了。钟亦成已经习惯了农村的劳动和生活。他黑瘦黑瘦，精神矍铄。他学会了整套的活路——扶犁、赶车、饲养、耘草、浇水、编筐和场上的打、晒、垛、扬，他也学会了在农村过日子的本领——砍柴，摸鱼，撸榆钱，挖苣荬和野韭菜，腌咸菜和渍酸菜，用榆皮面和上玉米面轧饸饹……虽然他从小生长在城市，虽然他干起活来还有些神经质，虽然他还戴着一副恨不能砸掉的眼镜，但他的举止愈来愈接近农民了。同时，随着时间的流逝，那种劳动和改造的热情似乎逐渐淡了下来，体力紧张的后面时或出现精神的空虚。他们不要命地改造，可谁又过问他们的改造情况呢？他们想主动汇报个思想也没人听。下放干部的带队人，除了监督他们干活时不要偷奸耍滑和下工后不要偷偷去供销社买核桃酥以外，不问其他。也没法问，他哪里知道他们是由于思想上出了什么差错而堕落成"分子"的呢？反正他们的脸上已经盖着右字金印，他们和人民的矛盾是对抗性的敌我矛盾，所以对他们是只准规规矩矩，不准乱说乱动，管严一点，莫要丧失立场就是了。

钟亦成有时觉得纳闷，不管领导运动的"五人小组""三人小组""运动办公室"也好，整个机关和全体同志也好，以及他个人也好，费了九牛二虎之力，鸡飞狗跳，死去活来，好不容易查清了他的面目，好不容易透过共产党员、革命干部、自幼参加革命、一贯对党忠实的表面现象分析出了他的反动本质，并且周到地、严密地、逐一地、反复地、深入地、头头是道地把他批了个体无完肤，他自己也好不容易前后写了十几篇检讨，累计达三十多万字，比他在办公室工作八年执笔写的简报还多，最后，他终于写出了一篇连宋明同志也认为"态度还好，开始有了转变"的检讨，检讨中对他出生以来的每一句话、每一个举动、每一个念头还有梦中的每一个细节都进行了把一根头发劈成七瓣似的细密的分析，难道费了这么多时间、这么多力量、这么多唇舌（其中除了义正词严的批判以外也确确实实还有许多苦口婆心的劝诫、真心实意的开导与精辟绝伦的分析），只是为了事后把他扔在一边不再过问吗？难道只是为了给山区农村增加一个劳动力吗？虽然根据劳动和遵守纪律的情况划分了类别，但这只是为了督促他们几个"分子"罢了，并没有人过问他们的思想。他们是因思想而获罪的，获罪之后的思想却变成了自生自灭的狗尿苔（一种野生菌类）。好比是演一出戏，开始的时候敲锣打鼓，真刀真枪，灯光布景，男女老少，好不热闹，刚演完了帽儿，突然人也走了，景也撤了，灯也关了。这到底是什么事呢？是为什么呢？不是说要改造吗？不是说戴上帽儿改造才刚刚开始嘛，怎么没有下文了呢？

但是，事情在发展，只是这发展与钟亦成的估计有些不同。钟亦成原来认为，所以费这么大力气批判，还不是为了弄清是非，还不是为了下一剂猛药，让他们回头，重新回到党的怀抱和革命的队伍？批得严，是因为期待得殷切，恨铁不成钢，党对自己的儿女，不是经常抱这种态度的吗？但是，一年过去了，他愈来愈感到回到党的怀抱的前景是多么渺茫，而报刊和文件上正式出现了"右派分子是帝国主义和蒋介石的代理人"的提法和"地、富、反、坏、右"的排行。后来，到了五一、十一前夕，钟亦成他们被叫去与村里的地主一起去听公安人员的训话……

抽象地分析自己脑子里有些什么主义、什么观点、什么情绪，分析这些主义、观点、情绪代表了一种什么样的思潮，具有什么样的严重得吓死人的危害性，这毕竟是容易做到的。不管有多么苦、多么涩、多么噎人，这毕竟是一个形体不那么固定的，可塑性很强的果子，虽然它的体积太大、简直无法吞咽，但是连拉带拽，连按带送，果子终于被点滴不漏地吞下去了。下吞的时候还有一种很有效的润滑剂，那就是钟亦成坚信党决不会把自己毁掉，决不会把一个痴诚的党的孩子毁掉。但是，许多的日子过去了，处境却一天恶劣于一天，现实的政治待遇，这就是另外的事了。他这个从儿童时候就怀着不共戴天的仇恨去与蒋介石国民党政权作殊死的斗争的孩子，到底是从哪一天起、为了什么、怎样代理起帝国主义和蒋介石的业务来了呢？帝国主义和蒋介石，又是从哪里来的那么大本事，是怎样在解放了的中国大陆，在英勇坚强、令一切反动派胆寒的中国共产党内部招募了，或是聘请了、任命了那么多大大小小的代理人呢？如果他们的代理人当真是如此之多，如此隐蔽而无孔不入，一九四九年何至于垮得如此迅速而且彻底？

算了吧，反正想也想不清楚。他苦笑了。劳动的最大好处就是使你没有时间也没有精力去胡思乱想。哪一个劳动了十几个小时，一顿吃了三个大眼窝头、半碗咸菜又喝了好几碗凉水的人还有兴致进行这种政治推理和玄学遐想呢？铁锹、镰刀、窝头、咸菜……他的头脑已经为这些东西所充实。农民就是这样，他们委实与知识分子不同，他们倾其全力，首先还是为了维持生活，他们的思想总是围绕着"怎样才能活下去"，"怎样才能活得稍好一点"，稍一懈怠就有饥寒之危。而知识分子的境遇再不济，往往还是在维持生存的水平线之上，所以他们要考虑一些稀奇古怪的问题："活着干什么？""我将如何活得更有意义？"所以要这样自寻烦恼，推其主要原因，还是吃得太饱，简单归结起来，两个字：撑的。

他这样想着，就再什么也不想了。他的眼皮已经像铅块一样沉重干涩，他的四肢已经像被拧上螺丝一样动弹不得。"算——了——吧。"他只来得及再苦笑了一下，还没等收起这个苦笑的表情，就睡着了。

算了吧，苦笑，香甜的安睡……这对于钟亦成来说，完全是一种新的精神状态，一种新的体验。也许，这里头包含着一种新的动向，新的契机？也许，这却是消沉和沦落的开始！

……大风，深秋的暗夜里突然狂风怒吼，飞沙走石，把钟亦成惊醒了。他迷迷糊糊地下床去关紧窗子，看到窗前一亮。

他一惊，定睛一看，在离他的住地半里路的地方，在筑路工程队的厨房方向，正有火光和烟雾在风中一闪一闪。"不好！"钟亦成喊了一声。他知道，厨房旁边就是筑路队的仓库，里面不仅堆放着木材，而且还新运来一批炸药和雷管。如果灶火没有压实，如果大风把火吹到了炉灶之外，如果火苗在大风中飞舞，那么几分钟之内筑路队就会变成一片火海，筑路工人的生命财产、国家的修路材料就会被火焰所吞噬，并会引起全村的大火，而且，在这样的大风里，进一步引起邻村和山林的失火也是完全可能的。

钟亦成又喊了一声，不顾同宿舍的其他"分子"是否醒来，他跌跌撞撞地向着冒火的方向奔去。火光愈来愈大，厨房已经从里面着起来了。"火！火！火！"钟亦成失声大叫，惊醒了熟睡的筑路队工人，人们喊叫着，吵闹着，叮叮当当，敲钟的敲钟，拿洗脸盆的拿洗脸盆。厨房的门还锁得紧紧的，烟气从厨房中溢出，呛得人喘不过气来。钟亦成第一个冲到门前，顺手抄起一根圆木，"通"的一声砸开了门，火和烟噗地向外一蹿，钟亦成的脸上、身上全都火辣辣的，他顾不得自己，去扑打，去踩，去到火和煤渣上打滚……随后大队的人端着水盆，端着盛满沙土的篮筐，拿着唯一的一个灭火喷雾器跟上来了。一场混战，总算迅速地把火扑灭了。

直到把火彻底扑灭之后，钟亦成才感到钻心的疼痛，他这才发现，头发烧掉了一多半，眉毛已经全烧光了，脸上、背上、手上、腿上，到处都是火伤，到处都挨不得碰不得了，不，连站也无法站了，他的脚也烧坏了。他脸上出现了一个痛苦的、歪扭的表情，没等呻吟出声来就失去了知觉。

第二天

"那天晚上，你跑到筑路队去干什么？"

由于严重烧伤，钟亦成被送到公社医院。他躺在病床上，看到病房的门打开了，下放干部的副队长、筑路队的一名保卫干部和公社的公安特派员向他的床位走来，他心里感到无限的熨帖和温暖，他勉为其难地挣扎着坐了起来。然而，三个人走到他的床边，脸色是铁青的，肌肉是高度收缩着的，目光是呆板的，声音是冷冷的，他们张口了，说出来的不是对于受伤者的问候，不是对于灭火者的感激，他们开口提的是一个审案式的问题。

钟亦成谦和地回答了提问，"我看到了火光……"他说。

"你几点钟看到了火光？"

"不记得了，反正已经过半夜了。"

"过了半夜你还不睡觉吗？不睡觉你又干了些什么呢？"

"……我睡了的，刮起了风……"

"刮起了风怎么别人没醒你却醒了呢？"

"……"

"你为什么不请示领导就往筑路队的仓库跑呢？那里有许多要害物资，你不知道吗？"

"……"

"你砸开厨房的门的目的是什么？"

"……"

"从昨天晚上六点到现在，这二十四个小时你都到了什么地方，说了什么话，做了什么，证明人是谁，你详细地谈一谈。不要回避，不要躲躲闪闪……"

问题一个接着一个。开始，怀着一种习惯的对领导和对同志的亲切、忠实和礼貌，钟亦成尽管全身疼痛，一天没有正式吃饭，体力和脑力都感不支，但他还是一一做了尽可能准确和详尽的回答。但是，问题仍是不停地提出来，一个比一个问得离奇，一个比一个问得莫名其妙，而且，明明他已经清清楚楚地回答过的问题，隔了一会儿又从另一个人的嘴里从另一种角度、用另一种方式问一遍，所有的答话都被详细地记录，而且在挖空心思从他的答话里找矛盾，找碴儿……突然——多么迟钝，多么愚鲁——他明白了这些提问后面的东西，这是即使天能翻身、地能打滚、黄河能倒流也叫人想象不到的东西。他的两眼发黑，他的额头、鼻尖和脖颈上沁满了虚汗，他的嘴唇在哆嗦，鼻翼在扩张，手脚在发冷，但他终于还是喊出了声：

"你们问这些干什么？你们怎么能这样怀疑人？毛主席呀，您老人家知不知道……"

"不要忘记自己的身份！"三个人异口同声发出了警告。然而，钟亦成已经听不见这警告了。天地在旋转，头脑在爆裂，身体在浮沉，心脏在一滴又一滴地淌血。他知道，他死了。

一九七九年

灰色的影子：活该！

钟亦成：那么，按你这个聪明人的意思，你将眼见着起火而不管吗？你将任凭工人、农民、村庄、财产被火灾所毁灭吗？呸！

一九七五年八月

钟亦成被再次遣送到农村"就地消化"已经又有五年了。下乡，劳动，和农民们共同吃一口铁锅里贴出来的饼子，这对钟亦成不但没有什么困难，而且是在这动乱和颠倒的年月里使他得以正常地活下去的重要的精神支柱。过去的事大致被冻结了，有个别人问起来时，他淡淡地一笑说："那是上一辈子的事了。"二十多年来的坎坷，他的体形、神态、举止都有变化。严酷的事实打开了他的眼睛，除去害怕肉体上的折磨以外，那种精神上负罪的感觉，已经完全没有了。在农村，他学农、学医，而且悄悄地写了许多诗。但是，不管他多么不愿意，不管他怎样努力抵抗，特别是在经过最后十年的再批判，或者像某些人残酷地说的"炒回锅肉"之后，他真的老了，虽然他内心里维护着自己的尊严，他在和旁人接触时，已经不自觉地习惯于一种赔着笑脸的谦卑的表情，说什么话，也都习惯于一种诚惶诚恐的音调，生活比愿望更强，岁月比青春更有力。这又有什么可说的呢。

然而，他还保留着二十多年前的一个老习惯：关心国家大事。他看起报、听起广播来往往忘记了吃饭。透过谎言和高调的迷雾，他努力寻找关于祖国、关于世界的真实信息，并且每每忧心如焚，夜不能寐……

一九七五年以来，他接连几次收到老魏的爱人的信，信上说老魏被株连到一个什么"二月兵变"的案子里，自一九六八年以后到外省坐了七年多监狱，最近才放出来。"他身患不治之症，他常常说起你而且非常想见你……"

钟亦成三次请假，好不容易获准在麦收以后给假十天。于是，八月份的一个下午，他出现在 P 城的一间只有十二平方米的小房子里。

老魏面色灰白，他得的是血癌，这两天刚刚发作了几次，时而昏迷，时而清醒。他见了钟亦成，枯瘦的脸上显出了一种安慰的表情。他说：

"你总算赶上了。在这个世界上，有件事始终挂在我的心上，就是关于你五七年的事……"

"过去的事了。"钟亦成的脸上显出了淡漠和宽厚的笑容。

"不，不能就这样错下去。我希望你写一个申诉……"

"我活腻了吗？我才不找这个不肃静。"钟亦成仍然笑着。

"你少来这一套！"老魏发怒了，他闭上眼睛半天说不出话来。

"可这怎么可能呢？铁案如山，已经快二十年了。光我自己写的检讨就有三十万字……"

"是的。"老魏用微弱的声音说，"我当时就反对划你的右派，但是宋明拿出了你自己的检讨。真蠢！但是，不论是二十年的时间、三十万字的检讨和哪怕是三百万字的定案材料，只要是不公正，只要是不真实，那么哪怕确实是如三座大山，我们也要用愚公的精神把它挖掉。人民信任我们。但是我们，我们却用夸大了的敌情，用太过分了的怀疑和不信任毒化着我们的生活，毒化着我们的国家的空气，毒化着那些真诚地爱我们、拥护我们的青年人的心……这真是一个大悲剧呀！你怨党吗，小钟？"

在这个问题上，钟亦成曾经充满了火热的希望。从那个时候起，许多的黑夜和白天，许多的星期，许多的月，许多的年都过去了。每过一天他就把希望埋得更深一点，最后，深得他自己都看不见了。近年来，他更是筑起了厚厚的硬壳，他只表示低头认罪，至多表示到往者已矣，来者可追，表示对再谈它已经毫无兴味，正像木乃伊难以复活一样。他已经死过不止一次了，他再不愿也不敢认真地稍微思考一下五十年代的旧事，再不愿揭开这块已经结了钢板似的厚痂的创口。他的这种心情和这种态度，甚至也骗了他自己，有时他自己也真心相信他已经是对这件事再无兴趣、再无意见了。这种心境使他既觉得心安也觉得恐怖。然而今天，在行将离开人间的老上级的床边，当他听到近二十年来从没听到过的率真而信任的言语的时候，他哭了。他说：

"不。我只怨我自己。如果当时我自己脚跟站得稳一些，检查思想实事求是一点，也许本不至于如此。而且，说实话，我要对您坦白地说，如果当时换一个地位，如果是让我负责批判宋明同志，我也决不会手软，事情也不见得比现在好多少……当时可真是指到哪里打到哪里，说什么信什么呀！至于您，我知道您其实几次想保护我……您想重新介绍我入党，也没能实现……现在还说什么呢，您最后连自己也没有能保护住……"

"我们这些人也可怜。"老魏断断续续地说,"说了归齐,我们太爱惜乌纱帽。如果当初在你们这些人的事情上我们敢于仗义执言,如果我们能更清醒一些,更负责一些,更重视事实而不是只重视上面的意图,如果我们丝毫不怕丢官,不怕挨棍子,能挺身而出,也许本来可以早一点克服这种'左'的专横。当一个人被宣布为'敌人'以后,我们似乎就再不必同情他,关心他,对他负什么责任……现在呢,报应了,我们自己也被宣布是走资派、黑帮,我们又成了地、富、反、坏、右的代理人,正像当年你们成了蒋介石的代理人一样……"

"您怎么能这样说,您能有什么责任……"

老魏困难地摇了摇头,示意钟亦成不要和他争辩。"在我主持城区区委工作的时候,"他继续说,"一开始全区只揭发批判了三个有右派言论的人。但后来有了指标,全区应该揪出三十一点五个右派。于是出现了强大的政治压力,最后,连我们也控制不住了,一共定了九十多个右派分子,株连处分的就更多,其实大部分是错的。这件事不办,我死不瞑目。我已经给党写了报告……总有一天,你将可以将它连同你的申诉一起交给党……我有责任。作为一个郑重的党,作为一个郑重的党的一分子,我们必须在人民的面前把责任承担起来……但我也骄傲,看,人民是多么拥戴我们,即使那些受了委屈的同志,他们仍然一心向着党。古今中外,任何别的党能赢得这样多、这样深的人心吗?这是一个伟大的党,这是一个很好的党,这是一个为中国人民做了远远更多得多的好事的党。虽然即使是这样的党也会犯错误,但我仍然觉得一辈子没有白活……不要记恨我们的亲爱的党吧……"

他的声音愈来愈微细了,终于,他的心脏停止了跳动。他的妻子跪下了,伏在了他的身上。

钟亦成摘下了帽子,露出了早白的头发,他肃立着,默默地垂下了头——致以布礼!

钟亦成怀里揣着老魏写的报告,像揣着一团火。有了这个报告,叫人更难安生,更难苟活了。他将再也无法将错就错地闭上眼睛,听凭命运的摆布了。但他又能怎么样呢?去做一些事,这是困难的和无效的;去强迫自己不做什么,只是熬着、等着、盼望着,这就更痛苦了。时间在一分钟一分钟、一秒钟一秒钟地流逝,头发和胡须在一根一根地变白。一九五七年过去是一九五八年,从一九五七年到一九五八年就有三百六十五天,然后是六十年代,然后现在已经是一九七五年了,多少个三百六十五天已经过去了,还有三百六十六天的年份呢。

他把老魏的报告给凌雪看，不加什么评论，而只是说："要想个办法藏好，千万不能让别人知道。"

然而凌雪提高了声音："对那一年的事，我从来就没有承认过。到底谁才是真正的共产党员，到底谁有罪，还需要历史来做结论呢！"

"至少组织上是开除了嘛，至少你已经十八年没有交党费了嘛。"

"我不信。我们被扣的那些工资，难道不是党费吗？我们的眼泪和汗水，我们的青春，难道不是党费吗？"

有什么办法呢？女性的执拗……

凌雪又说："既然物质不灭和能量守恒的法则对于整个宇宙、对于全部自然界都是适用的，那么，我常想，在社会生活当中，在政治生活当中，不灭和守恒的伟大法则究竟意味着什么呢？事实真相和良心，难道是能够掩盖、能够消灭的吗？人民的愿望、正义的信念、忠诚，难道是能够削弱、能够不守恒的吗？"

"然而这法则起作用似乎起得太慢了……"钟亦成摆摆手。

"冬天之后一定是春天，三角形的三个内角之和是一百八十度，不会更长或是更短，更多或是更少。我想，当谎言和高调、讹诈和中伤过多地放在历史的天平的一端的时候，就会发生倾斜，事情就会得到扭转……"

"我当然也相信这一点，所以，我不止一次写信对你说，如果我死了，只可能是被害，却绝不会是自杀……然而我们还要好好地活下去，因为在我们党内，还有许多老魏这样的人。"

一九五九年十一月二十七日

然而，他没有死，他活了。恍惚中，有一只温暖的、精心护理的手，给他喂食，给他饮水，给他翻身，帮他解手。只是他看不见，也说不出话来。不过，他的心里愈来愈明白。

于是，在三位审问者走了之后的第三天，他缓缓地睁开了眼睛，在一片褐黑色的云雾之中，他看到了一个穿着白衣服、戴着白帽子的护士，这护士的背影好像在哪里见过似的。

"护士同志！"他轻轻叫了一声。

护士走过来了，护士把脸凑近了他，他惊叫起来："凌雪！"

凌雪把食指竖在嘴边，示意他不要说话。她告诉他，是区委书记老魏通知她前来护理钟亦成的。她告诉他，老魏知道了这里的情况，并在前一天亲自来看他来了。由于他还在昏迷，就没有惊动他。许多的农民，许多的筑路工人都为他鸣不平，他们向老魏提出要求，要表扬他，要奖励他。老魏告诉凌雪，他准备回区委后在常委会议上提出提前给钟亦成摘帽子与重新发展他入党的问题。

老四扶着他的爷爷来了。挂着拐杖的贫农老大妈来了。许多筑路工人也来了。他们带来了鸡蛋、水果、花生、板栗、蜂蜜……"我们都知道了，你是好人。"他们说。这就是钟亦成受到的人民的最大的褒奖。

"然而，做一个好人是太难了。"他说，"救火这件事打开了我的眼睛，使我知道我的处境有多么险恶……"

"但同样是这件事，不也带来了希望了么？"凌雪说，"总有一天，我们的忠诚将得到党的认可。虽然，很可能我们的面前还有数不清的考验，很可能还有许许多多意想不到的打击落在我们的头上，很可能通向这一天的道路还十分十分漫长。然而，这一天是会来的，总有这一天！"

一九七九年一月

这一天终于来了！

尽管岁月是无情的，尽管在岁月后面还有比岁月更无情的试炼，尽管钟亦成已经花白了头发而凌雪也已经并不年轻，尽管他们夫妻十分冷静地接受了平反昭雪、恢复党籍的书面结论，就像接受四季的转换和三角形的三个内角和的值一样平静，但是，从 P 城的党的机关走出来以后，他们不约而同地手拉手走上了钟鼓楼。在这个楼顶上，可以鸟瞰全城，可以看到城郊的山、水和田，更可以目送直达北京的特快列车开出车站，在山水之间飞驰。

他们不约而同地把目光集中到正在飞奔的火车上，在白雪覆盖的大地上，火车像一条热气腾腾的黑色的龙。他们的心正随着这火车向北京奔去，他们站了老半天，看了老半天，没有说话。但他们心里的语言是相通的和共同的，他们心里的声音是可以听得到的。他们流着热泪说：

"多么好的国家，多么好的党！即使谎言和诬陷成山，我们党的愚公们可以一铁锹一铁锹地把这山挖光。即使污水和冤屈如海，我们党的精卫们可以一块石一块石地把这海填平。尽管'布礼'这个词已经逐渐从我们的书信中和口头上消失，尽管人们一般已经不用、已经忘记了这个包含着一个外来语的字头的词汇，但是，请允许我们再用一次这个词吧：向党中央的同志致以布礼！向全国的共产党员同志致以布礼！向全世界的真正的康姆尼斯特——共产党人致以布礼！

"二十多年的时间并没有白过，二十多年的学费并没有白交。当我们再次理直气壮地向党的战士致以布尔什维克的战斗的敬礼的时候，我们已经不是孩子了，我们已经深沉得多、老练得多了，我们懂得了忧患和艰难，我们更懂得了战胜这种忧患和艰难的喜悦和价值。而且，我们的国家，我们的人民，我们的伟大的、光荣的、正确的党也都深沉得多、老练得多、无可估量地成熟和聪明得多了。被革命的路上的荆棘吓倒的是孬种，闭眼不看这荆棘，甚至不准别人看到这荆棘的则是自欺欺人或是别有居心。任何力量都不能妨碍我们沿着让不灭的事实恢复本来面目、让守恒的信念大放光辉的道路走向前去。

"团结起来到明天，英特纳雄耐尔就一定要实现！"

1979 年 6 月

蝴蝶

北京牌越野汽车在乡村的公路上飞驰。一颠一晃，摇来摆去，车篷里又闷热，真让人昏昏欲睡。发动机的嗡嗡声时而低沉，时而高亢，像一阵阵经久不息的、连绵不断的呻吟。这是痛苦的、含泪的呻吟吗？这是幸福的、满足的呻吟吗？人高兴了，也会呻吟起来的。就像一九五六年，他带着快满四岁的冬冬去冷食店吃大冰砖，当冬冬咬了一口芳香、甜美、丰腴而又冰凉爽人的冰砖以后，不是曾经快乐地呻吟过吗？他的那个样子甚至于使爸爸想起了第一次捉到一只老鼠的小猫儿。捉到老鼠的小猫，不也是这样自得地呜呜叫吗？

汽车开行的速度越来越快了，一个又一个的山头抛在了后边。眼前闪过村庄、房屋，自动列成一队向他们鼓掌欢呼的穿得五颜六色的女孩子，顽皮的、敌意的、眯着一只眼睛向小车投掷石块的男孩子，喜悦地和漠然地看着他们的农民，比院墙高耸起许多的草堆，还有树木、田野、池塘、道路、丘陵地和洼地，堆满了用泥巴齐齐整整地封起了顶子的麦草的场院，以及牲畜、胶轮马车、手扶拖拉机和它所牵引的斗子……光滑的柏油路面和夏天的时候被山洪冲坏了的裸露的、受了伤的沙石路面，以至路面上的尘土和由于驭手偷懒、没有挂好粪兜而漏落下来的马粪蛋，全都照直向着他和他的北京牌扑来，越靠近越快，刷的一下，从他身下蹿到了他和车的身后。指示盘上说明越野小车的时速已经超过了六十公里，车轮的滚动发出了愤怒而又威严的、矜持而又满不在乎的轰轰声。车轮轧在地面上的时候，还有一种敏捷的、轻飘飘的沙沙声，这种沙沙声则是属于青春的，属于在冰场上滑冰，在太液池上划船，在清晨跑步的青年人的。他仍然在坚持长跑，穿一身海蓝色的腈纶秋衣秋裤。该死的汽车，为什么要把他和地面，和那么富有、那么公平、那么纯洁而又那么抵抗不住任何些微的污染的新鲜空气隔离开来呢？然而坐在汽车上是舒服的，汽车可以节约许多宝贵的时间。在北京，人们认为坐在后排才是尊贵的，驾驶员身旁的那个单人的座位则是留给秘书、警卫人员或者翻译坐的，他们时时需要推开车门，跳下去和对方的一位秘书、对方的警卫人员或者对方的翻译联系，而作为首长的他，则呆呆地坐在车后不动。甚至当一切都联系好了的时候，当他的秘书或者别的什么人打开后车门探进头来，俯着身向他报告的时候，他也是懒洋洋的、没有表情的、疲倦的和似乎是丝毫不感兴趣的，有时他接连打两个哈欠。许多时候他要等秘书说了两遍或者三遍以后才微微地点点头或摇摇头，"嗯"一声或者"哼"一声，这样才更像首长。倒不是装模作样，而是他实在太忙。只有行车的时候他才能得到片刻的解脱，才能返身想一想他自己。同时也还有这样的习惯：所有的小事情他都无需过问，无需操心，无需动手甚至无需动口。

那是什么？忽然，他的本来已经粘上的眼皮睁开了。在他的眼下出现了一朵颤抖的小白花，生长在一块残破的路面中间。这是什么花呢？竟然在初冬开放，在千碾万轧的柏油路的疤痕上生长？抑或这只是他的幻觉？因为等到他力图再捕捉一下这初冬的白花的时候，白花已经落到了他乘坐的这辆小汽车的轮子下面了。他似乎看见了白花被碾轧得粉碎。他感到了那被碾轧的痛楚。他听到了那被碾轧的一刹那的白花的叹息。啊，海云，你不就是这样被轧碎的吗？你那因为爱，因为恨，因为幸福和因为失望常常颤抖的，始终像儿童一样纯真的、纤小的身躯呀！而我仍然坐在车上呢。

他稳稳地坐在车上，按照山村的习惯，他被安排坐在与驾驶员一排的单独座位上。现在他在哪里都坐最尊贵的座位了，却总不像十多年以前那样安稳。离开山村的时候，秋文和乡亲们围着汽车送他。"老张头，下回还来！"拴福大哥捋着胡须，笑眯眯地说。大嫂呢，抹着眼泪，用手遮在眼眉上，那样深情地看着他。其实，并没有刺目的阳光，她只是用那手势表示着她的目光的专注。秋文的饱经沧桑，仿佛洞察一切的悲天悯人的神情上出现了一种他从来没有见过的期待和远眺的表情。他们的分别是沉重的，他们的分别是轻松的。这样，如秋文说的，他们可以更勇敢地走在各自的路上。路啊，各式各样的路！那个坐在吉姆牌轿车上穿过街灯明亮、两旁都是高楼大厦的市中心的大街的张思远副部长，和那个背着一篓子羊粪，曲背弓腰，咬着牙行走在山间的崎岖小路上的"老张头"，是一个人吗？他是"老张头"，却突然变成了张副部长吗？他是张副部长，却突然变成了"老张头"吗？这真是一个有趣的问题。抑或他既不是张副部长也不是老张头，而只是他张思远自己？除去了张副部长和老张头，张思远三个字又余下了多少东西呢？副部长和老张头，这是意义重大的吗？决定一切的吗？这是无聊的吗？不值得多想的吗？

秋文说："好好地做官去吧，我们拥护你这样的官，我们需要你这样的官，我们期待着你这样的官……心上要有我们，这就什么都有了。"她缓缓地、微笑着说，她的声音里听不出一丝悲凉，她说得那样平稳，那样从容，那样温存又那样有力量，一刹那间，她好像成了张思远的大姐姐，她好像在安慰一个因为没有放起自己制作的风筝而哭哭啼啼的小弟弟，其实，她比老张要小好几岁呢！其实，老张已经是快六十岁的人了。快六十的人了，在他那个圈子里却还算做"年轻有为"。古老的中国，悠久的中华！这些年，青年人的年龄上限正像转氨酶实验阳性反应的上限一样，大大地放宽了。过去，转氨酶一百二就可以确诊肝炎，现在呢，转氨酶二百还不给开病假条呢！

离开山村，他好像丢了魂儿。他把老张头丢在了那个山乡。他把秋文，广义地说，把冬冬也丢在了那边。把石片搭的房子，把五股粪叉，把背篓和大锄，草帽和煤油灯，旱烟袋和榆叶山芋小米饭……全都丢下了。秋文和冬冬，是照耀他这个年轻的老年人的光，秋文便是照耀他的无限好的夕阳。他把夕阳留在了长满核桃树的云霞山那边，夕阳对他招着手，远去了。一步一远啊，这是文姬归汉时所唱的歌词。而有了北京牌越野汽车，车轮的旋转使变远的速度大大加快了。冬冬呢？冬冬什么时候才能理解他呢？冬冬什么时候才能来到他的身边呢？为了冬冬的母亲——海云，那颤抖的、被碾碎了的小白花，这一切报应都是应当的。然而他挂牵着冬冬，冬冬还只是一颗在地平线上闪烁、远远没有升起来的小星星，这颗星星总会照耀他的。他完全知道，所有的老年人对于下一代的过分的关心、过分周到的安排、给下一代提供的过分优越的条件和为了防范下一代而画地为牢的一切努力不仅注定是徒劳的，而且往往是有害的。然而他仍然默默地祝福着冬冬，这个连他的姓都不肯姓的他的唯一的儿子。他为冬冬的思想的偏激而忐忑不安，虽然他知道要求青年人毫不偏激无异于要求青年不要是青年，何况这一代青年成长在颠倒和错乱的年代，他们受了太多的骗，他们有太多的怀疑和愤怒。但是，冬冬是太过分了。他希望他的孩子能够了解历史，能够了解现实，能够了解中国，能够了解占中国人口绝大多数的农民。他希望他的儿子不要走上歧路。

他希望儿子的可以原谅一部分的偏激不至于向害己害人害国的破坏性方面发展。

天晴了。明亮的夕阳有点儿晃眼。他把车内的褐色的遮光板放了下来。透过褐色的遮光板，他看到的是乡间的薄暮。然而他的身上有阳光，他的上衣和膝盖头上的阳光变幻着。路旁的树枝切割着夕阳，把光的碎屑不断地洒向他的全身，这给他一种捉摸不定的行进的感觉。他沐浴在这瞬息万变的光网里，渐渐地觉得舒适和满意。随着这嗡嗡声、轰轰声和沙沙声，随着指示盘上的红字的旋转和黑字的跳动，他离山乡越来越远，离北京越来越近，离老张头越来越远，离副部长越来越近。正在工作忙的时候，他竟然请了十几天的假。他甚至告诉部长，他要解决他的生活问题，接一个老伴来，把爱情说成是解决生活问题或解决个人问题，似乎这样说才合法，才规范。如果他说他要去看看他的心上人，那么人们马上会认为他"作风不好"，认为他感情不健康或者正在变"修"。把爱情叫作"问题"，把结婚叫作解决问题，这真是对祖国语言的歪曲和对人的感情的侮辱。但他还是要从俗，他还是用这种刻板的、僵硬的语言请了假。他离开了他的工作岗位，离开了一系列紧张而繁忙的事务，这使他十分不安。离开一个本来属于他的，他在里面过得很舒服、很适宜、很习惯了的办公室和住宅，这好像是不那么愉快的。但是老年人也是充满了想象的。那种想象使他激动得喘不过气来。于是他悄悄地走了。他坐了硬卧火车。他坐了长途汽车。夜间休息的时候四十二个人住在一间大房子里。烟气、汗气和臭气熏天。六盏四十瓦的荧光管灯终夜不关。他也坐过专门给他这个级别的领导干部派的小汽车，坐上这样的柔软而轻便的车，连侧视镜里映出的他的影像都像刚刚沐浴过，刚刚擦过油和吹过风一样的鲜亮。坐上这样的车，他美好得像一块新出炉的面包，带着小麦、牛奶、蛋黄和砂糖的芳香，烘烤得红扑扑的。下了这样的车，他住进只供外宾和高级干部住的宾馆。新安装的空调设备，开动起来就像野蜂在花的原野上飞舞。洁白的浴盆。小巧而方便的电加热淋浴喷头。然而这一切与他是没有多少关系的。这一切并不决定于他本身，他自己。他自己毋宁说是更适合那个遥远的山乡。他到那里去寻找秋文，寻找冬冬，寻找那还没有失去的老张头，寻找一个被农民所信赖、所关照的不幸的幸运的人。现在，他离去了。高级宾馆的一夜以后是四个小时的飞行。然后是他的吉姆车，秘书到机场来迎接，使他确认了自己的副部长的身份。又是繁华的街道，雪白的快行线，又是红灯。

人口和车辆都增加了很多，一到十字路口，就要耽搁。再拐两个弯，汽车减慢了速度，停下了。握手、道谢，他邀请驾驶员上去坐一坐，驾驶员谢绝了。秘书从他手中抢去了所有的本来也不多的东西。明亮的电梯间，烫发的女服务员向他问好。他又回到了一个凡是知道他的职务的人都向他微笑的地方。钥匙插在锁孔里，他没有把钥匙给秘书，而是自己开的门。他不愿意在每一件小事上劳动别人。门开了，灯亮了，高分子化合物的墙壁和地面仍然是一尘不染，就像天天有人用洗涤剂刷洗过似的，他回来了，他坐到了沙发上。

海云

这是昨天刚刚发生过的事吗？海云的声浪还在他的耳边颤抖吗？她的声音还在空气里传播着吗？即使已经衰减到近于零了也罢，但总不是零啊，总存在着啊。还有她的分明的清秀的身影，这形象所映射出来的光辉，又传播在宇宙的哪些个角落呢？她真的不在了吗？现在在宇宙的一个遥远的角落，也许仍然能清晰地看见她吧？一颗属于另一个星系的星星此时此刻的光被人们看见，还要用上几百年的时间，她的光呢？不也可能比她自身更长久么？

然而这毕竟是遥远的往事，是上辈子的事了。这是一种老年人的心理吧，每当他想起那三十年代、四十年代、五十年代的事，便觉恍若隔世。会不会在一百年以后，二百年以后，五百年以后，有人会回忆起海云或类似海云来呢？他的那么多甜的、苦的、酸的和灼热的回忆，会不会在五百年以后隐隐约约地出现在那时的幸福而公正的社会（但也绝不会是天堂）的一个小伙子的心灵里呢？

上辈子，上辈子，是不是他与海云在上辈子见过面？一九四九年，解放区的天是明朗的天，打得好来打得妙呀打得妙，打得好来打得热闹真热闹，年轻人，火热的心，跟随着毛泽东前进，人们就是唱着这些歌解放全中国的。战争的严酷，行军的艰苦，转移、撤退、暂时的失利，牺牲，流血，负伤，饥馑，化装进城，宪兵的钢盔和闪亮的刺刀尖，碉堡的阴森森的眼睛，"剿匪总司令部"的布告，三整三查的紧张空气，一次又一次的检讨，在中国共产党人付出了人类所能付出的最大的代价以后，解放军摧枯拉朽，坦克、骑兵、炮兵与红绸舞、腰鼓队、秧歌队一起行进。一进城就先扭秧歌，一进城就响彻了腰鼓。人们甩着红绸解放了全中国，人们扭着秧歌可以扭到天堂，而一敲腰鼓，仿佛就会敲出公正、道义和财富。他那时二十九岁，唇边有一圈黑黑的胡髭，穿一身灰布干部服，胸前和左臂上佩戴着"中国人民解放军××市军事管制委员会"的标志。在他的目光和举止里，洋溢着一种给人间带来光明、自由和幸福的得胜了的普罗米修斯的神气。他每天可以工作十六个小时、十八个小时到二十个小时。他不知道疲劳。他有扭转乾坤的力量。他正在扭转乾坤。他比一切年轻人都更年轻，因为他前途无量。他比一切老年人更有经验，因为他是只占居民人口的千分之几的凤毛麟角的"老"革命家。他担任这个中等规模的城市的军管会副主任，他每天接待地下党组织的负责人、驻军领导、工会和学联代表、科技人员、资本家和国民党军政起义人士。他的话，他的道理，连同他爱用的词汇——克服呀、阶段呀、搞透呀、贯彻呀、结合呀、解决呀、方针呀、突破呀、扭转呀……对于这个城市的绝大多数居民来说都是破天荒的新事物。他就是共产党的化身，革命的化身，新潮流的化身，凯歌、胜利、突然拥有的巨大的——简直是无限的威信和权力的化身。他的每一句话都被倾听、被详细地记录、被学习讨论、被深刻领会、被贯彻执行，而且立即得到了效果，成功。我们要兑换伪币、稳定物价，于是货币兑换了，物价稳定了。我们要整顿治安、维护秩序，于是流氓与小偷绝迹，夜不闭户，路不拾遗。我们要禁毒禁娼，立刻"土膏店"与妓院寿终正寝。我们要什么就有什么。我们不要什么，就没有了什么。有一天，他正在对市政工作人员讲述"我们要……"的时候，雪白的衬衫耀眼，进来了一位亭亭玉立的大姑娘。现在想起来，那只不过是一个小小的女孩子。就像小时候走也走不完的长街，长大了以后一看，原来是一条小巷。

她那时是多少岁呢？十六岁，实足年龄只有十六岁，比他小十三岁。瘦瘦的，两只热情、轻信而又活泼的大眼睛。她进来了，她说话的时候两眼紧盯着你，她那么愿意看你，因为，你就是党。她当时是一个教会学校的学生，学生自治会的主席。（后来把自治两个字去掉了，不知为什么。）她的同学们因为参加欢庆解放的军民联欢游园活动和讨论社会发展史，同校董事会和几名外国修女发生了冲突。海云激动地向他诉说事件的始末，说得他也热血沸腾起来……等到这个事情以中国青年人的彻底胜利而结束以后，海云又来了，"我们全体同学都希望您去做一个报告，讲一讲我们的斗争的胜利的意义。""全体同学？那么你自己呢？"他问。他为什么要这样问呢？他这样问可没有什么别的意思。但是，这个不大不小的姑娘闯进他的办公室使他觉得愉快，就像白鸽使蓝天变得亲切而鱼儿使海水变得活泼。他对这个姑娘的明亮的眸子产生了一种好感。"我自己更不用说了，我愿意天天听您讲话。"海云回答。她为什么这样回答呢？这难道不是爱吗？当然是爱，然而爱的是党。

叮叮当当，蓝色的火花打响在头顶上，他和海云坐在有轨电车里。那时候还没有那么多小汽车，那时候他并不注意出门的时候要小车，那时候小汽车远没有日后那么大的意义。有轨电车的司机叉着腿，用脚踩着铃铛，刚把手柄放开，刷的一下又关掉了电门。他们没有座位，他们各自握着一个悬挂在皮带上的赛璐珞白环。就这样海云也不住嘴地说了许多。"我们班有两个特务，她们现在很惊慌。她们造谣说蒋介石的空军把上海给炸平了。我们组织了斗争会，在这场斗争里有四个同学申请入团。""我们组织了讨论，什么是共产主义的人生观。'人最宝贵的是生命，生命对于人只有一次而已……'我们把保尔·柯察金的话抄在了壁报上。"他进入了礼堂，女学生们拼命鼓掌，鼓掌的声音像潮水一样。所有的眼睛都乌黑，晶亮，闪烁着崇敬和喜悦的泪光。麦克风坏了，先是发不出声音，后来又嗡嗡地响个不住。等待麦克风的修理就用了半个钟头。海云站到了台上："同学们，咱们唱个歌儿好不好？""好！"回答的声音比上课还齐。"你们那一角是第一部，顺序往这边是第二部、第三部……"她一挥手就把学生分了四部，韩信当年指挥军队也不会这么利索。

> 民主政府爱人民哪，爱人民……
> 共产党的恩情，恩情……
> 说不完哪……说不完……不完……
> 呀呼咳咳依呼呀呼咳，呀呼，呀呼
> ……咳咳！咳咳！咳咳！咳咳！

……全礼堂都在"咳咳咳咳咳咳"，好像在抬木头，好像在砸石头，好像在开山，好像在打铁。是的，打铁。

> 我们大家，都是熔铁匠，
> 锻炼着幸福的钥匙……
> 快把那铁锤，高高举起，
> 打呀打呀打……

和声部分开始了，只有从充满了热情、欢乐和神圣的革命目标的少女的心灵里，才能唱出这么动人的歌。海云指挥着，她的头发舞动如火焰，张思远看到了激情在怎样使她的年轻的身体颤抖。她就是刘胡兰，她就是卓娅，她就是革命的青春。麦克风终于修好了，他开始做报告。"青年团员们！"鼓掌。"同学们，向你们问好！向你们致以革命的、战斗的敬礼！"鼓掌。"你们是新社会的主人，你们是新生活的主人，先烈的鲜血冲开了光辉而宽阔的道路，你们将在这条道路上，从胜利走向胜利！"点头称是，一字不漏地往小本子上记，但仍然不影响频频地鼓掌。"中国的历史，人类的历史，开始了崭新的篇章，我们再不是奴隶，再不是任凭命运摆布的可怜虫，我们再不用悲叹，再不用流泪……我们要用我们自己的双手来铸造我们的未来，一切失去了的，我们都要夺回来！一切还没有的，我们都要创造……在消灭了剥削，消灭了压迫，消灭了一切自私、落后和不义之后，我们失去的只有锁链，我们得到了全世界……"更加热烈的鼓掌。他看见了海云的激动的泪花。泪花在女学生们的睫毛中间滚动，泪光里闪耀着红旗、灯塔、军号和水电站。那一次，他怎么那样口若悬河，热情澎湃？他讲了许多空洞的、幼稚的话。但是，他是真诚的。他是相信的，她们都是相信的。过去的一切都已经被革命的烈火烧成了灰烬，而新的生活、新的历史，就像那洁白、光滑、浑圆的电车上的赛璐珞环一样，掌握在她们自己的手心里……

然后是通信、打电话、见面、散步、逛公园、看电影、吃冰棍和冰激凌，他和海云在一起。然而主要的并不是公园、电影和冰棍，主要的是政治课，是海云提问和他进行解答、辅导。他像全能的上帝一样，可以准确无误地回答海云关于世界、关于中国、关于人生、关于党史、关于苏联、关于青年团支部的工作的一切问题。海云用那样虔诚、热烈而庄严的目光看着他。他实在控制不住自己了，他突然把海云搂到自己的怀里，吻了她。她没有一点儿抵抗，没有一点儿对自己的保护，没有一点儿疑虑，甚至连羞怯也没有了。她只是爱慕他，崇拜他，服从他。他不是同样觉得她亲近吗？他不是从第一眼起就觉得她已经是自己的亲人了吗？上级和同事的一切劝告对他都没有起作用，就像海云的父母的激烈反对对海云没有起作用一样。他们结婚了，他三十岁，海云虚岁十八。爱情和革命都在洒满阳光的大道上迅跑。为了他们的婚姻，海云中学都没有上完，她到一个党委机关做打字员去了。

一九五〇年，他们有了第一个孩子。就在这第一个孩子降生的时候，朝鲜战场的局势发生了重大的变化，中国人民志愿军出国参战，而在这个城市出现了一起反革命破坏事件。为了支前，为了宣传，更为了和反革命分子作斗争，他一个多月之内竟没有回一趟家，虽然他家离他的办公地点不过三公里。那天，在一个重要的会议上，他接到了海云的电话，说是孩子发高烧，很危险。"我正忙啊！"他说，电话挂上了，他似乎听见了海云的哭泣，他的心动了一下，他有点儿责备自己。"散了会我要回去一下。"他对自己说。其实他如果真的想回去他早就回去了，但是，大家都在忙，连科长和干事也是每天开夜车，一连多少天不回家，不但每个星期六和星期天，就连新年和春节也在忙工作。革命无常规！常规非革命！多加一分钟的班，世界革命就能提前一分钟取得胜利，纽约的贫民窟就会早一分钟照上太阳，而朝鲜代表在保卫和平大会上讲的那些苦难就会早一分钟消失。那一天开完会是深夜一点四十分。他有意识地提前结束了会议。一个和外国间谍有牵连的反革命集团被侦破了，很快撒下了天罗地网，两个小时后开始行动。抓个空子他回了家，进门的时候他还在看手腕上的表。然而……

孩子，他和海云的第一个孩子已经死了。

海云在发呆，她的茫然如洞的两只眼睛使张思远倒吸了一口冷气。他问，他劝，他安慰，她却始终木然。他检讨自己，他哭了，他甚至想跪在死了的孩子和呆了的小母亲面前，她仍是木然。"可你不能只想到自己，海云！我们不是一般的人，我们是共产党员，是布尔什维克！就在这一刻，美国的B—29飞机正在轰炸平壤，成千的朝鲜儿童死在燃烧弹和子母弹下面……"他忽然激动起来了，他说了许多过后看来是冠冕堂皇的和不近人情的、在当时却是非常严肃和认真的话。到时间了，警卫员来催他，他匆匆地走了。

从此他和海云互相变得陌生了。海云还是一个未经事的，没有得到足够的改造和锻炼的小资产阶级知识分子。他们的思想往往是空虚的，他们的行动往往是动摇的。她既平庸而又琐碎，而他在海云的眼里呢，也许愈来愈显得冷酷、自私、夸夸其谈。他意识到自己的责任，他谴责自己破坏了海云的学业，甚至海云的幸福。经过他的努力，海云到上海的一个名牌大学学外国文学去了——是海云自己最喜爱的专业。在火车站上，当汽笛鸣叫了三声，当广东音乐《娱乐升平》的曲调响起，当机车沉重地喘了几声粗气，当学生打扮、穿着朴素、用一根橡皮筋束起了头发的海云从车厢里探出头来，向他挥手的时候，他看到了海云的笑脸上的光辉。恋爱、婚姻，压缩到最小最小的家庭生活，孩子的生和死，所有这一切好像并没有当真发生过，海云仍然是教会女子学校的学生自治会主席，到了上海的大学，她将仍能指挥上千名学生高唱"解放区的天是明朗的天"，而他呢，仍然是一个年轻的老革命，一个忘我地工作的领导干部。他们之间的关系，仍然是那么质朴，那么纯洁，那么高尚。正像没有不期而遇便没有友谊和爱情一样，没有离别也就没有感情的留恋。海云走了，他们通着信，他想念海云，想得很苦，很苦。正是沸腾的岁月，"三反五反"、打"老虎"，他领导运动的几个单位一共揪出了十四个贪污数字过亿（旧币）的大老虎，虽然后来经过复查，真正能够成立的只有两个人，他仍然充满了胜利的喜悦。肃反，大家结合学习《"关于胡风反革命集团的材料"的按语》进行揭发、检举、交代、追查和斗争。搞出了枪，搞出了电台，搞出了一个又一个的反革命分子。又查清了一大批人的历史。运动接踵而来，他们正在荡涤旧世界的污泥浊水。一九五六年，他被任命为这个市的市委书记。他的一举一动，一言一行都影响到全市三十万人，就连他的皱眉或者微笑，他的表情和手势，他的目光和步伐，都受到各方面的注意。他就是城市，他就是市委，他就是头脑、心脏、决策。他殚精竭虑把全市的工作做好，不论是打苍蝇还是盖工厂，他们的工作都走在前面。他成为一架辉煌的、巨大的机器的一部分，在这机器的运转中，他感受到自己的觉悟、智慧、精力、责任心，感受到自己的分量，他的生存的意义。没有市委，没有他对于市委的指挥，也就没有他。

但是和海云的事情还是弄不好。海云上大学一个学期，寒假中回来了，离别唤醒了他们的爱情，他们一起谈论福楼拜和莫泊桑，他对于法国文学就像海云对于党委领导工作一样无知，他的问题和话语使海云哈哈大笑，海云完全明白他是为了讨自己的欢心才不怕谬误百出的。为了报答他，海云也关心起这个市的普选和财政预算。他们还一起烧了一次鱼，他发现海云的烹调技术胜过饭店的特级厨师。浇鱼的汤汁到底是用什么做的，始终是一个谜。春节的饺子以后是灯节的元宵。然后海云又走了，临走的时候因为一个重要的会议他没有能够去车站。海云来了信，她又怀孕了。他皱起眉来让海云去做流产，这激怒了海云，一连四个月不给他写信。放暑假的时候，大着肚子的海云办好了休学手续回到了家。"我们已经失去了一个儿子。"海云的忧郁的目光在埋怨。他也感到内疚，生产以后不但找了很好的保姆，而且新成立的儿童医院的主治大夫成了书记家里的常客。本来说是休学半年，实际休了一年，海云离不开他们的第二个也是唯一的儿子。张思远认为既然这样海云就不必再去上学，上不上大学对她来说已经是无关紧要的了。上不上大学她也会得到足够的尊敬和足够良好的工作条件。但是不，海云一定要上，而且换个本市的学校也不行。这么坚决，却又在临行前夜把眼泪流在快满一周岁的冬冬头上……

风和风打架。水和水冲突。人和人矛盾。自己也跟自己过不去。这个充满矛盾的世界和人生！月亮缺了，还会复圆。你果真能断定，这复圆了的月亮，便是当初那缺了、窄了、暗淡了的月亮吗？蚕蛾僵了，又出现了许许多多赶忙吃桑叶的蚕宝宝，你当然知道，这蚕已经不是那蚕。江河流水，一个浪头跟着一个浪头，后浪和前浪，它们之间的区别，它们之间的联结，又在哪里呢？

海云，海云，我了解你么？你了解我么？你为什么不原谅我？你又怎么能原谅我！

风言风语。好心的，恶意的和居心叵测的。张思远大发雷霆。难道我管得了一个城市的几十万人，却管不了你一个吗？他的内心里甚至发出了这样强梁跋扈的呐喊……但是为什么，当海云出现在他的面前，当他发现海云穿的都是她自己的旧衣服，而他给她买的一切讲究的服装都被丢弃了的时候，他是那样空虚，连一句硬话都说不出来了呢？"为了我们的孩子……"在那里请求的竟是你自己。海云沉默着，她哭了一场，退了学，答应和那个男同学断绝关系。虽然没有毕业，海云到本市的一个师范专科学校当助教去了，不久，她还被任命为系党总支的副书记。于是，张思远放心了，何况，海云上下班也是由市委的车子接送……

晴天霹雳。在一九五七年的反右斗争中海云被揪出来了。"我实在没想到你会堕落到这一步，你怎么竟然去为那些反党的小说喝彩？你是什么人？我是什么人？你忘记了吗？"他背着手，踱来踱去，立场坚定，铁面无私。"只有低头认罪，重新做人，革面洗心，脱胎换骨！"他的每个字都使海云瑟缩，就像一根一根的针扎在她身上，然后她抬起头。张思远打了一个冷战，他看到她的冰一样的目光。……一个月以后，海云提出离婚，他仍然想挽回，但是各方面的情况都说明离婚是不可避免的了。在他最后一次见到已经办好离婚手续的海云的时候，他甚至发现了海云脸上的喜气，这曾经使他大为恼怒。"堕落了，确实是堕落了。"他对自己说。

枝头的树叶呀，每年的春天，你都是那样鲜嫩，那样充满生机。你欣悦地接受春雨和朝阳。你在和煦的春风中摆动着你的身体。你召唤着鸟儿的歌喉。你点缀着庭院、街道、田野和天空。甚至于你也想说话，想朗诵诗，想发出你对接受你的庇荫的正在热恋的男女青年的祝福。不是吗，黄昏时分走近你，将会听到你那温柔的声音。你等待着夏天的繁茂，你甚至也愿意承受秋天的肃杀，最后飘落下来的时候，你甚至没有一声叹息。因为你已经生活过了，尝过了，爱过了。你虽然只是一片小小的叶子，却为大树、为鸟儿、为情人做了你所能做的一切。但是，如果你竟是在春天，在阳光灿烂的夏天刚刚到来之际就被撕撸下来呢？你难道不流泪吗？你难道不留恋吗？虽然树上还有千千万万的树叶，虽然第二个春天会有同样的千千万万的树叶，虽然这棵大树在可以预见的将来也许永远不会衰老，然而，你这一片树叶却是永远不会再现的了。地老天荒，即使这个地球消失了，而宇宙间的星云又重新结合成一个又一个的新的地球，你却永远不会再接受到阳光和春雨的爱抚了，你也永远不能再发出你的善良的絮语了。

然而汽车在奔驰，每小时六十公里。火车在飞驰，每小时一百公里。飞机划破了长空，每小时九百公里。人造卫星在发射，每小时两万八千公里。轰隆轰隆，速度挟带着威严的巨响。

美兰

美兰是一条鱼。美兰是一只雪白的天鹅。美兰是一朵云。美兰是一把老虎钳子。

海云才走，美兰就来了。很可能这出自许多关心他的人的通力安排。他们早就不赞成一个市委书记和一个学生娃娃式的女人共同生活。美兰浑身放着光泽和香气。美兰有一张大白脸。美兰那样坚定地来填补海云留下的空缺，好像这一切都是注定了的。她来接任书记夫人的职务就像他接受书记的职务一样充满信心和不容怀疑。她有时候凝神沉思，脸上显出一种难以捉摸的表情，前额上会出现两道显得有点儿凶恶的竖纹。然而只要一看到张思远，这竖纹便立即消失了，露出迷人的微笑。她的到来使张思远的生活发生了极大的变化。衣、食、住、行，一切都出现了飞跃。"为了你的工作……"美兰把这句话挂在嘴上，使他觉得名正言顺、心安理得。旧沙发换了新沙发，金黄色的缎子面闪闪发光。他软瘫在上面，舒适而又疲乏。他恍惚有一个印象，美兰动不动就找行政处交涉什么。他抗议说："不要随便提什么要求。生活上不要太讲究。原来的沙发就很好，换什么？"美兰嫣然一笑："瞧你说的！你忙得忘记了一切，你忙得未老先衰了，你难得回家休息那么一小会儿，难道就不应该把条件搞好一点儿么？"他没说什么。他正在横下一条心搞炼钢，许多家庭把锅都砸了。反右，反右倾，反保守，形势逼人，他的神经长期处于紧张之中。一个新的发光的柔软的沙发，正像一个新的发光的温柔的夫人一样，对于他来说绝不是什么奢侈。只是在偶然的情况下，他模糊地感觉到自己的生活要听从美兰的安排，有时简直是被美兰牵着鼻子走。这使他有些不快。在更偶然的情况下，一个娇小的、瘦弱的、纯洁的海云的影子在他眼前一闪，他心头蓦地一动，他睁开眼，什么也没有。好像一株小树从车窗外面掠过，他定睛看时，小树早已经被车轮抛在远远的后面了，他没有工夫怀恋，他没有工夫叹息。

变异

处境和人，这二者的关系是怎样的呢？坐在黄缎面的沙发上，吸着带过滤嘴的熊猫牌香烟，拉长了声音说着"啊——喽——这个，这个——"每说一句话就有许多人在旁边记录，所有的人都向他显出了尊敬的——可以说，有时候是讨好的笑意的，无时无刻——不论是坐车、看戏、吃饭还是买东西——不感到自己在生活中的特别尊贵的位置的张书记，和原来的那个打着裹腿的八路军的文化教员，那个为了躲避敌人的扫荡在草棵子里匍匐过两天两夜的新任指导员张思远，究竟有多少区别呢？他们是不同的吗？难道艰苦奋斗的目的不正是为了取得政权、掌握政权、改造中国、改造社会吗？难道他在草棵子里，在房东大娘的热炕上，在钢丝床或者席梦思床上，不都是一样地把自己的身心、自己的力量，自己的每一天和每一夜献给同一个伟大的党的事业吗？难道他不是时时怀念那艰苦卓绝的岁月，那崇高卓越的革命理想，并引为光荣么？那种小资产阶级的无政府主义，那种视胜利为死灭的格瓦拉式的"革命"，究竟与我们的现实、我们的人民有什么相干呢？他们是相同的吗？那为什么他这样怕失去沙发、席梦思和小汽车呢？他还能同样亲密无间地睡在房东大娘的热炕头上吗？

他怕失去他的领导职务，绝不仅仅因为生活上的优厚条件，他自己辩解说。他怕失去党，失去战斗的岗位，失去在这个伟大的队伍中的重要的位置。位置，位置，位置好像比人还要重要。这些年，他主持一个又一个的运动，他亲眼看见了那些失去了位置的人的狼狈相。揪出来，定性，这是比上帝的旨意，比阎王爷的勾魂诏，比任何人和多少人的愿望、意志和情感更强大一千倍的自在的和可畏的力量。他当过市委书记，他自以为是全市的主宰，但是，当海云被"揪出来"和"定下来"以后，他毫无办法可想。他亲手经办了一个又一个的揪出来和定下来的事情。一夜之间，一个神气活现的领导干部便成了人人所不齿的狗屎，扬起的眉毛塌下来，刺人的目光变得可怜巴巴，挺直的腰身弓下去，焕发的容光变得毫无血色。人们对这种挨斗的脸色有一种粗野的比喻，叫作像被屁熏过一样。这简直是一种魔法，一种丝毫不逊于把说谎的孩童变成驴子、把美貌的公主变成青蛙、把不可一世的君王变成患麻风病的乞丐的法术。

但是他没有想到这个法术会施行到他的身上。历次运动中，他经常给下级、给群众讲："无产阶级在斗争中体会到的是胜利的喜悦，斗争对于我们是得心应手的事情。只有没落阶级，才对斗争充满灭亡前夕的恐惧和感伤。"那么，一九六六年为什么他一听见红卫兵的锣鼓声就心跳呢？

事后他经常回忆，这一天是怎么到来的。当"五一六通知"刚刚下达的时候，他仍然像历次运动一样，紧张中又有点儿兴奋。他知道这样的运动既是无情的又是伟大和神圣的。但这次势头好像特别猛。大风大浪也不可怕，他只有迎着风浪上。而且他深信这一切是为了反修防修，是用革命手段来改造社会、改造中国、创造历史的必要。他知道又要有一批领导干部倒下去，但是为了党的利益他不能温情，他毫不犹豫地举起了阶级斗争之剑。他批准了对报纸副刊主任的批判，这种批判实际上是政治上的乱棍。接着又把文联主席作为黑帮头子抛了出来。报纸上一个劲儿地提醒人们警惕走资派舍车马保将帅的诡计，一个文联主席是太小了，于是他横下心抛出了市委宣传部长。然后是分管文教工作的副书记。黑帮、牛鬼蛇神越抛越多，越抛越把他自己裸露到了最前线。终于，水到渠成，再往下揪就该轮到他自己了。

但他仍然觉得突然，觉得不可思议，觉得是另一个张思远被揪了出来，被辱骂，被啐唾沫，被说成是走资派、叛徒、"三反"分子。他觉得还应该有一个张思远才是他本来的面目，那个张思远坐在市委小楼（专为常委以上领导干部办公用的）的书记办公室，小楼门口有武装警卫。办公室有两间，外面一间比较大，铺着略旧了的地毯，墙上挂着市区平面图、城市规划图、绿化图和郊区水利工程图。一张一头沉办公桌，桌上有电话分机，还有一套沙发。他的秘书坐在一头沉的后面，细心、负责、一丝不苟。里间屋是他用的，有讲究的吊灯和台灯，有崭新的地毯，有黑漆硬木的大写字台，有皮面的旋转软椅，还有一张铜栏杆的钢丝床，供给他在中午或会议的间隙小憩之用。他看文件，他写批语，他画圈和打钩，他打电话，他沉吟、苦思，他毅然决断，然后告诉秘书去办。按他的级别，省辖市的书记本来不应配秘书，但是办公室还是派了一个秘书来，多年来，别人、他自己和秘书本人都认为那就是他个人的秘书。除去全市的工作，他没有个人的兴趣和个人的喜怒哀乐。他几乎整整十七年没有休过假，甚至于在看他自幼喜爱的地方戏的时候他也不得安宁，有些急件要送到剧场，有些电话转到了剧场来。离开了领导工作，就不存在什么张思远。同样，他也从来没有想象过市委能离得开他。

然而现在又出现了一个张思远，一个弯腰缩脖、低头认罪、未老先衰、面目可憎的张思远，一个任凭别人辱骂、殴打、诬陷、折磨却不能还手、不能畅快地呼吸的张思远，一个没有人同情、不能休息和回家（现在他多么想回家歇歇啊）、不能理发和洗澡、不能穿料子服装、不能吸两毛钱以上一包的香烟的罪犯、贱民张思远，一个被党所抛弃、一个被人民所抛弃、一个被社会所抛弃的丧家之犬张思远。这是我吗？我是张思远吗？张思远是黑帮和"三反分子"吗？我在仅仅两个星期以前还主持着市委的工作吗？这个弯着的腰，就是张思远书记——就是我的腰吗？这个灌满了稀糨糊的棉衣（红卫兵把大字报贴到了他的背上，顺手把一桶热糨糊顺着脖领子给他灌进去了）是穿在我身上吗？这个移动困难的、即使上厕所也有人监视的衰老的身躯，就是那个形象高大、动作有力、充满自信的张书记的身躯吗？这个像疟疾病人的呻吟一样发声的喉咙，就是那个清亮的、威风凛凛的书记的发声器官吗？他一次又一次地向自己提出这样的问题，百思不得其解。他得出结论：这只能是一场噩梦，这是一个误会、一个差错，简直是在开一个恶狠狠的玩笑。不，他不相信自己会成为党和人民的敌人，不相信自己会落得这样下场。我们应当相信群众，我们应当相信党，这是两条根本的原理。这个活着还不如死了好的癫皮狗一样的"三反分子"、黑帮张思远并不是他自身，这是一个莫名其妙的躯壳硬安在了他的身上。标语上说：张思远在革命小将的照妖镜下现了原形，不，那不是原形，是变形。他要坚强，要经得住变形的考验。

但是，冬冬的几个嘴巴把他的精神支柱摧垮了。

冬冬

父亲对于孩子的感情和母亲是不同的。从呱呱坠地的那一刻起，不，从生命的信息突然发生在自己的肚子里，孩子的一哭一笑、一动一止、一声一息都牵动着母亲的心。而张思远在开始的时候竟然感觉不到那个软软的、抱也抱不起来、身上带着尿臊味儿、哭起来没完、哭起来就闭上眼睛不肯睁开的小生命和自己有什么不可分割的关系。由于第一个儿子的夭亡，他对一九五二年冬天来到他和海云的生活里的冬冬，抱着一种特别的小心翼翼的加意保护的态度。这是一种责任感，这是一种习俗——父亲都应该爱儿子。然而，这不是爱。有爱也暂时还只是对于海云的。他知道海云是怎样牵肠挂肚、如呆如痴地爱着孩子，在海云坐月子的头一个星期，张思远为了海云甚至需要做出非常喜欢冬冬的样子，这使他觉得羞愧、不自然。

十个月以后，海云休学完毕，走了。冬冬已经能站立，能扶着墙挪动一下步子，能用含糊不清的声音叫"叔叔"了。冬冬总是把父亲叫成叔叔，使张思远略感不快。那时的冬冬已经长出了八个牙，能吃饼干，甚至有一次流着眼泪嚼完了一根大葱。这一切使冬冬像一个人了。一个新的人来到了张思远的身边，他将是他人生路上的又一个伴侣。这种想法使张思远嗓子里热乎了一下。在工作忙的时候，他有时会打个电话问问孩子情形。

这以后传来了海云和班上一个男同学关系"不正常"的消息。一种最庸俗、最卑劣的令人恐怖的念头一闪而过：冬冬是我的吗？讨厌！我哪有时间管这些。我要管的是三十万人的命运。他忙得没有时间正眼看冬冬一眼了。

但是他原谅了海云，因为他是一个登高望远的领导者，更因为，他爱海云。有爱就有宽恕，什么都能宽恕。他看不得海云的孩子般的面孔上缀满泪珠。他宁愿自己受辱。但如果他的爱恰恰是海云的不幸的根苗呢？呵，呵，呵！海云的泪珠，荷叶上的雨滴，化雪时候的房檐，第一次的、连焦渴的地面也滋润不过来的春雨！一九五四年春天，隔着雨丝他一眼就看到了冬冬的紧贴着玻璃窗的脸，压扁了的鼻头青、白，丑得可爱。到处是清凉、湿润、对焦渴的心灵的慰藉。永远不老的春天，永远新鲜的绿叶，永远不会凝固、不会僵硬、不会冻结的雨丝！小冬冬爬到桌子上，把脸贴到玻璃窗上，目不转睛地看着这大自然的奇观：到处悬挂着亮晶晶的雨丝，新鲜、好奇、迷恋而又困惑。这是一个人有生以来的第一次赏雨。像蚕儿忙碌在桑叶之中一样忙碌在会议和文件之中的张思远被冬冬赏雨的画面深深地打动了，他心潮汹涌。春天，绿叶，雨丝，这是为了新生者而存在的。只有年幼者才能看到他所看不到的那些惊人的美丽，只有第二代才能懂得他所不懂的生活的魅力。生生不已，这世界才不会霉朽在锈垢里。他没有惊动自己的亲儿子。亲儿子，亲儿子！这甚至使他回想起或者根本不是什么回想，他只是模模糊糊地感觉到，正是他自己，在他两岁的时候，在三十一年以前，也用同样的姿势压扁了鼻子，欣赏这人生的第一遭春雨。冬冬和他，不就是一条生命之线上的两个点吗？他走了，为了千千万万幼小的孩子，他愿意背负起所有的重担，他愿意把一切心力献给自己从幼小时就参加了的人类最宏伟也最艰巨的事业。冬冬长大了，他们的生活会比我们这一代人好得多！祝你幸福，儿子！

从此，他一有空闲就愿意与儿子在一起。当他拉着儿子的手，缓缓地（儿子已经在小跑）走在大街上的时候，在他的身旁，不就是一个和他一样，或者即将和他一样的男子汉吗？当他把儿子抱到冷食店的乳白色的藤椅上的时候，他不是平等地和另一个独立的人——现在是他的客人呢——"共进冷饮"吗？当儿子把脸伏在一块北冰洋牌大冰砖上，快乐地发出呜呜的声音，他又是怎样的幸福，怎样的惬意啊！等冬冬吃完了，他把儿子高高地举起来，举得远远高过了自己的头颅，看，儿子比我还高呢！父与子的爱，男性的爱，与其说是血缘的亲密，不如说是友谊！

然而这友谊遭到了风暴，原因当然是孩子的母亲。一九五七年，海云居然在系里宣扬几篇以反官僚主义为名向党进攻的小说。这几篇小说是二十年以后张思远才看到的。为什么我当时竟想不起来找小说看一看呢？然而即使有空去看小说也是没用的，因为那是一个看重信仰和热情远远胜过现实和理性的年代。于是海云变成了反党反社会主义的右派分子、企图从内部攻破堡垒的帝国主义的代理人、披着羊皮的豺狼、化装成美女（我的天！）的毒蛇、睡在身边（！）的敌人，她起的是蒋介石所不能起的危险和恶劣的作用。而结果呢，自然是海云要求离婚，他尽最大的力量做最后的努力，没有效果。我可是仁至义尽了，办离婚手续前后他一再自己对自己说，正是这种对自己无咎的坚信和一再提醒，使他意识到自己有一点底虚，正像大声唱着歌走夜路的人，声音越大，说明他越虚弱。

冬冬怎么办？他们没有谈很多。"我仍然是他的父亲，你仍然是他的母亲。"这是不言而喻的，共产党人是共产主义者，不会像划分私有财产一样地划分孩子。孩子一开始住在他这里，很快他也认识到没有母亲的孩子便是没有人穿的衣服，而没有父亲的孩子至多是没有衣服穿的人。孩子后来住到了海云那里，他有空的时候，便派汽车去接。然而冬冬是太懂事了，不论是北冰洋的冰砖、粉红色的草莓冰激凌还是高级西餐馆里装在高脚银杯里的菠萝三得，已经不能使他快乐，使他呜呜地叫，甚至也不能使他展眉一笑了。

然后美兰占领了他的全部空白，虽然他们没有孩子。他也逐渐适应了、喜欢了美兰给他安排的舒适而又合理的生活。美兰一定学过运筹学，她的生活的第一准则绝不是享乐，而是合理。早晨喝茶而晚上喝酒，早上用较凉的水洗脸而晚上用温热的水洗浴，坐着伏尔加牌汽车去看电影的时候还要让司机在电影开演以后开上车去菜市场买鲜笋，一切都透着合理。然而这样合理又这样美满的生活，仍然使张思远激动不起来。她带来的只是舒服，是令人困倦的幸福，是一种酒醉饭饱的无差别境界。而这境界又是乏味的。他几次找已经上了小学的冬冬，没有找来。于是，一九六四年的一天他自己乘车去郊区的一个小学看望冬冬。他不愿意见海云，他不能去海云家。尤其是海云也已经结婚，对方正是大学期间的那个同学。海云的这种行为更证明了他的高尚无瑕，他的良心获得了一种解脱。

一九六四年的冬冬瘦弱、苍白，显然营养不良。一九六〇年困难时期，张思远曾经打发人给冬冬送过几次高价的奶油点心与高级巧克力，奶油点心与巧克力并没能使儿子壮实起来。而且张思远觉得，在送过点心与巧克力之后，儿子与他更疏远了。一九六四年的这次见面，冬冬一再强调："爸爸待我很好。"他管继父叫作爸爸而称生父张思远父亲，而且全部称呼都是"您"。他才十二岁，他那种客气而又提防的表情使张思远想起自己的某个下属。又加上美兰得知他去看望冬冬以后给他施加的无形的压力——一切如常，只是美兰的额头显出了那两道竖纹，而且笑声特别不自然。这种笑声使他觉得脊背上冒冷气。于是，他不再去看冬冬了。一九六五年春节，他又派人往学校给冬冬带去了花蛋糕。谁想得到，花蛋糕被原封退了回来。附有冬冬的一个字条：父亲，谢谢您。不要再给我送吃的了，请您不要生气。他生气了，他已经越来越习惯把人分成上级和下级，下级对他都是毕恭毕敬的，他轻易地向下级发脾气而不会有任何不良后果，而且，脾气是威严、是权势的一个不可或缺的部分。而冬冬（当然不会是他的上级）却这样对待他，真是岂有此理！

将来等他大了，他会明白这一切的，他会自己来找我的，他会懂得，有一个老革命的爸爸，有一个市委书记的爸爸是多么荣耀和福气！张思远这样想。

两年以后，他弯腰撅腚，站在台上挨斗。打倒大叛徒大特务张思远！张思远不投降就让他灭亡！砸烂张思远的狗头！只有不要脸的人才说不要脸的话。顽固派……只能变成不齿于人类的狗屎堆。呼噜咕咚呜隆，好像在开锅，好像在刮风，好像耳朵聋了什么都没有听见。头发根被揪得发麻，腰弯得好像变成了两截。但这一切总会过去，他被斗已不是第一次。就在这时候，忽然冲上来一个少年，他正好抬起眼皮偷看了一眼，天呀，冬冬！嗖地抡起了巴掌，第一下打在他的左耳朵上。这真是咬牙切齿的狠狠的一击，只有想杀人、想见血的人才会这样打人，只一下就打得张思远从两个扭住他的胳臂的小将手里跳了起来，连脑袋都嗡地一响，像通了电，耳膜里的刺心的疼痛使他半身麻木，恶心得想要呕吐。那抡起的手臂又用手掌背反打了他的右耳，这一下比较轻，感到的疼痛却更加分明，等挨了第三个巴掌以后，他已经不省人事了。

昏迷中，他听到了那个打他的少年——他就是冬冬，没错！好像哭出了声。

阶级报复！只有用阶级斗争的观点才能说明这一切。海云是已经定性、已经做了板上钉钉的正式结论的阶级敌人。而张思远，尽管目前在受群众的审查，但他的职务是省委正式任命并在中央组织部备了案的。他的身份仍然是一个城市的党的委员会的领导人。革命群众要打倒他，给他提出了许多罪名，但这一切没有做结论，没有定性。他的问题与海云有着本质的差别，阶级的差别。冬冬顽固地站在他的妈妈的反动立场上，也许是接受他妈妈的指使，对张思远实行阶级报复，谋杀！不是说"只准左派造反，不准右派翻天"么？不是说在"史无前例的无产阶级文化大革命"中，难免鱼龙混杂，泥沙俱下，难免有各式各样的牛鬼蛇神跳出来么？冬冬的行为就是右派翻天，就是牛鬼蛇神跳了出来。需要找个机会，向看管自己的革命群众把这个问题谈一谈，提醒他们要密切注意阶级斗争的新动向，提醒他们对于社会上的真正对党对社会主义怀有刻骨仇恨的人，绝对不能手软。

然而他自己先软了。没过几天，他得到了海云自缢身亡的消息。几乎与此同时，他得知美兰已经正式贴出了造反声明，要与他彻底划清界限。这后一个消息对他却几乎没有产生什么影响。

审判

我请求判我的罪。

你是无罪的。

不。那有轨电车的叮当声，便是海云的青春和生命的挽歌，从她找到我的办公室的那一天起，便注定了她的灭亡。

是她找的你。是她爱的你。你曾经给她带来幸福。

我更给她带来毁灭。我没有照顾好我的第一个儿子，到现在我甚至于想不起他的小脸是什么样子。我得罪了冬冬，我现在才明白，我送去的巧克力和花蛋糕只能提醒他注意到我和他最亲爱的妈妈的处境的差别。在她流泪的时候，我本应该用手绢，不，用手指揩干她的泪水。但是我没有这样做，我向她打了一番官腔。但最主要的还不是这些。如果没有我，她会安心上大学，她会成为教授、专家，她会毫无负担地在完成学业、取得一定的成就以后找一个年龄、性格、地位更合适的伴侣。由于有了我，这一切都成为不可能了。这使她郁郁寡欢，这使她在一九五七年说了一些带情绪的话。

但是你爱她。真的吗？

我们都有一死。我希望在我离开这个世界前的一刹那再说一句：海云，我爱你！但如果我真的爱她，我就不应该在一九五○年和她结婚，我就不应该在一九四九年和她相爱。我们不相信魂灵，但我假设我们还有一千个一万个来世，我愿意一千次一万次地匍匐在海云的脚下，请她审判我，请她处罚我。

你是人，你的地位并没有剥夺你的爱的权利，更不能剥夺你回答一个少女的爱的召唤的权利。

然而我更成熟，我应该理智一些，我应该负起责任。我不应该闯入一个如此纯洁而幼小的灵魂。

在一九四九年，你就不纯洁吗？你就不幼小吗？那是我们的共和国的童年，也是我们大家的童年。

但我为什么竟没有想到去保护她？豁出命我也应该在她的身边。

然而后来是她不爱你了，她太轻浮，她有毛病。在大学，她有了自己的情人，该责备的只能是她而不是你。

我的痛苦就在这里。竟没有人能够惩罚我。

有。

谁？

冬冬。

山村

庄生梦见自己变成了蝴蝶，轻盈地飞来飞去。醒了以后，倒弄不清自身为何物。庄生是醒，蝴蝶是梦吗？抑或蝴蝶是醒，庄生是梦？他是庄生，梦中化作一只蝴蝶吗？还是他干脆就是一只蝴蝶，只是由于做梦才把自己认做一个人，一个庄生呢？

一个有趣的故事。一个有趣的，听来却有点悲凉的想象。原因是他有一个有趣的，简直是美妙的梦。能够做这样的梦的人有福了。如果梦中不是化为蝴蝶，而是化为罪囚，与世隔绝，听不到任何解释，甚至连审讯都没有，没有办法生活，又没有办法不活，连死的权利都没有。再仔细一看，监狱竟是自己在任时监造的，是自己视察过的，用来关阶级敌人的……他又将想些什么呢？

就是这样的铁一样的令人窒息的梦也醒了。张思远在一九七〇年突然被释放了，就像前三年突然"升级"关进单人监狱一样莫名其妙。更使他清醒的是他的家，他的家已经没有了，在他监禁期间，美兰已经去法院正式办理了离婚手续，带走了他尚存的全部家产。这样的消息对于一个出狱者，真像山泉沐浴一样爽心明目、安神败火。

也是一只蝴蝶，却不悠游，上不着天，下不着地。"你的事情现在还排不到日程上。"专案组长对张思远说。一个钻山沟的八路军干部，化作了一个赫赫威权的领导者、执政者，又化作了一个被革命群众扭过来、按过去的活靶子，又化作了一个孤独的囚犯，又化作了一只被遗忘的，寂寞的蝴蝶。我能不能经得住这一切变化呢？

他不像有些被拉下马来的可怜虫，把生活的意义、生存的目的放在定一个"人民内部矛盾"的结论上。中国共产党的老党员、市委书记需要一个"人民内部矛盾"的结论？天大的笑话。他需要活下去，需要思考，需要找到他的儿子。

于是，在一九七一年的初春，他来到冬冬插队的一个边远的山村。山下一片杏花如云，山谷里溪流旋转，奔腾跳跃，叮咚作响，银雾飞溅。到处都是生机，就连背阴处的薄冰下面，也流着水，也游着密密麻麻的小鱼。向阳的地方更不用说了，一片葱绿。从草势来看，即使在冬天，这草也没有停止生长。顽皮的松鼠在枝上跳来跳去。大青石上是松鼠嗑掉的杏核皮，嗑得干干净净。小花蛇在枯叶里钻进钻出。野兔跑起来就像一溜烟。记得有一次张思远到郊区去视察，夜间行车，一只小灰兔闯进了越野小汽车前灯的光柱里。它一下子那么惊慌，左右都是一片漆黑，后面是疾驶着的、紧紧追赶着它的可怖的怪物——汽车。它只有向前一条路，它只有沿着车灯光柱的方向拼命跑。司机哈哈大笑起来，踩踩油门，加快了速度。当时张思远真想命令司机停住车，关上灯，让灰兔走掉，但他不好意思这样婆婆妈妈。眼看汽车就要轧到灰兔了，张思远看到了小兔的颤抖的长耳朵。忽然，小兔不知道怎样来了一股勇气，转身一蹿，得救了。张思远长出了一口气。

山径崎岖。人生的道路更加崎岖。但山还是山，人还是人。尽管祖国的大地承受着太多的苦难，春天仍然是祖国的春天，山的春天，人的春天。他真希望自己变成一只蝴蝶，从积雪的山峰飞向流水叮咚的山谷，从茂密的野果林飞到梯田。一组青年在梯田上犁地，为首的小伙子斜披着黑色的小棉袄，打着口哨。忽然，他高声唱起了山歌：

> 天大的冤屈你告诉哥哥，
> 妹妹呀你莫要想不开，
> 莫要投河……

海云没有投河，她把脖子伸到绳环里。张思远感到了在蹬倒凳子以后的一刹那，绳索像铁钳一样咯吱一声勒断喉咙的痛苦。一想到这儿，他就半天半天说不出话来，他的发音器官出了毛病。他就是以此为理由请求不去"五七干校"而去他儿子插队的地方的。

他是作为"白丁"来到山村的。没有官衔，没有权，没有美名或者恶名，除了赤条条的他自己以外什么都没有。就像五十年前他来到这个诱人而又恼人的世界上一样。人出生的时候不是一无所有，甚至连遮掩身体的裤衩都没有吗？一无所有的他住到了山村里，儿子却立即转到了另一个村落。我们会慢慢了解的，他冷静地住了下来。他并没有很快了解他的儿子，他首先了解、首先发现的乃是他自己。

在登山的时候，他发现了自己的腿，多年来，他从来没有注意过自己的腿。在帮助农民扬场的时候，他发现了自己的双臂。在挑水的时候他发现了肩。在背背篓子的时候他发现了自己的背和腰。在劳动间隙，扶着锄把、伸长了脖子看着公路上扬起大片尘土的小汽车的时候，他发现了自己的眼睛。过去，是他坐在扬尘迅跑的小车的软座上，隔着车窗看地头劳动的农民的。

他甚至发现了自己仍然是一个不坏的、有点魅力的男人。不然，那些结过婚的女社员，那些壮年妇女为什么那样喜欢和他说说笑笑呢？已婚的男女农民们互相开那么重的玩笑，说那样的粗话，让他简直受不了。但这也是可以原谅的，难道休息的时候还不能自己拿自己开开心吗？他们开心的事够少的了，总不能歇地头的时候也念"凡是敌人反对的……"或者高唱什么"冲云天""冲霄汉"啊。他们巴望着土里多出点东西，他们不想跑到云天或者霄汉上去。倒是他张思远，过去常常坐着"安—24"或者"伊尔—18"在云天和霄汉上飞行。

他甚至在这里发现了自己的智慧，自己的觉悟，自己的人望。十七年当中，他到处受到尊敬。但这尊敬在一夜之间变成了诬陷、强暴、摧残，连美兰和他的儿子也离开了他。他恍然大悟，这尊敬不是对张思远而是对市委书记的。他失去了市委书记便失去了这一切。但是现在不同了，农民们同情他，信任他，有什么事都来找他，不是因为别的，而是因为他确实正派，有觉悟，有品德，也不笨，挺聪明也挺能关心和帮助人。

然而在冬冬面前不行。他第一次去看冬冬的时候，冬冬正在缝鞋，拿起一块皮子，噗噗噗噗往上喷一些唾沫，然后是锥子引针。他看得出，冬冬在努力表现出自己是一个缝鞋的老手，完全具有在城市的十字路口摆鞋匠摊的经验和水平。但正因为他太努力了，他并不真像一个会缝鞋的人。

"你为什么不说话……"他问冬冬。

"没什么可说的，您何必到这儿来？我连姓都改了，我不姓张。"

"那随你。但是毕竟只剩下了我们两个，我除了你，你除了我，再没有别的亲人。"

"如果您官复原职，您是要先杀一批的吧？林副统帅教导我们说：政权便是镇压之权。我不是第一个该杀的吗？"

"别……淘气！胡说八道！"

"您为什么不说您恨我呢？那天您没有认出我来吗？那天是我打的您。说老实话，您当时是怎么想的？阶级斗争，阶级报复……是吧？"

张思远战栗了。

"这样倒好一点儿。我需要的是诚实。诚实的恨对我来说比虚假的爱还要好。"冬冬激动了，他的锥子扎破了左手的无名指。他把那个指头放到嘴里，嗫着、咽着自己的血。他的这个姿势活像他的母亲。张思远新婚的时候，不，大概还是结婚以前呢，海云给他钉扣子的时候也扎破过自己的手。

"你能不能告诉我一点儿你母亲最后几天的事情？"

"我不知道。"

"你说什么？"

"那天我打了你，就被送到了公安局。只许左派造反，不许右派翻天。这是你们提出来的口号。"

又是战栗……那绳索勒断脖颈的痛苦，咯吱，残酷的一声响，"咯，咯……"

"您怎么了？"

"咯……咯……"

冬冬把他扶到了床上，而且给他倒了一杯水。

"你……为什么……躲着我？"张思远的嗓子劈啦劈啦的，像在拉一个破风箱，像在转动一架旧风车。

冬冬听懂了他的话，半天没言语，然后反问了一句：

"您能原谅我吗？"

"也许，应该请求原谅的是我呢。"

"您说我为什么要……打……您？"

"为了你母……"

"不，不是的！"不等父亲说完冬冬就打断了他，他生怕父亲说出那荒唐而可怕的话，"我打您……真真正正是为了革命造反，我们那一派的头头鼓励我……恰恰相反，在您揪出来以后，母亲多次跟我说，您不是大字报上所说的那种人……母亲的死，和我不听她的话也许不是没有关系，当然，主要是她被打得皮开肉绽，她受不了了。我……"

热泪切割着皮肤。悲痛切割着心。他们和解了。

他们没有和解。在张思远和他的儿子慢慢建立了比较密切的来往关系以后，有一次，他看到了儿子写的一篇日记。日记写得灰暗，简直是颓废，什么"够了，这谎言和伪善，这高调和欺骗"，什么"人是最自私也最卑劣的"，什么"生活便是错误，生活便是痛苦"。看着看着，张思远的手抖了起来。难道我们这一代艰苦奋斗，流血牺牲，鞠躬尽瘁，夜以继日，就是为了让你们搞这种渺小卑微的无病呻吟吗？他激动地责备了冬冬，冬冬也激动起来。

冬冬说："立场，立场，您说我站在什么立场？你们当然是站在党的立场，你们牺牲，你们从党那里得到的东西并不比你们献给党的少！就是现在您坐了监狱，您委委屈屈，你们每月的收入也比农民一年的收入多。而且，你们当然充满信心，不是今天就是明天，你们又会坐在市委书记的宝座上！"

"住口！"张思远动怒了，"你可以尽管骂我，却不能诬蔑我们的党，不能诬蔑我们整整一代革命者！李大钊，方志敏……是为了人民而抛头颅、洒热血……"

"为了我们？为了让我们受罪吗？"

"你这样说太危险！太反动！"

"您要送我进监狱吗？本来您建造监狱也不是为了关自己的呀！"

"你……"张思远气得说不出话来。如果是五年以前，他听到这样的言论，不论是谁，他都要和他决裂，他都要全力给以回击、给以打击、给以镇压。他听到这种话简直要爆炸了，他压低了声音，含糊地骂了一句，拂袖而去。

在回自己住处的路上，碰上了雷雨。闪电就在树梢上放光，雷声炸响在头顶。雨声哗哗，真像是千军万马在奔跑，在呐喊，在厮杀。雨水在脚下流淌，走在山路上，就像蹚过溪水一样，鞋变得又重又湿。这个时候，张思远多么渴望自身也变成一声沉雷，一道闪电，他多么渴望自己也能发光，能爆炸呀！他甚至想，触雷该是多么痛快的事啊！

他滑了一跤。

复职

不知道为了什么，

忧愁它围绕着我，

我每天都在祈祷，

　　　快赶走爱的寂寞……

　　一首香港的流行歌曲正在风靡全国。原来他并不太知道。他只是恍惚听说许多青年在转录香港的歌曲。那时他只是轻蔑地一笑。对香港的文化，他从来没有放到眼里。只是在他没有暴露自己的身份，悄悄地动身去他作为老张头曾经劳动过六年，流过六年汗、心里头更是流过六年血的地方，在他转车之前住到了一个一般干部住的招待所里，他才从同室的一个贸易公司采购员所携带的录音机那儿，仔仔细细地、一遍又一遍地听到了这首歌。

　　怎么说呢？他不是音乐家。在部队，他学会了识简谱，学会了打拍子。八路军战士都爱唱歌。一个初到边区的人，头一个印象便是歌声多。有一个歌的头两句就是"解放区的天是明朗的天，解放区的人民好喜欢"，然后底下两句是"解放区的太阳永远不会落，解放区的歌声永远唱不完"。解放战争时期，只要听一听蒋管区流行的《疯狂世界》，再听一听解放区流行的《我们是民主青年》，便可以知道中国的未来是属于谁的了。

　　然而现在呢？现在是怎么回事？三十年的教育、三十年的训练、唱了三十年的"社会主义好""年轻人，火热的心"，甚至还唱了几年"老三篇不但战士要学，干部也要学"之后，"爱的寂寞"征服了全国！

　　他想砸掉这个采购员的录音机，他站起来，转了一圈，拳头握得指甲刺痛了手心。这是彻头彻尾的虚假！这是彻头彻尾的轻浮！那些在酒吧间里扭动着屁股、撩着长发、叼着香烟或是啜着香槟的眉来眼去的少爷们和小姐们，那些一听到外国、一听到香港甚至一听到台湾（！）就垂涎三尺而又不读书、不流汗、不开夜车，却又整天梦想着电冰箱、流线型家具和席梦思的混蛋们，他们难道真正懂得什么叫爱情、什么叫忧愁、什么叫寂寞吗？所有这一切，不过是在三等照相馆里照相时候的令人作呕的装腔作势！

　　一首矫揉造作的歌。一首虚情假意的歌。一首浅薄的甚至是庸俗的歌。嗓子不如郭兰英，不如郭淑珍，不如许多姓郭的和不姓郭的女歌唱家。但是这首歌得意洋洋，这首歌打败了众多的对手，即便禁止——我们不会再干这样的蠢事了吧？谁知道呢？——也禁止不住。

　　甚至是一首昏昏欲睡的歌。也许在大喊大叫所招致的疲劳和麻木后面，昏昏欲睡是大脑皮层的发展必然？

但是不，张思远副部长不能昏昏欲睡。从一九七五年四月复职以来，张思远夜夜都不能踏踏实实地合上眼睛。

一九七五年四月，张思远正在山村他和儿子合住的那一间用石头砌墙、用石片盖顶子的小屋里择韭菜。由于女医生秋文的帮助，他和儿子已经和解很久了。现在他择菜，打算等儿子回来吃一顿饺子，他还想邀请秋文和她的女儿一道来吃晚饭。经过了一冬的萝卜白菜之后，拿起一把哪怕是沾满了泥土和马粪的碧绿的韭菜，也顿时觉得石屋里充满了春光，充满了春的生机。白茎绿叶的韭菜，是和阔别好几个月的和暖的风、和小鸟的啁啾、和融化着的一道一道的雪水、和愈来愈长了的明亮的白天、和返青的小麦、和愈来愈频繁的马与驴的嘶鸣、和大自然的每个角落里所孕育着、萌动着的那种雄浑而又微妙的爱的力量不可分离地扭结在一起的。所有这些都敲打着每个人的心灵，即使创痛使某个心灵变成了裂了纹的鼓，也总会发出一点儿声息，给人一点儿希望。何况是张思远，贫穷和压迫熔铸了他的童年，血与火染红了他的青春，党与领袖指引着他的路，人民的尊敬、信赖与期待推动着他的步履，他已习惯于乐观和充满希望。在这个春天，他又重新充满了对于某种转机的预感。总不能老是一个样子，连小孩子都分得清的是非，党能够弄不清吗？回顾一生，回顾上下左右，回顾历史和现实，回顾中国的昨天和今天，展望明天，党毕竟是伟大的党，光荣的党，而且终将是正确的党。

这当真是预感吗？抑或只是事后才自以为是预感？不是从一九六六年他被"揪"出来的第一天起他就不相信那正在发生的事情，而期待着对已经发生的事情的否定吗？他不是觉得昨天比今天更真实，而明天既杳然又带来向昨天靠拢的希望吗？还有这个"揪"字，什么叫揪呢？查一查《辞海》，它当抓住、扭住解。这是一个具体而又形象的动作。而现在所说的"揪"出来，又代表着一种多么明晰而又含混的意思！特殊的政治产生了特殊的政治术语。这几年人们简直是在向语言法则挑战，斯大林关于语言的稳定性的论述到底还灵不灵呢？我们的后代能够理解今天流行的这些花样翻新的词汇吗？他们能够理解"炮轰"和"油炸"、"靠边站"和"砸烂"、"站队"和"帽子拿在群众手里"吗？

所以他需要转机，他像赛前的跑马一样迫不及待。因为这一切都是他的事情，他与这一切息息相关。但是山村的生活又明明改变着他，他为在春天择一把韭菜而衷心喜悦，正像他不畏刺目的阳光抬起头来去寻找盘旋歌唱的云雀，为这春天的第一只鸣禽而衷心欢喜一样。他细心地从韭菜中剔除枯叶和杂草，他着重取掉靠近根部的不洁的鳞片，他闻到了新鲜的韭菜的辣而芳香的气息。他拿不定主意去请还是不请秋文，并为这拿不定主意而觉得懊恼。

有一种声音。不是牛的声音，不是风的声音，不是乡村孩子们的声音。拖拉机和柴油机吗？为什么声音愈来愈近？是汽车？哪一辆汽车迷了路？坐汽车的人既受人尊敬又脱离群众，但总要有人坐小汽车。"砰砰砰"，这么早就剁起肉来了吗？哪里来的肉啊？放两个鸡蛋就行了，金黄的鸡蛋，油绿的韭菜。然而用鸡蛋做馅子费油，农村里供油的标准太低了。"砰砰砰"，却原来是敲门。

一个年轻的小伙子。草绿色的军服，闪闪的红星。立正，一个军礼。韭菜落到了地上，站起身来的时候碰翻了小板凳，咣当。

张思远同志：
　　请于四月二十五日前来省委组织部报到。
　　此致
革命敬礼！

这是什么意思？同志，承认我是"同志"了吗？组织部，这个机密而又重要的部门，总是由最可靠、最有经验、最沉着的同志掌管的。此致敬礼，所以伟大的长城的一员把手举到了帽檐前，图章却是革委会政工组党的核心小组（代）。谁也闹不清这种组织机构的名称和内涵，弄不清党的机构是何时何人为了什么取消的，弄不清为什么革委会的党的核心小组变成了党委，弄不清现在让他去报到的组织部是不是原来意义上的、他所熟悉的掌管党员和干部的党委的一个要害部门。

但毕竟是要他去组织部。至今，他的党的组织生活还没有恢复。但他按月寄去党费，既然没有给他什么处分，他就有权利——义务变成了权利——缴纳党费，而不论是政工组还是核心组，无法拒绝。而且，他是按照他原有的级别和工资缴纳的，虽然他现在每月的生活费不足他应领工资的三分之一。这也是他的一个挑战，我仍然是高级干部，我的工资的三分之一也并不比你们少！

"快坐下。"他热情而又客气地请前来接他的军人同志坐下。他的口气，他的笑容，他的弓曲的腰和背更像山区的老农。这几年，他已经惯于仰视那些在新生的红色政权里工作、支左的人。那些人的工资比他少一半也罢，却有着十倍、百倍于他的威风。仰视红色政权的他便会平视农民、"五七战士"和再教育青年，这是令人痛快的。年轻的、刚刚长出一圈黑胡子的解放军同志却没有坐下，他说："外面有车。张思远同志能不能料理一下，下午就动身？×主任说是愈快愈好……"年轻人的口气既缓和又礼貌，这种口气使张思远想起了昨天，想起了他有过的秘书和司机们，想起了他的党龄和职位。"这个——"他把"个"字拉长了声音，声音拉的长短和职务的高低常常成正比。他已经有九年没有这样拉长声音说话了，当明天具有了向昨天靠拢的希望的时候他的声音立即拉长了，完全并非有意。他的脸刷地一红。

九年来他的心好像一个平静的湖泊。尽管湖泊的深处有旋涡，有波动，甚至有火山的爆发和死灭，然而湖面是愈来愈平静了。平静的湖面是美丽的，每个人都可以从湖面上看到自己的倒影，而且，倒影往往比活人更有魅力。

来接他的军人和汽车只不过是向湖泊吹了一口气。湖面上呈现了浅浅的同心圆。于是湖的自我感觉在发生变化，不管湖泊承认不承认。

他回到了自己的城市。他回到了市委小楼。他被任命为新生的红色的市委的第二把手了。"可我的组织生活还没有恢复呢！"他提出。"先上任去！"有关领导回答他。还是那条路。还是那座楼。粉刷和油漆遮盖了九年的疮痍。镶木地板和白晃晃的大吊灯在最初的一刹那竟使他热泪盈眶了。幸好，谁也没有看见。失去的天堂，他想起了这一句实在不应该想起的话。九年来，他已经忘记镶木地板和大吊灯了。五年来，他只知道崎岖的、石头铺成的山径，掩映的树木，石块和石片搭成的房子。室内的地也是土质的，要适当地洒一点儿水，洒少了起尘土，洒多了和泥。夜间照明靠煤油灯，关键在于把罩子擦净，擦亮。最初他用呵气的方法，向着玻璃罩子呵一口气，然后用柔软的手绢擦过来擦过去。有一次把玻璃擦碎了，险些扎破了手。后来他学到了一条经验，用白酒把手绢沾湿，果然擦得晶亮异常，照得石窑就像白昼一样。何况，晴天有满天星斗，乡村的星星比城市多得多，而且，由于山比地面更靠近天，所以星星离山村的农民比离城市居民近得多。但是他怕阴天，怕下雨。那次如果没有秋文医生他也许就没命了。

他现在不怕阴天，不怕下雨，也不怕黑夜了。城市无夜晚。汽车里无阴雨。拥有暖气设备的办公楼和宿舍无冬天。但是，没有夜晚就没有星星，没有阴雨就没有雨过天晴的重生的欢欣，没有冬天就没有洋洋洒洒的漫天飞雪的纯洁。有一得必有一失。

许多的老同志、老朋友、老下属、老同学来找他。正像他当初一下子变成了形影相吊、孑然一身、不可接触一样，他一下子又成了人们的希望，人们注目的中心。"我早就想去看你了，这中间我打听过好几次。"有人说，显然不是假的。"我犹豫了半天。现在人家官复原职了，找的人也多，别去打搅吧……可咱们毕竟是老关系了。张书记还能把咱们忘了吗？"如此这般。特别是市委的老人，更是把希望寄托在张思远身上。张思远重返市委领导岗位，是他们各自回到体面的昨天里去的先声。

然而，被今天毁坏了的昨天却不可能在明天照原样恢复。不仅某一派的"警惕走资派复辟还乡"和温柔一点的"穿新鞋走老路我们不答应"之类的标语在时时敲打着他。而且，在他熟悉的一切后面他发现了格格不入的陌生。公共汽车堆积在终点站上不肯发车，汽车站上等车的人一群一群，翘首相望。据说司机围拢在一起打扑克，谁被"抠"了"底"，谁开行一次。到处都是标语、口号、大批判、热烈欢呼。甜食店成立革命领导小组也说那是"毛泽东思想的伟大胜利"。黄纸红字（这两种颜色代表喜庆，白纸黑字代表声讨、共诛之）十分醒目的大标语下面是没有扫尽的垃圾和伸手乞讨的儿童。清洁工也不好好干活了，而乞丐正与空话一起增长。到处是喝酒，请客，"哥俩好，八仙寿"。据说"批林批孔"的时候有一位左派提出划拳行令中的用语有儒家思想，另一位左派便设计了新的拳经："一元化呀，三结合呀，五星红旗呀，八路军呀……"荒唐变成现实，现实变成梦魇。莫非好几亿人都把脚气灵或者痔瘘膏当作补药咽到了肚子里？

市委也不是原来的市委了。每天上班进市委的门的时候，他的心都要动一下，我没有走错吧？我真的又来这里了吗？这是什么地方呢，我不是去挨打的吧？市委的牌子换得更讲究——据说原来的牌子被不知谁拿去做大立柜了，五合板嘛，市场上缺——所以增加了警卫，戒备森严，这当然是必要的。连团市委和妇联门口也站着带枪的人。有一次张思远无意中听到了两个不在哨位上的警卫排战士模仿样板戏的对话，"……两件什么宝？""好马快刀。""马是什么马？""吹牛拍马。""刀是什么刀？""两面三刀。"

"新鲜事物"还多着呢。小汽车增加了三倍还不够用，因为副职增加了五倍。组织科四个科长只有一个干事，到处是谣言、小道消息、传说：梅花党，长江大桥擒匪，美人鱼，棺材里的死人诈尸……公开的山头和宗派。完全取消了党的组织生活，更不可能进行什么批评和自我批评。公事私办，私事公办，来联系工作的人还要拿上私人的介绍信，为了私事可以巧立出差名目。明目张胆地伸手要党票，要官，要权……

这样下去，我们的党，我们的国家不是要完蛋吗？想到这里，就像发了寒热病，张思远一会儿冻得浑身打颤，牙齿咯咯地响，一会儿七窍生烟，忧心如焚。何况，他的头顶上又出来了一位第一书记，一位除了抓辫子搞阴谋仍然只会抓辫子搞阴谋的新贵。

美兰也来凑热闹了，她要求复婚。几次来信，张思远没有回复。电话约谈，张思远回答说："不必了。"他挂上电话，不顾耳机里传来的吱哟乱叫。一天下班，我的天，美兰已经坐在他的房里，她大概是拧开了锁，而别人不敢拦阻。完全是"复辟"后的全权的女主人，床单拽下来准备洗涤，卧室里新添了两束塑料花。张思远什么话都没说，回到了办公室。这时他由衷感谢市委大门戒备的森严。他拿起一叠文件，全是"大批促大变"，也许是促大便吧？什么反潮流，什么法权，什么全面专政，什么唯生产力论，什么教育革命的形势大好不是小好而且愈来愈好。他漾起了酸水。他的胃在收缩，贲门在收缩。各种新名词连同小道消息，连同革命拳经，连同美兰的大白柿饼子似的面孔一起旋转，如刀如炸弹，如雾如烟，如风如电，如商标如膏药如济公活佛的蒲扇。

回到昨天是不可能的。他的余生是为了明天。必须抢救明天。

秋文

那次他在雷雨中跌了一跤。醒过来后，张思远发现自己是躺在公社医院的病房里。远近驰名的大夫秋文亲自在护理他。这一跤，不仅摔坏了他的腰椎，而且，淋雨的结果是上呼吸道感染继发肺炎。

张思远到山村来没有几天就知道了秋文，上海医科大学毕业，四十多岁，高身量，大眼睛，长圆脸，头发黑亮如漆。她把头发盘在脑后，表面上像是学农村的老太太梳的纂儿，然而配在她的头上却显得分外潇洒。衣服总是一尘不染，走在山路上，健步如飞。这在"文化大革命"期间的农村，本来是一个显得很各色的人物，但她偏偏非常随和，和农村的男女老少都说得来，接过农民让过来的烟袋就吸，接过农民让过来的酒杯就喝。

听说她和丈夫离了婚，独自带着一个女孩子生活在山村。这种独身女人本来是很难在农村生活的，偏偏她和这里的男男女女交往，却没有人在背后说过她的半个不字。

开始，张思远觉得她有点儿神秘，同时直觉地不那么喜欢她，虽然他承认她本来应该说是相当漂亮的。他觉得她有点咋咋呼呼，每天说的话，走的路，抽的烟和喝的酒都超过了应有的限度。但是，她的医术好，和农民的关系好，所以张思远每次见到她也都礼貌地招呼一番。后来他又了解到，冬冬倒是常到秋文医生那里去，说是为了找一点儿医书看。生活总不会把一切门窗堵死。

"您说了许多胡话。"秋文医生说，轻轻地，音调完全不同于她日常的说笑，"可能您想的事太多了，大干部嘛。"隔着口罩，张思远好像看到了秋文医生嘴角的笑容。她的眼睛也在微笑着。这微笑里充满了理解，充满了悲哀，充满了凝结着悲哀的清冷的自信，好像是雪天里的篝火、天与海的尽头的白帆、月光下的一株老胡桃树。那个带几分男人气质的、饶舌的、随波逐流的大夫退到哪里去了呢？

"其实把你们拉下来当当老百姓也不赖。"另一次她这样说，丝毫不顾忌同病室的其他人，"要不，别看报纸上喊什么下乡、蹲点喊得那么凶，你们躲在自己的小楼里才不愿意下来呢。您说对不对？老张头！"

张思远想抗议，他并没有什么小楼。他现在连家都没有了。但是老张头的称呼使他觉得温暖，就像小时候母亲叫他"小石头"一样。张思远的名字（乡下管这种名字叫"官名儿"，可见，这种名字是为了做官才起的）才像石头一样硬。人需要母亲，需要亲昵，需要照料、理解和同情。所以每当秋文医生说"好好吃下这些药，多喝开水，你会很快好的"的时候，他都觉得特别熨帖。

冬冬每天来给他送饭，挂面、荷包蛋、山药汤、小米粥。"您不要那样生气。"冬冬说，"我不过是在日记本上发发牢骚罢了，爱发牢骚的人其实倒不会怎么样。那天是我不对，对李大钊和方志敏，我永远崇敬他们。我最近常想，生活压根儿就不像我小时候想的那样美好，所以生活压根儿也不像我现在所想的那样不好。"

"你，你转变了？"张思远惊喜交加。

"谈不上转变。我大概总不会完全了解您，就像您不会完全了解我。人和人的隔膜，是永远也无法消除的。于是发展到不是你吃掉我，就是我吃掉你。"

"那你为什么又天天给我送饭来呢？"

"秋文阿姨让我来的。她说，"冬冬迟疑了一下，好像不知道该不该把底下的话说出来，"秋文阿姨说，你爸爸也不容易……"

"你和她谈过我？"

"谈过。"

"谈过你的母亲？"

"谈过。"

"还谈过什么？"

"什么都谈过。怎么？违反保密条例么？"冬冬的语气又是那样刻薄了。

"不。我说，那很好。"

张思远——不，老张头从冬冬那里了解了一点儿秋文的事情。秋文原来的丈夫是一九五七年划的"极右"，现在还在劳改农场。冬冬认为，只是为了女儿的前途，秋文才与丈夫离了婚，实际上，她在等待着那人的自由。一九六四年"四清"时候的工作队，和一九七〇年"清队"时候的宣传队开始都瞧着她不顺眼，准备立案专门审查，但是所有的社员和基层干部都向着她。她主动到工作组和宣传队去谈自己的一切，谈笑风生，全无禁忌，反而打消了别人对她的猜疑。

她有一层保护色吧？她分明是一株异地移植的树，既善于适应水土，又保留着自己的与这里的植物群全然不同的个性。她的随和后面是清高，饶舌后面是沉思，嬉笑乐天（带点傻气）后面是对十字架的背负。

但那些又不仅仅是保护色，清高后面确有一种由衷的利他主义，沉思后面确有拿得起放得下的丈夫气，而背负着十字架的她仍然时时感受到生活的乐趣。想想她对村里的少男少女的婚姻恋爱的关切吧，她都快成了新式的、可靠的、不怕受累、不怕落埋怨的媒婆了。如果仅只是为了保护自己，她的笑声能那样真诚，那样傻气么？

但是她显然用另外的调子与张思远谈话，"好好了解了解我们的生活吧，官复原职以后，可别忘了山里人！"

张思远挥挥手，表示对"官复原职"丝毫不感兴趣。但是秋文不饶人："甭挥手，我如果是你就争取早点儿回去。一个月挣着那么多钱跑到这儿来摸锄把子？不但官复原职，而且会官运亨通！"

"越说越不着边际了。"张思远更摇头了。

"当然。自然死亡再加上穷整，真正有经验、有水平又能干事的领导干部现在是越来越少！不光你们越来越少，就连我们这样的大学毕业生也越来越少。再搞上十年教育革命，等到中国人都成了文盲，小学毕业的就是圣人！而你们这些大干部呢，更成了打着灯笼也讨唤不着的宝贝！反正说下大天来，你既不能把国家装在兜里带走，也不能把国家摸摸脑袋随便交给哪个只会摸锄把子的农民！中国还是要靠你们来治理的，治不好，山里人和山外人都会摇头顿足地骂你们！"

张思远只觉得眼前一亮，心头一亮。治国治党，这是他们义不容辞的任务。事情总会发生变化，总会走向自己的反面。想不到秋文还是一位政治家呢。但是我能等到那一天吗？不是整天说离了谁地球也照样转吗？不是我已经被抛出社会生活的轨道有许多年了吗？

秋文的话应验了，没有用很久。一九七五年，张思远正择着韭菜就被接回了市委。一九七七年，粉碎"四人帮"后，张思远升任省委的副书记。一九七九年，张思远又调到北京，担任国务院的一个部的副部长。

上路

他终于暂时离开了质地讲究的"部长楼"。这一幢高层建筑是为副部长以上的干部提供住房的，老百姓称之为部长楼。经常有许许多多小汽车停在楼前。有警卫，所以一般人不走近它。住惯了部长楼，离开它竟不是那么容易的。虽然张思远这次的重返山村之行已经计划了许久了，已经下决心许久了，但他还是挪不动自己的脚步。一想到他要离开自己的惯常的和应有的生活轨道，他就觉得不安，甚至有点烦恼。就像一个坚持按时每日三餐的人，突然让他改成一天吃两顿饭或者四顿饭，就像一条鱼忽然准备去陆地上观光。今晚我躺在这里，明晚，后天晚上，以及后天以后的诸晚，我将躺在哪里呢？出发前夕，张思远辗转反侧，一直有一个声音在劝阻他，在拉着他的手，拉着他的腿，拉着他的衣角。别折腾了，你现在不是很好吗？你已经快要六十岁了，你担负着党政要职，热情、想象和任性对于你不但是不必要的，而且是一种不能原谅的罪过。你何必自找苦吃呢？

但他终于离开了部长楼，而且，他坚持没有坐飞机和软席卧铺，坚持不准他的秘书预先挂长途电话通知当地各级领导准备接待。秘书几次企图说服他，暗示他的这种坚持不但是幼稚的、无意义的，而且是不近人情的、不正常的。秘书只差问他一句话了：您的神经是不是出了毛病？

他用沉默压倒了秘书。现在，火车在《祝酒歌》的歌声中开动了。秘书，司机和他坐惯了的黑色吉姆车都离开了他。汽笛发出了刚亮的愉快的叫声，机轮的声音也是铿锵有力的，金属的撞击令人焕发精神。李光羲的"朋友啊请你干一杯"之中夹杂着女列车员的吐字急促的问话："这是谁的行李？"张思远闭了一下眼睛，有一位脾气大的母亲打了她的淘气的孩子的屁股蛋，于是孩子和李光羲展开了咏叹比赛。张思远睁开眼睛，阳光洒满车厢。风吹动了他的花白的头发。有人打开了车窗。他轻松而自由。我又是一只蝴蝶了么？

"把票给我！"女列车员向他伸出手，下令说。铁路员工的蓝色制帽下是一张年轻的、不耐烦的脸。如果在软卧，她就会用另一种口气说话。这挺有意思。张思远掏出了自己的车票。铁路制服，还有解放军的军服，似乎都应该改进一下了，这两年人们穿得愈来愈好，而制服与军服却依然旧貌。本来，这种制服，尤其是军服，应该有一种强大的吸引力……

一个红鼻头、敞着怀的大胖子摇摇摆摆地坐到了他的旁边，大胖子的不寻常的分量使卧铺吱地一响。"玩两把百分吧？"大胖子说话是胶东半岛的口音，嘴里喷出辛辣的生葱味儿。如果在软卧……

如果在软卧车厢会比这儿好得多。当然。但这一类的想法只不过微弱地一闪。他的眼睛里闪烁着阳光。他喜欢这一节车厢。喜欢脸孔绷得紧紧的列车员姑娘，瞧，她又来拖地板了，多辛苦！他喜欢他头上的中铺和上铺的解放军战士，他们一开车就睡着了，年轻人的睡眠是多么香甜呀！他喜欢对面的吸着两毛钱一包的香烟的干部，这位干部死乞白赖地向他让烟，他怎么推也推不出去。为什么把烟和酒的作用看得那样阴暗呢？这位同志的让烟就丝毫不意味着托他办事之类。还有带孩子的母亲和在车厢里跑来跑去，给陌生的"叔叔"表演节目的孩子。有了孩子，生活就变得好过多了。冬冬爱说人和人之间的隔膜，但是人和人也是可以相亲相爱的呀。

是的，从一九七五年恢复工作到现在又是四年多了。艰难的，令人惶惑失望、摇摇欲坠的头一年；绝处逢生的、狂喜又狂哭的第二年；麻烦的，纠缠不休的，明明又是扎扎实实地迈步前进的这两年。回顾昨日，他不能不为已经发生的变化的巨大和迅速而惊叹。面对百废待举的现实，他又为某些人的因循麻木而心急火燎。他很忙。他很少有机会与这些坐硬卧车厢的普通人坐在一起。即使到基层去，到群众中去，他的位置也与别人不同。但是他不能那样重访山村，他不能前呼后拥，气宇轩昂地以高干的姿态出现在冬冬和秋文的面前。如果他那样做，他就是欺负人，他就是自己把自己从冬冬和秋文身边拉开。虽然他知道，坐小汽车绝不是他的或任何人的过错，住"部长楼"，进软席车厢也绝不是应该责备的事情。平均主义从来都是不切实际的幻想。但是，他不能，他不愿，他不敢，他也不应该以高于普通劳动者的任何方式重返山村。

细想起来，就连硬席卧铺也不能使平均主义者安宁。更多的人坐着硬座，从起点站到终点站要运行七十几个小时，有不少的人就这样坐七十几个小时。中国人的耐性、韧性、吃苦耐劳真是举世无双。但为什么还有这么多人连硬卧都坐不起呢？三十年了，你不觉得脸发烧吗？你能不加倍努力工作吗？看看每个车站上，挑着箩筐，背着大包袱，扶老携幼，上车下车的百姓们！

那就是老张头，老李头，老王头和老刘头们。他又有两个星期可以做老张头了。恢复工作以后，他常常回忆在山村的老张头的生活。他有时候自问，可能不可能有另一个张思远，另一个自身，即那个被唤做老张头的我仍然生活在那个遥远的、美丽的、多雨又多雪、多树又多草、多鸟又多蜂蝶的山村呢？当他低头踏进吉姆车的时候，那个老张头不是正在鸟鸣中上山拾柴吗？当他在会议上发言，拉长了啊——啊——啊——的声音的时候，那个老张头不是正在地头和歇息的农民、农妇们说笑话吗？他完全不是装腔拿调地拉长了啊的声音，他在对非常复杂的工作、思想、认识问题发表意见，他的话语应该清晰、准确，他必须对他说过的每个字和每个标点符号负责，他要一边用心思考一边说，他还要使听他的发言，他的讲话或者被称做张副部长的指示的人有领会、温习、思索、消化的时间，这一切都说明啊的拉长是必要的也是很自然的。另一个张思远——老张头就从来不把啊拉长。说起话来又快又巧妙，那个老张头比张副部长要年轻一些，健壮一些。当张副部长出席一个招待外宾的宴会的时候，当他衣着整齐、彬彬有礼地为外宾布菜的时候，当五星啤酒和北冰洋汽水、通化红葡萄和贵州茅台、崂山矿泉水和绍兴黄酒被任意选用，任意啜饮的时候，另一个"我"不正在烟气未尽的石板小屋里，在煤油灯的光焰照耀下，在热烘烘的锅灶旁边，在钉得一条腿有点歪斜的小板凳上，端着山区人民喜爱的粗瓷大海碗，就着老腌咸菜，大口大口地喝着暖人心脾的，掺杂着诱人的红小豆、白芸豆、绿豆和豇豆的稠稠的包谷糁子粥吗？老腌咸菜是以"老"而自豪的，拴福大哥说他的那一缸咸菜汤还是民国十八年的底子。从民国十八年腌了那一缸咸菜，每年夏天都要熬一次汤，每年秋天都要加菜、加盐、加水，一直到如今。当张副部长正在为处理一个人事问题（如今人事问题占用了他那么多精力，简直令人难以忍受）而在斟酌词句、而在搜索枯肠寻找一个既要坚持原则又要照顾关系、既要有利工作又要挡住从某个方向攻来的明枪暗箭的方案的时候，那个老张头是不是正在饶有兴趣地倾听拴福大哥叙讲自己的腌菜汤的悠久历史呢？

现在呢，他又把张副部长留在北京了。让张副部长去开那些开不完的会，看那些看不完的文件去吧。经过十年的动乱，张副部长正在按照党心民心进行紧张的工作。他并没有忘记使自己的工作对人民、对山村、对老张头和拴福大哥更为有利。不管有多少缺陷，他想不出有比现在的政策更好的政策，他想不出有比现在的做法更对人民有利的做法，如果张副部长要和老张头谈谈，他并不感到不安。

他接受了对面的同志让给他的有点儿呛人的纸烟。他有点儿不好意思地掏出了自己的带过滤嘴的"中华"。这并没有引起惊奇，因为现在即使是学徒工出门在外也要带两包好烟，这叫作甩牌子。硬卧下铺的空间位置已经决定了他在社会上的位置，不会有人怀疑。他接受了口里发出葱味的胖子的玩扑克的邀请。对家、横甩、抠底、满分升级。只是在戴上了叛徒、三反分子的帽子以后他才学会了打百分，下象棋。他也像每个无事可做的旅客一样，努力领会和钻研列车运行时刻表，好像这一次旅行以后他就要调到铁路运输部门担任调度员似的。他拦住跑来跑去的小孩子，给他们吃糖，和他们逗着玩。他本来计划在火车上读点儿书，但拿起书来常常被打搅。也好。老张头与众人平等，与众人一样并无更多的责任因而也并无急迫感。拴福大哥讲过一个理论：人总是要死的，急急忙忙地做事情，也就等于急急忙忙地去死，不慌不忙地做事情，也就等于慢慢腾腾地去死。真是高论。老张头虽然轻松而又自由，率直而又天真，然而却又可能在历史的长河中随波逐流，无所事事。有一得必有一失，这失去的代价未免太大。

还有许多细小的，无足挂齿却又相当讨厌的代价要付。老张头必须事事排队：进站、上车要排队；去餐车吃饭要排队；上厕所和去洗脸池洗脸刷牙都要排队。作为老张头应该完全适应和完全习惯的排队，却引起了张副部长的抗议。他还必须忍受不礼貌的对待和恶劣的条件。有一个胖乎乎的男孩子，看样子不过五六岁，常常横冲直撞地在车厢里穿过来走过去。老张头拦住了他，给他一块糖，无非是想逗他玩一玩，男孩子却小霸王一样地打掉他的糖，而且出口不逊，"×你妈！"这一句粗话引得所有听到的旅客哈哈大笑，笑声中充满了赞赏，好像是听到了侯宝林在相声中甩出来的一个"包袱"。张思远，多半也是张副部长霎时间血往上冲，脸大概都红了，黑帮听到詈骂只能低头认罪，但是副部长却无法忍受这种侮辱。"你怎么骂人？"他责问了一句，稍微有点严肃。五六岁的小胖子威风地扬起了头："就骂！就骂！待会儿告诉我爸爸，不给你开饭……"原来，小胖子的爸爸是餐车上的炊事员。旅客们又哄然笑了起来，一边笑一边分析："好小子，这么点儿个儿就懂得了'权'的厉害！"

还有比这更难堪的。下了火车要坐两天长途汽车，汽车司机对待旅客就像对待一群猪猡。中途停车时他看也不看大家，蛮横而又含混地发一个令：尿尿！吃饭！休息！下车！快上！那种腔调简直令人发指。这且罢了。第一天停车休息，他住进的是一间四十二个人同住的大房间，烟气汗气臭气熏天。六盏四十瓦功率的荧光灯管，终夜不关。半夜里旅店工作人员前来查铺，看有没有没买票就住下的，又查了个鸡飞狗跳。他一夜根本没有合眼。他简直后悔这次出行，后悔自己太不现实，本应该听秘书的话。如果当地省委派小车来接，这两天的路程只要多半天就够了。他毕竟已经老了，已经不是那两年的老张头……

但是第二天他精神还好。上车的时候他觉得自己是打了一个胜仗。他觉得自己是一个坚强的人，是一个没有失去普通劳动者的本色的人。但是他隐隐地觉得自己的微笑后面仍然有一种无法排除的优越感，他隐隐地预先听到了一个声音：这几天的生活，对于张副部长来说，不过是客串罢了……他皱起了眉。

但是有一件事他实在忍不住了。当第二天中午他排着长队等候买票在交通食堂就餐的时候，有一个留着长发、穿着登山服、大约有一米九高的大个子，偏偏在他快要排到窗口的时候横着走了过来，用胳膊肘把他往后一搡，插到了他的前面。问题不在于不排队、加塞儿，问题在于这个大个子在食堂卖票的窗口站了一会儿，偏偏等到张思远过来时加了进来，这明明是看到张思远老弱可欺，这是专门针对张思远的欺负、侮辱。"同志，你为什么不排队？"张思远的声音颤抖了。根本不予理睬。"后面排队去！"张思远大喝一声，而且动手去拉那个大汉。大汉纹丝不动，回过头来，轻蔑地看了张思远一眼，"少他娘的废话！"他威胁地举起了拳头，"谁说我没排队？我就是排在你前头的！""大家说，他排队了没有？"张思远问，并无畏惧，他相信蛮不讲理的无赖定会受到公众的舆论制裁。然而，多么惊人，多么气人，多么恼人啊！没有一个人言声，有的人还故意掉转了头。"我看，是你没有排队！"大汉一拨拉，差点儿没把张思远推倒在地，他把张思远推出队外，而且摆出一副要打人的架式。你难道能和这样的人动手打架吗？张思远在这个时候多么希望自己的秘书、警卫员、司机在身旁啊！他想象着当自己的身份公布出来，当警卫员掏出手枪，当秘书打电话叫来了公安人员之后这个无赖将怎样的恐惧、面如土色、赔罪求饶，说不定会跪到地上。而周围的群众又怎样地拍手称快……现在，这一切都是不可能的。如果动手，无异于以卵击石。如果在"黑帮"时期我碰到这样的事，我会这样生气吗？张思远问自己，这个自问像一阵清凉的风，吹过了他的身体。

行路难。在家千日好，出门一日难。当老百姓并不是一件轻松的事情，正像当"高干"也绝不是一件轻松的事情。这个故事不应该是庄生梦见自己成了蝴蝶或者蝴蝶梦见自己成了庄生，它应该是一条耕牛梦见自己成了拖拉机或者一台拖拉机梦见自己成了耕牛。在生活里飘飘然和翩翩然的飞翔实在少见。六岁多为了躲土匪，爸爸曾经带着他奔逃，晚间睡在大车店的牲口棚里。他到六十岁也还记得那静夜里马吃夜草的沙沙声，静夜的寒气袭人，这是童年给他留下的最深的印象。抗日战争时期呢，他们常常睡在青纱帐里，夏夜可以听到玉米地里叭叭的声音，乡亲说，那是玉米在拔节，那是一种不可压制的生命的力量、生长的力量，来自泥土、雨水和天空的力量。甚至在长途行军中他走着路也能打盹，前面喊了立正，后面的人把头撞在前面的人的背上。

发牢骚是一件最容易的事情。发牢骚不需要培训，而且时髦。七十年代末期的某些中国人，似乎觉得不发牢骚就不得天黑。他这一路就有许多牢骚俯拾即是。可惜他不是个作家，否则光是交通食堂和交通旅馆的肮脏就够他洋洋洒洒地写一篇文章，再加上两个人物一点儿情节、一点儿感叹和两句尖锐刺激的话，就能做成一篇勇敢地揭露阴暗面的小说。说不定他还能"红"

起来，能够参加作家协会，成为一个指手画脚、骂骂咧咧、高人一等、比谁都正确的英雄。写文章咒骂一个交通食堂总比办好一个交通食堂容易得多也痛快得多。然而这究竟能解决什么问题呢？难道把我们的岁月、我们的生命湮没在牢骚和怨言里么？一个没有恪尽己责的、一个丧失了公民的责任感的人的牢骚，究竟值几分钱呢？他在部里给干部讲话的时候曾经提过这么一个建议：我建议每天八小时工作制改为四小时发牢骚四小时工作，前四个小时大家一起发牢骚，跺着脚骂娘也可以，发完牢骚以后一句牢骚话也不许说，都老老实实做好自己的工作，这种四小时工作制也许对于某些涣散的单位比八小时工作制效率还高。当然，这是激愤之语。

所以，他渐渐地不再有牢骚。他想的是自己的责任，每一个人的责任。不管有多少粗野和贫穷，火车在前进，汽车在前进，车轮的旋转使他和别的乘客们时时到达新的地点，车轮的旋转是通向他们的目的地。正是在旅途中，时间的推移意味着空间的推移，时间的行进成为有形的，成为催赶人的一股可以触摸的力量。

枣雨

到了，到了，真的到了！到达目的地的快乐便是对于旅途的艰辛的最好的报偿，正像成功便是对于一切艰苦奋斗的报偿。再转过一个山头，再绕过两块圆圆的、非人间所能有的巨大的磨盘似的石头，就是山村的汽车站。老乡们说，这两块石头是当年二郎神担着它追赶太阳的时候，中途撂到这里的。谁也不知道这两块石头已经在这里存留了多少年和将要继续存留多少年。反正张思远离去的这四年多石头并没有丝毫变化，它仍然那样沉着、持重而又永远不老地迎接着远道而来的张思远，它的欢迎的姿势与那几年张思远去邻村办事、买东西，或者看病归来的时候毫无二致，就像张思远压根儿没有离开过，没有当上什么书记或者副部长一样。停车的时候冬冬和冬冬头上的高压线他是同时看到的。冬冬好像又高了，肩膀也宽了，他早已经调到县里担任小学教员。他们在信上说好了，冬冬来这里迎接父亲。"有电了么？"张思远问，这是他下车后问的第一句话。有电了，并且正在用电灯代替煤油灯，用电磨代替石碾子，用电动弹花机、脱粒机、榨油机、舂米机和粉碎机武装粮棉加工……这是冬冬的回答。父子两人向前走了几步就来到了老杏树下，老杏树依然是流出了那么多树胶，像是多感的老年人的泪水，叫人心疼。树胶的颜色、多少、部位和形状完全和四年前一样，昨天老张头还在这棵杏树底下抽旱烟。父亲递给儿子一根过滤嘴"中华"，儿子接过去的时候嘴角微微地一撇。杏树旁边是一个泉眼，为了保持清洁，泉的源头盖着两块青石板。弄脏了清水泉就不是好姑娘，这是波兰玛佐夫舍民间歌舞团演唱的一首歌里的歌词。海云最爱唱这首歌的。初冬的太阳照得他们暖烘烘的，这是一个避风的地方。看，泉眼边的杂草，黄叶中竟又长出了新绿的芽儿。初冬的太阳，没有风，不也和初春的太阳相似吗？那新萌发的小小的草芽儿，可知道它的面前并不是明媚的春天吗？他推开石板掬起清泉喝了两口，还是一样的清冽甘甜。抬起头，他看到了这次重访第一个遇到的山里人。是一个裁缝，一个他在山村期间最少打交道的人。圆圆的老式的花镜，好像与两块巨石一样历史悠久。然而裁缝一眼认出了他，他也一眼认出了裁缝。这不是张书记吗？您怎么又来到了这个小山沟？来来来我给您提着包。好好好我们大家都好，有党中央的英明领导。您这回来是视察还是蹲点？这可是对我们山区人民的最大鼓舞，最大关怀……此一时也，彼一时也，官腔官调，应付长官，多么令人悲哀！

　　幸好这是第一个也是唯一的一个改变了对他的态度的山里人。拴福大哥就不是这样，"张！"老远就大喊了一声，他的习惯是只称呼姓，这个习惯倒有点像外国人。大嫂见了他竟咧开嘴哭了。真想不到你还能到这里来！真想不到大嫂活着还能再一次见到你！真想不到这两年日子一下好了许多！我们养了三头猪和五头羊，还有十五只鸡。本来是二十五只，本来有两只公鸡，天天你啄我我啄你，啄得冠子上全是血，只好把战败的那个宰掉了，谁让你没本事？又有九只母鸡串了瘟。这九只是后买的，那十四只是先买的。秋文医生给那十四只扎过针，用蘸水钢笔把鸡瘟疫苗注射到鸡翅膀上。秋文医生连鸡病、猪病也治，其实公社有兽医站。粮价也提了。核桃、杏仁、枣和蜂蜜的收购价都提了不少。电灯也亮了，广播喇叭也响了。只是粮站工作人员老是压低粮食的等级，农民钱拿多了就好像他们的屁股里被塞进了草。有电但常停电，煤油灯还不能丢，却又减少了煤油的供应。我们年终分了四百多块钱，买了一套二十四个花瓷碗。你现在高升？平安？到了北京？见过中央的那些领导人吧？可干部怎么不下来了呢？过去每年冬天都要来人，虽说有几次也乱整一气，但是我们还是想这些干部们，让他们来嘛，给山里人说说，世界上又出了什么能人，出了什么新鲜事？

十五只鸡马上变成了十三只。年近七十的瘦小的老太婆抓鸡的时候其灵活程度不亚于一个排球运动员。她跳起来把已经起飞的鸡抓到屋里，于是鸡毛上天而鸡肉上了案板。过油的时候鸡丁哧啦哧啦地响，于是白面馍馍入笼和出笼，于是夏秋晾下的干蒜苗、干豇豆、干茄子和腌猪肉也出场。没等到饭熟，乡亲已经来了许多。当场有五家对张思远提出了在这同一天举行洗尘饮宴的邀请，而且不容许不答应。张思远一一点头，不过前后错开，安排了一下时间。张思远再一次后悔没有随身带上秘书和工作台历。这项安排日程的繁重工作只好临时分配给了冬冬。

多么好啊多么好！就像他从来没离开过山村。一样的乡音，一样的乡情，一样的人心！一样的推推哪家的门都可以进，拿起哪家的筷子都可以吃，倒在哪一家的炕头都可以睡！甚至连那几条老狗也没有忘记他，摇着尾巴向他跑来，伸起前爪扑他的腿，从湿湿的狗鼻子里发出撒娇的声音。他实在抱歉，倒是想到了给乡亲们带来一点糖果、圆珠笔、画片，却忘了给这些友好的狗带几块骨头。于是他只好抛出了酸梅糖，用这种东西来款待它们可实在不够意思。有一只黄狗不认识他，凶恶地吠叫，它大概是在他离去这段时间出生和成长起来的。狗的主人把黄狗狠狠批评了一顿，"你是怎么回事？怎么连自己人，连咱们的老张头也咬？你想找死？"骂得黄狗垂头丧气，诚惶诚恐，灰溜溜地退到一旁，深刻反省自己为什么犯了这么大的过失，其实它的出发点却是忠于职守和立功受奖。

虽然也有不少的乡亲问起他的官职，并咋舌惊叹，还一致认为他的升官是一件好事、一件可喜可贺的事，但谁也没有把他当作"上级"看待。他说话既不拉长声，也没有那么多词儿，既不摇头摆尾，也不倒背着手踱来踱去，既不用事前斟词酌句，也不用事后为哪句话不当而追悔。无官一身轻！无官暖人心啊！没有平等，就没有友谊，正像没有土地就没有庄稼，没有核桃树就没有核桃果。还有山里的红枣呢，每一颗枣都像张思远的童年一样久远、古老、鲜甜。张思远小的时候，在他还不是张思远，当然更不会是张教员、张指导员或是张书记，在他只是石头，或者像母亲称呼的那样——小石头的时候，他们家也有一株枣树。打枣，这就是童年的节日，童年的欢乐的不可逾越的高峰！劈里啪啦，竹竿在上面打，稀里哗啦，枣子往地上掉。许多相好的和不那么相好的小朋友都来了，一边吃、一边捡、一边装、一边找、一边喊。有的枣滚到了渠沟里、草丛里、瓦片底下，凡是企图隐藏自己的枣子也正是最甜、最饱满又绝对没有虫子的枣儿，这样狡猾的枣子的每一颗的发现都会引起自己和同伴的欢呼。连土都是甜的，连风都是香的，这童年的喧闹和喧闹的童年！这满脸是土，满脸是汗，满脸是鼻涕和眼泪，满脸是带口水的枣皮和欢笑的童年！也许，对于平等、质朴、友情以及像枣雨一样地洒落地上的社会财富的向往，对于共同的公正而富足的生活的向往，就埋藏在这些喧闹的小小拾枣者的心里？也许，马克思、恩格斯和李卜克内西、列宁、斯大林和斯维尔德洛夫，毛泽东、周恩来、刘少奇和朱德，他们的一生，他们的事业和学说的力量正来自这些喧闹的小小的拾枣者的心底？

现在，须发花白的张思远，身居高位的张副部长，又回到这童年般的喧闹中来了。重新造访的第一天，走到哪里都被山村的男女老幼所包围，被七嘴八舌的问候、说笑、祝福和诉说所包围。我们企盼过的，我们应允过的，我们拖欠过的，我们损害过的，终于我们要渐渐地兑现了。我们总算学会了一点儿东西。乡亲们，鲜红的甜枣，普落如雨！

第一天他来不及和冬冬以及和秋文谈什么。秋文也把自己的音波汇入到欢呼枣儿洒地的儿童似的喧嚣之中。当他的目光与在人群中的秋文的目光相遇的时候，他像孩子一样地兴奋、期待、欢喜。与他对看着的是这一生从来没有看到过的那种看透了一切悲哀的明朗，是那种负责打枣的大孩子看到闹闹嚷嚷的小孩子时候的满意，是照耀着落光了树叶的枣树的月光的沉寂，他微微战栗。

晚上他和儿子，和老农睡在一起。肉、酒、喧闹、温情充塞着他的一夜。于是这一夜的梦概括了他的一生，来自他五十九年的生活经历的压缩复制。放羊娃和地主崽子的打架。穿棉袍的乡村教师的垂青。高唱着《三大纪律八项注意》的队伍的到来。枪林弹雨，第一枚手榴弹没有拉弦就扔了出去。红旗下举手宣誓。他不怕牺牲，他渴望献身，他深信迈过这一步便是幸福的红枣降落到每一个家庭的餐盘里。

夏天。洁白的短袖衬衫。两根宽宽的肩带连结着蓝色的裙子。4583，她们学校的电话。拨动字盘，然后电话机里传来怯生生的声音。接电话的人不问也知道是谁打的。洁白的身影在眼前一闪。什么，她也到了山里？在哪个公社，哪个大队，哪个村子？原来那些传闻都是假的，原来你还在，你不要走，不要死，让我们再谈两句。平反昭雪的通知你怎么没有拿到手？ 4583，怎么没有人接电话？咣咣，把电话机砸坏了。哭声，是我在哭么？囚徒，自由，吉姆车在王府井大街奔驰。软席卧铺车厢在京汉线上行驶。波音飞机在蓝天与白云之间飞行。上面的天比宝石还蓝。下面的云比雪团还白。又关闭了一个发动机。枣落如雨。弹飞如雨。传单如雨。众拳如雨。请听一听我的心脏。请给我一瓶白药片。请给我打一针。是的，报告已经草拟，明天发下去征求意见。

这能行吗？这不可能吗？他一再警告自己早已不是热情和想象的年纪。然而，与生命俱来的想象和热情，不是只能与生命俱去么？如果这一切都成为真的……不正是这一个又一个的假设成为指引他行路向前的火炬么？来以前还有点儿犹豫，有点儿打鼓，有点儿担心呢。还有点儿舍不得部长楼的那四间高分子墙纸贴面的住宅呢。真不好意思。张思远就在这里呢！张思远没有变。张思远是山里人，张思远就是自己。什么？到时间了？我马上就去。开不完的会，在睡梦里也还要开会。同志们！现在的形势很好。我们要安定团结，要进行改革，要精兵简政，官比兵多的现象再也不能继续下去了。

距离

天气也欢迎张思远的重新造访。一连许多天都分外晴好。人，山，树和空气，都从容安详。冬冬陪着父亲转遍了每一块梯田，山坡，果园，菜地。高大的柿子，丰满的核桃，古怪的花椒，俏皮的山楂，风流的桃李，朴实的苹果……别来无恙。蹚过一段酸枣刺，躲避着猎獾人下的夹，他们来到育林区。五年前他们冒雨栽下的油松、马尾松和落叶松苗，已经长得超过了膝盖。自己亲手栽下的（那天手上、脸上和衣服上全是泥）松树将要久远地在这里成长壮大，将要在这一代人、这两代人、这几代人身后继续葱郁葳蕤地庇荫这块山坡。这真让人欣慰。

但是他和冬冬却谈不拢。这次来冬冬对他特别体谅和关心。您要锻炼身体。该休息也得休息。最好每年夏天都到海滨去一次。冬冬真是大了，懂得疼人啦。回北京吧，你完全有理由……让我们在一起，我一天天老了。冬冬的回答是意想不到的坚决：不。为什么？不为什么，我不愿意当高干子弟。这是什么意思？"高干"就不能有自己的孩子？我们为了革命，为了人民没有吝惜过生命和鲜血。张思远有点儿激动，冬冬却很平静。你们可能是崇高的和伟大的一代人，但你总该正视现实。群众舆论对高干子弟就那么不利？您别忙。我们也愿意做崇高伟大的一代人，像你们一样，做披荆斩棘的探求者、开路者、创业者。但是你们只要求我们、只允许我们做守业者，做接班人，只允许我们顶替你们的位置，要求我们走在你们的脚印上。不，那是办不到的。我已经二十七岁了，从生下来我们就受教育，听父母的话，听老师的话，听团小组长的话，听贫下中农的话，听屁大的一个什么官儿的话。现在，我们该自己教育自己了，该自己去选择自己要说的话了。

你这样说既片面又空洞。何必故作惊人之语呢？中国吃各种惊人之语的亏还不够吗？是党的政策而不是你们的惊人之语——另一种类型的假、大、空话给农民带来好处。你不是真空，中国不是真空，历史不是真空。你们不能从钻木取火开始。你们既不了解国情又不了解历史。靠你们的那些皮皮毛毛的见解只能误国误己，头破血流。人类历史是一个连续不断的过程，革命是几代人的事业。接班丝毫不意味着墨守成规，真理标准的讨论已经为发展、创造、突破扫清了道路。中国需要的是切切实实的工作而不是狂徒的自我膨胀。活到老学到老，连我也时时觉得自己需要受教育……

冬冬发现有一株山楂树上竟有五颗鲜红的果实没有被采摘走，他捡起几块石头去市落那幸存的红果。他对与父亲辩论并没有什么兴趣。最后他说：

"明天我就回县城了，我们还可以在县城谈谈，请您不要生气，我现在不那么愿意和您在一起，一个原因就是您太爱对我进行教育。妈妈在世的时候并不是这样，她用十分之九的力量照顾我，只用十分之一的力量指点我。这又有什么办法呢？她是一个弱者，而您是一个强者。我宁愿碰得头破血流也不愿依附于您。我会去看您的。今年暑假我可能就去……还不行吗？"

张思远沉默了，他转过身，凝视着对面山坡上的小松树，默默地把儿子分给他的两颗酸果放到嘴里。夕阳照耀着小松树，小松树拖下了比自身长得多的影子。

告别

早在一九七七年，张思远便得知了秋文原来的丈夫已经死于劳改队的消息。他给秋文写去了慰问的信，由于那特殊的难知其详的"离婚"，他无法直言哀悼，只是关切地问候起居，也讲述了自己工作上、生活上、身体健康上的一些苦恼，并且表述了不被这些苦恼所压倒，而要压倒这些苦恼，一往直前、鞠躬尽瘁的心思。

他没有收到回信。这是他给秋文写的第三封信。第一封信是他刚刚回到市委以后，夹在给冬冬的信里，寥寥数语："我常常想起在山村的难忘的日子。我非常感谢您在医疗和其他方面对我的帮助。我更感谢您对冬冬的关心。祝您和您的女儿安好。"这封信也没有得到回信，只是冬冬来信时写道："秋文阿姨叫代问您好。"

第二封信是一九七六年春天，在"反击右倾翻案风"的悲剧闹剧里又要强迫张思远扮演一个罪人的角色。空气肃杀，写信也是战战兢兢的。回信马上来了，用的全是社论里可以找到出处的词语。"让我们坚信，毛主席的革命路线一定能够取得彻底的胜利！""这里的贫下中农随时准备接待您重新来进行劳动锻炼，改造世界观，""彻底的唯物主义者是无所畏惧的，共产党的哲学是斗争哲学。"张思远完全懂得这些话的意思，一想起秋文、冬冬和山村，他的心就落到了实处。

从一九七七年他就想再去看望一次秋文，他想去探求一下改变他们俩的生活、使他们俩生活在一起的可能性。秋文是他遇到的一个有点儿怪的人，一个既有松树的坚定又有柳树的灵活的人，在山村的五年，秋文要比他更强、更有力量。另外，自从他明确地坚决地表示不愿再与美兰恢复关系以后，关心他的"生活问题"、"个人问题"的人实在太多，有许多老战友特别是老战友的夫人硬把照片塞到他的手里，他不胜其烦。有一次他干脆宣布，他已经自己找好了，就在他曾经劳动过的山村，他将亲自把她带来，无劳众位费心。塞到手里的照片没有了，半信半疑的好人们一见到他就要问："什么时候？"好像在提醒他和催促他快快偿还积年老债。

"也许按照我们中国人的习惯，我早就不应该说这些了。也许，我的话会使你不高兴。但是，这话在我的心里已经好多年了。最初，我得肺炎的时候，还没有这么老，是你给了我力量，镇静和勇气。只是因为……我才把这种感情压在心底。"

"谢谢您了。"秋文这样说。真诚，又有点嘲笑。

"我还从来没见过你这样的女同志。你既清高，又随和，既泼辣，又温良，既……"

"这么说我也是高大完美，几百年出一个了？"

"请别开玩笑。"张思远的声音有点忧郁了，"而且，我觉得你了解我，也许你还喜欢我。"

秋文动了一下，躲避开张思远的目光。

"我碰到许多困难。我的脖子上套着拥脖，我还得拉套，有时候还要驾辕。遇到难题，我常想，假如你在我的身边，假如你能给我当参谋，当后台，当……不论什么，工作和生活就会容易得多了。"

"……"

"我这次来，就是为了你。你不会猜不到的，跟我走吧。你去了以后，工作由你自己挑选。还有女儿，她当然跟着我们……"

"什么我们？"秋文的声调是严厉的，"为什么我要去做你的参谋、顾问呢？为什么我要放弃我的工作、我的岗位、我的生活、我的邻居和乡亲，去跟着您当部长夫人呢？"

"……"

"瞧，您想的只有自己！官儿大的人总觉得自己比别人重要，是不是？您连一秒钟也没有想到，您可以离开北京，离开您的官职，到我身边来，做我的参谋、我的后台、我的友人。是这样吗？"

"这个方案也可以考虑。"

"可以考虑？官腔！对不起。单冲我刚才的表现，也证明我并不像您想的那么好。您的工作本来就比我的重要一百倍，一千倍。不服是不行的。我拥护您和您的同僚们。你们是国家的精华和希望。你们失去了太多的时间，我相信你们会夺回来。我祝你们成功。我愿意和你们拉起手来。但是我不能去。我已经野惯了。部长夫人的生活会使我窒息。在那样的环境里，我找不到自己的位置。"

"那么在这里呢？你准备在这里终此一生吗？你难道和这里的环境没有距离吗？"

"更多的是融洽。所以我佩服您。您既能当副部长，又能来到山村和我们在一起。还异想天开地想把我也拉了去。而我的适应幅度可没有这么大，我就做个乡村医生吧，给山里人解除一点痛苦。别忘记我们！心上要有我们，这就什么都有了。谢谢您……"秋文的声音有点呜咽了，"我只希望您多为人民做好事，不做坏事……你们做了好事，老百姓是不会不记下的。"

张思远的喉头也哽住了。他缓缓地离去了。秋文没有送他。他长久地后悔，为什么不多看上两眼，秋文坐的结实沉重的椅子，秋文的没有上过油漆的白木桌子。她的灯，她的书，她的脸盆架，她的草帽和听诊器。这一切物品都比他幸福，这一切物品都昼夜陪伴着秋文，都和秋文在一起。

乡亲们继续招待，胃和头脑一起进行社会调查。豆腐和粉丝，果酒和老醋，全部是他们自己的副业。鲜鸡蛋、咸鸡蛋、松花蛋和臭鸡蛋，动物蛋白和零花钱都在增长。黍面油炸糕蘸蜂蜜，这是山里人最好的甜食……还有什么困难么？还有什么意见么？就是怕变。只要政策不变，只要这样搞下去，只要再不自己折腾自己，日子就步步登高。乡下的情况比原来设想的还要好些。你们快点富起来吧，我们的国家指望着你们呢！记住以往的经验教训，稳稳当当地带着我们前进吧！我们农民指望你们呢！酒足饭饱，他们互相鼓励着。

底下便是告别了。张副部长的秘书很会办事情，在张思远悄悄地回到山村，在他重温了和饱尝了普通老百姓的好处与难处之后一周，当地领导接到了他的秘书的电话。立刻，领导人、接待人员、小汽车都来到了山村。张思远注意地环顾四周，最后他确信乡亲们对他比儿子对他更要理解，他悟到乡亲们那样亲热并不是因为不知道他官复原职而且有升迁，不是不知道他完全有可能坐上小车、带上随行人员前来，而是知道了这一切但更知道他的为人、他的本色。乡亲们对待他没有变，是因为相信他没有变。这让人感动得热泪盈眶。这使一周来的经历更具有动人的美好色彩。于是人们簇拥在一对巨石旁欢送他。别忘了我们！人们希望的不过如此。难道能够忘怀和违背这样的愿望吗？他含着泪坐到了司机旁的在当地认为是最尊贵的座位上。他的心留在了山村。他也把山村装到自己的心里，装到汽车上带走了。他一无所得？他满载而归。他丢了魂？他找到了魂。在县里与冬冬话别以后，车向省城驶去。当然，再没有排队，没有野蛮霸道的小孩子和大流氓，没有生葱味，没有令人无法安眠的大房间。我敢忘记我受到了多少照顾吗？我没有责任、没有义务让大家都过上文明和富裕的生活吗？在省城的高级宾馆住过一夜以后他上了飞机。是四个人一排的头等舱。"禁止吸烟"和"系好安全带"的字灯亮了，发动机像发了疯一样地怒吼。飞机抬头了，他们腾空而起。山村被远远地撂在后面，繁重的工作堆在前面。回去以后他面临的任务棘手而又大有可为，他什么都不怕了。穿着清洁的蓝制服、头上戴着缀有中国民航的银色鹰徽的硬壳帽子的小小的女服务员端来了香茶、夹心巧克力、胶姆糖、纪念画片和一家外商承印的附有广告的飞行时刻表。一只翅膀略略抬高，他们在转弯，达到了预定的高度。比任何一只蝴蝶都飞得高得多。发动机的声音平稳，庄重，叫人放心。机舱愈来愈热了，他旋松头顶的黑色塑料"龙头"，冷空气吹到他的脸上。他隔着圆圆的舷窗长久地注视着祖国大地。他爱这阳光和阴影，轮廓和色彩十分分明的一个又一个的山岭，像是一排排裸露的核桃仁。他爱这线条齐整如棋盘格子的田园。他爱这纵横交错如蛛网的大大小小的道路。什么时候，能把我们的祖国，包括我们的山村，都放到喷气式飞机上，赋予她们以应有的前进的高速呢？难道民国十八年开始用的咸菜汤，还要继续腌下去吗？下面是云层了，白茫茫，灰蒙蒙。不管飞得多么高，它来自大地和必定回到大地。无论人还是蝴蝶，都是大地的儿子。他拧紧调节空气的旋钮，放低了椅背，他安安静静地睡着了。

桥梁

他吃了一碗鸡丝汤面，一个花卷，几片火腿和几片榨菜。他伸了一个懒腰，点起一支烟，吸了几口就掐灭了。他不是诗人，他再没有时间抒情、缅怀和遐想。他必须像牛一样地、像拖拉机一样地工作。工作做好了就有了一切。他换上睡衣和拖鞋，拿起剃须刀架，打开洗澡间的顶灯和整容镜上的罩灯。他放了热水，把胡须剃了个干干净净。所有的愁雾都吞咽到肚子里而面孔在两盏灯的交映下容光焕发。他一贯如此。他往澡盆里放水，不断地用手试着水的温度。他试着哼了哼在旅途中听过的那首香港的什么"爱的寂寞"的歌曲，他哈哈大笑。他改唱起《兄妹开荒》来。他好好地洗了个澡，把一切不必要的，多余的负担都洗掉了。他坚信洗澡是快乐与健康之源。他坚信他会顽强地活下去，工作下去，直到至少家家户户都有一个洁白闪亮的澡盆。他用干毛巾揩净了身体上的水珠。顶灯与整容灯照红了他的皮肤。他还不老。他的血管里流着热和红的血液。他关掉这两个灯，来到客厅。他吸完刚才搁下的那半支烟。他打开落地式收音机，李谷一在演唱《洁白的羽毛寄深情》。他站起来，洗过澡以后人轻盈得就像蝴蝶。他轻轻走过去打开阳台的钢门。清冷的夜气扑来，他以为是来自山谷的风。他披上大衣走了出去，天上的星星和地上的灯火连接在一起。他看着这些无言的、久远的星星。他发现这些谦逊而持重的、丝毫也不与盛气凌人的新贵——碘灯和钠灯争辉的星星和山村的星星并没有两样。支持她们的是同一个天空，憧憬她们的是同一个地面。在昨天，今天和明天之间，在父与子与孙之间，在山村二郎神担过的巨石与十七层的部长楼之间，在海云的在天之灵与拴福大嫂新买的瓷碗之间，在李谷一的"洁白的羽毛"和民国十八年的咸菜汤之间，在肮脏、混乱而又辛苦经营的交通食堂和外商承印的飞行时刻表之间，在秋文的目光、冬冬的执拗、一九四九年的腰鼓、一九七六年的游行，在小石头、张指导员、张书记、老张头和张副部长之间，分明有一种联系，有一座充满光荣和陷阱的桥。这桥是存在的，这桥是生死攸关的。见证便是他的心，便是张思远自己。要使这桥坚固而又畅通无阻，他渴望着一次又一次地与海云，与秋文和冬冬，与拴福一家的相会。他期待明天，也眺望无穷。

他做了几个扩胸的动作，深深地吸了几口空气。似乎电话铃在响。他走进温暖明亮的室内，随手拉上了浅绿色的窗帘。他关掉客厅里的灯，走进装有电话的居室。他拿起电话，是部长，向他问候旅途辛苦和健康，问他："任务完成了没有？""差不多了，差不多了。"他爽朗地回答，这个脱口而出的答话恰到好处。然后部长向他叙述了一些情况，通知他后天有一个事关重大的会议，要他准备好发言。

他谢了部长，放下电话，走向写字台。最急需看的文件、信件和资料，秘书已经送到了这里。秘书开列了一个立刻要处理的事项的清单。他拿起粗大的铅笔。他开始翻阅这些材料，一下子就钻进去了。他觉得有那么多人在注视他、支持他、期待他、鞭策他。

明天他更忙。

1980 年 8 月

淡灰色的眼珠

　　一九六九年春末的一个中午，我的房东老大娘的继女桑妮亚，带着她的井然有序的五个小不点儿，到她继母家——也就是"我们家"来喝奶茶。喝茶是在室外的凉棚下面进行的，差不多每年积雪刚化时——有时候残雪还未尽消，一天三顿饭就在室外进行了。伊犁的维吾尔人是非常重视呼吸新鲜空气的，或者用他们的一种粗犷的说法，多在户外活动的目的是为了"吃空气"。

　　茶喝了一碗又一碗，馕吃了一块又一块。我想起一句维吾尔谚语来了："因为富才把钱花光，因为馕多才把茶喝光。"诚然如此，馕与茶的关系是这样的：愈吃馕就愈想喝茶，愈灌奶茶就愈想吃馕，良性循环。循环完了，桑妮亚和她的继母便嚼起茶叶来，满嘴都是砖茶的剩叶子，咀嚼得津津有味。这时，桑妮亚的小三和小四之间忽然爆发了"文攻武卫"，两个小丫头吐字不清地却是分明地骂出了最最最侮辱女性的语言，而且小手乱扑乱抓。桑妮亚要骂，却被剩茶叶堵住了嘴，呜呜呜地叫了几声以后，好不容易把正嚼得有滋有味儿的碎茶叶吐到了碗里，大喝一声：

　　"该死的，用你们的脑袋喂狗去吧！"

　　有效地用棒喝制止了武斗以后，桑妮亚抓起碗里的茶叶，似乎是准备来个"二进宫"，但这时她看见了我。我正在用瓦片磕擦砍土镘上挂着的泥，整裤脚、系鞋带，准备上工。她不好意思把吐出的茶叶再抓回来放进嘴里，便把茶叶放下，把碗一推，问我："听说您调到二队去了，是吗？"

　　"是的，大队书记让我到二队去了。"

　　"那你认识马尔克木匠了吧？"她问。

　　马尔克木匠，哪一个是马尔克木匠呢？

　　阿依穆罕大娘从容地把茶叶碎渣（已经嚼得其碎如粉了）吐净，对她继女说："马尔克傻郎又不在队上劳动，老王上哪认识他去。"

马尔克傻郎？呵，想起来了，四天以前，我去二队队部办公室找会计开条子领劳动补助粮，曾碰到一个高大、英俊、黑头发、大眼睛（眼睛这样大的人并不多见）、眼珠发蓝、高鼻子、大手大脚的男子，他的形象，用《史记》里的语言是称得起"美丰仪"、"伟丈夫"的。这个美男子正在为口粮问题与会计争吵，他说话的声音非常大，而且一口一个"伟大导师教导我们说"。少年老成的会计一脸倦意，根本不理会他的喊叫。见到我进来，小老会计欠了欠身，用无力的手与我走过场式地一握。我说明来意以后，他慢腾腾地、艰难地拉开抽屉，找纸、找笔、找图章和印油，用十分钟的时间给我开了一个本来用十秒钟就可以开好的条子。

这个期间，"伟丈夫"紧紧握了我的手，自我介绍说："马尔克，"又用汉语说，"我是木匠。"

"您懂汉话？"我问。

他从鼻子眼里一笑，问会计："队里到底给不给我口粮？"

会计回答："拿你的小摇床去黑市换小麦去吧！"

马尔克骂了一句，但他骂人的样子并不凶恶，倒是一副斯文相，还笑眯眯的，好像他是在说一句甜言蜜语。然后他又大叫道："伟大导师教导我们，人总是要吃饭的，不吃饭就不能干活！你们……"

"明天到瓜地浇水去，上工就给粮食，这是革委会的规定……"

"他们完全不按毛主席的教导办事。毛主席说，要向生产的深度和广度进军……"他连连地摇头，叹息，伤心地走了。

桑妮亚和她的继母说的大概就是他了，难道他的外号叫"傻郎"？

我点点头，告诉阿依穆罕妈妈和桑妮亚妹妹，马尔克木匠我已经见过了。

"你见过马尔克木匠的妻子阿丽娅吗？"桑妮亚问。

我模仿当地人用舌头"啧"了一响，表示否定。

"阿丽娅是整个毛拉圩孜公社最漂亮的女人。"桑妮亚拉长了声音，用唱歌一样的声调，笑眯眯地说。说的时候，她眯着眼睛，略略向前探着头，鼻梁上方，眉间下方，出现了可爱的细小的皱纹，一副完全倾倒的表情。我从来没见到过一个女人这样心悦诚服、如醉如痴地称道另一个女人。何况桑妮亚本人也是相当俊的，身材挺拔、轮廓鲜明，除了下巴略嫌长嫌尖以外，其他方面可以说是无可挑剔。尤其惊人的是，她三十多岁，已经生了五个孩子，但腰身没有变粗，皮肤没有变糙，肌肉也没有变松弛。用当地维吾尔人的说法，她是一个"结实得厉害"的女人。而她说起马尔克木匠的妻子阿丽娅时，那神情真是不折不扣的五体投地。她连连摇头，说："唉，老王哥！唉，老王哥！"似乎没见过阿丽娅是我做错了一件事，至少是丢失了一件最不该丢失的东西，因而使她无限惋惜。

在队部办公室与马尔克的邂逅以及桑妮亚对于阿丽娅的介绍引起了我对这对夫妇的兴趣。马尔克一般不在队上干活，我很少有机会见到他，但同队的其他社员向我介绍了许多有关他们的情况。马尔克原籍在霍城县清水河子那边，一九六四年年底他才孤身来到了这里——这么说，他在毛拉圩孜公社的资格，比起我来不过多四个月。他的母亲是俄罗斯族，他的父亲的民族归属则众说纷纭，有的说是维吾尔，大部分人坚决不信，认为他的父亲不但不是维吾尔而且不是穆斯林，最有力的论证是小会计提出来的，他说他切近观察过，马尔克没有行过割（包皮）礼。有人说他爸爸是蒙古人，有人说是汉人，有人说是满族，还有人说他爸爸其实是一个英国商人，从巴基斯坦进入克什米尔地区，然后进入我国西藏的阿里，经叶城、喀什噶尔、阿克苏……最后经过霍城，与那个俄罗斯女人做了露水夫妻，才有了马尔克。至于阿丽娅，家庭是上中农，最初嫁给裁缝阿卜杜拉赫曼，后来与阿卜杜拉赫曼离了婚。由于她没有兄弟姐妹，一个人继承了父亲留下的产业，成为令许多人垂涎的美丽的富孀。但是，她整整过了十年单身生活，拒绝再次出嫁给任何人。一九六四年冬天，马尔克到达这里的第一天晚上，就被她收留了。"缘分，这也是缘分。"人们说。

找了一个机会我问房东老大娘阿依穆罕："您为什么把马尔克叫作马尔克傻郎呢？"阿依穆罕妈妈嗫嗫嚅嚅，回答不上来，"大家都这样叫嘛，他总是有犯傻的地方吧。他自己不出工还天天跟别人辩论，娶了个媳妇像是他的大姐……"

房东老大爷穆敏打断了她的话，似乎不赞成她这样含含糊糊地背后批评别人。矮个子的老大爷面带神秘的微笑，富有哲理意味地说："所谓人，就是带傻气的种子嘛！谁能说自己不傻呢？我，还有老婆子，还有你——老王，还有马尔克，还有阿麦德与萨麦德（提这两个名字的含义犹如汉语中的张三、李四），我们都是人，我们不是都各有各的傻气吗？"

说完，他理理自己的银白的胡须，非常满意。

对于阿丽娅的前夫阿卜杜拉赫曼裁缝，我也做了一些观察。他已有五十多岁，未老先衰，戴着一副老式的厚厚的滚圆的花镜片，驼着背，身材高而瘦，皮肤松弛，脸面浮肿，眼睛里布满血丝，一说话就露出了黄舌苔极厚的舌头和一口黑牙。他的形象是令人厌恶的，但据说他是方圆百里技术最出色的裁缝、全活，南疆式、北疆式、哈萨克式、汉族式、俄罗斯式的男女服装，他都拿得下来。不仅农村，连伊宁市的一些干部职工，也常常慕名跑上八公里，拿着衣料到他这儿来。他大概是全大队最有钱的人了，有六间北房，还有一片占地一亩二分的大果园。几次"运动"中都有人打过他的主意，给他规定了种种上缴利润的制度，但都堵不住他。他吃自己的手艺，自有四面八方的人来求他、助他。他也很注意和干部们搞好关系，给本公社有实权的干部及他们的家属做衣服，总是奉送手工，或者只象征性地收一两毛钱。所以他的根基是稳的。至于他的婚姻状况，有人说他结过四次婚了，有人说五次，有人说六次。阿丽娅大约是他第三个妻子，和阿丽娅离婚以后，他又娶过两次亲，都是比他小二十几岁的丫头。他现在的妻子叫玛渥丽姐，我见过，二十多岁，目光流动，眼神有点凶，喜欢光脚在街上走路，小腿上有厚厚的泥巴，喜欢一边走路一边嗑葵花籽，嗑空了仁儿的葵花籽皮沾满嘴巴，积累了一批以后清理吐啐一次。她说话的声音很大，而且里面包含着一种类似撕裂绸帛所发出的尖利的噪音。

阿卜杜拉赫曼其人给我的印象是阴沉的。当他摇摇摆摆地躬着身，自满自足而又虚弱地从公社门口的大路上走过时，在我的身上常常产生一种压抑感，相当沉重的压抑感。

而马尔克木匠却叫人快活。

这年六月底的一天，全队开夏收动员大会。我到毛拉圩孜公社已经是第四个年头了，也是第四次参加这种例行的、既空洞又具体、既热烈又淡漠、既是形式主义的又是必不可少的全体社员大会了。依例，这样的会一开就是一天。农忙食堂就在这一天开张，先宰一头牛，打两坑馕垫底。这天的中午，肯定是牛杂碎汤，汤中最好吃的叫作"面肺子"。先和好面，洗出一桶淀粉水，留出面筋，再把淀粉水灌入牛肺，把牛肺撑得比老牛在世时深吸气的时候还要大五倍——真是大得吓人，封上口，与牛肝、牛肚、牛腰、牛肠……煮在一起，熟了以后，既有牛杂的荤腥味，又有一种类似北方人夏季吃的荞麦面扒糕的光滑筋道的触感。牛肉则腌晾起来，细水长流地吃。这个以面肺子牵头的牛杂碎汤，乃是这种例行动员会的最吸引人处之一。

其次，这个会上多少还要预分一点现钱，少则三块五块，多则十块二十块。目的讲明，是为了社员买一点盐、茶和手电筒用的电池。

至于这种会上的动员报告，我已听过三次，差不多能背下来了。一个是夏收的政治意义，一个是愚公移山的精神，一个是一星期地净、两个星期场净的进度指标。这个指标纯粹是牛皮。这里地多人少，小麦是主要作物，一个整劳力要收割二十亩左右小麦，一个场要打几百吨麦子，怎么可能那么短的时间结束？再说这里夏季干旱少雨，远远不像关内龙口夺粮那样紧迫。前三年的实际情况是收割完要一个月，打场完要三个月。一九六六年特大丰收，都入冬了，伊犁许多地方（包括我当时所在的生产队）麦子还没打完，经过冰封雪冻，次年四月雪化地干以后又继续打，有的打到五一劳动节，个别队一直打到新麦快下来才完事。但社员们在这种动员会上对从关内照搬来的收麦进度指标从来不提异议。相反，每当队长问"怎么样"的时候，社员们也照例众口一声，像小学生回答课堂提问一样地用第一人称复数祈使式回答："完成任务！"

这种动员报告的最精彩、最细腻也最科学的部分是算细账："社员同志们，如果我们每人每天撒落十五个麦穗，按千粒重平均数与麦穗的平均含粒数计算，我们每天就要损失小麦×××× 斤，全大队一天损失就达 ×××× 斤，全公社损失 ×××××× 斤，全伊犁州、全新疆 ×××××× 斤，而我们如果做到每个人都能不丢一个穗，我们每天就要多收 ××× 斤……全新疆就要多收 ×××××× 斤，就够阿尔巴尼亚人民吃 ×× 个月，够越南人民……"

一九六九年六月底的一天，凌晨。我躺在与房东二老同住的一间土屋的未上油漆的木床上，一边听小园里苹果树上的羽翼初丰的燕子呢喃，一边想着这一天的盛会与热而香的牛杂碎，一边想着算细账的数学方法的务实性与浪漫性的统一，一边想着各省革命委员会纷纷成立到底是吉还是凶。这时，忽然听见一阵吵闹声。

是谁这么早在我们的窗户根底下喊叫？我连忙起了床，披上衣服，顾不得洗脸，走出房子。院门从里面锁着一种式样古老的长铜锁，房东二老还正睡着。我不愿意为找钥匙而惊动他们，便从打馕的土炉（新疆俗话叫作"馕坑"）旁的高台上上了墙头，一跃而下，来到当街。只见高大俊美的马尔克木匠推着一辆自行车，自行车货架子上面与两旁绑了许多东西，正和大队一位十七岁的民兵争执。我走近一看，原来他的自行车上驮着三个小摇床，看样子他要骑自行车把三个小摇床拉到伊宁市早市上去卖，而小民兵根据革委会夏收指挥部的命令予以堵截。

马尔克衣冠齐整，精神焕发，虽然受阻，但是并不急躁，而是耐心地、有板有眼、有滋有味地与小民兵辩论。他说："……亲爱的兄弟，哦，我的命根子一样的弟弟啊，你的阻拦是完全正确的，是的，百分之百的正确。我们的夏收，具有伟大的历史意义。不错，我应该参加会，不参加会是不对的，它是我的缺点，它是我的错误，我愿意深刻地认识，诚恳地检讨，坚决地改正。但是伟大的导师教导我们，遇到什么事，都要想一想，眉头一皱，计上心来，心之官则思。世界上的事，怕就怕认真，政策和策略是党的生命，万万不可粗心大意。关心群众生活，打击贫雇农，便是打击革命。而我呢，是真正的无产阶级，真正的雇农，我来到毛拉圩孜公社的时候，已经两天两夜没有吃饭，晚上睡觉没有枕头，我是用土坯做枕头的。那么，是谁，发扬了深厚的阶级感情帮助了我呢，亲爱的我的命根子一样的弟弟呀，那就是你的阿丽娅姐姐呀！当然，这是党教导的结果，也是人民群众的帮助的结果。群众是真正的英雄，而我们自己则往往是幼稚可笑的，不了解这一点，就不能够得到起码的知识。没有文化的军队是愚蠢的。那么，我的兄弟，你的阿丽娅姐姐现在是怎么样了呢？唉，安拉在上，她偶染沉疴，一病数月，茶饭不思，热火攻心。天啊，真主啊，保佑她吧！那么我又能做什么呢？我愿意替她生病，我愿意替她死。然而，世界上只有主观唯心主义最省力气，可以不负责任地瞎说一通，做得到吗？结合实际吗？哪怕是最好的理论，如果只夸是好箭，束诸高阁，那就是教条主义。我呢，就做了这三个摇床，劳动使猴子变成了人，劳动使我有了三个摇床。兄弟，你看我做得好吗？看这圆球！看这旋工！看这色彩！不，这不是摇床，这是黄金，这是宝石，这是幸福。睡在这样的摇床上的孩子将成长为真正可靠的接班人。做了摇床你怎么办呢？坚决学习大寨，先治坡，后治窝，割掉资本主义的尾巴。卖给私人？不，我决不能卖给私人，斗私批修，办学习班是个好办法嘛……"

马尔克诚恳地、憨直地、顽强而又自得其乐地一套一套地讲个没完，他的目光是那样清澈，天真无邪，又带几分狂热。他说话的声音使我联想起一个正在钻木头的钻子，嗡嗡嗡，嗡嗡嗡，嗡嗡嗡。他的健壮的身躯，粗壮的胳膊，特别是两只大手的拙笨的姿势，使你无法对他说话内容的可信性发生怀疑，何况那是一个除了怀疑我自己，我不敢也不愿怀疑别的一切的年月呢。

马尔克可能说得有点累了，他把车支好，与我握手问安。然后，他掏出一个绣得五颜六色的烟荷包，还特别把烟荷包拿近我和小民兵，让我们参观一番，显然，那是阿丽娅给他做的喽。他解开缠绕了好几道的带子，拿出一沓裁得齐齐整整的报纸，折一道印，用两个手指捏出一小撮莫合烟末，看颜色他的烟还算中等偏上的，他用熟练的动作把烟末拨拉匀，卷好，舔上口水，用打火机点着烟，抽上两口，先"敬"给我（我在这三个人中是年龄最大的），然后给了小民兵一张裁好的纸条，一撮烟末，最后自己卷起烟，吸了两口，又滔滔不绝地说了起来。

由于我很亲热地接过沾了他口水的莫合烟，我们的关系似乎在这一刻又亲密了些。所以他这一次一面说一面用一种相当谦恭的态度不断地问："我说的正确吗？"由于他个子高，和我说话的时候，要微微躬身俯就。我呢，唯唯诺诺地点着头。

我的习惯性点头使他受到了鼓舞，他向迷惑不解、面呈难色的民兵指着我说道："请看，书记在这里嘛，书记已经点头称是了！"

我一怔，然后才反应过来，他所说的"书记"，原来是我，我慌忙摇头摆手："我不是书记！我可不是书记！"

"您不要谦虚，"他断然制止我，"干部嘛，又是汉族大哥，当然是书记！对于我这样一个小小的木匠来说，所有的汉族干部，都是书记！所有的少数民族干部，都是主任！所有的民兵兄弟，"他拍一拍小民兵的肩膀，"都是连长！"

按照维语的状物比喻方法，那位叫作刚刚长出一圈小蚂蚁似的胡须的民兵从马尔克的话里似乎得到了点启发，用求助的眼光看着我，问道："老王哥，这叫我怎么办呢？按照革委会的命令，夏收期间，任何社员不准去伊宁市，我们在各个路口都站了人……"

这时又围拢过来几个起得早的乡邻，他们都替马尔克说情："让他去吧，等你娶了媳妇养了儿子，让他做一个世界上最漂亮的小摇床送给你！"

我不能再不表态，便问马尔克："你去伊宁市，需要多长时间呢？"

"一个小时！绝对只需要一个小时！我骑自行车经过奴海古尔（伊宁市一个住宅区，原先多为塔塔尔人聚居）到卫生学校，把摇床送给卫生学校的一个朋友。请注意，我不卖，我是送给他的，因为我们是朋友，我们维吾尔人的规矩，是朋友就什么都可以要，也什么都可以给。他呢，会给我一些小麦，还给我一些药，给阿丽娅治病。一切革命队伍的人都要互相关心、互相爱护……"

一个小时？我翻了翻眼，觉得难以相信。前不久公社一个小伙子向我"借"一个小时的自行车，我借给了他，结果呢，是两天两夜以后才还给我的。对于这样的"一个小时"，我并不陌生。但我不愿说破，便说："那就让他快去快回吧，回来，还赶得及开动员大会，再说，中午还有面肺子吃呢。"

民兵同志接受了我的建议，放马尔克走了。马尔克在骑上自行车蹬出了五米远以后，回头向我甜蜜地一笑，他笑得是这样美好，以致使我想起白居易在《长恨歌》里描写杨贵妃回眸一笑的名句来。

这一天的夏收动员会开得一如既往，只是在麦收意义中增加了"用实际行动埋葬刘少奇资产阶级司令部"一条，并且分析说，丢麦穗掉麦粒，主要是受了"黑六论"的影响。牛杂碎汤做得很香，可能因为近两年肉食供应一天比一天紧张，大家吃肉少了，所以觉得这一碗汤喝下去回肠荡气，心旷神怡。几个眼尖心狠的，看到每人盛完一碗以后大铁锅内尚有盈余，便咕嘟咕嘟把能烫出食道癌来的新出锅的杂碎汤三下五除二吸了进去，又盛回了第二碗。

晚上各自回家，房东老妈妈阿依穆罕用多日存攒、但日前被大猫皮什卡克（皮什卡克的故事我将在另一篇小说中述及）偷吃了五分之二的酸奶油给我们做了奶油面片，我吃了个不亦乐乎。饭后阿依穆罕又熬了火候恰到好处的清茯茶，我与房东二老一面品茗，一面促膝谈心（说"促膝"，纯是写实，而非借喻。因为我们都是盘着腿坐在羊毛毡子上的）。这时，听到有人在门外喊："穆敏哥！老王哥在这里吗？"

穆敏老爹起身迎了出去，然后把躬身垂手、彬彬有礼的大个子马尔克引了进来。由于是第一次进这个家，马尔克毕恭毕敬地摊开并并拢两手，掌心向内，诵读了几句祝祷的经文，然后房东二老与他一同摸脸呼"阿门"，然后马尔克向我们三个人以年龄为序一一施礼问候。我们腾出地方，请马尔克坐在上首，马尔克直挺挺地跪坐在那里，显出一种傻大个子的傻气，接过阿依穆罕递过来的清茶，呷了两口。

"什么时候回来的？"我问他。

"回来了一个小时了。"他恭顺地答。

从“一个小时回来”到“回来了一个小时”，我服了。人类语言的排列组合真是奥妙无穷。

马尔克呷了几口茶，又掰下一小角馕蘸了蘸茶水，吃掉之后，说明来意：“我是为了邀请老王哥才到这里来的，我早就想邀请老王同志到在下那边去坐一坐。‘他会来吗？’我这样想着，犹犹豫豫。但在我们心里，”他指指自己的心窝，“我们对老王同志是有敬意、有理解也有友谊的。今天早晨，如果没有老王哥，我就去不成市上了。唉，好人哪！我们应当相信群众，我们应当相信党噢！回家与阿丽娅一说，阿丽娅说，快把老王同志请来坐坐，我们要好好地坐一坐，我们要好好地谈一谈心，我们心贴着心……这岂不好哉！”

房东二老催促说：“老王，快去吧！请去吧！”

于是我不好意思地浅浅一笑，这也是维吾尔人受到邀请时应有的神态，然后我起身随马尔克去了。

这时已是北京时间晚上十一点多，按乌鲁木齐时间是九点多，而按伊犁的经度来计算，不过是晚上八点半左右，暮色苍茫，牛吼犬吠，羊咩驴叫，一副夏收开镰前的平静景象。如果马尔克不来，我本打算在茶足饭饱之后磨磨镰刀，早早入睡以养精蓄锐的。他来了，我当然也很高兴，但一边走一边发愁，依我的经验我知道，“来者不善”，这一去，肠胃面临着超负荷大干一场的任务，真后悔晚间把猫吃剩的奶油吃得过多了。另一方面我也鼓舞自己，既去之，则安之，一定抖擞精神去加劲吃、喝、说话，借此机会好好地了解了解这颇有特色的一家。

他的家就在有水磨的那条街的拐角处，在一株大胡杨树的下面。暮色中我见他的小院门和小门楼修得整整齐齐，木门上浮雕出几个菱形图案，最上面正中是一颗漆得鲜红的五角星，五角星中心镶着一个特大号的料器的毛主席像章。小木门似乎还有一个特殊的机关，他左一拉右一按，没等我看清门就自动开了，我们走进去，门又自动关上了。

进得门来，只有一条小小的曲径，两边竟全是盛开的玫瑰花，红的红，白的白，芬芳扑鼻。我既赞叹，又有些疑惑地看着他的小门和花径。他解释说：“这个院子还有个旁门，我的牲畜和毛驴车从那个门走。”于是我点点头，用力吸吮着玫瑰花香，随他走到花径尽头，来到一个把三间房前全部覆盖了的大葡萄架下面。葡萄叶已经长肥，葡萄珠还只有米粒般大小。我清了清自己的鞋子，马尔克为我推开门，从房里射出一道强光，我躬身进门模仿穆斯林先叫了一声：哎斯萨拉姆哎来依库姆（问安的话），然后抬头，只觉强光照得我睁不开眼，原来矮矮的房梁上，挂着一盏汽灯！

我知道这个公社许多队都是有汽灯的。那是一九六四、六五年社教运动中为大办文化室而买的，社教队还没离村，大部分汽灯就坏了，不知道是灯的质量不好还是使用保管不善。等社教队撤走之后，文化室纷纷关、停、并、转，有的改成了木匠房，有的改成了粮油或农机具仓库，但也都还有一些书报和简易书架、报架缩在一角接尘土，有的文化室里还有各种金字标语、红绿纸花、彩灯等饰物，也都自生自灭。至于汽灯，从一九六五年底以来我连残骸都没见过了。

因此，马尔克家的雪亮刺眼的汽灯使我觉得兴奋。好不容易调整好了瞳孔以后，我看到在外屋有两个女人，两个女人本来是跪在那里用形状像腰刀的维吾尔式切刀切胡萝卜的，见我进室问安，她们便站了起来。"请进，请进，老王请进！"第一个女人说。她亭亭玉立，穿着隐约透出嫩绿色衬裙的白绸连衣裙，细长的脖子上凸出的青筋和锁骨显示出她的极为瘦削，鹅蛋圆脸，在灯光下显得灰白、苍老，似乎有一脸的愁雾。乳黄色的头巾不知是怎样随意地系在头上，露出了些蓬松的褐黄色的头发。鼻梁端正凝重，很有分量，微笑的嘴唇后面是一排洁白的小牙齿，可惜，使我这样一个汉族人觉得有点别扭的是，有一粒光灿灿的金牙在汽灯的强光下闪耀。但最惊人的是她的眼睛，在淡而弯曲的眉毛下面，眼睛细而长，微微上挑，眼珠是淡灰色的，这种灰色的眼珠是我从来没见过的，它是这样端庄、慈祥、悲哀，但又似乎包含着一种神圣不可侵犯的矜持，深不见底。我以为，她是用一种悲天悯人和居高临下的眼光正面地凝视着我的。她用她的丰富的阅历和特有的敏感观察了我，然后用简单的肯定或否定语气词回答了我的问候——当然，我也就明白了，这就是阿丽娅。然后，她把另一位女子介绍给我："爱莉曼，塔里甫哥的女儿。"她说话就是这样简短，只有名词。

爱莉曼健壮得像一匹两岁的马驹，面色红里透黑，肌肉是紧密、富有弹性、富有光泽的。她的眼睛也像还没有套上笼头的马的眼睛，热情冲动，眼珠乌黑，她的黑眼珠大得似乎侵犯了眼白的地盘。尽管她努力用羞涩的睫毛的下垂来遮挡住自己的眼光，然而，你仍然一下子可以感觉到她的眼里的漆黑的火焰。她的鼻子微微上翘，结实有力，她的嘴唇略显厚了一些，嘴也大了一点，然而更增加了她给人的一种力感，也增加了朴实感。她比阿丽娅年轻多了，一看便知道是个未婚的、却是渴望着爱情的姑娘。她个子比阿丽娅矮一些，肩却比阿丽娅宽，她穿一件褐底黄花连衣裙，上身还罩着一件开领西式上衣，她的左手放在衣袋里，伸出右手示意欢迎，这种姿势流露着一种洒脱和强悍。她只用鼻腔里的几个"嗯"回答了我的问候。

马尔克补充介绍说："这个姑娘是我们的邻居，她跟着阿丽娅学缝纫。她本人是粮站的出纳，是月月挣钱的人哪！"

马尔克的介绍使爱莉曼不好意思了，她转过了头，而且，我觉得她不高兴地努了努嘴。

我回头看了看马尔克，这一瞬间我才注意到在汽灯的照耀下他的眼珠是那样的蓝，也许说蓝不恰当，应该说是绿，那是一种非常开放的颜色，它使我想起天空和草地，一望无边。这三个人的眼珠从颜色到形状、神态是如此不同，对比鲜明，使我惊叹人生的丰富，祖国的丰富，新疆各民族的丰富。我甚至从而更加确信，我在一九五七——五八年遭到厄运，在六十年代远离北京，在一九六五年干脆到伊犁的毛拉圩孜公社"落户"，确实是一件好事情，至少不全是坏事情。

马尔克把我让进了里屋，习惯上这应该算是他们的客房。客房比外屋大多了，墙龛里放置着一盏赤铜老式煤油灯，发出柔和的光，地上铺满深色花毡子。有一张木床，床栏杆呈优美的曲线，每一个接榫处都雕着一朵木花，四条腿像四只细高的花瓶。床上摆着厚厚的被子、褥子和几个立放着的大枕头，靠墙处悬挂着一个壁毯。我知道，这张堪称工艺品的床一定是马尔克的得意之作，我也知道，维吾尔人家的这种床一般不是为了睡人，而是为了放置卧具和显示自己的富裕、自己的幸福生活的。看来他们是上等户，都有手艺嘛，我暗暗想。

这间客房墙壁是粉刷成天蓝色的，在煤油灯光的照耀下显得十分安宁。正面墙上竟贴着五张完全相同的佩戴着红卫兵袖章的毛主席像，五张像排列成放射形的半圆，这种独出心裁的挂"宝像"的方法确实使我目瞪口呆。至少在晚上，这五张花环式的照片与天蓝色的墙壁，与古老的煤油灯及同样古老的赤铜茶具与赤铜洗手用曲肚水壶，与雕花木床及雕花木箱，与壁毯及精美的窗帘在一起，并无任何不谐调之处，正像他在说话的时候那样大量地引用（有的引用是准确的，有的是大概的、半准半不准的，有的我以为是他自己杜撰的）语录，乍一听没有任何生硬之感一样。这实在是"三忠于"、"活学活用"的维吾尔化、伊犁乡土化，我想。

下面我不准备详细描述这一晚上他们对我的款待了，这款待是成龙配套、一丝不苟而又严格地符合礼仪的。我只准备提两个事实，第一，在夜里两点的时候（爱莉曼已经告辞了），阿丽娅开始切另一部分肉，为我们做酒后食用的酸面片汤。第二，我近一个月来消化不大好，而且一向没有夜餐习惯，但这次被拉了来，甜食、肉饼、奶茶、抓饭、酒菜、面片汤，我一点没含糊，舍命陪君子，全吃了个超饱和。我本以为第二天非得急性肠胃炎不可的，结果完全相反，不但未有异常，而且治愈了酵母片与胃舒平没给我治好的肠胃病。噢，我还要啰嗦一句，饭菜确是第一流的，但他的酒实在可怕。他透露说，我们喝的是医疗用的酒精，正是那个要了他的小摇床的卫生学校的朋友"关怀"给他的。

席间，马尔克向我敞开了心扉，挥动着双臂与我畅谈，大部分话是用汉语说的。我曾经建议用维吾尔语交谈，一是给我自己创造更多的学维语的机会，二是我觉得他的汉语说得不算流利。但是他坚持要说汉语，遇到表达上的困难他随时插入维语还有别的语。他说："我们实际上是汉族人哪，我们爸爸是汉族人啊，我们爸爸是黄胡子啦，黄胡子，老王，你知道吧？"

据说"黄胡子"原是东北抗日联军和难民，他们被侵华日军打散，从海参崴、伯力一带逃亡到苏联境内，穿过西伯利亚，到达苏联的中亚，又从阿拉木图一带回到我国新疆伊犁地区。但新疆少数民族用"黄胡子"这个词儿，常带有贬义，因为有许多关于"黄胡子"的吓人的流言传说，历史上不止一次有人利用这些流言来煽动民族不和。马尔克这样坦然地承认自己是"黄胡子"的后代，这倒是很惊人的。另外，他的汉语腔调也很特别，既不像新疆汉人的口音，又完全不是当地少数民族学说汉语的口音，他把"我"全部说成"我们"，也挺有趣。

"我们的妈妈是俄罗斯。"他继续介绍说，"她的名字本来应该是娜塔里雅·米哈伊洛夫娜，但是她直到死，人们只叫她娜塔莎。"他叹了口气，然后用我虽然听不懂，但听得出他的发音并不标准的俄语咕哝了几句，估计那意思是祝祷他那到老得不到尊敬的母亲的在天之灵安息。"她本来是一位伯爵夫人的使女，为了逃避布尔什维克的十月革命，跟随主人来到新疆。我们没见过我们爸爸，我们不知道我们自己是怎么来的，我们没有办法。我们的后爸爸是塔塔尔人，他骂我们。"这时他改说塔塔尔话，大意是他是他母亲被黄胡子强奸的产儿。然后又用汉语说："我们说不上，我们不信。老王，我们一点点儿也不知道我们是怎么来到这个世界上的呀，胡大知道！"

在维吾尔语里，"知道"和"做主"可以用同一个词。我认为，他这里用的"知道"二字，是受维语的影响，包括着做主的意思。"反正我们都是来自五湖四海嘛。"忽然他又"暗引"了一段语录，"我们不愿意做汉人，也不愿意做俄罗斯，也不愿意做塔塔尔，后来我们就成了维吾尔了。我们也不愿意做农人，我们愿意做木匠……"说着他来了劲，走出室外，从另一间充当库房用的屋里拿来一个精美绝伦的折叠板凳，一个小儿摇床，一个雕花镜框架。"这才是木匠。现在的木匠能叫木匠吗？现在的木器能叫木器吗？我们是人！我们要做好好的木匠，好好的木器。我们做不成，那就去养鸡儿，养羊儿，养牛儿去嘛……"他把不该儿化的鸡、羊、牛儿化，讲得兴奋起来，颇有点滔滔不绝的架势。他接着说："世界上为什么要有女人呢？噫，有男有女才成为世界。女人，这真是妖怪、撒旦、精灵啊！她们让你哭，让你笑，让你活，又让你死……"他说，他在他的原籍霍城县清水河子，就是为了女人的事搞得狼狈不堪，无法再待下去，才来到这里的。"是她们来找我的，我有什么办法呢？"他的脸上显出天真无邪的表情，"我们不能让她们伤心呀！"他继续说，自从来到毛拉圩孜公社，自从和阿丽娅结合以后，他完全变成了另外一个人，"哎，老王，你哪里知道阿丽娅的好处！与阿丽娅比一比，我们在霍城相好的那些女人，只值一分钱！"

传来了外屋阿丽娅的咳嗽声，她声音不大，但是坚决地警告说："不要冒傻气，马尔克哥！"

阿丽娅管马尔克叫"哥"，这使我不大信服。从外表看来，阿丽娅至少比马尔克大五六岁。阿丽娅即使确是美人，也已经是迟暮了。而马尔克呢，身大力足，似乎蕴藏着无限的精力，还没有释放出来。他所以这样滔滔不绝地讲话，东一头西一棒子，一句语录加一句俚语，一句维语加一句汉语，外带俄罗斯语与塔塔尔语，声音忽高忽低，忽粗忽细，似乎也是一种能量的释放。这种半夜里突然举行的宴请，也含有有劲要折腾的意思，虽然我丝毫不怀疑他们连同那位邻居姑娘的好客与友谊。

他和我第一次正式聚会便这样坦率，特别是这样起劲地夸赞自己的老婆，又使我不禁想起一句维吾尔谚语："当着别人夸赞人家的老婆是第二号傻瓜，当着别人夸赞自己的老婆是第一号傻瓜。"

后来他又向我介绍那位帮助阿丽娅做饭的邻居姑娘爱莉曼。爱莉曼是十点多钟告辞走的，她走后，马尔克问我："您看出来了吗？"

"看出什么来？"我不知道他问的是什么意思。

"唉，可怜的姑娘，她只有一只手！她左手长疮，小时候齐着腕子把手掌割掉了……但是她非常要强，硬是一只手做两只手的工作，什么饭都会做，拉面条的时候用残肢按住面坨儿的一端，用右手甩另一端，她连馄饨都能包啊……这也是胡大的事情啊！"

当我和他谈到队里的生产、分配、财务、干部作风这些问题的时候，他手舞足蹈地喊叫起来："对对对，问题就是在这里！我们是有宝贝的，我们有！我们有世界上最好的武器，但是没有使用！"说着说着他拿起了两本"语录"，在空中挥舞，"我们队上为什么有问题呢？就是没有按照红宝书上的指示办嘛！你看你看，读书的目的全在于应用……"他又连篇累牍地引用起语录来了，我不得不提醒他那些语录我都读过，也都会背诵。从他那未必准确更未必用得是地方的不断引用当中，我发现他确实是全队背得最多、用得最"活"的人，他是颇下了一番功夫的。我甚至想，这样的人怎么没有选派到讲用会上去？后来才想到他本是一个不肯到队上干活也不愿意参加会的人。世界上的某些人和事情真是难以理解。

在这次被招待以后，我曾与一些社员谈起马尔克学语录的情况，多数人都浅浅地一笑，敷衍地说："好！好！他学得好！"那神情却不像真心称赞。也是，语录背得多，毕竟无法不说是"好"事。只是一些队干部明确地对此表现出嗤之以鼻的态度，讥笑说："那正是他的傻气嘛！"

关于他们的那位邻居姑娘爱莉曼，倒是有口皆碑。她是在五岁时候因手上生疮被截去左掌的，她非常要强，在学校上学功课出众，由于残废，家里不依靠她当劳动力，小学毕业以后她每天走一个半小时到伊宁市上初中，之后又住宿读了财会学校。她的一只手比别人的两只手还灵巧，而且力气大，据说有一次她放学晚了，天黑以后在公路上行走，有两个醉汉向她调笑，她小小年纪，一点也不怕，一个嘴巴把一个醉汉打倒在路边的碱沼里，另一个醉汉吓跑了。

对于爱莉曼也有非议，主要是她已经二十二足岁了，还没有结婚，而且拒绝了一个又一个媒人。"女孩子大了不出嫁就是妖怪。"有几个老人这样说。据说爱莉曼的爸爸为女儿的婚事都急病了，但奈何不了她，因为女儿是吃商品粮的国家职工，经济独立，社会地位也高于一般农民。

桑妮亚有一次用诡秘的神情告诉我："老王哥，你没有看出来吗？我告诉你这个秘密你可不要对任何人说。依我看爱莉曼是让马尔克傻郎迷住了，她一心要嫁马尔克哥呢。"

"什么？阿丽娅……"

桑妮亚摇摇头："阿丽娅是我的朋友。她告诉过我，她的病已经好不了了，她要在她还在世的时候帮马尔克哥物色一个女人，她不放心，马尔克是确实有点傻气……"

我将信将疑。我回忆那天晚上在马尔克家里与爱莉曼和阿丽娅会面时的情形，我想着爱莉曼乌黑的眼珠，什么也判断不出来。我想，经过一九五七年以来的坎坷，我确实已经丧失了观察人和感受生活的能力了，将来重新执笔写作的心，是到了该死掉的时候了。

麦收期间，马尔克下地割麦五天，大致是一个顶俩，每天自己捆、自己割，完成了两亩多。队上害怕分地片收麦、按完成量记工分，这样做带有"三自一包"的色彩，因为当地习惯上把分片各收各的也称为"包"工，而"包"字是犯忌讳的。社员们干脆排在一起，大呼隆干活，说说笑笑，干一会儿直一会儿腰，倒也轻松。唯独马尔克绝不和大家混在一起，他单找一块地干，干完了自己丈量。队上的记工员告诉他，他的丈量是不作数的，工分仍然是按群众评议而不是按完成亩数来记，他也不在乎，仍然坚持"单干"，同时对穆罕默德·阿麦德一类干活吊儿郎当的人猛烈抨击、嗤之以鼻，"让我和那样的人并列在一起干活吗？我宁愿回家睡大觉。"他声明说。

根据公社革委会布置，麦收期间还要搞几次讲用和大批判。队长传达上级布置的时候调子很高，上纲上线。"如果不搞大批判，收了麦子也等于为刘少奇收了去了。"他传达说。但实际执行起来，他却马马虎虎，有时工间、午间或晚饭后（夏收期间我们集中住宿、吃农忙食堂），队长宣布搞"大批判"，开场白以后无人发言，然后队长谈谈生产，读读刚拿到的一份"预防霍乱"或"加强交通管理"或"认真缴纳屠宰税"的宣传材料，就宣布大批判结束。有一次又这样冷冷清清地大批判，不知谁喊了一句："让马尔克木匠讲一讲！"马尔克便突然睁大眼睛讲了起来。天南地北，云山雾罩，最后归到正题，原来他批判开公社革委会了。革委会有个通知：凡出勤不足定额的，生产队扣发其口粮。马尔克不赞成，他越讲越激动，队长几次想制止也没制止住，他论述这种扣发口粮的做法违背"红宝书"的教导，是刘少奇的"修正主义"的流毒，最后他竟喊起口号来："坚决反对修正主义！""建设边疆保卫边疆！""牢记阶级苦，不忘血泪仇！""誓死捍卫中央文革小组！"还有一系列"打倒"和一系列"万岁"。他一喊，大家不由得也都振臂高呼起来，竟顾不上考虑他的口号与言论之间有没有必然的联系。这次"大批判"，算是最热烈的一次了。

五天以后，阿丽娅（她因为有一系列病，夏收期间也没有露一次面）托人捎话来，说是她病重，要马尔克回家看看。队长不准，说是每年夏收他都是这一套，干个五六天后便以照顾病人为名溜之大吉。他声称他在这五天已经干完了旁人二十天的活，他有权利回家照顾他貌美病多的妻子，便扬长而去，不管气得大喊大叫的队长。

队长真的火了。我也觉得马尔克太不像话了，如果都照他这样，生产队只能垮台，公社乃至整个国家也会不可收拾。所以当队长在全体社员大会上建议停发马尔克两口子的七、八两个月的口粮以示制裁的时候，没有人提出反对意见。

不久之后，马尔克纠集了二十来个因各种原因被扣口粮的社员到公社闹了一阵，他又是挥舞着"红宝书"连喊带叫的。事后县公安局派人来调查，幸亏广大社员都说他自来有些傻气，他学习"红宝书"是积极和真诚的，他绝无任何反动思想反动言行，这样才大事化小，公安局的人把他叫到公社训了一顿就算了。看开头那个架势，我们还以为会把他逮捕呢。

这一年春节他到伊宁市我的家里给我拜年，我借这个机会劝了劝他，少犯傻气，少乱引用语录，多出工干活。他一再点头，叹了口气，问我："老王，你告诉我，人是什么呢？"

我知道他有时候一阵一阵地爱谈禅论道，便引经据典地说："人是万物之灵嘛。"

他摇摇头："我看，人是沙子。风往哪里吹，你就要到哪里去。我们妈妈娜塔莎，不就是这样吗？十月革命一阵大风，把她糊里糊涂吹到中国来了。我们黄胡子爸爸呢，也是让风吹来的。我呢，阿丽娅呢，如果没有风吹，我们这素不相干的两粒沙子，怎么聚到一起来了呢？"

我说我不同意，如果你只是一粒沙子，那么那些木器呢？一粒沙子会做出那么精巧美丽、艺术品一样的木器来吗？

一提木器他就高兴了。他承认我说得对，因为一粒沙子是没有灵魂的，而他和他的木器都是有灵魂的，他常常做梦梦见一种新式样的木箱或者桌椅或者摇床围着他转。醒来以后，他就到木工房去，一边想着梦里的形象，一边锛、凿、刨、锯……于是一种新式样的木器就做出来了。他表示，他一定要为我做一个衣架（钉在墙上的一种），这种衣架虽然简易，但他要做出点新花样来。

春节过后，我应邀到马尔克的木工房去参观，房里充溢着令人愉快的木脂的香味。马尔克用那种小锛子用得非常熟练，轻松如意，他不假思索地向木头胡乱砍去，三下五除二就砍去了一切他所不需要的部分。我最喜欢看的还是他刨木头，与关内木匠用的刨子完全不同，他用的是一种用一只手从外向怀里拉的刨子，沙、沙、沙，动作很洒脱。他穿着一件深蓝色背心，在拉刨子的时候，他的胸、背、肩、大臂、小臂直到手掌的肌肉都隆了起来，那样子真像一个显示男性健美、劳动酣畅的雕塑。他的动作既是强健有力的，又是颇有节奏和韵律的，特别是他的流着汗水的脸上的表情，诚挚而又自得其乐，根本不像一些个"力巴头"干活的时候那种龇牙咧嘴的样子。他那天蓝色的眼珠里，更是发射出活泼有趣的光芒，完全不像他滔滔不绝地讲话时那样带着傻气。

我欣赏着他的形体和动作，带着一种自惭形秽的自卑感。汉族是我国的主体民族，她有灿烂的文化与悠久的历史，但是在身体的素质和形象方面，她的平均水平是赶不上新疆的少数民族兄弟姐妹的，真遗憾啊！

同时我突然想起阿卜杜拉赫曼裁缝来了，呵，阿丽娅的第二个丈夫与第一个丈夫实在是一个天上，一个地下，一个是生的高扬，另一个简直是衰老和死亡的标志。虽然我完全是局外人，但我不能不为毛拉圩孜公社头号美女的初婚而扼腕顿足，也不能不为她的现在的幸福而深感欣慰。

"我把手里的这一批摇床交了活，下星期就给你做衣架。你还需要什么？别客气，说。"马尔克告诉我。

但我没能够得到马尔克的衣架，因为"多普卡"队进驻了。"多普卡"队不愧是火眼金睛，只一瞥便揪出了马尔克，罪名是：一、利用口粮事煽动闹事；二、打着红旗反红旗；三、其母是白俄贵族，本人与新老沙皇界限不清。

生产队开会批斗他，先用绳子把他绑了起来。上绑的时候马尔克对绑他的民兵耳语了一句话，据事后了解，他说的是："只要不怕绳子断，你就使劲勒！"

"多普卡"组长在会上喊了一通以后没人发言，会议出现了冷场，组长干着急也没用，便让生产队长发言。生产队长走到前面，慷慨激昂地说道：

"马尔克，你为什么这样傻？干木匠话你倒凑合，学习毛泽东思想，你行么？你上过学么？你背那么多语录，谁承认呢？你这样学语录究竟是为了什么？说，你为什么要冒傻气？你能懂得什么叫无产阶级司令部、无产阶级革命路线吗？连我都不懂，县长说，他也不懂。你要是懂了，那你这个傻瓜岂不是比县长还高明？难道你要篡党夺权当州长吗？你这就是野心嘛！你从霍城县流浪而来，你是饿着肚子到毛拉圩孜来的，现在你有了老婆，有了房子，有了茶叶，有了馕，还有盐巴，你还要干什么？说，你为什么要冒傻气，说，你以后还傻不傻啦？"

"多普卡"组长是一位汉族农工，年方二十挂零，前年到新疆来看望姐夫，觉得伊犁这边生活不错，便留下了，但至今还没落上正式户口，便被匆匆忙忙派出来了。他又不懂维语，让懂汉语的社员给他翻译，换了两个人都说队长的大批判太深也太新，翻不过来，结果社员们推荐我去翻译。我便介绍说，队长发言的主旨是敦促马尔克认识自己的错误，认真改正。组长听了很满意，问马尔克："怎么样，今后改不改？"

只见马尔克两眼发直，突然大吼一声："打倒赫鲁晓夫！向江青同志致敬！"台下居然有不少人随着振臂应和，而组长呢，居然下令松绑，并说："马尔克的态度还是比较老实的。不老实我们也不怕，帝、修、反我们都不怕，还怕一个小小的马尔克吗？"

他被分配去赶大车送粪，我给他跟车，他兴致勃勃地对我说："维吾尔的谚语说，男子汉大丈夫什么事都应该亲身经验经验，导师也教导要经风雨、见世面，这回我算是也经了风雨了，也见了世面了！"

最妙的是那位"多普卡"组长，见我有文化，又老实，有一天找我去代他起草一份入党申请书。我吓了一跳，连忙把我的处境告诉他。他小声对我说："没关系，没关系，是我求你写的嘛。"我趁机进言说马尔克不是什么坏人，他的木匠手艺好，他不喜欢干大田里的活，再说，你让他干木匠，他并不是把一切收入放入自己的腰包，他是给队里缴利润的。"多普卡"组长说："我明白了，咱们看看再说。"似乎从此对马尔克的态度好了些。

过了几星期，县革委会政工组的两位领导到我们公社视察来了。政工组长是一位支左的同志，圆而白净的脸，矮矮的个子，走路拼命迈大步，好像蚱蜢一跳一跳的。来到我们队以后，他一是吩咐给他做饭要多放辣椒，他是湖南人，二是要召集活学活用的积极分子座谈。据说他已经在别的几个大队视察过，对毛拉圩孜公社活学活用的情况很不满意。不知道队长是怎么考虑的，他转了转眼珠，把马尔克作为积极分子派到政工组长那里，事先还找马尔克动员了一番，并且关照我在担任临时翻译的时候要"多加注意"。马尔克果然没有辜负队长的期望，振振有词，句句都是语录，使爱吃辣椒的政工组长两眼大放光芒，并转头质问我，学得这样好的人怎么没有参加过讲用会。我解释说，可能是因为他过去在队里干活出勤率太低。组长不高兴地问马尔克："上个月你出勤多少天？""三十一天。"马尔克回答。我一惊，因为上个月是二月，只有二十八天。但是组长对马尔克的回答非常满意，对我说："人家已经转变了嘛，这就是活学活用的效果嘛，谁也不是天生的先进嘛。"

为了深入细致地调查研究，政工组长又找了队长、队干部与几个老贫农了解马尔克的情况。维吾尔农民乡亲是乐意成人之美的，队干部则更是乖觉，从政工组长的话锋上已经知道了他的意图，立刻隐恶扬善把马尔克赞扬了一番，除了积极学习以外还有助人为乐呀、民族团结呀、突出政治呀、又红又专呀，连他经常给别人递抽过两口的莫合烟也作为他先人后己的例证提了出来。还有一件给大渠堵口子的事，明明是队长自己干的，队长竟无私地推功给马尔克，把马尔克如何堵口子说得有声有色，使听的人如身临其境。最使我不理解的是曾经主持过批斗马尔克并且宣布过马尔克的罪状的"多普卡"组长也在座，却并未提出一句异议。于是政工组长确定，要马尔克参加下月举行的全县活学活用讲用会。

晚上回"家"喝茶，我把这事告诉了房东二老，阿依穆罕妈妈大笑说："各人有各人的路子，傻瓜有傻瓜的路子。"穆敏老爹则微微一笑，捏着自己的长须说："这也是塔玛霞尔嘛，马尔克弄起塔玛霞尔来，可是精于此道！"

塔玛霞尔是维语中常用的一个词，它包含着嬉戏、散步、看热闹、艺术欣赏等意思，既可以当动词用，也可以当动名词用，有点像英语的 to enjoy，但含义更宽。当维吾尔人说"塔玛霞尔"这个词的时候，从语调到表情都透着那么轻松适意，却又包含着一点狡黠。

"那么，他在被批斗、被绑起来以后大喊'向江青同志致敬'又是怎么回事呢？也是塔玛霞尔？是装的？还是真的犯傻？"我问，我很想知道穆敏老爹的见解。

"当然是真的，喊一喊痛快嘛！"穆敏老爹要言不烦，不准备再做什么解释。他抬起头，用一种我以为是带几分怜悯的眼光看了看我，悠然一笑，他说："生活是伟大的。伟大的恼怒、伟大的忧愁，还有伟大的塔玛霞尔、伟大的汉族、伟大的维吾尔、伟大的二月、三月，伟大的星期五（星期五是伊斯兰教的祈祷日），而星期六到星期四的每一天同样是伟大的，还有伟大的奶茶、伟大的瓷碗、伟大的桌子和伟大的馕……"阿依穆罕妈妈向我伸了伸上唇，把人中拉长，这是维吾尔人做鬼脸的表情。她说："糟糕，老头子也犯起傻来了！"

这时，队长隔着墙叫："老王！"我把他请到屋里以后，他说明来意，是要我帮助队上的文书写一份马尔克活学活用事迹材料，再写一份他本人的讲用稿。"我写不了。"我抗议说，"简直是开玩笑，马尔克哪有什么先进事迹？差点没让公安局抓起来，二十天以前刚刚绑了一次！"

"有的有的，"队长很有耐心，"他割麦子一个人顶三个人干，是事实吧？"

"可那次堵口子是您自己堵的，您为什么说成他的？"

"他也堵过的嘛，您老王也堵过的嘛。如果现在是让您去开讲用会，我们也给你整理一份好好——的材料。"他把"好"字拉长了声音，拐了几个弯，以示强调。然后他向我笑笑，伸出右手，轻轻在空中抓了抓，像是一种什么舞蹈动作，同时他一赞三叹地说："老王，我们维吾尔，是这样的一些人，性格温柔，手也是软软的，不像你们汉族那么严格。听说有些汉族小丫头，小小年纪，坚持红二司（新疆的一派造反组织）观点，被打了个头破血流，还喊口号'誓死捍卫'什么什么呢，真是坚强厉害的人们啊！这又有什么问题呢？好事情嘛。你现在去调查调查吧，你说马尔克有什么先进事迹，大家都会承认的，没有人反对。穆敏哥，阿依穆罕姐，你们说是不是？"

"对，队长的话是正确的。"房东二老点头称是。

这可真给我出了难题，依我当时的情况，接受到这样的任务，本应感到受宠若惊。整一个先进分子的材料，加一点美好的形容词，适当拔高一点，一般说来我也是不会拒绝的。但给马尔克起草讲用稿，确实难住了我，我难以承认他是活学活用的先进分子，正像难以承认他是"打着红旗反红旗"的坏人一样。硬把事实上并不存在的"事迹"塞给他，我也实在下不去手。于是我检讨自己：是不是那一天马尔克向爱吃辣椒的政工组长汇报自己的活学活用心得的时候，我的翻译有什么问题？果然，我想起，在队长打过招呼以后，我的翻译虽无大的歪曲捏造，却做了两方面的加工：一方面是把他不完整、无条理的句子在可能范围内顺了顺，一方面是他引用得过于驴唇不对马嘴的语录，有几处我"贪污"了，没有翻过去。在少数民族地区工作，这个翻译的作用可真大呀！还有一条，就是我的普通话说得标准，完全有可能增加了政工组长对马尔克的好感。怪道当地的干部社员喜欢找我当"通事"呢，怪道他们与汉族同志打交道办事的吉凶成败很大程度上归功或者归咎于翻译呢。咦，翻话翻话，能不慎哉！看来马尔克成为活学活用的积极分子，我是负有一定的责任的，为他整材料的难题，也是我"咎"由自取的了。

这个难题并没有使我为难下去，因为两天以后阿丽娅病重，马尔克赶着一辆毛驴车把妻子送到伊宁市反修医院住院去了。一去就是一个月，未见回来，当然，他也参加不成县里的讲用了。

房东大娘的继女桑妮娅带着小甜馕、方块糖和一包葡萄干进城去医院看望了阿丽娅一次，傍晚，她带着五个井然有序的小不点儿到我们"家"来，告诉我们，据阿丽娅自己说，她得的病是肝癌，她已经知道了，马尔克和医院的人还瞒着她，她也不打算说破。马尔克正在张罗卖房，凑盘缠送她去乌鲁木齐转院治疗，然而"医药只能治病却不能治命"，命中注定，她已经不久人世了。她不希望马尔克为她的病而搞个家败人亡、人财两空，她希望赶快出院回毛拉圩孜公社来，安安静静地死在家乡。其次，她认为一只手的粮站出纳爱莉曼偷偷爱着马尔克已经很久了，正是为了马尔克，爱莉曼才拒绝了一个又一个求婚者。到今年柠檬苹果黄熟的季节，爱莉曼就满二十三岁了，在维吾尔农村，满二十三岁的丫头不嫁，就会被视为妖孽、灾星。阿丽娅最大的心愿便是看到马尔克与爱莉曼成婚。如果马尔克不忍心在她还在世的时候先办理与她的离婚手续与爱莉曼结婚，那么，他们俩要向她做出保证，在她闭眼以后的三个月之内结婚，那么，她就可以含笑九泉了。

然而马尔克犯了傻气，在这两条上都不听阿丽娅的。据说他已经找到了买主，那么好的一个院子加三间房子只卖三百二十块钱（由于"文化革命"当中房屋政策不落实，伊犁城乡的房价曾畸形惨跌）。而对爱莉曼呢，自从阿丽娅表示了自己的心愿后，他干脆不理爱莉曼了。本来爱莉曼在阿丽娅住院以后每星期骑自行车去城里两三次（这个一只手的姑娘可真是能干！）给阿丽娅送饭的，结果由于马尔克态度生硬粗暴，一见爱莉曼转身就走，搞得爱莉曼哭哭啼啼。现在，爱莉曼的事传遍了全公社，爱莉曼的爸爸知道了，认为这是奇耻大辱，不准爱莉曼再与马尔克夫妇来往，而且逼着女儿立即嫁人。

最后桑妮娅告诉我，是阿丽娅以垂死的人的身份，要求桑妮娅代她向我求援，希望我去劝说马尔克接受她的两点心愿。

我听后大吃一惊，心乱如麻。这一天临睡前穆敏老爹做乃玛孜（祈祷）的时间特别长，爱说笑的阿依穆罕大娘也变得沉默寡言。第二天我连忙进城去看望阿丽娅，找到她的病室，同房的少数民族女病号都对我投以好奇的目光，我顾不上与她们寒暄，直奔阿丽娅的病榻而去。天啊，阿丽娅已经变成了一个骨瘦如柴的老太婆，头发都变成了灰白色了，嘴角与脖子，更是干瘪得可怕，住院一个月，她老了三十年，我也无法不确信她已经走到她生命的尽头了。我的感觉与其说是来看望病人，不如说是来与遗体告别，我只有默哀的分儿了。而马尔克虽然愁眉双锁，气色也不好，但整个说来，从外表上看像是她的儿子。只有阿丽娅的眼睛，那长长的、有着神秘的淡灰色眼珠的眼睛，仍然是美丽的、深情的，即使在往后看到的各式各样的电影特写镜头上，我也没见过这样深情的眼睛。看来，她的最后的生命之火，只够照亮那一双淡灰色的眼珠了。

我和病人只交换了极简短的几个字。"请放心，我会办的。"我说。"谢——"她说。"别多想，休息吧，会好的。"我又说。"我什么也不想了。"她说，并且闭上了眼睛。马尔克对我说："昨天她与桑妮亚说话太多了，今天病情又恶化了。"

我告辞，先找内科主任问了一下阿丽娅的病情，内科主任认为确是肝癌，但这个医院没有专门的肿瘤科，因此按惯例她建议病人去乌鲁木齐转院治疗。当然，同时她也对病人的康复不抱希望。然后，我把马尔克叫到了楼下，马尔克先告诉我他的房子已经脱手，明天就可以拿到钱。他还有一点值钱的东西，包括他的俄罗斯母亲留给他的一条金项链，还有我看见过的几件铜器，他准备变卖。他已托买过他的摇床的民航站营业处的营业员买飞机票，争取乘下次班机去乌鲁木齐。

"当然，看到阿丽娅病成这个样子，我也很难过，不过你还要为以后的生活着想……"我开口，想执行我的游说的任务。

"瞎说！如果阿丽娅没有了，还有什么'以后的生活'！"这个健壮的大汉当着来来往往看门诊的病人及家属，呜呜地哭起来了。

"我听说，阿丽娅的心愿是，以后，爱莉……"

马尔克一下子抓住了我的左手手腕，他的蓝眼珠像两个死死的玻璃球：
"去！离我远一点！如果你不是老王，我会扭断你的胳臂，割下你的舌头！"
然后他松开了手，自己打起自己来，把我吓坏了。

后来我们两个人都沉默了。"那就去治一治吧，愿胡大保佑她。"我这个
虽然受委屈、但毕竟是从少年时代便信仰马克思主义并成为共产党人的无神
论者，向一个并非真正的穆斯林的穆斯林说了一次"胡大"，而且，我当真盼
望奇迹的出现，也许阿丽娅的病真能治好吧？

我知道农村换粮票手续繁杂，便把我身上带的粮票全部给了他，他没有
道谢，默默地回身走了。

一九八一年重访毛拉圩孜公社的时候，我坐在伊宁市委派给我临时用的
一辆吉普车里，沿着白杨成林的伊乌公路向毛拉圩孜公社驶去。路过原兵团
农四师工程处加油站时，我看见一个蓄着长须、戴着小白帽、穿着无扣的长
裕祥的高大的维吾尔人骑着驴迎面而来，毛驴是那样矮小，而他自己的两腿
是那样长，骑在驴背上的他，腿是耷拉在地面上的。他的形象使我觉得十分
面熟，却又想不起是谁来。伊犁这个地方比较开化，又长期受苏联的影响，
即使在六十年代，也少有像喀什噶尔那样戴小帽和穿裕祥的人，骑毛驴的也
只限于老人，而且主要是喀什噶尔的移民。到八十年代，自行车、的确良大
普及，穿牛仔裤戴太阳镜的青年也到处可见，骑毛驴的人绝无仅有，因此，
我在吉普车与毛驴瞬间交错时取得的印象使我心头一动。

在公社住下来以后我了解到，阿丽娅在乌鲁木齐鲤鱼山下的医学院医院
住了七个月的院——她的生命力还是相当顽强的，一九七一年初死去了，就
埋在乌鲁木齐东郊。直到一九七四年夏天，马尔克才回到他已无家可归的毛
拉圩孜公社，其时我已经彻底离开伊犁了。马尔克回来的时候蓄起了长须，
有时戴着纯白的小帽，有时缠着色来（缠头巾），还带回了一匹毛驴，俨然
南疆阿訇的风度。他从队部借了一间房子住，照旧做他的木匠活，与世无争，
话很少，也没有任何傻气。现在没有任何人叫他"马尔克傻郎"了，相反，
尊称他为"马尔克阿凡提"（阿凡提本意是"先生"）。

人们告诉我，他刚刚应邀动身到县里去，为县俱乐部做一批木器活。我
惊叫起来，原来我在吉普车上看到的那位骑毛驴的大汉就是他呀！"他什么

时候回来？"我问。"至少两个月。"人们答。呜呼，缘悭一面，乃至于斯！

最令人沉重的还是爱莉曼的命运。她离开了父母，顶住了一切舆论压力，等待马尔克一直等到了一九七四年。马尔克流浪归来之后，她去找马尔克，要求嫁给他，再次遭到冷冰冰的拒绝。爱莉曼一怒之下嫁给了阿卜杜拉赫曼裁缝。

我无法相信自己的耳朵，然而人们告诉我这的确是事实。一九七三年，老裁缝与自己的不知是第几个妻子、喜欢光脚丫走路的玛渥丽妲再次离婚了，而且是他相中了爱莉曼，早就派人去说媒了。

"阿卜杜拉赫曼还没有死？"我不合礼仪地问，我想起老裁缝那副肺痨三期的样子来了。"老头结实着呢，一个又一个地专娶年轻丫头！"乡亲们告诉我。

是的，在公社逗留期间，我见到这位老裁缝两次，他还是那副躬腰曲背的样子。没有也不可能变得更年轻，但确实也并没有怎么显老，和十几年前比几乎没有多大区别。我惊叹，他可真有一股子蔫乎劲儿。

我很想去看望一下爱莉曼，却又觉得有诸多不便，便终于没有去看她。

1984 年 3 月

杂色

对严冬的回顾，不也正是春的赞歌吗？

这大概是这个公社的革命委员会的马厩里最寒碜的一匹马了。瞧它这个样儿吧：灰中夹杂着白，甚至还有一点褐黑的杂色，无人修剪、因而过长而且蓬草般地杂乱的鬃毛。磨烂了的、显出污黑的、令人厌恶的血迹和伤斑的脊梁。肚皮上一道道丑陋的血管，臀部的深重、粗笨因而显得格外残酷的烙印……尤其是挂在柱子上的、属于它的那副肮脏、破烂、沾满了泥巴和枯草的鞍子——胡大呀，这难道能够叫作鞍子吗？即使你肯拿出五块钱做报酬，你也难得找到一个男孩子愿意为你把它拿走，抛到吉尔格朗山谷里去的。鞍子已经拿不成个儿了，说不定谁的手指一碰，它就会变成一洼水、一摊泥或者一缕灰烟呢。

"又有什么办法呢？武大郎玩夜猫，什么人玩什么鸟嘛。跛驴配瞎磨，一对糟烂货噢。什么人骑什么马，什么马配什么鞍子，这不也是理所应该吗？"曹千里含笑自言自语着，又像是与这匹可怜的老马搭讪着，立在灰杂色马的近旁，拍一拍它的脖颈，又亲昵而且友好地在它的颧骨和腮上为它搔搔痒、顺顺毛。这是何等的恩典哟，换一匹别的马，一准会因为舒服和感激而摇起尾巴、晃起脑袋来的，有的马还会主动地把脸凑近你，在你的手掌上蹭过来，蹭过去，这样的马可真会拍马——不，应该叫作拍人了吧？这是讨人欢喜的啊。

然而老马一动也不动，包括眼神。老马的眼珠子叫人想起年久污浊的两块表蒙子。难道对于它来说，抚摸和鞭打就没有什么两样吗？它可不像那匹枣红马，枣红马只有三岁口，当你骑上的时候，哪怕无意中你的皮靴后跟碰到了它的肚子，它就会马上一个激灵，一个飞跃。如果你竟敢用鞭杆戳一下它的屁股呢，它会一蹦一蹿，一冲就是一百米，把你甩到山坡上。而如果你爱抚它，亲热它，摩挲它呢，它就会得意洋洋，昂首阔步，引颈长嘶的……那么，再设想一下，如果你干脆给它一鞭子呢？当然，谁也不会有这个胆量，可是假使你硬是把它打了呢？它会抖擞红鬃，腾空而起，化作神龙吗？它会疼痛愤怒、狼奔豕突，复归山林吗？它会横冲直撞、歇斯底里，最后跌一个粉身碎骨吗？如果，它既没有化作神龙，也没有复归山林，又没有粉身碎骨，那么鞭打一次它就会迟钝一次的吧？那么，皮鞭再乘上岁月，总有一天枣红马也会像这一匹灰杂色的老马一样，萧萧然，噩噩然，吉凶不避，宠辱无惊的吧？

所以，大家都说骑这一匹灰杂色的老马最安全。是啊，当它失去了一切的时候，它却得到了安全。而有了安全就会有一切，没有了安全一切就变成了零。这可真是颠扑不破的金玉良言噢！曹千里一眼，微微一笑，摇一摇头，深深地吐了一口气，用力地又吸了一口气。经过这么一番自创的"气功"动作之后，他的自我感觉似乎颇有改善，觉得清爽了许多，而周围的一切，包括这匹老马和它的鞍子，也变得可以过得去，可以凑合，也还不赖了。

空气清凉，干草味儿和马粪味儿再加上炊烟味儿，令人依依。天已经大亮了，那个曾经带来自己的遥远的慰藉的残月正在失去自己的形体。月光是温顺的，昨夜，在月光下一切都变得模糊、含混因而接近起来，但是此刻，蓝晶晶的天空和红通通的太阳又把这个世界的所有的成就和缺陷清理出来、雕刻出来、凸现出来了。从马厩向外望去，干打垒的土墙东倒西歪，接头处裂出了愈来愈宽的缝子，有的缝子里已经长出了耐旱的、多刺的植物了——多可惜，扎根扎错了地方，生命力再强也难以成材！到处是牲畜的、人的粪便以及由于饲养人员管理不善而散落的草料，还有丢弃不用了的废木轮、绳子头、皮条、古老而又笨拙的马食槽子……至于把地上的这些乱七八糟的东西融合起来，统一起来的则是"五行"中最伟大的一"行"——土。在这个终年少雨的地方，到处是飞扬的尘土。特别是在饲养牲口的地方，地面被各种铁掌和肉蹄踩踏得松松软软，好像是铺上了厚厚的一层面粉，如果你走在上面，尘土会淹没你的脚脖子，而你的背后，则是一缕尘烟。而如果你往这样的地面上泼下一桶水呢，水立时就无影无踪，只是每一粒水珠都会砸下一个五寸深的小坑，好像霎时间出现了一个麻脸，然后一阵风过去，小坑不见了，铺在地上的，仍然只有柔软松泛的面粉一样的土。

就是这样一个地方，它美么？很难说它美。然而现在是清晨，是一天的最好的时光。清晨，从马厩的破屋顶边斜着望上去，可以看到几簇颤抖着的树叶，厚重的尘土遮盖不住它的绿色的生机。

　　要是曹千里早一点出来就好了，但他起床以后只顾了喝奶茶，竟喝了半个多钟点。虽然曹千里来这个公社只有三年，但他处处学着本地人的生活方式，本地人的语言、本地人的饮食。他模模糊糊地觉到，这种本地化的努力不但是改造的一个重要方面，而且是适应、生存、平衡的必需，甚至是尽可能多地获得生活乐趣的最主要的途径。他喝完了一碗奶茶以后，又把烤得黄里透红的油光光的馕饼掰成了碎块儿，一口一口地咂起馕饼的滋味来。馕吃多了口干，更想喝茶，茶喝多了潒里咣当，就更想吃馕。于是，他又加吃了一碗奶茶和几块干馕。这第二碗奶茶已经不是为了充饥，而是为了享乐了，这也可以叫作为喝奶茶而喝奶茶，为吃馕而吃馕，为艺术而艺术以及什么为活着而活着吧？

　　在淋漓大汗地喝了三大碗奶茶以后，曹千里来到马厩鞴马。他骑马去做什么，这是并不重要的，无非是去统计一个什么数字之类，吸引他的倒是骑马到夏牧场去本身。这是不是和伯恩施坦的鬼话有点相像呢？去它的。他不无兴致地来到马厩之后，懒洋洋的饲养员哈森巴依含混地向他问了好，说了几个字。曹千里心里有数，以他的地位他不可能有更好的马用，以他的骑技他也不敢问津，例如那一匹枣红马。无庸置疑，他走到他的老搭档——灰杂色马的身旁，为它搔着痒痒，觉得倒也是知足者常乐。混吧，凑合吧，怎么还混不到天黑？干什么还不是挣钱养家？骑什么马还不是迈一步再迈一步？比上不足比下有余，这也是命，好死不如赖活着，赖马也比好人走得快……近年来，有那么一些本地人爱说的这些话他已经愈听愈多，愈记愈多了。这些好像有点落后的话也有好的一面，至少没有野心家的味道，没有个人英雄主义和向上爬的思想。他自以为，他已经像接受奶茶和馕、接受当地的少数民族的语言一样，接受了这种与世无争、心平气和、谦逊克制的生活哲学了。他自以为真诚地时时这样疏导着自己，安慰着自己，平衡着自己。但是，当他动手去拿起千疮百孔的鞍子的时候，他一眼瞥到了老马的脊梁上的血疤，一阵心痛使他的血往上涌了，他用当地的粗话骂了一句。世界上难道还有这样的鞍子吗？难道能够这样对待这样一匹马吗？即使对待一只老鼠也不能这样嘛，如果你竟然有时还要骑一下老鼠的话。这样的鞍子实在是对马的折磨，也是对骑这样的马的人的糟蹋！要知道，山里人是根据鞍子而不是根据服装来判断骑马者的社会地位的呀！如果鞍子坏成了这样，连换都不换，连修都不修，那么，为什么不把马宰掉吃肉呢？嗖的一声拔出刀子，向上苍喊一声"比斯敏拉——"（以真主的名义），然后白刀子进，红刀子出，热血喷溅它一大片地面，招惹来一群嗜血的乌鸦……那不也是马的正当出路吗？何况剥下皮来，买一斤酒一斤包谷面，加上硝，加上碱，鞣好了，卖到外贸收购站，每张两块一毛七分五呢！

全都乱了，全都忘了，全都顾不上了，除了权和线，线和权，夺，反夺，反反夺，反反反夺和最最最最以外，谁能顾得上别的事情呢？谁能顾得上一匹马和它的鞍子呢？难道这个鞍子坏了会影响权和线吗？难道死一匹马有什么值得大惊小怪的吗？何况灰杂马并没有死，它活着呢！

算了，算了，难道我管得了这么多吗？与其发牢骚，为什么你不去修一修这个鞍具，或者制造一副新鞍具呢？我不会。不会你废什么话？你不过是一个五谷不分、四体不勤的空谈者，没说你是寄生虫还便宜了你。难道你有责任或者有能耐去发愁、去头疼、去生气、去发议论吗？你埋怨哈森巴依吗？这位老饲养员到了夏天还脱不下冬天穿上的破棉袄呢，你为什么不把你身上穿的蓝华达呢干部服脱下来送给他呢？你是一只多么渺小的蚂蚁啊！

当曹千里拼命地贬低自己，把自己想得、说得既渺小又卑贱的时候，他的脸上会不由自主地焕发出一种闪光的笑容，虽然闹不清这笑容是由于自满自足还是自嘲自讽。他甚至于有一点快活了，挖苦自己——如果挖苦得俏皮的话——不是比挖苦别人更多乐趣而更少风险吗？

他学着当地的某些带几分流里流气的青年人的样，眯起了一只眼睛，摇晃着上身，东张西望。

他在寻找一块破毡片，可这儿哪儿有破毡片呢？失望之中……有了，他大步跨去，走到一把丢在墙角的铡刀旁边。这把铡刀大概从一九六六年的夏天就再也没有人用过了。一九六五年"四清"的时候，推广过细草精养。可等到一九六六年的伟大运动一发生，一乱，不知怎么的哈森巴依便恢复了旧制，懒办法，抓起一捆苜蓿，连腰子都不解开，远远向牲口一抛，哎，萨拉姆，齐啦。被霉锈吞噬着锋芒，默默地闲置着、消耗着自己的钢质的铡刀，扭扭曲曲地斜躺在尘埃和草叶里。看它那个窝囊样子，你能想到它昔日的威风和锐利吗？你能想到它"刷"的一下，把一切都拦腰斩断、切个整整齐齐的嘎嘣利落的气概吗？唉，唉，就是孙悟空的如意金箍棒搁久了不用，也会变成废铁的啊！

但他不是来凭吊铡刀的。天若有情天亦老，人间正道是沧桑，谁知道铡刀的被买来和被遗忘是否一种天经地义的"正道"呢？反正铡刀下面还铺着一小块毡子，这是当年续草的人用它来垫地的。正是这块毡子引来了曹千里。他走过来，抻开毡子，连土也不抖落，用一种毫不怜惜的蛮横动作撕下了毡子的一角，再回到老马的身边，用这一角毡子盖到了马背的伤疤上，最后放上了那破烂不堪的鞍子。

曹千里把灰杂色马牵出了马号大院，不过他好像不好意思马上鞴鞍和骑上，却陪着灰杂色马漫步向村口走去。走了一百多米，他觉得双方感情更融洽了，气氛也更自然了，他才拍了拍马背，灰杂色马立刻驯服地停下了懒洋洋的步子，漠然地任曹千里紧肚带和顺后鞭。他理好了脚镫，又用皮绳把一件破棉袄绑在鞍后马胯骨上，轮到上嚼环的时候却有点犯起犹豫来！难道这样的马还需要勒嚼子吗？当然，呆会儿要走汽车拖拉机来来往往的公路，还要走狭窄崎岖的山径，以他的骑技来说，放松控制是危险的。而且按照本地人的说法，"越是老实的马越拧"，老实马拧起来比调皮的枣红马顽固得多，强有力得多，因为老实马也像老实人一样，有一个致命的弱点：心眼儿死。但他还是下定了决心：不戴嚼子！哪怕是对一匹在名单上排在末尾的、姥姥不疼、舅舅不爱的老瘦马，如果他能给予它一点破例的关怀，如果他有权表现一点点宽容，如果他有可能减轻一点它的无边无涯的痛苦，那也是十分令人安慰的啊！

"唉，我的朋友！唉，我的伙计！哈，你这一匹像老鼠一样胆怯，像蚂蚁一样微小，像泥塑木雕一样麻木不仁的马呀！"曹千里自言自语着，又对马絮叨着，啰嗦了半天，最后还是骑到马背上了——马总是要被人骑的嘛，这又有什么法子呢？马若无其事地迈动了它的不紧不慢的步子。曹千里的心里充溢着那么多的对马的同情，对马的怜悯，对马的爱，以至于马的蹄子每举一下，耳朵每抖一下，脊骨每动弹一下，臀部每扭一下，肚皮每收缩一下，包括老马的巨大的鼻孔每张一下、喷一下，曹千里本人的四肢、耳朵、脊背、臀、肚子乃至鼻孔也都跟随着进行同样的运动。他的每一部分器官，每一部分肌肉，都体验到了同样的力量，同样的紧张，同样的亢奋，同样的疲劳与同样的痛楚……也许，并不是他骑着马，而是马骑着他吧？也许，那迈开四蹄，在干燥的灰土和坚硬滚烫的石子上艰难地负重行进的，正是他曹千里自己吧？

好了，现在让曹千里和灰杂色马蹒蹒跚跚地走他们的路去吧。让聪明的读者和绝不会比读者更不聪明的批评家去分析这匹马的形象是不是不如人的形象鲜明而人的形象是不是不如马的形象典型以及关于马的臀部和人的面部的描写是否完整、是否体现了主流与本质、是否具有象征的意味、是否微言大义、是否情景交融、寓情于景、一切景语皆情语、恰似"僧敲月下门""红杏枝头春意闹"和"春风又绿江南岸"去吧。让什么如果是意识流的写法作者就应该从故事里消失、如果不是意识流的写法第一场挂在墙上的枪到第四场就应该打响，还有什么写了心理活动就违背了中国气派和群众的喜闻乐见、就是走向了腐朽没落的小众化，或者越朦胧越好、越切割细碎、越乱成一团越好以及什么此风不可长、一代新潮不可不长的种种高妙的见解也尽情发表以资澄清去吧。然后，让我们静下来找个机会听一听对于曹千里的简历、政历与要害情况的扼要的介绍。

姓名：曹千里；现名、曾用名，同上。男。一九三一年十二月二十七日晨三点四十二分生于Ａ省Ｂ专区Ｃ县Ｄ村。家庭出身：小土地出租者，父亲是老中医，母亲读书识字。（是否漏划地主？）本人成分：学生。现在文化程度：大学，书读得愈多愈蠢。汉族。行政二十三级。

一寸半身免冠照片。身高一米七二。体重五十六公斤——显然不胖。发色：黑，但已有白发十四至十六根。发型：没有及时修剪的平头，由其配偶不时用自备的推子试验整修。

面貌特征：无福的面孔，上宽下窄，后脑像长茄子。左眼比右眼略大，鼻子周正而且轮廓鲜明（唯一可取，但须注意不可因此自傲自满）。嘴大小尚一般，但笑得厉害或哀得无泪的时候嘴角略歪。

表情分类。一、通常型：谦卑，带笑，随和，漠然中仍然包藏着某种自恃。自负躲在谦卑后面，好像星星躲避在薄云的后面。二、思索型：他时有思索，并不一定必须在夜静更深之时、明窗净几之处、焚香沐浴之后。有时他正在和你说笑，正在斟酒猜拳，正在吃饭拉屎……突然，他两眼发直，对周围的一切失去了反应，又似傻呆，又似悲哀，又似苍老——皱纹刹那间布满了全脸，除去下巴依旧光滑；然后又似热情，呆滞的目光中有光、有火、有浩然之气。这种表情往往是转瞬即逝的，别人难以察觉，察觉了也可能以为他是偶犯疝气。三、快乐型或游戏型：多半是在喝了酒、吃了肉之后，天真、幽默、达观、自满自足、饶舌、欢蹦乱跳，如齐白石老人笔下的小鱼小虾。

一九三一年十二月至一九三三年二月，该曹在乃母怀里吃奶，在炕上爬，并学叫"爹""妈"，学用手指在空中抓挠和用腿下蹬，学伸直脖子、伸直腰、伸直腿、站起来和走路。已经因为好无缘无故地哭而多次受到劝告、警告和打屁股处分。

一九三三年二月至一九三六年九月，在家赋闲。

一九三六年九月至一九四一年九月，不满五周岁即上小学，泡在资产阶级教育的染缸里，开始受到个人主义、个人英雄主义、名利思想、向上爬思想、白专道路思想等等的熏陶。

一九四一年九月至一九四四年九月，该曹随父、母迁至天津，并于一九四一年跳班考入初中，初时喜爱数学，后突然迷上了音乐，曾尝试作曲给同学演唱，曲词均不健康，有"青春一去不复返"之句，违背了永葆革命青春之指示。一九四四年九月，考入音乐专科学校附属中学。本来考入这个学校只需小学毕业程度，但该曹为了以音乐为途径出人头地，不顾自己已读完初中课程，降级考入音专附中，利欲熏心，司马昭之心，路人皆知。

一九四四年九月至一九四六年九月，随着日本投降后国际、国内形势的变化，开始注意政治，参加反美反蒋的学生运动，成为学生自治会的活跃分子，开始混入革命队伍。

一九四六年九月至一九四八年十一月，在音专附中，曾因在新年联欢会上演唱《兄妹开荒》与《十二把镰刀》被国民党特务机关逮捕，据查尚无动摇叛变自首表现，但不排除今后深入清理中确证其为叛徒的可能性。

一九四八年十一月，解放后即转为新民主主义青年团员，并参加南下工作团，至湖北做经济工作。一九五一年终因不安心经济工作和与领导吵架，开小差跑回天津，并因而按自动脱团处理，脱离了革命队伍。

一九五二年考入中央音乐学院，在音乐方面颇有资产阶级才能。所作曲子数度在该院举办的音乐会上上演，日益走上无标题的牙（疑是邪之误）路。一九五五年因读路翎等人的书而受到审查教育。

一九五七年在反右运动中定为"中右"，写检讨七十九页，态度尚好。自音乐学院毕业后分配至郊区一中学任音乐教师。一九五八年扫"五气"中，一度被称为应该拔掉的"白旗"，旋即纠正。大跃进中曾写《抗旱歌》《誓叫荒山变果园》《我就是龙王》等歌曲，并被文艺黑线所赏识。一九六○年该曹出于个人目的自愿申请支援边疆，遂调至边疆 W 市郊区某文化馆。一九六一年因不尊重该文化馆领导被批判。一九六二年精简人事时该曹又自愿申请去小学任音乐、图画、体育和珠算教员。一九六四年"四清"中因家庭成分问题受审查，一九六五年又调往 Y 自治州 Z 市任小学教员。一九六六年被英姿飒爽、屹立在东方地平线上的革命小将们揪出，任老牌牛鬼蛇神。旋即在批判资产阶级反动路线时被平反。该曹一度参加造反队，并贴出了《我也要革命！》《我要自己解放自己》等大字报，不久，变成了逍遥派。一九七○年，在"一打三反"与"清队"中再受审查，其结论摘要如下：

"虽有反动思想，尚无反革命行为。实属没有改造好的资产阶级知识分子，但主要仍是世界观问题。不过在运动中态度不好，没有主动地交代与检查自己的问题，尤其是拒不揭发他人的问题，但民愤不大。结论：不适于在上层建筑——无产阶级专政的工具中工作，应予调出。"

一九七一年调往 D 县待分配，四个月后分至 Q 公社插队劳动。

一九七三年就地分配至公社任文书、统计员，至今。

今是什么？

今天是一九七四年七月四日，曹千里现年四十三岁六个月零八天又五个小时四十二分。

哦，曹千里，这又有什么办法呢？他曾经热情而又单纯，聪明而又自信，任性、漫不经心，却又像一个乐观的孩子。他从来不考虑后果，想怎么说就怎么说，想怎么做就怎么做，甚至在他"开小差""自动脱团"以后，他仍然觉得自己有理，觉得自己照样可以为革命做出贡献……"原来是我错了呵！"后来他认识到了，是五年以后。然后他再毫不考虑地做第二件错事，五年之内仍然不认错……他哪里知道，他将要为他的这种性格付出什么样的代价呢？

甚至直到今天，当别人问到他的经历的时候，他还要强调说："我是自愿到边疆来的"，"我是自愿到基层来的"。他甚至感到奇怪，为什么人们要用异样的眼光看着他，要用异样的表情听他叙述自己的经历呢？他的经历里，到底有什么可悲、可笑、可耻的东西呢？不是都说到边疆去光荣，到基层去光荣，和劳动人民生活在一起其乐也无穷、大道闪金光、灿烂又辉煌吗？

而且，他又偏偏碰上了这样一匹马！马呀，我对你的好心，你就一点也觉察不到吗？马的规矩，你就一点也不知道吗？如果你正在行走，如果你正在使役，如果你正在拉犁、挽车、驮人，那么，当你小便的时候你是可以停一停的，古往今来，不光是马，而且包括牛、驴、骡，哪有拉一粒粪蛋就停一次的呢？可你……是衰老吗？是孱弱吗？是怨忿吗？是懒惰吗？你现在是怎样地走走停停，停停走走，走中屡停，停多于走噢！

可曹千里又不愿意举起鞭子。放下了鞭子的骑手是软弱的，软弱的骑手要受软弱的马的欺负……这也是活该吧？

终于，他们走近塔尔河了。这河道一年中有大半年是干涸的，是什么都没有的，而现在，却正是它的黄金季节。雪水从高山上融化流泻而下，清凉，干净，急匆匆地冲着沙子，裹着草叶，叫着，跳着，撞着石头，扬起明明灭灭的浪花，展现着一条浩浩荡荡的河流的满溢的鲜活和强力，使得一望无际的灰蒙蒙的戈壁滩也喧闹起来，颤动起来了。谁知道在冷静的、沉默的石头们中间，正蕴藏着、运行着一种什么样的野性的力量呢？曹千里好像振奋了一下，老马已经深一脚、浅一脚地踏到河水里去了。只是到了水流当中以后，你才感觉到这流水有多么迅速，多么威严，多么滔滔不绝，势不可当。河水轰轰、沙沙、嘘嘘地作响，这响声充塞于寥廓的天与地之间，已经成为此时此地的惊心动魄的大自然的主旋律。老马摇晃了一下，曹千里并没有感到紧张，他又不是第一次见这河，他又不是第一次骑马过这河，但他仍然像第一次过这河一样不解地思考着同一个问题，这条河究竟在这里奔流了多少年了呢？有多少气势，多少力量，多少波涛多少浪头就这样白白地消逝在干枯的石头里呢？既没有灌溉的益处，更谈不上提供舟楫的便利，这原始的、仍然处在荒漠的襁褓里的河！你什么时候发挥出你的作用，唱出一首新歌呢？这随着季节而变化的、脾气暴躁却又永不衰老、永不停顿的河！你的耐性又能再保持多久呢？

头上是高高的、没有阴云和烟霭遮拦的白热的太阳。四周是石和沙，沙和土，土和石，稀稀落落的墨绿色的骆驼刺和芨芨草。圆圆的天和圆圆的地，一条季节河，一匹马和一个人，这究竟是什么年代？这究竟是地球的哪个角落？文明和堕落，繁荣和萎靡，革命和动乱，正义和阴谋，标语和口号，交响乐和奏鸣曲，所有的这一切又都在哪里？在这个从洪荒时代起就是这样的地方，你又将怎样思想人生和社会上的这些麻烦和乐趣呢？

然而马怎么了？它要喝水？那就请喝吧，请。曹千里放开缰绳。老马伸开了脖子了，它的嘴已经够到水了，但它的脖子还是拼命向前延伸。它的脖子本来就长，这下子就更长了，长得已经不像一匹马，而像一种丑陋的怪物了。可这使曹千里真的有点紧张了，他觉得自己的重心也在往前倾，而前边又是无依无靠，既抓不住鬃毛又不能搂住马脖子了。于是，他夹紧了双腿，难挨地等待着老马快快把水喝完。然而马却偏偏不喝了，它伸着、探着脖子挪动了步子。难道这同一条河里的水还有什么需要选择的吗？这匹该死的马究竟嗅个什么劲儿呢？难道每一朵浪花还都有各自不同的气味吗？扑哧，马脚往前一陷，曹千里往前一晃，差点没有喊出声来，这不是成心要把你甩到水流里去吗？这究竟是安的什么心？只要掉下去就没命，水不算深，却非常急，掉下去就会冲个没影儿。水在曹千里身下流得愈加快了，浪花戏弄着、变化着耀眼的阳光，使人有点晕眩。曹千里已经决心勒紧缰绳和踢马肚子，驱赶它快一点离开这个不把牢的地方了，眼角一窥却看到了远方的雪山。雪山好像在笑他的沉不住气，雪山在阳光下发出一种青蓝色的光。曹千里终于克制住了自己，而且觉得自己未免有点可笑。喝吧，马，你就喝吧，你还要走很远很远的路，你还要驮着一个无用人的身躯，如果你借着喝水的机会想放松一下自己，想偷一下懒、趁机忘却一下背上的伤疤、忘却一下你的并不美好的生活，这不也是值得同情、在所难免的吗？喝吧，咱们试试谁更有耐心吧。

　　当曹千里确定了这样的认识和这样的态度以后，他就不再害怕了。天塌不下来。即使从马上落到水里，地球也照样转，这是多么透彻，真可以说是大彻大悟的真理哟！他不再觉得时间过得慢，不再觉得马喝水的声音在折磨着自己的神经了。当马喝足了水，喜悦地打了两个响鼻，抖了抖鬃，甚至试探地发出了半声嘶鸣（不知为什么刚出声就哑了回去）的时候，曹千里更是喜出望外了！看啊，它还棒着呢！

　　马的步子迈动得似乎略略轻快了些。不大的工夫，他们就进入了路边的最后一个农业村落了。这个村落的名称叫作"补锅匠"村，其实，现在这里并没有什么特别的需要补的锅和善于补锅的工匠。谁知道几百年甚至是更长的时间以前这里为什么会因为补锅而名扬遐迩呢？那时的锅，也是四只耳朵[①]

---

① 维吾尔谚语，"走到哪里锅也是四只耳朵"，犹言"天下老鸦一般黑"。

吗？现在的锅和那时的锅、现在的补锅技术和那时的补锅技术相比，有什么大的变化吗？

　　还没进村，就看到渠水了。渠埂子上长满了杂草。大渠横在道路中间，只有那种原始的木制高轮大车才走得过。开始出现了低矮的土房子，长长短短的小烟囱，葡萄架，瓜棚，高耸的青杨树。有两只家燕在低飞，根本不避人。迎面有一堆孩子，原来他们正在围观两只正在斗架的公鸡。一只鸡是灰白芦花鸡，个儿比较大，歪着僵硬的脖子用一只眼瞪着另一只羽毛金红的、显得有点高贵和幼稚的小公鸡。两只鸡开始跳了，争着去占领俯冲的有利高度，孩子们喊叫起来。公鸡胜负未分，又有两只鸭子从渠水里游了过来，好像它们也要参加观战似的。传来了母鸡下蛋以后的咯咯咯的声音，一两声遥远的、兴致不大的狗吠和突然响起来的、吓人一跳的公驴的粗野鄙陋的叫声。一个拖着鼻涕的、浑身上下光光溜溜而又披满尘土的孩子拿着一角馕饼摇摇摆摆地走了过来，他不顾互相啄住对方的冠子不放的公鸡，却紧紧地盯着曹千里和他的马……

　　这幅虽然不那么富足，但仍然是亲切暖人的、和平而又快乐的图画使曹千里如释重负。不论有多少恼人的思绪，一到村里来，也就没有了。

　　曹千里笑着来到了供销社门市部门前。这个门市部的伸向两面的围墙和它的高高的门面上都用黄底红字写满了语录。以至于曹千里拴马的时候不得不把缰绳收得很短很短，他很怕这匹麻木不仁的马不在意碰了某个金光闪闪的大字。拴好马，他快步走上高台阶。当他走进门市部以后，暗淡的光线使他一时几乎丧失了视觉。这可真有意思，卖货的商店却搞得黑咕隆咚，黑咕隆咚的环境使人感觉好像走入了地下室，倒是挺凉快。曹千里嗅见了乡村供销点特有的煤油夹杂着烟草屑，散装白酒夹杂着不太新鲜的米醋，肥皂、香皂夹杂着布匹的染料的混合的气味。这种气味是属于一个特殊的世界，属于农村的最富裕、最闲散也最消息灵通的商业和交际的中心的。慢慢地，曹千里看得清楚一些了，很大的铺面，很大、很宽、很高的柜台，使每个顾客都觉得自己长得未免太矮小。高大的货架子上空荡荡的，商品没有摆满，装潢和色彩都相当暗淡。几年来，新的名词，新的口号，敲锣打鼓迎来的新的"喜讯"愈来愈多，商店货架子上的东西却愈来愈少了。他扫了一眼，发现某些农牧区特别需要的商品——电池、砖茶、莫合烟、条绒布、蜡烛、马灯、套鞋、短刀……倒还不少，至少比在县城的和公社的门市部为多。人民的购买力确实是提高了，人口确实是增加了，这也是无可辩驳的事实啊！

一个三十多岁的维吾尔族女售货员正在收购一个孩子的鸡蛋，她收下一个蛋，给了孩子五块不包纸的、廉价的水果糖。在这里，鸡蛋好像起着货币的流通作用，当人们需要买什么东西的时候，就从家里拿出几个鸡蛋来。孩子走了，曹千里走近女售货员，他看到了她戴着的绿底小白花点的尼龙纱巾，她的这条薄薄的纱巾比她的店铺里的一切商品都更加鲜艳辉煌，显然，这不是当地的产品，而是她托人从上海或者广州带过来的。头巾下面，同样引人注目的是两道弯弯的、墨绿色的、用"奥斯曼"草染过的眉毛，这两道眉毛使曹千里蓦然心动，这里简直是世外桃源！难道大吵大喊的浪潮就冲不掉这眉毛的深色吗？还有含笑的眼睛，还有布着细小的、可笑的纹路的玲珑的鼻子……真像是看到了昨日的梦里的一朵玫瑰……

所有这些感想不过是转瞬即逝。然后他问明了鸡蛋的收、售价钱。他确信，这里的鸡蛋实在是太便宜了，他打算回程的时候带一些蛋回去，有了蛋也就有了营养，有了健康和幸福，谁说在下面工作不好呢？谁说那匹老马不好呢？如果是那匹枣红马，不把你带的蛋全都磕出黄子来才怪。

曹千里买了一块钱的水果糖和一块钱的莫合烟丝。这才是他在这里下马的目的。作为进山三四天送给你准备叨扰的哈萨克牧人的礼物，这已经是足够的了。

当女售货员把两个用旧报纸包的圆锥形的包包（真奇怪，在这里，不论卖什么东西，不论是茶叶还是铁钉，都不包那种四折的方包，而是包装成一个上圆下尖的漏斗式的样子）递给曹千里的时候，谁知道在曹千里的意识里有没有天津的繁华的劝业场和北京的堂皇的百货大楼一闪而过呢？"不。"曹千里说。他不承认。那么，请问，当他现在只是在电影上才能看到北京的王府井大街和天津的工人文化宫的时候，当他在麦场上，在草堆旁，甚至是在墙头上或者树杈上和各个少数民族的农牧民在一起，观看这遥远的、好像是幻境一样的不可捕捉、不可挽留的城市风光的时候，就没有些微的惆怅么？

但是——曹千里争辩说，我爱边疆。我爱这广阔、粗犷、强劲的生活。那些纤细，那些淡淡的哀愁，那些主题、副题、延伸、再现和变奏，那些忧郁的、神妙的、痴诚的如泣如诉的孤芳自赏与顾影自怜……以及往日的曹千里珍爱它们胜过自己的生命的一切，已经证明是不符合这个时代的要求的了。你生活在一个严峻的时代，你不仅应该有一双庄稼汉的手，一副庄稼汉的身躯，而且应该有一颗庄稼人的纯朴的，粗粗拉拉的，完全摒弃任何敏感和多情的心。在大时代，应该用钢铁铸造自己。所以要改造。所以叫作锻炼——既锻且炼。所以，曹千里继续发挥说，我爱这匹饱经沧桑的老马，远远胜过了爱惜一只鸣叫在春天的嫩柳枝头的黄鹂，远远超过了爱惜青年时代的自己。我爱这严冷的雪山、无垠的土地、坚硬的石头、滔滔的洪水，远远胜过留恋一架钢琴、一把小提琴、一个水银灯照得纤毫毕显的演奏舞台和一个气派非凡的交响乐队。

但是，你不是也爱这个售货员吗？她用奥斯曼草把眉毛染成了墨绿色，用凤仙花把指甲和手心染成了橙红，她说话的时候细声细气，她的耳朵上有代红宝石做的耳环，她习惯地吸吮一下娇小的鼻子，露出了鼻尖上的细小的、可笑的皱纹。当她把两个圆锥形的纸包递给你，又从你的手里接过去两张一元钱的纸币的时候，她向你笑了一下。如果不是在这个边远的少数民族地区，你能够看得到这样纯净的笑容么？

一九四四年，他十三岁的时候，突然被音乐征服了。新来的一位脸上有几粒小麻子、穿一身咖啡色旧西服的音乐教员，在周末组织了一次唱片欣赏会。孩子们听了《桑塔露琪亚》《我的太阳》，德沃夏克的《新世纪交响乐》第二乐章和柴可夫斯基的《第一弦乐四重奏》的第二乐章，还有李斯特的和肖邦的作品。那天晚上，他失眠了，他醉迷了，他发狂了。他从来没有听到过，没有想到过，在人们的沉重的灰色的生活里，还能出现一个如此不同的光明而又奇妙的世界。他从来不知道人们会想象出、创造出、奏出和发出这样优美、这样动人、这样绝顶清新而又结构井然的作品。他一晚上不睡，看着月亮，试着用自己的喉咙，用自己的发声器官来模拟这些音乐和歌曲，这些音乐和歌曲他只听了一遍，便已经滞留在他的心灵里了。然而不可能，他发出来的声音完全走了调儿，走了样儿。然后他又试图不出任何声音，只是用自己的耳朵，用自己的想象去捕捉那对旋律、对节奏、对强弱和音质的记忆，去捕捉那将会绕梁不止三日的余音，他希望在冥冥之中再为他自己演奏和演唱一遍他刚刚接受了的——敞开了孩子的心扉无保留地拥抱了和容纳了的歌曲和乐曲，他也失败了。原来他既没有记住，也模拟不出、想象不出这人类的情操与智慧的极致。

现在，在一九七四年，在曹千里已经年逾不惑的时候，他已经很少很少想到这些了。即使想起来，说起来，他也只是不好意思地、淡漠而又哀伤地一笑。他常常充满自嘲意味地说："那都是上辈子的事了……"他想起或者谈论起这些，就像是想起和谈论起另外一个人。在一个人的一生中，在方才四十多岁的年纪上，他的生活里就已经有了一个"上辈子"，他就已经能亲身体验到那种本来应该是用来验证轮回与转世的教义的所谓"隔世之感"，幸耶？不幸耶？令人叹息还是令人一笑？

后来，他成了学生运动的积极分子，成了青年团员，成了南下工作队的队员……而青年团，这是宣告新世纪的黎明的一声嘹亮纯净的圆号……他为什么不懂得珍惜这些呢？他为什么不知道自爱呢？他为什么那样散漫、那样轻狂、那样幼稚而且有那么多劣根性呢？多么迅速呀，这一切都像昙花一现一样，然后，就都成了"上辈子"的事了……他的命运的变化，开始是轻易的和急骤的，后来呢，发展却是缓慢的和漫长的，不知所终。要进行到底，要进行到底，你们要关心国家大事，要把无产阶级文化大革命进行到底……然而，你在哪儿呵，底？

他梦寐以求那伟大的崭新的乐章的开始，谁知道，他竟然是不属于这个乐章的，他是不被这个乐队所喜欢的……他是一把旧了的、断了好几根弦的提琴？他是一面破了洞、漏了气、煞风景、讨人嫌的鼓？抑或他只是落到清洁整齐的乐谱上的一滴墨、一滴污水？

二十多年了，他不断地盼望，不断地希求……然而，工宣队的一位可爱的师傅指着他说："像你这样，还不如吃饱了睡大觉，对人民的危害还少一点！谁让你领了国家发的工资去放毒？你吃着人民的，喝着人民的，却是一脑子的斯基还有什么芬，弄出来的音乐谁都不懂，吵得人脑子疼，害了青年一代，使国家变了颜色，破坏了……"

他非常歉疚。他呆若木鸡。为了使中国得到重生，为了使人类得到一条新的通向解放和幸福的道路，也为了使他自己变成新人，这一切代价都不算太高，不算太多。看看周围吧，田里、车间里、商店里、住房里、火车和汽车里，到处都是人。人，正常的、健康的、拥挤的和成群的人。在这么多人里，有哪一个傻瓜、哪一个吃错了药的精神病患者会为五条线上的几个小小的黑蝌蚪而发高烧呢？去它的吧，音乐！滚它的蛋吧，贝多芬和柴可夫斯基！贝多芬有什么了不起，他会唱样板戏吗？还有那个姓柴的，他是红五类？

于是他赞美火车的无数个钢轮碾过钢铁的轨道的时候发出的铿锵的声响，

他赞美当火车走出山洞、豁然开朗的时候汽笛所发出的激越的高音，赞美这向前、向前、只是不分昼夜地向前而把地上的一切无情地抛到远远的后面的决绝的行进。

然后，他的眼前没有火车了，他的所在地离铁路是一千公里，他拥有的是一匹疲倦的、对一切都丧失了兴趣的受了伤的马。

进山之前还有一段微乎其微的令人不快的插曲，这是因为一条瘦得让你可以数得出肋骨来的黑狗。在曹千里走出有着可爱的女售货员的供销社门市部，重新骑上马，向山脚方向走去，快要离开这个村落的时候，突然，从一座散了架的破木门后面，冲出来一条肮脏的黑狗。黑狗像发了疯一样连蹿带跳地扑向了曹千里和灰杂色马，而且发出了一种即使把别的狗吊起来用木棍挞伐也未必能发得出来的那样惨烈的叫声，这是一种变态的、非狗的、叫人听了四肢抽搐而且精神分裂的嗷嗷声，这声音和发声的本体像带着呼啸的肉弹一样射向了曹千里人和马，使曹千里觉得是挨了一刀。曹千里不是初次到牧区来，对追逐行进中的马、骆驼、驴以至自行车的无聊的狗儿们，他早已司空见惯。它们只是妒忌个儿比它们大，跑得又比它们耐久的动物，虚张声势，瞎咋呼一阵而已，没有哪匹马——包括那匹入世未深、性情冲动的枣红马——会睬它们的。狗儿们的汪汪的叫声甚至会使骑手们有点得意，有点威风，狗儿们的狂吠不正是宣告骑手的光临吗？所以不论维吾尔人、哈萨克人、塔塔尔人都知道一条共同的谚语："尽管狗在叫，骆驼队照样行进。"但是，这次，这只瘦骨嶙峋的黑狗的干嗥竟然使形神枯槁的老马也竖了一下耳朵。

黑狗贴近了曹千里和他的马。曹千里看见了狗的稀稀落落的黑毛上的令人恶心的发绿的污秽和它的小小的通红的眼睛。是疯狗？传播狂犬病？曹千里用膝盖夹紧了马背，用鞋跟磕了磕马肚子，想催促马快跑两步，同时非常懊悔自己没有购置一双长靴。凡存在的都是合理的，为什么本地人夏日也要穿一双长筒的皮靴呢，有它特有的防护作用啊！

然而老马并没有快跑的意思。竖完了耳朵以表明自己还存在、还活着以后，它对黑狗、对曹千里都失去了兴趣和反应能力，看样子，它宁可让狗咬出血来，也不愿意改变自己的慢条斯理的步子。而黑狗，已经毫不客气地叼住了曹千里的一只裤角，曹千里已经感觉到狗牙的撕扯了，其实，如果狗想咬，它就可以咬到曹千里的小腿，留下两个尖尖的犬齿印儿了。来边疆以后，曹千里已经被狗咬过两次了，两次都破了口子，真恨死人！曹千里又惊又怒，他大喝一声翻身下马，他准备赤手空拳与这条恶狗搏战一场了，以他当时的愤怒，不杀死这条癞皮狗，不把它撕成碎片他是绝不会罢休的。愤怒使他一反常态，变得勇武、强大、威风凛凛、气势磅礴起来。然而，就在曹千里下马的这一瞬间，那条狗尾巴一夹一溜烟似的跑掉了，既没有形迹也没有声息了，追也追不上了，找也找不着了，于是曹千里的泰山压顶式的怒吼、跳下、准备搏斗都变成了无的放矢，都变得滑稽可笑，多此一举了。

于是曹千里觉得懊恼和颓唐。女售货员的姣好的笑容所带来的熨帖，恶狗所激起的斗志，全都失去了。

开始进山。刚刚上山的时候一切似乎没有什么不同，见到的只不过是白刺草、绿刺草、红沙土和黑石头。戈壁滩光秃秃，而山坡上呢，秃秃光，同样的尘烟和干燥的风，令人嘴唇干裂，口焦舌燥。而走上坡路的马分明是大大地吃力了，它的脊背扭动得愈来愈厉害了。灰杂色老马的又一个缺点暴露出来了，一匹好的走马，哪里会这样扭来扭去呢？扭得超过了西方的扭摆舞，扭得你也跟着它扭起来了，好像腰上安装了滚珠轴承……这样骑上几个小时不是会把屁股磨个稀烂吗？幸亏曹千里不是骑马的生手了，他马上把身体的重心移到左面，用左脚踩住镫，把右脚微微抬起，做成一个偏坠和侧悬的姿势。这样，看起来曹千里随着马扭得更厉害了，大摇大摆起来了，但实际上，他的屁股已经基本悬空，脱离了与鞍桥的过分紧密的接触与摩擦，虽然左腿吃一点力，但身体的其他部分却轻松得多了。

但是，且慢！他这样倒是舒服了，但是马呢？有哪一个力学家能算出他这种邪门歪道的姿势——当然，这个姿势他也是向旁人学来的——给马增加了多少倍负载呢？这好比有两个曹千里，你在马的左边，还必须有一个虚拟的曹千里位于马的右边，然后才有平衡，才能稳定，才能前进。但是现在右边空空如也，如果这不是一匹马而是一个木架子的话，重心的偏坠一定会使它倾倒的，但是这匹马呢，它是用了多么大的力气来克服这种倾斜，并且照旧前进、照旧向上行进啊！

不声不响的，不偏不倒的，忍辱负重的马！被理所当然地轻视着，被轻而易举地折磨着和伤害着的马！曹千里想到这里连忙恢复了原来的端坐的姿势，只不过他稍稍在脚上吃了点劲，以便抬起一点屁股来。

就在这一歪一正一思一动之时，马已经把他带到了全然不同的天地里来了。移动带来的变化是叫人惊异的，会移动的物体是值得赞美的。你看，他不是来到一个小小的溪谷面前了么？迎面挂着一缕细细的、银色的瀑布，汇合到活泼跳跃的山溪里。头上有一株野生的胡杨树，小叶子长得密密实实，好像是山路的一个热心的守卫，又像是远来路边欢迎来客的一位殷勤的主人，他向你发出预告，荒凉的戈壁和光秃的山岭已经结束了，前面将是一个葱郁而又丰富的世界。脚下是茂密的、多年生的，因而绿与黄、荣与枯掺杂在一起的野草。野草中长着几株同样是野生的、枝丫歪歪扭扭地伸向天空的山丁子树，树上结满了令人一看就流口水的酸溜溜的小果子。前后路上布满了牛、马、羊的密麻麻的蹄印，象征着人和畜的密集的、群体的生活，大自然变得有生命、有活力了，空气变得潮润和清新了。尤其是那些黑褐色的、似乎能榨出水滴来的泥土和那些从泥土里挺身出来、又紧紧地卫着泥土不受洪水的冲刷的灌木，对一个在荒漠中已经度过了一个多小时的人来说更是迷人！这儿就是山中胜地！这儿就是塞外江南！这儿已经是足够优良的人类环境！曹千里拽了拽缰绳，灰杂色马马上就停下了步子。即使鲁钝如彼，来到这儿，它的自我感觉也会有些不同了吧？它不是已经轻轻地刨开了前蹄了么？

每次来到这儿他都要停一停，觉得自己是身在画中，觉得荒凉的戈壁和优美的小溪谷是相得益彰。觉得自己是在一个大世界中的小世界里。一幅风景画挂在画廊，当然是好看的和幸运的；如果把这幅画挂在例如——锅炉房里呢？那又会怎么样呢？如果它能不受污染，如果它能不失清新，它不是更可爱也更可贵吗？如果每个锅炉房里都挂着一幅迷人的风景画，那么锅炉房的生活不是也会轻松一些么？

老灰马倏地一蹿，就像突然被一个什么弹簧绷了出去一样。在蹿起的时候，马头突然用力一伸，缰绳从曹千里的手里滑脱了。曹千里完全没有弄清是出了什么事情，马一跃，又一跃，变成了三级跳远运动员，曹千里一个趔趄几乎从马背上甩了下来。他身不由己东摇西晃地随着马脱离了那风光如画的小瀑布下的山谷，马几乎是竖直地登上了一个陡坡，蹬掉了好几块石头。这时，曹千里才模模糊糊地意识到确乎是听到了某种响动。"蛇！"他想，吃了一惊，耳膜上响起了两秒钟以前就听到了的簌簌的声音。"蛇？"他喊了出来，回首向下望去，什么也看不到。"蛇。"他肯定了，但是马已经稳住了，显然已经脱离了危险区，它抽动一下肚皮，又摇摇头，好像是想对曹千里说些什么，做些解释或者表示一下歉意。它摆摆脖子，又像是催促曹千里把缰绳拾起来。这里使的马缰绳是又粗又长的，拖在地上会绊住马腿的。

曹千里惊魂初定。但他干脆顾不上惊了，惊还没有来得及反映出来就又过去了，马已经恢复了原状，稳定，麻木，好像什么事情也没有发生。它又垂下了头，甚至连垂首可得的碧绿的青草也引不起它的兴趣。曹千里完全不明白，像这样一匹有形无神的马架子，怎么会从山谷跑到了坡顶，而且，这中间并没有任何道路，它简直是飞上来的。这匹可怜的、羸弱的、困乏的和老迈的马呀，你当真蕴藏着那么多警觉、敏捷、勇敢和精力吗？你难道能跳跃、能飞翔吗？如果是在赛马场上，你会在欢呼狂叫之中风驰电掣吗？如果是在战场上，你会在枪林弹雨之中冲锋陷阵吗？

"让我跑一次吧！"马忽然说话了。"让我跑一次吧！"它又说，清清楚楚，声泪俱下。"我只需要一次，一次机会，让我拿出最大的力量跑一次吧！"

"让它跑！让它跑！"风说。

"我在飞！我在飞！"鹰说着，展开了自己黑褐色的翅膀。

"它能，它能……"流水诉说，好像在求情。

"让他跑！让她跑！让他飞！让她飞！让它跑！让它飞！"春雷一样的呼啸震动着山谷。

这是一篇相当乏味的小说，为此，作者谨向耐得住这样的乏味坚持读到这里的读者致以深挚的谢意。不要期待它后面会出现什么噱头，会甩出什么包袱，会有什么出人意料的结尾。他骑着马，走着，走着……这就是了。每个人和每匹马都有自己的路，它可能是艰难的，它可能是光荣的，它可能是欢乐的，它可能是惊险的。而在很多时候，它是平凡的，平淡的，平庸的。然而，它是必需的和无法避免的。而艰难与光荣，欢乐与惊险，幸福与痛苦，就在这看来平平常常的路程上……

他骑着马，走着，走着，时时要停下来，不断地遇到迎面而来的或者是从背后赶上的哈萨克牧人。其中大部分他并不太熟悉，但他们都知道他。在这个边远的地方，他作为一个来自关内而且被认为是来自北京甚至是来自"中央"的干部，是非常引人注目的。而哈萨克人又是非常多礼的，只要有一面之交，只要不是十二小时之前互相问过好，那么，不论是在什么地方偶然相遇，也要停下马来，走近，相互屈身，握手，摸脸，摸胡须，互相问询对方的身体、工作、家庭、亲属（要一一列举姓名）、房舍、草场直至马、牛、羊、骆驼和它们下的崽驹。巨细无遗，不得疏漏。所以曹千里这一段走得很慢，因为这是一段交通要道，他时时要停下来和沿路相逢的牧民们问安。而每逢这种时候，两匹马也交错在一起，马头别着马头，前腿碰着前腿，脖颈擦着脖颈，似乎彼此也在做着亲昵的表示。

　　这种美好的却又是千篇一律的礼节，换一个时间，也许叫曹千里觉着有些厌烦，有些浪费时间。离开小瀑布才四十多分钟，曹千里已停顿过七次了。但是，现在，在这个天翻地覆、洪水飓风的年月，在他的心灵空空荡荡，不知道何以终日的时候，这一次又一次的问好，这一遍又一遍的握手，这几乎没有受到喧嚣的、令人战栗而又眼花缭乱的外部世界的影响的哈萨克牧人的世代相传的礼节，他们的古老的人情味儿，都给了曹千里许多缓解和充实。生活，不仍然是生活吗？

　　而且，所有的哈萨克人都对他抱有一种意在不言中的同情和怜惜。虽然曹千里根本没有承认过，更没有吹过牛，虽然他还做过许多解释，说明他自己只是一个一般干部，他到这里来是属于正常的工作调动，出于自愿，他的日子过得很愉快，很满足……但是这里盛传着他曾经是一个"大人物"，（老天，你瞧曹千里那个样子，他像吗？）他曾经在中央工作过，（北京就是中央所在地，你否认得了吗？）由于不走运，由于出了点事情，（中国人的政治经验和政治敏感，举世无双！）他被贬到了边疆，（怎么是贬呢？上山下乡最光荣嘛！）变成了和他们差不多却又不像他们那样根深蒂固、世代相安的可怜人。在少数民族语言中，"可怜"一词充满了亲切和真诚的爱惜，却并没有轻视、小瞧的意思。他越解释他绝不是"大人物"，就越增加了他给当地人的神秘感。"反正你有事情，反正你是个倒霉蛋，反正从北京到我们这个牧业公社，绝不是一条升迁发达之路！"人们听了他的解释以后，翻一翻眼，诡谲地一笑，用表情说着上述无声的语言。

　　曹千里坚决否认——他害怕承认他需要某种怜惜和慰安。相反，一遇到这种事情，他就感到厌烦，觉得这种怜惜是多余的，有害的和——反动的。

　　好了，他长出了一口气，又是一个气功里的呼吸动作。气功万岁！

　　这段时时被打断的过程也过去了。曹千里和他的马离开了方才那一段连接着山区与平地、牧业队与农业队的傍山石路，进入了绿色的放牧区，走在与其说是人走出来的，不如说是由羊走出来的草间小路上了。

又是一个世界了，一个无边的大世界，到处是绒绒的绿草，起起伏伏，像是绿色的波浪。这片草地既不平坦，也不陡峭，只是缓缓的斜坡，时而上升，时而下降，马走在这里就像船走在海里。

这一大片草地是冬牧场，背风，向阳，在冬季也不会太冷。现在，牲畜已经转移到高山的夏牧场去了，冬牧场的草处于休养生息、无拘无束地尽情生长的状态，几所木房子——这是近年来开始兴建的牧民们的定居点——也空起来了，显得安谧，也显得寂寥。由于山里树木多而建筑工人少，这种木房子有一种特别原始的风貌。几棵树锯倒了，按照一定的长度锯成几截，连树皮都不用剥，圆咕隆咚地排在一起，再用粗大的蜈蚣钉把木头——应该叫作树段——钉到一块儿，立起来，这就是一面墙了，四面墙，再用同样的方法做一个大木排支撑在顶上，房子就成功了。从第一眼看到这几幢房子起，曹千里就有一种特别亲切、特别温柔而又特别庆幸的感觉。好像会见了一个失去联系多年的老友，好像找到了一件久已丢失的纪念品。他想起儿时、想起狼外婆的故事和格林的童话，想起神仙、侠客、兔子、小鱼、玻璃球、蟋蟀和木制手枪，于是……

于是，他闻见了草的香气。前后左右，都是草、草、草。草里有细小的白的、红的、黄的和紫的小花，好像绿毡子上的五彩缤纷的几个洞，又好像绿池水里的几颗星星。新鲜、浓绿而又肥厚的草发出一种叫人觉得清凉的气味，类似薄荷，又有点野芹菜的鲜味儿和野葡萄的生味儿，还有点像甘蔗，至少像晚秋的玉米秆的甘甜开胃的味儿。几种味儿混合在一起，清新、爽利，却又浓重、醉人。曹千里幸福地闭上眼睛。眼睛只要一闭上，气味就更加香甜了，世界也更加宽广如意了。

真是可笑。也许完全是无稽之谈。但是曹千里仍然闭着眼睛，闻着世界，想着神仙、侠客、兔子、小鱼、玻璃球、蟋蟀和木制手枪，用鼻子来分析生活到底是动荡不安的还是安恬闲适的、是变化无常的还是静止不动的、是充满烦恼的还是全无所谓的……马一摇一摆地、有节奏地迈着步子。曹千里一摇一摆地、有节奏地颠着身子。非常清晰地传出了马蹄声和马蹄碰到草的时候发出的沙沙声。太阳愈升愈高，已经运行到头顶上了，但是并不热。曹千里时而睁开眼睛，或者只是微微张一下眼皮，透过睫毛看看世界。一切都是老样子，起伏的绿草和绿草的起伏，远处的雪山和近处的木房子，抬起来的马腿和放下去的马腿……好像什么都停止了、凝固了，时间和空间都冻结成了一种万古不变的状态。一切都不存在了，一切又都永垂不朽……世界上只有草、草、草，马也是草，山也是草，房也是草，人也是草……人们啊，不论是上天的还是入地的，不论是被接见的还是被枪毙的，不论是乐掉了下巴的还是气成肝癌的，你们知道这片草地吗？你们为什么不到这块草地上来练练气功呢？

然而，曹千里吃了一惊。难道是天下雨了？他的脸上有点潮湿，有点淹，有点烫啊。这是什么？幻觉？梦境？错乱？病态？这分明是泪啊，是从他自己的两个眼窝里流下的两行热泪啊！

他挪动了一下，他回到了少年时代。他的舅舅，一个他不喜欢的神气活现的大学生带他去看一场他根本看不懂的、乱七八糟的电影。他肚子饿得咕咕叫了，他也想妈妈了，但是破电影老是不完。但是电影里有一个歌儿，一个他爱听的、像是小女孩子唱的哀婉的歌儿……电影散场了，舅舅带着他走在一条漫长的胡同里，他倒不饿也不怕了，但是腿走得酸酸的，一条胡同怎么比一条铁路还长呢？

他好像终于到了家，妈妈给他做的是羊肉杂面汤，汤里放了辣椒和许多醋，吃得他身上暖起来，吃得他头上冒出了汗。屋子也亮起来了，灯下，他和他最要好的一个同学——一个鬈头发的混血儿一起下陆军战棋，他多么想用工兵去挖对方的地雷和用炸弹去炸对方的总司令啊，那将是世界上多么惬意的事啊！然而，又错了，他的工兵撞在了排长身上，他的炸弹被对方的连长拼下去了。然而，他仍然满怀希望，下次，还有下次嘛。等到下一次，他就要料事如神，势如破竹了……

还是少年时代，（a＋b）乘上（a－b），怎么就恰恰等于 a2－b2，不多又不少呢？而直角三角形的勾的平方加股的平方等于弦的平方，这又是怎样伟大的和谐和神妙的平衡啊！再者，让我们做一支曲子、指挥一个合唱队来赞美各种点、线、面、体的至美至善至精的关系吧！我们的理性，我们的每一个小学生和初中生的石板、石笔、铅笔、圆规和直尺，不就是这个宇宙的完美与合理的证明吗？难道我们不应该终其一生来证明、来实现这个宇宙的完美与合乎理性吗？难道我们不应该不仅用计算和推理，而且用小号的冲动、琵琶的机巧、小提琴的委婉与马头琴的苍凉，用这些众多的、微妙的线与点的会合、面与体的旋转去创造一个更加完美和合乎理性的世界吗？

然后他长大了，超越这一切的是威严的时代的主旋：革命。复杂啊，怎么愈来愈复杂，愈来愈摸不着头脑了呢？开始的时候不是很好吗？

　　然而，即使一切都翻了个个儿，再翻了个个儿，即使天变成了折叠伞而地球变成了踢来踢去的足球，这儿仍然有这么大、这么绿、这么温厚而又慷慨无私的草地。曹千里深信，草是有生命的，山是有生命的，大地是有生命的，这生命是不会灭绝的，这生命的力量是不可阻挡的，是终究会发挥出来、创造出奇迹来的。他个人的生命可以是短暂的，可以真正是无聊的和无用的，但是祖国的每一寸土地的生命是永存的。什么时候，什么时候啊？

　　草的海。绿色和芳香的海。人们告诉过他，融化就是幸福，那就融化在草的海里，为草的海再增添一点绿色的芬芳吧！草海就像母亲的胸膛，而每一根小草都有顽强的根，坚挺的茎和朴质的叶。而一月份到八月份，立秋以后，正像俗话说的："立秋十八晌，寸草也结籽"，所有的草都要拼命结出果实，繁衍生命。每根草都珍惜夏天，珍惜阳光，急急忙忙，争分夺秒地生长，然后毫无怨言地迎接冰霜和雪花，承担一个漫长的冬天。而在冬天，在它已经枯萎、已经失去了青春的活力和形体以后，它仍然要献出自身，把它贮存的养料供给过冬的牧群。而且，严寒与冰雪之中，它仍然保存着它的微小而又强大的根，不管它怎样被践踏、被芟割、被闲置和被破坏，但是只要春天一到来，在雪还没有化尽、云雀还没有唱歌、燕子还没有归来的时候，它又快快乐乐地钻出头来了，这又是怎样的砍不尽、戕不绝的生机！

　　曹千里睁开了眼睛，舒了舒喉咙，唱了一首少数民族的歌曲，述说一个人寻找了一辈子，都没有找到自己的花儿一样的情人。这是他从街头醉汉的夜半高歌中学来的。这是一首曾经叫他落泪的歌曲，落泪之后他又惶惶不安，为自己的感情不健康而深感愧怍。但是，草地鼓起了他的勇气，平息了他的忐忑，他大声唱完了，觉得很痛快，觉得并没有什么灾难会因为这首歌曲而降临。他骑着灰杂色马平稳地行走，就像乘着一叶扁舟在草海里漂浮。"人生在世不称意，明朝散发弄扁舟"，连李白的诗也冒出来了，曹千里更感觉到了个人的渺小，觉到了那一时的意气、一时的声威、一时的荣辱的微不足道。

　　不知道是否已经过了很久，抑或只是刹那间？若有若无地吹起了温暖的风。这风使得垂挂在空中的、不知从哪儿生出的一道银亮的游丝飘摇起来了，这是一道多么细微的游丝啊！可此刻，偌大的天和地，就靠它连接。它摆得更高了，像闪烁的光线，曹千里注视着它，喜悦着，微笑着。

　　不知道又过了多少时间，又是一阵风，游丝不见了，脸上感到的是一丝凉意，曹千里不由得四处张望了一下，他的目光一下子被遥远的高天的西北角上的一抹黑色吸住了。

不至于吧？不至于吧？阳光还是这样明亮，天气还是这样晴和，绿草还是这样浓艳而心境又是这样安详。仔细看看，那儿真的是有点发黑吗？哪里？哪里看得见？恐怕是因为太阳太好，才使你眼前出现了看见黑影的错觉吧？

然而你的这种善良的愿望立刻就被否定了。像一滴墨汁在清水里迅速蔓延和散开一样，那一抹黑一忽儿工夫就扩大成一片了，西北角的天空已经被黑云封住了，而正北方，又出现了那种灰白灰白的，迷蒙蒙却又有点发亮的云——那儿已经下雨了。

怎么办呢？也许云和雨会放过这里，绕过这里，远远扫过？迂回而过？

但他已经不能不相信了，乌云正在像海潮一样全线向这一面推进，连老马也抬起了头，感受了一下天气的变化。糟糕，冬牧场的居民点——原始的木房子已经过去了，而离夏牧场呢，还有至少两个半小时的路程。这里没有躲雨的地方，曹千里下意识地摸了一下绑在马鞍子后面的破棉袄。

风愈吹愈强劲、愈吹愈寒冷了，简直是深秋的，扫除落叶的风。曹千里打了一个寒战，似乎转眼间草原上已经换了一个季节。他立刻抽出棉袄，穿到身上。在左胳臂向袖子里伸的时候稍稍急了点，结果"刺啦"一声，左腋下已经开绽的地方撕成了一个大口子。这件衣服在城市必然会让人想起解放前的叫花子，但在这里，却是出门人的宝贝。"现在就靠你了！"曹千里对破棉袄说。

黑云已经布满了四分之一的天空。黑云覆盖的那一面的草地，连草的颜色都变了，深重，沉郁，甚至有点阴森了，好像是戴上了墨镜去看那边，而摘下了墨镜看这边似的。相形之下，这边的晴朗的太阳下的草地也不再是绿色的了，它变成金色的了。一边是褐黑色的，另一边是金黄色的，而褐黑色正在扩展，金黄色正在收缩。黑云的云头飞快地伸长、铺开、推移，曹千里恍恍惚惚听到了来自许多不同的方向的雨声，从远方的已经被灰云吞没了的山头上，时而有电光闪来，然后，过了很久，才传来隆隆的雷吼。

曹千里觉得自己变成了一只被追逐、被包围、被赶得走投无路的猎物，在位于天涯海角、宇宙的边缘的这样一个丘陵草原，他找不到一个同伴、一间房子、一棵大树和哪怕是一个山洞地穴。他无处躲藏，无法逃避，简直像是被胡大抛到了这个莽莽苍苍的地方。

好糊涂的，好一匹不中用的马呀！不仅它的鬃毛，而且它全身的毛都被风吹得飘扬起来、竖直起来了。它似乎也已经感觉到了寒冷，但它没有棉袄好穿，它神经质地不住地抽动着脊背和肚皮，让骑乘它的人很不舒服、不忍心。然而它仍旧不紧不慢地迈动着它的步子，没有一点变化。你就不兴紧走两步吗？

"然而紧走两步又怎么样呢？"马回答说，它歪了歪头，"难道我能帮助你躲过这一场又一场的草原上的暴风雨吗？难道在一眼望不见边的草原上，我们能寻找到丝毫的保护吗？让雨淋一淋又有什么不好呢？在那个肮脏和窄小的马厩里，雨水不是照样会透过房顶的烂泥和茅草漏到我的身上吗？而那是泥水、脏水，还不如这来自高天的豪雨呢！要不，我能这样脏吗？"

他描写马说话，这使我十分惊异，但我暂时不准备发表评论，因为他还有待于写出更加成熟的作品。向您致敬了，谢谢您！

听到了愈来愈近的沙沙声。这不像雨声，而是更像同时撕裂一千匹布，或是同时射出一千支箭，或者干脆是同时打开一千口沸腾着的开水锅的声音。天更黑了，阴影吞噬着地面和山峰。风呜呜地打着转，吹得草七倒八歪。一个大的闪电，望不到头的草地变成了惨白色。一声劈天砸地的炸雷，曹千里一下子就陷入到狂乱的打击之中去了，不知是什么东西忽然蒙头盖脸地打来。开始他以为是石子，甚至以为是枪林弹雨，他受到了猝不及防的袭击。他随即看清了这亮晶晶的、有拇指肚那么大的"子弹"乃是一些个冰球，是雹子！好一场大雹子！霎时间草地上已经铺了一层冰雹，冰雹在闪亮，在滚动，在抖落，在消失。他的头、背、胳膊也被冰雹打了个不亦乐乎，他不由得用手捂住头，标准的抱头鼠窜的姿势，这可是要打破脑袋的呀！噢，马脖子上也出现了冰雹啦，多么威风的草原的天空！他觉得狼狈万分，却又渐渐觉得有趣，归根结底，人生一世，你又能有几次机会亲身去领教这草原的冰雹呢？

冰雹下了足足有两分钟，曹千里只觉得是在经历一个特异的、不平凡的时代，既像是庄严的试炼，又像是轻松的挑逗；既像是老天爷的疯狂，又像是吊儿郎当；既像是由于无聊而穷折腾，又像是摆架子、装腔作势借以吓人。哭笑不得，五味俱全，毕竟难得而且壮观……

然后，这个时代结束了，是叫人放心的，等待已久的正正经经的雨。雨总不会砸破脑袋，也不会毁坏庄稼。大雨落在草地上，迷迷蒙蒙，像是升起了一片片烟雾。立刻，曹千里和他的马都湿透了。雨顺着头发，顺着眉毛和耳朵，顺着脖领子往胸、背、腹部流泻，冰凉冰凉。破棉袄也变得湿漉漉，沉甸甸的了。这种浇透一切的大雨终于解除了曹千里的一切思想负担。如果是小雨，他还要揪紧领子，缩起头，还要想办法不让雨水进入贴肤的衣服里层，现在倒好了，避也无益，防也白搭，只好放心大胆，随它便。就算冷水浴好了！就算是天浴好了！这不是很畅快吗？哈哈哈，他想高歌，想龙吟虎啸，但嘴刚要张就流进雨水去了，他急忙噗噗地向外啐着雨水，并且笑出了声。

马毛全湿了，湿了以后，便变成了一绺一绺的，像是毛巾或者奖旗的穗，雨水顺着一根一根的穗流淌，更显得丑陋、不成体统、不成其为一匹马了。

又是一个突然，就像交响乐队的指挥用手在空中一抓一样，一切戛然而止，干净利落。东南角的天空还有些乌乌涂涂，但世界已经是明亮耀目的了。蔚蓝的天空经过一番冲洗，更加蔚蓝蔚蓝的了。而草上的水珠和带着水迹的绿草，更是妩媚娇妍，仪态万方，一切都上了色，打磨出光泽……

太阳一露头季节就又变回来了，草原上的天气就是这样变幻莫测的。老马全身冒着热气，好像刚刚从蒸笼里出锅。曹千里也开始冒气了，脖子上氤氲缭绕。经过了洗礼格外精神的草地也开始冒气了，而当马蹄从草丛中扬起的时候，还有一些水花随着马蹄飞溅出来。

但是他身上却更冷了。只有头顶和领口那儿热呼呼。身上太湿了，这要受病的呀！于是他开始解扣子，脱衣服，先脱下棉衣，顺好，搭在鞍子前面，再解衬衫，最后连背心也脱下来了。还不行，腰胯仍然被水渍着，于是他两腿吃力，站在马镫上，脱掉长裤，只剩下了一条裤衩和一双破皮鞋了。他露出了他的虽然不壮，但也还健康，虽然不美，但也还正常，虽然不年轻，但也并没有衰老的身体。转眼之间，四十余年矣！曹千里想象着自己在襁褓中的样子，终于，一天一天，一步一步长到眼下这么一个规模，俗话说，二十三，蹿一蹿，也不过长上二十三年，二十三以后呢？那就是二十年如一日了——无善可陈！它受之于父母，生长于祖国，现在，暴露在光天化日之中、山岭草原之上了……不管怎么说，心、肝、脾、胃、肾，头、颈、手、足、身，它也长得要啥有啥，不缺不短，曹千里呀曹千里，你这一百多斤，难道就是为的吃饭的么？

日光迅速地暖遍了他的全身，雨后的和风抚摸着他，马蹄溅起的水花偶尔落在他的小腿上。他是多么的惬意啊！这种快乐，他想，这不是比指挥一个交响乐队，比完成一部新的作品更自由、更无拘无束也更纯真么？如果他是音乐学院的教授，乐团的指挥或是从什么什么文工团——现在叫作宣传队了——领工资的作曲家，他能享受这种野人式的快乐吗？他能赤条条地骑着马，在阳光下面，在辽阔的草原上漫游行进吗？说到底，到底有多少人需要交响乐呢？没有交响乐，他不是过得更好，人民也过得更好吗？感谢这时代的风云和生活的巨浪吧，它无情地抛弃了一切多余的东西，但它也创造了新的许多，许多……

他开始觉得有点不舒服了，有一点晕。是晒的？刚晒了没有多大一会儿。于是他披上一件衬衫，披上，也就干了。不行，更晕了，于是他又穿上了裤子，裤子比较湿，就穿在腿上让它内外夹攻，干得更快一些吧。但他更晕了，不但晕，而且心里发慌，普罗柯菲耶夫哪一年逝世的？哈萨克人喜欢不喜欢罗密欧吃烧饼？思绪全乱了。刚才想什么来着？吃烧饼，为什么吃烧饼，如果现在有两个烧饼……

他恍然。饿！饿了！原来已经是饿过了劲了。天早已过午了，冰雹和阵雨使胃不敢贸然发出自己的信号，现在呢，风吹雨淋却起了促进消化的作用。他早就总结出来了，只要一进山，一进草原，胃口就奇好，好像取掉了原来堵在胃里的棉花套子，好像用通条捅透了的火炉子……但是，煤块呢？

等到曹千里明确了这个饿字，所有的饿的征兆就一起扑了上来，压倒了他。胳臂发软，腿发酸，头晕目眩，心慌意乱，气喘不上来，眼睛里冒金星，接着，从胃里涌出了一股又苦又咸又涩又酸的液体，一直涌到了嘴里，比吃什么药都难忍……

该死的字典编纂者！他怎么收进了一个"饿"字！如果没有这个饿字，生活会多么美好！

估计差了。原先以为，到了午饭时间他就可以赶到一个叫作"独一松"的地方，那儿有一户牧民的毡房，他可以到那里喝点茶，吃点东西，补充休整好了再走的。谁知道，唉，这匹不争气的马，磨磨蹭蹭，直到现在，"独一松"还不见影子呢。

唉，唉，这可怎么说啊？人是铁，饭是钢，一顿不吃饿得慌，可怜的人啊，你硬是每一顿都想吃，而且想吃饱啊！这些年，他愈是下到基层，愈是认识到人必须吃饭这样一个伟大的、有时候又是令人沮丧的真理。人饿了，就直不起腰，抬不起头来呀！有多少人，为吃一口饭而劳碌终身，而去忍受那么多本来不应该忍受的痛楚和侮辱。多少人劳碌终身，又忍受了一切，却仍然没有吃得很饱呀！于是，每一顿饭都给他带来感激和欣喜，总是有愈来愈多的人不愁吃了噢，他想起了解放前他在街头看见的饿死的人的佝偻的手……他开始明白，为什么这些信仰伊斯兰教的少数民族同胞，每吃一次饭都要赞美一次安拉了。

马，你不知道我们都已经饿了么？你就不知道，早一点到达"独一松"，你也可以卸下鞍子，自由自在地饱餐一顿肥美的绿草吗？

然而，马又能怎么样呢？它反正早已经是被看扁了。而且，又怎么能一切全怪马儿呢？他早上出门就晚了，路上又买东西，又碰见一个又一个握手施礼的老乡，又是风，又是雨，又是雷，又是毒蛇，上坡和下坡，还有背上的伤……像蚂蚁一样渺小的曹千里骑着比老鼠还要渺小的一匹马，又能如何？

如果有那么一天，每一个人都愿意、都敢于宣布自己是伟大的，或者可能是伟大的，或者是愿意变得伟大；如果在这一天所有的马都能够宣称自己是一匹骏马，千里马，或者将要成为匹骏马，那不好么？

然而，千真万确的是，遗憾的是，一切伟人与骏马都必须吃饭（草）……

难受了一会儿，现在倒好点儿了，嘴里的那酸、苦、咸、涩的味儿淡一些了，不觉得有什么饿，相反，倒觉得胃口挺满、挺堵、挺实，好像是吃得过多，有点存食。心里也不慌了，无甚感觉。你瞧，饥饿也是可以克服的。天下没有克服不了的事情。所谓饿，其实是一种条件反射，到了时间，就会分泌胃液，而过了时间呢，胃液也就干了。一切不舒服原来都是胃液在捣乱。念两条语录，把这个饿劲儿顶过去吧，他想，只是脑筋集中不起来。近年来，他愈来愈觉得脑筋不好使、不集中、在退化了，有时候和妻子谈着谈着话却听不懂妻子在说什么，也忘了自己在谈什么。现在，就是再让他去作曲，他其实也是什么也作不出来了。他脑子里空空如也。前几年有人批他是"寄生虫"，那就是蛔虫、绦虫、小线虫什么的。他不是真的变成了寄生虫了么？

他不可能把思想集中到某一点上，他只是随着马背一颠、一颠，于是山也一颠、一颠，草也一颠、一颠，整个世界都像漂在水上，一颠、一颠，波动着。而他呢，好像被捆在了马背上，他想挣脱，想奋起，想一跳三尺，想大喊大叫，但是他没有那个力气，而他的每一个细胞，每一滴血液，每一根神经和每一个器官，都在傻里傻气地、欲罢不能地一颠、一颠、一颠……

不饿了，不饿了，但是更晕了，就像是晕船的那种晕，想吐，又吐不出来，肚子里扎扎哕哕，"下定决心……"

然后这种晕的感觉也渐渐消失了，只剩下了疲倦，困得睁不开眼睛，疲倦从四肢钻到了肉皮里、骨髓里，霎时间，他的肢体，他的骨骼，都软绵绵、轻飘飘的了，这是不是就叫作"失重"呢？我处于失重状态了吗？曹千里想，心里似乎倒明白了些。只是觉得头顶的太阳更热了，好像在用火烤着自己的脊背。草的颜色也变重了，怎么显得挺假？好像是舞台上的低劣的布景。雨后的蒸发也很讨厌，潮热逼迫得人喘不上气来。他脑门子上沁满了汗珠，一阵风吹过又觉得凉飕飕的，脊椎骨冒凉气，后背收缩，想打个喷嚏却打不出来，怎么他哆嗦起来了，热和冷他也分辨不出了么？

呵，那久已逝去的青春的岁月，那时候，每一阵风都给你以抚慰，每一滴水都给你以滋润，每一片云都给你以幻惑，每一座山都给你以力量。那时候，每一首歌曲都使你落泪，每一面红旗都使你沸腾，每一声军号都在召唤着你，每一个人你都觉得可亲、可爱，而每一天、每一个时刻，你都觉得像欢乐光明的节日！

经过了一阵饿又一阵满，一阵满又一阵饿，一阵失重又一阵沉重，一阵沉重又一阵失重，不知道是过了半个小时还是半个世纪，伟大坚强的老马终于把他驮到了那个叫作"独一松"的地方。在山顶的乱石当中，在根本没有土、没有水，也没有其他植物的地方，果然有一株雪松。不知道它已经长了多少年了，反正它瘦小扭歪，孤苦伶仃，无依无靠。从高矮来说，远看你还以为是一棵树苗，稍近一点，你就会看到它那干裂的树皮，吃力地拧着身躯的树干，处处显示出在干石头中扎根生长的艰难。有时候，曹千里看到这样的老小树怦然心动，怆然泪下。有时候，他又觉得视野之内唯一的这一株高踞山顶的树，还真有点睥睨万物，傲然不群的风节。至少，它是一个天然的路标，远来的旅客会从这里找到通向自己要去的牧场的路。而就在这个山脚下面，是一座孤零零的哈萨克毡房，一对没有儿女的老人住在这里，一方面照料着为数不多的病弱的羊只，更主要地为牧业大队起着一个驿站的作用，曹千里一看到这独一株松树和独一座毡房，如释重负，"终于到了！"他长出了一口气。

离毡房还有相当的距离，他就下了马，应该让老马打个尖了。也真难得，不套笼嘴，不套嚼环，而且到处是鲜草，它居然忠于职守，只知赶路，不知左右逢源。为了怕马受凉，他没有给马卸鞍子，但他也没有按照惯例给马上绊子。这儿对正在骑乘的间歇的马，都是用短绳把前蹄绊住，这样，马既可自由吃草，又因为四腿三蹄，走起来一蹦一蹦的，不会跑远。但曹千里对于这匹马是完全信任、完全放心的。他拍拍马的屁股，示意它可以自由了，便走了开去。走出几步，一回头，果然灰马已经大口大口地吃起草来了，曹千里更感到欣慰了。

然后，他东张西望，去寻找一根棍子，这是为了防狗。哈萨克的牧羊犬可不像那个村子的乱吠的黑狗，牧人养狗的目的是防狼，都是些高大、剽悍、凶狠，比狼还要厉害的狗。对这样的狗是必须认真对付的。但他还没等到找到棍子，就听到了一声低沉的狗吠。

这是一只白狗，只有在左脊背处有一个小小的黑斑，它从毡房旁边缓缓地走了过来，离曹千里大约还有五六米远，站住了，用阴沉的、严厉的狗眼看着曹千里这个陌生人，但是并没有扑过来的意思。

曹千里握紧拳头，蹲裆骑马式站好，用同样阴沉和严厉的目光看着狗，做好了迎战的准备。他知道，现在已经没有退路了，只要他表现出些许的畏缩，狗就会判定你不是好人而一跃扑上来。"阿帕！"他用少数民族语言叫了一声："老妈妈！"狗也随着他的叫声发出了第一声响亮而短促的吠叫。

真得佩服哈萨克老妇人的耳力，只一声她就听见了，慢吞吞地走出毡房，喝退了狗。当然，曹千里不用怕什么了，他大大方方地走了过去，并且按照惯例把自己的马向老妇人一指，自然，主人会帮助照料这匹马并在一刻钟以后卸掉它仍然驮着的鞍子的。

曹千里向女主人施完礼后，低头走进虽然有点破旧，但仍然很有色彩、花花绿绿的毡房。毡房里热气熏人，银白色的铜茶炊里火还没有熄。整个毡房内部的地上，都铺着花毡子，毡子上面放着一面大大的饭单，饭单上摆着几个茶碗，围坐着三个老头子。四壁上挂着、插着、别着的东西更是琳琅满目，既有皮鞭和未经鞣制的、带着刺鼻的腥味儿的生羊皮、割草的大芟镰，也有皮口袋、擀面杖、木盆，还有花绸、头巾、帽子、被面，不知何年何月的一个奖状……而在正面最显眼的地方，是一幅毛主席像，主席像下面是四本书皮红光闪闪、用彩绸带绑起来的"红宝书"，虽然，曹千里知道，这个毡房的主人并不识字，但是有了这几本书，大家都觉得踏实许多。于是，曹千里作为最尊贵的客人，被让到最靠近红宝书的地方坐下了。

三个老头子都是客人，主人老汉出去放牧了，没有回来。老妇人请曹千里坐好后，拿来一个又厚又重的小花瓷碗，给他倒上奶茶，显然，老头子们已经坐了不短的时间了，茶因为一次又一次地兑水，已经没有什么颜色和滋味了，这样，兑进去的奶也是微乎其微，而饭单上竟没有其他的食物。曹千里喝了一口奶茶，等待老妇人拿点馕饼或是包尔沙克（一种油炸的面食）来，等了半天不见动静，而由于喝下了几口茶，由于有茶的味儿，奶的味儿，盐的味儿，水的味儿（水里还有点柴灰的味儿）的挑逗与刺激，一阵奇饿又压了上来。他觉得自己已经不存在了，只剩下一张张大了的嘴和一个空空洞洞的胃……但仍然不见有任何东西可以填补空洞。回头找一找，老妇人已经不在了，大概是为那匹老马卸鞍子去了吧？这回马可是比人强喽，马大概已经饱餐上了吧？

"这儿……没有馕了么？"他干脆直截了当地向三位客人提出了问题。

"你还没有吃饭吧？肚子饿了么？喂，可怜的人！"一个把胡须修剪得圆圆的白发老牧人回答说，"她（女主人）正在和面，准备打新馕呢，至于原来剩下的那一点点嘛，我们已经吃得差不多了……"他一面说着，一面用那沾满了泥土的暴露着青筋的手，哆哆嗦嗦地在饭单上摸来摸去，提一提这边，又拉一拉那边，最后聚拢起不够一口吃的馕渣儿，捧起来，放到了曹千里手里。然后，他又伸手摸自己的腰围，好不容易从褡裢里摸出半块白里透黑、黑里透绿的酪干——这里的俗话叫作奶疙瘩——"来，吃吧，吃吧！"他关切地对曹千里说。其他两个老人也都叹着气，表示同情、遗憾和毫无办法。

曹千里接受了老人的盛情，先把手里的馕渣扔到奶茶里，又把半块陈年老奶疙瘩放到口边，咬了一下，纹丝不动，反作用力差点没把牙给崩了。真是钢铁一样的食品！他只好把奶疙瘩也放到碗里了。

女主人重新回到了毡房。曹千里顾不得许多了，他叫了一声"老妈妈"，直言说："我实在是非常非常的饿了，您能给我点什么充饥的东西吗？如果没有馕，您就给我一点炒糜子米，或者熟肉干，或者干脆来半碗奶油、半碗蜂蜜什么的，都行啊！"

"我的可怜的孩子！"女主人这样叫了一声，倒好像曹千里不是四十一岁而是一十四岁似的，"可真不巧，你怎么这么不走运？我这儿，我这儿又有什么能吃的呢？连几块酸奶疙瘩也被过路的兽医要走了，蜂蜜、酥油，都给了汽车司机了。……兽医,你知道吗?我的孩子!他们要什么我们就给什么的……然后他就会给你开一个证明,证明哪一头黑羊已经病重,没办法活了,那我们就可以把它宰杀吃掉了……我们就是靠这种办法多弄一点肉吃的……汽车司机呢,那就更不用说了,他们来到牧区,就像胡大来到人间一样……可是你吃点什么呢?饿可是很糟糕的呀!要不你先睡一觉吧,来,我给你抱出枕头来……等睡醒,我的新馕就打得了,老头子也会赶着奶牛回来了,牛奶也就有了……"

曹千里谢绝了老妈妈的好意,他还要赶路呢。再说,那半块钢铁般坚硬的奶疙瘩,已经被他终于弄到了肚里,说也怪,立刻就好过了一点。

"有了,有了!"老妈妈的脸上显出了惊喜的表情,而且嗓音一下子提高了许多,"有马奶子,你喝吗?你喝点马奶子吧,不好吗?"

"好!好!"曹千里连忙点头,马奶还不好?喝了马奶,一头小驹可以长成高头大马,高蛋白食品嘛,何况人呢?小小如曹千里,他的要求,他的需要量,还比不上一匹马呀。

老妈妈开始动手了,她从毡房的支柱上解下了装马奶的羊皮口袋,放在手里揉来揉去,等揉得均匀了,她搬来一个大洗脸盆(汉族人管它叫洗脸盆,但这个盆在这儿可不是洗脸,而是装吃食用的),然后,她拔起用来堵袋口的一个用玉米芯做的塞子,汩汩地把马奶子倒满了盆。当她把大奶盆搬到饭单上的时候,四位客人都活跃起来了。"听说革委会发了通知,不让喝马奶了呢。"一位老头子说。"我不信。我不管。我不知道。"另一位老头子满不在乎地回答。

没有人对这种关于政策的讨论感兴趣,他们从女主人手里接过大碗,开始喝起来了。这种马奶是经过发酵的,很酸,很稀,有点腥,又有点酒的香味和辣味。曹千里给自己倒满了一碗以后,咕嘟咕嘟像喝凉水一样地喝起来了,顾不上品尝它的滋味是好还是坏了。他的这种喝法立即受到了三位老牧人的称赞,"好样的小伙子!你看他喝起马奶子,真像咱们哈萨克人呢!"他们当着曹千里的面,交口称赞着,竖着大拇指。

老牧人的夸奖使曹千里来了劲儿,他咕嘟咕嘟连喝了三大碗,喝得连气也喘不上来了。他分辨不出任何滋味,也不想分辨,他只是吞咽着,吞咽着,什么也不看,什么也不想地喝着,又不像是喝,而像是一种滑溜溜、凉丝丝的东西(一种活的东西)正在顺着他的口腔、食道自动下行,欲罢不能。

"可真喝了个痛快！"他自言自语，眼睛都憋红了。也就是在这个时候，他开始觉得有点不对劲。一下，嘴里翻上来一口马奶，又苦又辣，又一下，他几乎把从胃里逆行冲出来的马奶吐了出去。天啊，我这是做了些什么啊？难道可以空着肚子连喝三大碗马奶吗？每一碗都在一公斤半以上，三碗就是五公斤，也就是十斤了！啊哟，可千万不要吐出来。马奶子是助消化的，就像是豆汁，就像是啤酒，就像是酵母，就像是胃蛋白酶或者胰酶。人们说，吃肉吃多了，再喝点酸马奶，那是最好不过了。可曹千里倒好，他现在肚子里空空如也，他现在是唱的"空肚计"，他根本没有货色可资消化，又哪里会需要什么"助"呢？这么多酸马奶子喝下去了，可叫它去分解什么，溶化什么，吸收什么，输送走什么又排泄掉什么呢？难道去消化自己的肠胃吗？这消化力倒真强，赶明儿上医院一看，胃已经没有了，胃被消化、吸收、排泄掉了，自己把自己吃掉、消化掉再拉掉，这又是什么滋味呢？

果然，他的胃一阵痉挛，火辣辣地剧痛，似乎胃正在被揉搓，被浸泡，被拉过来又扯过去。好像他的胃变成了一件待洗的脏背心，先泡在热水里，又泡在碱水里，又泡在洗衣粉溶液里，然后上搓板搓，上洗衣石用棒捶打……这就叫作自己消化自己哟！

他痛得面无人色，眉毛直跳。幸好，几个老牧民没有再注意他，他们自己也正喝得不亦乐乎。

曹千里挪动了一下身体，他本以为改变一下姿势可以减轻一点痛苦，缓和一下肚内的局势。谁料想刚把身子向左一偏，就觉得有许多液体在胃里向左一涌，向左一坠。然后他向右一偏，立刻，液体涌向了右方，胃明显地向右一沉。胃变成了苦于负荷的口袋了！往后仰一下试试，稍稍好一点，但好像有什么东西压迫着、阻挡着呼吸，喘不上气来。往前，更不行了，现在只要用一个小指在肚子上压一下马奶就会从口、鼻、七窍喷射出来。天啊，我要完了……

也就是在这个时候，出现了一丝转机，一丝光亮，一丝希望。这是一种轻微的晕眩，一种摇摇摆摆的感觉，从胃里慢慢地向上转移。这和骑在马上饿得发晕时的感觉颇有不同，那时的晕是一阵心慌，而这时的晕却是一种安宁的信息，是肠胃的痛苦的减轻。也许这痛苦只减轻了百分之一个单位（如果痛苦也有计量单位的话），然而他已经敏感到了，他已经听见了自己的心跳，感到了自己的体温，觉得自己的灵魂、自己的生命仍然是在自己的躯壳里边。

于是，他笑了：我说过的啊，天无绝人之路，有道是山穷水尽疑无路，柳暗花明又一村。郭建光在《沙家浜》里道白，念语录说："有利的情况和主动的恢复，往往产生于再坚持一下的努力"——然后郭建光提高十六度用假嗓念道："之——中！"

心慢慢定住了，头却更晕了，这就是酒，酒的妙用！人们不是把酸马奶又叫作马奶酒吗？马奶里产生了酒精，酒精开始发挥作用了，身上有点飘飘然，有点软，但并不酸痛，而且最主要的是，肠胃也渐渐风平浪静了。

一阵清风吹遍了他的全身，好像是酣睡以后睁开了眼睛，好像是儿时的一个伴侣拿着小手枪来叫他去玩，好像他看见了他的共命运的妻子的目光，而且他忽然想默念两句词：

> 日出江花红胜火，
> 春来江水绿如蓝，
> 能不忆江南？

他自己都感到了自己脸上的笑容了。这久违了的轻松的、单纯的、信任的笑容。他觉得自己正在从老鼠变做一只燕子，变做一条鱼了。他正在展开翅膀，他正在穿过碧波，如歌的慢板，然后是小步舞曲……

瞧，我已经不饿了。瞧，我是多么清醒啊！

三个老头子也已经喝饱了马奶子，他们在满足地咂着嘴唇，摸着胡子。但是大盆里还有一点残余，他们齐声向曹千里劝道："请吧！你是小伙子嘛！"

我们的像燕子一样轻盈，像鱼儿一样自由的小伙子没有推辞，他把盆端起来，把剩奶倒到自己碗里，毫不勉强地把它喝下去了。他开始出汗了——不是冷汗虚汗，而是温暖的和健康的人所能出的洁白而光亮的汗水。

> 君不见黄河之水天上来，奔流到海不复回
> …………

莫非他已经踌躇意满了吗？只因为差点把自己撑死的四海碗酸马奶？这可真有趣。就像贝多芬的交响乐，雍容华贵、富丽堂皇、饱满丰厚、英勇崇高？还是像柴可夫斯基，深沉委婉、丝丝入扣？

李白在醉后宣告：

天生我材必有用，千金散尽还复来
…………

而可爱的林黛玉在《咏香》诗里说：

焦首朝朝还暮暮，煎心日日复年年。
…………

"给我一个冬不拉！"他向主人索要。主人将信将疑地，好奇地把冬不拉给了他。他拧紧了弦，乒乒乓乓地弹起来了。来公社三年了，他从来没有动过任何乐器，一切乐器都是和他的过去连着的，而他追求的是彻底埋葬他的过去。甚至于慢慢地他自己也相信了，他已经不爱音乐也不会搞音乐了，他已经分辨不出旋律和节奏，认不出五线谱了，他只觉得茫然。

然而，一接过这破旧的冬不拉，他就弹出了调子。这是一首叫作《初春》的冬不拉乐曲，还是在一九六六年以前，他听过两次，不知道为什么他想起了它。一面凭记忆，一面对记不住的段落给以即兴的修正和补充，他弹起来了，弹得老妈妈和三位老牧人都听呆了，他根本没想到，来客竟是一位乐师！

然后他唱起来了。他唱了青春，唱了生活，唱了大海，唱了呼啸的风，唱了打铁的手，也唱了姑娘的眼睛。

……曹千里完全不记得他是怎样离开这座毡房的了。他只是不断地提醒着自己，他没有醉，他非常清醒，特别是他的一双眼睛，看什么都分外鲜明、清晰，好像是用水把一切洗了又洗。他看见了哈萨克老妈妈和三位萍水相逢的老牧人眼睛上的泪光。他们四个人一起走出毡房，恭恭敬敬地送他。他们还说了许多热情和友好的话，他不记得自己回答了什么，但他记得自己是彬彬有礼的，完全符合对一个晚辈的礼节的要求。

他走出毡房之后一眼就看到了外面的光亮光亮的碧空，娇嫩、多汁、透明的蓝天上有两片薄云在飘。而高山的雪冠洁白炫目，洁白中又有一道一道清晰的褐紫色的线条——那大概是无雪的山谷，一切都那么有层次，像刀刻出来的一样。

他甚至看见了山谷中的几丛云杉树。他觉得他看见了哈萨克小孩子爬在树梢上撇柴火。山里有黄羊吗？野鹿、獾和狼？有一个哈萨克大汉骑着马去追逐一只狼，竟然徒手捉住了狼，把狼夹在了自己的腋下——夹死了！就是这样的人民，但是他们爱音乐，爱冬不拉，爱唱歌，许多毡房里都有乐器，有留声机，唱匣子……

许是雪山看久了，他的眼睛里出现了一块又一块亮得发黑的斑点，以致他看草地也看成一块黑、一块黄、一块绿，斑斑斓斓的了。但是他的视力很好，他没醉，不信，他看得清楚每一株形状不同、姿势不同、颜色也各异的草。草在动，草在摇，草在互相挨近，低语，抚爱。草也爱听音乐，爱唱歌的吧？是有风么？他怎么觉不到？

他一下盯住了毡房前的拴马桩，并且看个不住。一匹大马，被绳索吊起来，说是吊起来吧，又略略挨一点地，然后任凭人们的摆布，说抬蹄就抬蹄，说钉掌就钉掌，这可真是个了不起的、有用的桩架啊！他奇怪，为什么这桩子看着愈来愈小呢，还有点弯弯曲曲……他走上一步，打算扶正这根桩子，用力推，用力拉，都不影响木桩分毫，木桩呆呆木木地，一动也不动。他却看见了一个大大的黑蜘蛛，细长的、弓起来的八条腿。蜘蛛可是益虫，向益虫致敬！同时在这一刹那他感到无比的幸福，他竟然不是蜘蛛，不是蚂蚁，不是老鼠，他是一个人，一个堂堂正正的中国人！他有幸作为一个人，一个二十世纪的人来到这个世界，来到中国的这一块奇妙的土地上。他有幸作为一个人，有苦恼、有疑惑、有期待也有希望，又会哭、又会笑、又会唱。他能感知这一切，思索这一切和记住这一切，这难道不是一个奇迹吗？这难道不值得赞美和感谢吗？

并不是每一种元素，每一个个体都有这样的幸运。同样的碳元素，存在在这根木桩子上和存在他的细胞里就会发挥不同的作用。这根桩子也是有用的，然而它不会呼吸，不会做梦，不会叹气也不会同情任何一匹无辜的马，甚至它都不想立得更直一些。立得更直一些不是会更好一些吗？一个点和一个面的最短的距离，乃是从这个点向这个平面所做的垂线……他还没忘记数学呢！他可没有醉，他想连着做五道数学题，但是他要走了，他已经饱了，至少，他已经不饿了，那可以使小小的马驹长成千里马的马奶子，难道不能使他变得强壮和生气勃勃吗？但是，他的马呢？

他寻找着。他没有给马下绊子。他相信它是不会乱跑的,这是一匹安分守己的、不和谁过不去的、沉默而又自重的马。这是他的朋友。他看到了:就在那儿呢!离这儿大概有个四五百米。他模仿着哈萨克牧人打了一个唿哨。过去,他总是学不像,可今天,倒真像那么回事。那匹马立刻就抬起头来了,向他张望了。他的目力可真好,隔得这么远,而且天空和雪山晃着他的眼睛,他却看清了马的耳朵的颤抖和鼻孔的翕动。可爱的老马,你听到了我在叫你吗?你是多么聪明而又多么善良啊!看啊,灰杂色的老马踏着绿草正在一步一步向他走来,这简直是一个有价值的镜头,这简直是一幅画。在空荡的、起伏不平的草原上,一匹神骏,一匹龙种,一匹真正的千里马正在向你走来。它原来是那样俊美、强健、威风!它的腿是长长的,踝骨是粗大的,它的后蹄总是踩在前蹄留下的蹄印的前面,它高扬着那骄傲的头颅,抖动着那优美的鬃毛,它迈步又从容、又威武、又大方,它终于来了,来了,身上分明发着光……

终于,曹千里骑着这匹马唱起来了。他的嘹亮的歌声震动着山谷。歌声振奋了老马,老马奔跑起来了。它四蹄腾空,如风,如电。好像一头鲸鱼在发光的海浪里游泳,被征服的海洋被从中间划开,恭恭敬敬地从两端向后退去。好像一枚火箭在发光的天空运行,群星在列队欢呼,舞蹈。眼前是一道又一道的光柱,白光,红光,蓝光,绿光,青光,黄光,彩色的光柱照耀着绚丽的、千变万化的世界。耳边是一阵阵的风的呼啸,山风,海风,高原的风和高空的风,还有万千生物的呼啸,虎与狮,豹与猿……而且,正是在跑起来以后,马变得平稳了,马背平稳得像是安乐椅,它所有的那些毛病也都没有了,前进,向前,只知道飞快地向前……

即使以后,在今天,在八十年代,在那些年发生的事情又变成了永不复返(一定!)的"上辈子"以后,在曹千里扑到了渴望已久的新的春天里以后,在他真正地和大家一道开始奋飞起来以后,他永远记得这一匹马,这一片草地,这一天路程。他记得在奔跑的时候所见的那绚丽多彩的一片光辉。他怀念这一切,他充满了由衷的谢忱。

1980年9月至10月写于美国衣阿华城五月花公寓

——时应邀参加"国际写作计划"

1981年2月回国后略加修改并誊清

虚掩的土屋小院

　　用三块长短不一、薄厚不一的木板钉起的木门，当然更不曾油漆，也没有门槛，代替门框的是埋在土里的、摇摇晃晃的两根柱子，门上只有一条由三个椭圆形的铁环组成的铁链，当家中无人的时候，最后一个椭圆链环扣套在右面木柱的铁鼻上，再挂上一个长长的铁锁。铁锁是老式的，在我年幼的时候，常常看到这种式样的长铜锁。开这种锁的钥匙实在太简单了，给我一根铁丝哪怕是一根木棍吧，我将在一分钟之内给您把锁打开。

　　据说从前有一段时间，伊犁农村连这样的由小小的铁匠炉土法打制的锁也没有人用。简朴的生活，简单得不能再简单的财产，稀少的人烟和罕见的、因而是高贵的过客，不发达的商品生产与商品交换，这一切都不产生使用锁的需要。农家院落里的果树上的果实吗？任君挑选。维吾尔、哈萨克人认为，支付给客人享用的一切，将双倍地从胡大那边得到报偿。客人从你的一株果树上吃了一百个苹果，那么这一株树明年会多结二百个——也许是一千个更大更甜更芳香的苹果。客人喝了你家的一碗牛奶，明天你的奶牛说不定会多出五碗奶。多么美丽的信念啊！

　　那个时候伊犁的农民也养鸡，但他们并不重视去捡拾鸡蛋（至今伊犁农民认为鸡蛋是热性的，吃多了会上火）。鸡都是自由地走来走去的，没有鸡窝。有时候一只母鸡许多天不见了，主人也顾不上去寻找它。一个月以后，突然，母鸡出现了，后面带着十几只叽叽喳喳的雏鸡，主人的孩子将先期发现这样的奇迹，欢呼着去报告自己的爹娘，而对于报告喜讯的人，按照维吾尔人的礼节，应该给以优厚的款待和报偿。

　　从一九六五年到一九七一年我生活过的这个伊犁维吾尔农家小院，位于乌（鲁木齐）伊（犁）公路（老线）一侧，每天车来人往，尘土飞扬。当然，那时候房东穆敏老爹和阿依穆罕大娘已经使用那把锈迹斑斑的锁了。然而，纯朴的古风毕竟没有完全灭绝，我们小院木门上的铁链的最后一个椭圆上，经常挂着的是一把并未压下簧去的锁，就是说，这把锁仍然是象征主义而不是现实主义的。也有些时候，连象征主义的锁都不用，最后一个椭圆上的铁鼻里，插着的是随手捡起的一块木片乃至一根草棍，到这时，连象征都没有了，只剩下超现实、形而上的符号逻辑了。

一九七一年，我离开这里不久以后，先是公路改了线，为了安全也为了取直，路不从村中经过了，小院马上变得安静起来。紧接着，小院拆毁了，按照建设规划，这里应该修一条路。现时，这条路已经修好了，一条乡村的土路，然而是笔直的，通过田野，通过小麦、玉米、胡麻、油菜、苜蓿、豌豆和蚕豆，越过一道又一道的灌水渠，路两旁是田间的防护林带，参天的青杨，青杨上栖息着许多吱吱喳喳的鸟雀。当人们走过这条安谧的田间土路的时候，将不会再想起，这里本来是一个不大上锁的农家院落。

房东大娘名叫阿依穆罕，一九六五年我住进她家的时候她已经头发白了大半，满脸而且满手的皱纹。然而，她还有很好的、我要说是少女一样的身材，苗条，修长，动作灵活。她的皮肤白里透着一点粉红，瓜子脸，大眼睛，细长的眉毛，任何人都会不由自主地想到她年轻时候的美丽。她的长相——后来我发现——是多么像中央电视台播放的英语讲座《跟我学》节目的解说人之一、澳大利亚的凯瑟琳·弗劳尔啊！每逢我观看《跟我学》这个有趣的节目的时候，我都忍不住要想起阿依穆罕来，我以为我活脱脱地看到了阿依穆罕年轻的时候的形象。

她最大的爱好大概就是喝茶了，湖南出的那种茯茶，我要说她是像煎中药那样地使用的。一九六六年五月，我来到他们家将近一年了，一天中午，我们一起在枝叶扶疏、阳光摇曳的苹果树下喝奶茶，把干馕泡在奶茶里，这就是一顿饭。经过多日的训练，我已经能够喝下两大碗（每碗可盛水一公斤半）奶茶，对于外来户来说，这是相当可观的"海量"。喝罢三公斤奶茶并吞咽下相应的馕饼以后，我感到了满足也感到了疲倦，便走进我住的那间不足四平方米的小屋，躺在从伊宁市汉人街用十一块钱的代价买来的一条毡子上打盹。迷糊了大约有三刻钟，我起身去劳动。出门以前，看到阿依穆罕仍然坐在二秋子（当地苹果的一个品种）树下喝奶茶，她的对面坐着邻居女人库瓦罕，她是一个铁匠的妻子，年龄比阿依穆罕小个两三岁。她们常在一起说闲话，互通有无，谁做了什么好饭，一定要给对方端一盘或一碗去。我不知道库瓦罕的到来，看来，在刚刚过去的三刻钟里，我还真打了个盹。

这天下午是在离这个小院——我的"家"不远的大片麦田里打埝子准备浇水。新疆的农田浇灌，与内地做法完全不同，这里有一种特殊的粗犷的办法。这里的渠水很大，浇起来浩浩荡荡，所以从来不打畦，也没有垄沟。一块农田，小则五亩六亩，大则十几亩二十亩，就靠一渠水大水漫灌。有经验的农民，把地势看好，然后一是确定在哪几个地方开口子，先后有一定顺序；二是确定在田里哪几个地方打几道土埝子。水有水路，地有地形，从某一个地方开了口子，大水哗哗流进，必然分成几路向低处流去，土埝子恰好就要打在这几路水的必经之路上，前进的大水受到埝子的阻挡之后，必然再次分化，同样，依据地势和水量，其分化路线也是可以预见的，再有几个小埝子一挡……如此，塞而流之，堵而分之，疏而导之，高低不平的田地竟然都能上水，我这个内地的城里人，也委实为之叹为观止了。

不过一九六六年五月我对这套无畦无垄大水漫灌法还全无了解，虽说是依样画葫芦跟着老社员干，但对为什么要打埝子，挑什么地方打埝子一窍不通，到了地里抓耳搔腮、莫名其妙、愣愣磕磕、木瓜一般。再说，我用不好砍土镘，我用使镢头的办法弯腰撅腚抢砍土镘，角度不对，事倍功半，气喘吁吁，汗流浃背，收效甚微，羞愧难当，深感知识分子改造之必要与艰难。

领导我们干活的便是房东老爹穆敏，说是老爹，其实他五十几岁，身材矮小，双目有神，长须长眉，有德高望重的长者之风。而当时的我，不过才三十一岁，尊称他一声老爹，是适合的。

穆敏对我从来是带着笑容的，但他有一个毛病，带领一批人干活时，他只顾埋头自己干，不管别人，对于我在打埝子中犯难的情形不闻不问。其他几个人也都是闷头干的老头儿……受累并不可怕，就怕干这种不得其门而入的瞎活，那个下午，我算是受了洋罪。

一个半小时过去了，又半个小时过去了，我如热锅上的蚂蚁，只盼着穆敏老爹叫歇，偏偏他就是不叫。有几个老头也向他吆喊了，他点点头，仍然没有叫歇的意思。要是别人，干一个小时就会叫歇，一下午至少要歇两次，我们的这位老爹干活可真积极呀！我已经有点埋怨他了。

终于，人们不等他发话，先后自动停止了手底下的活，把砍土镘立在地里，坐到渠埝上吸烟。穆敏老爹也笑嘻嘻地停止劳动休息了，他不抽烟，只是用袖口揩着额头的汗。我学着用报纸纸条卷烟，用口水粘烟，但卷不紧也粘不牢，点火吸了两口以后，弄得满嘴莫合烟末子，又麻又辣，吐也吐不净。我想起这里离"家"很近，干脆回去漱漱口，喝碗水，倒也清爽——这就是在家门口干活的好处了。

沿着田边的一条满是牲畜粪便的土路走了几步，越过一条干涸了的灌渠，再越过公路，拐一个弯，便是我们的小院，推开三块木板钉成的门，我走进院里，不由一怔。原来，阿依穆罕大娘仍然坐在枝叶扶疏的苹果树下，她的对面仍然坐着邻居女人、皮肤黧黑的库瓦罕。她们的侧面，则坐着住在一墙之隔的大院子里的桑妮亚，桑妮亚是阿依穆罕的继女，相当年轻漂亮，已经有五个孩子，由于孩子的拖累，又由于她有一个精明强悍、会做成衣、会修皮靴、会做饭、能抓钱的丈夫乌德，她是从不出工下田的。

经过了至少半分钟的思忖以后我才对这个场面做出了判断：原来房东大娘从中午开始喝的这次奶茶仍在继续进行！锅灶也扒出了许多灰，显然又烧了不止一大锅水，挂在木柱上的茶叶口袋，中午我们一起喝茶时还是鼓的，现在已经是瘪瘪的了。摆在树下的小炕桌上铺着桌布（饭单）里放着两张大馕一摞小馕的，现在已经掰得七零八落，所剩无几。天啊，这几个维吾尔女人，其中特别是我的房东阿依穆罕大娘可真能喝茶！如果不是亲眼看到我都不能相信，简直能喝干伊犁河！我在书上看到过古人的"彻夜饮"，那是说的喝酒，而且只见如此记载，未见其真实生活。今天，我却看见了"彻日饮"茶！

"请过来，请到桌子这边来，请喝茶！"她们热情地邀请我。我本来是想喝点清水的，因为奶茶太咸又有油，但既然她们盛情相邀，便过去喝了一碗，只喝得浑身透汗，神提目明。我心想，盛春之际，树下畅饮砖茶奶茶，确是边疆兄弟民族农家的人生一乐！

晚上下工以后，大娘宣布，由于没买着肉，不做饭了。伊犁维吾尔人的习惯，吃面条、抓饭、馄饨、饺子、面片之类，叫作"饭"，吃馕喝茶虽然也可充饥，却不算吃饭，只算"饮茶"。这个晚上，又是奶茶与馕。我以为，经过一中午和一下午的"彻日饮"，阿依穆罕可能喝不下去多少了，谁知道，她仍是一如既往地两大碗。

这还不算，饭后一个小时，她还要再精心烧一小壶茶。这种睡前的清茶，有时加一点糖，有时就一点葡萄干或者小馕，边啜饮边谈话，与其说是一种物质的需要，不如说是一种精神的享受。阿依穆罕烧这种清茶的本事也是很高的，先在铁锅里烧半锅开水，把一撮湖南茯砖茶放到一个搪瓷缸子里，用葫芦瓢把开水舀入缸子，缸子放到柴灰余烬旁边，既不让水沸腾，又维持一个相当的温度，我想是摄氏九十至九十五度左右吧，在这种情况下，还要掌握一个适宜的时间，大约十至二十分钟，然后倒茶喝。看起来，这个工艺过程很简单，然而在新疆这么多年，我喝的砖茶可谓多矣，没有一处能把茶烧得像阿依穆罕大娘烧的那样好。我自己在家里也烧茯茶，尽量按照我观察学来的方法去做，也从来没有达到过同样的水平。

喝着清茶，我与房东二老轻轻地谈着天，释却了一天的劳乏。阿依穆罕看着茶碗，不动声色地对穆敏老爹说：

"老头子，茶没了，该到供销社去买了。"

目光清明、声音清亮、个子娇小、胡须秀长的穆敏老爹叫了起来："胡大呀！这个老婆子简直成大傻郎了！一板子茶叶，两公斤，十天就喝完了！"穆敏说话，太阳穴上的青筋蹦出来了，好像受到了突然的击打。他确实是在惊呼，然而满脸仍是笑容，他好像在着急，却仍然充满轻松，他好像在埋怨（甚至有点激昂慷慨），却又充满得意，也可以说是欣赏，或许是在炫耀。这一辈子我见到的各样的人的各式各样表情也多了，但是这种难以言传的"轻松愉快的着急"，是只有穆敏老爹才有的。

"你才傻郎呢！"老太婆自言自语，口齿含糊不清，既不理直气壮，也并无愧色。她仍然什么人也不看地说："不是十天，是十二天。又不是我一个人喝的……反正你明天得给我拿茶来。"

"喂，老太婆，砖茶多少钱一公斤你知道不知道？茶叶是从老远老远的地方运来的，你知道不知道？尤其尤其最重要的，我已经没有钱给你买茶叶了，你知道不知道？"老爹把声调提高了，眉头也皱起来了，说完，哈哈大笑。

阿依穆罕大娘一边拾掇茶碗饭单馕屑一边嘀咕："我不知道。我不知道。我只知道喝茶。"

"呜——呜，"老爹叹了口气，"可怜的老太婆！"然后他用命令的口吻说："给我两个小馕！"

"你……"老太婆抬起了头。

"今晚我要去伊犁河沿检查他们的夜班浇水！那个能说会道的马穆特，只会开会的时候没完了地给干部提意见，干起活来一点也不负责任……昨天晚上他们组浇水，他呼呼地睡大觉，包谷地里的水全跑了……要在旧社会，这样的人不饿死才怪……"老爹恨恨地说。

穆敏是生产队的水利委员，而五月份，是昼夜浇水最紧张忙碌的月份，老爹夜间去巡查浇水的情况，是他这个水利委员分内的事，当然不足为奇。但他事先一点没有说要上夜班，故而阿依穆罕与我听了都一怔。

这也是穆敏老爹性格上的一个特点：他不喜欢预报自己的行动。当大娘问老爹第二天做什么的时候，他常给予的回答是："谁知道呢？"要不就是："让胡大来决定吧。"

老爹解开黑布褡膊，把两个小馕放好，再把褡膊围着腰系紧，临走出房门的时候，回首向老太婆一笑，老太婆跟了出去。我看看天时已晚，便铺床准备睡觉。谁知没过一分钟，听到院里一片喧嚷，噼里扑通，老头喊，老婆叫。我连忙推门走出，只见房东二老正与他们的毛驴"战斗"。

穆敏老爹饲养和用以代步的是一条个儿虽不大，但很结实，毛色棕褐的母驴。一个多月以前，母驴刚刚产了一驹，老爹已经好久没有骑用它，今晚要用，母驴恋驹心切，不肯外出，只是随着老爹的紧抓着缰绳的手打转，嘴被勒得咧开了老大，露出粉红色的牙床和舌头，鼻孔大张，十分丑陋。老爹大喊大叫，脸红脖子粗，硬是指挥失灵。老太婆尖声斥骂母驴，照样无济于事。二老一驴，斗得难解难分。见此场面，我想帮忙又帮不上忙，想笑又不敢笑。母驴伸长了脖子，更激起了老爹的怒火，跳起来照着母驴就是一拳，用力一拉，估计使出了老大的力气，母驴跟着向外走了几步，老爹终于憋足了劲把驴拉到了门外的土台边（维吾尔农家门口大多砌这样一个土台，为骑马骑驴的人上下牲口之用。夏天，人们也可以坐在这里卖呆乘凉）。

穆敏老爹骑上了驴，但母驴仍不肯走，在街心转着圆圈，任凭老爹拳打脚踢，就是不肯就范。最后还是阿依穆罕大娘打开驴圈，把驴驹赶到大路上，果然，母驴精神抖擞地带着小驹子向庄子的方向进发了。

这一夜我睡得很实，大概是白天盲目打埂的活儿把我累坏了。一觉醒来，茶已经烧好，老爹没有回来，我俨然是一家之主，坐在"正座"上喝了茶。不管喝茶还是吃饭，阿依穆罕大娘总是半侧着身坐在靠近锅灶、碗筷的地方，不论吃喝得多么简单，她都是盛好，恭恭敬敬地用双手端给老爹和我，吃完一碗，需要加茶或加饭时，也都由她代劳，她绝不允许我们自己去拿碗拿勺。维吾尔家庭男女的分工是非常明确的。

中午，阿依穆罕一反常例做了拉面。她告诉我，她早晨在供销社门市部排了一个小时队，买了五毛钱羊肉，她估计，老爹中午会回来，"老头子一定会给我带茶叶来的。"她笑眯眯的，说起来挺得意。她还告诉我，在供销社排队买肉的时候，一位新迁来的社员对卖肉的屠夫说："你别给我这么多骨头，我要骨头少一点的。"屠夫回答说："骨头该多少就是多少。如果骨头少，羊怎么立在地上，又怎么在地上走呢？"屠夫的回答使所有排队的人大笑。阿依穆罕大娘还告诉我，这位屠夫很有名，宰了一辈子羊了，他宰出来的肉又干净又好吃。我对这一说法提出了一点异议，我说，羊肉好吃不好吃，恐怕决定于羊本身，与谁宰没有什么关系。大娘打量了一下我，叹了口气，"哎，老王！您不懂，谁来宰，关系大着呢！比如×××、××××（她提了几个名字），就是肥肥的料羊（指用精饲料喂肥的羊），他们宰出来也是淡而无味呢！"

她的说法使我将信将疑。

大娘做好了菜，又做好了面剂子，然后烧开了一大铁锅水。水开以后，她把柴火略略往外扒一扒，走出院门站到街心眺望。她站了十几分钟，回来，打开盖锅的大木盖，看看水已经熬干了四分之一，便用大葫芦瓢舀上两瓢水，重新续柴火，把水烧滚沸，又往外扒拉扒拉火，走出门去迎接。如是搞了好几次，也没有把老爹等来，只是费了许多水又许多柴。我连忙拿起扁担去挑水。大娘的洋铁水桶，一个大，一个小，大娘的扁担是自制的，原是一个树棍子，圆咕隆咚，中间拧了一道麻花，扁担钩子一端是铁匠炉打制的两环一钩，另一端是自己用老虎钳子折曲了的粗铅丝。挑起这两个空桶，走出去不到两步，扁担在肩上翻滚，水桶在扁担钩上荡来荡去，叮当作响，活像是闹了鬼。好在这种水桶比关内农村用的上下一般粗的铸铁桶小巧得多，装水也少得多，挑起来除了肩膀被挤得生疼以外，并不费什么力气。但挑回水来以后，看到大娘仍在顽强地从事着她那不断添柴添水，不断晾凉熬干的无效劳动，我忍不住进言道："等老爹回来再烧水不好吗？您看，您烧了好几锅水啦，老爹还没有影儿呢。也许，老爹不回来呢。"

"老头是个急脾气，回来吃不上，要生气的。"大娘笑嘻嘻地说。

"可这样多费柴火呀！"我忍不住说，说完又后悔了，本来应该是贫下中农对我进行勤俭节约的教育的，怎么我这样僭妄，竟然倒过来"教育"起贫下中农来了？

"柴火嘛，老头子会拿回来的，还有茶叶，还有钱，这都是老头子的事情。"阿依穆罕大娘笑得更开心了，她充满了信赖。

"可您怎么说老爹脾气急呢？我看他一点也不急呀！"

"当然啦，老王，他急。我们维吾尔人有句俗话，高个子气傻了眼，矮个子气断了魂。越是矮个子越爱生气……当然，他现在老了，和年轻时候不一样了。"

这天中午，老爹没有回来。

吃晚饭的时候老爹也没有回来。大娘又是烧开了水，走到小院外，站在街心，伫立着眺望通向庄子的那座架设在主干渠上的木桥，前前后后出去了好多次，加在一起站了足足有两个小时，烧干了一锅又一锅的水，耗费了一把又一把的柴。

快睡觉的时候，老爹回来了，他显得疲惫而又阴沉。大娘热情地向他说这问那，他一句话也没有，茶叶也没带回来，他也不做任何解释。大娘对他的这种表情好像很熟悉，便不说什么，默默地侍候他喝奶茶，并把中午剩的面条过了过热水，拌好，递给老爹。大娘也很沮丧，她不高兴时有一种特殊的表情，把上唇尤其是人中拉得很长，有时谈话当中做鬼脸时也是这样一种表情，这是我在汉人中间从没有看到过的。

遇到二老不愉快的时候，我常常觉得尴尬、举措无当，如芒刺在背。我和他们生活在一起，他们板着面孔，我不能板着面孔，我没有任何道理要板面孔啊！但我又不能在他们不快的时候若无其事地与他们说闲话，那样的话我未免太风凉、太轻松愉快、太不尊重与体贴人家。我谨慎地试探着与老爹说了两句不相干的话，"美国飞机又轰炸越南了。"我用我学得还不纯熟的维吾尔语，再加手势，再加汉语单词，吃力地表达着，对于他能否听懂，全无把握。"噢，太糟糕了。"老爹首肯着，向我礼貌地一笑，笑容旋即消失了。"北京，下了一场大雨，有的房顶子都漏雨了。"我又说。"噢，北京下雨了，好。"他的笑容更勉强了。

无话可说，我便睡下，等醒来，老爹已经走了。

"……老头子不放心，睡了一会儿就起身走了。马穆特浇夜班，睡大觉，大水豁了口子，跑到伊犁河里，哇哟，哇耶……"大娘叹着气，哼哼唧唧，一脸的愁容，把情况告诉我。

"您的气色很不好，要不要到医院看看？"我问。

她"呜——呼"地吐着气，摇着头："没有别的麻达（麻烦、问题），茶没了，老头子说给我买回来，可他空着手回来了，他在生气，可能是没能支上钱……没有茶，头疼，我要死了，要死……"她有气无力地呻吟着。

"您把购货本给我，我去买……"我自告奋勇。

"不，不，让你买得太多了，老头子知道了，会生气的。这个月可能就是不愿意让你给我买茶，老头子总是把购货本带在身上……"

无法，我又坐了下来，只能同情地、忧郁地说："您真爱喝茶……"

我这句话好像触到了大娘的某一根神经，她的眼圈红了。她说："我没有爸爸了。我没有妈妈了。我也没有孩子了，胡大不给。我生的六个孩子全都死光了。我十五岁那年嫁给艾则孜依麻穆（伊斯兰教《可兰经》诵经领诵者），我给他生了四个孩子，三个男孩，一个女孩。第二个男孩长到了四岁，他爸爸给他做了一个小石碌子，一副小套绳，还有拥脖（套包子），他把拥脖放到我们的一只黑猫的脖子上，呵，那真是一只大黑猫，简直像一条狗。我的儿子每天赶着猫拉石碌子，在院子里'轧麦场'……我的儿子长得真好看，他多有本事啊，不到一岁就生吃了一头皮牙孜（葱头），到四岁的时候他都会写字，会写名字，会念'拉衣拉赫衣，衣拉拉赫衣……'（经文起始句）了……"

阿依穆罕大娘的故事我已经听她说过几次了，但是，一遇到砖茶断绝供应的时候，她就要回顾这一段。也许，这回顾和叙述自己的痛苦，其味也如饮苦茶吧？

"可那一年流行瘟疫，我爸爸，我妈妈，我的两个姐姐，我的丈夫和我的小儿子……都死了，胡大把他们的命收回去了，我们又能说什么呢？老王！"

"如果医疗条件好一点……"我小心地说。

"也许……那时候伊犁也有医院……我的孩子陆续死光了，只剩下了桑妮亚。桑妮亚是艾则孜哥的前妻生的。我嫁给艾则孜哥的时候她才一岁，然后我成了桑妮亚的妈妈，我给她做饭，我哄她睡觉，我抱着她……"

大娘的回忆充满感伤，我也感动了。只是有一点，她和她的继女桑妮亚的年龄我怎么也算不对。如果阿依穆罕是十五岁结的婚而当时桑妮亚一岁的话，那么阿依穆罕比桑妮亚大十四岁。如今，桑妮亚自称是三十三岁。那么阿依穆罕只有四十七岁，显然不太对头。桑妮亚已经有五个孩子了，但长得结实、苗条、不显老，她很可能少说了两岁，比如，她可能是三十五岁。阿依穆罕大娘呢，也说不定记错了自己结婚时的年龄，恐怕也还要加上两三岁。那么，她不仅是超过了四十九，说不定是五十三岁左右了。

"……直到土改以后我才和穆敏结了婚。艾则孜哥死了以后，为了将桑妮亚抚养大，我守了十几年的寡。土改那年，我先把她嫁了出去，我把艾则孜哥留给我的产业差不多全给了她，只留下了这个小院和这一间小房，这原来只是大院的一角。你住的那间小贮藏室是穆敏后来盖的。我本来不想再结婚的，乡长和工作队长都来说合。我知道穆敏是个好人，他下苦（扛长活）几十年，又整整当了七年民族军的兵，房无一间，地无一垄，他没结过婚。他不愿意别人说他沾了女人前夫的光。"

于是明白了为什么桑妮亚家是那样的高房大院，而穆敏老爹这里是这样寒酸。

"……我与穆敏结婚以后，又生过两个孩子。"阿依穆罕继续说，"我不是不生孩子的女人，我生过，我有过。"阿依穆罕的声音激动得颤抖，眼里充满了泪水，"两个都是儿子，头一个出世三天就去了，死得像一只小猫。第二个孩子长到了一岁半，他会叫大大和阿帕（妈妈）了。我是生过六个孩子的母亲，但是现在，我生活着，像一个不会生孩子的人，那些不生孩子的女人，人们都讨厌，自己也讨厌……"

"也不能这么说……"我无力地劝慰着。

"不，我不这么说，唉，老王，我从来没有这样说。命是胡大给的，胡大没让他们留下，我们又说什么呢？这不是，我没有爸爸，我没有妈妈，我没有孩子，可是我有茶。穆敏总是给我买茶，不管他怎么发脾气，骂我，嫌我茶喝得太多，他一定会给我买茶来的……而且现在有了您，您也给我买过好几次茶了……"说着，她宽慰地笑了。

阿依穆罕的信赖是没有错的，她对穆敏的信任使我这个旁观者也感到温暖。这天半夜穆敏回来的时候带着半板子茯茶。他仍然是半夜来，天亮前走的，我睡得死，既不知道他来，也不知道他走。只见到第二天阿依穆罕眉开眼笑地大把抓着茶煮。这天的茶让人觉得特别有味，虽然我不理解茯茶怎么可能弥补父、母、孩子都不在了所留下的空白。

在这个繁忙的暮春和初夏里，穆敏老爹每天没日没夜地操持着队里全部农田的浇灌工作，有时一连几天见不着他，有时他回来睡上两三个小时，吃上顿饭，又匆匆走了。我问他："您的睡眠不足啊，老这样下去，怎么行呢？"

他笑一笑说："人就是这样子，愈睡，就愈松松垮垮。从小，爸爸是不让我睡多了的，每天天不亮，在我睡得最香的时候，爸爸就要把我叫醒。这样，就惯了，我从来不会睡得太多。"

他又补充说："对于我们农民来说，对于我们浇水的人来说，夏天，在哪里不能睡觉呢？有时候我靠着墙坐着，坐着坐着就睡着了，这就是一觉。马就是这个样子的。老王，你可曾看见过马躺在地上睡觉？马不是小猫，它从来不会盘成一团，卧在火炉旁。一匹老马，站在那里，忽然闭上眼睛，又睁开了，这就是睡觉了，这就算是睡了一觉啊！"

我点点头，他的关于老马和小猫的比喻，使我悚然心动，而且带着惭愧。

然后是夏收大忙季节，然后是给麦茬地普遍浇一次水和伏耕，据说经过保墒晒土的伏耕以后，土地的肥力会大大提高。然后是玉米授粉期的灌溉。然后是苹果熟了，哈密瓜熟了，西瓜熟了，大家到果园吃果，到瓜地吃瓜，记上块儿八毛的账，把一麻袋一麻袋的瓜果运到家。

老爹忽然不上工了，他说是要脱土坯、挖菜窖、修厕所，搞几天家务。但一连三天过去了，他一动也不动。他说要休息，但既不进城（伊宁市）游玩，也不在家睡觉，每天只是从早到晚坐在三块板钉起的院门前的土台上，呆呆地看着过往的车辆和行人。他的表情是忧郁的，遇到别人和他打招呼，他谦卑地短促地一笑，但那笑容挺苦，叫人觉得难受，就连说话，他也是懒洋洋的。

"老头子没有精神。"阿依穆罕告诉我说。

"没精神"这句话在维语里可以当生病解，也可以只是当作不振作解。我便关切地问候老爹："您是生病了吗？要不要到卫生院去看看？"

穆敏似乎不太高兴，他说："动不动就说生病吗？坐上一会儿就是生病吗？"

我抱歉地笑着说："那最好，没有病最好。"

他好像也意识到刚才的不快并没有多少道理，转过身来，向我解释说："人的精神嘛，一天会是好几样，一年会是好几样，一生嘛，更是一个样子又一个样子。这几天，我只觉得我非常懒散，松松垮垮。"

"那您好好休息一下吧。"

"这不干休息的事。每年我都要这样的，我在想，我想啊，想啊，想……"

"您想什么？您有什么发愁的事吗？"

他犹豫了一下，好像在考虑该不该告诉我，然后他严肃地说："我在想死。"

我吓了一跳，连忙问："您在想死？您想死做什么？"

他悲哀地笑了："小时候大人告诉我的，清真寺里的阿訇告诉我的，如果我们是好人，我们每天都应该想五遍死。做五次祈祷，就想五次死，夜间，更应该多多地想到死。"

"为什么呢？"我惊异地问。

"唉，老王，亏您还是个知识分子！"他遗憾地摇摇头，"人应该时时想到死，这样，他就会心存恐惧，不去做那些坏事，只做好事，走正道，不走歪道。难道您不明白吗？难道您就没有想到过死吗？"

"很少想。"我摇摇头，"但我也不愿意做坏事。"我又补充说。

老爹浅浅地一笑，和解地说："当然，你们是汉族，你们不是伊斯兰教徒。"

第四天，老爹仍旧没有去上工。阿依穆罕催促说，即使他既不去上工又不去脱土坯，他至少应该赶着毛驴去麦场，驮两口袋麦草回来。库瓦罕家已经卸了一车麦草了，而老爹还没弄回一根麦草来。

阿依穆罕讲得入情入理，要求又不高，老爹笑嘻嘻地答应了。当他在驴背上放了两条带补丁的空麻袋和一根长绳，赶着驴出门的时候，我感觉他的情绪似乎好了一些。

老爹一走去了五个小时，过了午饭时间很久才回来，回来的时候他面色红润，气喘吁吁，两只眼睛瞪得又圆又亮又大，说话声音洪亮，与前几天那种痴呆抑郁的样子判若两人。"怎么弄两麻袋麦草就用了这么长时间？"老太婆边埋怨，边质问着，"我们烧开了茶，等着你，等了一个多小时，瞧，把老王都饿坏了！"

"我和人吵架了。"老爹笑嘻嘻地说，他把眼睛一眨一眨，包含着四分惭愧、六分得意。"我走小路去庄子的麦场，正碰到我们的前科长、玛衣努尔的爸爸在打院墙，我发现他的院墙侵占了道路，比原来的院墙往外扩展了十五厘米，我给他提出意见，他不但不接受，反而骂我。"说到这里，他皱了眉头。

"什么，他骂你？"老太婆马上扬起眉毛，一副同仇敌忾的神气。

"我和他吵了起来……我叫来了许多人……大家都批评他不对，支持我……后来，当着大家的面，也当着'科长'的面，我抄起一把砍土镘，把他已经打起来了的墙根，全给他拆了……"

"傻郎……管那么多……"老太婆拉了拉上唇，转而批评起穆敏老爹来了。

"什么？你想想，不管怎么行呢？这个世界上的一切人和一切事都要有人管呢！如果没有人管，人们会走到什么道路上去呢？事情会办成什么样子呢？所以要有政府，所以要有党。党每天都教育我们，教育了十几年了，'科长'还是这样自私自利，如果不教育了，那还怎么得了！"

"哼……和'科长'吵架吵了五个小时？"老太婆并不想与穆敏辩论，便提出了新的疑问。

穆敏轻轻一笑："我帮着场上的人装车来着。"

"装车？"老太婆惊呼了一声，"你不是接连几天没精神吗？"

"谁知道。反正扛起麻袋来，似乎精神好了一点。"

"场上有场上的人嘛，你去扛什么麻袋！"

"几个年轻男女在一起，打打闹闹，叽叽咯咯，不好好干活。粮站的卡车开到了场上，硬是磨磨蹭蹭，不快快地给人家装车。我看不过去，便去扛麻袋。"

"可你今天是歇工的啊！这工分怎么算呢？"

"工分有什么用？这不是我拿回麦草来了么？这就是工分啊！"

"你不扛麻袋，不是照样可以拿麦草吗？"

"噢，你不出工，也不开会，你简直什么也不懂。你去拿麦草，你能到那里拿起麦草就走吗？歇工，你也是社员呀！我还是老农，是委员……"

"真积极……"老太婆咕哝了一句，不再吭声了。

这天晚上，新华社新疆分社驻伊犁记者站的一位同志到毛拉圩孜公社来看我，在这样的年月能有人来看我，我是很感激的。

这位记者同志带着一台牡丹牌小型半导体收音机。一九六六年夏天，伊犁地区还很少有半导体收音机，我们公社更是从来没见过。当喝过晚上的那次清茶，把"牡丹牌"放在小小的炕桌上，对准新疆的维语台，放送出维吾尔语的新闻和音乐节目的时候，穆敏老爹和阿衣穆罕大娘都惊呆了，四只眼睛都瞪得圆圆的，屏住了呼吸，看看"牡丹牌"又看看我，再看看那位身材瘦高的记者同志，显然，他们激动得说不出话来。

"帕夏依仙！"老太婆喊了起来。收音机开始播放帕夏依仙的歌曲，帕夏依仙是著名女高音歌唱家，她是原水定县人，离伊犁四十多公里。

"可这里……没有电线，没有电呀，它怎么出的声音？"老爹颤抖着声音问。

"有电池。"我回答。

"可电线呢？没有线，声音是从哪里来的呢？"

这个问题把我绕住了。看来，老爹是依据对有线广播的理解来理解晶体管收音机了。我应该告诉他，在无线电收音机里，电线只起着接通电源、提供能量的作用，因此用电池的直流电同样可以起这样的作用，而转换成声波的无线电磁波，并不需要借助电线的传导，便可以自天而降到我们这个不需要上锁的小院里。但是，我完全不掌握物理学、无线电方面的维语词汇，何况我对收音机、广播的知识也是一知半解，所以我虽然结结巴巴说了半天，大概没有一个人能听懂我的话。

我的记者朋友虽然不懂维语，但从我们的表情和手势上也大致知道了谈话的内容，他便把半导体翻转过来，然后把收音机背面的塑料壳子取了下来，这样，四节二号电池、密密麻麻的各种颜色的元件和线路，以及小小的银灰色扬声器，都暴露在房东二老面前。

"斯——大（啊哟）！真有本事！真能干！"两个人异口同声地赞叹，好像在他们面前不是打开了一台收音机，而是打开了一个活人脑壳。他们问："这是上海出产的吧？"

"上海，当然是上海。"我回答说。伊犁人对上海是很崇拜的。当我在伊犁河谷农村生活了一年多以后，提起上海，我也有一种由衷的景慕向往之情，我们不约而同地提到上海，表达了这种共同的对工业文明的敬意。其实，很快我就发现，我搞错了，牡丹牌晶体管收音机并非制造于上海，而是产自北京，但我始终没有更正。为什么呢？也许我直觉地认为，在伊犁，把上海抬得高高的，是一件好事吧？

我的记者朋友走了以后，我连打了几个哈欠。能吃能睡能劳动的"三能"方针对于下乡锻炼改造的人们来说，不失为一个正确的方针。我的哈欠传染给了大娘，她也捂住嘴打起哈欠来。但是穆敏老爹兴奋万分，他的眼睛比平日睁得大了许多，他不准大娘把炕桌收走铺褥放枕，而且下令让大娘再烧一壶茶。"我有话要和老王谈。"老爹说。

"傻郎，这么晚了还烧什么茶！"大娘自言自语咕哝着，做着鬼脸，但还是遵命去办。

我等着穆敏说话，穆敏却不言语，他紧皱着双眉，显得眉骨更加凸出，眼窝更深，他似乎陷入了严峻而又苦恼的思索之中。

他的表情使我为之一震，他究竟要和我谈什么非同小可的话题呢？我的睡意全消了。

他几次要说话，几次又把话咽了回去，如是过了大约五分钟，他说："你请听着，老王。像半导体收音机这种东西，它的制作方法是写在书上的，对吧？"

我不知所云地点了点头。

他有点兴奋："是的，阿訇们早就讲过的，世界万物，飞机大炮，轮船火车，机床高炉……一切种种，都是写在书上的，你找到了书，按书上写的办法去做，就什么都造出来了。"

"什么书？书是人写的，是科学家、技术人员、工人根据自己的经验写的呀！"

"不，不，不，老王，你不懂。"老爹笑起来了，似乎发现了我的无知并确证了他的信念的正确，"那科学家、技术员他们读的书又是哪里来的呢？经验？难道凭经验可以造出半导体收音机来？帕夏依仙在乌鲁木齐唱歌，你在伊犁就能听到，谁有这样的经验？"

"科学家们读的书，是前辈科学家们写的呀！再说，经验是慢慢积累，慢慢提高的呀！"谈这么深奥的问题，我的维文词汇不够用，便结结巴巴起来。穆敏老爹似乎认为我的结结巴巴是理亏的表现，是他的理论已经把我击败的证明，他高兴地将着胡子笑了起来，眼珠一闪一闪：

"所有的书，都要有所本嘛！"

"圣人们写下了如何制造万物的书，这些书有的藏入了山洞，有的沉入了海底，人们陆陆续续地发现了这些书，便造出了万物，难道不是这样吗？老王！"

"纯粹是胡言！"我喊了起来。老爹的"理论"是这样荒唐，而他的态度又是那样傲慢，还有我的不听话的舌头和捉襟见肘的维语，使我激怒了："您知道什么叫科学？什么叫技术？什么叫文明？什么叫历史？如果这一切都现成地写在书上，还要科学家干什么？还要美国的爱迪生、法国的居里夫人、英国的瓦特、俄国的罗蒙诺索夫干什么？他们是怎么样进行科学研究和发明创造的，您知道吗？如果书是藏在山洞海底的，那么应该是一些猎人、渔人、探险家、登山运动员去当发明家和科学家了，然而，又有哪个人打猎打成了发明家呢？"

估计我的话老爹最多听懂百分之四十，老太婆大概只能听懂百分之一二三，但老爹显然已经被我的雄辩所压倒，目光暗淡地垂下了头，而且重复着我所说的"法国、英国、美国、俄罗斯"。我举出的爱迪生、居里夫人、瓦特和罗蒙诺索夫，也比他所说的更切实具体，他的表情是慌乱和惶惑的。

阿依穆罕大娘和解地说："对嘛，对嘛，老王说得对嘛，他说什么来着？法国？法国比南疆还远吧？法国的科学技术好得很哪！"

老爹没有言语，他调整了一下自己的情绪，依然是含笑的、从容不迫的和胸有成竹的了。他说："您说的那些国家，就是欧罗巴吧。听说欧罗巴的科学和技术是很先进的，比苏联还先进。"

我正考虑着怎么解释清楚有关几大洲和几大国的地理概念，只见老太婆向老爹挤了挤眼，并且插嘴说："还是我们的中国好！我们中国的科学技术也愈来愈进步了！我们比欧罗巴好！也比苏联赫鲁晓夫好！再有就是斯大林好！当然，毛主席最伟大，最好！"

原来阿依穆罕的政治警惕性还是很高的，她的插话不仅对于老爹是必要的，我听了以后也觉得踏实了些。当然，我们都是爱国主义者，我们对于世界科技发展的讨论是以牢固的爱国主义信念为前提的，阿依穆罕的补充非常及时，非常重要，我连忙点头称是。

这一晚上我们讨论了许多问题，关于世界政治形势，关于越南战争和中东战争，关于塑料是用什么做的，关于火车是什么样子与为什么火车能拉那么多东西，关于广播、电视、电报和电话，关于熊猫、大象、犀牛和金丝猴，关于黄金究竟有什么用和为什么值那么多钱……老爹的求知欲和对待知识的严肃思考令我大为吃惊。当我的回答所提供的信息与他过去所持的观念乃至思想体系相左的时候，他认真地、可以说是苦苦地掂量着、思索着，非要弄出个究竟来不可。阿依穆罕大娘坐在旁边，最初还搭讪几句，慢慢她睡着了，灰白的头发垂到了眼睛上，但老爹仍然兴致勃勃。我几次劝老爹睡觉，并指出大娘已经睡着了，但老爹不以为意。终于，我再也坚持不住了，站了起来，老爹也长叹一声，说道："世界上的事，太麻烦了！……我们要买一台半导体收音机！让老王帮我们挑选。你说对吗？老婆子？"

阿依穆罕睡眼惺忪地咕哝道："哪里来的那么多钱？空话。"

"不，我们一定要买，坚决，绝对，非买不可！"然后他转头向我再次宣布："我要买一台半导体收音机！您听见吗？"

"当然，一定的。"我完全同意。

"老王您今夜就睡在我们这间屋子里吧，不必回那间小土房去了。"老爹又说。

这一夜的睡眠是不安的，半导体收音机似乎把一股热浪带入了这个简陋的小院、这间歪歪斜斜的土房子里。夜半，载重卡车从院门前公路上驶过，马达声突突，车轮轧过地面发出闷雷般的响声，整个土屋和小小的窗户都随着颤抖，遥想那养鸡而不捡蛋的日子，毕竟是一去不复返的旧话了。

凌晨时分我睡得正香，依稀听到院外有人叫："穆敏哥！穆敏哥！"然后是一连串响动，我想睁眼，却睁不开。

醒后才知道，是住在大队部后院的一个叫作奥布尔的农民死了。奥布尔正当壮年，不过五十岁上下，浑身黑如漆炭，素以强壮、能干著名。他有个小儿子，也是黑黑的，聪明伶俐，会说汉话，还认一点汉字。说是他昨夜一阵心口疼，儿子给他套了驴车，准备送他去医院，没等抬上驴车，他就断了气。

穆敏老爹是全村著名的行为端正、奉公守法、热心公益，同时恪守伊斯兰教的戒规的德高望重人物之一。全村只要有丧事，都来找他，他也特别热心地去帮忙，甘尽义务。洗尸、裹白布、诵经、做乃孜尔（祝祷的一种）、直至送葬，老爹面容严肃地忙活了好几天。"人嘛，人啊！"这几天，他沉默寡言，只是偶尔发出关于"人"的叹息，远在"人啊，人""啊，人"之类的短语风行之前。

秋后决算的季节来到了，老爹没有再提买半导体收音机的事。

"文化大革命"的狂涛已经波及了伊犁，波及了我们公社。看到公社党委书记被揪出来，大队支部书记被封为"资反路线"的执行者，一些原来的二流子、无赖、调皮捣蛋鬼活跃异常，老爹非常反感。他问："这个世界就没有人做主了么？好好的一件东西，硬往上面啐口水、抹锈斑，这就叫'造反有理'么？不，我不批判我们的党委书记，我们的书记在我生病的时候还来看望过我呢，他好比就是我们的大大呢……是的，老王您看，这些打人骂人造反有理的人早晚会没有理的，他们会受到惩罚，他们终于会认识到，这个世界，这个新疆，这个伊犁和这个公社是有人做主的，是不能胡作非为的。"

我摇摇头，我觉得老爹说得太简单也太常规，而我们的生活，我们的政治局势，是很难用简单的常规来判断的。

一九六六年这一年伊犁风调雨顺，不但水田里的冬麦打得多，山坡地旱田里的春麦也一车又一车地拉不完。种旱田春麦本来是撞大运的事，有时候颗粒无收，有时候只收回种子，但这一年的旱田麦子据老年人说创造了三十年以来的最高纪录。我们收完了以后，不知从哪里来了那么多各族同胞，都是些"自流人员"吧，汉族人是从关内"自流"来新疆的，维吾尔人是从南疆"自流"来伊犁的。他们到山上去捡拾丢在地里的麦穗，一麻袋又一麻袋地扛下山去了。伊犁人欢迎春麦胜过冬麦，春麦磨出的面有劲，做拉面条又细又长又好吃。

　　这一年的玉米也特别好。豌豆、蚕豆、菜籽、胡麻，少量皮棉和收麦后复播的糜子，产量都超过了预计的。

　　然而丰产没有得到丰收。"文化大革命"的一个又一个使人心惊肉跳的消息从玉门关的那一面、从自治区的首府传过来，"天下大乱"作为执政党的政治口号不但被提出了而且被实践着。一直到十一月份落了雪，冬麦和春麦仍然有一部分堆在场上。冬天日照不足，无法晒场，只好让冰雪把麦堆封起来，说是等待第二年四月份解冻后地干了再继续打麦。春天继续打头一年的麦子，这在内地确也算是天方夜谭，连绵的秋雨以后大量麦子生了芽，这一年冬天整个伊犁，包括伊宁市的商品粮供应的全是芽麦磨的面，黏黏糊糊，馒头蒸两个小时仍然粘牙。

　　玉米也是一塌糊涂，我们队的队长还算不错，干脆把潮湿的、没有脱粒的棒子过一过毛重分给大家，要求各户用自己的热炕把玉米棒子烤干，按有利于社员个人的折算比例把连骨玉米折合成玉米粒，扣掉口粮，余下来的缴还队上，并根据你干燥、脱粒的劳动量给记一定的工分。这一冬，我和房东二老，一有空就用两个棒子互相搓着脱粒，倒也别有一番乐趣，填补了农村冬日长夜的空虚。

　　收获搞得这样混乱，决算也就可想而知。特大丰收的一九六六年，社员年终分配的水平却大大低于一九六五年。这时传来上级的一个美好的指示，一九六六年的年终分配，不准低于一九六五年的数字，否则，就是抵制破坏"文化大革命"。

　　你"一定不准"也罢，杀无赦也罢，反正就那么点钱。农村干部对执行这一类指示早有经验，他们找了一些高明的人拨拉算盘，改变了一些统计计算百分比、计算劳动日平均值的办法，最后三算两算，六六年的分配果然不但没有降低，而且提高了。

但是穆敏老爹只分到了八十块钱，去年是一百一十块，究竟是八十块钱多还是一百一十块钱多呢？这个不成问题的问题使穆敏老爹感到困惑，当我们在北风呼啸的夜晚共同在热炕头上搓棒子粒的时候，闲谈到了这个事情。阿依穆罕大娘照例做了一个特有的鬼脸，咕哝道："硬说分八十块钱比分一百一十块钱多，骗三岁的孩子去！"

穆敏老爹笑眯眯地劝慰老太婆："不要这样说嘛，请您不要这样说！"接着，他提出了一个奇怪的"相对论"的事例。

他说："从前有一个小孩去买骆驼，他问骆驼贩子：'一峰骆驼多少钱啊？'回答是二十块钱。'大大，大大，我们买一峰骆驼吧，只要花二十块钱。'他对他爸爸说。'不，太贵了，我们不买。'他爸爸说。第二年，骆驼贩子又拉着骆驼经过他们家门口。'好孩子，去问问卖骆驼的大哥，一峰骆驼要多少钱。'孩子问了，生着气跑回来，'大大，大大，大哥说一峰骆驼要一百块钱。''呵，真便宜呀，快叫住卖骆驼的大哥，我要买一峰骆驼。''大大，大大，去年一峰骆驼要二十块钱，您说是太贵了。今年呢，一百块钱了，您却说真便宜，这是怎么回事呢？'孩子问。孩子的父亲捋着胡须回答说：'噢，我的亲爱的好孩子，去年我没有钱，二十块钱也是太多了。今年我有了钱，一百块钱也算不了什么。你明白了吗？'"穆敏老爹讲完这个故事，得意地看看老太婆，又看看我，似乎在测验我们的理解力与想象力。

阿依穆罕大娘好像没有听进去，她务实地叨念着："你的棉衣要买新的了，我的皮靴也坏了，我们说好明年要盖房，打馕的土炉老是掉土，也该换新的了……劳动了一年只有八十块钱……"

我一下子摸不透老爹的相对论故事与我们生产队贯彻上级提高分配的美好指示之间的逻辑关系，但我隐隐直觉地品出来一点味儿，一点无可奈何的却又是宽容豁达的幽默感。我不由得笑了。

我的笑声似乎证明了老爹讲了半天并非对牛弹琴，他满意地唤着我的名字，哈哈地笑了。

当然，这样"提高"了的年终分配，也就不大能够提供购买晶体管收音机的刺激。老爹似乎忘记了夏天购买这种收音机的钢铁决心。我想，老爹的买骆驼的故事，同样也可以有助于说明这种决心的难以算数吧，是不是呢？

半导体的魅力的丧失恐怕还有另一方面的原因。这年秋天，半导体收音机在伊犁地区大量销售了，我们的公社的每个大队和每个生产队，都买了半导体收音机，我们队买的是真正上海产的美多牌的。物以稀为贵，一多，一普及，也就不神秘，不那么吸引人了。再说队里的收音机无人爱护，你也拧我也拧，从早到晚响个不住，有时队部的人都走光了，队部的门锁住了，窗户也关严了，但收音机仍在屋里嗡着、响着、说着、唱着。唱也不唱帕夏衣仙的迷人的歌曲了，而是唱令维吾尔人莫名其妙的京剧样板戏和语录歌。电池用完了，没人及时更换，或虽想换却一时找不到现钱去买电池，于是把音量拧到最大，电压不够的喇叭仍不能正常工作，发出一种破锣似的噪音。有时不知道从哪里搜出一节电池，于是某个懂技术的热心人掀开收音机后盖，只换一节，另外三节照旧用。不久，废电池流了汤，把机件腐蚀坏了，天线拉杆也先是拔脱，接着便丢到不知什么地方去了。尘土、油泥、汗污更是粘满了美多牌收音机的里里外外。这样，神奇的、清洁美丽发光的、精密细腻的收音机的形象一落千丈。如果说夏天我那位记者朋友昙花一现地带来的收音机像是天使，那么，我们队的这个收音机就像是陷入泥坑的娼妓了，穆敏老爹还怎么可能不忘情于彼呢？

　　什么是农村？什么是农民？什么是占中国人口绝大多数的人们的生活，辛劳、质朴的快乐与单纯的梦？反正不论"史无前例"也好，"横扫一切"也好，"一天等于二十年"也好，"办成毛泽东思想的大学校"也好，老爹和大娘总是一样地辛劳终日，克己守法，苦中求乐。春天，老爹砍了一株死桃树、一株长疯了的苹果树，搭上几根树枝树杈、秫秸和向日葵秆，总算在我们的小土房门前搭起了一个夏日茶棚。老妈妈便在这茶棚下砌起了土炕，修起了炉灶。砌灶改灶不但是老妈妈的一项任务，似乎也是她的一大乐趣，每年她都要拆这个灶，砌那个灶，垒这个烟囱，通那个火道。每个灶都砌得方方正正，见棱见角，而且是灶大腿小，有一种特殊的苗条秀气之感，说不定这种炉灶的长宽比例暗合什么维纳斯的法则或者弗洛伊德的心理分析呢。

　　别看茶棚简陋，自从有了它，我们便尽可能地在室外喝茶、吃饭、谈心、夜话。从三月初雪还没有化尽，到十月底清晨已经见了冰碴，我们都在室外活动，夏天，更是直到深夜也舍不得进屋。小小的院落，小小的果园，小小的关也关不紧的屋门，仍然是充满了生活的温馨和生动。连小小的麻雀也喜欢停留在茶棚的枝杈上，或是干脆降落到离盘腿喝茶的我们不远的地面上，吱吱喳喳，一跳一跳地走路。而成双的燕子，经常款款地在茶棚上下飞翔，呢喃絮语。夏日，当把路边明渠的水引入小园内的毛渠去浇老妈妈栽种的少许辣椒、西红柿和茄子的时候，潺潺的水声更给我们这闲适的茶棚增添了新鲜的生趣。

搭起茶棚是房东二老改善居住生活条件的第一步。第二步，他们的计划是拆掉我曾住过的那间面积约四平方米的小库房，用这些材料，再加一部分木材和土坯，把我们现在一起住的这间大约有十二平方米的正房再接出一间来，这样，房子就有了里外间，达到了一般水平。城乡的维吾尔人，一般都至少有两间房，平常吃饭、睡觉、活动在外屋，里屋布置得尽可能整齐、高级一点，专门用于待客。

这样，房东二老便奋斗了两年。夏天，冬天，每天下工以后老爹都挖土和泥脱土坯，一直干到夜幕降临，满天繁星。当老爹"加班"的时候大娘也不闲着，她把冬季烧煤剩下的煤末子与黄土与牛粪掺在一起，一团一团地抓起来，拽在院墙与牲口圈墙上，生人乍一进来，还以为满墙都贴着大坨的狗皮膏药呢。

秋天就更紧张了，新疆、特别是北疆的冬天是漫长的，在秋天要做好人畜过冬的全部准备。队里的生产也正是大忙季节。下工以后，还要去捆秫秸、打草，用毛驴驮回来，还要抓紧拉运麦草、麦尾子（碎麦草和谷壳，是很好的饲料），卸过冬取暖用的煤炭，收拾门窗，在门窗缝隙处钉上碎毡子以阻挡冬日或有的零下三四十度的严寒。

不论出现了怎样的"史无前例"的混乱，老爹的辛劳并没有放松过一丝一毫。他常常愤慨于社员劳动态度的稀松与对集体利益的漠不关心，他有时候悲哀地叹息："不是大家都明白吗？如果都好好干不就都好吗？为什么你看着我、我盯着你，谁也不好好干呢？"他的这种劳动态度和对生产队的责任感使我非常感动。"穆敏老爹真是一个好人、好社员、好穆斯林啊！"我常常与队外的一些人这样说。但是我的评价并不总是能够得到首肯。有一次在我称赞穆敏老爹的时候，穆罕默德·阿麦德尖锐地反驳说："我就不喜欢穆敏老爹，我们许多人不喜欢他。他太积极，他不懂得'护民'。""护民"这个词儿出自穆罕默德·阿麦德之口使我震惊，也使我迷惑。我第一次听到"护民"这个词，是在去新疆之前，一九六二年一次到京郊房山县陈家台去的时候，一个农村小姑娘批评他们大队的一位老军属模范"不护民"。谁想得到在地区、民族、性别、年龄完全不同的穆罕默德·阿麦德口中又出现了这个词的维吾尔语说法呢？我想起老爹干活不叫歇和拆掉"前科长"的非法占地的墙角的事情来了。难道这就叫作不"护民"吗？我不禁为穆敏老爹悲哀，捎带着也为穆罕默德·阿麦德悲哀，更为许许多多牵扯到治国平天下的大事情悲哀了。

在这几年的无休止的辛劳但仍然常常是快乐的岁月里，一个明显的变化是房东二老似乎老得很快，当后接的八平方米大的里间屋终于在一九六八年夏末用又细又弯的椽子和被虫蛀了的未曾刨平的薄板子架起了屋顶的时候，老爹和老妈妈与我一九六五年初到他们家时相比已经判若两人了。老爹病过一次，眼睛深陷而两颊瘦削。他向队里提出辞去水利委员的职务，他老了，没有精力去抓昼夜三班浇水了。老妈妈呢，她的头发和牙齿都有新的脱落，做事也常常丢三落四了。

第二个明显的变化是老爹的宗教生活逐渐加强了。一九六五年的封斋月，他们并没有封斋，而且我也很少见到他做乃玛孜（每天的例行五次祈祷）。到了一九六八年，封斋与一天五次祈祷已经是一丝不苟了。由于我们已做到情如一家，无话不谈，我问过他这个变化的原因，他说是因为自觉体力不支，又生了一次病，愈来愈应该想想身后的彼岸的事了。

封斋期间，人们宰牛宰羊，无牛羊可宰的也要买一些肉。老爹和大娘每天白天不吃任何东西，连口水也不喝，天黑以后，吃一顿饭。由于饿了一天，骤然大啖会伤身体，所以一般是先喝一点清茶，吃一块小馕，垫补垫补，然后再吃荤菜荤饭。睡下以后，半夜三四点钟阿依穆罕大娘便起床做饭了，五六点钟天亮以前，老爹沐浴、祈祷，再吃一顿饭。为了白天不吃饭而能顶得下来，斋月期间饭虽只在黑夜吃两顿，但要求吃得好。维吾尔人中有所谓"挣一年，吃一月"的旧谚。

二老的封斋活动对我来说倒是并没有任何不便。凌晨那顿饭，老妈妈给我留着，我在天亮起床以后再吃。中午，单独给我烧一点奶茶。傍晚，和他们一起吃，这样，我的营养反而随着肉食的增加与伙食的改善而更加充分了。哦，慈母一样的维吾尔老妈妈哟！

一九六九年七月，我从《参考消息》上看到美国航天飞船阿波罗十一号在月球软着陆的消息，便把这消息告诉了老爹。

"吹牛，瞎说！"老爹断然驳斥。

"这是报纸上登的！"

"报纸吹牛！"

"这是美国人宣布的！"

"美国人也吹牛！"

"世界上许多国家的元首和政府首脑都拍去了贺电！"

"他们受骗了！"

老爹的顽固简直不可理喻。

过了一会儿，他解释说："《可兰经》上讲过的，月亮距地球的距离，骑上一匹快马，走四十年也走不完。"

我没有读过《可兰经》，老爹也没有读过《可兰经》，他不懂经文（古阿拉伯文），也没上过经文学校，我不知道是否《可兰经》上真有这样的论述。至于说骑上马，不论是什么样的千里马，走四十年也走不到月球上，我信。

我无法使老爹相信美国人的、也是人类的这一新成就。

但是第二天晚上他又主动提出了这个有争议的话题。他说，在下午的瓜地劳动中，"前科长"告诉了他同样的消息。

"如此说来是真的了。"他迷惑地、我以为是可怜地自言自语，"到底是怎么回事呢？《可兰经》上明明说过的嘛。"

我说了，老爹不信。一个被他拆过非法占地的墙角，被他斥为心术不正的"前科长"一说，他就信了。我悲哀，但他终于信了，我高兴。

这天睡前，穆敏老爹的乃玛孜做得比任何一天都长，跪拜和颂赞"艾斯萨拉姆来依库姆拉赫迈德"，反复了不知多少次。

这一年的初秋，一天穆敏老爹带了一位长着黑黑的小胡子的高个儿的中年人回家，老爹是在买肉的时候与他搭话相识的。随着"文革"的轰轰烈烈开展，供应状况日益恶化，从国营肉铺和供销社，已经很难买到肉了，于是，一批黑市肉贩子便应运而生。这位小胡子是南疆人，由于家乡生活困难，来到富庶的伊犁地区，从私人手里买牛买羊，宰杀后卖肉，从中赚几个钱。老爹去买肉，和他闲谈起来，得知他是自己的同乡，便把他让到家里来。

阿依穆罕按照礼仪给南疆来的客人烧茶做饭。小胡子客人名叫卡斯穆，鹰钩鼻、粗眉毛、大眼睛、面色阴郁，说话口齿不清，进家以后盘腿端坐，不声不响不动。我看得出，阿依穆罕对他抱着一种隐隐的反感，对衷心欢迎的客人，她会热情得多、活跃得多地接待，遇到那种受欢迎的客人，老太婆说话的声音要比平常高出八度，细声细气，唱歌一样地致欢迎词向客人问安。而对卡斯穆的款待，她只是履行义务而已。

我也下意识地相当不喜欢这个人。他的阴郁呆板的气质，他的喀什方言味儿很重、大舌头且又结巴的发音，他的一动不动，他的对我的问候的僵硬的回答，以及他以一个"自流人员"、私商肉贩子（当时并不合法）的身份初次到这儿来就又吃又喝，而且穆敏老爹显然是准备留他在这里过夜，都让我从心底有点讨厌他。

但穆敏老爹对他不乏热情。他与他谈南疆的事情，谈英吉沙的匕首，谈喀什噶尔的无花果与阿图什的石榴，谈拜城的大米、阿克苏的核桃与库车的杏。卡斯穆对老爹提出的话题只能作出结结巴巴、含义不清的应对，但即使这样的谈论也令老爹感到某种满足。原来这些地方卡斯穆都到过，有时候坐车，有时候步行，有时候骑毛驴。他有家有业有妻有子女，家在岳普湖的上阿瓦台，但他很少在家，一直是南来北往，东游西串，凭手艺（他会屠宰、鞣皮、擀毡、编席、修理靴鞋、理发，还学了一点维吾尔民族医的诊断处方知识，也算半个江湖郎中）赚钱。"其实也赚不到几个钱，我孤身一个走南闯北，没有户口，买黑市粮，找不到借宿的地方还得住小店，开销太大。等回到上阿瓦台，我把剩余的钱的大部分缴到队上，队里按一块钱五十个工分给我记上工分，这样，才给我的妻儿老小供应口粮，最后就剩不下几个钱了。"他郁郁地说。

"那您何必跑出来呢？您在家，安心参加队里的劳动不好吗？"我客气地用着第二人称尊称"您"，却是不客气地问道。

他垂下眼睑，好像没有听见我的话。这是维吾尔人用沉默来表示不喜欢某个话题或不同意某种观点的相当标准的表情。许多年后我了解到，美国人和一些欧洲人也是常常使用自己的"保持沉默"的权利的。

卡斯穆有什么隐痛吗？还是有什么"问题"？我不能想象在搞着"文化大革命"的时代，竟有这样一个身强力壮的成年人完全游离在社会之外、组织之外、"革命"运动之外。

阿依穆罕对这些谈话不感兴趣。在日常生活中，本来是看不出老爹是南疆人而大娘是本地人的。老爹早在三区革命以前就到伊犁地区来了，生活习惯、口音、各个方面，老爹都已经北疆化、伊犁化、"他兰契"化了（他兰契是对清代伊犁地区来自南疆的维吾尔移民的一种特殊的称谓）。但在不速之客卡斯穆到来的时候，老爹与老太婆原籍不同所造成的某些差异，便暴露出来了。

我想，故乡和童年真是一个奇妙的东西，老爹和卡斯穆谈起南疆的时候，泪光一亮一亮的，这就是故乡和童年那永远不会磨灭的余晖啊！

老爹向卡斯穆打听一个人，我没有注意听。卡斯穆表情呆板，一声不吭，既不说他知道也不说不知道。过了足足有一支烟的工夫，卡斯穆忽然结结巴巴地说："嗯，有这么个人，这个人还有呢！他不在喀什了，他现在在和静县的毡靴厂当技术工人！"

"呵！我的弟弟活着！"老爹喊了起来，喊得老太婆直翻眼。

老爹是在父母双亡以后离家到北疆来的。来到这儿以后，他孤身一人。阿依穆罕在这里亲戚非常多，来往也很频繁，而穆敏老爹似乎完全是孤家寡人。他说过，唯一的亲属是他有一个异母弟弟，比他小二十多岁，他离家时仅仅两岁的异母弟弟被他继母的一个亲戚所收养，三十年来音信全无。

过去他给我讲这个弟弟的时候我丝毫没有在意，以为那只是在阿依穆罕的亲戚来来往往的时候老爹自觉寂寞中的自慰罢了。不管怎么说，他也不是从石头缝里蹦出来的，他也是有亲属的，虽然这个亲属只存在于老爹的口头上，实际上毫无现实性可言。

和卡斯穆谈话第二天，穆敏老爹毕恭毕敬地把他素来不喜更不敬的穆罕默德·阿麦德请到家里来代写家书，给他的莫须有的弟弟。我很抱歉，因为到一九六九年虽然我已能相当纯熟地说维吾尔话和读维吾尔文，但我写不了。而且我打心里完全不相信从一个偶然相遇的卖肉的卡斯穆那里信口一问，用这种瞎猫碰死耗子的办法就能够找到失落多年、也许压根儿就不存在的弟弟。卡斯穆的身份使我怀疑他是个骗子。在帮助穆敏老爹"找到"弟弟以后，老爹对卡斯穆更热情了。未经阿依穆罕和我同意，他已邀请卡斯穆每晚到我们家住宿。我已经与房东二老同吃同住同劳动到了第五个年头，对于是否留宿卡斯穆，我似乎也不无发言权。

但穆罕默德·阿麦德与老爹同样，对卡斯穆的话深信不疑。而且老爹郑重地请他来帮助写信，使他自尊心得到满足。他写信很卖力气，态度又和蔼，看来，对老爹"不护民"的批评已经大大钝化，与老爹的感情隔膜消除了许多。

与我对卡斯穆的不信任相反，二十余天后，老爹收到了来自和静县毡靴厂的小弟弟的复信。复信显然是请一位老秀才式的人物写的，因为信的开始大大转一回文：

"……谨向我的居住于伟大祖国的钢铁边陲、富饶美丽的绿色的四时宜人的伊犁河谷、并在伟大导师毛主席的光辉与慈祥的笼罩下、正经历着史无前例的无产阶级文化大革命的洗礼，同时在通向人间天堂的金桥毛拉圩孜人民公社度过着幸福的日子的失散多年的阿哥，我的可敬的勤劳的贤惠的与慈爱的嫂嫂，与来自毛主席居住的地方伟大的北京的汉族大哥老王同志致以萨拉姆，你们身体健康、工作顺利、生活快乐吧？并问候桑妮亚妹妹及……"

他开列了一长串名单。凡是穆罕默德·阿麦德代笔的信上提到的与老爹有关的人物，他都问候到了。顺便说明一下，维吾尔人只重视年龄而不重视辈分，他们的"兄""嫂""妹"的称呼按汉语和汉族风俗要求，往往并不精确乃至颇有谬误。

复信提到，五十年代"弟弟"听到一个谎信儿，说是穆敏哥已经死于民族军与国民党军的战斗，"弟弟"哭了许多天，并且举行盛大的乃孜尔，超度哥哥的亡魂。如今喜从天降，接到了哥哥的信，由于喜，却又大哭起来……

当我读信读到这里的时候，穆敏老爹泪流如注、哽咽失声。阿依穆罕在一旁一边翻眼，一边唉声叹气。

老爹尽其所能地酬谢了卡斯穆。事情发展到允许卡斯穆在"我们"的小院里宰牛和卖肉。我亲眼看见卡斯穆用一条绳索把一头黑牛绊倒，一只手扳住牛角，一只腿跪压住牛颈，从靴子里嗖地拔出寒光闪闪的英吉沙屠刀，喊一声"安拉，比斯敏拉"，一刀割向牛颈，黑牛哞地低沉地一吼，淡红色的舌头倏地吐出卷向鼻孔，牛眼睛睁得浑圆老大，牛颈上赤红的热血"沙"地喷出去几尺远，也就在这时候牛眼牛舌全部凝固了，牛头已经被活活割了下来。二十秒钟以后，开始有嗜血的乌鸦自天而降。

这天晚上房东二老、卡斯穆和我四个人坐在一起吃牛杂碎，吃的时候我就觉得满身不舒服，那黑牛被屠宰时的血腥场面破坏了我的食欲。但我不敢这样表示，我怕受到笑话。勉为其难地吃了一大碗白水煮的、只放了少许盐而没有任何其他调味品的牛杂。老妈妈还要给我再加一碗飘着牛油的汤，被我拒绝了。老妈妈对我在肉食日益紧张、油水愈来愈少的年月里居然放弃一碗油汪汪的杂碎汤，甚表诧异。

入夜我就上吐下泻起来。第二天一早胃如刀绞，面色灰白。我去了医院，并且在伊宁市休息了两天。

中篇小说

369

还好，两天以后再来到这个小院的时候，卡斯穆已经走掉了。否则，我难以想象与这个人和睦地共居一院一室。

穆敏老爹完全沉浸在对多年未见的弟弟的思念当中，他一遍又一遍地读信，并请穆罕默德·阿麦德再次写信，随信寄出了一条毛巾、两包石河子产的绿洲牌方糖。他每天都要念叨弟弟，一提起弟弟就热泪满腮，维吾尔男人似乎不像汉人那样尽力控制自己的眼泪。

穆敏老爹找到弟弟的消息与他思念弟弟的感情传遍了全队，人们纷纷来祝贺，来问候，来探询和静县的最新消息。过去不知和静县为何物的人也来打听关于和静的气候、物产、居民以及从伊犁到和静的路程，好像位于铁门关南的这个小小县份一下子与众人相关，而穆敏老爹马上成了和静的发言人或者"和静学"的权威。

队领导也很受这一消息和这种感情的感动，他们主动来看望，并且提出可以提前支付给老爹一些钱，帮助老爹实现前往和静探亲的愿望。从这里，也可以看出穆敏老爹在队里的地位和威望不同一般。

阿依穆罕提出异议，她认为弟弟应该首先看望哥哥，弟弟是工厂工人，筹措旅费也会比哥哥容易。穆敏老爹不和阿依穆罕讨论争辩，但也根本不理睬她的这项不无道理的异议。

这年十一月初，秋收完毕以后，老爹穿着一件新买的长毛绒领、黑条绒面短棉大衣，准备上路。他准备给弟弟、弟媳、侄子、侄女带的礼物有：条绒三米，花布两米，香皂两块，水果糖一公斤，铁制彩漆茶盘一个和葡萄干、杏干若干。阿依穆罕用牛奶和积攒起来的酥油和面，专门打了一炉形状与品种各异的馕，供老爹带在路上吃用。由于油性大，打出来的馕红润光亮，喜气洋洋。大娘告诉我，用牛奶和面打出的馕，不论放多久，变多么干，只要在水里一涮，就会变得又酥又软，鲜香可口。

临行前举行了盛大的上路乃孜尔。来的都是老人，一个个银须长髯，端庄跪坐，衣冠整齐，不苟言笑。当他们共同用一种特有的悠扬、沉郁、诚笃而又包含着被压抑的野性热情的苍老声调诵经，共祝穆敏老爹一路平安的时候，这种气氛、这种场面、这种声调和这种仪式使我也感动了。抛开宗教方面不谈，这种送别的祝愿，不是充满了古老的、令人泪下的人情味儿吗？

诵经之后是由主人招待吃饭。所有的客人都留下了礼物，有的留下一块钱或者五角钱，有的送一只搪瓷口杯、一块手绢，或干脆只有一个小小的圆馕。从这些风俗习惯上可以看出惜别的情意，也可以想象过去在新疆出门上路有多么不同寻常和艰难。

第二天午夜刚过，我与阿依穆罕送老爹走出小院，他要步行近两个小时去伊宁市乘坐去乌鲁木齐的长途客运汽车，到乌鲁木齐再转乘去南疆的车到和静，路程加上转车，他晓行夜宿，大概要经过五六天之后才能到达目的地。我是知道在漫漫的戈壁瀚海与层峦叠嶂的天山深处行路的滋味的，分手的时候，我流泪了。

老爹的计划是走一个半月，路上半月，在弟弟家里呆一个月。自从老爹走后，阿依穆罕丧魂落魄，披头散发，凄凄惶惶，不可终日。吃拉面做菜卤时她忘了放盐，剁辣椒的时候她伤了手指，给牛挤奶的时候不知道她怎么惹恼了奶牛，被奶牛一蹄子踢翻了牛奶桶，把牛奶洒了一地，害得她用铁锨把牛奶埋了半天。维吾尔人对食物是有一种庄严的敬意的，日常最忌浪费食物，如确实某种食物霉坏或污染不能再吃，绝不能顺手一倒完事，而要郑重地掩埋干净。

老爹走后的第四天，冷空气入侵伊犁河谷，西北风怒号，夹带着来自高山的被吹散开的积雪。吃过晚饭以后，我协助阿依穆罕大娘侍候好了驴和驹、牛和犊，回到突然变得寒气袭人的小屋喝茶。大娘一面烧茶，一面顺手丢了几个玉米骨，在刚刚安装上的、似乎还有点东倒西歪的铁皮炉子里点上一把火。小小的土屋霎时间变得灼热炙人，火光照得大娘的脸通红，然后随着火光的熄灭室温又在明显地下降。就在这种室外寒风呼啸，室内忽冷忽热的情形下，老大妈向我吐露心曲说：

"唉，老王，我真不愿意老头子去南疆啊！哪里来的弟弟？弟弟又算什么呢？我一九五〇年第二次结婚，嫁了穆敏，不就因为他人口简单，忠诚可靠吗？"

"也快，最多一个半月，他就回来了。老爹走前这一个月，干了多少家务啊，他就是希望您平安顺当地度过这一个半月……"我安慰老妈妈说。

"不一定，老王，不一定啊！"阿依穆罕打断了我的话，"老王，您给我出出主意，我应该怎么办呢？"

"您好好地过日子，把身体保养好，把家照料好……"

"不，我说的不是这个，老王，您不知道啊，南疆人的心，南疆的风俗，与我们伊犁人是不一样的。您知道，我比老头子大两三岁，又没有孩子，老头子虽说是老头子了，毕竟是男人，和女人不一样噢！我敢说，他弟弟一见老头子，一定挑唆他把我抛弃了，再就地给他说一个四十多岁、还能生育的女人……实话对您说吧，我知道的，老头子这一去，是不会回来的了！"说到这儿，阿依穆罕伤心已极，呜呜地哭了起来。

阿依穆罕大娘的话与泪大出我的意料之外。看他们平日相敬如宾、相依为命，老太婆对老爹虽有腹诽但行动上唯命是从，为了让老爹及时吃饭不惜烧掉一把又一把的柴，烧干一锅又一锅的水，而老爹对老太婆又是那样体贴照顾，虽有埋怨但有求必应……怎么可能走一趟和静就造成这么大的危机感呢？难道人和人的相互信赖就这么不牢固，而莫名其妙的隔膜（例如南疆人对北疆人，或北疆人对南疆人的看不惯的一些说法），就可以那样有力地左右一个人的判断么？唉！

我竭尽全力安慰大娘。也好，经过这次一说一哭，什么东西都倾倒出来了，以后几天，大娘的情绪正常多了，她还给我做了一回相当费事的薄皮奶油南瓜丁包子吃。

两个星期以后，一天下午，我从庄子参加积肥劳动回来，一进院门，看到正在用头砸煤块的阿依穆罕大娘。大娘一见我，喜笑颜开地告诉我说："老头子回来了。"

简直难以置信。如此隆重庄严、如此兴师动众地筹备、送行、成行，而且从精神上是那样沉重地惊扰和震动了老妈妈以后，才十四天，老爹就回来了。这甚至使我觉得荒唐滑稽，替他们不好意思。

老爹态度平和，精神正常，含笑不露，彬彬有礼。对于我的关于他的路途生活、关于他的弟弟、弟妹、子侄以及和静县情况的问候，他只答以"好""对""就那样""嗯嗯"，此外不置一词，好像根本没有谈这个话题的兴趣，好像盛大的行前"乃孜尔"不是半个月前为他举行的，而是半个世纪以前为哪个不相干的赛麦德举行的。总之，曾经使他梦魂萦绕、煎心焦首的思弟之情，已经云消雾散无踪无迹了。

"您怎么这么快就回来了？您怎么不多住些日子？"不止一个人这样问他。"嗯，我想念弟弟，就去了。我已经去过了，就回来了。"这是他的唯一回答。

事后阿依穆罕大娘悄悄对我说："我揣摩着一定是老头子的弟妹不好，他的兄弟媳妇不欢迎他。这样的坏女人到处都有。老头子不说这些，连对我也什么都不说。"

穆敏老爹的深陷的大眼睛里似乎闪烁着一种略带忧郁的光，当我仔细打量时，却又不见忧郁，老爹的眼光似乎更豁达、更宽容、也更开阔了。

幻想有时候比现实似乎好。有时候，幻想变为现实的时候似乎便失却了幻想。而一个真正的男子汉应该守口如瓶，不要为生活、为人和人的关系、为一切细小的难免的挫折、为一件迟早总要过去的事情的过去叫苦，生活里已经有足够的苦被人们咀嚼，又何必用自己的渺小的叹息、伤感、牢骚来进一步毒化生活呢？我对及时归家，绝无他话的穆敏老爹致以庄重的敬礼。

一九七〇年我们公社搞"斗批改"，搞"清理阶级队伍"，组织贫下中农毛泽东思想宣传队。穆敏老爹被吸收为宣传队员，进驻公社机关，抓公社机关的运动。老爹每天穿戴得整整齐齐，两个风纪扣全部系紧，手提一个儿童用的鲜红的塑料书包，内装他不会读的"语录"及"老三篇"，按时去上班。

说起红书包也够好笑的，当时推广部队搞"红挎包"的经验，人家所说的"红"，是指政治思想，指包里装满语录、宝书、宝像。当这个经验翻译成维语并在我们公社贯彻的时候，变成了红颜色的包包，结果，大队统一从伊宁市买了上千个小学生和幼儿园大、中班孩子用的小巧玲珑、鲜艳夺目的红塑料包，发给这些留着络腮大胡子的维吾尔农民携带，返老还童、如嬉如戏而又毕恭毕敬，实在别有一番风貌。后来别的队也买，搞得幼儿与小学生用的书包脱销。

我问老爹："您去揪阶级敌人了么？"答："有就揪，坚决斗争。"问："您怎样宣传毛泽东思想了？"答："我让他们念报，念完了我就说，要拥护毛主席，抓革命促生产，大家的事大家做，谁也不要松懈。"问："这样念念报就算搞了斗、批、改了么？"答："别的事有队长、组长、党员们做主，我听着，看着。"问："您看这个'清队'搞得怎么样啊？"答："老王，唉，这您也要来问我么？您这就不对了，我正要问您呢！"

我们俩相对苦笑。

这一年我的情绪很不好，放眼祖国，满目疮痍，思前想后，阴云迷雾。然而老爹是镇静的，他用他的语言劝慰我说："不要发愁，呵，无论如何不要发愁！任何一个国家，都需要有'国王''大臣'和'诗人'，没有'诗人'的国家，还能算一个国家吗？您早晚要回到您的'诗人'的岗位上的，这难道还有什么怀疑吗？"

在维吾尔语里，"诗人"比"作家"更古老也更有一种神圣的意义。维语里"作家"与"书写者"是一个词，你说一个人是作家，他还可能以为你是记工分的记工员呢。然而只要一提诗人，就都明白了。

老爹的话给我很大的鼓舞和安慰。

这一年，队上要求老爹去庄子盖房。因为根据农田水利和新居民点建设规划，我们队的全部社员应该迁移到伊犁河沿的庄子去，而且我们的这个小院，位于设计中的一条笔直的辅助道路的必经之处，小院应该拆掉，非拆不可。

穆敏老爹欣然接受了这个方案。阿依穆罕大娘却紧锁双眉，长吁短叹。她带着哭音说："我在毛拉圩孜这个地方整整生活了五十年，这里买东西、看病、乘班车都方便，我为什么要到荒凉的伊犁河沿去呢？"

"唉，老婆子，咱们大队四个队的新居民点修在伊犁河沿，只有三个队居民点在毛拉圩孜的公路旁。现在，庄子也已经有了供销社、医疗站、银行和学校。队里将要给我们九分住宅地，还为我们打好房基，工、料都支援我们。在那边我们会有几间大房子和大园子，奶牛和毛驴在那里也会吃到更多更鲜的青草。上工、打粮、开会都更近了……您却不愿意去，您不是傻了吗？"

队干部又来反复动员，阿依穆罕大娘只好同意迁移。她私下对我说："我也知道老头子的心，我们现在住的这个小院和土房子，毕竟是我的前一个丈夫留下的遗产，他住着，有心病。他早就想到庄子去了，那里的一切，是公社、大队和生产队给的呀！"

没等到他们搬家我就离开了他们，到乌鲁木齐南郊的乌拉泊地区的文教"五七干校"进修深造去了。

一九七三年我回伊犁搬家，得知阿依穆罕大娘因为眼疾在伊宁市住了医院。在医院里，穆敏老爹悲伤地告诉我，他们是在一九七一年夏拆掉了我们住过的土房和小院搬到新居民点去的。阿依穆罕从迁到伊犁河沿去以后，处处觉得别扭，不顺心，无法适应新环境，一夜一夜地不睡觉，总是想着毛拉圩孜、公路、我们的小院和土屋。终于，想出了病，把眼睛都想瞎了。

我几次找医生，医生对老妈妈的眼疾没有说出个所以然来，也许是不屑于对我说。我又不是大娘的直系亲属。

我给大娘买了些水果，买了些点心和牛奶糖，喂大娘吃。大娘说，入院时她还能看见一点光亮，住了一个月院以后，干脆什么也看不见了。大娘指着自己的胸口说："这里头像火烧一样，烧得我都熟了啊！"

住院已经没有意义。老爹赶着毛驴车，拉着双目失明的阿依穆罕回家。由于阿依穆罕对于毛拉圩孜旧居的思念，老爹用庄子上的新房，换了一间旧居旁幸存的更加破烂矮小的房屋，他们住到那里去了。一九七九年夏天，阿依穆罕老妈妈长眠在那里。

维吾尔人的男女有别、男女分工是搞得很清楚的。男人都不会料理家务。阿依穆罕去世以后，穆敏老爹的生活非常混乱狼狈。队里的几个领导都很关心，帮助说合，从一九八〇年，穆敏老爹便把另一个生产队的一位老实巴交的孤老婆子接到家里，两个人合作过日子。老爹已经老迈，不再下田劳动，他和另外一个老汉看管新修缮的清真寺。有时，他在前兵团农四师工程处路口卖一点沙枣和莫合烟。逢年过节，队里给他们送点油、肉。新的老两口，仍是和睦度日，相濡以沫。一九八一年我去看老爹的时候，见到了这位矮个子、扁圆脸，说话口齿不清的老大妈。老大妈几乎用同样的程序和姿势烧茶铺桌款待我，但那茶（请这位大妈原谅我）我喝着味道索然，整个家，都不是那么一回事了。

写起伊犁的人和事来，没有什么人比房东二老更叫我觉得熟悉、与我关系更亲密、更能牵动我的心了。在我成人以后，甚至与我的生身父母，也没有这种整整六年共同生活的机会。然而，我几次提笔都写不成，他们似乎算不上什么典型，既不怎么先进，也不奇特、突出。甚至写个畸形人物也比他们好写，说不定更吸引人。

然而不知为什么，虽然我早已远离伊犁，虽然这些年我是在完全不同的境遇下与完全不同的人打交道和从事完全不同的工作，虽然我由衷地欢呼和拥抱这新时期，包括我个人的新的开始、新的生活，但我一想起穆敏老爹和阿依穆罕老妈妈来，就有一种说不出的爱心、责任感、踏实和清明之感。我觉得他们给了我太多的东西，使我终生受用不尽。我觉得如果说我二十年来也还有点长进，那就首先应该归功于他们。他们不贪、不惰、不妒、不疲沓也不浮躁、不尖刻也不软弱、不讲韬晦也不莽撞。特别是穆敏老爹，他虽然缺乏基本的文化知识，却具有一种洞察一切的精明，和比精明更难得的厚道与含蓄。数十年来我见到的各种人物可谓多矣，但绝少像老爹这样的。我常从回忆他们当中得到启示、力量和安抚，尤其是当我听到各种振聋发聩的救世高论，听到各种伟大的学问和口号，听到各种有关劳动人民的宏议或者看到这些年相当流行的对于劳动人民的嘲笑侮弄或者干脆不屑一顾的时候。

遵照巴尔扎克的不朽传统，我本来应该在本篇的起始好好描写一下小院的风光的，但是……那就把这小院风光的回忆，放到这篇小说的最后部分吧。

推开由三块长短不一也不平整的木板钉起的门，先看到一个大大的打馕的土炉，新疆俗话叫作馕坑的。遇到打馕的时候，这里会冒出熊熊的火焰和团团的黑烟白烟。土炉旁便是低矮的土屋的唯一的采光用的玻璃窗，这个窗子是打不开的，换气全靠门缝。小窗子的玻璃还是两半截接在一起的，尘土和油烟使玻璃变成了褐黄色。

靠近院墙栽着三株白杨，白杨脚下是一弯渠水。渠水的另一面是搭起的架，头几年种南瓜，是南瓜架，后几年栽了葡萄，便有了葡萄架。秋天葡萄成熟的时候，常常有鸟雀来抢吃葡萄，还有一种野蜂，隔着葡萄皮吸吮葡萄的甜汁。被野蜂吸吮过的葡萄变得又小又蔫，但这种又小又蔫的葡萄仍然可以吃，而且我以为并不难吃，被野蜂吸吮剩余的那一点汁液显得更加黏稠甘美。为了惊吓和驱赶肆无忌惮地吃葡萄的鸟雀和野蜂，穆敏老爹不知从哪里搞来一个马头的骷髅，骷髅挂在葡萄架上，它或许能起稻草人的作用？

再往后面走，便是一个小小的园子，有五棵苹果树。一株叫作冰糖果，甘甜早熟，但品质松软。一株叫作二秋子，高产，色红艳，酸甜，属于大路货。这株二秋子非常高大，枝叶茂密，老妈妈生前一下午一下午地喝茶便是在这株二秋子树下。我推测，她一生中最快乐的时辰是在这株果树下面度过的。有一次我的爱人到毛拉圩孜来做客，阿依穆罕与她握手问好以后就不见了，我们正在奇怪，忽然头上二秋子的枝叶簌簌地摇了起来，红绿怡人的二秋子苹果落了一地，有的苹果砸到了我们的脑袋上，叫人喜盈盈的。抬头一看，大妈原来轻巧地上到了树上，她正站在树杈上为我们摇苹果呢。

其他三株是夏柠檬、秋柠檬和一株最后因为病害终于砍掉的阿尔巴特冬果，那苹果结得比拳头还大。

春、夏、秋三季，树上都有许多鸟。每天早晨天不亮，多声部的鸟鸣就会把人吵醒。特别是春天，那鸟儿的叽叽啾啾，吱吱喳喳，嘀嘀哩哩，咕咕噜噜，令人心醉，令人忘却一切烦恼，惊异于这个世界的鲜嫩、明亮、快乐和美丽。

我初到伊犁的时候曾经写过几句旧诗，算是我们的小院的即景，题目就叫作《即景》：

> 濯脚渠边听水声，饭茶瓜下爱凉棚，
>
> 犊牛无赖哞哞里，乳燕多情款款中。

现在，小院小园果树没有了，土房土炉葡萄架与白杨也没有了，这里是一条笔直的黄黄的土路，通向二生产队的大片苜蓿地。一九六五年我初到庄子劳动时，一次大雨中曾在这块苜蓿地里迷了路。这条道路并没有多少车马行人，一九八一年我看见这条路上的每一条车辙、每一行蹄印，以及人的脚印和狗爪、猫爪和鸡爪子留下的印迹，都还清晰可辨呢。

1984 年 3 月

春堤六桥

　　长河大学校长鹿长思放弃了清晨与本校与会人员共乘一班飞机返回 H 市的机会，把机票让给了旁人，自己则改乘晚七点五十五分的最后一班飞机再走。他已经是在站最后一班岗了。他想在这个风光宜人的地方散散步，想想事，一个人呆一呆。已经六年了，自从当了校长，他一直过着"开会有人找，吃饭有人陪，回家有人追，睡觉有人催"的生活，人走到哪里事跟到哪里。想起这一段经验，他疲劳中不无得意，得意中又似乎有些惨淡。

　　他的同事们是早晨六点十分走的。他七点半来到饭厅，看到一连几天熙熙攘攘的饭堂突然冷清起来，不免感叹：天下没有不散的筵席。他吃着千篇一律的花卷、腐乳、稀饭和煮鸡蛋，想象着今后的日子，那可真是只有生活的生活，叫作生活生活化了。他想起一个老友的话：关键是要有自己的专业、爱好和一二知己。

　　服务员走过来："您是鹿校长？"

　　是。

　　服务员说是有您的电话，找到饭厅里来了。

　　什么事？他狐疑着，原来是一个噩耗：他十分器重的一位——他本来想说是青年人，他带出来的第一批博士生中的最优秀者，比他小近二十岁的小吉，于昨天夜间突然心脏病发作，去世了。

　　他心情不好，今年这个年头究竟有什么问题？带走了许多人。李教授，比他大三岁，张副校长，比他小两岁，赵主任，与他同庚，生日比他小十六天，都相继去世了。有人说是因为图书馆前的一个现代派雕塑不好，破坏了风水，"妨"（读方）死了这么多人。没有办法，那个华裔雕塑家在国外发了财，要给学校五万美元，条件是学校大竖特竖他的作品。他的妖魔化雕塑的竖立地点，是艺术家自己选定的。而图书馆翻修用的是香港巨富沈大才的钱，现在这个图书馆已经改名为大才图书馆了。如果他再多捐一点，会不会把长河大学更名为大才大学呢？

他想起在大竖特竖毛主席时期下乡劳动期间与农民谈生死的情形来了。一位农民老大妈说："老鹿，人这一辈子也太快了呀！"鹿长思想了想，说："也还可以吧。"也许是那时他自觉年轻，觉得死不死的事儿离他甚远，也许他下意识地控制自己不要在贫下中农面前暴露什么不健康的情绪，反正一切唉声叹气都不健康，而只要不健康就是反动。农民老大妈看到自己关于人生无常、寿命苦短的嗟叹得不到响应，便对鹿长思说："唉，老鹿，这人，他就是愿意活着的呀，还是活着美呀，唉！"她忧伤地离开了鹿长思，使长思回忆起来怅怅不已。

转眼，二十年过去，老大妈想来早已不在人间，现在轮到他来慨叹人生，进行人生的终极关怀了。

这时他的眼睛一亮，一个身影出现在面前。是她，是郑梅泠。你没走？呃，你已经在这里住了一段时间啦。

郑梅泠穿一身浅灰色套装，外加一个深色坎肩，布料以棉为主，又有些麻的成分，纤维历历可见，朴素乃至粗粝中，显得极其精致。她头发灰白，身材苗条，眼角上堆积着细纹，然而眼睛的灵动与深情，仍然使鹿长思惊叹。她的左腮上长着一粒痦子，显得楚楚动人。她说话的声音也很中听，不慌不忙，不娇不露。只是她的面色似乎不太好。一说，原来她也是改了上午的航班，改成今晚走。

真是三岁看大，七岁看老。见到郑梅泠，鹿长思想起的是四十多年前他们上大学时候的事。他们是同班同学。那时候，郑梅泠亭亭玉立，仪态超群，她爸爸又是副省长，那时候的郑梅泠离他这个其貌不扬的穷百姓是多么遥远呀。毕业后他们各奔东西。"文革"后听说她也回 H 市来了。她分到了卫生部门工作。而他是在教育系统，素日无缘谋面，这也是隔行如隔山吧。现在的郑梅泠呢，她果真已经老了么？然而，在他的心目中唤起的仍然是青春，是往事，是对四十多年前的那个骄傲的公主的记忆。往事总是与故人同在。原以为往事已矣，遇到故人，忽然发现，往事还栩栩如生呢。

瞧人家的命！四十年前，她是副省长的女儿，紧接着是副部长的妻子，现在，她是厅长的母亲。他早已知晓，她的儿子新提升为人事局长。只是在 H 市的时候，他无缘与郑梅泠见面，他没有借口也没有必要去找她。而偶尔在一些场合见到人事局长时，他也从没有发现过与人家谈论局长姆妈的必要。

这次真巧，他们在这个湖边旅馆巧遇，他们一同选择了或是被安排了（？）与别人不同的一班飞机，他们都得到了一个额外的几乎一整天的"假期"。他们说，早餐后要一起到湖边长堤走一走。

而且这是一个机会，他有话对她谈。

春水

走上长堤的第一座桥叫"春水"，这使鹿长思立即想起了冯延巳的词，想起南唐中主和后主，想起中国历史上有多少变乱和厮杀。这座桥很大，是不久前翻修的劣质洋灰钢筋桥。式样上则力求古色古香，特别是桥栏杆做得还算可以。桥边的垂柳浓密沉郁，团团簇簇，青草丛生，杜鹃花败落错杂，十姊妹鲜艳夺目，桥下的水绿如油脂，显得过于沉馥，又有一些食品包装纸、塑料瓶之类的物品在水面漂浮。每天早晨都有专人打扫，但是众多的素质不高的游客的破坏力是够可怕的。鹿长思怅然，他来晚了，他已经失去了那个萌动的与纯洁羞怯的春天。这里的柳丝本来是以纤细柔弱闻名的，现在呢，柳条丰满厚重，如山丘如锦缎如烟云重叠了。

桥上熙熙攘攘，挤满小贩和驻足观看的人群，丝巾手帕、绸伞布伞、古钱银元、镜框印石、拙字劣画、（健身）铁球玉球、酥糖麻饼、香烟槟榔、打火机钥匙链直至看手相的算命的应有尽有。郑梅泠居然看什么都有兴趣，在一处卖字的地方看了老半天，那算什么书法呢？笔画曲曲弯弯，哆哆嗦嗦，在字上用红绿颜色涂上了小毛毛，每一笔画都翅膀一样地长出了羽毛。她又在一家所谓"电脑"画像的摊位前停了下来。那无非是通过扫描把顾客的形象输到微机里，再用打印机把它打出来。她看了看，回脸向长思粲然地一笑。她是如此的欣然得趣，倒像她刚刚看到的是乌兰诺娃的芭蕾舞表演。纯洁的笑容使长思如沐甘霖，甚至对人众与环境的牢骚也被冲洗掉不少。刚刚他还在想，这个郑大小姐，真是天真与轻信呀，要是他，他可不会挤在这样的脏乱挤臭与假冒伪劣氛围里。他想，利用今天共同散步的这个机会，一定要把小周的事情告诉她，要请求她转告她的儿子，不能让小周那样的野心勃勃而又不择手段的人钻了我们的空子……

他没有来得及说出来。他不忍心破坏一个头发花白、身材窈窕、精心穿戴的女子的笑容。郑梅泠的领口别着一枚胸花，是镀金的胡姬花，那是真的花朵，在盛开的时节浇上金，使鲜丽的花朵凝固为金饰，早早地永垂不朽。他知道这种金饰出产自新加坡和马来西亚。也许晚宴才适合佩戴这样的小装饰，她是多么重视这次散步呀。

"现在的人啊，可真有意思……二十年前我来过这里。'文化大革命'串联时，这个省最厉害了，一个晚上就杀了几十个地主和地富家属……武斗的时候动用了高射炮、炸药包。"郑梅泠说着咧了咧嘴，好像不胜疼痛似的。

鹿长思沉默了，这是刻骨铭心的创痛。他想起了妻子，她是在那个年代走了的。她有特别细的眉毛，她的手心常常有点热，她喜欢吃萝卜干拌毛豆，她说她是属兔的。她说话的声音有点哑，急了就会出现一种吱吱叫的声音，倒是不像兔，更像一只麻雀。她喜欢背诵高尔基的《海燕》，"让暴风雨来得更猛烈些吧……"她被莫名其妙的风暴吞噬啦。

风暴。和平。风暴。和平。"你愿意过什么样的日子？"他不着边际地含含糊糊地问。

"挺好。雨后的晴天最好。春天最好。挺好。"她不经意地说，笑容就像天空一样灿烂，喜意就像春光一样明媚。

她觉得现在还应该算是春天，而长思觉得它应该算是初夏了。

他回忆起一九五八年联欢会上一次朗诵诗，歌颂莫斯科的灯光胜过了天上的星星，而克里姆林宫上的红星照亮了全世界。那是他一生中最后一次歌颂和向往苏联，后来他的青年时代与苏联分道扬镳，他们与苏联化友为敌。这一切就是在他们那次朗诵后发生的。那次朗诵到最后，是两个人激越的齐诵，而且两个人都抬起右臂，指向前方，像检阅陆军分列式的元帅。他们都看见了伟大十月革命开辟的新世纪曙光。

但是，为什么，她嫁给了一个老头子呢？他不相信一个诗朗诵得极好的亭亭玉立的女子会贪图一个比她大十七岁的人的级别。他相信，她该是一个宠坏了的孩子，她会任性却不可能委屈自己。这次他才知道，她的"老伴"已经死了三年，那人是一个副部级国营大厂的党委书记，可惜在"文革"结束后的"揭批查"中碰到了麻烦，近十余年一直郁郁。她有七年时间——或者更长——每天的全部生活重心就是照顾卧床不起的老伴。每年春节前夕，她都出席组织部与军区召开的老同志茶话会。她说她在老同志茶话会上看到过鹿校长——为什么竟没有与他打招呼？这样的会参加的人真多。是啊，中华人民共和国的开国功臣们都老啦。他悄悄地看了一下她的侧面，她的侧脸有点发青。他心痛。

揽月

第二座石桥的名字是"揽月"，它的特点是上到这座桥上，视线全无阻挡，能够尽情欣赏湖光山色。你看到的是一片月白和闪烁，是一种介于雾气和光线之间的空气的形体，这空气并不虚空，它充满了春天的颜色，孕育了一种准备勃发的能量、一个混沌的精灵——你不知道这精灵是吉是凶，是祸是福。你还闻到了一种又腥又鲜、又生又暖的气息，好像是小虾、莲藕、蒿草和桂叶的味道混合到了一起。这股气息愈闻就愈甘甜，甘甜如野果泼醅，吸到肺里舒畅无比，令你解开紧蹙的眉头。然后你看着平静得近乎无奈的湖水和幽雅得近于畏缩、谦卑得令你心急的远山的曲线轮廓，似乎是素常包围着你压迫着你的许多鸡毛蒜皮和疙里疙瘩以及明枪暗箭流言蜚语被推倒和驱散了，似乎是你的眼睛被药水洗了个通透，一下子少了那么多灰尘、烟雾与毛刺。尽兴，无碍，反而觉得有点空旷，或者叫作寂寥什么的。走上这座桥鹿长思立即想到了自己的退下来后的生活，他盼望了很久了，他希望早日离开行政管理的岗位，专心写完早在十多年前就已经开了头的关于魏晋文士的著作。现在，退下来的日子已经近了，这次出差也许是最后一次了……他恍惚又有些空旷起来。

尤其是，目前呼声最高的继任人选是小周，而他在四个月前发现了——他多么希望不是他发现的呀——小周自己化了名又借用了许多德高望重然而重病在身已经基本上失去了自主能力的老教授的名义上书，不停地上书。一个是告他的竞争对手小吉的状，上纲上线，无中生有地泼污水；一个是肉麻地吹捧他自己。他无法一一去询问那些所谓上书的老人家，他只对证了两位，两个老人家都说他们的名是小周代签的，他们只知道个大概，不知道上书的具体内容，他们是看着鹿长思的面子，才信任了小周——都知道鹿长思是小周的恩师嘛——允许小周用他们的名义上书……该死！他痛心地撤销了对小周的支持，变成了小周继任一事的反对者至少是怀疑者。

"可上九天揽月，可下五洋捉鳖……一走到这个桥上我就想起老人家来了。要说老人家的这个精气神，真了不起！"郑梅泠说。

"可是发表这首词的时候，毛主席的精气神已经不太好了。"鹿长思叹息着。

这时一阵悠扬的笛声传了过来，温柔委婉，又显得平庸，大约是苏北民间小调，令人想起迷人的吴侬软语。他记得郑梅泠当年说话是有一点江南口音的，四十年不见，她怎么普通话说得这样标准起来了呢？她的那些嗲嗲的齿音和舌音哪里去了呢？

笛声来自一株法国梧桐树下，绿得很晚的法国梧桐也已经枝叶纷披了，江南盛景，令人泪眼婆娑。

"真好听。"郑梅泠说。

"你一向都好？"鹿长思问。

"谢谢。我……"她迟疑了一下，她说："他活着的时候我每天主要是料理他，他没了，我就不知道该干什么好了。人生真正快乐的时光并不会很多。老人家的词说'人生难得开口笑'，我回想，我这一辈子开口笑的次数已经不少了，特别是近十几年，过去做梦也做不着的事情我都赶上了，落实政策呀，职称呀，出国考察呀，获奖呀，调工资呀，分房子呀，我还当上了全国妇联的执行委员——包括今天我们在这里走一走，我真高兴。我是个平凡又平凡的人，我从来没有想到有今天这样的日子，这是真的。在意大利的罗马街头，我喝了一小杯浓咖啡。我想起'文革'当中对我的斗争来了，我家里有一张达·芬奇的素描像，红卫兵就说我想叛逃意大利……我真的是很高兴很高兴的呀。"郑梅泠感动地说，以至于鹿长思不敢看她，他怕她的泪眼会使自己失态。她本来也不妨向他发发牢骚，关于下岗呀腐败呀治安呀物价呀什么的，至少可以回顾一下"文化大革命"当中她父亲和她丈夫的遭遇……她怎么什么都没有说呢？她怎么张口闭口只知道说"老人家"呢？她怎么会满足于职称房子执行委员之类？她是多么天真多么轻信多么世俗多么好对付呀。

"回去，我也就该退了，该养老了。"鹿长思说，"我本来也该满足啦，总算赶上了这十几年。有时候我问我自己，你究竟还想要什么？社会的矛盾，人生的困惑，我也知道那是永远不会解决的，再过五百年五千年也是一样……可我还是放不开，我们的理想，我们的奋斗，我们的牺牲……难道就是这样的结局？一切都还差得太远！"长思终于沉重地说。

他想起了最近接到的两封对小周的揭发信，他利用职权把一辆新桑塔纳"借"给了他的女友用，还把妖魔艺术家赞助的几万块钱给那个女人的弟弟经商，钱全瞎了。

尤其是，那个长舌女人不知道从哪里听说了鹿校长对于小周有点信不过，她干脆到处散播起与鹿长思有关的流言蜚语来，利口如刀，恶言如从跌出了豁口的瓮中流出的毒汁秽水。而一个月前，她见到鹿校长时还扭来扭去，好似葵花见到了太阳。

郑梅泠哼唱起沪剧的《紫竹调》，她听见了还是没有听见长思的焦虑呢？

"你记得那次改选学生会主席么？你是候选人。小牛为你竞选，他针对有人批评你性急，为你辩护说：鹿长思，不错，是性急，何谓性急呢？他如果当选了学生会主席，他一定能够做到五年计划，三年完成！"郑梅泠边说边咯咯地笑起来，她的笑声那样年轻。

可惜笑完了咳嗽了一阵。

而鹿长思完全不记得。都说鹿长思是记性极好的，对有些书籍，特别是一些文史经典片断，他几乎是过目不忘。然而，郑梅泠说的这些，他怎么一点印象也没有呢？再说，竞选云云，这怎么可能呢？那不是资产阶级的玩意儿吗？

笛声清亮了起来，吹笛人兴奋起来了？像是陆春林擅长演奏的江南名曲《鹧鸪飞》，刚刚进入佳境，笛声戛然而止，不知是怎么回事。

"我们总应该消消气。五年计划不是三年完成的，而是十年才完成的，期限超过了一倍，又当如何呢？总是完成了一些计划，达到了一些目标……瞧，那个吹笛人到我们这边来了。"梅泠说。

他们的目光转向梧桐树下的吹笛人，原来是盲人，他用竹竿探着地，弯弯扭扭地走了过来。长思轻轻鼓了几下掌，他回味起方才听到的时而高扬时而低婉的笛声，更感受到这盲人奏乐的浪漫了。

盲人忽然破口大骂。他的口音长思听不大明晰，好像是在骂什么人太小气，愈有钱就愈抠门儿，一心留下钱给自己买骨灰罐。他骂得粗野而且凶狠。

他在骂谁？至少是几十秒钟以后，他才明白过来，盲人骂的正是他和郑梅泠，吹笛人的目的是行乞，也许更正确的说法是"创收"，他吹了这么好听的笛子，他们本来应该走过去掏掏腰包，而他们只是在一边欣赏，在一边回忆过去，在一边不冷不热地交流和思考，好像还有点忧国忧民。于是他们收获了他们所赞美的音乐演奏者的仇恨。

当指望落空，仇恨就代替了爱心。这也是爱欲生烦恼，烦恼生嗔怒，嗔怒生怨恨，怨恨成寇雠。而这一切的发生，他们根本没有意识到。更可悲的，因为这本来是人之常情。于是他又联想起小周的事，是的，是他鹿校长提拔小周当了校长助理，小周与他摊牌到了这种程度："您发现我再多缺点，我也还是您的人，您退了我上，您还能指挥得动我，至少我比一个生人好使。如果您以我有这缺点那毛病为由把我蹬掉，换一个别人，是不是一定比我好？天知道，反正好不好人家也不会再尿你退下去的老校长了。"

就是这次谈话使鹿长思愤怒不已。赤裸裸，现在的人就这样地赤裸裸了么？连裤衩都扒光了！在一个堂堂高等学府里听到这样流氓和市侩的话语！这次谈话使鹿长思决心顶住小周。他帮助小周进入到校领导班子里，现在又成为小周更上一层楼的重要障碍，也许是主要阻力。这样，小周就只能加倍恨他，比没有得到钱票的盲人更多恨十倍。这就是他的种鲜花而收蒺藜的活该的悲喜剧。

他们被骂得怔了。鹿长思蹙眉如吞了一只苍蝇。郑梅泠若有若无地苦笑。恶劣的敌意使他们无法弥补他们的"过失"——其实他们何过之有？他们只好讪讪地离开揽月之桥。

然而意想不到的事情发生了，就在他们已经走下揽月桥后，突然，郑梅泠转身向踽踽独行的盲人跑去，鹿长思缓缓跟上。只见郑梅泠的脚步使盲人停了下来，盲人警惕地回过身。郑梅泠对他说："对不起，先生，方才我们没有注意到您的需要……"她从手提包里拿出一张一百元的票子，给了盲人。盲人没有忘记摸一摸票子的成色，他判断无误后，喃喃地说着"长命百岁，消灾除祟……"之类的话，还向梅泠点头哈腰不已。

鹿长思甚至觉得尴尬，难于接受也难于理解。他不喜欢梅泠这样地任性和胡作非为，她的宽容就是没有立场，是对于野蛮和恶毒的鼓励。

听荷

"你看，那边就是栖凤园，据说一九六六年夏天老人家在这里住了好长时间，据说文化大革命就是在这里策划的……我始终不明白，住在这样风光秀丽的地方，一个人怎么会一心斗争？说老实话，我来到这边就不想斗了，我被江南美景软化了。"她咯咯地笑了起来，笑得有点喘了，"这里确实是一个让人变'修'的地方，你说是吗？来到这里应该是为了听荷。是不是听雨点落到荷叶上的声音？这是取自李商隐的诗意吧，是不是？"

鹿长思想，这是一个难解的问题，中国有八亿人口，不斗行吗？我们不是宋徽宗，我们不会陶醉在"西湖歌舞几时休"的醉生梦死里，我们永远是"铁马冰河入梦来"。就是这样的梦，这样的命。

然而，他这些想法，一点也没有说。他甚至又不想说小周的事情了，和一个宽大无边的应该说是十分任性的大小姐你又能说些什么？他可以回家再去找省委找人事局长，却不该在这个下午在听荷桥上对性格奇特——这么一会儿他就领教了——的局长老娘谈干部选拔事宜。

这是一座木桥，桥上有一个茅草亭。伪古典也是伪民间，鹿长思想，他觉得指斥什么什么为伪是一件很风光很少年意气的事，他扑哧笑了。听荷么？他们没有发现近处有荷叶，是季节太早还是荷花已迁移别处？长堤内侧有游船码头和许多式样拙劣的手摇脚踏或带着小发动机的小船，有把船头做成鸭子形的，有做成龙头龙身的，有搭着架子，架起一块肮脏的防雨布的，也有的船底已经积满了水。真是因陋就简！然而，为租船而排队的游客头上支起了美丽的一排遮阳伞，遮阳伞崭新而且高雅。遮阳伞上写的是 M&M.s 字样，这是一种儿童吃的红红绿绿的巧克力豆的商标，这种巧克力豆的最大特点是不粘手。这么说，这一排遮阳伞是老美的 M&M.s 公司赠送的，当然赠送的目的是为了做他们自己的广告。

妈的，连巧克力豆也得吃美国的，连做豆腐也要进口日本的生产流水线呢。

在走到这里以前，他确实打算向郑梅泠说一些什么，不仅仅是关于小周的任命问题。在妻子死去以后，他常常觉得没有人能与他共享一代人的旧事的回忆，他曾经试图与孩子谈谈他们的往事，但孩子们的态度如果不说是轻蔑，也得说是麻木不仁。而其他的找他、堵（截）他、纠缠他的人，都不是为了与他一同回忆些什么。他并非初出茅庐，他懂得回忆对于一个工作人员来说有多么奢侈。在这里，他与郑梅泠不期而遇，他们又一起作春日的美丽的徜徉。他想告诉她他觉得他们是热情的一代理想的一代，他们的青春时代的特点与后来的"告诉你，我不相信"恰恰相反，他们是相信的一代，他们的诗应该是"从此，我们相信一切"。然而他们又是苦难的一代，他们都受了太多的试炼。最后，呵，当然，现在还不是最后，后来他们终于体味到了幸福，他们年轻时候从苏联小说里学到的、说得太多太多的幸福。世界上的事都是这样，如果你说得太多，想得太切，熬得太苦，那就不能得到。事情总是这样，当你淡下来凉下来的时候，它开始成功，却也走样了。得到了，是快乐，更是新的惶惑，乃至于不无麻木，也许这是可笑的，当他说起忧国忧民的话来的时候儿子常常嘲笑他是"自作多情"。那么，他们就是自作多情的一代好了。自作多情的一代应该感到满足，他们活了，做了，斗争了，爱了也恨了——就是说多情过了，希望了失望了再希望又再失望了，而希望永远与失望同在，多情永远与麻木共存。他们过了许多有意义的日子，至少是自以为有意义的日子。他们永远不会像小周那样赤裸裸，他想说是赤果果或者吃果果，据说"文革"期间人民日报的社长就把"赤裸裸"读成"吃果果"。他渴望幽默，微笑着与野蛮和专横告别。

这些是他想的，然而，他实际上向郑梅泠说的和表示的，却与想的恰恰相反。他好像牢骚满腹，他好像忿忿不平，他好像欲说又止，又像是执着于无语可说——大概失语也是很时髦很气派的。他的话没有主线，没有逻辑，没有旋律。每一句话在即将说出来的时候忽然觉得没有了意思，就是说最重要或者最隐蔽的话语，还是不说的好。

共享不等于一定要说出来。朋友的存在与相遇，这就是共享。

他想安静一会儿，他需要再整理整理自己的思绪。他需要再感受一下亲热一下他的转瞬即逝同时又是屈指可数的春天，他已经向梅泠臣服，认同当下的"春天性"了。小周就是靠着一大堆"性"的折腾获得了硕士学位，他觉得春天的真与伪都还算有趣，包括它的听荷古韵，它的木桥与茅草亭，它的山姆大叔的小儿科产品，红红绿绿的巧克力豆，和那个无故恶骂旁人并从而得到了一百元的瞎子。你能和他治气吗？

他们坐到了亭边，郑梅泠继续给他讲栖凤园的故事。栖凤园就在堤的外边，高大的樟树、梧桐、罗汉松、丹桂和皂角，丛丛的竹林，曲折的灰顶白身围墙，巨大的屋宇上的整齐排列的黑瓦，依稀可见的伸延入湖的小小游船码头和三只瓜皮小游艇。优美而又神秘。

几声黄鹂的风笛一样的叫声从栖凤园方向传来，应答的是小小鹌鹑的鸣叫，他们都静了下来，倾听这暮春的天籁，声声入耳撩心。"北方现在才只有蝌蚪，这里已经开始有蛙鸣了呢。"郑梅泠轻轻地说。

"是么？我还没有听见呀。"鹿长思埋怨自己的耳朵。后来他也听见了蛙鸣，他很佩服梅泠，他也远远地觉得十分喜欢栖凤园，他说那儿可真好。

郑梅泠说，老人家许多次在这里度过夏天，老人家喜欢这里。一九六六年，老人家来得比往年早。后来江青找来了一些人，无非是陈伯达张春桥姚文元什么的。据说姚文元的《评新编历史剧〈海瑞罢官〉》就是在这里定稿的。整个"文化大革命"的部署，就是在这里决定的。鹿长思对这个说法表示怀疑，他期待对此"党史办"有一个正规的说法。但是郑梅泠说得正起劲，她不顾长思的疑惑，只管说自己的。郑梅泠说这里头的景致十分漂亮，湖中有宅，宅中有湖，树中有屋，屋中又有树，水中有桥，桥中还有水，那是一个叫人享尽人间清福的地方，现在，这里也已经对外开放，也"搞活"了，韩国的××公司董事长，美国的××电话公司老板……每次来访都到这边住。

"许多事情轰轰烈烈一时，后来呢，后来也就过去了，一去不复返。当我想起这些来的时候，我觉得我是老了，太多太多，我们看到了多少事儿！我已经记不住这些事情了。一代又一代地老下去，也就是一代又一代地新起来。回家烧几个菜，搓几圈麻将，这不是很好吗？人生能烧菜几盘？可惜我小时候不懂得学钢琴，现在的孩子多幸福呀，他们从小是什么环境！等他们也老了的时候，他们就天天弹肖邦和拉赫玛尼诺夫啦。过去我们看到一些老人，我们觉得他们未免太恋栈了，他们什么也不舍得撒手。现在呢，轮到人家看我们啦。"

"但是有一些坏人，投机，造假，坑害人，假冒伪劣，捞了再捞，捞了还要捞……他们从来不管国家，也不管人民，他们觉得不捞才是傻子，他们才是贪得无厌！难道成了他们的世界了吗？"

郑梅泠微微一笑，"我们厅里的一个年轻人常常笑我，打一个喷嚏也散发着《人民日报》社论的气息，我现在已经不是这样了。想的事儿太多了血压就会上去，根据我们的统计资料，过去的内科常见病是肝炎、贫血、感染性休克、浮肿和营养不良，现在呢，脂肪肝、糖尿病、高血压、高血脂、肥胖症……一句话，过去的病是饿出来的，现在的病是撑出来的。"

"可是官方承认，还有六千万以上的人口——相当于一个欧洲大国——处在温饱线以下呀。"

"当然。但是我总该知道满足。我是太幸运了，我只能感谢上苍的厚爱，回顾一切，我实在是没有多少怨言。"她呜咽了，"甚至在我爸爸挨斗的时候我也想过，就让那些平常没有说话的机会也没有进省政府的机会的人闹一闹吧，就让那些吃不上也喝不上屁事也不知道的毛孩子们戴上红卫兵袖章自以为是革命的栋梁吧，那些人见到我们家的电话立刻红了眼，那时候谁家有电话呢？电话只能是高层特权的表现。让那些整天训斥旁人的官员也尝一尝被训斥的滋味吧，说不定对他们有好处。"顿了一顿，她又说，"过去常常批判船到码头车到站的思想。我现在就是船到码头车到站的感觉。至少我有一个根据，我们那么多人家都有了电话啦，包括农民。我就是这样庸俗、浅薄。"她自嘲地摆摆头。

郑梅泠又咳嗽起来，她咳嗽得如此剧烈，长思不由得伸出一只手去搀扶她。梅泠没有拒绝，只是咳着，咳着，再咳着。

"你怎么了？"长思带着恐怖的神色问。

梅泠回答他的是一个天使般的痛苦的笑容。她不咳了，脸色憋得铁青。

鹿长思严肃了。这回是他想转一个话题了。"你来过这里几次了？"

"许多次。这里的秋天很好，残破的荷叶让你对世界依依不舍，秋天的湖水像是一个老朋友在向你告别。而春天，一切的精彩都向你涌来，你受不了。"

"原来你是一个诗人……"

"你也太不了解我了，我曾经写过那么多诗……"她欲言又止，带几分幽怨。然后她改了话题，她说："我去过栖凤园。石桥弯弯曲曲，像是一个弓字，窗户的槅扇也讲究，浮雕着四季花卉，室内屋顶上画满了凤凰和白鹤，推开窗子你见到湖水、月光还有莲花。我总觉得在这里可以品茶，可以吟诗，可以写字，可以画画，可以垂钓，可以赏花赏竹赏月，可以唱戏唱歌吊嗓子，可以练气功踢毽，可以打毛衣绣花，也可以无所事事成天价躺在藤躺椅上数花朵数树叶数星星，要不就数自己的头发……就是不能够在这里发动文化大革命！"

于是两个人喟然叹息：伟人呀！现在这样的伟人少了吧？于是人们厌倦庸俗，是不是希望随时随地策划雷霆万钧血战的伟人们回来？是不是需要在英雄脚下戳觫战栗，否则就不知道该如何活下去？鹿长思回味着梅泠说他不了解她的话，觉得煦然。他甚至有些感动，人们特别是女人只有对自己喜欢的人才要求了解。萍水相逢，相逢开口笑、过后不思量，又谈得到什么了解不了解呢？他心头一热，便说："你给我念一首你从前写过的诗吧。"梅泠不肯，长思便再请求，再请求，活像一个磨人的孩子。

梅泠念了一句"想念和犹豫使我长大……"她的脸突然变得绯红，她突然显得健康了，她转过了脸去。他们缓缓地离开揽月桥，走上长堤，林阴草径，左右逢湖。

错玉

短短的一句未见其佳的诗令长思感念不止。为什么大学期间他就没有接近过她？只因为是省长的女儿，就令他退避三舍了。多么庸俗，多么冷漠，多么隔膜！现在，他自己不也是厅局级干部了么？不是又有多少人躲避他应付他敌视他败坏他嫉妒他，最好的不也是哄骗他么？人们错过了多少能够让彼此生活得更友善些的机会！

那么小周呢？对小周他是不是应该再心平气和地考虑考虑呢？能不能站在小周的角度替他想一想呢？而小吉已经不在了，一想起小周和他的党羽们给小吉泼的污水他就又激动起来了。

义无反顾，他想起了这句话，他觉得有点悲凉。没有反顾的生活只不过是匆匆的掠过罢了，没有反顾又哪儿来的滋味？

"好吧，我念一首我写的所谓诗。"梅泠说。

我梦见了许多星星，
我梦见了辽阔的天空，
我提醒自己，这只是梦，
醒来后我仍然张望不停。

我梦见我成了球场上的英雄，
嘿，球无虚发，百发百中，
我提醒自己，这只是梦，
醒来后我仍然渴望飞腾。
我……

郑梅泠忽然激动起来，她眼里充满了泪水。

"不，我换一首。"郑梅泠皱起了眉头，她的态度越发认真了。

我说过许多的话，

但是没有那句最重要的。
我听到过许多话，
但是没有那句最想听的。

我唱了许多许多歌，
但是属于我的歌至今没有做出来。
我做了许多许多梦，
但是没有一次梦见我想梦的。
　　………………
为什么，我为什么错过了你？

　　鹿长思蓦然心动，一股热浪涌上心头。他想起了学生时代：他和同学们去露营，他们住在帐篷里，在晴朗的夏夜掀开帐篷的"帽子"，看到一角星天，天星扬手可触。他们打篮球，他是班队的运动员，班际联赛上他也曾大出风头，投进了一个又一个快球和远投球（后来叫作三分球），那为他拼命叫好的女同学中，莫非也有郑梅泠其人？他为什么从来没有想到过郑梅泠呢？他们参加歌咏比赛，他是领唱。他恍惚忆起了一些热情，一些鼓掌和喝彩，多么天真的快乐，他几乎要说是无端的与廉价的，却又是无比宝贵的与永难再现的快乐呀！莫非那时郑梅泠对他……呵呵呵，他从来没有这样想过，他从来没有敢这样想过……然后，几十年过去了，我们的生命就这样错过了呵！

　　他想说"你的诗写得很好"，却又觉得那样说未免俗套、不着边际乃至残忍。代替一切语言的是他的喟然叹息。他想重复郑梅泠的诗：

为什么，我为什么错过了你？

　　也许这句话是从张欣辛氏的小说题目照搬来的？
　　你生活了，你又错过了多少生活！
　　然而这未免小儿科，他已经到了平心静气地错过一切——错过了更好——的年纪。他抬起头第一次认真注视了一下梅泠，他看到梅泠的湿润的眼睛和细密的皱纹，这眼睛显得沉重而皱纹显得顽皮，那皱纹不像是长在梅泠的脸上的，而像是为了恶作剧，梅泠用化妆笔画出来的。她愿意在鹿长思面前假装一个老太太。又是一阵震撼，鹿长思心里发生了九级地震，他浑身像火烧一样。

是的，她细心化了妆，她的脸蛋上有胭脂而嘴唇上有口红。即使这样打扮也仍然遮掩不住她的憔悴。呵，故人，历尽沧桑，别来无恙！

前面的汉白玉桥是两个桥身并排连结在了一起，据说它们的连接并非天衣无缝，而是前后错开。谁知道这座桥为什么修成这样呢？据说盛夏的清晨五点钟，当太阳从东北方升起，两座已经连为一体的桥的影子会投到长堤外侧的湖面上，你会清清楚楚地看到是相互错开的两座桥。

郑梅冷颤抖着声音给长思讲了这个桥的故事。

长思"呃"了一声。

这次他们没有在桥上多停留，因为桥上正红火热闹得不可开交。是一对新婚夫妇在桥上作婚纱摄影。围观的人纷纷议论，这样一组摄影要花三千多块钱。新娘脸蛋红如玫瑰，虽然不无羞怯，仍然以一种决绝的姿态听从摄影师和助手的指挥，又摆姿势，又一会儿把脸一会儿把手贴到新郎脸上手上肩上胸上背上，她甚至以一种豁出去了的态度应摄影师的要求坐到了新郎的腿上。新郎则是一派疲惫，一副还没有上阵已经一败涂地的神气，新郎显得稚嫩，他显然没有娶过媳妇也没有想到娶个媳妇要这样辛苦。新娘穿着拖地的雪白的婚纱礼服，这当然是租赁的了。装摄影器材的木箱上写着"文彩摄影"字样，估计这是文化厅或者省文联下属的"三产"，他们拥有全套设备包括新婚服装。新郎穿着玫瑰色西服，打着紫红色的领花。他的服装也是租的么？

他们相视而笑。他们想起了自己的婚礼，在机关会议室，吃许多水果糖和瓜子。

他们走过错玉桥，走到长堤的一个荒凉的边缘。他们干脆坐在湖边的一丛乱草边，看湖水，看水草，看蜻蜓盘绕水面，听鱼跳，听鸟叫。一艘窄细的橡皮划艇在他们面前驶过，割开平静的水面，水面许久难以痊愈——水震颤着传达到了远方，渐行渐弱渐微，渐行渐远渐大。长思的心与水波共振，他的心颤抖不止。往远一点看，是城市新建的宾馆高楼。一座座拔地而起的大厦与这湖这水这山这桥颇不协调，但……鹿长思想，这也是没有办法的事。

他又想起最近最不开心的事。推己及人，鹿长思要求自己换一个角度想想这件事。几十年来的坎坷，他已经习惯了遇事先疑己，再疑人。也许他当校长当得太久了。他本来说是只干三年，结果一上去就下不来了，今年已经是第六年了。如果他前两年请退得坚决一点，也许两年前的校长就是小周了，就是说小周早已是厅局级干部了，那样的话，小周也许早已经分到了四室一厅的房子，早已经领到了看病的蓝卡，早已经在出差的时候坐过多少次软席卧铺了……如此说来，现在小周与他反目为仇，通过小周的一位女友不断地造他的谣，说他是赖在那里挡住了年轻人的路，说他是害怕早已远远超过了他的年轻人，这也可以说是事出有因了。是的，他们急切，因为他们饥饿，他们饥饿，所以他们不择手段。饿极了自然"吃果果"，不像吃饱了的人从来都遮掩着自己的血盆大口。但他们至少是有能力有抱负有想法的。如果他们不活动，如果他们乖乖地静静地等待，又会怎么样呢？多少聪明才智不如小周的人只是因为善于讨领导的欢心早已当上了这干部那干部啦，他们就一定比小周强么？

这样一想他反而火了，不是对小周火而是对那些资质远不如小周但已爬上高位的人火。他站立起来，拿起一块土块就往湖里抛，他的胳臂因用力而疼痛，然而，土块并没有抛出多远。我真的老啦。由于用力他也剧烈地咳嗽起来。郑梅泠不由自主地站立起身，见他咳嗽得痛苦，便踮起脚为他捶背。他感激地回过头，抓住了郑梅泠的手。那手冰凉、粗糙、细小，鹿长思一阵心痛，他弯下了腰，他几乎就要吻到那冰凉的小手了，他想起了歌剧《绣花女》的咏叹调《哦，你冰凉的小手》，他止住了，无论如何，吻手是太"全盘西化"了，那应该是方励之之流的事儿，而他历来反对全盘西化与和平演变。他后悔于自己的失态。他半天也不出一声，他半天不敢看郑梅泠的眼睛。

这时候一团混乱，人声嘈杂，他们恍惚看到来了许多警察，驱赶着看热闹的人群。照结婚照的新人已经不见了。长思与梅泠缓缓走过去，远远观望，只见警察押着两男一女走过，"犯人"与警察都很年轻，年轻得令人不相信他们会犯罪和反犯罪。一个男犯蓬首垢面，一看就是从农村盲目流入城市的。另一个男犯则使他们十分不解。因为那人戴着金边眼镜穿着成色不错的西装，打着时髦的宽领带。那个女犯的外表也像是盛装的"中产阶级"，耳朵上挂着滴里当啷的大红耳环。三个犯人趴在警车上接受搜检，然后警察从背后用手铐把他们分别铐起来。男警察铐男犯，女警察铐女犯，大概是为了免除性骚扰的嫌疑。那场面一如好莱坞的警察影片——谁模仿了谁？他们来不及多看一眼，只见三个人上了警车，嗡的一声，汽车屁股冒烟，他们走了。这长堤本来是不可以走车的，这是严格的步行路，然而警车还是开过来了，这使他们似有遗憾。

直到警车开走之后，他们俩才从纷纷议论的人中略知就里：他们问："怎么了？"他们问得像一个看不懂抓坏蛋的电视剧的智力可疑的孩子。纷纷议论着的人们谁也不搭理他们。他们便弱智儿童一样地坚持不懈地再问。终于有一个宽肩膀的男人可怜他们的无知，便把左手大拇指靠近嘴唇再把同一手的小拇指伸直，嘬了一下。郑梅泠便锲而不舍地再问："这是什么？什么？"她一面问一面自己也做出了那从左手拇指嘬到同手小指的姿势，样子更加白痴。无师自通的鹿长思伏到她的耳边："吸毒贩毒。"他说。他的口里的热气吹得郑梅泠耳根发痒，他的嘴几乎吻到了郑梅泠的脖子，他看到了郑梅泠颈后的细碎的头发，那碎头发非常可爱。他闻到了郑梅泠耳根后的香气和热气，好像还有一股子阿司匹林或者来苏儿气味。他的心跳了起来，郑梅泠的脸也红了。略一绯红，更加青白。

知鱼与望梅

后面的两座桥名"知鱼"和"望梅"。走到最后这两座桥，鹿长思一点也不焦虑了。在他吻过了——至少是在精神上亲过了郑梅泠的脖子以后，他再没有什么话要利用这次散步的机会请梅泠向她的儿子局长转达了。

"一个人不可能每一分钟都在忧国忧民。"他心里自言自语。

"是的。本来嘛。"郑梅泠说。

郑梅泠的应答使他吓了一跳。他不记得自己把话说出声音来呀，怎么梅泠听见了而且作出了肯定的反应了呢？

知鱼桥的外侧是知鱼公园，公园里养着许多金红鲤鱼。他们用十块钱买了门票进了公园，他们一面看鱼一面想念庄子。鹿长思认为，庄子未免太诡辩了，惠施提出"子非鱼安知鱼之乐"，是因为庄子与惠施同属人类，而庄子与鱼自非同类。同类比较能够了解同类，而同类理解非同类自是可疑得多。非人类的鱼一定也有快乐、悲伤、愤怒、潇洒之类的感情或感觉吗？它们也有"吃果果"与五讲四美之分吗？这确实值得疑惑。而庄子回答说"子非我，安知我不知鱼之乐"，就未免强词夺理了，如果庄子认为人与人之间是不能相知的，那么又如何想象人之知鱼或鱼之知人呢？

郑梅泠说："男同志们，太累了，看鱼也不忘抬杠。看鱼，鱼乐不乐我哪儿知道？反正我乐还不行吗！"

梅泠把庄子和惠施称做"男同志"，这使长思大乐。他从没想到与梅泠在一起是这样乐。与梅泠同观鱼，至乐也，而长思于无意中得之。

然而梅泠是对的。他们来看鱼不是为了抬杠，他们这一辈子抬杠抬得太多了，他们人人都成了"杠头"啦。

有一些旅行团在公园里参观，导游打着旅行社的三角小彩旗，有一队人还另外打着写着"台湾环保会"的绿旗，人员年龄不小，穿戴得都很讲究，特别是一些老太太，珠光宝气的。又有一队人"前轱辘后轱辘阔米萨米大"地大声谈笑着走过，郑梅泠疑惑地问："日本？"鹿长思回答："大韩民国。"然后他们相视而笑。

他们找了一个茶棚坐下，要了两杯绿茶，两块小点心。郑梅泠边饮边品边夸赞说"真好"，她是真心地赞美，真心地感动，真心地满足。她的心情传染给了长思，长思在轻轻咬了一口蛋卷酥以后，向梅泠甜美地一笑，他已经很久很久没有这样笑过了。

梅泠忽然问："你去过法国吗？"

点点头。

"你登过埃菲尔铁塔吗？"

点点头。

"你在埃菲尔铁塔七层的儒勒·凡尔纳餐馆吃过生蚝吗？"

摇摇头。

"我也没有去吃过。"梅泠叹了一口气。

鹿长思笑得把蛋卷渣都喷出来了，听侯宝林的相声他都没有这样笑过。

一对青年男女亲昵地搭肩携手走来，他们在茶棚买了两客蛋卷冰激凌，冰激凌是与丹麦合资生产的，八块钱一客。一男一女穿得、发育得都很好，女青年这么早就穿上了超短裙，露出了穿着肉色丝袜的秀美的双腿。男青年穿着鳄鱼牌 T 恤和牛仔裤，肩膀宽宽的。长思看一看自己身上的羊绒衣和梅泠身上的坎肩，莞尔一笑。这个季节是属于他们的。青年人的腿都长得长，不像鹿长思这一代人，十个里有八个因为发育期缺钙而没有把腿长直。即使单单从平均身高和体重上看，也还是显示了社会主义的优越性，长思想起他对学生进行政治思想教育的时候讲过一句话来了。梅泠看着他们，又赞许又羡慕又依恋，她的眼神表达的是一种苦苦地恋爱着的柔情，是一种如醉如痴的欣赏。她的表情使鹿长思喟然长叹。

"真是的。"鹿长思心里说，他的心也变得软软的了。他有点不好意思。

付账的时候郑梅泠并没有谦让，她只是用很好听的声音说："谢谢了！"

公园里有几个小小的红漆木桥，他们很乐于在上面走过来穿过去。走来走去，他们来到了金鱼池的荒芜的南岸，那里长了不少野草野花，那里显然是有意识地保留了一些野趣。他们走近了才发现一对男女青年正在一株老桑树下和乱草堆上互相抱吻，那两人不仅吻得死去活来，啧啧作响，那女青年更发出了一种半是撒娇半是发情的嗷嗷的叫声。真不知道她为什么那样大声地叫。两个年近花甲的人走得离人家那么近，倒是十分地不好意思，好像是他们俩做了不得体的事。

然而笑容一直浮现在梅泠虽然抹了胭脂仍然不免苍白的脸上。她回过头来看长思，嘴往前努了努又向两侧展了展，她的眼睛似乎在说："年轻人有多么幸福！"

长思的目光则带着遗憾和责备，他想说的是："但是他们太过分了啊。"

梅泠又笑了，她的笑容是说："你应该理解他们。"

长思又不高兴了。这位女士未免太宽容了，周围的一切已经够脏够黑够烂的了，如果还一味宽容下去，我的老天！他深深皱起了眉头。

他终于苦笑也只能苦笑，随便吧。

他们俩拉开了距离，一前一后走。有一个摆摊照相的，鹿长思站在那里想提议两人照一张相，多么难得呀。但是他没好意思说出，一想到那个嗷嗷叫的女青年他就不想凑热闹了。他们俩站到了照相摊前，徘徊良久，也许两个人都想合影留念，终于没有照成。

照相摊贩旁是一个卖旅游纪念品的小商亭。郑梅泠在那里寻觅良久，花了二百多块钱买了一尊小玉观音。她买下后神情是那么欢喜，那样反复地打量揣摩，又歪脖又点头，傻傻地看起来没有完。长思觉得无法理解，乃至有点觉得她可怜。

这时有三辆摩托车从他们身旁呼啸而过，带着刺耳的摩托声，留下刺鼻的浓烟。他们大惊，他们怎么能在步行路上这样横行霸道？他们有什么特殊身份呢？我们中国也出现了"暴走族"了么？大煞风景，他们为这堤这湖这桥这园揪心。

最后一座桥是一座小桥，大一点的步子也许有三四步就可以走完。桥头是一处梅林，冬天梅花盛开，这里想必是极美丽的。梅泠说她忘记了那是谁的故事，反正是老年间的事，有一对情侣，他们的爱情没有成功，分手前他们来到了这里，仅仅在这个小桥上，走来走去他们俩就走了两个小时。

"那当然可能。"长思说，"因为古人比我们的同志们生活得单纯。"他觉得自己纯粹是不知所云。

"我不喜欢这座桥，望梅？叫人想起望梅止渴的故事。我觉得它不那么吉祥。"长思说，说完了又觉得自己变成了十足的庸人。我这是媚俗吧？他想。

他们沉默一会儿，梅泠再次拿出玉观音观看。

……长堤走完了，他们来到大马路上了。

"如果一株梅树，它再也不开花了，它已经开过了所有的花。你看到它的时候，能够想象它花朵盛开的情景么？你能够因为想为它过往开花的情景而喜欢它，多看它两眼吗？"梅泠问。她注视着鹿长思，她期待着那个十分重要的回答，她的神情忽然非常异样。

是求爱么？怎么又像是……长思忽然觉到了一阵寒气，他用力点头，拉起了梅泠的冰凉的小手。

梅泠眼睛里充满着泪水，她喘息着说："谢谢你，鹿长思同志。你让我实现了、现在时兴说是圆了少女时期的梦。我在上中学时就作过一首诗，我说：'我梦见和你一起走过春天的桥……'是的，我早就做过这样的梦，就是今天这样的，和一位老朋友，我们走过春天的桥，一回就走过了六座，回忆起几世人生！我已经活了好几世啦，旧社会和新社会，'文革'前和'文革'后，战争时期和和平时期，还有从嫁人到给丈夫送终。人生能有几多春？人生能有几多桥？我再没有什么遗憾啦。谢谢你。"

她沉吟了一下，又说："对不起，我现在要自己呆一会儿了，我要去一个地方，我有一点私事，不陪您了，您请便了，对不起，请您永远原谅我。"她闪电似的搂了鹿长思亲了鹿长思一下，等到鹿长思回过味来，她已经举手"打"到了一个"桑塔纳"，向长思扬扬手，钻进汽车前座，走掉了。

鹿长思愕然，茫然，骇然，凄然。他想起了一个戏曲场面：《天仙配》里，七仙女突然被迫回到天庭，而留下了一个傻乎乎的董永。他转身看湖，一片澄明，一派茫茫，了无挂碍。

晚上上飞机以后，他们发现他们的座位并不在一起。他们分别由美丽的湖滨城市这边的不同单位送行——分别由教委和卫生厅的有关工作人员送到了机场，送鹿长思的是一辆新"奥迪"，黑色，送郑梅泠的是一辆老"奔驰"，银灰色。他们各自办理了登机、安检手续，送行人员和他们抢着付机场建设费。登机的时刻到了，他们在风雨通道门前互相招了一个手。鹿长思是在六排 F，郑梅泠是在三十一排 A。两人倒是都靠窗户，但想出来一趟走到通道上就很不方便。飞机并不是一个你走过来他走过去、你看望我我看望你的地方。上了飞机以后这两位就谁也没有再见谁。下飞机以后，由于郑梅泠托运了行李，鹿长思没有托运，而我们的机场处理托运行李又奇慢——二十分钟后行李传送带才开始运转，鹿长思便没有耐心等那么长时间——再说他们并没有说好一个等一个。而且，他们都得考虑接他们的同事和开车的司机，他们没有权利在机场磨磨蹭蹭。所以，当然啦，下了飞机他们就谁也没有再见到谁。其实，从登机后，他们就分手了。各人回到各人的家，各人回到各人的机关单位办公室，自是相距更远啦。

鹿长思一直想给梅泠打个电话，但一想到梅泠在望梅桥端突然自行离去就只觉得如冷水浇头一般。后来下决心查到了梅泠家里的电话，他打了一次，没有人接。

一个月后鹿长思免去校长职务，小周被委为新的校长。交接见面会议上，上级充分肯定了鹿长思在任职期间做出的重要贡献，小周也发表了热情洋溢的讲话，他声称过去现在和未来，鹿长思永远是他的领导是他的老师是他的兄长，是他的精神上的支柱，是他的楷模。小周动情地回忆起许多"鹿校长手把手地教我做工作"的故事，说得鹿长思无地自容。他表态说长河大学在周校长领导下定将取得前所未有的成就。

小周得到了校长的头衔，但是一直没有到职视事，而是立即出访欧洲，十分风光。三周后小周回来了，他犯了点事——不是男女关系问题就是经济手续事宜。这年头还管这些事么？人们感到狐疑，他们想起了电视小品喜剧明星赵本山的顺口溜："麻将摸成白板了，送礼改成现款了，男女作风没人管了，还说是党风好转了。"这年头，周校长到底是出了什么事，弄得这么下不来台了呢？一个月后上级通知大学，周校长已派往党校读研究班，学习期限是两年半，学校工作由李副校长主持。据说他的事令刚刚提升他的上级十分尴尬，总不能刚任命了就又免去新职。让他去学习是为了保护他，也是为了淡化冷处理。这样小周的校长的交椅还没有坐上去就吹了。人们一个又一个地前来或打电话向鹿前校长禀报有关小周的小道消息——因为大道没有消息。鹿前校长一听是谈小周便立即断然制止，然而制止也硬是制止不住，人们宁可不谈足球、股票、桃色新闻与性也要谈人事变迁内幕。有一些刚刚参加工作不久的小张小李小王小米找"鹿老"抱怨小周乃至于死去的小吉，他都一声不吭。这究竟是怎么了？革命，当然就是儿子革了老子的命。然后，儿子的儿子立即觉得他自己的老子又挡道了，而儿子的儿子的儿子甚至企图与爷爷联手以推翻更直接地压在他们头上的小老子。中国人太耽于斗争了，到处斗成一团，斗成一锅坚硬的稀粥。当一些省内校内的头面人物为校长的人选而表示焦虑的时候，他答道："行，行，谁都行。"当人们说到谁谁压根儿就没有上过大学却要来领导大学的时候，他说："没关系，没关系……"头面人物们对他颇不满意。

再过了两个月，鹿长思收到了一个大白信封，下款写的是："郑梅泠同志治丧小组"，他一见信封上的字样便吓得浑身发抖……他立即拨通了治丧小组的电话，小组告诉他郑梅泠同志是因白血病医治无效而不幸去世的，她诊断出患有白血病已经有两年的时间了，她住了几次医院，又几次好转出院，最后不行了。和所有的治丧办人员一样，他们的口气十分平常，他们都修炼得到家了。

他看了讣告和死者简历，说郑梅泠同志是我党的优秀党员，说她是优秀的卫生工作者，说郑梅泠同志衷心拥护党的基本路线拥护中央的各项方针政策。讣告还说：根据本人意愿，丧事从简，不举行遗体告别仪式也不开追悼会，说是她的家属敬谢一切吊唁物品如花圈鲜花挽联挽幛等等。最后说："郑梅泠同志永远活在我们心中！"

人事局长给鹿前校长挂了一个电话，说："妈妈病危时提到了鹿叔叔，妈妈让我告诉叔叔，她走得了无遗憾。"局长呜咽了。

鹿长思柔肠寸断，泣不成声。

附：写完《春堤六桥》以后

我已经很久没有写写实风格的现实题材小说了。数年来我的主要精力放在了撰写"季节"系列长篇小说上，而"季节"写的是刚刚过去不太久的昨天。最新一部《蹉跎的季节》，写到了从一九六二年到"文革"前夕。这几年偶尔也写一点中短篇，常常用荒诞或寓言体，避免太实太针对什么，多一点抽象，多一点游戏，多一点幽默，也多练练想象力。这样的作品有《郑重的故事》《白衣服与黑衣服》《玫瑰大师及其他》等。

所有这些都不是定势。和八十年代一样，写一篇幽默的（小说）我就会想写一篇抒情的，写一篇写实的我就又会想要写一篇抽象乃至怪诞的。我特别不能容忍一个调的长期重复，不论是别人的还是自己的。

一九九六年底，我的第三部《踌躇的季节》交稿以后，觉得连续写长篇太累了，我需要歇歇气。我从来都注意保持最佳的创作心态，绝不搞惨淡经营与对着稿纸较劲，于是有了一批旅欧散文，有了《玫瑰大师及其他》，后来又有了《春堤六桥》。

实在抱歉，年轻时我的作品的主人公多半是青年。后来，随着我自己年龄的增长，作品的主要角色的年龄似乎也在增长。一九九四年，我年届花甲了，深知老之将至或已至。后来在一些笔墨官司中也发现了自己与一些青年人的距离，叹曰："王蒙老矣！"

什么是老呢？是心地的渐转平和，却也是许多遗憾和不平衡，是许多沧桑却也是依然未悔的鲁莽和天真，是许多对于记忆的咀嚼、回味、光明的反照与对于当下现实的津津得趣却又自知"萧瑟秋风今又是，换了人间"的隔膜，是许多的珍重、强烈的汲取却也是渐渐拉开距离的静观与或多或少的逃避，是宽容却又是耿耿于怀的执着，是抚摸往事的温馨却又是一种成熟的小心与谨慎，是生的经验与滋味却也是无法回避的大限与永恒的阴影……

这些我都试着写成小说。而且，过去，没有一篇小说我是这样地注意着结构来设计的。虚与实，明与暗，简与繁，这一条线与另一条另两条线。也许这种形式本身，也是完成这篇作品的内趋力之一个方面吧。最后不妨一提的另一方面则是江南春光的魅力，作为一个北方佬，能够面对秀丽的江南风光而不潸然落泪么？一个写小说的人，能够面对神州绮丽而不凄然心驰么？它是小说，也是一篇改头换面的游记呢。

1997 年

秋之雾

　　沉睡着的叶院士听到了一点声音。是敲门还是身旁有人翻身？是轻轻的叹息，还是感动的吟唱？他不想醒来。他又有点怕：假若老是不醒？！

　　渐渐地变成了呼唤，声音越来越强，却不够响亮，他的四肢是被什么压死了呢？谁的声音？陌生而又这样熟悉，遥远而又亲近，隐秘而又坚决。像是久古的往事，像是坠入了深井，打捞哇、提醒啊、催促哇，他自己反而愈陷愈深，爬不上不定期也捞不出来。

　　最后，是不是打更人的梆子，夜里突起的北风，令正在酣睡的他惊醒？微弱的但是尖利的哨音与窗户的咯咯作响使他不安。他竟然忘记了他最最不会忘记的自己的来历。

　　现在已经没有打更人的梆子了，现在有的是防盗门、监视镜头、电子报警器与110、112报警电话。有许多晦气的酸溜溜的文学家徒劳地守护着过去和记忆，而他是工程院的院士，他注视着各种（多半是进口的）最新最好的仪器和技术，运用到临床实践，引上市场。

　　哎呀，哎呀。曲曲折折，千啼百啭，千娇百媚。叹息，歌唱，呼喊。赔小心，轻柔的抚摸，永远的对于母亲和孩儿的依恋。是宠物吗？难舍难分，终分终舍。

　　哎……呀……哎……呀……尖尖的下颏，细细的眉毛，擦着白粉的脸，劣等化妆品的气味，玉一样的胳臂与葱一样的手指。指环和镯子，红耳坠和绿发簪……什么？小孩儿，小孩儿。他是一个小孩，最根本的，他不是院士，不是会长，不是委员。

　　谁？我怎么会梦见了她？我怎么会那样清晰地听到了她的声音？她是谁？

　　……后来再也睡不着了。叶院士一次次重温自己梦中听到的呼唤呻吟，和由声音而不是由色彩和线条构成的形象。他慎重得像是回顾一系列化验、计算、扫描、透视录像的过程与结论。然而，自从梦中听到那声音，他的方向就是明确的，他的结论出现在他进行思考和分析之前，叫作先验指向——是阔别七十余年的桃花和桃花调。

多么奇怪。由于要离开故国这一块热土，所有的陈谷子旧芝麻，所有的尘封与埋葬，所有已经自动或被动删除了的乱码、"非法操作"、被蠕虫病毒损坏了的数据……都冒出来了。

但是你不应该那样清晰，你不应该那样牵心，你从来与我无关，我从来没有在乎过你和你的同类，你和我互相从来没有进入过对方的梦对方的记忆对方的脑和灵魂。

甚至，几十年了，一辈子了，我不但没有说起过你也没有想起过你在意过你。而你完全突然地袭来了。像是一个一贯身心健康的、没有到伊拉克也没有到阿富汗、穿着新式防弹衣、保护得无懈可击的强人受了枪伤，难以诊断更难以治疗。这不单纯是外科学、伤害学或者战时救护学的问题了。

叶院士有一点怕。

两个小时以后，他打电话给他的助手，说是他决定接受邀请，下午到老家桃花镇去。

助手表示，已经辞谢过了，对方并没有提出异议，也可能原先对方只是礼貌性地邀请一下……而且，后天早上七点四十九分，美国西北航空公司的航班，第一站是底特律，转飞多伦多，包括转机等待，他要飞二十多个小时。

我知道。还是去一下。毕竟我小时候生活在那边。我会注意的。我知道我已经八十四岁。七十三，八十四……自己去……这也叫中华文化。

就这样。

于是有了去国养老之前的桃花镇之行。下了高速公路有人接待。吃的有海鲜也有山珍。所以那么多人得了脚痛风、心绞痛和糖尿病以及胰腺炎、十二指肠穿孔。然后他听了桃花调。

他弄不清自己的祖籍，干脆就拿桃花镇做自己的祖籍。他小时候住在一个大四合院的前偏院，应该算是"下人"例如车夫住的地方。但那时候已经礼崩乐坏，"上人""下人"都是贪婪的房东的厚颜的房客。主院正房住着一位军官，穿黄呢制服，一副痞气，与后来他看到电影里对于敌伪军官的表演十分贴近。还有一个瘦小的女子，面色黄中透绿，像是刚刚献过八百CC鲜血。叶小毛（他小名叫小毛）是被禁止到主院里去的。他常常在主院的垂花门外听这位女子唱桃花调。桃花调只流行在桃花镇方圆几十里地区，用方言演唱。曲子里不停地用"哎呀"做发语词与感叹词，这像是北方的梅花大鼓，用"哎哪"起始。桃花调听起来比梅花大鼓还要缠绵悱恻，如泣如诉，等到叶夏莽有了夏莽这个官名以后，在中国坚决地走向了社会主义以后，他坚信它是靡靡之音，唱多了听多了都要亡国，就像江青说起苏州评弹似的。

叶院士在桃花镇听了由民间文艺抢救组织安排的桃花调演唱，于是越过了叶夏莽，他连接上了叶小毛时代。桃花镇的文化局长告诉他，桃花调已经差不多消失了，最近的旅游事业的突然兴旺，使各种已经消失的东西还魂复生。桃花调依然悲悲切切。

他仿佛看见了住正房的军官的那位姨太太。假设是姨太太吧，也许连姨太太的名分也没有。姨太太就叫桃花，他听军官这样叫过她。她的声音有一点特别，她的声音太"糯"了，柔软，粘连，甘甜，细腻……其实换一种说法就是嗲贱。尤其是苦情，她的声音好苦。就连她咳嗽一声，你都会觉得她已经嚎枯了嗓子，她的咳嗽是为了得到普天下男人的惜怜。断肠人……红楼紫陌……凄风苦雨……

冰轮乍现……万种闲愁……落花委尘埃……橡烛垂泪清宵长……

世间只有情难诉……疏刺刺林梢落叶风，静悄悄门掩清秋夜……只是在这一次，在七十多年以后，他通过"抢救民间遗产"用的幻灯片看到了这些文绉绉的词句。这简直是发了疯，这么偏僻的小地方，这么土的调调儿，却要唱元曲的原文。也许当年的元曲，当年的马致远、关汉卿和王实甫的角色正如后来的流行歌曲歌词作者陈蝶衣、田汉、罗大佑与高晓松，而当日的西厢记与牡丹亭在人们的心目中正如今日的电视连续剧。桃花镇是一种艺术，一种曲调和唱词的盛衰消长、冷落灭亡、回光返照的见证。现在的口味都变得落花流水了。现在的口味不但不接受昆曲、南音、古琴《高山》与《流水》，而且也不接受大鼓、评弹、广东音乐《雨打芭蕉》与《小桃红》了。现在最受观众喜爱的是电视小品，最喜爱的演员是赵本山、赵丽蓉和宋丹丹。而桃花调是无法再流传下去啦。

而等他在晚宴后坐在一辆崭新的帕萨特行进在大雾中的时候，他琢磨着这些文词与当年桃花苦苦地哼唱着的曲调，他慢慢地搞明白了把一些旋律与文词对上了榫。

我的悲哀在于作为一个医生，一个工程院的院士，我的杂七杂八的记忆力太强。我的情感也太多,超标。好像是毛主席说过,不需要那么多感情。这影响了我的专注,从而影响了我的事业、学科建设、成就贡献直到"政治觉悟"。如果我心无旁骛,我也许早就获得了中华医学大奖和诺贝尔医学奖……或者,我早就当了什么什么级的"长"。

这一切都又有什么意义?正如同一位刚刚过完八十大寿的院士所说:我现在是,谦虚也不能再进步了,而骄傲,也不怕落后了。

桃花镇的主人一再挽留叶院士在镇里过夜,晚饭后到处是浓浓的烟雾,少量的几只路灯灯泡摇曳着香烟头似的红光。这里秋冬之交雾大,估计高速公路已经封闭。叶院士坚持当晚一定要走,他只有一天的时间了,他要与自己的城市、祖国告别,他要与自己的儿童、少年、青年和老年时代告别。当然也包括壮年时期,虽然壮年时期是在另外的遥远的地方。锻炼,改造,拼命,然后是一场梦,是各种笑骂和刻薄。他终于得到了肯定,越肯定他就越惭愧。再回来,也许要借助一个平静的精美的骨灰罐。他的不幸在于他还有一个宝贝女儿,女儿在多伦多,女儿非得叫他去。而老人更应该选择的恐怕还是孤独。

再说他一辈子拗脾气,轻易不愿意因外力而改变自己的安排打算。他不能留宿桃花镇。当然。

越靠近高速公路雾就越大,连香烟头似的路灯泡也看不见了。叶院士还从来没有见过这样的雾,他的感觉像是战争中敌方向我方发射了几千几万发烟幕弹,一团团炮弹——浓雾向我方扑来,连结,撞击,融合,破裂,拉伸,歪扭,爆炸……最后变成了整体的铁一样的屏障。要不这是视觉的障碍,衰老和病变把一团团的白雾打向他的双眼,双眼因而陷入雪白的雾气里面,变成一团漆黑。汽车如同漂泊在灰黑的泛滥着的洪水里的一只船,小小的泰坦尼克号。伸手不见五指,只有偶尔的强灯光照耀下可以看得见一小块灰蒙蒙的雾气,像是已经封闭了的眼帘不知怎么的又睁开了一道细缝,等着你的汽车向它撞去。我……叶院士的嗓子嗞呀了一声。您……汽车司机的嗓子里也嗡隆了一声。声音都没有发出来,半路上又被自己咽了回去。可能他们二人都已经后悔,这样的雾天是无法行车的,因为你看不见路,看不见前后左右。

但是你们这不过刚刚开始,还没有开始,既不能上高速公路,也不能上老路上便道上辅路。没有开始便改变方向是可笑的,还有可耻。你也已经无法走回头路，你的前后左右已经全都是同样的惊慌的严肃的被大自然收入了罗网，收入了陷阱，收入了雾的全面控制之下的车辆。不管你是宝马，你是奔驰，你是林肯还是奥迪，哪怕你带着摩托开道警卫车辆，你再无别的办法，你没有任何特权。你只能试探着，紧跟着又紧防着，慢慢地往前蹭。往左一点点，赶忙又往右一厘厘，你不能前进，你不能不前进，你绝对不能跑也不能停，不能溜走也不能回头。你害怕追尾，你害怕被追尾，你害怕剐蹭，你更害怕驶出公路掉在沟谷里。

因为你看不见道边，看不见里程碑，看不见排水沟，看不见任何红线、黄线、白线和交通标志牌。不知不觉，无心无意，你已经把自己交给了车流，不怎么流的车流，交给了雾，交给了命，交给了路。你已经无法摆脱，无法选择，无法懊悔，无法潇洒，无法强行，也无法再聪明一次或者执着一次。即使你与汽车司机都是懦夫，你也只能阴沉地，专注地，英勇无畏地开始走下去，继续走下去，似乎是永远走下去。

当然，显然，高速公路早已封闭。你的车开始在老路上行驶，大半是老路上吧，大雾中，又哪里有什么老路与新路的区别，乃至路与非路的差异呢？己身究竟何处？连司机也说不准。如果失去了一切参照物，哪里又能是哪里，哪里又能不是哪里呢？

十米了，又两米了，二十米了，最多是走了二十五米了，前面的车的尾灯和刹车灯同时亮起。在这种大雾弥天的情形下，前车的尾灯就是你的上帝，就是指路的北斗，就是唯一的不容怀疑的方向，就是除了你和你的车以外的世界的唯一的存在。前车的尾灯也就是你的界限，你的边缘，你的威严的律条，你的结束。现在，车停下来了。为什么停呢？没有人知道。你依稀看得见的只有车前五十厘米处的前车的尾灯。此外，什么都不知道。

司机轻声说："要干……"北方的说法，好比英语说 well done，做好了，做熟了，天做，雾做，冬做。司机打开车内的灯，显得车外更是黑暗加上了黑暗。司机摸摸索索了一阵子，找出了一盒磁带。他一声不吭，打开音响，放进磁带，发出吱吱哑哑的声音，他含含糊糊地说了一句："朋友新录的……"他猛然开动了车，他慌了神，就在他使用音响的一刹那，前面的车的尾灯不见了：它拐了弯了？它加了速？是雾更浓密了？雾像墙一样，他们只有硬往墙上撞。

哎呀，哎……呀……哎呀……

同时传出了桃花调的演唱。呲呲啦啦，沙沙哑哑。

> 娇莺欲语，眼见春如许……

找到了前车的尾灯了，乌拉，喂哇！前者是斯拉夫人，后者是拉丁人的
欢呼。

是杜丽娘，来到这大雾里，这车里，这院士的身边来了。声音不好，像
佳人犹抱琵琶半遮面，更加娇滴滴，而现在已经不是娇滴滴的时代，现在要
的是辣妹猛男，要的是挺胸昂首，大劈叉，长胳臂长腿，野性厚嘴唇与酷。

> 朝看飞鸟暮飞回，印床花落帘垂地……

靡靡之音。穷极无聊，百无聊赖。他后来对桃花调，对往事就是这样告
过别的。解放以来，告别是令他最激动的一个词，与贫穷愚昧告别，与专横
野蛮告别，与阴谋恶毒告别，也要与一切的空虚一切的颓废一切的犹豫一切
的疲乏一切的顾影自怜告别。他是这样想的，也是这样做的。或早或晚，人
人都要与己告别。

因为桃花的脸上青一块白一块，他相信她挨过军官的打。他夜间听到过
桃花的压低了的惨叫。而他的家人都说没有听见过。他始终怀疑他们是不敢
承认听到过。因为桃花唱得凄凄惨惨，诉说如哭，起调如呜，过门如抽噎，
激昂如救命狂呼……他的神经在桃花高唱时被抽成了细丝，卷起来飘洒天空，
丝断了，风筝被狂风吹走，不知伊于胡底。神经丝飘向天外，飘向了没有人
类也没有星球的地方。这时歌唱的女人又用一声"哎哟——"抓住了叶小毛
少年的心尖，把游丝一点点捋回来，像收回已经把风筝送到了星星上去的麻
线，线轴飞速旋转，风筝不见返回。于是低音徘徊，欲哭无泪，欲叫无声，
失声失语，只剩下了枕边的抽噎叹息，只剩下了叫天不应叫地不灵的翻滚挣
扎，只剩下了总算吐出来一点点的无声的浊气。

正是这似有声似无声的低音区的演唱或者只能算是喘息，感动得他涕泪
横流，一塌糊涂。

风筝呢？你最后到了哪里？

于是在一个春天，落花如雨的日子，叶小毛被桃花调的迷人的力量所推动，他大胆违反规则，登上高台阶，走过垂花门，下得高台阶，经过藤萝架，跑到了正院子里，跑到了军官家的门口了。

"小孩，不，小兄弟，麻烦你进来一下……"曲声停了，桃花在叫他。曲终人见，他进到一股令人紧张的香气扑鼻的正房客厅里去了。

他只是被叫进去帮女人换装一个天花板上的电灯泡。他第一眼看到了摆放在房里的鼓架，鼓板，好像还有一个弦子，他不知道那是什么乐器。女人很衰弱，房间里除了劣质化妆品的香气以外，还有一种依稀的像中药也像蒸煮的莲蓬菱角，又有点像烟油子的气味。长大以后，出门以后，他第一次被人邀到西式的咖啡馆去喝咖啡，那浓烈的磨咖啡豆的气味，使他想起了往事，他并且断定，桃花家里没有咖啡，那么，只能是鸦片的气味。

女人给了他一把杂拌儿，杂拌儿里有糖藕、有脆枣、有桃脯、有花生粘还有山楂片。杂拌儿染了些颜色，令未来的叶院士心怦怦地跳，病快快的桃花的手碰到了他的手，她的手冰凉而又柔软得像是死人的手。然而她的手的动作非常动人，她的手指像花，她的手腕关节特别灵活，她抬着并且自然地弯曲着自己的全部手指，她的玉臂像藕……

回到家就被妈妈打了一顿。妈妈认定，军官与土匪，而他的女人与娼妓，都是一丘之貉。

他突然累了，他半闭上了眼睛。他自言自语着：杂拌儿，杂拌儿，那是什么呢？像牛皮，像后脚跟，管它叫作桃脯，有杏干，有脆枣，有花生粘，有甜藕片，有苹果干。杏干是有杏的酸味儿的，酸得好香。桃脯已经远离了水蜜桃，而苹果一经晾成干儿，就软糟得如同棉花。后来后来……这些东西也已经都没有了。为什么？不为什么。现在各种好吃的东西太多了，例如酒心巧克力与泰国盐渍干芒果。一代又一代成长起来的新人对于吃传统食品没有要求，没有怀旧感，没有不"忘本"的训导。连篇累牍地说什么忘本不忘本……也许我们应该追溯到周口店的猿人洞穴。就连桃花镇遐迩驰名的泡菜也已经没有什么人做了，科学家已经检查出来，说是那种泡菜如同修红旗渠修得名声大噪的河南林县泡菜一样，含有黄曲霉素。另一种不含黄曲霉素的家乡的羊肠子，也没有人吃了。羊肠子其实是猪火腿肠，为什么叫羊肠子，不详。三年前他回家乡的时候，地方政府为他设宴，第一道酒菜竟是基围虾，接着上来的却是韩式的烤牛肉与澳大利亚的龙虾与日本的寿司。在一日千里的今天，谁还有童年，谁还有故乡？

劈啪劈啪，他隐隐听到了一些细微的声音，他奇怪，莫非是雾团撞击到了他的脸上和汽车上？他感到了浓烈坚实的雾团向他们袭来，被他们撞得粉碎，立即又重新结合成紧密的团块，令人窒息。这时他听到了司机的惊呼，呻吟一样的两个字："毁了……"怎么了？原来是司机听到了不远处的火车汽笛的长鸣，向他"请示"该怎么办，他当机立断继续前行，那一瞬间，也许一问一答耽误了十分之一或者百分之一秒，这刹那的犹豫，使他们的车再次丧失了前进的目标：前一辆车的尾灯。没有那红眼睛似的尾灯，他们就只能在黑暗中进行真正的盲驶，他们只能根据方才的惯性，不左不右，不动不动，不打轮也不打轮，哆哆嗦嗦，颠颠簸簸，慌慌张张，随时准备着驶进大坑、深沟、泥塘、地狱，随时准备着追尾、被追尾、剐蹭、挤撞……

娇莺欲语，眼见春如许……

怎么又是杜丽娘？杜丽娘也惊慌失措了么？杜丽娘因情而殇进入了阴间以后，看到了就是这样一副黑暗中行车的景象吧？杜丽娘哭了，所有的戏中人都哭开了，你和我，他和她，姑娘和少爷，密斯和密斯脱，雷笛斯和坚陀门，都有一些应哭欲哭得哭非哭不可的遭遇和心境，有泪欲雨，眼见春如墟，如嘘，如吁，如絮。杜丽娘会不会沦落到桃花的地步，被包了"二奶"？于是哭得如诗如歌，如泣如诉，如不情愿的爱的喘息与呻唤，桃花调的唱腔好像干涸的龟裂的地面涌出了一股清泉，好像麻木和迷茫中激扬起的一丝震颤，好像无边的黑骏骏原野上升起了一颗转瞬又被乌云盖住的星星。它有一些些悲伤，更有一星星甜美，有一片片落叶更有一瓣瓣一朵朵桃花。然后有杜丽娘和崔莺莺，命中注定在盲人骑瞎马的经验中有一个千娇百媚，莺声燕语，风情万种，愁肠百结的杜丽娘与他陪伴，那么，该掉到沟里就掉到沟里吧，该撞到火车上就被火车轧成麻花吧，该粉身碎骨就粉身碎骨吧，人早晚有一个了结，与其这样麻烦那样痛苦，这样折腾那样闹哄，与杜丽娘与桃花调一起安息未尝不是一个好的出路。

而最最奇特的是，杜丽娘唱了两句，琵琶和四胡，扬琴和三弦的过门变成了周璇的时代歌曲，现在则是"古代"歌曲的旋律《夜上海》，他几乎能合着节拍唱出：

夜上海，夜上海，你是一个不夜城……

他们的车刚刚颠了一下，是驶过了铁轨的标志吧，同时火车汽笛的声音，车轮轧过铁轨的声音大作，震耳欲聋，是不是有哪辆搭载着要人好人宝贵的人的汽车已经被碾轧得粉碎了呢？他不敢断定。是不是有哪辆车为了躲避这样的灾难而引起了一系列追尾和冲撞，反而造成了更大的灾难了呢？他也不敢肯定。

碧云天，黄花地，
西风紧，北雁南飞。
晓来谁染霜林醉？
总是离人泪……

又成了《西厢记》？是真的这样唱了，还是他以为是这样唱了？

他想起了他的妻子碧云，她为什么具有一个这样通俗的名字？她的名字大概与《西厢记》无关。五十年前叶夏荪到列宁格勒进行学术交流的时候，碧云是那里的留学生，暑期中她临时被派来做他的助手兼翻译。开始的时候她对待他就像对待自己的父亲，她正为没有前途的恋情而苦恼。她告诉他，她在这一年的新年被邀请参加在克里姆林宫举行的新年舞会，她成了一位特别英俊潇洒的乌克兰青年基里尔的舞伴，他们一起跳了三次华尔兹与两次狐步舞，她说，他们俩成了全克里姆林宫注视的对象。她与叶夏荪一样地重视人的名字，她说基里尔这个名字是费定的著名的三部曲的主人公，在《早年的欢乐》里他的初恋情人是叶李莎维塔，到了《一八年》，基里尔忙于东奔西走地革命……李莎嫁给了一个商人。

碧云说现实生活中的基里尔写过许多信打过许多电话，他们有过许多约会，她只有极少的几次赴约。她说有一次她失约，而基里尔在风雪的莫斯科街头等了她一夜。她哭得肝肠寸断。

……后来不是基里尔而是叶夏荪与碧云结婚了。叶院士似乎有几分惭愧，他反省过，他不是夺去那个叶李莎维塔的皮货富商。他的年龄虽然比碧云大几岁，但也完全没有达到令他或任何别人嘀咕的程度。除了……那一次，他们的婚后生活平稳而且安静，没有外遇，没有第三者，没有争吵，没有经济纠纷。他们婚后从来不谈与苏联有关的话题。一九五九年传达了苏关系事情，他们俩在一起坐了一晚上，只问了一下："传达了？"回了一句"传达了。"就再没有说一句话。叶夏莽曾经想打趣一下，说"幸亏你是嫁了我……"话到嘴边他咽进去了。

他们俩的工资放在一个抽屉里，谁想用谁用，钱少了，就自觉地少用或者不用。只是在出现那次事情以前，她对他说过一句事后他想起来觉得是带怨尤的话，她说："我们这一辈子过得是何等安静呀。"他回答的是："你还小呢，什么一辈子两辈子的！"他根本不同意安静的评语，整天开会，运动，斗争，转弯子……他都乱死了，难道回到家还要热闹一番吗？再说他不是苏联人，他的性格里没有伏特加与哥萨克的因子，他的文化积淀是别样的。

除了那一次，他始终不承认的那一次。

那是一九八八年。他出席全国微创手术研讨会，并当选为外科微创手术学会会长。那天他们听取一个外国专家讲演非小细胞肺癌外科微创手术的有关进展，会后临时被邀参加晚宴。中国人都是这样的，临时告诉你，要去吃。回家的时候遭到大雾，车不敢快开，到家已经晚十一点半了。

碧云不在家。他到处打电话。他和女儿到处找。焦急中更多的是愤怒：不早不晚，恰好在他的事业出现了一点点辉煌的苗头的时候，不早不晚，恰好在天降大雾，车都没有办法正常开行的时候……他最后报了警。

第二天凌晨五点多钟，碧云回来了，身上的衣服有破损，脸上身上青一块紫一块。问她什么话，她一句话也没有。她的眼神，绝对属于精神分裂型。虽然他的领域不是精神科。

只是在碧云回家以后，他才明白，头一天是他们结婚的三十周年。

他想起了五天前碧云向他说过的话："夏莽，你觉得你了解我吗？"还有一次干脆是："夏莽，说真的，你爱我吗？"他觉得相当恐怖。愿上苍保佑所有的男人不被自己的妻子或者哪怕是情妇追问这样的令人毛发悚然的问题。

但是他更愿意从医学的角度考量这一切，更年期，更年期精神疾患，可能是抑郁症，可能是癔症，或者只算是更年期综合征，也可能导致一时的或者长期的精神分裂。他尊重碧云，他已经被提名为院士，最高的学术头衔。他不想追问碧云是夜发生了什么事情，除了道歉以外，他不想说什么。他文明而且谦和，他事事严于律己，宽以待云，常常自我批评而不是批评对方。在家庭生活中，他觉得他几乎已经做到了圣人的地步。

他平静地面对了那个不幸的雾夜。他是医生，病人和病人家属可以激动，但是古人是怎么说的？叫作"医心如水"。

碧云整整一个多月没有与他说话。碧云瘦了，一天比一天瘦。他这才发现，消瘦的碧云长的特别像当年的桃花。他的院士的事情愈来愈有眉目。就在这当中他为碧云找来了最好的西药与中药。他还带着碧云扎过一个疗程的电针灸，治病的人先于他已经是工程院院士。后来碧云好一点了，他带她沿着长江畅游三峡。他们在重庆吃火锅的时候坚决不要辣椒花椒，因为刺激性的东西对于神经科或者精神科病人是不适宜的。

十多年后，她得了癌症。她在生命的最后一个月，坚持不再住六个人一个房间的医院病房，回到了家里。为了在最后时刻满足她的愿望，叶夏荓特意为她买了台式音响系统，到处寻找录有苏联老歌的"盒带"。他们一道听了好多苏联老歌。

而她死前一天做了噩梦，她的噩梦是她起床自己放了三次苏联老歌的盒带，结果播放出来的不是《喀秋莎》，不是《山楂树》不是《灯光》也不是《海港之夜》，放进苏联老歌带子，放出来的却是她最不熟悉最不爱听的北方曲艺，曲艺唱的是秋风，黄叶，孤坟和归雁。

婚姻的一个小小的悲哀，她不喜欢他曾经不喜欢，后来特别喜欢的例如梅花大鼓，京韵大鼓，河南坠子，单弦牌子曲。

他为了安慰她，亲自为她在性能先进的 SONY 音响系统上放歌曲，却发现了真正的骇异，一盒夹带着手写的字迹《莫斯科郊外的晚上》说明纸头的带子放出来的是梅花大鼓《黛玉焚稿》，他愤怒得几乎喊叫起来："这是谁搞的鬼？"

他没有喊叫出来，却听到了类似影片声音效果的不绝回声："谁搞的鬼？""搞的鬼？""鬼……鬼……鬼……"

那天他吃了强力的安眠药片。碧云病重以后，他更加确认，碧云病中的那个样子，下巴变得尖尖的以后，她长的样子纯粹是那个桃花的克隆，那个叫他"小孩"，给他吃杂拌儿的桃花。

后来当然播放了前苏联的歌曲，碧云上气不接下气地给他解释，那是卫国战争期间的一首歌曲:《雾啊，我的雾》。夏荓点点头表示自己知道，他还说:"是查哈罗夫作的曲。"他随着唱道:

啊，雾啊，我的雾，

弥——漫——的雾啊，

游击队的战士要出征……

没有放完一盒带子，碧云去了。碧云死后许多年，他在碧云的一本笔记本里发现了一张照片，从照片背后的俄文字迹上，他断定，照片上的英俊的青年人是基里尔。他十分理智地断定，和这样一个乌克兰青年约会过，共舞过的碧云，在与他结为夫妻以后，理应折磨自己和她的丈夫一辈子。

他反而惊奇，她与他一起生活得那样安静。金子一样的安静。

在问他是不是爱她与了解她的那一次，他没有正面回答，他只是深刻地沉痛地说了下面的话：

> ……我们生活在一个粗犷的时代，我们常常来不及擦干我们头上的汗珠身上的血迹。外科学也好，无线电通信技术（碧云的专业）也好，甚至于爱也好了解也好家也好，都与我们面临的决死的战斗，一场旷日持久的常规战争或者，干脆是一场核战争有关，云，我们的神经纤维，不能那样纤细呀……

可能是他太激动了，虽然他自己也没有弄清他的话的含意与逻辑，他还是打动了碧云，碧云向他道歉，说是自己也不知道为什么要向他提出那样傻乎乎的问题。是的，正如叶夏莽表白，自从他们二人成婚以来，他再没有多看过任何女人一眼。这样的男子打着灯笼也没有地方找。碧云问他五天以后是什么日子，他突然聪明无比地回答是他们结婚的三十周年纪念。回答正确！他们二人拥抱在了一起，他们的热情和缱绻使五十出头的院士回想起来不好意思。

三十周年是一个雾天！少一点雾吧，多一点清风和太阳！

这次他决定违背一贯想法，打破自己生活的秩序去加拿大，也是为了亡妻碧云。他坚信，如果碧云在，会希望她去多伦多的。到女儿身边，毕竟离碧云更近一点，他终于明白了把一个家的日子过得那么安静是一种罪过。他终于明白了，打从"文革"结束以来，自己的日子过得那样规律，那样科学，每天半斤牛奶，每天七两西红柿，每天一个半鸡蛋，每天步行五千六百——一万步，每天记日记二百个字，每天不管睡得着睡不着躺七个小时……这本来不是不能改变的。

安静，除了那件事他和妻子安静得像是生活在雾里。有限的亲热，有限的说话，大部分都是事务性的："我那双在日本买的皮样鞋怎么找不着了？""这个月的电费怎么一下子多了二百多块？""有一种新式的电饭煲，要一百六十多块钱，咱们买还是不买？"

有时候他觉得要做点什么，她推开了他。有时候他们刚刚躺下，刚说了两句平平和和的话，他一阵睡意袭来，发出了轻鼾。不知道猴年马月，他们靠在了一起，他们俩总是把门锁了又锁，把灯熄了又熄。到现在他想不起妻子的容貌，更想不起碧云的身体，他们的生活一直沉浸在大雾里。直到六十多岁了，他赶上了开放，他去了一些国家，特别是去了一趟印度，他去了卡吉拉霍，参观了那里的以性崇拜为特色的寺庙，他才恍然大悟，对于夫妻的事情，也可以有另一种观点和热情。而他，从四十多岁他就认定自己已经老迈，认定自己责任重，课题艰难，三头六臂不够使，他早就彻底地安静下来了。

他也明白，医学可能戕害了他，医学分不清一个有灵气的女子的生态与病态，医学对于爱情、性与家庭的解释足以摧毁生活的一切神秘、羞涩和欢欣。太浓的雾固然不好，一切都裸露在无影灯与手术刀底下呢？

这是桃花对他的报复吗？直到这次行驶在大雾里，他忽然得到了这样一种灵感，也许叫作顿悟：这样一种灵感和顿悟使他一头冷汗。

我枪毙了她。

他说出了声。

"您说什么？叶老师，您说什么？"

"没有什么。"他推托其词。

一九五〇年，刚刚获得解放的他，被大学选中去新解放区参加土改，多少羡慕的眼光注视着他，去以前他已经完全明白了土改中最主要的就是站稳立场……地主富农压迫剥削农民搞了几千年，谁为农民说过话？土改当中稍稍收拾一下地主爷地主婆，国内国外吵吵些什么？有多少共产党员革命干部因为土改中立场出了麻烦被永远地清除出了革命队伍。他为之悚然奋起，壮心如火。

在离桃花镇约一百公里的 P 镇，他出席了当地为土改工作团举行的欢迎晚会，除了各种讲话和呼口号以外，还有一些文艺节目的演出。这中间意外的是有一个中年女人演唱桃花调，全部改了新词：

　　哎唉哟——
　　红旗飘舞鼓声扬，解放大军无阻挡，
　　三座大山全推翻，当家做主最荣光，
　　哎唉哟——
　　土改挖掉封建根，幸福生活万年长……

　　桃花调的发语词本来是"啊哟……""啊哟娇莺欲语……""啊哟那个离人泪……"现在也变成了哎唉哟、呀呼唉，稍一调整，娇滴滴的嗲嗲的叹气变成了劳动号子，真是令无产阶级扬眉吐气，令布尔乔亚失魂落魄。女人演唱的动作也变了，不断挥舞着小细胳臂像是呼口号，一会儿又扭动臀与腿，像是东北大秧歌。

　　由于晚饭时喝了一点地方政府招待的劣质白酒，叶夏莽有一点头晕，对于站在台上表演桃花调的穿着当时最时兴的草绿色列宁服的瘦女人他没有注意，只是从她的手指的动作和眼角的动作上他觉得有点似曾相识。他的兴奋点完全在听领导讲话和跟着喊口号上，他很注意喊得响亮干脆，表达说一不二的阶级感情和坚如磐石的阶级立场。那一晚上的文艺节目，说实话除了陕北风味和少量东北风味的革命歌曲以外，他什么也听不进去。

　　……他经受了"土改"的红色洗礼。在进入了收尾阶段以后，突然他被调离村里的工作组，叫他到县上工作队去整理一份关于一名女特务的材料。他没有见过这个人，他从一些份前后矛盾、语焉不详的招供与揭发中得知，有一名女特务，名叫栗桃花，又名小桃红，胭脂红，原是一名国民党军统少尉的姘头，解放前夕该少尉奉命潜伏，不知去向。栗某遂离乡背井，隐姓埋名，混入革命文艺队伍，伺机变天，破坏人民政权与土地改革……

　　是不是那个桃花呢？叶小毛在还没有命名夏莽以前就随父母去到了大城市，早把那个桃花镇的院落忘了个一干二净。如果是那个"桃花"，就更危险，更是对他的立场的严峻考验了。没有觉悟的他吃过她的杂拌啊！无论如何，那个桃花理所当然地是一个旧社会的殉葬品，一块自应被革命的铁扫把扫除干净的污锈，一件发出了旧社会的恶臭的秽物，一个含脓的肿包。有了这样的定性，她参加没有参加特务组织，她领受没有领受上级特务机关的任务并不重要，她应该活还是应该死呢？她应该死。不管你是否从身体上将她消灭，她注定了是要被历史与人民消灭的，历史的巨轮注定要压过轧过粉碎和抛弃她的卑微的与肮脏的肉体（与军统少尉一起睡，能干净得了吗？）与灵魂，这难道还有什么怀疑吗？

他整理了一份不但立场坚定而且激情洋溢的文字材料，处理意见是公审批斗后枪决。

由于这份出色的材料，他被认为是一个很好的"笔杆子"，书记要他到文工团去写歌词和剧本。他大惊。幸亏他及时发现确诊了书记妻子的胃下垂与肠套叠，带她到专区医院，为她做了手术，开了处方，找来了免费的药品，治好了病症，并以此说明他更适合、他本来就是医生，才避免了去文工团的厄运……最后还混成了院士，一九九七年曾经被党中央与国务院邀请去北戴河疗养。

而一位为他"顶缸"，从医疗单位调到文艺单位的仁兄，几年后就没有过得了整风与反右的关，再往后，"文革"中，他自杀了。脆弱的小资产阶级们啊。

……然而那只是一份材料，只是纸上的枪决。当时所有的关于地主恶霸保甲长匪连长更不要说军统中统特务的材料了，都是建议公审枪决的。他没有决定权，他没有瞄准过枪。他不知道这个现在想起来未免可怜的女人的下场到底如何。她早已经消失在大雾后面了。

> 可怜我孤身只影无亲眷，
> 则落的吞声忍气空嗟怨，
> ……再不要啼啼哭哭，
> 烦烦恼恼，怨气冲天……

戛然止住了，是磁带不够长，没有让窦娥把冤苦诉完。

汽车的音响发出了沙沙声，停了那么几十秒钟，身外心内，都是浓浓的雾。叶院士在这几十秒钟内半醒半睡，他似乎看见一个精瘦如鬼的女人，她向他惨然一笑。娇莺欲语，眼见春如许……磁带逆向播放到第二次，又回到了最初的《牡丹亭》，一切从新开始。

骨冷怕成秋梦……

翦西风泪雨梧桐……

恨苍穹，炉花风雨，

偏在月明中。

这又是哪一段呢？

看来也是天意，是命。他本来就应该好好听一下久违了的桃花调的。桃花调的味道好极了。像是桂花糯米藕，像是即墨老酒，像是陕北的石榴。由于年轻，由于天翻地覆，由于外力和自身的幼稚天真，他与桃花调一别就是六十余年！一声桃花曲，双泪落君前！他终于得到一个机会在去国以前听一听这之前没有机会，没有心情，没有一切可能；这之后更不会有机会听的桃花调。外国什么都好，假使都好吧，就是没有故乡的小调。中国什么都好，故乡的小调也式微了。他也只有在雾里，在无法快速行驶并且完全无事可做的这几个小时，聆听他曾经爱听，他曾经有意识与无意识地将之遗忘的桃花调。听了还要再听，听了还要再听，好像是还债一般，他要在一个晚上，在公路上，在大雾里还上他儿时欠下的，青年时期欠下的一种说不上是什么感情的感情债，曲艺债，艺术债，少年与青春债，家乡债。谁让他一个那么好的笔杆子却一生只握手术刀！

那么雾呢？雾的形成是最简单的物理学原理。没有风，没有向上的蒸发，空中的气温没有能够比地面的凉……那么雾的消除呢？它需要日晒，它需要风，它需要气温的急剧改变，或者，很简单，却是很难操作，只要好好加一下热。

那么乌克兰呢？乌克兰、俄罗斯，也有许多大雾。乌克兰在大雾里，库奇马、亚努科维奇、尤先科，基辅与顿涅茨的选民，他们将怎样破雾起航，决定自己的命运？大雾总会散去，那么黑海舰队的出海口呢？疯了，真是疯了，他并不是基里尔呀，他叶夏莽管那么多干吗？

……司机叫苦不迭，他一直跟随着，偶然失去却又迅速找回来的前面一辆车，突然停下，过了一会儿，它拐弯了，他也跟着拐，前面的司机真好，他做手势，他喊叫，他阻止他们。他的意思是：他是因为到了目的地才停车和拐弯的，他的终点并不是叶院士要去的大城市。他们第三次失去了追踪的前一辆车的尾灯，他们失去了自己的道路，自己的轨道，他与司机努力辨认，他们判断，他们现在是在一个简陋的汽车加油站附近。事不过三，三次失去跟随的目标，他大概当真完蛋了。

那就等一等吧，我们就呆在这里吧，开开所有的灯，怎么停了，接着放桃花调吧。

他的语气显出了从未有过的顺应与平和，他甚至有一点秘密的欢喜：这样的雾夜桃花，此生不是常常会遇得到的。就这样西去了，也就是走了就是了。

一切都不能强求，抛弃或者追回桃花调，事业或者逍遥，亲情或者孤独。还有休息或者永无休止。

他希望和着跟着录得并不好的沙沙作响的桃花调唱几句，却是意想不到的艰难，最熟悉的也是最牵心的，却又是最陌生的。

哎唉呦——

红旗飘舞鼓声扬，解放大军无阻挡，

三座大山全推翻，当家做主最荣光，

哎唉呦——

土改挖掉封建根，幸福生活万年长……

这是怎么回事？叶夏莽骇然，怎么在文绉绉的曲词之后出现了改良的革小调？就和那个被他至少是从纸面上处决了的女"特务"唱的一样？

司机解释不出来，他说这是旁的"师傅"给他录的。

那么第一次反复的时候为什么没有这只曲子呢？

他们俩分析起来，可能是老带子没有洗干净，可能是太久没有听用的带子，到了带子的一端有点粘连，第一次反复的时候，机器没有力量放出来而倒转过去了。也可能不是这样，他们俩都不是家电音响方面的专家，在科技事务上隔行如隔山。再说现在盒带早已经落伍了，新型的轿车都只设 CD 盘的播放器而没有插盒带的口子了。然而叶院士仍然感到了一丝丝欣喜，对于"盒带"的讨论转移了一下失去道路与跟踪目标所带来的恐惧，颠簸的疲劳，夜雾的茫然，腰痛背痛颈痛，还有听桃花调带来的莫名的伤感与无力感。这就是科学技术的好处了，你永远可以专心致志地却又是心平气和地去讨论它，说对了可以教导旁人，说错了可以学到知识技能；于是不再揪心，不再含泪，不再惶惶不安。

平静中他估量起自己到达加拿大之后的生活来，他忽然有点急躁，他想，一个人如果没有死，那么他就是一个活人，这是最最重要的真理。一个活人，和青年壮年一样的活人，他拥有一切活人的体征与功能，他或她的腹腔胸腔脑腔和消化循环呼吸生殖运动系统，肌肉神经骨骼皮肤毛发感官……就都存在，都运转，哪怕是半运转。到死而绝对不是等死，就是生活，生活得好才能结束得好。那么，他到多伦多究竟是干什么去呢？

女儿。女儿。女儿是他的宝贝。女儿名叫启明。妈妈既然是碧云，女儿就是启明星。女儿最终应该帮助父母穿过云呀雾呀风呀雨呀的。他至今忘不了女儿开始走路的情景，那一天难得的是他看护着她，她已经一岁另七天，她还是被牵着手扶着腰学走路，他叹息那个年代的北方的孩子差不多个个缺钙也缺少维生素 D，没有足够的阳光也没有足够的蛋黄或者鱼肝油。这一天，他领着启明学走路，他"天才地创造性地"（后来这个副词短语变成了"文革"中专用于一个人的了）发现女儿的腿脚有了一点力气，他灵机一动忽然撒开了手。女儿有点怕，有点要哭。一刹那女儿也感到了自己腿上的力气，她轻轻地小小地挪了一步，不，不能说一步，只能说是一下，又一下。她看看自己，再看看爸爸。爸爸作出鼓励的手势，发出鼓励的声音，这是唯一的一次，爸爸相信自己是一个真正的爸爸。终于，女儿迈出了真正的第一步，不是在地上蹭，是抬起左脚，向前迈了一步。女儿再看看爸爸和地面，看看自己的脚和鞋子。女儿又抬起右脚向前迈了更大的一步，成长的一步更是创世的一步。女儿渐渐加快了步伐，女儿渐渐趋于兴奋，她走得越来越快，她干脆跑起来了，她绕着圈跑。他惊呼不要跑不要跑，没有用，女儿听不懂他的话。女儿已经踉踉跄跄。他着急地大喝了一声，把女儿拦腰抱住，女儿只顾了前行，并不理会他的大吼。但是小人儿的力气毕竟太小，爸爸的两只铁臂死死地箍着她，她像被捕获的无望地扑腾着的小鸟。她这时才迟到地意识到了爸爸的大喝，她惊吓地大哭起来。

他想，他就是从这一次学走路得罪了女儿的。否则一切都无法解释。女儿一直和他有相当的距离，最明显的就是女儿上学做作业碰到问题只问她的妈妈，从来不问爸爸。当然，他也忙，他多数时间无暇过问女儿的学习，他不像一般人那样每天晚上陪着帮着孩子做作业。有一天，他很有兴致，他想要女儿的作文看看，女儿断然拒绝。这使他与其说是恼怒，不如说是狼狈与尴尬。作为一个受过良好教育（他知道这是外国人的说法，他当初可能不是这样想的，但是现在他是这样追忆的）的父亲，他有权利有义务关心与指导女儿的学习作业。他脸都憋红了，他努力沉默了将近三分钟。女儿似乎也略感不快，她等待着父亲的下文，没有下文，她准备离去。这时父亲颤抖着声音说："对不起，我过去对你的学习呀作业呀关心不够。我小时候作文还是不错的，也许能贡献给你一点意见。也许我贡献不出什么意见，可我是你的爸爸呀，我应该知道女儿作了些什么文呀……"他尽量说得天真活泼可爱。尽量蹲下来与女儿平等地说话，那年女儿是十一岁，小学五年级，长了一个高个子，一米五九了。

"我不给您看……"女儿说，女儿反而有点激动了。

…………

"我必须看，我有权利要求看，你还没有成年，我是你的监护人，你上学，你吃饭，都是靠我和你母亲的供应，每个月要一百多块钱……"可能还有别的蠢话。

"我给我妈看过了，那还不行吗？"女儿也摆出了决战的架势。

他最终没有看成女儿小学五年级的一次作文。

他突然大吼起来，像一只受了伤的狼。

他的结论是女儿离他很远，现在反复来信要他去，可能是由于碧云的嘱咐。

嘱咐，咐嘱，能不能叫咐嘱呢？既然素质能够叫质素，介绍能够叫绍介，那么……他睡着了。

世间只有情难诉……

疏剌剌林梢落叶风，

静悄悄门掩清秋夜……

睡梦中他听到的是当年的桃花唱的这几句词，醒过来以后，却是另外的段子：

可怜我孤身只影无亲眷，

则落的吞声忍气空嗟怨，

……再不要啼啼哭哭，

烦烦恼恼，怨气冲天……

他发现，车又行走起来了，他不知道司机是怎么样找到了路，找到了尾随的车辆的，又是一团一团的雾气，一团一团的浓烟，一股一股的琉黄气味。报屁股文章里和电视台的天气预报节目中，反复告诉读者和观众，这样的雾天里不要在户外锻炼身体。

他细细品味，与故乡故国北方戏曲的高亢激烈不同，桃花调的特点是温柔与软绵，是一种低声下气的伺候，像是下人哄着老少爷儿们玩，曲艺在这一带被叫作玩意儿，是哄着主子玩的。不论唱得多么凄凉苦情，唱的人要一会儿入戏一会儿出戏，出了戏就必须是一副眉开眼笑、低眉顺眼的听喝的丫环样儿。声调是婉转的而不是直截了当的，音质与音量是磁性的柔软的而不是响亮的，吐字是生怕听不清楚的而不是追求风格与表现自我的。旋律是无尽的重复，却又每一次与上一次略有不同，像是风筝，它停止在天上却又不住地变动着位置。像是呼啦圈，它旋转在少女的腰肢上却没有固定的轨迹。它的难学就在这里，你永远会唱，你永远唱不对，你永远听着它像，你永远找不准。民间的东西就是这样的，最简单也最没有准头。像在唱，更像在说，在絮絮叨叨，絮叨却是不敢放肆，小心却是不敢畏缩，不敢寂寞也不敢吵闹，不敢煽情也不敢无情，不敢娇媚也不敢死眉瞪眼，不敢热烈也不敢冷清。哭但是不能哭出来，笑但是不能笑大发了。文艺伺候就像戏词上县太爷喊的"大刑伺候"，是那么容易的么？这才是中国，这才是黄河流域。

娇莺欲语，眼见春如许……

这就是桃花调。他大概已经听到了第十几次了。一晚上听了十几次桃花调，他也算对得起桃花调了吧。这就是桃花镇的即将绝种的演唱，像娇莺，像春情春水的有节制的泛滥。地球上每一天都有多少物种消失，多少语言消失，多少民族消失，多少文物被破坏，多少民间文化样式消失。随着人的消失，他们会带走许多过往，许多珍贵，许多记忆。桃花调还能有多久的寿命？

……也许能吹起一阵清风，也许至少明天早晨会出现一个鲜红的太阳，也许浓雾会完全散去，也许他重新考虑远行多伦多的决定，也许虽然八十了也仍然可以去去再来，也许他还会回来听桃花镇的桃花调和再考虑一下微创手术的刀剪的改进。

也许他还能再来一次黄昏恋呢。自从碧云走了，不是没有人要做他这个老家伙的媒。有一个女诗人，他望而却步。有一个女经理，他思而生怵。有一个女领导，他自惭形秽。但是他在碧云死后没有少与一个个的并非没有吸引中国工程科学院院士的魅力的女子一起喝咖啡。说一些人家与自己有时候有兴趣，有时候找不出词来的话。

是他而不是别人太落伍了，时代不同了，人人都可以像诺贝尔奖得主科学家一样地挑战极限，为了爱情，为了青春，为了上天的恩典：在下还活着。

……我为什么这样晕眩……

第二天早晨五时半，他们到达了居住的城市，进了城，雾稍微淡了一点，能看出个五六米。平时两个小时的路途，他们走了十个半小时，谢天谢地，没有出任何事故，司机师傅等于是盲驶而归。师傅说："叶老师，到家了。"

师傅叫了几次，没有应声，再一回头，不好，叶院士已经出溜到车底下去了。

司机师傅吓得脸色骤变，他掏出手机，颤抖的手指拨了半天才拨对急救呼叫，两分钟后，叶院士躺在了红十字急救车上。

……没有人解得开叶院士的最后遗言，启明回国被告知，叶院士最后说的是两个字："真——好——"

启明的飞机也遭遇了大雾，幸亏是北京的首都机场，有三套盲降导航装置，它们的飞机降落得平稳安全，落地以后，有的人在划十字，有的人在合掌，更多的人鼓起掌来。

2005 年 3 月

悬疑的荒芜

二〇〇八年十二月八日，照理应该是快乐的一天。天晴气朗，精神饱满，打一睁眼就有点"恣儿"——美滋滋儿的。已经很久很久了，老王找不到太认真的不快乐的理由。一位访友对他说：你各方面已经达到了极致，你还想要什么？

他答应了 CCTV9 接受一次英语的访谈，作为纪念十一届三中全会的特别节目，收入这个节目的还有吴建民、龙永图与何振梁的谈话。他与节目主持人田女士已经排练了一次，比预想的效果要好。这么大年纪了，他喜欢接受这种新的挑战。他仍然不能摆脱小小的显摆心理。他的英语主要靠四十六岁后的自学。而头一年为了去俄国参加中国语言年的闭幕式与书市，他前后用三个月时间学会了原文唱《遥远啊遥远》。口语时，他发不好俄语的卷舌音，唱歌的时候，他完全可以蒙混过关。莫斯科的书市上有他的小说集、有关他的评论集与他和他人的散文合集的俄语版同时发行。他的新著《老子的帮助》已经出了样书，新华文轩集团准备将它做成二〇〇九年的重点产品。几天前的沉重的雾霾已经散去，空气污染指数已经从四百降为四十。早晨他接收电子邮件，跳出来一条网上的信息：一家网站公布了二〇〇八年作家富豪榜，他忝列第二十四名。两年前，他似乎曾列为第十二名。虽然，做文学而谈收入，这滑稽得近乎拧巴。

其实是第一名。一位老熟人这样说，理由不赘。

有许多写作人声明自己没有挣那么多钱。老王从来没有统计个人收支的习惯，年轻时他几次与太太下决心要记账，记过若干次，没有一次能坚持得下来。说明他其实没有为糊口操过太多的心。他的经验是越穷越算，越算越穷。他认为网上的列表八九不离十。写家——老舍的说法，不叫作家叫写家——的收入比较难于隐蔽，出了多少书，卖了多少，版税率按百分之十上下计算，差不多。有些书籍的版权页上没有印发行数，或虽印了，有水分，也没有关系。现在的诚信越来越没有保证。现在的谎言，越来越容易揭穿。因为现在有专门的网上业务，负责统计各种书籍的发行情况。这个网站与全国数十家大书店、购书中心、书城的电脑终端联网，这数十家的售书量约等于全国售书量的三分之一，就是说以此网站提供的数字乘三，再乘书的码洋（书上明码标的定价）再乘百分之十，应该是该写作人的收入。越是名家，则会越多，他们的版税率有达到百分之十五到十七乃至更高的。实话实说，榜上列举的收入只可能低于、不可能高于作家的实际所得。当然也有另外的作家，在补贴的支持下出了书，然后一年过去了，没有卖得出一本。说是一本也卖不出去的书，占全部出版物的百分之十以上。

好长时间了，生活的频谱与节奏、音质与对比度、底色与伴音、后景与前台，都差强人意，都其实相当不错。尤其是老王个人，他应该知足惜福，应该心满意足。已经有不止一个人嫉妒他：不知他为什么能亦情亦理、亦效益亦艺术、亦文亦官、亦虚亦实、亦浪漫亦随缘、亦保守亦开拓、亦土亦洋……而且，找不到谁像他这样屡败屡胜，因败而胜，大败则大胜。

用庄周的说法，这是靠近了"道枢"，是迫近天道的圆心。你距离失误有多远也就是距离成功有多远，你距离贫困有多远也就是距离财富有多远，你距离诽谤流言有多远也就是距离挚爱与知音有多远。用港报与网民的说法，老王早已经成了精。

老王这一天的下午到魏公村的凤凰会馆录《锵锵三人行》节目。"三人行"一半是在香港，一半是在北京录制的。会馆偏于简陋，男厕所尿味臊然。凤凰台事业蒸蒸发达。老王喜欢"三人行"而不喜欢"大讲堂"，大讲堂的一位年轻人居然对老王说：他们设立"大讲堂"栏目的目的是为了给学人提供公益性平台。不知是不是意谓没有多收学人们的广告费用。

而"三人行"没有谁来对老王进行公益义工教育。老王实在没有想到，那样一个信口一说、常常跑题、蜻蜓点水、点到即止，极像茶余酒后闲聊的节目能有相当高的收视率和全台各栏目中最长的寿命。

一位全国政协副主席（中共党员）对老王说："我不放过'三人行'，因为我想多听到一些真话。"

"锵锵"节目上说的话的真伪，不一定一听就能鉴别与证明。有人即使是普通聊天，也要注意礼貌，注意不要伤害谁得罪谁，注意说的话要对自身有利；即使是貌似扯闲篇（四川人说是）、吹牛，也还要注意讨好强有力的能够掌控自己命运的人物。但是闲聊天的方式至少有一个好处，哪怕掺了某些水分的话语，也毕竟是自己的话语，是自己掺的，属于自己的个性的水分。如果水也要掺人家的，掺得惨点。"锵锵"的谈话绝对没有稿子，绝对没有念稿子的路数。而现在各种说话、发言、报告，尤其是上传媒的节目，朗诵化、书面化、诵吟化、表演化已经成了惯例。主持会也照"主持词"的稿宣读。有些工作，照本宣科已经越来越成了定势。

老王夏季与几个老伙计一起吃饭，一位领导的孙女，据说是重点学校的高材生，还是"班干部"，前来给老人们敬饮料。女孩子说的是：

"我敬祝各位爷爷奶奶身体健康、精神矍铄、发挥余热、培养后辈、生命不息、奋斗不止！"

老王还没听完就傻了。

老王也在视听媒介中欣赏过一次据说是最成功的讲演：

"朋友们、同志们，春风送暖，阳光明媚，风景这边独好，江河日夜奔流，灿烂的前景在向我们招手，英勇的前人在向我们注视，危机也是机遇，难点更是热点，困难的后面是奋起腾飞，坎坷的后面是阳关大道，我感谢你们的包容也感谢你们的厚爱，我赞扬你们的辛劳也赞扬你们的奉献，没有付出就没有美好，没有辛劳就没有丰硕，没有曲折就没有成功，没有理解也就没有拥抱……"

老王几乎晕了过去。

老王梦见一位男青年向女孩求爱，读道：

"啊，我爱你，我想念你，我思考你，你不仅有美丽的容貌，你更有美好的心灵，容貌会衰老和变易，心灵却永驻青春。我们的结合会带来圆满，我们的温存会滋润生命，我们的和谐会经营宁馨，我们的热烈会燃烧激情，我们的相爱是我们生命中的火把，我们的火焰是暗夜中的光耀，你是我的奇葩，我是你的雄鹿，你是我的小雨，我是你的晨风，你是我的追求，我是你的给力，你是我的黄羊，我是你的马驹，你是我的朝霞，我是你的雷电……"

这位青年很可能获得了演讲比赛的冠军，很可能被邀参加电视节目。电视节目正在涵盖人生的诸方面：择偶、治病、烹调、司法、升学、就业、婆媳与妯娌关系，都已经成为收视率高、广告收入好的良性节目了。在电视节目生活化的同时，反过来整个人生也学到了节目化、做秀化的路子了。

……总会有一天，哪一天？人们会自自然然地说话。你是谁就是谁。你怎么说话就怎么说话。你本来啥模样就是啥模样。困难在于，倒胃口处在于，你本来是方块 3，却一定要以红桃 A 的样子与词汇、逻辑与口气发声；你本来是疙瘩 Q，却硬要以梅花老 K 的谱儿来发言。你越来越不像你自己而像别人，甚至不是像别"人"而是像一架别的录放机与扬声器了。

这其实是让老王捡了便宜。他有什么卓见真知？未必。他不过是没有完全忘记怎样拉拉家常，怎样不必戴上面具，怎样亲切自然、本来面目。他确实缺少做一个非老王而是老李或老陶的勇气与脸皮。他有时甚至佩服那些明明是老侯老朱，却以老马老吕的角色出现在地平线上的哥们儿姐们儿。

老王在"锵锵"节目中也还是有所把握的。但他听到人们信口说话，随机搭茬，就像听到了民歌小夜曲或情人枕边的喃喃低语一样地由衷喜悦。他无法想象谈情说爱的人们会准备发言稿。真情无稿。然而真情是不完美的，真情一定不会完满无缺。当他自己能够随意地本色地说话的时候，他觉得自己、同时他竟然被抬举为是帕格尼尼范儿的小提琴演奏。

"锵锵"的貌似随意任性的机灵至极的主持人，其实也不是不注意应该注意的颜色。上个世纪八十年代后期，有一位年轻的地市级领导，提出某个会议上说话可以"肆无忌惮"，后来很快受到了白发高龄、德高望重的老马克思主义理论家与领导人的公开批评。

谈了两个小时，相当于四套节目。老王在领取了少量劳务费用并与有关合作人士愉快告辞以后，助手对他说："您的别墅那边出事了，进去了贼，可能偷走了东西……"

什么？老王首先是产生了一种滑稽感。网上刚刚将他名次大大靠后地勉强列入了富豪榜，他的生活从来没有像现在这样舒心，他的事业从来没有像现在这样兴旺发达，他的形象从来没有像现在这样人五人六，伟大中华从来没有像现在这样芝麻开花，一年一小变，三年一大变。怎么会这样地缺乏安全感呢？怎么刚刚"行"得、谈得那样驾轻就熟、举重若轻、游刃有余而又天衣无缝，自己硬是想为自己鼓掌，紧接着却是这样低档的安魂终曲：滑稽后面不无恶心，遗憾当中充满庸俗。作为一种经验，拙劣得近乎穿帮；作为一种遭遇，更像是对自我感觉不赖的王某人之流的讽刺嘲笑……噫吁！

这是什么？曲终人不见，江上数峰青。君莫舞，君不见，玉环飞燕皆尘土。劝君莫猖狂，后边一队一队的白眼狼！天若有情天亦老，人间正道是仓惶！

三年前，老王在孩子的鼓动下，预支了一些著述费用，倾全力在威尼斯别墅购买了一套三百多平方米的单体二层楼房，另有地下层与阁楼不计米数。他有点惭愧，有点拿不定主意，有点觉得对不起自幼受到的艰苦朴素教诲，也对不起现在常住的公寓单元楼房。国管局帮他解决的建筑面积达二百多平方米的房子似乎是他的明媒正娶的原配夫人。那么别墅房就成了他的新欢。人怎么能做喜新厌旧的薄幸之事呢？别墅的威尼斯与户型的文艺复兴的命名也使他难为情。北京郊区的一个住宅区，怎么成了意大利的威尼斯与文艺复兴的化身了呢？他住进这样的小区，是不是有些观感上影响上的问题呢？

嗯嗯。老王有点乱，有点冷笑，是自己笑自己。

他决定，先吃晚饭，再去查失窃的别墅。他应该做镇静状。

荒唐！《红楼梦》的说法是"反认他乡是故乡；甚荒唐，到头来都是为他人作嫁衣裳！"或者，按让·保罗·萨特的存在主义的说法是"荒谬"。或者按时尚，他应该说是陌生乃至诡异、吊诡、悬疑。

想不到，他的饭食居然没有吃出任何滋味。他不是很豁达从容、高瞻远瞩的吗？他不是清高壮丽、宠辱无惊，从来不在乎鼻子底下的小事的吗？怎么为一点低俗的琐屑，竟然饮食无味起来？世上诸事，端的是知难行易，还是知易行难呢？

他接到了孩子的电话：

"爸爸，您别着急。下午三点邻居给我来电话，说是见到了您的别墅的房门大开，情况奇怪，他怀疑什么人进入了房间，希望咱们有人回去查看……"

"……物业怎么说？"

"物业根本不起作用，他们都是白吃饭的……我连忙过去……进去贼了，翻得到处乱七八糟，为了保护现场，我没有往里走……我现在在派出所……噢，所长说想和您说话……"

换了一个人，男，有相当的阅历与见怪不怪的从容，略沙哑，京腔京韵，淡定地说：

"我是 LL 派出所的所长，有人进您家里盗窃了，您的孩子来报警。我们考虑到您的身份地位什么的，请您考虑，您这样一个级别，这事要不要报到刑警大队？如果报告他们，他们就要来全面调查取证，做笔录做分析，且得折腾一顿……那样的话您觉得方便吗……如果这里头有任何不方便，那么这个事就不报了，也行。我们要请示王老，请您自己定吧。"

所长的声音很友好，很体贴，很义气。说话中打了一个哈欠。

所长的语调，与演讲比赛冠军还有模范少年等完全不同，他的亲和贴心的调子尤其是那一声哈欠其实最适宜参与《锵锵三人行》。窦文涛君可惜了，他的"三人行"节目中还没有派过哈欠的角色与软感动的用场。

老王似懂非懂，非领情其实已经很领情，连忙同样用友好合作与淡定又不无趣味的"三人行"声调说："多谢，多谢。还是报啊，报吧，报！欢迎他们来调查取证，我这里的一切都可以公开，欢迎欢迎，没有什么问题。"

高堂明镜悲白发，朝如青丝暮成雪。萧瑟秋风今又是，换了人间。永忆江湖归白发，欲回天地入扁舟。君子坦荡荡，小人常戚戚。

当然人家是好意。已经听说过不止一次了，小偷是反腐的先锋，小偷一进屋，才发现某某人家里有那么多来路不明的金银财宝现金现汇。说是很多大案要案都是由于失窃报警才暴露的。

是段子还是真事？

他想起了一位领导，在面对各国记者的时候悲壮声言自己的愿望是完成任期后能被百姓认定是一名清官。这未免太沉痛也太刺激。

老王当然谈不到那些。他只祝愿所有的人五人六失窃后敢于立即如实报案。

偏偏这一天老王常用的那辆车禁行，找了朋友的另一辆车，老王先赶到了派出所。

天色已晚，派出所的几位领导等着老王，脸上显露着遗憾与无奈，还有永远的责任心与疲劳。他们脸上的褶子超过了他们的年龄。他们从淡定到淡漠的面部肌肉的分布也盖过了刑侦的既定程序。他们向老王说明，这个派出所管的地面太大，人口太多，尤其是一些新开发的社区，秩序混乱，管理松懈，不安全的因素比比皆是。派出所领导还指出，你们那个威尼斯小区，本来是BU 物业，管理得很好，后来你们的诸位业主们，为了每平方米节约五毛钱，换了现在的 AD 物业，结果……所长很有分寸，他可不想介入业主与物业的矛盾中去。

改革开放以来，房地产业是中国的一项新兴产业，蓬蓬勃勃，乱乱哄哄，带着几分异己的邪门歪道，带着人民币的芳香，满足了多少人的需要，勾起了多少消费与挣钱的渴望，浮出水面了多少新富暴富可疑之富，形成了多少钱与权的结盟，正与邪的共舞，也支持了多少地方财政，支持了高档餐饮业与酒水业。同时诞生了一大批新鲜名词：物业、置业、业主、开发商、按揭、月供、首付……老王对这些本来知之甚少，但是他去看朋友，看孩子，去到一些新的住宅小区，他印象最深的是，一看保安人员的身高与形象气度，就基本上可以判断这处小区的成色。平均身高一米八，个个俊俏文明，衣装平整清洁，气色健康，面带笑容，手套、对讲机、身份标志等配备齐全，说话也口齿清晰、文通字顺者，是一流高档社区；保安队伍歪七扭八，胖的胖，瘦的瘦，高的高，矮的矮，老的老，小的小，面带倦容，眼睛睁不开，值着班睡觉，衣冠不整，扣子系错或有的系有的不系，从脸上到身上都显得脏乎乎，说话龇牙咧嘴，牙床上黏黏糊糊，当然是末流社区，或是业主正在与物业管理方面进行意气用事的混战的社区。混战的特点不仅是保安的形象风度丧失，混战的社区还会停水停电停燃气停绿化停停车管理，能够使小区化为地狱，化为对社会主义市场经济的声誉的败坏。当然在一流与末流间，会有大量的游走与中间地带。

老王置了业的威尼斯小区，应该属于超一流社区。地大房稀，周边有山有湖，有全市罕见的面积不小的湿地，有国务院有关机构对此湿地进行保护的盖了印的公文。社区的绿化也是第一流的。林带是柳树、枫树与梧桐，种的花主要是月季、美人蕉、扶桑、玉兰与一些牡丹芍药，果树最多的是樱桃与冬枣。是个好地方。

老王在此置业时，BU 物业的保安人员，要个儿有个儿，要条儿有条儿，要五官有五官，要谈吐有谈吐，要做派有做派。小区里不止一名年轻的保姆倾心、暗恋于这里的保安，并且有一对有情人终成眷属。不久，老王看到了社区内部的小字报与抗争标语，内容是反对不合理的收费。购房时，只算一、二层面积，地下室与阁楼算是免费赠送，当然免费云云，也只是一种促销手段，不可当真。但物业公司收取暖费时，考虑到地下室是安装了暖气设备的，便要求业主们按一、二层的取暖面积加上地下室的取暖面积交费，一部分业主反对，贴起标语口号乃至告邻居书，号召起抗争来。

在这样的贼人的面前，所有可以半夜轻易地打开的房屋都是平等的。它们的区分只有两条，就是可窃性的高低与风险性的大小。可窃性的高低取决于你有多少现金多少珠宝放在可以轻易进入的房屋里；风险的大小，取决于你与你所在的小区，有多少反盗窃反犯罪分子的自我保护措施与能力，与你们的小区的物业管理状况，也与你本身的防范意识与防范措施密切相关。窃贼，是目前社会上极少数没有将级别与财产、名望与荣辱、地位与阶层、一切的资产阶级法权放在眼里的人，是真正做到将人看成天赋平等、生而平等的人，是当真做到了与许多旧风俗旧观念旧成见旧习惯彻底决裂的人。我们早就知道了在真理面前人人平等，在法律面前人人平等，现在我们还知道了：比前两项平等还生动具体的是，在盗窃面前，就像在玉皇大帝与阎王爷面前一样，人人平等。他不是撒旦，但是他带来魔鬼的冲击；他不是造反者、反叛者，但他带来颠倒的畅快与倒立的特技。

老王一阵头晕。

老王知道这已经是脑梗阻的某种表征。老王知道自己的前庭器官已经随着年老而走向式微。这时家务女工前来诉说，她的一千七百块钱丢失了。头几天老王给她开了月工资一千七百元，她放在这里，随老王到城里去了。老王知道，这是此次唯一丢失的现金。他安慰着变颜变色、一脸苦相的女工，说："我会给你补上的。"

是的，窃贼没有阶级路线，不懂得劫富济贫，不懂得照顾自己的同命运的打工姐或打工妹。

老王连忙晃晃悠悠地来到一层半自己的工作间。首先，他发现自己的IBM笔记本电脑原地安然无恙，他大喜。幸亏窃贼也不会用电脑，没有对于IBM的兴趣。可能最戏剧性的事情还有待未来，今后，也许一位电脑迷上网迷选择了盗窃生涯，也许一位电脑迷窃贼在满足了现金盗窃以后帮你修好了运作迟缓的电脑。但此刻，他看到，书柜、写字台、底柜，所有讲究的木器家具，不管你雕着什么样的美丽的花纹，都被打开抽屉翻了个乌七八糟。是的，这里的木材品种与质量，管你黄松也好，花梨木也好，水曲柳也好，哪怕是紫檀也好……也不管你经过怎样的大师级的加工，用了什么样的工具与油漆，雕龙描凤也好，百花图案也好，一切文化与艺术并不属于窃贼。窃贼也就不属于文化，不属于国学，不属于西学，不属于儒释道也不像法轮功或基地组织，不属于普世价值，也不属于真善美，从而一切的文化不属于他自己。当然温饱更是不属于窃贼，户口不属于窃贼，职业不属于窃贼，工资不属于窃贼，居住权与居住条件不属于窃贼，八荣八耻与他老或他小无关。难道还有什么人间的美丽的文化艺术是属于他们的吗？

还好，窃贼并没有怀着多么愤激的仇富心理。匆忙地也许是如入无人之境地搜索，目的明确：找现钱！此外并无破坏的冲动，并无打他个稀巴烂的红卫兵激情。满地扔着 CD、VCD、DVD 等国内外光盘唱盘，有帕瓦罗蒂、迪里拜尔、芭芭拉·史翠珊、莎拉·布莱曼的歌曲，有获得了奥斯卡奖的故事片专辑，有本国的获奖电视连续剧专辑，还有籍薇、王哲的梅花大鼓与一批京剧、地方戏曲的唱盘光盘，还有一大批交响乐与俄苏歌曲……虽然满地狼藉，却没有被故意踏毁。

也许只是由于他的匆忙？由于他的目标的单纯与明确，他无暇作进一步的破坏？

也许老王根本不应该这样想，也许老王不应该称他为窃贼。可以假设他入室行窃，可以假设他理应依法判处徒刑，可以假设他不止一次盗窃，被称为无耻的与危险的惯窃，但是不是用一个窃贼的称谓就能概括他的全貌，仍然是一个问题。哈姆雷特说，存在还是不存在，这是一个问题。老王则糊里糊涂地想着：窃贼是窃贼还是不完全是窃贼，这也还是一个问题。

老王决定，从此，他只用"他"来称呼这个擅自进室与拿走了一些东西、更严重地扰乱了破坏了这所房屋与它的住户的秩序的人。就像宗教信徒用"祂"来代表上帝，而忠臣孝子用"他"来代表父皇一样。

可怜的他。唯一的唯一，老王的妻子曾经将一点打小麻将的零钱放在卧室，是四十二块二毛五，包在一个小手绢里，手绢放在一件风雨衣里，风雨衣挂在壁橱里。零钱手绢包外边是一只线手套，属于工人阶级的劳保用品。左右两个衣袋，分别装着左右或不分左右的两只手套。他已经掏出了两只手套，差两厘米，他已经能够够着那个烂手绢与四十余块钱了，不知道为什么，天意呀，他戛然而止。老王甚至为他顿足，如媒体上提倡的换位思考：怎么硬是功亏一篑啊！

卧室的地上乱扔着纸头、水电费收据、挂号费收据、揉皱了的面巾纸、收款条、便条、不知何人的电话号与不知哪儿来的人名，还有许多报纸与杂志也扔得满地都是……

这时一位刑警队的同志上来，告诉他们已经查清了进室者的入室路径。人们一起来到了地下室，一路上开了好几盏灯，经过了榻榻米室，进入了地下主厅。地下室的上方实际处在地层上面，地下室的采光靠的是位于地平线上方的一排小窗户。他们的这间地下室主厅的窗户的方向是向南与向东。向东的两个窗户的关窗用的别棍，莫名其妙地搞了一个裤裆里放屁——两岔里走。左边的是捅入插销向上一别就锁上了，而右边的窗户必须是捅入插销，向下别才锁得上。老王曾经不止一次来到地下室，看来看去老觉得这两扇窗户别扭，扭过来，扭过去，扭得整齐了，必然有一扇窗户没有关好，扭得不整齐了，则可能是两扇窗户都关好了，也可能是两扇窗户都没有关牢。究竟为什么要把关窗户的别棍做成这样地不合逻辑呢？除非当时已经策划了不可泄露的天机。这次呢，显然是一扇窗户没有关牢，"他"只需轻轻一推，身材如果不是十分庞大，一出溜，神不知鬼不觉，一点响动都没有，他进了地下室，第一步脚踩在哪里，第二步脚踩在哪里，一步一个脚印，清清楚楚，不费吹灰之力。地下室的房高是比较小的，从窗户中向下出溜太方便了，简直是天造地设。老王只好承认，当初修建这间地下室的时候，命运已经做好了迎接不速之客的周到准备。这是一个命中注定。

第二个命中注定，这一套别墅房，正面一扇门，还有冲西方向的一扇侧门。侧门本来就没有安装结实，勉勉强强，只要用力一摇就可以将侧门卸下来，老王是用一根捆行李卷用的线绳将侧门勉强固定住的。老王太大意了。他竟然相信这里是高级住宅区，是精英的住宅区，港台的说法叫"高尚住宅区"。住宅区里使用众多的监视器，有数量不少的保安，保安人员时不时地还闹点军训，一二一，齐步走，立正，向后转，甚至还叫喊过"一、二、三、四！"做秀。当年 BU 公司管理物业时，进来一辆车，也如临大敌，左一个呼号，右一阵报话机，追踪汽车动态，管制汽车停泊。这里应该是多么安全的地方！老王的孩子先期搬入，孩子说，他们的捷安特轻金属造自行车从来都是放在户外，从来没有加过锁。那大概是开初，这个小区是个管理得井井有条的地方，万物莫不如此，虎头而蛇尾，美好的开始与混乱的后来。然后是不知所终。

别墅房正门号称安装的是日本门锁。民间有所谓锁头"防君子不防小人"一说。这个日本门锁的特点是锁舌很长，可以转两圈，牢牢地深深地伸入锁槽。但是，这种门锁，从外面开虽然不易，只要进入了房间，用手指一拧再一拧，两圈，则是要怎么打开就怎么打开。这种锁头的特点是只要入室便是全权的主人。一旦有不速之客从另外的路径进入了室内，一切的一切就听从他的调遣了。

房屋与门户的布局是第二个命中注定。第三个命中注定呢，就是物业的每况愈下。从最早的反对不合理收费，终于发展到欢迎盗窃来去自由的地步了。

最后使老王实在压不住火的是一楼半层原来汽车房改建的妻子的书房。这里很奇怪，高等户型本来各户都有可以容纳一到两辆汽车的车房，但大多数都没有做车房用。老王这里，将价格不菲的德国进口金属卷门赠给了装修工，改成了落地式大玻璃窗，挂上一层白色纱布帘，把原来向外开的门取消了，另外打开了套房内的侧门，再将墙壁与屋顶加工修缮，完成了一大间很好的书房。正墙上是装在镜框里的大大的拓印大唐高力士墓志书法，两侧有波斯诗人莪默·伽耶的诗歌配画的挂毯，还有老王夫妇的近照。他们头一年度过了金婚，五十多年，真正做到了执子之手，与子偕老，不但曾经拥有，而且天长地久。他们走出了命运坎坷遭难的阴影。地上还放了些色彩绚丽的瓷瓶陶罐。这是一间很享受的屋子。

恰恰这间屋子遭到了最彻底的洗劫，两瓶五十年茅台陈酒，一本货币纪念册，一件国际名牌的刀具，被"他"掠走。还有一些国际纪念邮票与一支美国金笔。可能，这是窃贼的最后一站，他偷得比较尽心尽力。

最最惊人的是，在这间书房里，老王的太太隐藏了一些她准备的纸钱，是为她的享年一百零二岁的亡母坟墓准备的。每年入冬，她会悄悄地去昌平的一个义地，为亡母"送寒衣"，烧掉这些上书十万、百万、千万元的冥钞。而窃贼洗劫当中，把这些纸钱全部散扔到了地上。他没有拿走冥钞，却仍然侵害了亡者的尊严与生者的悲哀。

问题在于，此时此屋内的吊灯、壁灯与环灯还都亮着。老王没有忘记幼年时家住大杂院，一间屋子里只有一盏十五瓦白炽灯照明的日子，那时的夏天一个月用不了一度电。现在呢，只此间书房，吊灯至少有三百瓦，环灯至少有二百瓦，壁灯也在百瓦左右。看了这样的照明情况，你会判断是他在这里进行录像，是在拍摄一个 CCTV 的法治在线节目。

问题不在于"他"没有考虑盗窃也应该遵守节能省电低碳的原则，问题是这间房经过大落地玻璃窗与威尼斯别墅区后门斜对，老王在这间屋能够看到后门的昼夜值班的保安人员，保安人员当然也绝对地看得到这间房舍的大玻璃。"他"，对不起，老王走到这里又不能不称他为窃贼了，窃贼只能是夜间入室的，不可能是大白天。不然，谁开的灯？夜间，这间房子漆黑，他只能是开着大灯来寻找搜刮翻腾挑选的，他不可能来到盗窃现场苦练夜老虎的本领。他能判断出五十年茅台价格高于连战主席赠送给陈云林会长的金门高粱特曲，说明他不仅具有饮酒的ABC，也有良好的视力与现场照明条件。即使他的效率神速，老王认为，他至少在此屋"作业"了半个小时。半夜三更，这里灯火通明，窃贼大张旗鼓，得心应手，拳打脚踢，左挑右拣，要什么拿什么，想什么干什么，真正做到了以我为核心，当家做主。好的，可以设想，只能认定，后门的保安人员正在打呼噜，正在好梦方酣。老王对此并不怀疑，因为他早就发现，AD物业的最大特点是保安人员的嗜睡性，何须半夜，大白天，各处保安都在睡，不睡也睁不开眼。

问题还需要往更深处想：窃贼他怎么知道此处的人员善睡嗜睡？他怎么这样有把握，他怎么胆敢打开总共五六百瓦的照明灯具，深夜独明光，肆意翻个忙？只能有一条解释，是他与保安里应外合、上下其手、联手作案！

萎萎恶恶的一个物业方面的管理人员似乎猜到了老王的心思，他过来悄悄地对老王说："看样子可能有内鬼，您的工勤人员当中，有没有这样的靠不住的人物呢？"

老王不想理他。

然后公安人员分成了三部分，一部分科学取证，用现代科技手段留鞋印，留指纹，留现场照片……一部分找老王一家包括女工谈情况进行笔录，第三部分则另行与物业方面谈话了解有关情况。

是的，很丧气，很没劲。但是老王毕竟是个老实人，得了病他只会找医院和医生，他只知道听大夫的，他从来不信什么偏方、发功、刮痧、拔罐子。进了贼，他也只知道找公安，虽然他知道，对于公安来说，这只能是小事一段，最后丢了两瓶茅台，是茅台酒协会朋友送的，可能价值一万多块钱，这太小意思了，这根本不值一提。

老王感谢这个事件，使他体会一下老百姓的触霉头的境遇和滋味。如果在别处，他被欢迎、被认可、被接待、被安排、被介绍、被保护也被照顾。如果是别的事，他有助手，助手替他处理各项事务。但是在威尼斯别墅，他只是一个业主，他是花了钱买了房来居住的一个人，是一个面对或背对窃贼，没有什么自卫还手能力的老头子，是一个面对公安只能求官来助、求他们为小民做主的人。他是受害者、弱者，而且是由于自身的粗心大意麻痹而造成了个人的损失也给国家添了麻烦的人。他必须从头说起，姓名、性别、籍贯、曾用名、所在单位、何时来过（威尼斯别墅）、何时发现被进入、丢失了哪些东西、价值价格如何、家庭人口、直系亲属、务工人员……然后一一核对，签字画押。老王想自已从十四岁就当了革命干部，除了二十多年的特殊遭遇，他其实离老百姓已经有了距离。这回好了，感觉不一样了。失窃使老王狠狠地接了一回地气。老王惭愧的是，闹了半天，没有丢失真正像样的东西，没有丢失机密文件，没有丢失一笔够在银行开一个理财金户或财富户、办一个金卡或白金卡的现款，没有丢失任何像样的金条、钻戒、玉镯、宝石、玛瑙、珍珠、象牙哪怕是碎银两。他惊动了派出所、区与市一级的刑警刑事侦查单位，他增加了公安部门的行政成本，他显出了一副窝窝囊囊、糊糊涂涂、生活无能、添乱有余的讨嫌相。他的此事做得不漂亮也不生色。

老王还不死心，他一不做二不休，他请本单位的保卫处室与市刑警部门联系，请他们关照，请他们尽可能地破案。他还到处分析，原车房的电灯大开是一个问题，想提醒有关领导考虑这种在深夜大放光明的环境下作案的可能性与蹊跷性。

一小时后老王接到了媒体的采访电话。他十分惊讶，中国已经飞速进入了媒体时代了吗？他老王已经如此先进地公开化、会展化、八卦化乃至明星化了吗？他老王的一举一动、一饮一啄、一得一失，已经有这样大的传播学社会学意义，已经受到这么多人民群众，或者干脆叫受众的关切呵护了吗？他毕竟不是章子怡、不是韩寒、不是小沈阳也不是为中华民族拿到过好几次田径金牌的刘翔选手啊。他真是对不起媒体的朋友们啊。

……然后靠的是劳动，老王明白了什么叫重建家园。这是一个经过盗贼的咀嚼吐出来不要的家园。家务女工的辛劳使这里大体恢复了被进入以前的样子。想不到的是第二天来了一位来访者，提供了本来应该与老王没有关联但也可能关系甚大的老王未曾想到的信息。

来访者说，这个别墅的文户型中有两户比较出色走光的业主。一位是周先生，是全国的少数巨富之一，他购得了文1号别墅，给他的一位女友居住。女友是一位诗人。女诗人有点像利比亚的革命领袖卡扎菲兄，不喜欢住在房间里，而多半会睡眠于花园里搭起的帐篷中。她怎么防蚊子？三年过去了，女诗人安稳地、悄悄地、我行我素地住在文1号，除去有一次据说是一位富态的女士来到这里与诗人大吵大闹了一番，而女诗人居然做得到一声不吭，可见她有多么好的内力与定力。

顺便说一下，威尼斯别墅的房屋分文、艺、复、兴四种户型。文型房屋，全部向阳，处于小区的最南面，面对湖泊水域，面对两座石桥和水葱、莲藕、菱角和芦苇。原来还常看得见野生的水鸟飞来栖息，《北京晚报》为此发布了消息，算是北京郊区环境整治的一项成绩。不久由于前来垂钓的人过多，野鸟早已经被吓得无影无踪。艺户型，位于从南向北数的第二排，也是全部向阳，同时透过文户型房屋的间隙看得见水域、植物和南面的远山；同样也保持了对于乍会面便远走高飞的野鸟们的生动怀念。其他地方，依势而修的，单体别墅算是复户型，而一双双联体的是兴户型。老王是由于孩子住进了兴户型，而拿下了一幢艺户型房屋的。

再顺便说一下，说是周先生"文革"当中曾经在自发性文学刊物如《今天》上发表过令一些领导如临大敌的现代派的诗歌，八十年代后期他为自己找过一些麻烦。只是在彻底放弃文学以后，弃文从商，弃暗投明，顺风顺水，一通百通，他最后走上了人生靓丽、事业发达的光辉之路。

有人说数年前（老王搬入此别墅之前）来到文字1号问罪的富态女士是周先生的夫人，有人说不是，而是周先生的另一位女友。有人说周先生抗议物业方面未经文1号的女诗人同意就擅自放人进来骚扰女诗人的灵感。更多的人表示对此不感兴趣。对邻居兴味盎然，这是自然经济小国寡民前现代性的特点，不是商品经济生活方式的城里人，更不会是拥有豪华别墅的、提前实现了现代化的业主们的习惯。

老王倒是远远地见到过女诗人，好像还文静，有点孤独和忧郁，或许还有苍白的贫血。今年春天，女诗人的后花园里移栽了一株大银杏树，还有一株极大的梧桐，两株大树都是用大卡车运输过来，再由起重吊车将树吊起种植的。这两株树显得很威风也很高雅。另外有一棵没有人知道它的种姓与到底怎样来到这里的更大的树，说是周先生从刚果购入的，这株巨树身上吊着许多滴注吊瓶，为巨树输营养液。而此户的四周，种植了大量黄杨树条，作为自我保护的篱笆。

然而就在三棵大树栽好了成活了不久，一过"五一"，说是女主人走了。不要问我从哪里来，不要问我走向何方。会不会是周先生帮助女诗人去了刚果？大陆的女诗人与前现代派诗人现企业家联手，PK 台湾的三毛，也有一拼。

如果老王猜测，老王没有那么牛的想象力，他虽然已经走过了那么多地方，却没有去过刚果，他想的不是刚果（布）或刚果（金），他首先想到的大致是寂寞。寂寞使女主人无法再在豪华别墅的后园帐篷中生活下去。人除了食色性也的不可更易的要求以外，人还有一个要求，就是打破自己的与他人的硬壳，在交流哪怕是冲突中转移自己的寂寞感与孤独感。革命的发生学研究中，应该有这样的思考。

来访者说的另一家，文户型 2 号，老王没有什么印象。文 1 的西邻是文 2 的郑先生。郑先生什么时候都是衣冠楚楚，纤尘不染。郑先生似乎有着港台或者东南亚的背景，说汉语普通话不带轻声。据周先生说，最初他们两家邻居相处甚好，但是郑先生的文化背景不同，常常不能接受周先生的友谊与情义。周先生并不常常在此，有时候来了，带着厨师，做好一桌席，招待友人，并且临时去请郑先生赏光，郑先生一律辞谢。有时候周先生做了烤乳猪、小米粥炖海参、冰糖燕窝银耳，叫下人给郑先生家送去，却遭到拒收。来访者的口气，这方面他们对周先生不无同情。

问题出在六月，说是郑先生在自己邻居周先生家的东侧，靠近周先生住房的地方，修了一间简易棚子，也可能不是新修的空间而是原来自己的西侧洗衣房中，安装了一件估计是空调压缩机类的电机。电机工作起来噪音不小，周先生对此提出异议。郑先生不拟改变。周先生乃在自己的住宅的西侧大兴土木，组织了一大批建筑工人，准备兴建一个三层楼半高的隔音层，名义上是阻挡来自西侧的噪音，旁人看着也可能有点震慑与示威的含意。显然，这座别墅小区里，没有谁的财力能够与周总相比。

郑先生很认真，拿起法律的武器维护自己的利益。他到法院告了周先生：违规建筑，损害小区环境与邻居利益。同时郑先生还广招媒体记者，通过舆论向周施压。

后来法院判决郑先生胜诉，要求周先生限期拆毁违规建筑。但周先生不准备执行判决，他的理由是全社区自己额外扩张地盘搞建筑的多了去啦，从来没有人管过，法院管这种事，管得过来吗？

老王想起了在物业布告栏里常常看到的告示：有关部门要求物业清查小区的违规建筑，经查：某号某号某先生，有某类型的 N 平方米的违规建筑，处理办法是与业主沟通。这样的告示如同废纸，根本无人理睬。

老王这才明白，他散步时从文1号门前经过，不但看到了许多工人，还看到了一张字纸，上书："未经本户主人同意，任何媒体人员不得进入此屋，否则一切后果自负。"

到老王这里的并非喜欢搬弄是非的来访者，完全以为艺术而艺术的纯洁心态提醒：第一，数十名农民工居住在这里，这是一个不安全因素。老王的房舍被进入被盗窃，很可能与这些人有关。第二，不要光骂物业，物业有物业的难处，物业说话等于放屁，拖欠物业费用的业主达百分之四十九，至今数年未交物业费用的有七户。拖欠水电煤气费用的业主也居高不下，电业局多次威胁本小区要全部停止电力供应。实际又不好停，总之这样的小区，根本没有起码的规则与秩序。第三，业主委员会的工作也很难开展，谁对业主委员会的工作认真过支持过？物业则对业主委员们可能多少来点政策倾斜……谁还愿意再得罪人？第四，威尼斯别墅的优点是人少户少，威尼斯的致命伤也是人少，二百多套房舍，卖出了一百九十多套，经常在这里住宿的，不过七八十户，这样一切公共设施都门庭冷落，吃不饱；搞小卖部，无交易；游泳池，无光顾；搞班车，无乘客；烧热了一大锅炉热水，走不了几个字儿，闹什么什么赔，全部奄奄一息，最后是无疾而终。

来访者估计，老王家失窃的事件那么快被媒体得知，也可能是郑先生的活力所致。

老王虽然听得一头雾水，但他还是渐渐品出点味儿来：威尼斯别墅小区，其实是一个无政府主义的民主自由王国，比意大利的威尼斯自由多了。有人到法院去告状了，法院可能过问一下，不告则不理。中国是一个离开了领导至少一半人无法无天胡作非为的地方。中国人最不习惯的就是自律自行自觉自由。中国人最不习惯的最不擅长的就是当真由众人管理众人的事。在中国众人管理众人的事就是无政府主义，就是自我戕害到自我毁灭。中国人最不接受的就是公共管理与管理公共的概念。威尼斯小区哪儿来的领导？这儿没有党的书记，没有民政长官，没有公司老板，也没有驻军；一句话，这儿没有主子。大家都是主子，自然就没有了主子。开发商在售出了所有别墅之后，早就成了众矢之的，他们当初推销房屋时的一切的一切的承诺，全落实不下来。游泳池，歇业了；小卖部，关张了；班车，减了一半；会所，停顿了……物业，就更甭提啦。

老王还有一件难过的事：以他的身份和性格特点，他应该热烈地拥抱勤劳朴实辛苦无限的农民工。但发生了什么坏事，人们首先会想到的是农民工的危险性。理念与现实总是有不小的距离，从前是这样，现在是这样，将来也还是这样。老王已经早就超过了酸酸地爱恋理念与痛惜生活不完全符合理念的图纸的年纪了，他有些哭笑不得。

而他不能不与有关方面谈到来访者的说法，请他们注意这些五湖四海、乌合之众、身份证不知真假、不被太多的人信任也很少有被信任、被关爱、被照顾的经验甚至常常不能得到说好了的工资的民工们。除了人民币和老家的几间房屋，老公老婆孩子，他们还能相信谁？

人们告诉老王，刑警队的公安们，已经采集了周先生汇集的民工们的指纹与鞋样，他们中的一些人已经神经紧张要求退出这个工程，而包工老板可能已经以老王家里发生了窃案为由，不肯与他们结算工资，也不放他们走人。

同时老王在网上读到了自己别墅被盗的报道。有许多跟帖，证明网民们的同情在窃贼那一边。许多人为之顿足："傻×，怎么不多拿几样值钱的东西！"还有人说："既然进去了，怎可以善罢甘休！"还有一个帖问道："难道老王已经这么阔气了吗？"也有人干脆为盗窃者叫好，"凭什么让那些家伙享福，让我们受苦！"

跟帖的人士是谁？是人民吗？他老王已经与人民拉开了那么大的距离了吗？为人民服务。为人民服务，为人民服务的人很难被人民承认，被人民认可。为人民服务的人生活水准比一般人民高得多，口袋要鼓得多，房子要大得多，银行存款要多得多。为人民服务的人的住地人民是很难进去的，除非采取那位"他"的特殊方式。

而且人们看到的是，人民为为人民服务的人服务，至少不比为人民服务的人为人民服务少。

但是毕竟为人民服务是一个非常好的口号，目前还没有比它更好的口号，为人民服务的口号毕竟比谢主隆恩的口号，比万岁万岁万万岁的口号好一些。

所以老王前十几年就说过，在中国不可能放手地搞资本主义式的自由竞争。中国的许多人并没有从事自由竞争的起码本钱与习惯。在中国搞资本主义式的高度自由竞争，只能是少数人的暴富与多数人的愤懑与仇恨，只能是由多数人组织一个比共产党更左的党，批判中国共产党的改革开放与市场经济，把中国重新带进仇富仇官仇名人的、每三五年搞一次的无产阶级专政条件下的继续革命里去。

这就是社会主义的核心价值。其实没有比社会主义的核心价值更容易表达、更容易讲明白的了。社会主义的核心价值就是社会主义。就是选择社会主义、维护社会主义、发展社会主义、搞好社会主义，拒绝绝对的与不加任何限制词的资本主义。

老王深信，"他"与"他"的同情者们，如果弘扬民主来决定中国的事情，他们中的某些人肯定愿意搞二次土改、房改、斗老财、除恶霸、杀灭贪官污吏及其衙内、富二代、拼爹集团，用极左的口号再来它一次"红旗卷起农奴戟，黑手高悬霸主鞭"！

没有办法，没有办法。这一切，网上的几个帖子，其实比一次或者一百次一千次并非为富不仁的人的别墅的无端或有端失窃，情势与危险要严重得多。

从此，两年过去了，关于这个算不得案件的案件，杳无音信。小区管理，日益没落。湿地环境，正在由于超量的钓鱼游客而恶化。烧烤的臭烟在小区也在湖面上飘散。入室盗窃事件连续发生，有增无减。开始，老王通过内部关系与权力系统打问过一两次，无回应。算了。老王一辈子好多事是靠"算了"二字保护了自己的心情与平衡的。生活照样进行。岂止是这样一个两瓶酒的失窃事件，即使是发生了战争，发生了"九一一"恐怖袭击，发生了汶川大地震，发生了冤屈与迫害的人命关天事件，然后，也是该吃还得吃，该做还得做，该风头还是风头，该苟且还得苟且。

亡羊补牢，破釜沉舟，孩子们与至交们为老王设计了各种自卫防盗的方案。比较有点情趣的是养一两只大藏獒，大体量，大脑袋，长鬃毛，忠诚而又狠毒，胜过专门配备的保镖班子。说什么有什么，一位山东的共患难的老友，他的电影学院表演系毕业的女儿，改行养殖藏獒，愿意慷慨赠予老王两只价值近千万元的藏獒。

不久，传出了兴户型的一位老大姐在复户型散步，被复字某某家养的恶犬伤害的消息。老王乃将豢养藏獒的故事当作小说材料暂先储存到自己的心里。

老王找了门窗师傅，做了精心的策划与施工。他安装了高级仿铜防盗门，外有三乘以四的加长锁销，内有同样的加长锁销另加手动的二乘以四的加长锁销。如果从里边锁上了手动锁，外面的人即使有全套钥匙也打不开门。如果从外边锁上了钥匙支配的锁销，即使进入了房间，如果不是执有钥匙，你也开不开防盗门。

所有的窗子外面，都安装了铁艺护栏，原铁的黑褐色，有梅花与葡萄枝蔓图案。原来老王对于自制铁窗生活觉得很晦气，安装上以后才知道并没有那么糟。倒是在"新左"的网站上，看到了旅居美利坚合众国的新左弟兄们对于改革开放的抨击，说是改革开放提高了人们的个人收入，结果社会秩序恶化，人们自己为自己建造了铁窗牢房。

只有二层半高的阳台大玻璃窗外，没有卡边，没有安装铁艺护栏打铁钉的地方，也就没有安装护栏。工匠师傅说，那里是直上直下，位置又高，企图往那里爬，除非不要命了。如果谁谁，真的不要命了，靠门窗工匠，也没有办法好想了。老王想想也是，如果他架着坦克车来呢？你的防盗门，你的墙壁，你的铁艺，又算得了什么？毕竟你住的是别墅，不是要塞，不是马其顿或者敦克尔防线，你预备迎接的不过是顺手牵羊的小蟊贼，不是敌军的敢死队。

防盗门安装在室外，又发生了新的问题。先是防盗门内的原门洞，一到夏季潮湿异常，墙皮脱落，惨不忍睹。于是安装气窗。接着是防盗门的锁孔里进了雨雪，生锈，开关不好使了，结果一次扭断了门柄。就又在门的上方架设了拱形的小棚子，还好。老王计划很久了，想干脆在绿地四周也架设起护栏来。

一位朋友忠言：你们也不要封得太严密喽，太严密，如果本室发生什么火灾之类的情况，会自己把自己封锁死的。老王唯唯。他已经做好了准备，有了紧急情况就砸没有安装护栏的那一处窗玻璃。

几个月后威尼斯小区里出了一件大事：FF区人民法院，宣布将强制执行法院关于文1号的违规建筑的拆除。那一天来了执法人员，驾驶着起重机大车，用铁爪抓住已经盖得与阁楼一边高的隔离层的房顶，晃荡两下，把房顶抓了下来。再抓墙壁，稀里轰隆，劈里啪啦，五十分钟后，隔离建筑化成了废墟。

老王不想凑近了去看热闹，对于他人可能不甚愉快的事，他没有旁观欣赏的兴致。但这件事仍然令人兴奋，第一是它体现了法律、国家、政权的力量，体现了我们的社会生活中的某些强制性，这种强制性一般并不张扬，但必要时不会含糊。第二，它表明，虽然威尼斯小区众业主当中，没有书记，没有组长，没有权威的领导，然而这里并不是化外之区，区人民法院的布告中明确指出，此区尚有不少的违规建筑，它们应该由责任人自觉地予以拆除。法律还在，规则还在，管理也没有完全摒除。

老王在自己家中，实际上是兴趣盎然地注视着人民法院的强制执行判决的行为。他看到了烟尘的升起，他听到了起重机的嗡嗡声与墙壁被撕扭，然后迸裂、倒塌、撞击发出的刺耳的声音。这种声音平时是很少听得到的。

老王的住房的汽车房改造的书房，它的落地式大窗，正好在保持距离的同时可以比较清楚地观察到这一进程。

晚报上刊登了这一强制拆除的画面。郑先生的形象也在其中。

老王匆匆地离开了"威尼斯"，忙自己的事去了。一周后再来到这里，他大吃一惊，周先生的房屋全部门窗都卸掉了，变成了大小不一的若干个黑洞，一片狼藉的拆除现场上，除了被拆除的建筑体，原来备好的建筑原材料包括水泥、石灰、涂料、麻袋、纸袋、钢筋、木材与砖瓦外，还增加了新从主体建筑上拆下的窗框、门框、碎玻璃、铁钉、木屑、墙皮、壁纸等等。把原来的精心布局与整护过的草坪、灌木丛、花卉压的压，挤的挤，一片乱七八糟。

老王大惊，出了什么事？又不便乱打听。写作的行当使他按捺不住自己的好奇心，各种清规戒律又不允许他刻意打探。他不会忘记老作家周而复的教训，他以写作《长城万里图》的需要为由在日本看了靖国神社，为此，他受到开除党籍的处分，直到死前不太久，才改为留党察看，临终前恢复了党籍。

辗转听说，有道是周先生请国家承认的专门机构来检查过被拆除违规建筑后的文1号主体建筑的受损情况，因为原来兴建违规建筑时，已经用水泥等材料将新旧建筑粘合在一起。检查的结果是，主体建筑已经受到严重损坏，主体建筑已经成为货真价实的危房。危房就危房吧，为什么还要拆光门窗呢？不知道了。

据说有媒体追踪到了周先生，打问有关事项。周先生说，一年前此房已转售出，他对后来发生的事既无了解，也无责任。说是周先生的样子很潇洒。

就这样，文1号成了真正的废墟，整个房舍与前后花园都破败荒芜不堪。绿茵干枯，花卉委顿，树木半死不活，门窗宛如被挖掉了眼珠子的空眼囊，房屋如同一具干尸。几场雨雪过后，建筑材料也变得污秽坚硬，令人痛惜。遥想当年一位孤独的女诗人在这里住帐篷的日子，遥想当年突突突地响着栽植大银杏与巨梧桐尤其是那棵来自兄弟非洲的奇异巨树的日子，遥想当年宾客们在这里吃烤肉与痛饮茅台的日子，你不由得回想起当年在延安黄炎培与毛泽东的交谈，黄先生引用《左传》与《新唐书》上的话说："……其兴也勃焉……其亡也忽焉……"

固然说，"人间正道是沧桑"，沧桑得忒快了，也有不胜其忧的感慨啊。

第二年秋天，废墟里长起了好几蔓牵牛花，大部分是老王最喜爱的紫黑颜色，它们表现了自然的秋天与秋天的自然而然。难道从凝固的水泥堆中也会长出花花草草的吗？

又次年的新春之际，一直不下雪的北京突然大雪连连。在雪后初霁之时，老王散步，看到了废墟的钢梁上的两只小麻雀，难道死硬的建筑材料与建筑垃圾之中会有谷粒或者小虫提供给宜人的小鸟们吗？

老王还有一个恍恍惚惚的印象，春夏间文1号的废墟上，有过一个灰溜溜的松鼠跑过。废墟为小区带来了难得的情调，尤其在这个急于开发、急于挣钱、急于出效益的浮躁的年代，在这个赶制垃圾、媒体忽悠、领导出数字、数字出领导的时代，在一个被机遇、创新和品牌追得上气不接下气的年头，一个这样迅速形成的豪华废墟，真是打着灯笼也找不着的金不换的景点啊。

当然也有另外的分析，说是周先生就是要这样，干脆牺牲文户型1号，用这荒芜的文1号，为文2号的郑先生添一点点堵。能添堵吗？如果郑先生很艺术，如果郑先生喜好这一口呢：秦时明月汉时关啊，西风残照汉家陵阙啊，庞贝古城与楼兰古城啊……如果能坚持几百至千余年，也许威尼斯别墅的文1号废墟能够申请联合国教科文组织的世界文化遗址名录呢？

又过了一年，说是周先生或周先生转卖的文1号的下一任业主反诉郑先生的违规建设成功。郑先生在封闭自家的阳台的时候，向外有所扩张，不完全符合原貌。人民法院显示了自己的不偏不倚，也派来了强制执行工作队，稀里哗啦，把那座已封闭的阳台，拆了个不亦乐乎。

这也会演变成一个冤冤相报的过程吗？

与此同时，别墅小区许多家，大兴土木，任意扩张，肆无忌惮。有的把门厅接长接宽，有的把阳光室扩大，有的在大客厅外面另接出一片风雨走廊，有的给房后连接出了花卉温室。拉砖的拉砖，卸木头的卸木头，堆玻璃的堆玻璃，扛钢筋的扛钢筋，堆涂料桶的堆涂料桶，煞是热闹。认真执法原来是邻居不和，相互咬着不撒嘴的产物，而其他诸业主，发扬和为贵的优良传统，你好我好大家都好，能退步时便退步，得饶人处且饶人，睁一只眼，闭一只眼，与人方便自己方便，谁吃饱了撑的管那么多？

小区的面貌已经不知伊于胡底了。其实暂时小区的面貌依然美丽，老王七十岁以前，不但没有住过、没有拥有过，也没有见过想过这样的惬意的小区噢。

几道思考题：

一、老王购买这样的豪宅，是不是违背了君子固穷、安贫乐道、先天下之忧而忧、后天下之乐而乐，劳其筋骨、饿其体肤、清贫才是无价宝的古训，也违背了艰苦朴素、壮烈奉献的红色传统了呢？他的失窃，正是上苍给他的黄牌警告啊。他应该做的是深度忏悔，他应该写的是自我检讨而不是别的啊。

二、说是中国有长期的封建专制主义传统，是不是同时也有无政府主义、一盘散沙的传统呢？中国缺少的究竟是民主自由还是强势领导与严刑峻法呢？

三、国人喜妥协，重关系，喜欢捣糨糊与和稀泥，不喜欢动辄诉诸法律，追究个水落石出，这是不是值得弘扬的美德呢？

四、有人说，这样的物业小区，完全证明了没有党的领导中国只能是一团糟，必须要求各住户将党的临时关系转入小区，必须在各小区建立党小组党支部党总支党委，否则，中国的房地产业与物业管理将陷入万劫不复的困境。这像是认真的建议吗？

五、也许更可行的是成立由中华人民共和国住房和城乡建设部监管的房地产业公会特别是物业管理全国公会，制定规则，给以政权方面的支持引导，结束各房产小区的无政府状态。同时也要建立起工会来，让全总也发挥起作用。

六、也有人说，这样的小区本来就是畸形的。要不就彻底地私产化，各人购各人的地盖各人的房，像国外的 house 一样；要不干脆盖公寓楼，谁也甭想还能有什么发展扩张。现在弄成高尚住宅的小区，怎么得了？高尚者谁愿意小区化？小区化了谁还能高尚得了？

总而言之，言而总之，那时候没自己的住房，没有城市里喂养的藏獒，没有电视机和洗衣机，没有地沟油也没有掺了敌敌畏的茅台，没有信用卡也没有什么存款，没有见过只有间谍才会有的外币，当然也就没有炒汇，没有小康，没有福布斯榜，没有置业与物业，没有市场经济，没有听说过什么效益，没有防盗门也基本上没有入室盗窃，没有拐卖人口，没有"鸡"呀"鸭"呀的，没有多少贪官污吏，没有艾滋病，没有农民进城打工，没有星级宾馆与"的士高"，没有留学与情人节，连"的车"也没有，连足够的口粮也没有……然而那时候有大海航行靠舵手、抬头看见北斗星，有斗争的哲学，有超英赶美的三面红旗、三十面三百面三万面红旗也有的是，有雄心壮志冲云天、上九天、冲破天、冲霄汉，有蚂蚁啃骨头、鸡毛上天、穷棒子精神、两参一改三结合、小土群、帽子拿在群众手里、敌我矛盾按人民内部矛盾处理，有红得不能再红的如火如荼的歌曲大繁荣和动不动的忆苦思甜与热泪盈眶，也有不少的乙肝与浮肿……想一想吧，人生长恨水长东，道是无情却有情，问苍茫大地，谁主沉浮？

又过了一年半，位于完全另一方向的远郊区的公安机关，给老王的孩子打了电话，说是曾经进入老王家的窃贼已经落网，为了量刑的需要，需要请老王对一些情况进行核对，以做到事实清楚，证据确凿，量刑准确。

老王等到了另一方向的区公安机构的到来，他们所问问题有限，没有浪费老王太多时间。问题是老王对此事兴趣未减，他向公安同志提了一大堆问题：他是在威尼斯小区干过活的民工吗？他认识原 AD 人员吗？他进入这个小区很多次吗？他是开着大灯作案的吗……公安同志一声不吭，也许这需要保密？也许那一区的公安没有回答这一区的失窃问题的义务？那么报案者与受害者作证者，有没有知情的权利呢？

老王仍然闷在闷葫芦里。他希望本中篇小说发表后，《中国作家》杂志帮他联系本市公安部门，给他获得一个与强行进入者见面与沟通交谈的"准三人行"的机会……也许《中国作家》的读者与《锵锵三人行》的听众对于下文不是完全没有兴趣。

噢，这毕竟只是一篇小说，一篇虚构得跟真的一样，实录得小说一样的作品啊。

还有那位女诗人，她的近况如何？她的忧郁的眼神与淡淡的笑容中有某种动人的东西。中国的，我要说还有世界的各大洲的女作家女诗人，有几个人生活是幸福的呢？数年来老王与女诗人只说过一句话。那天她从靠近艺户型的她的后门送一个客人，老王正在自己的门前收拾花盆与盆花，他还拿着剪枝剪子煞有介事地剪掉四面冒尖的新竹笋。她送完客走向艺户型这边来，对老王说："您在吗？刚才我送的客人是李二白啊。"老王本来与李二白很熟悉的，李二白是一家有名的文学刊物的主编。后来经过了那一年和那件事，说是李二白改行做生意去了。他怎么会到威尼斯别墅这边来看望女诗人呢？

他现在在周总的麾下?

老王还感到了一种极其小儿科的得意,没有人介绍他与诗人相识,但是女诗人还是一眼就认出了他老王就是王老。

而李二白对于文学,当真仍是不能忘情吗?

老王对女诗人不无思念。他从来不接受类似"二奶"类的浅薄分类学。她是朴素的,朴素证明了她并非流俗之辈。而废墟的诞生也给了老王好感与遐思。一位富商,照样可能有自己情感上的隐痛。也许废墟是为了纪念今后难以相会的女诗人吧?就像在西班牙的格拉纳达,有一座驰名寰宇的阿拉伯花园,是当时统治了西班牙的大部的一位阿拉伯王,为他的爱妃修建的。那座阿拉伯花园,让老王感动得沉醉得灰心丧气,他偷偷地哭了。

不好意思的是,老王的一次梦里,他看见一个长脸的、有点面黄肌瘦的然而眼睛很美丽而且忧伤的女人,她的风采已经不再,她的年华已经老大,她的灵感正在消退,她的记忆渐渐茫然,她的秀发已经小有干枯,她的身材仍然秀丽挺拔。那眼眶里的一点点泪痕与老态化的泪囊让老王蓦然心动。她轻轻读了一句诗,那是咒语、祷告、密码一样的诗,梦中令老王如此感动,一醒就忘得杳无痕迹。她是谁?她是谁?她究竟是谁呢?

只是在醒来十几分钟以后,老王想,她是不是那位女诗人呢?在读到这篇虚构的实录小说以后,她也许给老王写一封信?老王想,将来,就以这封信作为小说《悬疑的荒芜》的附录。

附记:关于此次失窃的物业管理方面的问责问题,也许有一些读者对之感兴趣。老王曾多次提出希望物业总结经验,追究责任,物业方面的反应与理解接近于零。与物业对话的经验是广东人所说的鸡与鸭对话的经验。物业方面提出,为了表示他们的歉意,他们可以少收老王的一个月的管理费用,老王说一个月太少了,据他所知,此小区的类似问题,受到损失的业主是一年不缴物业管理费用的。考虑到各种因素,老王可以接受停缴一个季度的管理费用的方案。物业方面大喜,于是就这样处理了。

听说老王丢了茅台,不止一位好友给老王带了飞天商标真茅台来压惊。老王在此郑重声明:谢绝茅台,有欲赠茅酒的伙计,敬请一律免开尊口。

2012 年 3 月

短篇小说

冬雨

今年冬天的天气真见鬼，前天下了第一场雪，今天又下起雨来了。密麻麻的毛毛雨，似乎想骗人相信现在是春天，可天气明明比下雪那天还冷。我在电车站等电车，没带雨具，淋湿了头发、脖子和衣服，眼镜沾满了水，连对面的百货店都看不清。右腿的关节隐隐也作痛起来。

下午有几个学生在我的课堂上传纸条，使我生了一顿气。说也怪，当了二十年小学教员了，却总是不喜欢小孩子，孩子们也不怎么喜欢我，校长常批评我对学生的态度不好。细雨不住地下，电车老不见来，想想这些事，心里怪郁闷。

当当当，车来了，许多人拥上去，我也扯紧了大衣往上走，在慌忙中，一只脚踩在别人的鞋上，听见一个小伙子叫了一声。

我上了车，赶忙摘下了沾满了水的眼镜，那年轻人也上了车，说："怎么往人脚上走呀！"我道了对不起，掏出手帕擦眼镜，又听见那人说："真是的，戴着眼镜眼也不管事，新皮鞋……"

我戴上眼镜，果然看见他那新鞋上有泥印子。他是一个头发梳向一边的青年，宽宽的额头下边是两道挑起来的眉毛，眼睛又大又圆，鼻子大而尖，嘴里还在嘟哝着，我觉得这小伙子很"刺儿"，对成年人太不礼貌，于是还他一句说："踩着您的新鞋了，我很抱歉。不过年轻人说话还是谦和一点好！"

"什么？"他窘住了，脸红了，两道眉毛连起来。我知道他火了，故意轻轻地、倚老卖老地咳嗽了几下。

就在纠纷马上要爆发的时候，忽然电车的另一边传来一阵掌声。

怪事，电车上该不会有人表演杂技吧？我们俩回过头，只见那边一部分人离开了座位，一部分人探着身子，注视着车窗，议论着、笑着。

我不由得走过去。原来大家是围着一个小姑娘。那小姑娘梳着小辫子，围着大花围脖，跪在座位上，聚精会神地对着玻璃。再走向前一步看，才知道她是在玻璃上画画。乘客呼出的气沾在密闭的窗玻璃上，形成一层均匀的薄雾，正好作画板。那小姑娘伸出自己圆圆的小指头，在画一座房屋。她旁边座位上跪着一个更小的男孩子，出主意说："画一棵树，对了，小树，还有花，花……"小姑娘把头发上的卡子取下来画花，这样线条更细。我略略转动一下目光，哎呀，左边的几个窗玻璃上已经都有了她的画稿了。一块玻璃上画着大脑袋的小鸭子，下面有三条曲线表示水波，另一块玻璃上画着一艘轮船，船上还飘扬着旗帜，旗上仿佛还有五颗星。哈哈，这一块玻璃上是一个胖娃娃，眼睛眯成一道线，嘴咧得从一只耳朵梢到另一只耳朵梢……回过头来看，她的风景画刚刚完成，作为房屋、花、树木的背景的，是连绵的山峰，两峰之间露出了太阳，光芒万丈。

"这个更好！"一个穿黑大衣的胖胖的中年女人说。

"好孩子，手真利落！"一个老太太说。

"真棒，真叫棒！"售票员笑嘻嘻地从人群中退了出来，又恢复了那种机械的声调："买票来，买票来，下站是缸瓦市！"

车停了，下车的人在下车以前纷纷留下了夸赞小画家的话。那女孩好像根本没有听见这些议论，只是向身旁的男孩说："弟弟，再画一个好不好？"男孩连连说："好，好，再画一架大飞机！"两个人就从座位上下来，向右边没有画过的窗玻璃走去。车上的人本来不少，又聚在一端，就显得很挤，但大家自动给他们让了路和座位。隔着许多人，我只看见那小画家的侧面，她的额上、鬓上的头发弯曲而细碎，她的头微扬着，脸上显出幸福和沉醉的表情。她弟弟的样子却俨然是姐姐的崇拜者，听话地尾随在姐姐后面。

车到"平安里"了，小画家已经在所有的玻璃上留下了自己的作品。她拉着弟弟准备下车，别人问她在哪儿上学，叫什么名字，她只是嘻嘻地笑，没回答。我退到车门边，欣赏着她天真活泼而又大方的样子。她就要下车了，忽然目光停留在我身上，然后深深地给我鞠了一个大躬："赵老师！"她的弟弟也随着给我鞠了个躬。

"这难道是我们学校的学生？"我大吃一惊，想看看她胸前戴着校徽没有，她已经下去了，在车外边一蹦一跳地走在细雨里，很快地消失了矮矮的身影。

所有的视线都集中到我身上了，一个老年人向我伸出大拇指："这是您的学生啊？真不简单。"售票员一边给乘客找着零钱，一边质朴而滑稽地说："唉，我要能当教员，有这么好的学生，一天少吃一顿饭都高兴！"所有的人都友善地、羡慕地、尊敬地看我，使我一时手足无措，只好哼着哈着往电车的另一端走，一转身，正好看见那被我踩了新鞋的小伙子，才想起这儿还有一场未了的纠纷。那小伙子看见我，想躲开，又躲不开了，露出了一种怪不好意思的样子。

阴天，时间虽然不算晚，车里的光线却暗下来了，于是售票员打开了电灯。大家立刻都愣住了，因为那"玻璃画"在灯光下获得了新的色彩，栩栩如生，好像我们坐的不是环行电车，而是，而是什么……那车的窗户，全是雕了花的水晶做的！

电车上的乘客亲切地互望着，会心地微笑着，好像大家都是熟人，是朋友，我对面有一对年轻的恋人靠得更紧了……好像有什么奇妙的东西赋予了这平凡的旧车厢魅力，使陌生的乘客变得亲近，使恶劣的天气不再影响人的心绪了。

至于我呢，我说不出心里是什么滋味，只是呆呆地看着窗外的细雨——雨点已经变成了小小的霰粒。

1957 年

最宝贵的

市委书记严一行参加完追悼会，回到办公楼。他带着一点鼻音，告诉秘书："小李，你回去吧。"

"晚上七点的常委会……"

"记得的。没你的事了，走吧。"小李新婚，尽量把晚上的时间空给他。

但是李秘书犹犹豫豫，严一行发现了，问道："还有事么？"

"不……没有……"

小李的支吾更引起了注意，"有话就说！是不是生活上有什么要求？你们的房子……"

"不是！"小李连忙否认。

"还是对我有意见？坐下谈。希望你能常常说一些我不太爱听的话。"严一行把小李让到沙发上，给他沏了一杯上好的龙井茶。

小李知道，直言不讳，这是书记对于他身边的工作人员最起码的要求。他说：

"有个情况，曾梦云交代了十年前向他提供陈书记的行踪的人。"

"谁？"严一行浓眉下的眼睛里，射出了愤怒的光芒。

"是……"小李打了一下磕，"蛋蛋。"

"嗯？"严一行一下子僵在了那里。一阵寒风，吹入了他的温暖的胸膛。他听到了自己的不规则的心跳。

"……也可能是曾梦云的捏造……"

"让我再了解一下。"严一行恢复了常态。

小李走了。警卫员送来了晚饭，是他喜爱的韭菜合子。

轻快的脚步。门响了。他抬起头，正是蛋蛋，满面红光，眼睛秀气而又明亮，个子比父亲高出半头，肩膀宽宽。看到爸爸那疑惑的神情，他说：

"我明早就回厂。妈说你晚上不一定回，我跑来给你报喜……"蛋蛋（二十五岁了，家人仍然叫他的小名）呷了一下，为了加强效果，他拉开吊灯，给自己沏了茶，等待着父亲的抚爱的催问。见父亲不言语，他便自己说：

"车间支部通过我……"他等待着祝贺。

但是严一行的目光是冷淡的。蛋蛋误会了，他说："爸爸，你放心。按你的话，进厂三年，我从来没讲过。只是填表以后，他们才知道我是谁的儿子。我完全是靠自己的表现来争取党员这个光荣称号的。"

还是没话。蛋蛋不自在起来，他低下头，看见合子，"您还没吃饭……"

"我们一块吃吧。"严一行的嘴角上露出勉强的笑容。"蛋蛋，告诉我，在十年前你陈伯伯被绑架这件事上，你做了些什么？"

"我？和我有什么关系？"蛋蛋的表情健康、开朗，还有几分天真。一瞬间，巨大的希望映亮了严一行的脸孔，他的心也差不多落到了实处，但还是要追根究底，"那么，不是你向曾梦云提供了陈伯伯的行踪？"

儿子的脸色变了。他的过分灵活的眼睛睁大了，呆滞了，他叫了起来，"不是我，爸爸！您别相信，不是我！"

儿子的激动清楚无误地证明了：是他。

"你应该忠诚老实。"严一行说。与其说他的口气严厉，不如说是慈祥的。

蛋蛋结结巴巴地说："十年前，我才十五岁！"

"陈伯伯入党的时候也十五岁。他在敌人的枪口下面，宁死也不把领导人的地址说出来。"

"可那是日寇，而我面对的是当时唯一的左派领导……"

"那个卖身投靠、手上沾满同志的鲜血的野心家，是哪一家子的左派！"严一行威严而又憎恶地说，"陈书记住院是总理批准的，鉴于当时的情况，他住在野战医院，是保密的。然而，曾梦云从你嘴里掏出了情报，唆使那个搞阶级报复的亡命徒，绑架了老陈，他们用那种令人发指的手段……"他说不下去了。甚至在追悼会上，他也没有让自己去回忆这些具体情节。

沉默。挂钟的声音紧张而又嘈杂。

"你害了陈书记，你害了自幼抱着你的陈伯伯。"严一行沉重地说。

"当时曾梦云是坐在这里找我谈话的，她说是有两条道路，由我挑……"

"于是你挑选了哪条道路呢？保全自己，牺牲别人，这不是叛卖又是什么？"

父亲的话像利刃，蛋蛋蜷缩了，簌簌地发抖。"但是，您应该公正些。"

儿子没有信心地抗议着，"那时，我是多么诚实，多么轻信啊。我相信名义、旗号和言辞，胜过了相信自己。我真的以为你们都是黑的。我十五年来受到的全部教育都是黑的，我是狗崽子。"蛋蛋厌恶地打了一个寒战，"最初，陈伯母让我给陈伯伯送过一次衣服，不知道曾梦云怎么知道了，可我没想到他们会下毒手……"

"现在呢？直到刚才你还隐瞒着……"

"我……"蛋蛋语塞了，"我能负什么责任呢？承认我是叛徒、告密者？那我一辈子就完了。我一直安慰自己，说不定亡命徒是从另外的渠道弄到了陈伯伯的住处。爸爸，为什么您不早不晚，偏在我入党的时候提出这个问题？在关系我一生前途的关键时刻！"

蛋蛋的话使严一行的心揪在了一块儿。"难道除了你的前途、你的名声、称号之外，再没有值得你考虑、值得你心疼的更宝贵的东西了么？"

"什么宝贵的？"儿子茫然了。

"譬如说，我们的主义、道德和良心……"

蛋蛋听错了，他说："我没有什么别的主意，也没有什么旁人给我出过坏主意。"

"我说的是共产主义、马列主义！"严一行爆发了，他砰地拍响了桌子，茶水溅到了手背上，"连这都不懂，你入个什么党！"他大喝道。

二十五年了，蛋蛋还没见过父亲发这么大脾气，他吓呆了。

电话铃响。传来了秘书长的声音，"老严吗？常委已经到齐了。你那里有什么事情吗？"声调里流露着对这位恪守时刻的书记未能按时到会的惊奇。

"呵，对不起，我请三分钟假。"放下电话，他看也不看地向儿子挥挥手。

蛋蛋脸色蜡黄，双眼眍䁖着，他悄悄地退到了门旁。他看到了父亲斑白的头发，垂下头，小心翼翼地说："回厂后，我就给党委写一份详细的交代。您别生气……"

严一行抬起头，他看见了低垂着头的儿子的额角的伤疤。那是孩子读初中时英勇救火留下的光荣印记。

"回家去吧。"他点点头。

儿子走了，严一行用手背擦了一下眼睛。这是今天第二次动感情了。头一次是在致悼词的时候，那时的眼泪里，有对老陈的沉痛的怀念，更多的却是欣慰与感激之情。死者的冤案已经昭雪，追悼会的消息明天见报，老陈的家属已经得到了温暖的关怀和妥善的照顾。曾梦云已经陷入人民的怒涛，阶级敌人已经依法逮捕。正气已经伸张，战友当能瞑目。这一切，怎能不让人想在毛主席像前痛痛快快地哭上一场呢？然而，事情并没有完结。

是不是他对儿子太粗暴了？作为市委书记，他应该这样对待一个年轻的、要求上进的工人吗？难道只因为他年幼无知的时候曾经被骗、被逼得走投无路？可以找出许多理由来谴责蛋蛋，也可以找出更多的理由来为他辩护。他是有罪的？无辜的？轻信（马克思认为可以原谅的）抑或是奴颜婢膝的（马克思认为不能原谅的）？可爱的？可悲的？可恼的？可恶的？

但你总应该觉得终生遗憾，总应该掉一滴滚烫的眼泪。为了陈伯伯的不幸，也为了你最宝贵的东西的失去。你总应该懂得憎恨那些蛇蝎，他们用欺骗和讹诈玩弄了、摧毁了你少年的信念和真诚。就像外国故事里的巫鬼，他们劫窃人们的鲜红的心，换上一块黑色的石头。在这块石头上，没有革命的理想，没有原则，没有对真理的追求和献身，没有勇气、忠实、虔敬和坚贞，没有热也没有光，只有利己的冷酷，只有虚伪、权谋、轻薄、亵渎，只有暗淡的动物似的甲壳、触角和保护色……要帮助他找回那颗火热的、跳动的心，并且把它铸炼得成熟坚强，使它经得起十二级风和九级浪。要使割除了毒瘤的伟大的躯体成长茁壮、抗毒免疫。要清理废墟，建设起最新最美、防洪防震的社会主义大厦。这，不正是他——市委书记和父亲的责任吗？

他胸膛里像着了火。他的心脏像一面疾敲着的鼓。他命令自己平静下来。站在窗前，看了看灯火辉煌、生气勃勃的城市。他理了理头发和衣服，又遵从医嘱吃了一片"利血平"。他呼唤自己的心脏：

"心啊，你要听话，要好好地跳！要保证严一行这个老兵，在党中央领导下，把揭批'四人帮'的第三战役打下来！"

他迈着沉着的步子，向会议室走去。

1978 年清明节

夜的眼

路灯当然是一下子就全亮了的。但是陈杲总觉得是从他的头顶抛出去两道光流。街道两端，光河看不到头，槐树留下了朴质而又丰满的影子。等候公共汽车的人们也在人行道上放下了自己的浓的和淡的各人不止一个的影子。

大汽车和小汽车。无轨电车和自行车。鸣笛声和说笑声。大城市的夜晚才最有大城市的活力和特点。开始有了稀稀落落的、然而是引人注目的霓虹灯和理发馆门前的旋转花浪。有烫了的头发和留了的长发，高跟鞋和半高跟鞋，无袖套头的裙衫，花露水和雪花膏的气味。城市和女人刚刚开始略略打扮一下自己，已经有人坐不住了。这很有趣。陈杲已经有二十多年不到这个大城市来了。二十多年，他呆在一个边远的省份的一个边远的小镇，那里的路灯有三分之一是不亮的，灯泡健全的那三分之二又有三分之一的夜晚得不到供电，不知是由于遗忘还是由于燃料调配失调。但问题不大，因为那里的人大致上也是按照农村的日出而作、日入而息的古制生活的，下午六点一过，所有的机关、工厂、商店、食堂就都下了班了。人们晚上都呆在自己的家里抱孩子，抽烟，洗衣服，说一些说了就忘的话。

汽车来了，蓝色的，车身是那种挂连式的，很长。售票员向着扩音器说话。人们挤挤搡搡地下了车。陈杲和另一些人挤挤搡搡地上了车。很挤，没有座位，但是令人愉快。售票员是个脸儿红扑扑的、口齿伶俐而且嗓音响亮的小姑娘。在陈杲的边远小镇，这样的姑娘不被选到文工团去报幕才怪。她熟练地一撤电钮，遮着罩子的供看票用的小灯亮了，撕掉几张票以后，叭，又灭了。许多的街灯、树影、建筑物和行人掠过去了，又要到站了，清脆的嗓子报着站名。叭，罩灯又亮了，人们又在挤挤搡搡。

上来两个工人装束的青年，两个人情绪激动地在谈论着："……关键在于民主，民主，民主……"来大城市一周，陈杲到处听到人们在谈论民主，在大城市谈论民主就和在那个边远的小镇谈论羊腿把子一样普遍。这大概是因为大城市的肉食供应比较充足吧，人们不必为羊腿操心，这真让人羡慕。陈杲微笑了。

但是民主与羊腿是不矛盾的。没有民主，到了嘴边的羊腿也会被人夺走，而不能帮助边远的小镇的人们得到更多、更肥美的羊腿的民主则只是奢侈的空谈。陈杲到这个城市来是参加座谈会的，座谈会的题目被规定为短篇小说和戏剧的创作。粉碎"四人帮"后，陈杲接连发表了五六篇小说，有些人夸他写得更成熟了，路子更宽了，更多的人说他还没有恢复到二十余年前的水平。过分注意羊腿的人小说技巧就会退化的，但是懂得了羊腿的重要性和迫切性却是一大进步和一大收获。这次应邀来开会，火车在一个小站上停留了一小时零十二分钟，因为那里有一个没有户口而有羊腿而且卖高价的人被轧死了。那人为了早一点把羊腿卖出去，竟然不顾死活地在停下来的列车下面钻行，结果，制动闸失灵，列车滑动了那么一点点，可怜人就完了。这一直使陈杲觉得沉重。

正像从前在这样的座谈会上他总是年龄最小的一个一样，现在这一类会上他却是比较年长的了，而且显得土气，皮肤黑、粗糙。比他年轻、肩膀宽、个子高、眼睛大的同志在发言中表达了许多新鲜、大胆、尖锐、活泼的思想，令人顿开茅塞、令人心旷神怡、令人猛醒、令人激奋，结果文艺问题倒是讨论不起来。尽管主持会议的人拼命想引导大家围绕会议的中心谈，大家谈得最多的还是关于"四人帮"赖于立足的土壤，关于反封建，关于民主与法制、道德与风气，关于公园里有愈来愈多的青年人聚众跳交谊舞、用电子吉他伴奏，以及公园管理人员如何千方百计地与这种灾祸做斗争——从每隔三分钟放送一次禁止跳这种舞的通告、罚款办法到提前两个小时静园。陈杲也在会上发了言，比起其他人，他的发言是低调门的，"要一点一滴，从我们脚下做起，从我们自己做起。"他说。这个会上的发言如果能有一半，不，五分之一，不，十分之一变为现实，那就简直是不得了！这一点使陈杲兴奋，却又惶惑。

车到了终点站，但乘客仍然满满的。大家都很轻松自如，对售票员的收票验票的呼吁满不在意，售票员的声音里带有点怒气了。像一切外地人一样，陈杲早早就高举起手中的全程车票，但售票员却连看他都不看一眼，他规规矩矩地主动把票子送到售票员手里，售票员连接都没接。

他掏出"通讯录"小本本，打开蓝灰色的塑料皮，查出地址，开始打问。

他向一个人问却有好几个人给他指点，只有在这一点上他觉得这个大城市的人还保留着"好礼"的传统。他道了谢，离开了灯光耀眼的公共汽车终点站，三拐两弯，走进一片迷宫似的新住宅区。

说是迷宫不是因为它复杂，而是因为它简单，六层高的居民楼，每一幢和每一幢都没有区别。密密麻麻的堆满了乱七八糟的东西的阳台，密密麻麻的闪耀着日光灯的青辉和普通灯泡的黄光的窗子。连每一幢楼的窗口里传出来的声音也是差不多的。电视正在播送国际足球比赛，中国队踢进去一个球，球场上的观众和电视荧光屏前面的观众欢呼在一起，人们狂热地喊叫着，掌声和欢呼声像涨起来的海潮。人们熟悉的老体育广播员张之也在拼命喊叫，其实，这个时候的解说是多余的。另外，有的窗口里传出锤子敲打门板的声音，剁菜的声音和孩子之间吵闹和大人的威胁的声音。

这么多声音，灯光，杂物都堆积在像一个一个的火柴匣一样呆立着的楼房里。对于这种密集的生活，陈杲觉得有点陌生、不大习惯、甚至有点可笑。和楼房一样高的一棵棵的树影又给这种生活罩上薄薄的一层神秘。在边远的小镇，晚间听到的最多的是狗叫，他熟悉这些狗叫熟悉到这种程度：在一片汪汪声中他能分辨哪个声音是出自哪种毛色的哪一只狗和它的主人是谁。再有就是载重卡车夜间行车的声音，车灯刺激着人的眼睛，车一过，什么都看不见了，临街的房屋都随着汽车的颠簸而震颤。

行走在这迷宫一样的居民楼里，陈杲似乎有一点后悔。真不应该离开那一条明亮的大街，不应该离开那个拥拥搡搡的热闹而愉快的公共汽车。大家一起在大路上前进，这是多么好啊，然而现在呢，他一个人来到这里。要不就呆在招待所，根本不要出来，那就更好，他可以和那些比他年龄小的朋友们整晚整晚地争辩，每个人都争着发表自己的医治林彪和"四人帮"留下的后遗症的处方，他们谈论贝尔格莱德、东京、香港和新加坡。晚饭以后他们还可以买一盘炸虾片和一盘煮花生米，叫上一升啤酒，既消暑又助谈兴。然而现在呢，他莫名其妙地坐了好长时间的车，要按一个莫名其妙的地址去找一个莫名其妙的人办一件莫名其妙的事。其实事一点也不莫名其妙，很正常，很应该，只是他办起来不合适罢了，让他办这件事还不如让他上台跳芭蕾舞，饰演《天鹅湖》中的王子。他走起路来有一点跛，当然不注意倒也看不出来，这是"横扫一切"留下的小小的纪念。

这种倒胃口的感觉使他想起二十多年前离开这个大城市的时候。那也是一种离了群的悲哀。因为他发表了几篇当时认为太过分而现在又认为太不够的小说，这使他长期在百分之九十五和百分之五之间荡秋千，这真是一个危险的游戏。

按照人们所说的，对面不太远的那一幢楼就是了，偏偏赶上这儿在施工，好像要安装什么管道，不，不止是管道，还有砖瓦木石呢，可能还要盖两间平房，可能是食堂，当然也可能是公共厕所。总之，一道很宽的沟，他大概跳不过去——被横扫以前应该是可以跳过去的——所以他必须架一个桥梁，找一块木板。于是他顺着沟走来走去，焦躁起来，竟没有找到什么木板，白白多走了冤枉路。绕还是跳？不，还不能服老，于是他后退了几步，一、二、三！不好，一只腿好像陷在沙子里，但已经跳了起来，不是腾空而起，而是落到沟里。幸好，沟底还没有什么硬的或者尖利的东西。但他也过了将近十分钟才从疼痛和恐惧中清醒过来，他笑了，拍打了一下身上的土，一跛一拐地爬了出来，谁知道刚爬出来又一脚踩到一个水洼里。他慌忙从水洼里抽出了脚，鞋和袜子已经都湿了，脚感到很牙碜和吃了带土的米饭时嘴的感觉一样。他一抬头，看到楼边的一根歪歪斜斜的杆子上的一个孤零零的、光色显得橙红的小小的电灯泡。这个电灯泡存在在这里，就像在一面大黑板上画了一个小小的问号，或者说是惊叹号也行。

他走近了问号或惊叹号，楼窗里又传出来欢呼混合着打口哨的声音，大概是外国队又踢进了一个球。他凑近楼口，仔细察看了一下楼口上面的字迹，断定这就是他要找的那个地方。但他不放心，站在楼口等候一个过往的人，好再打听一下，同时觉得怪不好意思的。

他临来以前，那个边远的地方的一位他很熟悉也很尊重的领导同志找了他去，交给他一封信，让他到大城市去找一个什么公司的领导人。"我们是老战友，"当地的陈呆所熟悉的领导同志说，"我信上已经写了，咱们机关的唯一的一辆上海牌小卧车坏了，管理人员和驾驶员已经跑了好几个地方，看来本省是修不好的了，缺几个关键性的部件。我这个老战友是主管汽车修配行业的，早就向我打过保票，说是'修车的事包在我身上'，你去找找他，联系好了拍一个电报来……"

就是这么一件普普通通的事。找一个私人，一个老友，一个有职有权的领导，为另一个有职有权、在当地可以称得上是德高望重的领导所属单位修理一辆属于国家所有的小汽车。没有理由拒绝这位老同志的委托，而懂得羊

短篇小说

459

腿的重要性的陈杲也就不对带信找人的必要性发生怀疑。顺便为当地办点事当然是他应尽的义务，但是，接受这个任务以后总觉得好像是穿上了一双不合脚的鞋，或是穿上一条裤子结果发现两条裤腿的颜色不一样。

边远的小镇的同志似乎"洞察"了他的心理，所以他刚到大城市不久就接连收到了来自小镇的电报，催他快点去讨个结果。反正我也不是为了个人，反正我从来也没坐过那辆上海牌，今后也不会坐。他鼓励着自己，经过了街灯如川的大路，离开了明亮如舞台的终点站和热情的乘客，绕来绕去，掉到沟里又爬出来，一身土，一脚泥，来到了这里。

终于从两个孩子嘴里证明了楼号和门号的无误，然后他快步上到了四楼，找对了门。先平静了一下，调匀呼吸，然后尽可能轻柔地、文明地然而又是足够响亮地敲响了门。

没有动静，然而门内似乎有点声音传出来。他把耳朵贴在门板上，好像有音乐，于是他摒弃了方才刹那间"哟，没在家"的既丧气而又庆幸的侥幸心理，坚决地再把门敲了一次。

三次敲门之后，咚咚咚传来了脚步声。吱扭，旋转暗锁，咣当，门打开了，是一个头发蓬乱的小伙子，上身光光的，大腿光光的，浑身上下只有一条白布裤衩和一双海绵拖鞋，他的肌肉和皮肤闪着光。"找谁？"他问，口气里有一些不耐烦。

"我找 ××× 同志。"陈杲按照信封上的名字说道。

"他不在。"小伙子转身就要关门。陈杲向前迈了一步，用这个大城市的最标准的口语发音和最礼貌的词句作了自我介绍，然后问道："您是不是×××同志家里的人（估计是×××的儿子，其实对这样一个晚辈完全不必用'您'）？您能不能听我说一说我的事情并转达给×××同志？"

黑暗里看不到小伙子的表情，但凭直觉可以感到他皱了一下眉，迟疑了一下，"来吧。"他转身就走，并不招呼客人，那样子好像通知病人去拔牙的口腔医院的护士。

陈杲跟着他走过去。小伙子的脚步声——咚、咚、咚。陈杲脚步声——嚓、嚓、嚓。黑咕隆咚的过道，左一个门，右一个门，过了好几个门，一个门里原来还有那么多门。有一个门被拉开了，柔和的光线，柔媚的歌声，柔热的酒气传了出来。

钢丝床、杏黄色的绸面被子，没有叠起来，堆在那里，好像倒置的一个大烧麦。落地式台灯，金属支柱发出拒人于千里之外的亮光。床头柜的柜门半开，露出了门边上的弹珠。边远的小镇有好多好友托付陈杲给他们代买弹珠，但是没有买着。那里，做大立柜的高潮方兴未艾。再移动一下眼光，藤椅和躺椅，圆桌，桌布和样板戏《红灯记》第四场鸠山的客厅里铺的那张一样。四个喇叭的袖珍录音机，进口货。香港歌星的歌声，声音软，吐字硬，舌头大，嗓子细，听起来总叫人禁不住一笑。如果把这盒录音带拿到边远的小镇放一放，也许比入侵一个骑兵团还要怕人。只有床头柜上的一个装着半杯水的玻璃杯使陈杲觉得熟悉，亲切，看到这个玻璃杯，就像在异乡的陌生人中发现了老相识，即使是相交不深或者曾有芥蒂的人，在那种场合都会变成好朋友。

陈杲发现门前的一个破方凳，便搬过来，自己坐下了。他身上脏。他开始叙述自己的来意，说两句又等一等，希望小伙子把录音机的声音关小一些，等了几次发现没有关小的意思，便径自说下去。奇怪，一向不算不善于谈话的陈杲好像被人偷去了嘴巴，他说得结结巴巴，前言不搭后语，有些用词不伦不类，比如本来是要说"想请×××同志帮助给联系一下"，竟说成了"请您多照顾"，好像是他来向这个小伙子申请补助费。本来是要说"我先来联系一下"，竟说成了"我来联络联络"。而且连说话的声音也变了，好像不是他自己的声音，而是一把钝锯在锯榆木。

说完，他把信掏了出来，小伙子斜仰着坐在躺椅上一动也不动，年龄大概有小伙子的两倍的陈杲只好走过去把边远地区领导同志的亲笔信送了过去。顺便，他看清了小伙子那张充满了厌倦和愚蠢的自负的脸，一脸的粉刺和青春疙瘩。

小伙子打开信，略略一看，非常轻蔑地笑了一下，左脚却随着软硬软硬的歌声打起拍子来。录音机和香港歌星的歌声，对于陈杲来说也还是新事物，他并不讨厌或者反对这种唱法，但他也不认为这种唱法有多大意思。他的脸上出现了一个轻蔑的笑容，不自觉的。

"这个×××（说的是边远地区的那位领导），是我爸爸的战友吗（按，到现在为止他没有做自我介绍，从理论上还无法证明他的爸爸是谁）？我怎么没听我爸爸说过？"

这句话给了陈杲一种受辱的感觉。"你年轻嘛，你爸爸可能没对你说过……"陈杲也不再客气了，回敬了一句。

"我爸爸倒是说过，一找他修车，就都成了他的战友了！"

陈杲的脸发烧，心突突地跳起来，额头上沁出了汗珠，"难道你爸爸不认识×××（边远地区的首长）吗？他是一九三六年就到延安去的，去年在《红旗》上还发表过一篇文章……他的哥哥是××军区的司令啊！"

陈杲急急忙忙地竟然说起了这样一些报字号的话，特别是当他提到那位知名的大人物、××军区的司令时，刷的一下子，他两眼一阵晕眩而且汗流浃背了。

小伙子的反应是一个二十倍于方才的轻蔑的笑容，而且笑出了声。

陈杲无地自容，他低下了头。

"我跟您这么说吧，"小伙子站了起来，一副作总结的架势，"现在办什么事，主要靠两条，一条你得有东西，你们能拿点什么东西来呢？"

"我们，我们有什么呢？"陈杲问着自己，"我们有……羊腿……"他自言自语地说。

"羊腿不行。"小伙子又笑了，由于轻蔑过度，变成了怜悯了，"再一条，干脆说实话，就靠招摇撞骗……何必非找我爸爸呢，如果你们有东西，又有会办事的人，该用谁的名义就去用好了。"然后，他又补了一句，"我爸爸到北戴河出差去了……"他没有说"疗养"。

陈杲昏昏然，临走到门口的时候他忽然停下了脚，不由得侧起了耳朵，录音机里放送的是真正的音乐，匈牙利作曲家哈韦尔的《舞会圆舞曲》。一片树叶在旋转，飞旋在三面是雪山的一个高山湖泊的碧蓝碧蓝的水面上，他们的那个边远的小镇，就在高山湖泊的那边。一只野天鹅，栖息在湖面上了。

黑洞洞的楼道。陈杲像喝醉了一样连跑带跳地冲了下来。咚咚咚咚，不知道是他的脚步声还是他的心声更像一面鼓。一出楼门，抬头，天啊，那个小小的问号或者惊叹号一样的暗淡的灯泡忽然变红了，好像是魔鬼的眼睛。

多么可怕的眼睛，它能使鸟变成鼠，马变成虫。陈杲连跑带蹿，毫不费力地从土沟前一跃而过。球赛结束了，电视广播员用温柔而亲切的声音预报明天的天气。他飞快地来到了公共汽车的终点——起点站，等车的人仍然是那么多。有一群青年女工是去工厂上夜班的，她们正在七嘴八舌地议论车间的评奖。有一对青年男女，甚至在等车的时候也互相拉着手，扳着腰肢，今日的四铭先生看了准保又要休克了。陈杲上了车，站在门边。这个售票员已经不年轻了，她的身体是那样单薄，隔着衬衫好像可以看到她的突出的、硬硬的肩胛骨。二十年的坎坷，二十年的改造，陈杲学会了许多宝贵的东西，也丢失了一点本来绝对不应该丢失的东西。然而他仍然爱灯光，爱上夜班的工人，爱民主、评奖、羊腿……铃声响了，"哧"的一声又一声，三个门分别关上了，树影和灯影开始后退了，"有没有票的没有？"售票员问了一句。不等陈呆掏出零钱，"叭"的一声把票灯关了，她以为乘车的都是有月票的夜班工人呢。

1979 年

风筝飘带

在红底白字的"伟大的中华人民共和国万岁"和挨得很挤的惊叹号旁边,矗立着两层楼那么高的西餐汤匙与刀叉,三角牌餐具和她的邻居星海牌钢琴、长城牌旅行箱、雪莲牌羊毛衫、金鱼牌铅笔……一道,接受着那各自彬彬有礼地俯身吻向她们的忠顺的灯光,露出了光泽的、物质的微笑。瘦骨伶仃的有气节的杨树和一大一小的讲友谊的柏树,用零乱而又淡雅的影子抚慰着被西风夺去了青春的绿色的草坪。在寂寥的草坪和阔绰的广告牌之间,在初冬的尖刻薄情的夜风之中,站立着她——范素素。她穿着杏黄色的短呢外衣,直缝如注的灰色毛涤裤子和一双小巧的半高跟黑皮鞋,脖子上围着一条雪白的纱巾,叫人想起燕子胸前的羽毛,衬托着比夜还黑的眼睛和头发。

"让我们到那一群暴发户那里会面吧!"电话里,她对佳原这么说。她总是把这一片广告牌叫作"暴发户",对这些突然破土而出的新偶像既亲且妒。"多看两眼就觉得自己也有钢琴了。"佳原这样说过。"当然,老是念'不是你吃掉我,就是我吃掉你',自己也会变成狼。"她说。

过了二十多分钟了,佳原还没有来。他总是迟到。傻子,该不是又让人讹上了吧?冬天清晨,他骑着车去图书馆,路过三王坟,看到一个被撞倒在路旁、哼哼唧唧的老太婆,撞人的人已经逃之夭夭。他便把秃顶的老太太扶起,问清住址,把自己的自行车放在路边锁上,搀着老太太回家。结果,老太太的家属和四邻把他包围了,把他当作肇事者。而老眼昏花的老太太,在周围人们的鼓励和追问下,竟然也一口咬定就是他撞的。是老年人的错乱吗?是一种视生人为仇的丑恶心理吗?当他说明这一切,说明自己只是一个助人的人的时候,有一位嗓音尖厉的妇人大喊:"这么说,你不成了雷锋了么?"全场哄然,笑出了眼泪。那是一九七五年,全民已经学过一段荀子,大家信仰性恶论。

他总是不按时赴约，总是那么忙。连眼镜框上的积垢和眼镜片上的灰尘都没有时间擦拭。在认识他以前，素素可从来不忙。她的外衣一枚扣子松了，滴里耷拉，她不缝。除了她的奶奶，这个城市对她是冷淡的、不欢迎的。城市轰她走，她才十六岁。然而说轰是不公正的，礼炮在头顶上轰鸣，铜号在原野上召唤，还有红旗、红书、红袖标、红心、红海洋。要建立一个红彤彤的世界，在这个世界里九亿人心齐得像一个人。从八十岁到八岁，大家围一个圈，一同背诵语录，一同"向左刺！""向右刺！""杀！杀！杀！"她渴望有这样一个世界胜过从前渴望有一个双铃大风筝，红彤彤的世界是什么样子她没有看到，她倒是看到了一个绿的世界：牧草，庄稼。她欢呼这个绿的世界。然后是黄的世界：枯叶、泥土、光秃秃的冬季。她想家。还有黑的世界，那是在和她一道插队的知识青年陆续通过"门子"走掉之后，她得了维生素甲缺乏症，视力一度受损。

她把关于红彤彤的世界的梦丢在绿色、黄色和黑色的更迭交替里。从此她食欲不振，胃功能紊乱，面容消瘦。除了红的梦，她还丢失了、抛弃了、被大喊大叫地抢去了或者悄没声息地窃走了许多别的颜色的梦。白色的梦，是水兵服和浪花，是医学博士和装配工，是白雪公主。为什么每一颗雪花都是六角形而又变化无穷呢？大自然不也具有艺术家的性格吗？蓝色的梦，关于天空，关于海底，关于星光，关于钢，关于击剑冠军和定点跳伞，关于化学实验室、烧瓶和酒精灯。还有橙色的梦，对了，爱情。他在那儿呢！高大，英俊，智慧，善良，他总是憨笑着……我在这儿呢！她向着天坛的回音壁呼喊。

爸爸和妈妈用尽了一切办法，使出了一切解数，调动了一切力量，她回到了这个曾经慷慨地赐予了她那么多梦的城市。终于，爸爸也知道这是不可避免的了。为了回城而过五关斩六将的故事也是一个陌生的、荒唐的梦。她不留恋这些梦了，她也不再留恋牧马铁姑娘的称号和生活，她很少说起这种称号和生活的各个侧面的迥然不同的颜色。一个多面多棱旋转柱。

她回来了，失去了许多色彩，增加了一些力气，新添了许多气味。油烟、蒜泥、炸成金黄的葱花。酒嗝儿、蒸气、羊头肉切得比纸还薄。她去一个清真食堂做服务员，虽然她并非回民。所有这一切——献花、祝贺、一百分、检阅、热泪、抢起皮带嗡嗡响、"最高指示"倒背如流、特大喜讯、火车、汽车、雪青马和栗色马、队长的脸色……都是为了涌向三两一盘的炒疙瘩么？有一次她翻到一张她小学一年级的照片。那是一九五九年的国庆节，她七岁，两个小辫，两只大蝴蝶带着她起飞。辅导员引着她，她飞上了天安门城楼，把一束鲜花献给了毛主席。毛主席和她握了手。她那么小，还没和任何人握过手呢。毛主席的手又大、又厚、又暖、又有劲。毛主席好像还对她说了一句话，她没听清。事后回想，好像有"娃娃"两个字。她怎么这么幸运呢？她是毛主席的"娃娃"，她永远是幸运的人。

但是后来，她认不出这张照片了。这是真的吗？她认不出自己，甚至一九七五年她回城的时候，她也认不出毛主席。从前，毛主席的腰板挺得多么直，动作多么有力量啊！可现在在"新闻简报"上，好像挪动一下双脚都很艰难，嘴巴张开，半天才合上，可报纸和电台又整天闹闹哄哄地宣传毛主席的叫人似懂非懂的最新指示。她真心酸，她真想去看看毛主席，给毛主席熬一碗山药汤。奶奶生病的时候，就是她给熬汤，白、滑、细的山药块，甜、麻、香的山药汤，补老年人的气虚。不，她不想把她的苦恼、她的委屈告诉毛主席，不应该打扰他老人家。如果她在毛主席跟前掉了泪，她一定转过脸去。

然而这是不可能的。她不再是幸运的了吗？莫非她的运气七岁时候一下子就用完了？她回城干什么呢？为了妈妈？可笑。为了奶奶？也不行。报上说是一切为了毛主席，可我见不着他呀！于是素素再也不做梦了，不做梦，却又不停地说梦话、咬牙、翻身、长出气。"素素，醒一醒！"妈妈叫她。她醒了，茫然，不记得什么梦，只是一头冷汗，一身酸懒，好像刚从传染病房抬出来。

那天她正在路边，她瞧见了佳原这个傻子被他救护的老妇人反咬，瞧见了他被围攻的场面。佳原个子不高，其貌不扬，但是脸上带着各种素素似乎早已熟悉的憨笑。后来派出所的人来了，派出所的人聪明得就像所罗门王。他说："你找出两个证人来证明你没有撞倒这位老太太吧。否则，就是你撞的。"你能找出两个证人证明你不是克格勃的间谍吗？否则，就该把你枪决。素素心里说，实际上她一声没吭。她只是在上班前看看热闹罢了。看热闹的人已经里三层外三层了，这种热闹免票，而且比舞台上和银幕上的表演更新鲜一些。舞台和银幕上除了"冲霄汉"就得"冲九天"，要不就得"能胜天"、"冲云天"。除了和"天"过不去以外，写不出什么新词儿来了。

"你们要干什么？难道做好事反倒要受惩罚不成？"熟悉的憨笑变成睁大

的、痛苦的眼睛。素素的心里扎进了一根刺，她想呕吐。她跌跌撞撞地离去，但愿所罗门王不要追上来。

真巧，晚上小傻子到她的铺子吃炒疙瘩来了。又是笑容了。他只要二两。"二两您吃得饱吗？"素素不假思索地改变了从来不与顾客搭话的习惯。"噢，我就先吃二两吧。"小傻子抱歉地说。他把右手食指弯曲着，往上推推自己的眼镜，其实眼镜并没有出溜到鼻子尖上的意思。"如果您的钱或者粮票不够，"不知为什么，素素会这样想，而且会这样说，"那没关系。您先要上，明天再把欠的送来好了。""那制度呢？""我先垫上，这不碍制度的事。""谢谢您。那我就得多吃了，因为中午没有吃饱。""你吃一斤半吗？""不，六两。""行。"她又端来四两。厨师发现这位顾客是素素的相识，便在盛完以后又加了一勺羊肉丁。每一颗疙瘩都过过油，金光闪亮，像一盘金豆子。金豆子的光辉传播到脸上来了，小傻子的笑容也更加好看。素素第一次明白炒疙瘩是个绝妙的、威力无比的宝贝。"说我骑车撞了人，把我的钱和粮票全要了去了。""可是您没撞，是吗？""当然。""那您为什么给他们钱？一分也不该给，气死人！""可那老太太需要粮票和钱。再说，我没有时间生气。"那边的顾客在叫。"来了！"素素高声回答，拿起抹布走过去。

晚上回家以后，她想给奶奶讲一讲这个傻子。奶奶犯了心绞痛，爸爸妈妈拿不定主意是否立即送医院。"那个医院的急诊室臭气熏天，谁能在那个过道里躺五小时而不断气，就说明他的内脏器官是铁打的。"素素说。爸爸瞪了她一眼，那目光责备她这样说是对奶奶全无心肝。她一扭身，走了，回到她住的临时搭就的一个小棚子里。

这天夜里，素素做了梦。这是她许多年前最常做的梦之一——放风筝，但是每次放的情景不同。从一九六六年，她已经有十年没有做过这样的梦了。而从一九七〇年，她已经有六年没有做过任何的梦了。长久干涸的河床里又流水了，长久阻隔的公路又通车了，长久不做的梦又出现了。不是在绿草地上，不是在操场上，而是在马背上放风筝。天和地非常之大，"农村是一个广阔的天地"，孩子们齐声朗诵。原来放风筝的并不是她，而是一位一顿吃了六两炒疙瘩的小伙子。风筝很简陋，寒碜得叫人掉泪！长方形的一片，俗名叫作"屁帘儿"。但是风筝毕竟飞起来了，比东风饭店的新楼还高，比大青山上的松树还高，比草原上空的苍鹰还高。比吊着"无产阶级文化大革命胜利万岁"的气球还高。飞呀，飞呀，一道道的山，一道道的河，一行行的青松，一队队的红卫兵，一群群的马，一盘盘的炒疙瘩。这真有趣！她也跟着屁帘儿飞起来了，原来她变成了风筝上面的一根长长的飘带。

梦醒了，天还没亮。她打开手电，找寻自己那张最幸福的照片。建国十周年，她给毛主席献过花，她确信自己是一个有福气的人。她哼着《社员都是向阳花》，缝紧了外衣上的那枚已经松脱了好久的滴里耷拉的扣子，她自动祝愿毛主席身体健康。她给奶奶熬了山药汤，这种汤真是效验如神，奶奶喝过就好多了。这时天已大亮，家人和街坊都已起床。于是她尽情地刷牙漱口，她发出的声音非常之响，好像一列火车开进了她们的院子。而她洗脸的声音好像哪吒闹海。她吃了剩馒头和一片榨菜，喝了一碗白开水。只是在她怀疑《白开水最好喝》这篇文章是否攻击三面红旗的时候，她才从屁帘儿上略略回到了现世界。但她仍然系紧了鞋带，走起路来咯、咯、咯地响，好像后跟上钉着一块铁掌，好像正在用小锤锤打楔子，目的是打一个捷克式五斗柜。

"素素，你为什么这样高兴？"爸爸问。

"我要——当科长了。"素素答。爸爸高兴坏了。六岁的时候，素素在幼儿园当小组长，爸爸高兴得见人就说。九岁的时候，素素当少先队的中队长，爸爸也美得一颠一颠的。在那个汽笛长鸣的时候，爸爸忽然哭了，他的脸孔扭曲得那么难看。火车上的孩子们也哭成一团，但是素素一滴眼泪也没有掉。看来她一心大有作为，比她爸爸坚决得多。

"您来了？""您好！""今天用点什么？""我先跟您清账。这是四两粮票，两毛八分钱。""您真是小葱拌豆腐。""不，我不吃拌豆腐，还是来四两炒疙瘩吧。""您不换个样儿吗？有水饺，每两七个，一毛五分钱。包子，每两两个，一毛八分。芝麻酱烧饼就老豆腐，吃四两只要三毛。""什么快就吃什么。""您等等，那边又来人了……那我去给您端包子，今天还要六两吗……包子来了，您怎么这么忙？您是大学生吗？""我配吗？""您是技术员、拉手风琴的、还是新结合到班子里的头头？""我像吗？""那……""我还没有工作。""您等一等，那边又来了一位顾客……没有工作您怎么这么忙？""没有工作的人也是人，有生活，有青春，有多得完不了的事。""您忙什么呢？""看书。""书？什么书？""优选法。古生物学。外语。""您考大学？""现在的大学是考的吗？我又不会交白卷。""可惜，张铁生的经验不好推广。""总要学点什么，总要学点有意思的东西。我们还年轻。是吗？"他吃完包子，匆匆走了，留下了一个谜。

他准时，又在同一个时间来了，这次是老豆腐。灰白色的老豆腐上撒满了绿色的韭菜花、土黄色的芝麻酱和鲜红的辣椒。为什么中外人士都知道秦始皇，却不知道发明老豆腐的天才科学家的名字呢？"您骗我。""没有啊！""您说您没有工作。""是的，三个月以前，我才从北大荒'困退'回来。但是，下个月我就上班了。""在哪个科研机关？""街道服务站。我的任务是学徒，学修理雨伞。""这回您可惨了。""不。您有坏了的雨伞吗？赶明儿拿给我。""可您的优选法，还有古生物学，外语什么的……""继续学。""用优选法修伞吗？还是用恐龙的骨架做一把伞？""哦，优选法对伞也是有用处的。但问题还不在这里，您听我说……再来一碗老豆腐吧，辣椒不要那么多了，您瞧，我已经是一脑门子汗。谢谢……是这样，职业是谋生的手段，也是最起码的义务，但是人应该比职业强。职业不是一切也不是永久，人应该是世界的主人，职业的主人，首先要做知识的主人。您修伞我也修伞，您挣十八块我也挣十八块。但是您懂得恐龙，我不懂，您就比我更强大，更好也更富有。是吗？""我不懂。""不，您懂，您已经懂了。要不，您干吗和我说话？那位山东顾客正在发脾气，他的煮花生米里有一块小石头，把他的牙床硌疼了。再见。""再见。明天见。"

"明天"两个字使素素的脸发烧。明天就像屁帘儿上的飘带，简陋，质朴，然而自由而且舒展。明天像竹，像云，像梦，像芭蕾，像 G 弦上的泛音，像秋天的树叶和春天的花瓣，然而它只是一个光屁股的赤贫的娃娃也能够玩得起的屁帘儿。

明天他没有来，明天的明天他也没有来。为了寻找一匹马驹，素素迷了路。在山林里，她呔儿呔儿地叫着，她像一匹悲伤的牝马，她像被一下子吊销了户口、粮证和购货本子。

"是您！您……还来！""我奶奶死了！"素素像掉到冰窟窿里，她靠在墙上，半天，她才想明白，这个戴眼镜的小傻子的奶奶并不是自己的奶奶。然而她仍然十分悲伤，身上发冷。"生命是短促的。所以，最宝贵的是时间。""而我的最宝贵的时间是用来端盘子的。"她忧郁地一笑，好像听到遥远的小马驹的蹄声。"谢谢您给那么多人端过盘子，但不只是端盘子。""还有什么呢？就是端盘子也不见得那么需要我。为了在这里端盘子，我爸爸妈妈没少费劲。""一样的。"一个会心的笑，"我建议您学点阿拉伯语，你们是清真馆。""清真馆又怎么的？反正埃及大使不会到这里来吃炒疙瘩。""但是您可能担任驻埃及大使，您想过吗？""您可真会开心！"小马驹跑进清真馆，踏疼了她的脚，"简直是在做梦！""做做梦，开开心，又有什么不好？否则，生活不是太沉闷了吗？而且您应该坚信，您完全可以做到和驻埃及大使具有同样的智慧、品格、能力，甚至远远地把他甩在后面。您可以做不成大使，但是您应该比大使还强。关键在于学习。""这话有点野心家的味儿。""不，这只是起码的阿达姆的味儿。""什么？""阿达姆。""什么阿达姆？""这是我要教给您的第一个阿拉伯语词：阿达姆——人！这是一个最美的词。伊甸园里的亚当，就是阿达姆的另一种音译。而夏娃呢，发音是哈娃，就是天空。人需要天空，天空需要人。""所以我们从小就放风筝。""瞧，您是高材生。"

第一课：人。亚当需要夏娃，夏娃需要亚当，人需要天空，天空需要人。我们需要风筝、气球、飞机、火箭和宇航船。阿拉伯语就这样学起来了，这引起了周围许多人的不安。你应该安心端盘子。你应该注意影响。你有没有海外关系？如果再搞清队、查三怪——怪人、怪事、怪现象，就要为你设立专案。我没有砸一个盘子。我不想当科长。我知道穆罕默德、萨达特和阿拉法特。我一定欢迎你担任我的专案组长。

同时，她和佳原"好了"。情报立即传到爸爸耳朵里。对于少女，到处都有摄像和监听的自动化装置。"他的姓名、原名、曾用名？家庭成分，个人出身？土改前后的经济状况？出生三个月至今的简历？政历？家庭成员和主要社会关系有无杀、关、管和地、富、反、坏、右？戴帽和摘帽时间？本人历次政治运动中的表现？本人和家庭主要成员的经济收入和支出，账目和储蓄……"所有这些问题，素素都答不上来。妈妈吓得直掉泪。你才二十四岁零七个月，再过五个月才好搞对象。有坏人，到处都有坏人。爸爸决心去找该人所属街道、单位、派出所、人事科、档案处。为此，他准备请一桌涮羊肉，把他熟悉的有关人员发动起来。砰——噗，爸爸最心爱的宜兴陶壶被摔到了地上，粉碎了。"您用这种办法也许能找到反革命，但永远不能找到朋友！"素素大喊，完全是一个铁姑娘，然后她哭了。

饭馆的主任、委员、干事、组长、指导员也都向她提出了爸爸式的问题和妈妈式的忠告。无产阶级的爱情产生于共同的信仰、观点、政治思想上的一致。长期地、细致地互相了解。要严肃，慎重，认真。要绷紧弦，带着敌情观念。选择爱人要按照无产阶级革命接班人的五项条件。饭馆的茶壶不能摔。在少先队里，素素从小受到爱护公共财物的教育。

毛主席去世了。素素战栗着，哭得闭过气去。她早就想哭了，哭毛主席，也哭自己和别人。"中国完了！"爸爸说，但完了的是"四人帮"。只是在瞻仰遗容的时候，素素才第二次走近了毛主席，"我给您献花来了。"她轻轻地、平静地说。

她知道一切都在变。她可以大胆地学阿拉伯语了，虽然打一夜扑克的人仍然比学一夜外语的人更容易入党和提干。她可以大胆地与佳原拉着手走路了，虽然有人一见到青年男女在一起就气得要发癫痫病。但是，他们仍然找不到谈话的地方。公园的椅子早就坐满了。好容易发现一个，原来脚底下一大摊呕吐物。换另一个开阔散漫的公园吧，那里每个长椅旁的电线杆上都挂着一个广播喇叭。"现在播送游客须知。"须知里尽是些"罚款五角至十五元""送交专政机关处理""自觉遵守，服从管理"之类的词儿。须知挺复杂，看来不经过一周学习班的培训，是无法学会逛公园的。能在这里坐下来谈情说爱吗？走。

到哪里去？护城河边倒是没有须知的喇叭，但是那里偏僻。听说有一次，一对情侣在那里嗫嗫地谈着情话，"不许动！"一个蒙面人出现在面前，手里拿着攮子，旁边还站着一个帮手。结果，手表抹（读妈）下来了，现金也被搜了腰包。爱情在暴力面前总是没有还手之力。后来公安部门破了案，抓到了坏人。有人为什么不喜欢公安局呢？没有公安局不行。

去饭馆？你先得站在别人的椅子后面，看着他如何一筷子一勺，一口汤一口饭地吃完，点上烟，伸懒腰。然后，你好不容易坐下了，你刚动筷子，新来的接班人为了不致被人抢班，早把一只脚踩到你坐的椅子掌儿上。他的腿一颤一颤，肉丁和肚片在你的喉咙里跳舞。去咖啡馆或者酒吧间？那是腐蚀人的地方，所以没有。遛大街或者串胡同？美国也正在提倡散步，免得发胖，但是冬天太冷。当然，他们也曾经在零下二十度的天气，穿着棉大衣和棉猴，戴着皮帽子和毛线围巾，戴着口罩谈恋爱。倒是卫生，不传染。再有，胡同里还有一些顽童，他们见到一对情侣就要哄、骂、扔石头。真不知道他们是怎样来到人世的。

佳原总是随遇而安。一段栏杆旁，一棵梧桐下，一条河边，佳原就满足了。他希望早一点坐下来，和素素依偎在一起，用阿拉伯语和英语交谈，素素总是挑剔、不满意、不称心。不，不，不。她不要代用品，就像山东顾客不容忍煮花生米里的石子。三年了，他们的周末几乎是在寻找中度过的。他们寻找坐的地方。找啊，找啊，一晚上也就完了。我们的辽阔广大的天空和土地啊，我们的宏伟的三度空间，让年轻人在你的哪个角落里谈情、拥抱和接吻呢？他们只需要一片很小、很小的地方。而你，你容得下那么多顶天立地的英雄、翻天覆地的起义者、欺天毁地的害虫和昏天黑地的废物，你容得下那么多战场、爆破场、广场、会场、刑场……却容不下身高一米六、体重四十八公斤和身高一米七弱、体重五十四公斤的素素和佳原的热恋吗？

　　素素揉了一下眼睛，眼睛火辣辣的。是她的手指接触过辣椒吗？是眼睛辣了才伸出手指，还是伸出手指，眼睛才变辣了呢？今天晚上我们有地方呆吗？天冷了，但还不用口罩。佳原说他要去房管局呢，有了房就结婚，他们再不用串胡同了。"我说同志姐，你能不能告夯（诉）我，这个大市街要往哪哈（下）里走呢？"一个有口音的、背着一个大包袱、被包袱压得直不起腰来的、新衣服上沾满了灰土的人说。那人其实比素素大许多。

　　"大市街？这就是大市街呀！"素素向那正变化着红绿灯的十字路口一指。那儿，汽车、电车和自行车就像海潮一样一个浪头又一个浪头地涌上去，又停下来，停下来，又涌上去。

　　"这儿就是大市街？"压弯了腰的中年男人抬起头来，翻起了两枚乌黑的眸子。素素的脖子也跟着发酸。乌黑的眸子表示着诚实的不信任。素素重复强调："这就是大市街。"她恨不得把百货大楼和中心烤鸭店放在手心上托给这位老实而又多疑的问路者。问路人犹犹疑疑地挪动了脚步，他横穿马路却没有走人行横道线。穿白衣服的交通民警拿起半导体扩音喇叭向他高声喊叫。被喝斥搞慌乱了的中年人干脆停在马路中心，停在汽车的旋涡里。他歪着脖子问交通警："同志哥，大市街在哪哈里？"

　　"素素！"佳原来了，满头大汗，头发蓬乱，喘着气。"你从地底下钻出来的吗？怎么等也等不着，忽然又冒出来了。""我会隐身术，我本来就一直跟着你呢。""如果我们都会隐身术就好了。""为什么？""在公园跳舞也没人看得见。""你喊什么？让人家直看你。""有人一听跳舞就觉得下流，因为他们自己是猪八戒。""你的话愈来愈尖刻了，从前你不是这样。""是秋风把我的话削尖了的，我们找不到避风的地方。"

　　佳原的眼光暗淡了，她低下头。他的眼镜片上反射出无数灯光、窗户、房屋。"没有吗？""没有。房管局不给。他们说，有些人已经结婚好几年了，已经有了孩子，然而没有房子。""那他们在哪里结的婚呢？在公园吗？在炒疙瘩的厨房？要不是在交通民警的避风亭里？那倒不错，四下全是玻璃。还是到动物园的铁笼子里去？那么，门票可以涨价。"你别激动，你……"他把右手食指弯曲着，推一推自己的眼镜，尽管眼镜并不会出溜下来，"你说的当然是了，但是，房子毕竟不会从天上掉下来。那么多人需要房子，确实有人比我们还困难啊！"

素素不言语了，她低下头，用脚尖踢着一块其实并不存在的石子。

"可是怎么样？你吃饭了吗？我还没吃晚饭呢。"佳原换了话题。"什么？我只记得我给很多人开了饭，却不记得自己吃过什么没有。""那就是没吃。我们到那个馄饨馆去吧，你排队，我占座。要不我占座，你排队。""说来说去还是一个样儿，你说话快赶上开大会时候的某些报告了。"

馄饨馆很拥挤。好像吃这里的馄饨不要钱，好像吃这里的馄饨会每碗倒找两毛钱。要不，要不我们甭吃馄饨了，买几个烧饼算了。买烧饼也得排队。要不，我们甭排队了，到对过那个铺子买两个面包吧。刚巧，到那边伸出手来的时候，售货员正把最后两个果料面包卖给一位已经穿起前清时候的貉皮袍子的小老头儿。要不，要不我们甭吃面包了，我们……我们怎么样呢？

"要不我们甭生下来了，那有多好！"素素冷冷地说，"如果不是错误地批判了马寅初先生的新人口论，我们也许根本不会降临到人间。""何必那么怨气冲冲？而且我们出生在新人口论出生以前。""果料面包没有了。""来，两包饼干。我们有饼干，我们又端盘子又修伞。我们学习，我们做好事，帮助别人。好人并不嫌太多，而仍然是不够。""为了什么呢？为了把七块钱和二斤粮票拱手交给讹你的人吗？""讹去七百块也还要拉起受了伤的老太太……难道你不这样吗？素素！"打起雷来了。打起闪来了。电线和灯光抖动起来了。佳原突然喊起来了。"你尝尝我这一包吧！""一样的。""不，我这一包特别香。""怎么可能呢？""怎么不可能呢？连两滴水都不可能是完全一样的。""那你尝我的。""那我尝你的。""那我尝完了你的，你再尝我的。"他们交换了饼干，又一块一块地分着吃，吃完了，素素也笑了。饿的人比饱的人脾气要坏些。

天大变了。电线呜呜的。广告牌隆隆的。路灯蒙蒙的。耳边沙沙的。寒风驱赶着行人。大街一下子就变得空旷多了。交通民警也缩回到被素素看中可以作新房的亭子里去了。

"我们要躲一躲！"冰冷的雪一样的雨和雨一样的雪给人以严峻的爱抚。

雨雪斜扫着。他们拉紧了手。彼此听不见对方的话。对于自然，也像对于人生一样，他们是不设防的。然而大手和小手都很暖和。他们的财产和力量是自己的不熄的火。

"我们找个地方去！"他们嚼着沙子和雨雪，含混不清地互相说。于是他们奔跑起来了。不知道是佳原拉着素素，还是素素拉着佳原，还是风在推着他们俩，反正有一股力量连拉带搡。他们来到了一幢新落成的十四层高的居民楼前面。他们早就思恋这一排新出世的高层建筑物了。像一批陌生人。对陌生人的疑惑和反感，这是被撞倒的老太太和穿貉皮袍子的老头儿的特点。那个老头儿买面包的时候，用什么样的眼光看了他们俩一眼啊。好像他们随时会掏出攮子来似的。早就流传着对这一排高层建筑的抨击。住在十四层的人家无法把大立柜运上去，便用绳子从窗口往上吊——蔚为奇观！结果绳子断了，大立柜跌得粉碎。新的天方夜谭。但是素素她们不这样想。他俩来到这座楼前，总有些羞怯，因为他们的眷恋是单相思。

风雪鼓起了他们的勇气。他们冲进去了，他们一层一层地爬着楼梯。楼道还很脏。楼道没有灯。安了灯口，没有灯泡。但路灯的光辉是一夜不断的，是够用的。他们拐了那么多弯还不到顶，那就再拐上去。他们终于走上了第十四层的一个公共通道。这一层大概还没住人。有浓厚的洋灰粉末和新鲜油漆的气味。这里很暖。这里没有风、雨、雪。这里没有广播须知的喇叭、蒙面人、行人、急不可耐地抖着大腿让你让座的人。这里没有瞧不起修伞工和服务员的父母。这里没有见了一对青年男女就怪叫，说下流话辱骂甚至扔石头的顽童。这里能看见东风饭店的二十五层楼的灯火。这里能听见火车站的悠扬的钟声。这里能看见海关大楼的电钟。把视线转到下面，是蓝绿的灯珠，橙黄的灯眼，银白的灯花。无轨电车的天弓打着闪亮的电火花。汽车开着和关着大灯、小灯和警戒性的红色尾灯。他们长出了一口气，好像上了天堂。"你累了么？""累什么？""我们爬了十四层楼。""我还可以爬二十四层。""我也是。""那人可真傻。""你说谁？""刚才有一个乡下人，他到了大市街口，却还满处找大市街。你告诉他了，他还不信。"

他们开始用阿拉伯语交谈。结结巴巴，像他们的心跳一样热烈而又不规范。佳原准备明年去考研究生，他鼓励并无信心的素素。"我们不一定成功，但是我们要努力。"佳原拿起素素的手，这只手温柔而又有力。素素靠近了佳原的肩，这个肩平凡而又坚强。素素把自己的脸靠在佳原的肩上。素素的头发像温暖的黑雨。灯火在闪烁、在摇曳、在转动，组成了一行行的诗。一支古老的德国民歌：有花名毋忘我，开满蓝色花朵。陕北绥德的民歌：有心说上几句话，又怕人笑话。蓝色的花在天空飞翔。海浪覆盖在他们的身上。怕什么笑话呢？青春比火还热。是鸽哨，是鲜花，是素素和佳原的含泪的眼睛。啪啦……

"什么人？"一声断喝。佳原和素素发现，通道的两端已经全是人。而且许多人拿着家伙。人是会使用工具的动物。擀面杖，锅铲和铁锨。还以为是爆发了原始的市民起义呢。

于是开始了严厉的、充满敌意的审查。什么人？干什么的？找谁？不找谁？避风避到这里来了？岂有此理？两个人鬼鬼祟祟，搂搂抱抱，不会有好事情，现在的青年人简直没有办法，中国就要毁到你们的手里。你们是哪个单位的？姓名、原名、曾用名……你们带着户口本、工作证、介绍信了吗？你们为什么不呆在家里，为什么不和父母在一起，不和领导在一起，也不和广大的人民群众在一起？你们不能走，不要以为没有人管你们。说，你们撬过谁家的门？公共的地方？公共地方并不是你们的地方而是我们的地方。随便走进来了？你们为什么这样随便？你们简直就是不要脸，简直是流氓，简直是无耻……侮辱？什么叫侮辱？我们还推过阴阳头呢。我们还被打过耳光呢。我们还坐过喷气式呢。还不动弹吗？那我们就不客气了。拿绳子来……

素素和佳原都很镇静。因为一秒钟以前，他们还是那样的幸福。虽然他们俩加在一起懂几门外文，懂一点点也罢。但是他们听不懂这些亲爱的同胞的古怪的语言。如果恐龙会说话，那么恐龙的语言也未必更难懂。他们茫然。甚至相对一笑。

"我们要动手了！"一个"恐龙"壮着胆子说了一句，说完，赶紧躲在旁人后面。"我们可真要动手了！"更多的人应和着，更多的人向后退了，然而仍然包围着和封锁着。佳原和素素欲撤不能。

正僵持得不可开交的时候，突然，有一位手持半截废自来水管的勇士喊叫起来：

"这不是范素素吗？"

点点头，当然。

然后是一场误会的解除。对不起，请原谅，是小偷把我们给吓坏了。据说有的楼发生过盗窃案，我们不能不提高警惕。有坏人，我们还以为你们是……真可笑。对不起。

素素依稀认出了那位长头发的男青年是她小学时候的同学，比她低两级。他现在倒白胖白胖的，像富强粉烤制的面包，一种应该推广的食品。小学同学热情地邀请他们到自己的房间去做客。"既然来到了我的门口。""那也好。"素素和佳原交换了一下目光。他们跟着小学同学走到日光灯耀眼的电梯间。他们在这幢楼里已经暂时取得了合法的身份。他们是某个住户的客人。电梯门关上了，嗡嗡地响了。他们的安全和尊严又开始受保障了，感谢这位热心的同学！电梯间上方的数字愈变愈快，从十四到四的阿拉伯数字都亮过了，现在是耳朵——三亮了。电梯停了，门开了。他们走出来，左转一个弯，右转一个弯。多齿多沟的铜钥匙自信地插到锁孔里，它才是主宰，啪嗒。再拧一下把手，吱扭。门开了，叭，叭，前厅和厨房的灯都亮了。雪白的墙，擦了过多的扑粉。吱扭，又拧开一间居室的门。屋里充满了街灯映照过来的青光。素素真想劝阻小学同学不要拉开电灯，然而电灯已经亮了。请坐。双人床。大立柜里变得细长了的影像。红色人造革全包沙发。五斗橱。铁听麦乳精和尚未开封的"十全大补酒"。小学同学滔滔不绝地介绍着自己的新居：面积、设备、布局。水、暖、煤气。采光，通风和隔音。防火和防震。

"就你一个人吗？"

"是啊！"小学同学更得意了，搓着自己的手，"我爸爸给我要了一个单元。老人急着让我结婚。我准备明年五一解决。到时候你们一定来。就这样说定了吧。我已经找好了人。我的一个好友的舅舅过去给法国使馆做过饭。中西合璧，南北一炉。拔丝山药可以绕着筷子转五圈而丝不断。你们可不要买东西。不要买家具，不要买台灯，不要买床上用品。所有这一切，我全有！"

"你爱人叫什么名字？在哪儿工作？"

"噢，还没定下来。"

"等待分配吗？"

"不是。我是说，到底跟谁结婚还没定下来。明年五一前会有的，一定！"

素素顺手从茶几上拿起了一个玩具气球，把气球在沙发的人造革面子上使劲摩擦了几下，然后，她把气球向上一抛，吸在天花板上，不落下来了。她仰着头，欣赏着自己从小爱玩的这个游戏。

"天啊，它怎么不掉下来？怎么还没有掉下来？"小学同学惊呆了，他张开了口。

"这是一种法术。"素素说，她瞟了佳原一眼，作了一个怪相。然后他们告辞。好客的主人送他们上电梯的时候还有点魂不守舍，他惦记着那个吸附在天花板上的绿气球。素素和佳原离开了这幢可爱的高楼。雪雨仍然在下着，风仍然在吹着。哐啷哐啷，好像在掀动一张大化学板。雨雪和他们真亲热，不仅落到脸上、手上，还往脖子里钻呢。

"这一切都怪我。"佳原心疼地说，"我没有本事弄到它，让你受委屈……"素素捂住他的嘴。她格格地笑了，笑得真开心，一朵石榴花开放也没有那么舒展。

佳原明白了。佳原也笑起来。他们都懂得了自己的幸福。懂得了生活、世界是属于他们的。青年人的笑声使风、雨、雪都停止了，城市的上空是夜晚的太阳。

素素在前面跑，佳原在后面追。灯光里的雨丝，显得越发稠密而浓烈。"这儿就是大市街，大市街就在这里！"素素指着饭店大楼高声地说。"那当然了，我从来也不怀疑。""握个手，再见吧，我们过了一个多么愉快的夜晚。""再见，明天就不见了。我们还得用功，我们要一个又一个地考上研究生。""那很可能。而且我们总归会有房子，什么都有。""祝你好梦。""梦见什么呢？""梦见一个——风筝。"

什么？风筝？佳原怎么知道风筝？

"喂，你怎么也知道风筝？你知道风筝的飘带吗？"

"噢，我当然知道啦！我怎么能不知道呢？"

素素跑回来搂住佳原的脖子，亲了他一下，就在大街上。然后，他们各自回家去了，走了好远，还不断地回头张望，招一招手。

1980 年

春之声

　　咣的一声，黑夜就到来了。一个昏黄的、方方的大月亮出现在对面墙上。岳之峰的心紧缩了一下，又舒张开了。车身在轻轻地颤抖，人们在轻轻地摇摆。多么甜蜜的童年的摇篮啊！夏天的时候，把衣服放在大柳树下，脱光了屁股的小伙伴们一跃跳进故乡的清凉的小河里，一个猛子扎出十几米，谁知道谁在哪里露出头来呢？谁知道被他慌乱中吞下的一口水里，包含着多少条蛤蟆蝌蚪呢？闭上眼睛，熟睡在闪耀着阳光和树影的涟漪之上，不也是这样轻轻地、轻轻地摇晃着的吗？失却了的和没有失却的童年和故乡，责备我么？欢迎我么？母亲的坟墓和正在走向坟墓的父亲！

　　方方的月亮在移动，消失，又重新诞生。唯一的小方窗里透进了光束，是落日的余晖还是站台的灯？为什么连另外三个方窗也遮严了呢？黑咕隆咚，好像紧接着下午便是深夜。门咣地一关，就和外界隔开了。那愈来愈响的声音是下起了冰雹吗？是铁锤砸在铁砧上？在黄土高原的乡下，到处还靠人打铁，我们祖国的胳膊有多么发达的肌肉！呵，当然，那只是车轮撞击铁轨的噪音，来自这一节铁轨与那一节铁轨之间的缝隙。目前不是正在流行一支轻柔的歌曲吗，叫作什么来着——《泉水叮咚响》。如果火车也叮咚叮咚地响起来呢？广州人可真会生活，不像这西北高原上，人的脸上和房屋的窗玻璃上到处都蒙着一层厚厚的黄土。广州人的凉棚下面，垂挂着许许多多三角形的瓷板，它们伴随着清风，发出叮叮咚咚的清音，愉悦着心灵。美国的抽象派音乐却叫人发狂。真不知道基辛格听我们的杨子荣咏叹调时有什么样的感受。京剧锣鼓里有噪音，所有的噪音都是令人不快的吗？反正火车开动以后的铁轮声给人以鼓舞和希望。下一站，或者下一站的下一站，或者许多许多的下一站以后的下一站，你所寻找的生活就在那里，母亲或者孩子，友人或者妻子，温热的澡盆或者丰盛的饮食正在那里等待着你。都是回家过年的，过春节，我们的古老的民族的最美好的节日。谢天谢地，现在全国人民都可以快快乐乐地过年了。再不会用革命化的名义取消春节了。

这真有趣。在出国考察三个月回来之后，在北京的高级宾馆里住了一阵——总结啦，汇报啦，接见啦，报告啦……之后，岳之峰接到了八十多岁的刚刚摘掉地主帽子的父亲的信。他决定回一趟阔别二十多年的家乡。这是不是个错误呢？他怎么也没想到要坐两个小时零四十七分钟的闷罐子车呀。三个小时以前，他还坐在从北京开往 X 城的三叉戟客机的宽敞、舒适的座位上。两个月以前，他还坐在驶向汉堡的易北河客轮上。现在呢，他和那些风尘仆仆的，在黑暗中看不清面容的旅客们挤在一起，就像沙丁鱼挤在罐头盒子里。甚至于他辨别不出火车到底是在向哪个方向行走，眼前只有那月亮似的光斑在飞速移动，火车的行驶究竟是和光斑方向相同抑或相反呢？他这个工程物理学家竟为这个连小学生都答得上来的、根本算不上是几何光学的问题伤了半天脑筋。

他已经有二十多年没有回过家乡了。谁让他错投了胎？地主，地主！一九五六年他回过一次家，一次就够用了——回家呆了四天，却检讨了二十二年！而伟人的一句话，也够人们学习贯彻一百年。使他惶惑的是，难道人生一世就是为了作检讨？难道他生在中华，就是为了作一辈子检讨的么？好在这一切都过去了。斯图加特的奔驰汽车工厂的装配线在不停地转动，车间洁净敞亮，没有多少噪音。西门子公司规模巨大，具有一百三十年的历史，而我们才刚刚起步。赶上，赶上！不管有多么艰难。哼，哼，哼，快点开，快点开，快开，快开，快，快，快，车轮的声音从低沉的三拍一小节变成两拍一小节，最后变成高亢的呼号了。闷罐子车也罢，正在快开。何况天上还有三叉戟？

尘土和纸烟的雾气中出现了旱烟叶发出的辣味，像是在给气管和肺针灸。梅花针大概扎在肺叶上了。汗味就柔和得多了。方言的浓度在旱烟与汗味之间，既刺激，又亲切。还有南瓜的香味哩！谁在吃南瓜？X 城火车站前的广场上，没有见卖熟南瓜的呀。别的小吃和土特产倒是都有。花生、核桃、葵花子、柿饼、酸枣、绿豆糕、山药、蕨麻……全有卖的。就像变戏法，举起一块红布，向左指上两指，这些东西就全没了，连火柴、电池、肥皂都跟着短缺。现在呢，一下子又都变了出来，也许伸手再抓两抓，还能抓出更多的财富。柿饼和枣朴质无华，却叫人甜到心里。岳之峰咬了一口上火车前买的柿饼，细细地咀嚼着儿时的甜香。辣味总是一下子就能尝到，甜味却埋得很深很深。要有耐心，要有善意，要有经验，要知觉灵敏。透过辛辣的烟草和热烘烘的汗味儿，岳之峰闻到了乡亲们携带的绿豆香。绿豆苗是可爱的，灰兔子也是可爱的，但是灰色的野兔常常要毁坏绿豆。为了追赶野兔，他和小柱子一口气跑了三里，跑得连树木带田垅都摇来摆去。在中秋的月夜，他亲眼见过一只银灰色的狐狸，走路悄无声息，像仙人，像梦。

车声小了，车声息了。人声大了，人声沸了。咣——哧，铁门打开了，女列车员——一个高个子、大骨架的姑娘正在爽利地用家乡方言指挥下车和上车的乘客。"没有地方了，没有地方了，到别的车厢去吧！"已经在车上获得了自己的位置的人发出了这种无效的，也是自私的呼吁。上车的乘客正在拥上来，熙熙攘攘。到哪里都是熙熙攘攘。与我们的王府井相比，汉堡的街道上简直可以说是看不见人，而且市区的人口还在减少。岳之峰从飞机场来到Ｘ城火车站的时候吓了一跳——黑压压的人头，压迫得白雪不白，冬青也不绿了。难道是出了什么事情？一九四六年学生运动，人们集合在车站广场，准备拦车去南京请愿，也没有这么多人！岳之峰上大学的时候在北平，有一次他去逛故宫博物院，刚刚下午四点就看不见人影了，阴森森的大殿使他的后脊背冒凉气。他小跑着离开了故宫，上了拥挤的有轨电车才放心了一点。如果跑慢了，说不定珍妃会从井里钻出来把他拉下去哩！

但是现在，故宫南门和北门前买入场券的人排着长队，而且不是星期天。Ｘ城火车站前的人群令人晕眩，好像全中国有一半人要在春节前夕坐火车。到处都是团聚、相会、团圆饺子、团圆元宵，到处都是对于旧谊、对于别情、对于天伦之乐、对于故乡和童年的追寻。卖刚出屉的肉馅包子的，盖包子的白色棉褥子上尽是油污。卖烧饼、锅盔、油条、大饼的。卖整盒整盒的点心的。卖面包和饼干的。Ｘ车站和Ｘ城饮食服务公司倾全力到车站前露天售货。为了买两个烧饼也要挤出一身汗。岳之峰出了多少汗啊！他混饱了（环境和物质条件的急骤改变已使他分辨不出饥和饱了）肚子，又买到了去家乡的短途客车的票。找钱的时候使他一怔，写的是一块二，怎么只收了六毛呢？莫非是自己没有报清站名？他想再问一问，但是排在他后面的人已经占据了售票窗口前的有利阵地，他挤不回去了。

他快快地看着手中的火车票。火车票上黑体铅字印的是 1.20 元，但是又用双虚线勾上了两个占满票面的大字：陆角。这使他百思不得其解，简直像是一种生物学上的密码。"这是怎么回事？为什么我买一块二的票她却给了我六毛钱的？"他自言自语。他问别人。没有人回答他。等待上车的人大多是一些忙碌得可以原谅的利己主义者。

各种信息在他的头脑里撞击。黑压压的人群。遮盖热气腾腾的肉包子的油污的棉被。候车室里张贴着的大字通告：关于春节期间增添新车次的情况和临时增添的新车次的时刻表。男女厕所门前排着等待小便的人的长队。陆角的双勾虚线。大包袱和小包袱。大篮筐和小篮筐。大提兜和小提兜……他得出了这最后一段行程会是艰难的结论，他有了思想准备。终于他从旅客们的闲谈中听到了"闷罐子车"这个词儿，他恍然了。人脑毕竟比电脑聪明得多。

上到列车上的时候，他有点垂头丧气。在二十世纪八十年代的第一个春节即将来临之时，正在梦寐以求地渴望实现四个现代化的人们，却还要坐瓦特和史蒂文森时代的闷罐子车！事实如此。事实就像宇宙，就像地球、华山和黄河、水和土、氢和氧、钛和铀，既不像想象那样温柔，也不像想象那么冷酷。不是么，闷罐子车里坐满了人，而且还在一个两个、十个二十个地往人与人的空隙，分子与分子、原子与原子的空隙之中嵌进。奇迹般的不可思议，已经坐满了人的车厢里又增加了那么多人。没有人叫苦。

有人叫苦了："这个箱子不能压！"一个包着头巾抱着孩子的妇女试探着能不能坐到一只箱子上。"您到这边来，您到这边来。"岳之峰连忙站起身，把自己的靠边的位置让了出来。坐在靠边的地方，身子就能倚在车壁上，这就是最优越的"雅座"了。那女人有点不好意思，但终于抱着小孩子挪动了过来，她要费好大的力气才能不踩着别人。"谢谢您！"妇女用流利的北京话说。她抬起头，岳之峰好像看到一幅炭笔的素描。题目应该叫《微笑》。

叮铃叮铃的铃声响了，铁门又哐的一声关上了，是更深沉的黑夜，车外的暮色也正在浓重起来。大骨架的女列车员点起了一支白蜡，把蜡烛放到了一个方形的玻璃罩子里。为什么不点油灯呢？大概是怕煤油摇洒出来。偌大车厢，就靠这一支蜡烛照亮。些微的亮光，照得乘客变成了一个又一个的影子。车身又摇晃了，对面车壁上的方形的光斑又在迅速移动了。离家乡又近一些了。摘了帽子，又见到了儿子，父亲该可以瞑目了吧？不论是他的罪恶或者忏悔，不论是他的眼泪还是感激，也不论是他的狰狞丑恶还是老实善良，这一切都快要随着他的消失而云消雾散了。老一辈人正在一个又一个地走向河的那边。咚咚咚，噔噔噔，嘭嘭嘭，是在过桥了吗？连接着过去和未来，中国和外国，城市和乡村，此岸和彼岸的桥啊！

　　靠得很近的蜡灯把黑白分明的光辉和阴影印制在女列车员的脸上，女列车员像是一尊全身的神像。"旅客同志们，春节期间，客运拥挤，我们的票车①去支援长途……提高警惕……"她说得挺带劲，每吐出一个字就像拧紧了一个螺母。她有一种信心十足、指挥若定的气概，以小小的年纪，靠一支蜡烛的光亮，领导着一车的乌合之众。但是她的声音也淹没在轰轰轰，嗡嗡嗡，隆隆隆，不仅是七嘴八舌，而是七十嘴八十舌的喧嚣里了。

　　自由市场。百货公司。香港电子石英表。豫剧片《卷席筒》。羊肉泡馍。醪糟蛋花。三接头皮鞋。三片瓦帽子。包产到组。收购大葱。中医治癌。差额选举。结婚筵席……在这些温暖的闲言碎语之中，岳之峰轮流把体重从左腿转移到右腿，再从右腿转移到左腿。幸好人有两条腿，要不然，无依无靠地站立在人和物的密集之中，可真不好受。立锥之地，岳之峰现在对这句成语才有了形象的理解。莫非古代也有这种拥挤的、没有座位和灯光的旅行车辆吗？但他给一个女同志让了"座位"。不，没有座，只有位。想不到她讲一口北京话，这使岳之峰兴致似乎高了一些。"谢谢""对不起"，在国外到处是这种礼貌的用语。忽然有一个装着坚硬的铁器的麻袋正在挤压他右腿的小腿肚子，而另一个席地而坐的人的脊背干脆靠到了他的酸麻难忍的左腿上。

　　简直是神奇。不仅在慕尼黑的剧院里观看演出的时候，而且在北京，在研究所、部里和宾馆里，在二十三平方米的住房和 103 和 332 路公共汽车上，他也想不到人们还要坐闷罐子车。这不是运货和运牲畜的车吗？倒霉！可又有什么倒霉的呢？咒骂是最容易不过的。咒骂闷罐子车比起制造新的美丽舒适的客运列车来，既省力又出风头。无所事事而又怨气冲天的人的口水，正在淹没着忍辱负重、埋头苦干的人的劳动。人们时而用高调，时而又用低调冲击着、替代着那些一件又一件，一天又一天，一年又一年的坚韧不拔的工作。

　　"给这种车坐，可真缺德！"

　　"你凑合着吧，过去，还没有铁路哩！"

　　"运兵都是用闷罐子车，要不，就暴露了。"

　　"要赶上拉肚子的就麻烦了，这种车上没有厕所。"

---

　　① 票车：铁路人员一般称客车为票车。

"并没有一个人拉到裤子里嘛！"

"有什么办法呢？每逢春节，有一亿多人要坐火车……"

黑暗中听到了这样一些交谈。岳之峰的心平静下来了。是的，这里曾经没有铁路，没有公路，连自行车走的路也没有。阔人骑毛驴，穷人靠两只脚。农民挑着一千五百个鸡蛋，从早晨天不亮出发，越过无数的丘陵和河谷，黄昏时候才能赶到 X 城。我亲爱的美丽而又贫瘠的土地！你也该富饶起来了吧？过往的记忆，已经像烟一样、雾一样淡薄了，但总不会被彻底忘却吧？历史，历史；现实，现实；理想，理想；哞——哞——咣嘁咣嘁……喀啷喀啷……沿着莱茵河的高速公路。山坡上的葡萄。暗绿色的河流。飞速旋转。

这不就是法兰克福的孩子们吗？男孩子和女孩子，黄眼睛和蓝眼睛，追逐着的，奔跑着的，跳跃着的，欢呼着的。喂食小鸟的，捧举鲜花的，吹响铜号的，扬起旗帜的。那欢乐的生命的声音。那友爱的动人的呐喊。那红的、粉的和白的玫瑰。那紫罗兰和蓝蓝的毋忘我。

不。那不是法兰克福。那是西北高原的故乡。一株巨大的白丁香把花开在了屋顶的灰色的瓦楞上，如雪，如玉，如飞溅的浪花。摘下一条碧绿的柳叶，卷成一个小筒，仰望着蓝天白云，吹一声尖厉的哨子，惊得两个小小的黄鹂飞起，挎上小篮，跟着大姐姐，去采撷灰灰菜，去掷石块，去追逐野兔，去捡鹌鹑的斑斓的彩蛋。连每一条小狗，每一只小猫，每一头牛犊和驴驹都在嬉戏，连每一根小草都在跳舞。

不，那不是西北高原。那是解放前的北平。华北局城工部（它的部长是刘仁同志）所属的学委组织了平津学生大联欢。营火晚会。"太阳下山明朝依旧爬上来……我的青春小鸟一去不回来""山上的荒地是什么人来开？地上的鲜花是什么人来栽？"一支又一支的歌曲激荡着年轻人的心。最后，大家发出了使国民党特务胆寒的强音："团结就是力量……让一切不民主的制度死亡！"信念和幸福永远不能分离。

不，那不是逝去了的、遥远的北平。那是解放了的、飘扬着五星红旗的首都。那是他青年时代的初恋，是第一次吹动他心扉的和煦的风。春节刚过，忽然，他觉察到了，风已经不那么冰冷，不那么严厉了。二月的风就带来了和暖的希望，带来了早春的消息。他跑到北海，冰还没有化哩，还没有什么游人哩。他摘下帽子，他解开上衣领下的第一个扣子。还是冬天吗？当然，还是冬天。然而是已经连接着春天的冬天，是冬与春的桥。有风为证，风已经不冷！风会愈来愈和煦，如醉，如酥……他欢迎着承受着别人仍然觉得凛冽、但是他已经为之雀跃的"春"风，小声叫着他悄悄地爱着的女孩子的名字。

那，那……那究竟是什么呢？是金鱼和田螺吗？是荸荠和草莓吗？是孵蛋的芦花鸡吗？是山泉，榆钱，返了青的麦苗和成双的燕子吗？他定了定神。那是春天，是生命，是青年时代。在我们的生活里，在我们每个人的心房里，在猎户星座和仙后星座里，在每一颗原子核，每一个质子、中子、介子里，不都包含着春天的力量、春天的声音吗？

他定了定神，揉了揉眼睛。分明是法兰克福的儿童在歌唱，当然，是德语。在欢快的童声合唱旁边，有一个顽强的、低哑的女声伴随着。

他再定了定神，再揉了揉眼睛，分明是在从 X 城到 N 地的闷罐子车上。在昏暗和喧嚣当中，他听到了德语的童声合唱和低哑的、不熟练的、相当吃力的女声伴唱。

什么？一台录音机。在这个地方听起了录音。一支歌以后又是一支歌，然后是一个成人的歌。三支歌放完了，是啪啦啪啦的揿动键钮的声音，然后三支歌重新开始。顽强的，低哑的，不熟练的女声也重新开始。这声音盖过了一切喧嚣。

火车悠长的鸣笛。对面车壁上的移动着的方形光斑减慢了速度，加大了亮度。在昏暗中变成了一个个的影子的乘客们逐渐显出了立体化的形状和轮廓。车身一个大晃，又一个大晃，大概是通过了岔道。又到站了。咣——哧，铁门打开了，站台的聚光灯的强光照进了车厢。岳之峰看清楚了，录音机就放在那个抱小孩的妇女的膝头。开始下人和上人，录音机接受了女主人的指令，"啪"的一声，不唱了。

"这是……什么牌子的？"岳之峰问。

"三洋牌，这里人们开玩笑地叫它'小山羊'。"妇女抬起头来，大大方方地回答。岳之峰仿佛看到了她的经历过风霜，却仍然是年轻而又清秀的脸。

"从北京买的么？"岳之峰又问，不知为什么这么有兴趣。本来，他并不是一个饶舌的人。

"不，就从这里。"

这里？不知是指 X 城还是火车正在驶向的某一个更小的城镇。他盯着"三洋"商标。

"你在学外国歌吗？"岳之峰又问。

妇女不好意思地笑了，"不，我在学外国语。"她的笑容既谦逊，又高贵。

"德语吗？"

"噢，是的。我还没学好。"

"这都是些什么歌儿呀？"一个坐在岳之峰脚下的青年问。岳之峰的连续提问吸引了更多的人。

"《小鸟，你回来了》《五月的轮转舞》和《第一株烟草花》。"女同志说，"欣梅尔——天空，福格尔——鸟儿，布鲁米——花朵……"她低声自语。

他们的话没有再继续下去。车厢里充满了的照旧是"别挤！""这个箱子不能坐！""别踩着孩子！""这边没有地方了！"之类的喊叫。

"大家注意啦！"一个穿着民警制服的人上了车，手里拿着半导体扬声喇叭，一边喘着气一边宣布道："刚才，前一节车厢里上去了两个坏蛋，混水摸鱼，流氓扒窃。有少数坏痞，专门到闷罐子车上偷东西。那两个坏蛋我们已经抓住了。希望各位旅客提高警惕，密切配合，向刑事犯罪分子作坚决的斗争。大家听清楚了没有？"

"听清楚了！"车上的乘客像小学生一样齐声回答。

乘务警察满意地、匆匆地跳了下去，手提扩音喇叭，大概又到别的车厢作宣传去了。

岳之峰不由得也摸了摸自己携带的两个旅行包，摸了摸上衣的四个和裤子的三个口袋。一切都健在无恙。

车开了。经过了短暂的混乱之后，人们又已经各得其所，各就其位。各人说着各人的闲话，各人打着各人的瞌睡，各人嗑着各人的瓜子，各人抽着各人的烟。"小山羊"又响起来了，仍然是《小鸟，你回来了》《五月的轮转舞》和《第一株烟草花》。她仍然在学着德语，仍然低声地歌唱着欣梅尔——天空，福格尔——鸟儿，布鲁米——花朵。

她是谁？她年轻吗？抱着的是她的孩子吗？她在哪里工作？她是搞科学技术的吗？是夜大学的新学员吗？是"老三届"的毕业生吗？她为什么学德语学得这样起劲？她在追赶那失去了的时间吗？她做到了一分钟也不耽搁了吗？她有机会见到德国朋友或者到德国去或者已经到德国去过了吗？她是北京人还是本地人呢？她常常坐火车吗？有许多个问题想问啊。

"您听音乐吧。"她说，好像是在对他说。是的，三支歌曲以后，她没有揿键钮。在《第一株烟草花》后面，是约翰·施特劳斯的《春之声圆舞曲》。闷罐子车正随着这春天的旋律而轻轻地摇摆着，熏熏地陶醉着，袅袅地前行着。

　　车到了岳之峰的家乡。小站，停车一分钟。响过了到站的铃，又立刻响起了发车的铃。岳之峰提着两个旅行包下了车，小站没有站台，闷罐子车又没有阶梯。每节车厢门口放着一个普通木梯，临时支上。岳之峰从这个简陋的木梯上终于下得地来，他长出了一口气。他向那位女同志道了再见，那位女同志也回答了他的再见。他有点依依不舍。他刚下车，还没等着验票出站，列车就开动了。他看到了闷罐子车的破烂寒碜的外表：有的地方已经掉了漆，灯光下显得白一块、花一块的。但是，下车以后他才注意到，火车头是蛮好的，是崭新的、清洁的、轻便的内燃机车。内燃机车绿而显蓝，瓦特时代毕竟没有内燃机车。内燃机车拖着一长列闷罐子车向前奔驶。天上升起了月亮。车站四周是薄薄的一层白雪。天与雪都泛着连成一片的青光。可以看到远处墓地上的黑黑的，永远长不大的松树。有一点风。他走在了坑坑洼洼的故乡土地上。他转过头，想再多看一眼那一节装有小鸟、五月、烟草花和约翰·施特劳斯的神妙的春之声的临时代用的闷罐子车。他好像还从来没有听过这么动人的歌。他觉得如今每个角落的生活都在出现转机，都是有趣的、有希望的和永远不应该忘怀的。春天的旋律，生活的密码，这是非常珍贵的。

1980 年

海的梦

下车的时候赶上了雷阵雨的尾巴。车厢里热烘烘、乱糟糟、迷腾腾的。一到站台，只觉得又凉爽、又安静、又空荡。潮润的空气里充满了深绿色的针叶树的芳香。闻到这种芳香的人，觉得自己也变得洁净和高雅了。从软席卧铺车厢下来了几个外国人，他们叽叽喳喳地说笑着，噢，噢地拉长着声音。"哈啰！"他们向缪可言挥了挥手，缪可言也向他们点头致意。有一个外国女人笑得非常温和，她长得并不好看，但是有很好的身材，走起路来也很见精神。此外没有什么人上车和下车。但是站台非常之大，一尘不染，清洁得令人吃惊。一幢幢方方正正的小房子，好像在《格林童话集》的插图里见到过似的，红色的瓦顶子亮晶晶地闪光。这个著名的海滨疗养胜地的车站，有自己的特别高贵的风貌。

说来惭愧。作为一个翻译家，作为一个搞了多半辈子外国文学的研究与介绍的专门家，五十二岁的缪可言却从来没有到过外国，甚至没有见过海。他向往海。年轻的时候他爱唱一首歌：

> 从前在我少年时……
> 朝思暮想去航海，
> 但海风使我忧，
> 波浪使我愁……

这是奥地利的歌儿吗？还有一首，是苏联的：

> 我的歌声飞过海洋……
> 不怕狂风，不怕巨浪，

因为我们船上有着

年轻勇敢的船长……

这两首歌便构成了他的青春，他的充满了甜蜜与苦恼的初恋。爱情，海洋，飞翔，召唤着他的焦渴的灵魂。A、B、C、D，事业就从这里开始，又从这里被打成"特嫌"。巨浪一个接着一个。五十二岁了，他没有得到爱情，他没有见过海洋，更谈不上飞翔……然而他却几乎被风浪所吞噬。你在哪里呢？年轻勇敢的船长？

汽车在雨后的柏油路面上行驶。两旁的高大茂密的槐树。这里的槐树，有一种贵族的傲劲儿。乌云正在头顶上散开。"马上就可以看见海了。"休养所的汽车驾驶员完全了解每一个初到这里的客人的心理，他介绍说。

海，海！是高尔基的暴风雨前的海吗？是安徒生的绚烂多姿、光怪陆离的海吗？还是他亲自呕心沥血地翻译过的杰克·伦敦或者海明威所描绘的海呢？也许，那是李姆斯基·柯萨柯夫的《谢赫拉萨达组曲》里的古老的、阿拉伯人的海吧？

不，它什么都不是。它出现了，平稳，安谧，叫人觉得懒洋洋的。那是一匹与灰蒙蒙的天空浑成一体，然而比天的灰更深、更亮也更纯的灰色的绸缎，是高高地悬在地平线上的一层乳胶。隐隐约约，开始看到了绸缎的摆拂与乳胶的颤抖，看到了在笔直的水平线上下时隐时现、时聚时分的曲线，看到了昙花一现地生生灭灭的雪白的浪花。这是什么声音？是真的吗？在发动机的嗡嗡与车轮的沙沙声中，他若有若无地开始听到了浪花飞溅的溅溅声响。阴云被高速行驶的汽车越来越抛在后面了。下午的阳光耀眼，一朵一朵的云彩正在由灰变白。天啊，海也变了，蓝色的玉，黄金的浪和黑色的云影。海鸥贴着海面飞翔，可以看见海鸥的白肚皮。天水相接的地方出现了一个小黑点，一个白点，一挂船上的白帆和一条挂着白帆的船。"大海，我终于见到了你！我终于来到了你的身边，经过了半个世纪的思恋，经过了许多磨难，你我都白了头发——浪花！"

晚了，晚了。生命的最好的时光已经过去了。当他因为"特嫌"和"恶攻"而被投放到号子里的时候，当铁门哐的一声关死，当只有在六天一次的倒马桶的轮值时他才能见到蓝天、见到阳光、得到冷得刺骨的或者热得烫脸的风的吹拂的时候，还谈得上什么对于海的爱恋和想念呢？而现在，当他在温暖的海水里仰泳的时候，当他仰面朝天，眯起眼睛，任凭光滑如缎的海浪把自己漂浮摇动的时候，他感到幸福，他感到舒张，他感到一种身心交瘁后的休息，他感到一种漠然的满足。也许，他愿意这样永远地、日久天长地仰卧在大海的碧波之上。然而，激情在哪里？青春在哪里？跃跃欲试的劲头在哪里？欢乐和悲痛的眼泪的热度在哪里？

他愧对组织上和同志们、老友们对他的关怀。平反——总有一天，中国人会到古汉语辞典里去查这些难解的词的吧？还有什么"特嫌""恶攻""反标"，这些古老的汉语的生硬的缩写，出现了崭新的不通的词汇。但他感谢这种离奇的缩写，它给那些荒唐的颠倒涂上了一层灰雾——以后领导上和同事们最关心他的是两件事，一个是好好疗养一下，将息一下身体，恢复一下健康；一个是刻不容缓地建立一个家庭。

对于前一点，缪可言终于接受了安排。对于后一点，他茫然，木然，黯然。"年轻的时候你想得太玄，后来又是由于政治运动的原因，现在呢，你总该安定团结地过过日子了吧？"同事们说。

然而，桃花、枣花，各有各的开花时刻。萝卜、白菜，各有各的播种节令。误了时间，事情就会走向自己的反面。《一千零一夜》里的装在瓶子里的魔鬼，最初许多年曾经准备给释放他的人以全世界的财富的报酬，但是，在绝望地等待以后，他却决心吃掉他的迟来的解放者。当然，他这样做的结果是无可逃避地被重新装进了瓶子。

当热心的同事一个又一个地给他"介绍对象"的时候，他不知为什么想起了这个故事。自然，他没有想吃人，没有准备以仇报德。他只是联想到自己误了点，过了站，无法重做少年。他联想到不论什么样的好酒，如果发酵过度也会变成酸醋。俱往矣，青春，爱情，和海的梦！

所以，他一听到"对象"二字便逃之夭夭，并为自己的逃之夭夭而讨厌自己。他想起了安徒生的童话《老单身汉的睡帽》。他想起了王尔德的童话《自私的巨人》，没有孩子的花园不会得到春天的光顾。是的，他的心里还堆积着冬日的冰雪。

然而大海没有厌弃他。大海也像与他神交已久，终得见面的旧友——新朋。她没有变心，她从没有疲劳，她从没有告退。她永远在迎接他，拥抱他，吻他，抚摸他，敲击他，冲撞他，梳洗他，压他。时而是蓝色的，时而是黄绿色的，时而是银灰色的。而当狂风怒卷的时候，海浪变成了红褐色，像是用滚烫的水刚刚冲起的高浓度的麦乳精，稠糊糊的，泛着黏黏的泡沫，一座浪就像一座山，轰然而下，飘然而散，杳无痕迹，刚中有柔，道是无情却有情。

大浪激起了他的精神，他很快地适应了。当大浪袭来，他把头钻到水里呼气，在水里睁开双眼，眼看着浪潮从头顶涌过，耳听着大浪前进的轰轰的雷鸣般的声音。然后，他伸出头，吸气，划动双臂，面对着威严地向着他扑来的又一个浪头，又一次把头低下，冲了过去。海浪奈何不了他，更增添了游海的情趣。他在大风浪里一下子就游出去一千多米，早就越出了防鲨网。"我这么瘦，只能算是三级肉，鲨鱼不会吃我的。"他曾这样说。但是，就在他兴高采烈地几乎自诩为大海的征服者、乘风破浪的弄潮儿的时候，他的左小腿肚子抽了筋。他想起"恶攻"罪的"审讯"中左腿小腿肚子所挨的一脚来了，那是为了让他跪下。他看看四周，只有山一样的大浪，连海岸都看不见了。"难道到了地方了？"他一阵痉挛，咽了一口又苦又咸的海水。他愤怒了，他不情愿，他觉得冤屈。于是，他奋力挣扎。他年轻的时候毕竟是游泳的好手，虽然是在小小的游泳池里学的艺，却可以用在无边无涯的惊涛骇浪中。他扳动自己的脚掌，又踹了两踹，最后，他总算囫囵着回到了岸上。没有被江青吃掉的缪可言，也没有被海妖吞噬。

"然而，我是老了，不服也不行。"这一次，缪可言深深地感到了这一点。什么老当益壮、重新焕发了青春啦，什么越活越年轻、五十二岁当作二十五岁过啦，所有这些可爱的豪言壮语都影响不了物质的铁一样的规律。细胞的老化，石灰质的增多，肌肉弹性的减退，心脏的劳损，牙齿的龋坏，皱纹的增多，记忆力的衰退……

而且他发现疗养地的人们大多是和他年龄相仿的人，如果不是更大的话。年近半百须发花白的，弯腰驼背老态龙钟的，还有扶着拐杖的，带着助听器的，随身携带抢救心肌梗死症的硝酸甘油片的，或者走到哪里都跟着医生、睡到哪里都先问有没有输氧设备的。这里的女同志不多，年龄也都不小了，绝大部分都腆着肚子。就连百货商场和食品店，西餐馆和中餐馆的服务员，也大多是四十来岁的人。他们业务熟练，对顾客态度好，沉稳耐心，招待首长和外宾都万无一失。

这样，他找不到一个游泳的伴侣。风一大，天一阴，人们干脆就不到海边去了。即使在风平浪静，蓝天白云的上好天气，即使在海水清得可以看见每一条游鱼和每一团海藻的时候，即使海浪的拍拂轻柔得像母亲向摔疼了的孩子吹的气，大部分人也只是在离岸二十米以内，在海水刚没过脚脖子，最多刚没过膝盖的地方嬉戏。倒是清晨和傍晚的散步，涨潮和落潮时的捡拾贝壳，似乎还能多吸引一些人，人们悠悠地迈动步子，他们的庄严而又缓慢的移动，就像天上的云霞一样不慌不忙。

　　没有同伴是再不敢游那么远了。缪可言把自己的活动限制到防鲨网以内了。每次下水半个小时，最多四十分钟，然后他上岸躺在细沙上晒太阳。他闭上眼睛，眼睛里有许多暗红色的东西在飞舞，在变化和组合，好像是电子计算机上显示的符号。他觉得自己对不起这个海。海是这样大，这样袒露着胸怀，这样忠实而又热烈地迎接着他。来——吧，来——吧，每一排浪都这样叫着涌上沙滩，耍——吧，耍——吧，又这样叫着退了下去。

　　海——呀——我——爱——你！缪可言有时候也想向带着咸味、腥味、广阔而自由的海风这样喊上一嗓子。但是他没有喊。周围都是些从容有礼，德高望重的人。他这种"小资产阶级"的狂喊，只能被视为精神病发作的征兆。

　　更多的时候，他只能沿着滨海的游览公路走来走去。从西山到东山（这是两个小小的半岛，小小的海湾），慢步要走一个半小时。岸边的被常年的海风吹得一面倒的红柳使他十分动情，这些经常出现在大西北的戈壁荒滩上的灌木却原来也常常长在海边。生活，地域，总是既区别又相通的。海岸像山坡一样伸展上去，高处建造着一幢又一幢的小楼。站在小楼上看海，大概是很惬意的吧。而现在，站在岸边，视线却似乎达不到多远，他所期待的辽阔无垠的海景，还是没有看见。

　　一条水平线（同样也应该叫作地平线吧？）限制了他的视野，真像是"框框"的一个边。原来，海水也是围在框框里的。当然，这里有眼睛的错觉。当他不是面向着海照直望去，而是按照海岸线的方向向东面或者西面延伸、扩展，望向远方的时候，他觉得自己是看到了很远很远的地方。正面看海的时候，地平线和海岸线横在眼前，而且远近都是一色的波浪，无从比较，无从判断。而侧面看过去呢，两条线是纵向的，岸上的景物又给人以距离的实感，于是，你的"观"感就大不相同了。虽然你一再提醒自己，由于地球是圆形的，那么你的视线在不受任何遮拦的情况下，也只能达到八公里处。正面看不会更少，侧面看也不会更多。然而这种科学的提醒，改变不了不科学的眼睛的真实的感觉。

　　真正辽阔的不是海而是天空，到海边去看看天空吧，他多么想凌空展翅！

坐在飞机上，哪怕上升到一万米，两万米，大概也体会不到一只燕子的欢乐。燕子是靠自己的双翅，自己的身体，自己的羽毛和自己的膂力。燕子和天空是不可分割的一体，而波音707，却要把机舱密闭。只有站在地面上的人，才觉得坐着飞机的人升得很高很高。

　　就站在海边，向往这铺天接海的云霞吧。大面积的，扇面形的云霞，从白棉花球的堆积，变成了金色的菠萝。然后出现了一抹玫瑰红，一抹暗紫，像是远方的花圃，雪青色、灰黑色、褐色和淡黄色时隐时现，掺和在一起。整个的天空和海洋也随着这云霞的色彩而渐渐暗下来了，又陡地一亮，落日终于从云霞的怀抱里落到了海上。好像吐出了一个大鸭蛋黄，由橙黄橙红变得鲜红，由大圆变成了扁圆，最后被汹涌的海潮吞没了。

　　缪可言常常仰视天空。海边的天空是不刺目的，就像海边的太阳不会灼伤人的皮肤。浓雾一样的水汽吸收了多余的热和光。看着这天空，他感到一种轻微的、莫名的惆怅。巨大的，永恒的天空和渺小的，有限的生命。又一天过去了，过去了就永不再来。

　　一到这时，他就有一种强烈的冲动：脱下衣服，游过去，不管风浪，不管水温，不管鲨鱼或是海蜇，不管天正在逐渐地黑下来。黄昏后面无疑是好多个小时的黑夜，就向着天与海连接的地方，就向着已经由扇面形变成了圆锥形的云霞的尖部所指示的地方游去吧，真正的海，真正的天，真正的无垠就在那里呢。到了那里，你才能看到你少年时候梦寐以求的海洋，得到你至今两手空空的大半生的关于海的梦。星星，太阳，彩云，自由的风，龙王，美人鱼，白鲸，碧波仙子，全在那里呢，全在那里呢！

　　"呵，我的充满了焦渴的心灵，激荡的热情，离奇的幻想和童稚的思恋的梦中的海啊，你在哪里？"

　　然而，他游不过去了，那该死的左腿的小腿肚子！那无法变成二十五的五十二个逝去了的年头！

　　也许，不游过去更好一些？北欧一个作家描写过这样一个神奇的小岛，它有着无与伦比的美丽，它吸引着几个少年人的心。最后，当这几个少年人等到天寒地冻时，费尽千辛万苦，用整整一天的时间滑雪前去造访了这个小岛之后，他们才发现，小岛上除了干枯暗淡的石头以外，什么都没有。小说极为精彩地刻画了这种因为找到了梦所以失去了梦的痛苦。何况，缪可言已经过了做梦的年纪！

所以，他想离去。梦想了五十年，只呆了五天。虽然这里就像天堂。不仅和阴潮的、恶臭的、绝望的监牢比是天堂，而且和他的忙碌、简朴、困窘的日常生活相比也是天堂。到处都有整齐如带的一排又一排的树，哪一排是法国梧桐，哪一排是中国梧桐，都不会错的。连交通民警的白色制服也特别耀眼，连大风也不会扬起哪怕一点点尘土，因为这里没有尘土。这里的土质是一种褐红色的细沙，是一种好像在医院里用生理食盐水反复冲洗过的细沙。它毫不粘连，毫无污染。而且街道上每天都要一遍又一遍地洒水和清扫。在这里换上新衬衫，一连过去几天，领子和袖口也不会脏。

他住的疗养所栽着许多花。低头可以赏花，抬头可以望海。可以站在前廊上数过往的帆船的数目。夜间，大家都入睡了以后，他可以清晰地听到大海的潮声，像儿时听到了睡眠着的母亲的呼吸。大海有多悠久，这海的呼吸就有多悠久。大海有多沉着，这海潮的起伏就有多沉着。而当海风骤紧了的时候，他听得到海的咆哮、海的呐喊、海的欢呼，好像是千军万马的厮杀。

而且这里有很好的伙食。人的一生中不是总能够吃到好东西的。在"号子"里的时候，寂寞压迫得人们要发狂。这时不知道谁搞到了一本残缺的成语词典。于是"犯人"们玩起算命来，不看书，自己报一个页码和第几个条目，然后翻开查看，撞上什么成语，就说明自己的命运是什么。当然，如果翻开一看是"罪该万死""遗臭万年"或者"杀一儆百"，那就不免要垂头丧气一番。如果是"前程似锦""苦尽甘来"或者"山重水复疑无路，柳暗花明又一村"，就会引起一阵欢笑。缪可言唯一一次找出的成语竟是"山珍海味"，这四个字带来了多少希望和快乐呀！美美的一顿精神会餐！（大家各自绘形绘色地描述自己吃过的美味）现在呢，山珍虽然无有，海味却是管饱。鱼、螃蟹、虾、海蜇、海带直到海白菜……食油按每人每月一公斤供应，四倍于城市居民。而且缪可言每天伙食费只交六毛，却按一块八的标准吃。休养所的彩色电视机是二十英寸的。休养所有乒乓球、扑克、康乐球、围棋和象棋，邻近的休养所还经常放映外国新片。

那么，他究竟缺少了什么呢？这里究竟缺少什么呢？那些非正常死亡的战友的亡灵永远召唤不回来了，自己的一番雄心壮志也永远召唤不回来了。他说要走，惹得休养所所长十分不安。我们的工作有什么差池么？服务员的态度不好么？伙食不合口味么？蚊帐挡不住蚊虫和小咬么？和其他的休养员有什么"关系"问题么？所长热烈地挽留他。他的介绍信上本来开的是疗养一个月。

但他若有所失。天太大。海太阔。人太老。游泳的姿势和动作太单一。胆子和力气太小。舌苔太厚。词汇太贫乏。胆固醇太多。梦太长。床太软。空气太潮湿。牢骚太盛。书太厚。

所以他坚持要走。确定了要走，情绪好了一些，晚上多喝了一碗大米绿豆稀饭。多夹了两筷子香油拌的酱苤蓝丝。饭后，照例和休养员伙伴沿着海岸散步，照例看天、云、海、浪花、渔船。再见吧，原谅我！他对海说。他好像一个长大了，不愿意守着母亲生活的孩子，在向母亲请求宽恕。我走了，他说。

快要入睡的时候，他走到果园里方便了一下。他走回前廊，伸长脖子，看了一下海，只见一片素雅的银光，这是他从来没有看到过的，哦，今夜有怎样团圞的明月！海上生明月，天涯共此时。在满月下面，海是什么样子的呢？不肖的儿子再向母亲告一次别吧，于是，他披上一件衣服，换上布鞋，一个人悄悄走出去了。

他感到震惊。夜和月原来有这么大的法力！她们包容着一切，改变着一切，重新涂抹和塑造着一切。一切都与白天根本不同了。红柳，松柏，梧桐，洋槐，阁楼，平房，更衣室和淋浴池，海岸，沙滩，巉岩，曲曲弯弯的海滨游览公路以及海和天和码头，都模糊了，都温柔了，都接近了，都和解了，都依依地连接在一起。所有的差别——例如高楼和平地，陆上和海上——都在消失，所有的距离都在缩短，所有的纷争都在止歇，所有的激动都在平静下来，连潮水涌到沙岸上也是轻轻地、试探地、文明地，生怕打搅谁或者触犯谁。

而超过这一切，主宰这一切，统治着这一切的是一片浑然的银光。亮得耀眼、活泼跳跃却又朦胧悠远的海波支持着布满青辉的天空，高举着一轮小小的、乳白色的月亮。在银波两边，月光连接不到的地方，则是玫瑰色的、一眼望不到头的黑暗，随着缪可言的漫步，"银光区"也在向前移动。这天海相连，缓缓前移的银光区是这样地撩人心绪，缪可言快要流出泪来了。这一切都是安排好了的，海在他即将离去的前一个夜晚，装扮好了自己，向他温存，向他流盼，向他微笑，向他喁喁地私语。

海——呀——我——爱——你！他终于喊出了声，声音并不大，他已经没有了当年的好嗓子。然而他惊起了一对青年男女。他完全没有注意到，就在他脚下的岩石上，有一对情侣正依偎在一起。他完全没有思想准备，完全想不到他会打扰年轻人。因为这里和城市的公园或者游泳池不同，这里简直就没有什么年轻人。但是，他确实已经打扰了人家，女青年已经从岩石上站了起来，离开了男青年的怀抱。他恍惚看到了女青年的淡色的发结。他怀着一种深深的歉疚，三步并两步地离开了这个地方。他非常懊悔，却又觉得很高兴，很满意。年轻人在月夜海滨，依偎着坐在一起，这很好。海和月需要青春，青春也需要海和月。但他们是谁呢？休养员里没有这样年轻的，服务人员里也没有这样年轻的。事后他才依稀感到了在自己的耳膜上残留着轻微的本地口音。那么说是农民！一定是农民！是社员？是回乡知识青年？是公社干部？还只是最一般的农民？反正是青年。反正农民也爱海，爱月，爱这"银光区"。那就更好。这天和地，海和人，都显得甜甜的了。

这是什么声音？哗——哗，不是浪，不是潮，这只能是人的手臂划动海水的声音。他顺着这声音找去，他看到了在他刚离去的岩石下面，似乎有两个人在游泳。难道是那两个青年下去游水了么？他们不觉得凉么？他们不怕黑么？他们把衣服放到了哪里？喔哟，看，那两个人已经游了那么远，他们在向着他向往过许多次、却从来没有敢于问津的水天相接的亮晶晶的地方游去了呢。

缪可言觉得有点眼花，这流动的、摇摆的、破碎的和粘连的银光真叫人眼花缭乱。是不是他看错了呢？那里两个人吗？人有这样的游泳速度吗？难道是鱼？人鱼？美人鱼？

不，那不会错，那就是人，就是刚刚被惊动了的那两位热恋中的青年人。缪可言又有什么怀疑的呢？如果是他自己，如果倒退三十年，如果他和他的心爱的姑娘在一起，他难道会怕黑吗？会嫌冷吗？会躲避这泛着银光的波浪吗？不，他和她会一口气游出去八千米。就是八公里，就是那个极目所至的地方。爱情、青春、自由的波涛，一代又一代地流动着、翻腾着，永远不会老，永远不会淡漠，更永远不会中断。它们永远和海，和月，和风，和天空在一起。

他唱起了一支歌。他怀着隐秘的激情回到了休养所。入睡之前，他一下子想起了好几首诗，普希金的，莱蒙托夫的，拜伦的，雪莱的，惠特曼的，还有他自己的。他睡了，嘴角上带着微笑。

"怎么样？这海边也没有太大的意思吧？"送他走的汽车驾驶员说。这位驾驶员是一个善解人意的心理学家，而且他已经得悉缪可言是个古板的老单身汉。然而这回他错了，缪可言回答道：

"不，这个地方好极了，实在是好极了。"

1980 年

木箱深处的紫绸花服

这是一件旧而弥新的细绸女罩服。说旧，因为它不但式样陈旧，而且已经在它的主人的箱子底压了二十六年，而二十六岁，对于它的女主人来说固然是永不复返的辉煌的青春，对于一件衣服，却未免老耄。说新，因为它还没有被当真穿过，没有为它的主人承担过日光风尘，也没有为它的主人增添过容光色彩。总之，作为一件漂亮的女装，它应该得到的、应该出的风头和应该付出的、应该效的劳还都没有得到，没有出过，没有付出，也没有效。而它，已经二十六岁了。

可喜的是它仍然保持着新鲜和姣好的姿容，和二十六年前刚刚出厂，来到人间、来到女主人的身边的时候一样。

"氧化"，它听它的主人说过这个词。它不懂，因为它被穿了一次便永远地压进了樟木箱底，它没有机会与主人一起进化学课堂。虽然，它知道，它的主人是化学教师。

"老不穿，它自己也就慢慢氧化了！"有一次，女主人自言自语说，她说话的声音非常之轻，如果这件衣服的质料不是细腻的软绸而是粗硬的亚麻，那它肯定什么也听不到的。

"氧化"是一个很讨厌的词儿，从女主人的声调里它听出来了。

但它至今还没有感觉到氧化的危险。它至今仍然是紫色的，既柔和，又耀目，既富丽大方，又平易可亲。它的表面，是凤凰与竹叶的提花图案，和它纤瘦的腰身一样清雅。它的质料确实是奇特的，你把它卷起来，差不多可以握在女主人小小的手掌里。你把它穿上，却能显示出一种类似绒布的厚度和分量。就连它的对襟上的中式大纽襻，也是精美绝伦的。那上面，凝聚着一个美丽的苏州姑娘的手指的辛劳。

丽珊购买这件衣服是在一九五七年。新婚前夕，她和鲁明一起去服装商店，鲁明一眼就看到了这件衣服，要给她买下来。她却看花了眼，挑挑拣拣，转转看看，走出了这个商店，走进了别的商店，走出了别的商店，又走进了这个商店，从商店的这一端走到那一端，从那一端又走到了这一端，用了一个半小时，最后还是买下了这件一起初就被鲁明看中了的衣服。当然，鲁明并没有埋怨她，那是多么甜蜜的一个半小时啊！人的一生中，又能有几次这样的一个半小时呢？

新婚那天晚上，她穿了这件衣服，第二天天气就大热了，那是一个真正炎热的夏天。它便被脱了下来，小心翼翼地折叠好，放到妈妈给她这个独生女的唯一的嫁妆———一个旧樟木箱子的尽底下了。

后来鲁明走了，一走就是好多年。

在这个夏天以后，在鲁明走了以后，在世界发生了一些它所不知道的变化以后，它便只有静静地躺在箱底的份儿了。

终于，丽珊成功了，她可以去边远的一个农村，去到鲁明的身边。走以前，她把原来珍贵地放在她的樟木箱子里的许多衣服都丢掉了，像那件米黄色的连衣裙，像鲁明的一身瓦灰色西服，像一件洁白的桃花衬裙……它们都是紫绸花罩服的好同伴。与它们分手是一件令人神伤的事情，紫绸花罩服觉得寂寞和孤单。而那些出现在箱子里的新伙伴使它觉得陌生、粗鲁，比如那件羊皮背心，就带着一股子又膻又傲的怪味儿，还有那件防水帆布做的大裤脚裤子，竟那样无礼地直挺挺地进入了箱子，连向它屈屈身都不曾。

但是丽珊带着它，不论走到什么地方。虽然从那个时候起它已经永远与丽珊无缘了。不说那些无法被一件女上装理解的原因了，起码，那时已经是六十年代了，丽珊已经有了一个满地跑的儿子，她已经再也穿不下这件腰身纤瘦的衣服了。

幸亏还有一条咖啡色的领带，也是在他们结婚前不久进入这个箱子的。它甚至连一次也还没有上过鲁明的脖子，新婚那一天鲁明结的是另一条玫瑰红色的有斜条纹的领带。这样一条领带竟然和这个箱子、和羊皮背心、和帆布裤子、和连指手套与厚棉帽子，当然也和紫上衣一起去到了边远的农村，给纤瘦的紫衣以些许微末的安慰，显然，这是由于丽珊的疏忽。这条领带自然是属于应淘汰之列的。

一九六六年的夏天，一个更加炎热的夏天，鲁明和丽珊在夜深人静之后打开了樟木箱子。翻腾了一阵以后，首先发现了领带。鲁明惊呼了一声："怎么还带来了这玩意儿？"倒好像那不是一条领带，而是一条赤练蛇。"好了好了。"丽珊说，但是她的声音不像丽珊，而像另一个人，"我来处理它……正巧，我的腰带坏了。"说着，她拿起了领带，往裤腰上系。紫衣服看到了领带的颤抖，不知道是由于快乐还是痛苦。

鲁明接着指着紫衣服说："那么它呢？它怎么办？它也是'四旧'啊！"

"我并不旧啊！我只被穿过一次！我被保管得好好的！樟木箱子不会生蛀虫。我一点也不旧，更不是四旧啊！"

紫衣服想说，却发不出声音。精灵一样的苏州姑娘的手指啊，给了它美丽的形体和敏锐的神经，却没有赋予它声音，它甚至于连叹息一声的本事都不具有。

"这个，我要留着它。"丽珊的声音非常坚决，但是比拿领带做腰带用时更像丽珊的声音一些，"我要把它藏起来，不让任何人把它夺去。"

"你恐怕已经穿不得了……"鲁明说。他变得安详了，一只手搭在丽珊的肩上。

"……我要留着它。也许……"

什么是"也许"呢？紫衣服体会到，它未来的命运和这个"也许"有关系，但是它完全不懂得什么叫作"也许"。对于一件二两重的衣服，"也许"太朦胧也太沉重。

"老不穿，它自己也就慢慢氧化了。"这次是丽珊自语，连鲁明也没有听到。

不要氧化，而要"也许"！紫衣服无声地祝愿着。

终于，许多的日子过去了，鲁明和丽珊快快活活地开始了他们的二度青春，他们重新发奋在各自原来的岗位上。许多好衣服也见了天日，同时，许多新质料、新式样、新花色的好衣服迅速地出现了。鲁明常常出差，还出过一次国。他从上海、从广州、从青岛、从巴黎和香港，给丽珊带来了合身的衣服。

换季的时候，这些衣服进入了樟木箱子，它们有一种兴高采烈、从来不知忧患为何物的喜庆劲儿。

新衣服进了箱子，见到紫衣服，不由怔住了。"您贵姓？"它们无声地问。

"我姓紫。"它无声地答。

"府上是？"

"苏州。"

"您的年纪？"

"二十六。"

"老奶奶，您真长寿！"上海衬衫、广州裙子、青岛外套、巴黎马甲与香港丝袜七嘴八舌地惊叹着。

它们没有再无声地说下去。因为它们看出来了，紫衣服的神情里流露着忧伤。

丽珊好像懂得了它的心情，在把新衣服放好，关上箱子盖以后，又打开了箱子，把紫衣服翻了出来，托在掌上，看了又看。紫衣服听到了丽珊的心声："不论有什么样的新衣服，好衣服，我最珍爱的，仍然只是这一件。"

"以后……"她说出了声。

对于紫衣服，"以后"比"也许"的含义要更浅显些，它听到了"以后"，它理解了"以后"，它充满了期待和热望，它得到了安慰。它在箱底，舒舒服服、温情脉脉地等待着。它信任它的主人，它知道丽珊的"以后"里包容着许多的应许。它不再嗟叹自己的命运，也丝毫不嫉妒新来的带着丽珊的体温和气味的伙伴。就拿那一双香港出产的长筒无跟丝袜来说吧，只被主人穿了一次，便破了一个洞。紫绸服的口角上出现了一丝冷笑，不用人指点，紫绸服已经懂得了在香港时鲜货面前保持矜持。

丽珊所说的"以后"是指她的孩子。他们没有女儿，只有那个儿子，他们的生活虽然坎坷，儿子却大致没有受过什么委屈。从小，儿子的生活里有足够的蛋白质、足够的爱、足够的玩具和课本。儿子早就发现了妈妈的这件压箱底的衣服，他第一次提出下列问题的时候还不满八岁。

"妈妈，多好看的衣服呀，你怎么不穿呀？"

丽珊没有说什么，她只是静静地一笑，她绝不让孩子过早地接触那咬啮大人的愁苦。

"等你长大了，我把这件衣服送给你。"妈妈有时说。

"我……可这是女的穿的衣服呀！"儿子说话时的口气，好像为自己不是能穿这样衣服的女孩子而遗憾似的。

妈妈笑了，笑得有那么一点狡狯。

后来儿子有了自己的事，有了自己的书包，自己的朋友和自己的衣服。他不再提这件衣服的事，他把这件压箱底的衣服全然忘了。

以后儿子长大了。以后儿子念完大学，工作了。以后儿子有了女朋友。以后儿子要结婚了。

这就是丽珊所说的"以后"的部分含义。在儿子预定的婚期的前几天，樟木箱子被打开了，压在箱底的紫绸衣服被小心翼翼地拿了出来。

"你看这件衣服好看吗？"丽珊问儿子。

"哪儿来的这么件怪衣服！"这是儿子心里的话，但他没有说出来。人们心里想的、没有说出的话是不能被他人听到的，只能被质料柔软的衣服听到。

儿子看出了妈妈的心意，所以他连忙笑着说："挺好。"

"送给你的未婚妻吧！"丽珊说，"我年轻的时候只穿过它一次。"同时，丽珊在心里说："那是我新婚的纪念，也是我少女时期的纪念，虽然它在我的身上只被穿了三个小时，然而它跟着我已经度过了二十六年。"

紫绸衣听懂了丽珊说出的和没有说出的话，它快活得晕眩。任何一件衣服能有这样的幸运吗？它将成为两代人的生活、青春、爱情的纪念。

儿子接过了紫衣，拿给了未婚妻。未婚妻提起衣服领子在自己身上比了比，正合适，用不着找裁缝改。未婚妻的身量比妈妈略高一点，但按现在的时尚，衣服宁瘦勿肥，宁短勿长，这件衣服简直天生是为儿子的未婚妻预备的。

紫衣服想欢呼："我的真正的主人原来是你！我的真正的青春，原来是在八十年代！"它想起香港的破了洞的丝袜子称它为"老奶奶"，笑得不禁抖了起来。

"不，我不要，新衣服还穿不完呢，谁穿这个老掉牙的？"未婚妻讲得很干脆，也很合逻辑。"当然，我谢谢妈妈的这番心意。"过了一会儿，她补充说。

透不过气来的紫衣服偷偷瞅了一眼，未婚妻的上衣和裤子上有令人眼花缭乱的无数个小拉链，服装的款式、气派和质料都是它从来没见过、也从来没想到过的，它目瞪口呆。

最后，紫衣服回到了丽珊手里，鲁明身边。儿子的解释是委婉的："这是你们的纪念，它应该跟着你们。"

"这样好，这样好。"鲁明爽朗地大笑着说："你给出去，我还舍不得呢。"

他对丽珊说。

同时，儿子和他的未婚妻十分感激地收下了二老双亲给他们的其他更贵重得多的礼物，其中包括一台电视机。未婚妻给妈妈打了一件毛线衣。八十年代的毛线衣，有朴素而美丽的凹凸条纹，不仅可以穿在罩服里面，而且是可以当作春秋两用衣穿在外面的。

紫绸衣在这一晚上搭在了丽珊和鲁明的双人床栏上。它听到了他们的心声，惊异地知道了自己原来包容着他们的那么多温馨的、艰难的和执着的回忆。那是什么？当丽珊伏在床栏上与鲁明说话的时候，它感觉到一点潮湿、一点咸、一点苦与很多的温热。它明白了，这是一滴泪啊，一滴丽珊的眼泪。眼泪润泽了并且融化了紫绸衣的永久期待的灵魂。它充满了悔恨，它竟然一度想投身到一个年轻无知的女子——儿子的未婚妻的怀抱，与那些拉链众多的时装为伍。它再也不会犯这样的错误了，它再也不离开丽珊和鲁明了。这已经是足够的报偿了，它已经得到了任何衣服都不可能得到的东西。为什么这样热、这样热啊？眼泪正在加速氧化的过程，它恍然悟到，氧化并不全是可诅咒的事情。燃烧，不正是氧化现象吗？它懂得了它的主人这一代人，他们的心里充满了燃烧的光明和温热。从它来到他们的家里以前就是这样，现在仍然是这样。

衣服是为了叫人穿的，得不到穿的衣服是不幸的。然而，最最珍贵的衣服又往往是压在箱子的深处的。平庸如香港的丝袜，也完全理解这一点。然而，如今的丽珊、鲁明与我们的这一件紫绸花服，却都有了新的意会。

所以，在这个故事里，丽珊、鲁明和紫绸花服，都不必有什么怨嗟，有什么遗憾，更用不着羡慕别样的命运。他（它）们已经通过了岁月的试炼，他（它）们尽了自己的心力，他（它）们怀着最纯洁的心愿期待着。如今，他（它）们期待的已经实现，落在紫绸花服上的唯一的一滴眼泪已经蒸发四散，他（它）们已经得到了平静、喜悦、真正的和解和愈来愈好的未来。他（它）们有他（它）们的温热和骄傲和幸福。紫绸花服的价值已经超过了一般。而当这一些写下来以后，木箱深处的紫绸花服还会慢慢地氧化在心的深处。

那就让它氧化和消散吧。

1983 年

高原的风

在二十世纪八十年代这几年的中国，对于城市的芸芸众生来说，有什么事能使人感到特别幸运呢？获得奖金？小额者人皆有之，早视为理所当然，再翻两番也是不要白不要，要了白要。巨额者上哪儿领去？升官？毕竟只有为数不多的同志在考虑进入梯队，而且毕竟不是所有被考虑者都那么迷官，像官迷们用迷官的眼睛所见所想的那样。"彩票"得中？迄今只在首都发售过一次国际马拉松赛有奖参观券，售券时出动了大批民警，差点挤出人命，得头奖的机会是四万九千九百九十九分之一。碰到个知心伴侣？那是年轻人的事。再说，正如仁人志士们指出到处都有荒谬的不道德的无爱婚姻一样，到处都有更多的不准备招揽聘请第三者的一对一的成双婚配。冥冥中有个大自然规律管着呢，男女比例大致相当，有哪个少男不善钟情？有哪个少女不善怀春？因而痴男怨女的数量总还是大大低于成年人口的百分之一、二、三，这不会影响莺歌燕舞、不是小好的比率。历次运动已经证明，这个比率是安全的。

说来说去，这些年最能让相当一部分人为之神往的事还是分到房子。要想知道分到房子住的快乐，只需看看房子不够住的苦情。要想知道分房子的重要，只需看看负责分的人是如何机关算尽、如临大敌，而要房子的人又如何费尽颜面、言语、心术。每年为分房要房，白了多少头发！

这样，一九八四年初东泉市的宋朝义分到两套房子，不是一件小事。这是一九七八年冬以来他的各种顺心的事的一个集结，一个小小的高潮。一月十四日，经过了许多扯皮、摩擦、推脱、虚惊、奔走、摊牌、等待、失望、再希望……以后，他拿到了两个单元的各三把共六把钥匙。钥匙是铝合金制作，有几道纵沟，表面上千篇一律，散发着保护油和尘土的气味，看来十分肮脏。他接到这六把脏钥匙的时候觉得高兴，却又不像预想的那么快活。

下班以后挤汽车。冬天，冷风吹着脸，车窗玻璃没有摇上来。一位乘客手提的装在尼龙网兜里的熏鸡似乎一直在啄他的大腿。他饱经沧桑，既快乐又叹息。到处都有烧鸡、卤鸡、酱鸡、扒鸡、熏鸡，还有香酥鸡。就酒喝挺好。如果屋里有暖气……

就更好。他在2路汽车等候转车等了四十三分钟。不知道是不是哪儿轧了人。冬天，穿着臃肿，动作不灵，事故增加。其实他只需要再坐三站，步行只要二十分钟。问题是他已经把自己押在等上了，越等就越不能不等。他的脸颊冻得好像要结一层脆皮。清醒清醒。小时候他冻得尿过裤。"触及灵魂"的时候他冻得把唯一供给他热能的高粱米饭吐了一地。

回家七点四十四。他稳稳地拿出钥匙，妻子和儿子雀跃。就是为了你们。面前似乎有鲜花、石阶、沙发和激光效果。就是为了我们一起住了多年的破烂农舍。心里烫烫的。吃完饭八点半，疲惫不堪。妻子儿子坚持要立即出发看房，似乎再耽搁一天房子就会飞。得到钥匙以后他们发现已经等待到了极限。又转了两次车，历时五十二分。他们小心翼翼地登上楼梯，暗淡而又曲折狭窄。轻轻旋转钥匙打开了门，轻轻地打开了灯，四面都是白色的墙壁。面色也是苍白的。

乔迁志喜。留下的是电视系列片一样的一系列场面和记忆，也像电视系列片一样啰嗦、累人、不乏破绽和可疑，却仍然引诱你完成任务般一部又一部地看下去。

儿子找了小哥们儿二十四人次帮助迁居。为了犒赏小哥们儿，父亲通过政协管理员买了四十二瓶啤酒、两瓶大曲和大批火腿、香肠、煎鱼、炸小虾和红扑扑宛如玫瑰的猪蹄。卫生间墙壁下部用砂纸打磨光净后涂上了淡绿色调和漆。客厅糊上塑料壁纸，壁纸和工是托一个停止了往来二十五年的老同学办的。为答谢他，请这位老同学到"楼上楼"吃了一席。为吃好这一席，他又找了一位二十四年无来往的老同事。

购置液化石油气钢瓶（煤气罐）创造了辉煌的纪录。东泉市煤气公司一位业务员曾经说搞到煤气罐未见得比搞到房子容易。当然是由市人大常委会和政协而不是由他所在的学校出面的。公函上写道，兹有全国人大代表、我市政协副主席、侨联副主席、社（会科学工作者）联副主席、侨眷宋朝义同志需解决煤气罐一个……他的伟大头衔写了密密麻麻好几行小字。侨眷与侨联副主席语义重复。他的本职工作——教师根本没写。而且，用侨眷的身份或用其他头衔去讨煤气罐，他不知道哪个必要，哪个羞死。后来又托了他儿子的女朋友的一位同学的姨父，只等了一星期就把煤气罐弄回。

宋朝义新分到的房子是两个单元，门对着门。大单元三室一厅一阳台一阴台一厨房一卫生间，小单元一室一厅一阳台一厨房一卫生间。小单元基本上归儿子，厨房改成了他们一家的报刊图书资料存放室。大单元分卧室、客厅和工作室，门厅放着一个塑料贴面电镀钢腿折叠圆桌和几把电镀钢腿折叠弹簧软椅，可放可收，可以吃饭也可以接待一般来客。整个生活突然升了一格。在自己的两个单元里，宋朝义推开这个门走进那个门，看着这个屋的书架又打开另一个屋的写字台抽屉。他觉得新奇，觉得有趣，觉得好像走进了一个为录像而布置得生硬的房间里。

五年来的好事像排着队游过来的一串金鱼。平反，回迁，特级教师，连涨三级，出版了他撰写的关于乡村语文教学的书，布面精装本一千册。宋朝义的姐姐——赋予宋朝义以侨眷身份的"侨"偕姐夫两次回国探亲。姐姐嫁的那个开始时令宋朝义觉得压抑的"洋人"还是个不老小的人物。几乎在分到房子的同时，姐姐寄来了一笔钱。侨汇券、外汇券、人民币如虎添翼。儿子在妻子支持下采取了一整套装备新居的行动，不止一次使宋朝义心里的那根习惯了清贫日子的弦颤抖。好像是那些横冲直撞地占有了他家的地盘的陌生的家伙，那些神气十足的电冰箱、电视机、收录机、沙发、新式木器、软床碰破了他的一件什么使用多年的亲切的瓷器。

宋朝义五十四岁，五十四年来大体上没有离开过拥挤、寒碜、捉襟见肘、有时候是提心吊胆而又逆境中分外自觉善良、清白和内心平安的日子。他习惯于侍奉这样的日子像孝子习惯于侍奉辗转病榻、喜怒无常但毕竟恩泽未泯的母亲。离开这与生俱来的日子母亲、日立三开门或者夏普双声道，似乎不能完全填补那种科学家认为有益、但很少人能适应的失重即失落感。

幸福可能主要是为了给别人看的。幸福大概是供参观而不是供享用的样品。

老朋友、新朋友、老关系、新关系来到了新居，赞叹此起彼伏：

已经是八个现代化，又何必二〇〇〇！

这就叫让一部分人先富起来！

总算能安安生生过好日子了！

三十年河东！三十年河西！

住进这样的房子，死亦瞑目矣！

最后一种反映使宋朝义觉得刺耳。什么？死？生于忧患，死于安乐……我们的世世代代先人都是把安乐与死联系在一起。

说这个话的是老宋的至交，身高一米九的老赵。老赵的父亲曾在北洋军阀时期大富大贵，老赵无所不好，无所不能，琴、棋、书、画、摄影、京戏、大鼓、变戏法、拿大顶、抹灰、砌灶……但又无一称精。近年来他的日子也有不少改善，但改不了他那副不梳头、不系领钩、不刮脸的落魄行藏，而且一张口说话常带三分晦气。

真的？长眠 = 安息。而生活，就是奋斗、就是咬紧牙关、就是承受一个又一个打击。年轻时候他看过电影《墨西哥人》，墨西哥人一声不吭地承受着雨点般落向他的头部面部胸部的拳击。扛起麻袋走在颤悠悠的跳板上真觉得再多一根稻草就能把脊椎压断。在四下透风的教室里给坐在土坯凳子上的孩子讲人生的真谛在于使别人生活得好。给儿子烤一块红瓤白薯。在煤油灯底下一边看书一边揉着眼睛里的水分。越穷还越要留下点积蓄，他又存了一百元定期。生是一种韧性啊。

如今，每天早晨在哗哗作响的喧闹的水声里洗透拖把，把洋灰地擦得像打上了蜡，新鲜的水门汀散发出一股碱腥却喜人的气息。阳光透过大幅针织编花白色窗帘照在绿色的水仙叶上。墙上挂着丝织的徐悲鸿的群马。音箱里时而传出获奥斯卡金像奖影片《爱情故事》的主题曲，大提琴的低音威严而又和暖。客人来了坐在双垫沙发上吸红双喜香烟、喝一块七一两的茶。客人走了把高雅的沙发巾一一整理。似乎是飞机失事后幸存者的归家，好像是马拉松赛后运动员泡在热水浴缸里，他如释重负，闭上眼睛，长长地吐一口浊气。

又总是小有不安。他的同事、他的朋友们生活得还太艰难啊！某大报第一版报道保定市郊一所学校以重金聘请一位校长，月薪一百二十元，该消息明明说那里的农村一个普通劳动力月收入一百挂零，有技术者月收入一百三四十。这就是改善后的中小学校长的待遇，遑论教师！滨河区教育局三十余年来第一次说是要给所属学校教工分几套房子，条件是：一、夫妻双方都在本区教育系统工作五年以上。二、现家庭人口人均住房面积低于二点五平方米……听了这样的条件想上吊！

只有儿子器宇轩昂地进出新居，倒像这房子是分给儿子、老子是沾光奉陪而来的。儿子龙龙比朝义高十个厘米，活脱像他却又比他风度翩翩。他一手叉着腰走来走去地巡视、设计、组织采购、搬运和布置，脸上带着一种高傲的、嘲笑的表情，根本没有把使父亲诚惶诚恐、受宠若惊的一切放在眼里。

老宋不喜欢儿子的这种神气。居安思危。一米一粟当思来之不易。你怎么就觉得过好日子那么应当应分呢？比较起来，当年在乡村，帮着他挖菜窖和打土坯、和农民的孩子们一起掏鸟窝和拍三角的儿子何等纯朴可爱！

宋朝义有几位交情也还可以的朋友，朋友们原来处境包括住房比他好。近几年宋朝义自己也惶惶然悚悚然颇有几分发达，住进佳室，从此这几位朋友不进他的门。他的邀请被婉谢。他照旧大大咧咧地去找人家串门，又抽烟又喝茶又吃瓜子，还希望留饭。终于没有留饭，而且脸色与语气不像往日。

与此同时，来他家的新客大增。包括任职的各有关部门和团体的领导及下属们，包括外地来的乃至外国来的有关方面的"人五人六"。其中有一个自封为全国函授调节中心总执事。也有各种慕名者、叙旧忆旧者。他常常像录音带一样地从 ABC 开始播放自己的籍贯、年龄、简历、婚姻子女状况、工资级别、本兼各职……新相会的老故人对宋朝义的编制仍在一个中学大惑不解，觉得不合逻辑，似乎也不合天理。一见如故、推心置腹的友人建议说，还是转到统战、侨务或外事部门去吧……一些人的心目中，中小学教工的地位是城市中的倒数第一。

可我的本业是教书啊，没有教书，还有底下的那一切吗？

新见面的老友暗示他，当然当然。但你已经有了别人没有的许多，这时候教不教书就不再是重要的了。说不定再教书只能降低自己。说不定你越是再不教书，就越是证明你教得好，无与伦比，不可企及。真正高级的权威都是不动手或已经不能动手的，要不怎么叫教师里的特级呢？

似乎里头有点天机。

市委领导与他谈话。建议把他调到侨务部门。他想起了个中天机便坚决谢绝了。一部分人说他做得对。一部分人说他傻，长期下乡染上了小生产习气。再一部分人说他狡猾——大智若愚。

去不去侨联反正他越来越忙碌。忙碌中他发现妻子江春常常显出愁容。

"你怎么了？"他问妻子。

"没什么。"妻子神情抑郁。

"我最近……太忙了……连陪你看场电影、逛趟公园、去趟百货商店的时间都没有。"

"为什么要陪我呢？那不成了给你制造负担了吗？"话音是冷的。

真是祸从天降，有自无生！宋朝义是这样正派、这样勤恳、这样挚爱着妻子——他曾经对妻子说，当初我是不敢爱你的，但是一想到假若我们不结合在一起就再不会有另一个像我一样爱你的人出现在你的生活里，不和你结合便是最残酷的犯罪了。他过去这样想，现在仍然这样想。他究竟做了什么事招江春不高兴呢？

"我……有什么不对吗？"宋朝义放低了声音，力求平静和耐心，"你好像……近来……"

妻子是娇小的，快到五十岁的年纪从背影看去甚至仍然像是少女。一个无所不知的朋友非说江春过去当过演员受过文工团的训练。妻子又是一个有着独特精神追求的人，否则怎么会在他最困难的时候单单挑中了他，与他一起镇静坚定地度过了一个接一个的漫长难熬的日子？

"没有什么。"江春的表情却是有什么。

"到底怎么了？无论如何你要把话告诉我，你总不该瞒着我。你有什么不愉快吗？工作、生活、房子、儿子和我……"

"工作生活房子儿子你都太好，我是世界上最幸福的人。"

冷嘲的声调终于激怒了宋朝义："我究竟做了什么？我辛辛苦苦，我忙忙碌碌，我受过各式各样的打击、侮辱、冤屈……好容易日子好过了一点……这不是，这么好的房子也分到了，不是你要我去奔走房子吗？"

"别说这些，别说这些了。"江春摆着手，又踮起脚捂住了宋朝义的嘴，她的脸上显出了勉强的笑容，那笑容是苦的。

还有沁出的泪水。她的眼睛不看宋朝义，在看什么呢？

儿子也常常有这种莫测的眼光。在自己的小单元里，龙龙每天都睡得很迟。他读老子、读康德、读中药学和雨果。用不屑的口气谈论局长的报告与大获好评的小说。听黑人的招魂曲却不接受父亲多次向他推荐的贝多芬《第九交响乐》。看电视的时候一会儿按这个键一会儿换那个频道一会儿移动天线，让你哪个节目都看不成。眼神里流露着轻狂、忧愁和怀疑。志大才疏、不知世事艰难，如果不是垮掉的一代，至少也是迷惘的一批。

他们哪有我们当年那种纯真献身的热情？宋朝义想，扩而为国家的未来而担忧。

女人无论如何永远是一个谜。

当代青年大概也是一个谜。他们为什么爱听那野性的哭叫一样的招魂曲？

人的命运也是一个谜。前半生，他努力改造，努力符合社会要求，包括吸烟、腔调和走路的姿势。为了改变剥削阶级出身狗崽子的形象，他有钱也不买价格一毛五以上一包的香烟。他本来声音洪亮、口齿清楚、条理分明，为了不做夸夸其谈的浮躁知识分子，为了与农村的人们打成一片，他学得常常木木讷讷，有时候故意把话说乱、丢三落四、吭吭咳咳唉唉。还有拱背低头走路，当然是夹尾巴而不是翘尾巴的姿势……更不要说他做出了多么绝情的事——与侨居海外的大姐划清界限……结果，命运像落到墨西哥人脸上的拳头雨。

这几年呢，只能用一个他最不喜欢的俚语来形容："芝麻开花节节高"。多年来的语文教学使他对这俚语产生了反感偏见，它俗不可耐而又作生动形象状。他老觉得这只能算是耍贫嘴。如今，一想起自己几年来的变化就想起了这几个词。活是现世报应啊！

连他的当年坚决反共的大姐不肯回国去了台湾后来又到了美国嫁给一个白种人也成了他时来运转的契机之一。他想找条地缝儿钻下去。

房子也是谜。上大学的时候他嫌宿舍不好，援引马克思《资本论》来论证那种睡上下铺的大学生住宿条件比马克思所说的十九世纪英国不顾工人死活的车间条件还差，为此他成了"打着红旗反红旗"。"分子"化以后他们十七个人住一间小屋，打地铺，翻身的时候确实要一起翻……他睡得实在。

迁入新居以前他住一个大杂院，九户如一家。渍的酸菜在室内发酵，成年的儿子与父母之间挂起一个床单。他的家与相邻的邻居一家虽不见面却声气相通。邻居一家的挂钟同时为他们报时。邻居吃辣椒他们一家人陪着流泪咳嗽。估计是隔墙天棚以上没有抹泥抹灰，砖头中间的缝隙成了畅通的交流渠道。

迁入新居后反而时而辗转反侧。太静？太忙？太软？太缺乏杂味？男性更年期？好像缺少点沉重的、系着他和坠着他的东西。

睡不着的时候他常常想起刚刚被东泉市"收回"的日子。他们被暂时安置在一个六等小招待所放杂物的阴暗小屋。小房六平方米。他们从严寒的极北方农村带回来的饭桌、木椅、板凳、纸箱、木箱、柳条包放在教育局的库房里接受老鼠品尝。他们这间阴暗的小屋对面是盥洗室，每天从凌晨到深夜都可以听见每一个客人洗脸、刷牙、喷鼻、吐痰和每一个服务员洗拖把与倒痰盂。他们的小屋的后面是电视棚，全招待所只在此棚下安放了一个电视机。每个晚上都是电视里的大锣大鼓大吵大叫大哭大笑——人多，得把音量拧到最大限度……然而，当他和妻（那时儿子还没回来呢）住进这小屋的时候，心情是多么激动啊！他们等了这么久又这么久，他们遭受了那么多不公正和不公正，他们冬眠了那么多年和那么多年，这一切都有了报偿了！一切都在重生，一切都在复苏，冰河解冻，万树含苞，他们整个灵魂和生命向着新时期歌唱。犹有（不是岂有）豪情似旧时！江春和他一起会见老朋友，一起走过年轻时候无比熟悉却又阔别多年的每一条街巷。每个路口、每个拐角、每盏灯和每座新房子旧房子都使他们欢呼流泪……那是一间神奇的小屋，窄小却充盈着巨大的幸福、阴暗却充盈着光明的希望。

后来呢，后来他以未曾料及的速度恢复了自己的一切优势：博闻强记，触类旁通，灵活敏捷而又善于表述，何况他还充满了那爆发的久被压抑的工作与服务的热情。他谢绝了留在局里供职的好意的建议，走上教学第一线。攻读、著述、上课。几次公开课和一本书震动了东泉市和省。从此一顺百顺、一通百通。而当他担任了这里那里的代表、副主席以后，似乎他的课讲得更好了。连北京来的视导员听完他的课以后也条条是优点地说了十五分钟，连一条改进建议都没提。

上起课来他已经烂熟，进入化境。不但能掌握内容、掌握进度和节奏，而且他精确如电脑地预见和掌握着自己在课堂上的一举一动一言一笑一措词一声调，与学生的每个情绪征兆配合默契、相互应答。微笑、迷惑、好奇、恍然大悟、失笑、欢欣鼓舞，该出现什么就出现什么，该出现到什么程度就出现到什么程度。学生完全被他征服，五体投地。一堂课时间飞快地过去了，他戛然而止。学生没有听够，宋老师比上课以前还神采奕奕。那是一种真正的艺术的圆熟，艺术的无我与无物。

无懈可击，无懈可击！如庖丁解牛，游刃有余！

也许可怕就怕在这无懈可击上吧？老赵看到了他的新房子就想到死，就因为新房子对于他们来说已经无懈可击。

倒是他的儿子，仍然一百一十个不满意。希望买录像机。希望安装一个会奏电子乐段的门铃，买摩托车和橡皮船。干脆买空调设备，澳大利亚出品……

那个设备要多少钱？六七千块。一个月用多少电？上百块电费。宋朝义简直气得哆嗦。而儿子嘲笑说，小生产者只知道把钱存到罐子里，只知道让钱睡眠。您应该知道有消费才有周转，有流通周转才有扩大再生产。

宋朝义想给儿子一个耳光。他知道耳光的威力比不上新思潮，但总可以抵挡一气。

他的游刃有余和无懈可击的教学会不会正在变成一种新的落后的程式呢？社会活动多，有时不得不找别人代他批改作业、代他与学生谈话，他还能有什么长进？

他们学校新到了一位年轻的女教师小李。小李教初中，她从初一就经常用课堂讨论的方法进行语文教学，上课的时候班上学生都抢着发言。她教的一位身高不足一米五的女生竟然对课本所收的一篇鲁迅的著名文章提出疑义，有人说是异议。质疑是幼稚的，所有的老教师都责备小李和她的矮学生的荒唐。正赶上文艺界批评"资产阶级自由化"。有人说小李的教学试验是自由化的表现。特级教师宋朝义心情沉重。

宋朝义的沉重倒不是为了小李。与他的过去相比，小李的挫折简直不算什么。宋朝义的沉重恰恰是因为他自己。他的特级只需要维持，不需要从头做起。摸索、冒新的风险、奋斗、受误解和指责以及这一切所带来的激动人心的战栗，都已经不再是他的事。他已经五十四岁，短短的五年已经"把失去了的光阴追了回来"。已经度过了他过去应该度过而未能度过的岁月。在东泉市，他难于超越他自己。他无法想象他在一九八五年、八六年、八七年一定比他八二年和八三年教语文教得好。正像他无法想象在此生能住上更高的标准的房子。悲哀在于他确实教得很好。而要比很好更好，就像朱建华跳过两米三九之后再跳，难了。何况他比朱建华大三十几岁。

幸福在于希望。否则当然不幸。

他把自己的想法告诉认为迁入新居死可瞑目的好友。老赵大笑，露出了因为吸烟而熏得黄黄的牙齿。你这就叫烧包。懂不懂？河北话，原意是说一个人有了点钱，放在包里，觉得烧得烫人，不挥霍光了不踏实。后来意思转了，扩大了，指一个人由于处境好而坐卧不宁，没有福分消受。老百姓云："只有享不了的福，没有受不了的罪。"信哉斯言！《范进中举》不是给学生讲过吗？范进中了举，烧包烧出了精神病，亏他岳父胡屠户一个耳光，他才吐出一口黏痰，灵魂才得救！要不咱们俩换换，我住你那个房，要你那些个衔怎么样？

老赵的话使他觉得隔膜，有点寂寞。晚上他在台灯下拆阅信件，台灯下越亮，四周像是越黑。冲刺之后突然降低了速度和紧张度，他慌。

躺到床上以后他唉声叹气。他把自己的想法告诉了妻子。

"你上次问我为什么心绪不好，我回答不出。"妻子缓缓地说，"我只觉得在我们得到新的好的房子的同时，我们，特别是我也失去了那么多宝贵的东西。我们的青年时代。我们的贫贱夫妻百事哀的日子，艰辛，又总盼着明朝。还有对我们的不幸充满同情的朋友们的眼光。冷眼旁观，现在那些来找你的人，有的眼光是羡慕的、尊敬的，有的是讨好的、哄慰的。那些要求你去参加会、去讲什么话、去署什么名义、去接待什么人的人，当你向他们诉苦，诉说你的社会活动负担太重，已经重到了影响你的本职工作的时候，他们有的在窃笑，以为你是在卖弄自己的伟大，于是他们也用什么'能者多劳''请在百忙中抽出时间'之类的话来哄你。还有些人在审视你、打量你，本来是老朋友，端详着你却像端详着陌生人。他们可能为你发愁，也可能对你有点怀疑，怕你离开他们而去……"

宋朝义大吃一惊，醍醐灌顶："真的，你说得真对，你的眼睛真厉害，我没想到事情是这样的……"

"问题不在于别人的眼光。"江春继续说，她说得躁了，从被子里伸出了裸露的胳膊，"问题是你，你实际上也挺得意……"

"哦，你也这样说！"宋朝义觉得这话像针刺。

江春不理会他的哀鸣，只管说下去："你的眼光踌躇意满却又疲劳，忙乱却又空虚，散乱却又呆板。你还记得我们刚回来，一起住在小招待所的情景吗？那时候一提起我们的工作和生活，你的眼睛像两盏灯。"

"噢！"

"还有我，你有时间想想我吗？你还记得我的存在么？你忙、忙、忙。你有你的事，你的活动，你的房子。我有什么呢？我和你一起迎来了春天，现在的日子是你的了。"

"你怎么这么说，我的一切的一切，不也都属于你吗？"

"说得真对！"江春冷笑了一声，"我所有的，是你的一切，你所有的，也是你的一切。实际存在的，真正存在的，只有你的一切。你倒是很慷慨，你声明说，你的一切都属于我。而我呢，除了你以外就什么都没有！"江春的声调忧伤自嘲。

宋朝义却糊涂。前一半，当妻子分析他们迁入新居后失去的友情的时候，宋朝义佩服妻子的英明。后一半，当妻子述说自己的处境，从语言到内涵，宋朝义都觉得玄虚深奥。而妻子的悲哀与嘲弄的口吻使他不理解，并从而愤怒了："工作上的事就够我累神的了。回到家来，我得到的不是安慰而是莫名其妙的牢骚。要不咱们还回农村去？噢，我真得同意这个话了，烧包，烧包！"

好像受到了猝然打击，江春噤住了，她极力压住自己的抽泣。这使宋朝义更加烦躁。过了许久，江春低声自言自语说："你也说我烧包了！二十多年前，我中断与家里给我相中的'女婿'的来往，决心嫁给你，跟你去农村的时候，我爸爸，我妈妈，我姥姥、舅舅、表姐、表姐夫还有好几个要好的同学，不是说我'烧包'吗？"

宋朝义只觉得心里咕咚响了一下，好像有什么贵重的东西掉到了井里。

夜半醒来，听着风声、车声、遥远的说话声、猫叫声和不知道是谁家的没有关紧的窗子的撞击声。不知这些是怎么回事。无事可做便起身去上厕所，其实可以不去。他看到了儿子屋里的灯光未熄。

迁入新居以后，正在罗马旅行的姐姐闻讯来信说：吾弟半生坎坷，从此安居乐业，enjoy your life！

似乎中国人缺少这样的观念。中文里甚至缺少这样的词语。姐姐用了一个英文短句。勉强译作：享受你的生命吧！

他忽然懂了江春。人生是痛苦的。当生活是痛苦的时候，我们为了生活而痛苦。当生活不再痛苦的时候，我们为了自身而痛苦，亲爱的妻！

天亮以后他投入工作，像人造卫星进入轨道，惯性和向心力支配着健康正常的运行。真是烧包，莫非？

他决定去看望一下因为进行新的教学方法的试验而受到指责的小李老师。他事先没有说。按照地址去寻找，竟在曲曲折折的小巷里打听了半个小时。那一带聚居的"贫民"只知道街巷的旧称谓。

终于找到了小李的家。他大吃一惊。小李全家住在一间由早先的门楼改建成的房子里。这间房子的地面比外面的地面低一尺，进屋好像是落到一个坑里，而且黑暗。尤其惊人的是，他们家床分三层，除了一般的所谓双层床以外，他们把下一层床用砖头垫高了多半尺，然后在地上铺了一层毡子，一层褥子，靠墙根还摆着一排柳条包和箱子。这最下层的铺位，就属于三十岁还没结婚的小李。

小李喜出望外地愉快地迎接了他，给他沏香片茶，介绍自己的父母（睡在中层）和弟弟（睡在上层）。小李的眼睛细长，富有表情，脸色虽然有些黄，笑靥里却有和悦的活力，加上她身材苗条，说话声音悦耳，你会觉得她根本不觉得自己的住房和未婚状况有什么寒碜，她的自我感觉——宋朝义自己这样想——说不定比宋朝义还好。

"教学方法，是可以探讨也应该探讨的。别人怎么说，你不必介意，也不要影响自己的情绪。"

小李一笑："没有，我没有受什么影响。"

宋朝义点点头，他明白自己的话多余。小李是另一种人，她不会像自己那样在乎旁人怎么说。

"你们的住房条件实在……"宋朝义本来不想谈这个话题，不知为什么一张口又说了出来。好像一个刚吃完烤鸭，嘴唇内外还汪着油的人去对一个饿饭者表示关怀。

"我父亲是小学的工人，母亲是在街道工厂，还有我和弟弟。我们都没有分房的户头。听说江苏常州把房卖给私人，什么时候我们这儿有房出售就好了……这几年到处都盖了那么多住宅，我们总归是有希望的，是吗？"说完，小李笑起来。宋朝义想哭。

这也是迁入新居的恶果。你更感到了旁人的困难。简直难以容忍。关怀同情却失去了真诚的基础。

晚饭以后，他把自己走访小李的印象告诉妻子和儿子，声音有点发颤：我们应该把那个独单元借给小李，我们三个人住三间房还不够吗？即使龙龙结婚，我们也可以在这个单元里腾出一间房来……

妻子没有说什么，儿子很不高兴：您就是受罪的命，挨整的命。过上两天早就该过上的稍微正常一点的生活就不舒服。瞧您多慈悲呀！把您的一个小单元恩赐给小李，一起受穷！您那个政协是干什么的？为什么不过问一下中小学教工的生活，还说是尊重教师，注意培养人材呢？报纸上吵吵闹闹，实际问题却解决不了。您把一个小单元给小李解决什么问题？她一个人来吗？您要把她介绍给我，做您的儿媳妇吗？她和她弟弟来吗？还是和爸爸妈妈七大姑八大姨一起来？您住上好房子不是偷的不是抢的不是靠溜须拍马打小报告弄来的，为什么烧包？

混账！他暗暗骂着，尽力控制着自己。

其实，如果您是真正的慈善家，真正的先人后己、先公后私，应该把大、小两个单元的房子都让给小李家，您还应该把工资捐献出去。

多么自私，却还振振有词！

算了，不说这些了，您愿意把房给谁就给谁吧。其实，这房也不是您私人的，您未必有权拿它做慈善事业。大姑最近怎么不来信了，给我办去美国留学的事，到底办得成办不成？

轻佻，以为天上到处掉馅饼，而且崇拜西方。"混蛋！"他忽然控制不住自己了，骂了起来。儿子愕然，似乎天真无邪。然后儿子转身走了出去——回到自己的独单元去了。

"别骂人。"妻子的声调是平静的，"你好像不知道该做点什么。"

"是的是的。"宋朝义为自己的冲动十分羞愧，他掏出手绢擦擦额头和手心。过去的事都过去了，一长串愚傻、曲折、杂乱的脚印。再以后呢，衰老、安息、再见！似乎也是转瞬间的事。

"现在是冲刺的最后的机会。可明天又让我向兄弟省市的参观团介绍经验。经验都是打印好了、审定了的，我只是在那里读一读。难道已经到了把我录制下来存到档案馆的份儿上了吗？小李他们的住房那么坏……"

"这就是我的意见。你应该多做些实实在在的业务工作，千万别浮在会议里。"

宋朝义苦笑了。非常疲倦。老说早起锻炼身体，太极拳、鹤翔桩、五禽戏至少还有保定健身球——是老赵贺他们的新居的礼物，却一直没有实行。

江春放了一段音乐。音乐好听，是舒伯特的《鳟鱼》。但宋朝义却觉得离这音乐很远了，他想起锅里煎的吱吱叫的鱼。

"我做了一个梦，梦见小李在她的新居招待我们吃水煎包。"早晨，宋朝义说，语气里有几分天真，"她住的房子好极了，一间套着一间，通道深深的，人字纹镶木地板，玉兰花一样的吊灯……好像屋里还有一个喷泉！"

"你倒提醒了我，"江春说，"我们为什么不邀请小李来家里坐一坐呢？我给她做水煎包吃。"

蘸着泡过蒜瓣的发绿色的醋，吃着江春精心做的水煎包的时候，宋朝义兴致很不错。他对小李说："对我们这一代人来说，理想和精神的追求是非常重要的，革命的口号能使我们热血沸腾。这是没有办法的事，我们这一代人就是这样成长起来的。"

"我父亲很注意改造自己的世界观。"同桌吃水煎包的龙龙说，不怀好意。

小李停止了咀嚼，把吃了一半的水煎包放到小碟里，正面凝视着龙龙。"那么您呢？"她对这一家的所有的人都称"您"。

"我讨厌一切口号。我不相信一切口号。我需要摩托车、空调和录像机……有了摩托车以后还想要汽车。上海《解放日报》消息，马上要卖一批'菲亚特'给私人，波兰出品，引进的意大利生产线。"

"瞧，这就是您的口号！摩托、汽车、空调、录像……这些您眼下都还没有，所以，它们是口号而不是现实。您却说，您讨厌一切口号。"小李一面说，一面不自觉地用筷子轻戳着碟子。

"那么你呢？"龙龙挑衅地说，而且故意说"你"。"你要房子还是要口号？"他傲慢地撇起嘴。

"当然首先是房子。"小李莞尔一笑，"您没读过阿凡提的故事么？一位财主问阿凡提要正义还是要黄金，阿凡提说，对于财主来说，需要的是正义，因为财主那里正义太少。对于阿凡提自己来说，需要的是黄金。因为阿凡提主持正义，从来不缺乏正义，但是他没有黄金。"说完，她自己先大笑起来，大家也都笑了。

"那么我父亲呢？他需要什么？"龙龙仍然不甘心就此罢休。

"我不知道。"小李摇了摇头，"宋老师是我们的前辈，他是特级教师……今天的水煎包真好吃！"

宋朝义却听出了话里的潜台词——在小李眼里，他已经是属于过去的时代的了。有点凄凉。他举起盛着葡萄酒的酒杯：为小李的健康！

此后他似乎变得安宁了些。看来今后需要常施舍捐献，请旁人吃东西。社会活动很多，而且都必要。他是一个充满社会使命感的公民。他到处发言，写文章，答记者问，为中小学教工的社会地位和生活待遇呼吁，常常举小李的例子。新华社记者站写了一份内参，列举了包括小李在内的东泉市七家住房条件最差的中小学教师生活情况。这使宋朝义兴奋了一阵子。一有空，他就与江春交谈。他们在客厅里一起喝茶和听音乐。他们一起看奥运会开幕式和中国女排侯玉珠的决定乾坤的发球。他们招待了几次客人，客人有年老的，也有年轻的。宋朝义喜欢听年轻人谈话。年轻人和年纪大的人应该互相学习，宋朝义认为，不能只讲单方面的传帮带而不讲另一方面的朝气和开拓精神的冲击。江春会做水煎包和拔丝山药，宋朝义会押面条而且会煎鱼。宋朝义慷慨地拿出用外汇券买的洋酒和用侨汇买的国产好酒。生活是快乐的。生活是越来越好了。在我们的国家的每个城市和每个乡村，都有愈来愈多的新住宅建造起来，都有愈来愈多的普通人迁入自己的新居，过上了历史上只有坏人才过得上的生活。这难道不好吗？这很好。宋朝义开始发胖了。

许多事真是迅雷不及掩耳。江春首先发现了蛛丝马迹，与老宋说了，老宋不信。不可能。人家同学的姨父还帮咱们弄到了煤气罐呢。再说，年龄相差悬殊。龙龙是一个务实的人，他要真有点浪漫劲我还能多喜欢他一点呢！

然而在这一年一个秋天的夜晚，龙龙正式告诉双亲，他与原先的女朋友吹了，他要与小李结婚。

宋朝义与江春面面相觑。隔着楼窗，宋朝义看到被自己的房间的灯光照得发白的杨树叶正一片一片无言地掉落下去。

"她比我大四岁。燕妮比马克思也大四岁。"龙龙把话抢在了头里。

实用主义。这是儿子唯一的一次引用马克思。宋朝义益发相信引用马克思和真正的马克思主义未必是一回事。

龙龙对双亲的沉默有点愤怒，于是，他带着挑衅的口气宣告："插队的时候她生过一个孩子。"

"谁？"果然双亲惊呼。

"您说我在说谁？"

"孩子在哪儿？"继续同声发问。

"也许没有这么回事。"

沉默之后是江春的简短发言。显得干巴。这是你自己的事。我们历来不干涉。我们是一个民主家庭。我们的义务只是提醒你要慎重。不但要慎重地考虑现在。而且要考虑未来。而且不能不考虑你原来的女朋友，在道义上、感情上，各方面你应该对人家负什么样的责任。

"我对不起她。"

"她究竟有什么不好？"宋朝义忍不住问。

"她没有任何不好。她一切都顺着我。她又懂礼貌，又会织毛衣，又会烧香酥鸡。她能满足我的，也能满足您——未来的公公婆婆的一切要求。"

"我们有什么要求？这是你自己的事。"宋朝义否认。

"而小李什么也不能。她却能改变我整个的生活……您连我都不了解，就更不可能了解小李。"龙龙说着，眼睛里充溢着泪。宋朝义惊呆了，他从来还没有看到过孩子这样。

一夜宋朝义和江春忧心忡忡，宋朝义跳下床去止住了挂钟钟摆的等速振动。他们不知道是好还是坏，是吉还是凶，但他们看出来，这一切无可更易。

"会不会是小李……"宋朝义沉吟着。

"小李会什么？"江春追问。

"也许我是小人之心，但现在的社会风气实在难说……"

"你怎么变得吞吞吐吐！"

"我是说，会不会是小李看中了咱们的房……"这话刚出口宋朝义羞得脖子都红了，他自己都没有料到自己竟会这样卑劣。

江春不予置评。"龙龙是真爱她。"她说，"这就是幸福。所以我也觉得幸福。"江春说着说着呜咽起来，哭起来了。哭得宋朝义愧悔无地。

龙龙原先的女朋友的一个远房伯伯来了，这位老人也是一位数学老教师，辛劳谦恭。他说他听说了侄女的爱情生活的变故，自己要来的，不是为侄女说项。好在他们早就相识。他的侄女年轻、漂亮、家境好、性格好，不愁没有小伙子追。他只是不能理解龙龙，如果龙龙找到了另一位天仙公主，他只想为龙龙贺喜。但现在……龙龙到底是怎么了？要不要找医生进行心理治疗？这不纯粹是烧包吗？

宋朝义无话。

江春点点头。是的，很遗憾。对不起您的侄女。我们可以尽我们的力，我们可以再与龙龙谈。但是，说实话，我们只能告诉您，龙龙的态度是太坚决了，依我们的观察，挽回事态是困难的，唉！

把这些话告诉龙龙了，也谈到了烧包。龙龙低下了头，宋朝义发现了二十六岁的未婚的儿子头上的两根白发。一绺头发——包括这两根白发悲哀地垂下来。真是触目惊心！他常常觉得不以为然乃至不待见的自己唯一的儿子有了白发，好像现在的年轻人比他们的父辈更容易白头！可能因为他们的父辈相信口号，而他们不信……莫非父亲所认为的轻浮和自私里面也煎熬着那么多青春、生命和灵魂的真正巨大的痛苦！

"是烧包。"儿子抬起头，两眼炯炯，"我越来越明白了。有那么一种烧包是人类的伟大天性。您烧包，这证明还没有到给您开追悼会的时刻。"他降低了声音，"真正烧包的事还在后头呢。我和小李已经决定，我们准备接受青海玉树藏族自治州的招聘，到那里当教师去。他们答应给我们浮动一级工资，还有不少补贴，他们会给我们房子。我们将不仅仅有房子。"

目瞪口呆。

"如果你大姑来信说……"

"很好，我希望三年以后能够去美国，最好能和小李一起去。我们与玉树自治州的合同是三年。"

"又去青海又去美国？"

"在获奖电影与模范教师的思维模式里，这当然是水火不相容的喽。然后……我们还想去南极。"

也许是梦呓。即使是梦不也是动人的吗？还青年以梦的权利！而且高原的风是真实的。宋朝义和江春知道高原上的风有多么强劲。胸口好像有什么坚硬的东西在融化，热了。

好容易有了房子，房基下面却发生着地震。

很好。你们……就像我们……年轻的时候。

是的。我们已经不年轻了，真的。一种无法抑制的伤感攫住了老宋的心。他亲了亲儿子，儿子瘦骨棱棱而自己眼看着一天一天地发胖，令人内疚。近来有时候头晕、耳鸣，吃天麻丸与人参蜂王精也不解决问题。内科大夫说是美尼尔氏综合症。脑外科要给他查瘤子。骨科要他去照片子查颈椎。然而他毕竟还能感受那不安的忧患重重的灵魂的痛苦，那与生命俱来的火烧火燎一样的焦灼。他毕竟从来没想过死可瞑目。他还能烧包，还能做点傻事。

他还能感到那呼唤儿子和未来儿媳的高原上的风，正在他心里吹得野。

1985 年

来劲

　　您可以将我们的小说的主人公叫作向明，或者项铭、响鸣、香茗、乡名、湘冥、祥命或者向明向铭向鸣向茗向名向冥向命……以此类推。三天以前，也就是五天以前一年以前两个月以后，他也就是她它得了颈椎病也就是脊椎病、龋齿病、拉痢疾、白癜风、乳腺癌也就是身体健康益寿延年什么病也没有。十一月四十二号也就是十四月十一、十二号突发旋转性晕眩，然后照了片子做了 B 超脑电流图脑血流图确诊。然后挂不上号找不着熟人也就没看病也就不晕了也就打球了游泳了喝酒了做报告了看电视连续剧了也就根本没有什么颈椎病干脆说就是没有颈椎了。亲友们同事们对立面们都说都什么也没说你这么年轻你这么大岁数你这么结实你这么衰弱哪能会有哪能没有病呢！说得他她它哈哈大笑呜呜大哭哼哼嗯嗯默不做声。

　　于是乘着超豪华车在高速公路上迅跑。好不容易叫了一辆出租车，两眼盯着计费器，心中充满恐惧和疑惑生怕吃了亏。坐在牛车上走过刚刚收割过、没有铲掉茬子更没有平掉垄沟的田野，颠得屁股老高老疼。骑着马最好还是骑着骆驼走过荒凉的戈壁，梭梭柴使你打了几个冷战。走在沙漠里和走在海滨的沙滩上对于两腿来说也许并没有那么大的差异。飞机起飞，空中小姐端来了加满冰块的果汁和看电影时听对话和背景音乐和突然出现的莫名其妙的插曲用的耳机。火车的软席车厢里也坐满了"倒爷"，倒卖牛仔裤、胸罩、活王八与黑稻米。向明出差、旅游、外调、采购、推销、探亲、参观、学习、取经、参加笔会、展销、领奖、避暑、冬休、横向联系、观摩、比赛、访旧、怀古、私访、逃避追捕、随便转一转、随便看一看、住宾馆住招待所住小学教室住人民防空工事住地下洞住浴池住候车室住桥洞下面住拘留所住笼子。然后她到达了找到了误会了迷失了失落了错过了他要去的地方。

　　于是许多的车队来迎接献花鸣爆米花频频挥手掌声如雷。都说他是改革者是开拓型企业家是经济犯罪分子是为民请命是牛皮大王是上面支持的是被点了名的。于是谁也不认识谁它找不着接人的接人的找不着需要接的。掌声稀稀落落，脸上没有表情。于是老战友和老战友的妻子紧紧握住他的手，"你没有变""你老多了""我一眼就认出了你""我简直不认识你了"，然后耳语相问要不要买点山楂梅花参。于是一摆手就扛起了行李，就到行李托运处挂失去了。

他立即到职赴任在欢迎会上宣布了三点施政纲领。她到处打电话找一个吃得好住得好设备好花钱少的地方。它扑了一个空觉得回去不好交待便叫了几个加急长途电话。她参加了第一次评委会坚决提出一切评奖不得照顾关系不得搞平衡。他一报到在领饭票的同时便交出了自己写的中英两种语言文字的论文稿。它立即检查了全部器官打了各种新发明新进口的药针。他奔走在各机关之间要求补发工资惩治诽谤者。它找来了文字音像资料没日没夜地钻研听取论证进行鉴定。她拜访所有的老熟人老领导轮番反复致敬。它一到目的地便为返程车船马狗票而使出了浑身解数三进三出七进七出。

觉得这里确是一个美好的地方，瘦湖楚楚，石山历历，名人题签，琳琅满目。觉得这里缺乏管理，缺乏养护，人满为患。尘土、污染、垃圾到处可见。觉得真是变了样了，高楼大厦，柏油马路，百货店全展销出口转内销的毛线衣，毛线衣的款式花色超出了一切记忆和想象，穿上它们好像变成了洋绅士、洋淑女。自由市场的鸭舌头鹅冠顶鱼与熊掌比天堂里的仙女还多。觉得还是又穷又破，用洋灰代替木材没有一片大理石，所谓咖啡厅雅座只配用来喝复方甘草合剂牙痛药水。青年人留的长发多日不洗不像披头士倒像在逃犯，打的领带松松垮垮，露出了肮脏的衬衣领子。建筑物上没有一块花岗岩没有一座喷水泉没有一座铜雕。觉得一点也不落后不但有书法热而且有交响乐热而且有鹤翔桩而且有艺术体操狮子滚绣球花样游泳人仰马翻而且一个小女孩准备建立国际轰炸机贸易股票公司。不但有现实主义有革命现代京剧而且有现代主义意识流非非派，飞飞飞是天桥练单杠的，凤飞飞是台湾著名歌星，而且吹吹打打之中一匹一批黑马种牛仔猪雄象被牵出台。觉得最好还是先修几个过得去的厕所免得随地吐痰随地便溺，随时又挤又推又撞打电话像骂娘坐公共汽车用过期票喝啤酒一直喝到霍乱般地喷涌而呕，用一个肮脏的塑料杯子先交押金三毛。

便应邀去看戏、电影、歌舞、时装表演。去欣赏、领会、认识、讨论、评估、判断、审决、裁定、帮助、培养修饰艺术。有热闹的喧哗和清凉的淡化，有唐尧虞舜的力比都与电脑时代的人脑的抽缩，有诚挚的呼吁与玩世的笑声与假装的喊叫。有真的探索与假装出来的神秘空灵。有诚挚的鼻涕与做作的眉毛。有各式各样的吃了艺术家的松花鸭蛋老腌鸡蛋与挨了艺术家的吐啐的、忧心忡忡的、严严密密的、大大咧咧的、左顾右盼的、一心埋头的评论家们。有狗屁不通的觉醒了自身的价值的陈词滥调的最新挑战。

便说这艺术充满了新意，是洋人扔掉的裹脚条，是秦汉以前的殉葬的俑，是哥斯达黎加咖啡里兑拿破仑白兰地与新疆烤羊肉串用的安息小茴香（即孜然）的东西方审美文明的新交融，是停留在四十年代、五十年代的老框框不能超越，是连我都看不懂的鬼画符，是观众投票选出的最佳金猴金鱼、金扇子，是挡住了去路的一丘之石，是史无前例花团锦簇，是口子开得太大了现在堵也堵不住的阴沟，是新的斗鸡眼视角，是一次紧急磋商的小题目。反正最后他她它和他们都鼓了掌都泻了肚。

讨论完了接见请吃饭，清汤挂面鸡汤卧蛋参汤泡蒜牛皮汤泡鳝。大家给项铭香茗 Xiang Ming 敬酒敬醋敬胡椒芥末。说是这样年轻老练一定会被表扬被重用被崇拜一代新星突破。有几个这样的二十世纪的人是真正的二十世纪乃至二十一世纪的模特儿带来了微光带来了强光带来了可卡因带来了荷尔蒙带来了深刻带来了现代感带来了前途带来了野性的浪潮。其他不算。说是这样下去很危险迷航以后中途倒栽葱撞在山头上变成碎片时发出光辉巨响。说是不管怎么冲突最后还是要在孔丘的佛掌里小解翻砂凝固去掉毛刺功德圆满无疾而去变得过时了如瓜皮小帽下的尾巴。说是反正不论怎么样中国的月亮就是不圆除去他自己比太阳上的空洞还完美。说是你还是埋头搞业务不要出差开会。说是你要见多识广才是真正的创造型开拓型欧洲共同体客机。说是你至今没离婚是不是观念的问题。说是现在人欲横流人心不古还是要存天理灭人欲，台湾"考试院长"孔德成的手迹高高挂在曲阜孔府，包括北京琉璃厂也已经修起了孔膳堂饭庄，也卖烤鸭，不吃就死不瞑目。

Xiang Ming 忍不住提出了下列问题：鸡蛋黄究竟会诱发心脏病还是有益健康？过去了的时光能不能重新倒流？新的形态与旧的形态哪个更易朽速朽？大学文凭多了是说明教育事业前进、人们的文化素质提高还是相反？一个人说得最多的话是否便是最喜欢说最想说的话？吸烟与吃名贵中药与看电视连续剧哪一样更催人早死？骂倒别人是不是就证明自己聪明？有人说他走得过快有人说过慢能不能证明他走得不快不慢正合适？会说英语的人究竟是不是一定找个洋配偶然后把小舅子也接出去？个体、集体、全民哪个更积极主动？高谈阔论的人有几个人不是骗子？四合院与摩天大楼哪一个更现代化？区分离休与退休、改正与平反的语言学家为什么没有得金奖？古人与今人拔河谁能取胜？蜈蚣金龙大风筝与波音747飞机哪个更伟大？做事的人与指手画脚的人哪个更聪明？冬天与夏天哪个季节更容易发生上呼吸道感染？追悼会与生活会上的发言哪个更可靠？精简机构与增加编制哪个更有效？武侠与伤痕哪个更富有崇高与英雄主义？理论家与艺术家哪一个更神经衰弱？出差与旅游哪个更费钱？向前走一百步向后走一百步是否就是回到了原处？患肠炎的人是否犯有浪费食物罪？病人住院与出院究竟是否与病情有关？诗人弄不懂的诗、画家弄不懂的画、钢琴家弄不懂的钢琴曲是否非诗人非画家非钢琴家就一定更加不懂？我爱你与我恨你究竟哪个更表现了爱情？外汇兑换券与人民币哪个更体现了民族文化传统？寂寞与红火哪个更富有进取色彩？水和酒哪个更浓？艺术与金钱哪个更美？向明与祥命哪个更像我自己？公园与监狱哪里更适合气功入定？假遗老与假洋鬼子哪个更是国粹土特产？洋河大曲低度新产品里是否掺了水？人醒了是否就意味着不做梦？是不是所有的外宾都有可能邀请你出访？急步迅跑是不是因为背后有疯狗追？把小说改成电影脚本到底算改编还是算编剧？是工作的人收入多还是不工作的人收入多？是不是所有的女子都是美的所有的科学家都科学？是不是装在纸套里的筷子一定比摆在桌面上的筷子干净？为什么喝汤一定不能踢里秃噜，为什么中国人要服从欧洲的礼节，吃东西而不吧唧吧唧地响还有什么滋味？抽水马桶是不是一定比夜壶先进？

　　他她它正在结结巴巴一泻千里地发问的时候就被静电棒逐出被客气地引出被恭敬地请上了主席台手术室贵宾席太平间化装后台。被授予一九八二至三二八国际地球生物年歇里贝尔庚当奖，列入世界名人录黑名单成为最佳男女煮脚……

　　Xiang Ming 想，现在的事可真来劲！

1987 年 1 月

铃的闪

我的写作常常被丁零零的电话声所打扰。一开头安装上电话我曾经欢欣若狂，我再不会为了给一个要紧的地方打一个要紧的电话而在公用电话室急躁地等待着，搓手搓脚。一个贫里贫气的小伙子或一个嗲声嗲气的姑娘家已经先我拿起了电话机，他们在电话里的每一句闲话废话玩笑话车轱辘话，还有各种完全累赘的语气词惊叹词就像洗牙的钻头研磨虫子牙一样研磨着我的神经。而当我拿起了电话机——常常一口气需要打或者回四五个电话——的时候，我看到了我后面已经有人排队等待，我感到我接连打那么多电话实在是违反人道。何况您拨十次九次可能是不通，或者比不通更糟，拨完了六位数字，耳朵边什么声音都没有了，好像是电话局刚刚被炸。

为打电话的事我给妻子制造了无数负担和痛苦。这半辈子我在给妻子找麻烦方面做出的成绩远比写作散文诗方面出色。妻子上班前我递给她一张纸，她一看便惊叫起来。我也惊叫起来——竟连这么一点忙也不帮，连这样一点义气都不讲，还不如宋江。连这样的电话都需要我亲自去叫，岂不是榨尽我的最后一丝诗意？纸片上写着338888，446666，779999……人类制造的从0到9的数字足够整治我们一辈子又一辈子。稿费尚未收到，家具订货过期九个月为何没有消息，对不起我不能与这个法国人一起吃饭，广东佛山出的香港脚药水已经买到，到站的时间星期四二十三点五十九分……

安上了电话先拨117。四点五十二分。四点五十二分。四点五十二分半……四点五十四分。然后123。……风力二三级转四五级，风向偏东西南北。然后113。长途？不要。就差拨119，我们着火了！110，抢匪！

赵诗人么？赵老师么？小赵么？老赵么？苦吟同志么？你猜我是谁？你怎么连我的声音也听不出来了？你他妈的当处长了是怎么的，怎么连我也不认了？喂喂喂你哪儿？你不是拔丝厂吗？你才是拔丝山药呢？那你是天源酱园？东来顺饭馆？西四婚姻介绍所？长城饭店？空调公司文物店？哈啰哈啰……甚至早晨没有起来的时候，晚上已经睡下以后，中午刚一冲盹，都有电话丁零丁零。你不得安生。诗离你而去。打错了电话的人比打对了电话的人态度还蛮横，他根本不允许这个电话安在你家，他不允许你说"错了"。他不允许你不是他要找的那个张会计李采购王科长而是一个写诗的你自己。

为了诗我用棉被把电话机围起。我捍卫着我的诗的菊花一样的高洁。被遮盖的电话那样丑陋，好像是一个私婴的尸体。电话铃声响了，这种响声具有一种更加刺耳的锐利。它穿透了你的先验的不友好。它历尽艰难传递给你一个不知就里的信息。它不屈服于你的先天的折磨。它是无罪的无咋儿的，它不必向你的诗你的棉被屈膝。它叩击着你的良心和道义。它激起了你的好奇。也许很重要？很紧急？很新鲜？很有趣？很有益？它的响声好像又变了。莫非是长途或者国际长途，来自——南极？不是我刚刚写了一首致南极探险家的诗么？我忽然又感到那棉被裹着的是一个土造地雷，导火索正毒蛇般地咝咝……

许多的日子过去了。我学会了接电话，接打错了的和最无聊的电话。我学会硬着头皮拒绝丁零的召唤，拒绝接自己最想接的电话而在事后受到亲属友人的埋怨和自己的懊悔的折磨。我学会了想接就接想不接就不接或者想接偏不接想不接却又接了电话。最后我还是接了所有的电话。因为我写天鹅绒一样的诗。诗人的心是柔软的。柔软的心总是不可能一直硬挺下去。就设想我不在好了。就算我没有好了。比如说我现在正在——西沙群岛或者楼下的啤酒馆，我还会为这个电话机丁零而痛苦、而心怀歉意吗？

但我明明在着呢。我偏偏意识到自己的存在并沿着电话铃电话线意识到又一个人的存在和他的对话的意愿。对话的意愿应该是神圣的。电话耳机里射出来的是人的语言而不是中子弹。这真感人，简直令人忧伤。我无法拒绝一个电话就像无法拒绝你伸过来的手。我被征服了……我终于学会了在电话边活下去。在电话的搅扰和诱惑、在电话带来的希望和恼怒和哭笑不得下面活下去。而且写诗。写南极，西沙群岛，啤酒馆，爱情，也还有——电话边的时光。

又过了许多日子，我写了许多据说成功的其实多半是蹩脚的诗。人们给我换了电话机，上面有一个小机关，把小柄柄按下来电话便不再出声，只有灯光的示意。

我并没有利用过这个现代化设施。我宁愿尊重和倾听电话先生的信息。现代化比棉被捂残酷多了，我年龄已过半百。我无法把自己塑造成一个残酷的人。还是在我百年之后再实行现代化反电话非电话化吧。一个外国（现代化的国家）人告诉我，他的电话备有多功能电脑。他工作的时候由电脑"接"电话。电脑"接"起电话便放录音带说，你要找的 X 先生不在家，请把你的姓名电话留下来，X 先生将会给你回电话。对方自报家门，电脑自动录下音。善哉电脑！这就使 X 先生取得了主动，只和那些经过选择、确认宜于对话的人通话。到了读书读累写文章写累谈话谈得喘不过气与思考问题思考得后脑发麻的时候 X 绅士便放电话录音，然后择其应回电话者回之有趣者而回之，择其不必回不想回回之无味者而不回。这不也是人权吗？谁知晓，偏偏对方也是靠电脑来掌握电话的，当 X 先生给亲爱的（例如）Y 女士回电话时，他听到的也是录音：请把你的电话留下来……于是不再有人与人的激动人心的对话……只有电脑与电脑的平静的千篇一律的"交谈"……

这一天终于来了。我活了五十多年，吃了那么多饭、那么多药，穿破了那么多双袜子，原来就是为了这一天。我成为真正的诗人了。我和诗一样的饱满四溢。我豁出去了，您。我写新的诗篇，我写当代，我写矿工和宇航员，黄帝大战蚩尤，自学成才考了状元，合资经营太极拳，白天鹅宫殿打败古巴女排，水鱼专业户获得皇家学位之后感到疏离。我写波音 767 提升为副部级领导，八卦公司代办自费留学护照，由于限制纺织品进口人们改服花粉美容素，清真李记白水羊头魔幻现实主义，嘉陵牌摩托发现新元素，番茄肉汤煮中篇小说免收外汇券。我忘记了一切，我赞美历史、现实、生活、国内和国外。我赞美咱们的这股乱乎劲儿。我在电话电子铃音响大作中写作。我相信那每一声咚咚嘟嘟都为我动情，对我呼唤。我关上电话机小开关写作。我写常林钻石被第三者插足非法剽窃。我写天气古怪生活热闹物资供应如天花乱坠。我忘记了电话存在。我写北京鸭在吊炉里 solo 梦幻罗曼斯。大三元的烤仔猪在赫尔辛基咏叹《我冰凉的小手》。社会主义现实主义与意识流无望的初恋没有领到房证悲伤地分手。万能博士论述人必须喝水所向披靡战胜论敌连任历届奥运会全运会裁判冠军。一个短途倒卖连脚尼龙丝裤的个体户喝到姚文元的饺子汤。裁军协定规定把过期氢弹奖给独生子女。馒头能够致癌面包能够函授西班牙语打字。鸦片战争的主帅是霍东阁的相好。苏三起解时跳着迪斯科并在起解后就任服装模特儿。决堤后日本电视长期连续剧大明星罚扣一个月奖金。我号召生活！

　　生活号召我！电话铃不响了，然而信号灯绿光一闪一闪。仍然，仍然一闪一闪。它无言。它眨着眼。它期待得好苦。然而不，我不能，我已经与我的诗神一起飞舞。它继续一闪一闪，闪了五分钟又五分钟。它被我抽去了声音，无能为力，哑人一样无声地期待着我的顾盼。也许它来自一个沉默多年的老人，由于他的慧眼，在我的拙劣的诗里发现了吸引他与我对话的东西。也许它传达的是一种邀请，邀请我到那青青的草地去。我不敢。也许是一个抗议，因为庸俗，因为渺小，因为怯懦，名实分离。也许只是一个灵魂的寂寞的呼声，是一声没有回应的呼唤。你哭了？也许是预言，是咒语，是人心的情报，是芝麻开门的秘诀，是醍醐灌顶的洗礼。也许它来自外星，来自地狱，来自谪仙和楚国的三闾大夫。然而，它更可能只是大漠只是雪岭只是冰河只是一片空旷寂寥遥远的安慰的深情。是我的诗我的生活里太缺少的悠久。它有许多话要告诉我。它要告诉我真正的诗。还有友谊。我已从信号的闪光中听到了声音，只怕拿起电话机后我却听不懂它的话语。然而已经晚了，已经无法拯救，来生的诗是来生的事。而我善于微笑，胜任愉快，喜怒不形于色。它还在闪光，还在等待，我不知道它的耐心如钢热情如火。它使我深深地痛苦。我知道我如果接了这个电话我的公寓楼就会倒塌煤气漏烟保姆辞工，全部诗集就会付之一炬。我继续写生活的燃烧，不仅有三十六条腿的劈柴与家用电器的短路而且有你。我不知道我是在用几支笔写作。我不知道我写了些什么。我不知道我的哥哥这次还能不能原谅。但我分明看到了那绿光信号仍然在坚持闪耀。那对我的关切、忠告、温存和期望文雅而又忧伤。那是泪光。别怨我！我们感到了同样的难过。诗折磨着生活电话折磨着诗。于是我泪下如雨相信诗总会有读者诗神永驻诗心长热尽管书店不肯收订。

1986 年 2 月

致爱丽丝

一天上午我好不容易得闲写我的中篇新作，新安上的电子音乐门铃响了。门铃采用的是《致爱丽丝》的旋律，但是每个音都不准，听起来更像一个三天没有用饭的老太婆的有气无力而又神经质的呻吟。我连忙去开门，是一位微笑的、潇洒的长发青年。

"您在写小说？"

"呵，呵……"

"为什么您写的小说就能够发表，就能够得奖呢？请您说老实话，如果您的那些小说是我写的，署我的名，登得出去么？"

"这个这个……比如说过去我看别人写字，歪歪扭扭的……"

"请不要教训我。您不是王羲之也不是怀素。我也不是。然而我喜欢写小说，我有灵气，我在塑造语气。你玩弄语言！有一个编辑这样说。然而什么是玩弄呢？郎平硬扣了一阵子突然轻吊，她是不是玩弄呢？说啊，说呀……"

"呵，呵……"

"就是有一些您这样的人，表面上还创过新什么的，实际上你们挡着我们的道。您也该请一请了，留点纸印我们的东西吧……"

"然而，不矛盾……"

"那就看看我的这篇习作吧，咱们先说好，您别生气，您看不惯就算我没写还不行吗？货卖与识家……"

他写得不长，我很快看完了，觉得鬼话连篇，但不无讽喻，至少联想的能力尚有可取。也算一种幽默感吧，虽然档次不算高。我有了主意该怎么给他提意见，但我找不到他了。在我读他的《绿色的太阳》的时候他已悄然离去。我走到院门口，东张西望，有不少长发青年步行或骑自行车骑摩托车从门前过，但都不是他。我鼓起勇气，准备把这篇"作品"发表出去，并希望作者迅速与我联系。逾期三个月不来，其稿费我将代为捐助给本市宣武门托儿所。

又：他来了又走了后，我的门铃便哑了，不知该青年知其由否？

附：绿色的太阳

半夜里我叫醒了全家，我说你们看天上出的绿色的太阳是不是我们家的电子石英挂钟得了诺贝尔奖。妻子说我捣乱说没有太阳说让我煎两个气球吃了止泻补气。儿子推开我继续睡他说他明年如果去不了外国就和那个拉胡琴的大姐结婚。父亲说天有九日后来都长大了翅膀硬了远走高飞一去不复返。女儿说她要买卖丰田汽车她要上函授夜大电视大学算学历拿文凭交上千块钱的学费全部由机关报销。妻子说你如果不吃苹果苹果就会烂得更多而且说不定又涨价。

我扛着铁锹在公共汽车站旁种树。我幻想在树上结出蘑菇云以前也许直升飞机能降落下来。挖坑挖出了一个会说话会写小说会阿谀奉承的蛤蟆。蛤蟆不但会蛙鸣而且会犬吠会马嘶会牛吼会鸡啼一共会四五种外语不知道是从哪里留学归来的。我问蛤蟆为什么不戴蛤蟆镜它说怕脱离群众影响不好。我恍然大悟我的提级升迁出名中彩为什么都没有了希望。汽车来了却没有轮子，乘客们纷纷掏兜给它一些乒乓球卫生球黑枣小铃铛大烧饼当车轮。司机不开车售票员不售票大家便民主推选我去推车。我推车推得太快被国家体委选去做长中短跑教练。我干了一个月嫌领导不给我发西服台灯沙发灭蚊器美术日记羊皮夹克便退职写小说并到火坑参加笔会住宾馆。

宾馆经理悄悄与我谈情。请我吸罐装液化石油气。问我愿不愿意担任美容粥公司的名誉董事长。说是美容粥已经在大西洋跨国公司登记了专利权并受到免征所得税十五天的特殊照顾。说是美容粥内含维他命UVWXYZ和有机物无机盐两千四百三十七种。经过国家检验颁发了优质奖杯服用后单眼皮变成双眼皮双眼皮变成四层眼皮而且大腿延长四十公分。我问是不是有批件是不是画过圈圈画得圆不圆。他说他已学会了电脑圆规画圈技术。我觉得这个经理智商太低比较庸俗便建议他去四川饭店照胃镜到《人民文学》编辑部去截肢到《法制文学》编辑部去投案自首。他生气了说我太保守没有更新已经落后于潮流为什么不进武当山少林寺做霍元甲的小和尚。

我去看望我的第一个老师我已忘记了他的名字只记得他是山南河东研究中心总统主席议长委员常务理事秘书长主任科员办事员见习生实习大夫。他养的一群百灵吱吱喳喳畅所欲言争得不亦乐乎不亦君子乎。他们讨论是吃小米重要还是喝水重要。如果吃小米重要为什么还要喝水如果喝水重要为什么还要吃小米。如果说吃小米和喝水都重要也就是说吃小米和喝水都不重要那是无法接受的。而如果说吃小米和喝水都不重要那么实际上便是说二者都重要那么为什么一只百灵只长一个嗓而不是双嗓。我的老师非常有兴趣给它们洒了一些敌敌畏来苏儿健身素。我们从这个象征里探求出了真正要紧的哈雷彗星然后用英语说姑得白。

　　我感到忧伤感到痛苦感到意识流感到信息反馈感到别无选择感到夜的眼睡得香。我唱毕加索后期印象派的计时之宝心中自有索尼东芝。我去宴会厅酒肉桌冠盖席去找我的第二个老师当代的陶渊明一介书生清高寂寞冷冷如钩月藏之名山传之千古。结果乘地铁去了圆明园旧址看见了阔别百余年的澳大利亚袋鼠。一头棕熊正在唱抒情小曲啊我的花头巾我的小白杨我的韭菜馅玉米面团子我最忠于你。公鸡哈哈大笑母鸡翩翩起舞熊唱得醉了大哭着要求正式发勋章。出于一种习惯我去和它握手寒暄叫它兄弟它说它想吃人掌想当保姆想给幼儿园当阿姨。我的第二个老师立即解释它是粗中有细心眼儿善良如同张飞的舅妈。我给她一块火星泡菜。

　　然后我去看我的哥哥。他素以脾气随和没有杀人放毒爆炸记录而以善良闻名于集邮册上。他每次见到我都拿大顶鞠躬三百七十五度热烈拥抱我的黄牛皮鞋跟。他写文章发表在海面上称赞我是超过芭蕾舞的乌兰诺维耶娃而他甘愿给我理发做九级波浪。我进门的时候听见他正在大喊不管是不是我的弟弟该吃醋熘小汤圆的时候就不能吃乌鸦炸酱面，不要说弟弟就是鲁迅也得报户口写心得横穿马路左顾右盼，我的弟弟有什么了不起他去过蚂蚁窝孵蛋大迁移吗？我知道他又在用腌我的手指献酒菜给人头马牌苏格兰杜松子。他的个性便是说便宜话拉便宜手买便宜货讨便宜儿子。近些年他搬入凤巢但仍然缺少蛋黄胆固醇钢铁支架。我回头要走他拉着我吃艾窝窝还给我唱何日君再来我要求只吃胃舒平酵母片。

　　我觉得天气还不错地球挺热闹蛋卷冰激凌质量超过香港连石头翩翩也起舞。我决心参加宇宙飞船到水星土星阴阳八卦星上出席国际学术讨论会。我要带回会哭会笑会打人会亲吻能要我的命能给我输氧和吃硝酸甘油片的微型造反机器脑。我要使人们相亲相爱焖好扁豆就着辣子肉丁一起吃。我要使人们喝了我的酒以后不是醉醺醺的而是特别清醒。他们喝了人性大曲便能写诗能背诵元素周期表能听说写联合国各成员国的母语子语女语女婿语。我要开一个出版社专门出版那些出版不了自己的诗集的哭泣着的诗人的新歌曲。它们的销路赛过生日蛋糕和亚马哈摩托车。凡是会写诗的人都将领到免费五件蝙蝠衫和一件春秋套头衣以及黄杨树根抽象雕塑。我要给那些心怀偏见动不动发火的仙鹤拔牙整容挖出迷人的笑靥。我要给中小学教师和商店店员发放去巴黎旅游的蜻蜓券并人寿保险。我要办一个函授中心由孙大圣教授种植猕猴桃酒饱含青春宝可以七十二变。我要办公园饭馆音乐茶座酒馆进入的人不必写保证书。我要使所有的法律都变成小船变成路灯变成烧饼夹糖葫芦……但我不知道我的这篇作品的命运。我默默地致爱丽丝。

1986 年 2 月

夏天的肖像

丈夫走了，涛声大了。

涛声大了，风声大了，说笑声与蚊子的嗡嗡声，粗鲁的叫卖吆喝声，都更加清晰了。

涛声大了。每一朵浪花奔跑而且簇拥。欢笑、热情、痴诚地扑了过来，投向绵延沉重的海岸线。而海岸是冷静的，理智得像驻外大使。它雍容、彬彬有礼、不做任何许诺。无望的浪花溅起追逐的天真。怎样奔跑过来的，又怎样忧郁地、依恋地退转回去。

这是永远的温存，永远的期待，永远的呼唤。永远的向远方、向海天一线眺望的目光。

又是电话，电话叫走了丈夫，电话比曼然的心愿更强。只来了三天。丈夫，多病的儿子，她，这是一个世界。太阳、地球、月亮是一个世界。学校、家庭、机关，这也是一个世界。她本来生活在小世界里。丈夫走了以后，大世界、大海的世界更大，而且更凸起。开阔而又陌生。

毕竟已经在海滨度过了三天。新兴的海滨旅游地，新新鲜鲜地招揽人，却又嘈杂、肮脏而且恶俗。一个莫名其妙的矗立在大道口的雕塑说是海神，曼然看着她，觉得更像是住家所在胡同口卖猪肉的大姐，那大姐当着排队的众人的面把好肉割下来，用荷叶片包起来，放在柜台下边，送给关系户。人们用耐心而又不以为然的漠然目光看着大姐一样的雕塑。游客在沙滩上在台阶上在底座上在虚假的洋灰亭子里公然拉屎拉尿，把玻璃罐头瓶砸碎踢开迎接游泳者的赤脚趾。一个长发——只像逃犯可不像港仔——小伙子和他的同伙玩三张扑克牌的赌博，吸引了一群作壁上观的游客。警察也装作看不见——据说警察和小伙子们的交情不坏。然而人人都穿得不错，发饰、眼镜、遮阳伞与遮阳帽花样层出不穷。人们突然迫不及待地现代化起来了，匆匆忙忙地来开发这块沉睡了千万年的海滩。

然而一走进大海就全然不同。踩上细柔的沙和硌脚的石头。闻见温润腥香的海的气味。波浪振摇聚散的黄、蓝、绿光晃弄着她的眼睛。特别是那一个又一个鲁莽而又亲切的浪头推触着拥抱着过滤着她。而风开阔自由得叫人掉泪。突然置身在一个大得没有边儿的世界里，那是一种突然受到了超度的大欢喜。许多的窗户都吹开了。许多的撕落了的日历放飞起来，像满天的风筝。许多的褪了色的贺年片上的小玩偶换上新衣，眼珠活动，唱出了耗尽电池喑哑多年的圣诞曲。

便回到走到那十色五光与一片安宁的树叶里去。跳猴皮筋的时候唱起无字的歌曲。戴上红领巾与中队长臂徽指挥一个中队敲响了铁皮鼓。在日记上画了一艘帆船而且把眼泪落在船帆上。突然对爸爸和妈妈那样厌烦而宁可去问一只雨后的蜻蜓：你快乐吗？和几个同学一起不买票而挤到火车上到神秘的远方去。在春季运动会上为了得名次而摔折了胫骨。第一次懂得了友谊的刻骨铭心和被背叛和出卖的痛苦。宣布绝交又终于和好了，忽然感觉到自己变成了一个狡猾的姑娘，便不再把自己真正的考试成绩吐露出去……这一切都已经过去了么？这一切都存贮在大海里，等待着追寻和温习。

是不是从胎里便坐下了一种——教条儿？上小学以后便认定自己不应该不能再玩羊骨拐。戴上了红领巾便不再跳皮筋。上了初中以后便不再读连环画故事。上了高中以后便一再拒绝在联欢会上表演拔萝卜舞。上了大学呢，上了大学以后便退出了篮球队与田径队。恋爱以后便不再在夏天游泳。结婚以后呢，结婚以后连电影院都很少去了。丈夫是个了不起的人，她每丢下一样稚气丈夫就升迁一次，而家里便增加一样新的设施。有二十英寸的彩色电视，它便是她的影院、舞台、俱乐部。而当八年前生了孩子以后，当孩子从小患了需要卧床休养的肾病以后，她除了丈夫和孩子以外已经什么都不要了。三十六岁的女人，她只要幸福。她已经得到了幸福。守着生病的儿子，讲她当年参加夏令营到大海里去游泳的传奇一样的旧事，这也是幸福。儿子细声细气地问道：妈妈，真的吗？

真的，真的，当然是真的。别怕，这里的水很浅。你踢呀，你打呀，你趴下，妈妈托住你的肚子。咯咯咯，你笑什么？你已经康复了，你会成为一个和别的男孩子一样有劲儿一样勇敢一样调皮的孩子。刷，刷，刷，溅，溅，溅。你说，海水好吗？对，别怕，让海水在你脖子上流，让海水从你的腰间流过，扎个猛子，让海水托着你打你的脸，让海水顺着你的每一根头发流。哈哈，也顺着我的头发流，当然。你看，海多大啊，多宽啊。那里是游得好游得远的叔叔。那里是气垫，是橡皮船。有了它我们可以游很远很远。没有它我们也可以游很远很远，等你病好了的时候，也许一个夏天不够，那就两个夏天，过两个夏天你是几岁？妈妈是三十八岁。我们一直游到那个比橡皮船还远的地方。我们一直游到比那个轮船还远的地方。也许我们能一直游到天津去。什么？游到美国去？那也行，傻孩子，美国有什么好？可口可乐？岸上的倒儿爷就卖可口可乐，他们是从美国倒来的，哈哈哈。孩子喝可口可乐不好。妈给你买汽水。唔，这儿的汽水可真坏，颜色绿得像槐树虫子。那……好，你在这里吃冰棍，我往深处游一下，你数一、二、三、四，等你数到一百五十我就回来。

妈妈，你游一个远远的去！

对于海，又有什么远远的呢？又有谁能做到远远的呢？划水，蹬水，滑行，她感到了自己在海里的行进。抬头，吸气，四下里茫茫洋洋，海是我的，我是海的。每个动作都唤起海水流过她的头顶，耳朵，鼻孔，眼睛，钻过洗过摸过她的每一个部分每一块皮肤游泳衣里里外外的每一道夹缝。一下，沙，两下，沙，三下，沙，她超过了一个又一个在浅滩上嬉戏的爱海又怕海的生手。三天的时间使她的每一个关节和每一根手指脚趾都恢复了活力和轻盈，三天的时间使她的七窍和肺叶恢复了均匀剔透的畅通，三天的时间恢复了她十三年也许更多年的与海的疏远。在红领巾夏令营里她游得像一条梭鱼。那时候下海的时候高声朗诵"提高警惕，保卫祖国，要准备打仗"和"下定决心，不怕牺牲"的语录，去游泳就像去杀敌。无私的海，还有什么能像海这样在久久的疏离之后毫无保留毫无芥蒂地接受她拥抱她触弄她和洗濯她，而且引着她招着她不停地前进呢！已经数到了七十了。可儿子会不会数得快些呢！也许数到了一百三十八。也许数过一百五十他会惊慌会哭泣会以为她已经葬身在大海里。为了安全她给他讲过淹死人的故事。她已经惊吓过他的幼小的心灵。这里人们又饶有兴味地传诵着据说是去年的海上罗曼司。说是有一对新婚夫妇度蜜月来到这里，租了一只橡皮船到深海里去。他们携带了一个西瓜，要在橡皮船上，在海浪的起伏上一起吃甜甜的多汁的西瓜。多美！新兴的寒碜而又雄心勃勃的海滨休养地宣称他们的目标是建成东方的威尼斯！然而，现代派的恶毒的舌头嘲弄着一切浪漫古典的温柔，甚至也容不下淡淡的忧伤。新郎操刀切瓜用力过猛，划破了橡皮船，船沉了，新郎新娘双双失却在海里。是殉情还是殉西瓜呢？摇头叹息以后又忍俊不禁。

儿子，我回来啦。你看见我游了多远了吗？你数够一百四十九、一百五十了吗？你急了吗？妈妈，我没有数。我没有着急。我知道您一定会回来的。您游得可远了，您游远了，我再一数，您该多着急呀……

我亲爱的儿子！是你幼小卧床的经历使你懂得了被爱被照顾也懂了爱与照顾妈妈吗？该死的托儿所的二把刀医生！竟然在孩子感冒发烧的时候给孩子注射预防针。愚蠢是怎样的罪恶，它夺去了儿子那么多童年乐趣。当陌生人纷纷夸奖这个孩子真乖的时候，妈妈想大哭大闹一场！

她和儿子说得、玩得正好，世界只剩下了海、儿子和她自己。海能够代替父亲吗？海有没有父亲的性格？无所不在的海面的反光怪耀眼的。然而，以海的光为背景，她感到了出现在这里的逆光的黑影一条。

转过脸去。是他。

清晨，她起得比等着看日出的人还早。在疗养所门口，她听到一个青年人与所长的谈话。

"我想找个住的地方……"

"房间全满了。"

"我可以住会议室或者仓库或者食堂或者随便什么地方……实在不行，您能允许我在树底下廊檐底下露宿也可以，我交钱。"

沉默了一会儿。钱的力量是动人的。钱就像爱情，你越抗拒就越是无法抗拒。

"可以。你可以住在木工房里。天亮了，你就得走。天黑以后，你可以回来。一天八块。你可以在这里洗淡水澡，只要有水。"

"吃饭呢？"

"吃饭不行。我们的食堂太小，只供应在这里休养的本机关的干部……外边有的是吃的，一碗汤面一块五，包子一块钱四个……"

协议达成了。这是一个瘦削的，虽然劳顿汗垢仍然令人觉得潇洒的青年人。潇洒的是他提起他的怪模怪样的行李的姿势。他像乐队指挥在演奏序曲以前那样地甩一甩头。他个子很高，脸上身上没有一点多余的块块条条。眼睛有点小，却又像是因为矜持和礼貌而故意眯起来的。为什么要睁大眼睛呢？在面对未必欢迎你的目光的世界的时候？他向所长一笑，笑得既谦卑又骄傲。

他为什么站在那里，挡住一条条海的光，看着她呢？

她对自己的泳衣不好意思起来，拉着儿子就走。

便去吃冰淇淋。农民经营的"万国酒店"的冷饮部。有气派的名称，有闪闪灭灭的彩灯，有淋洒饮料的机器，有大柜台与各式各样的瓶子，有霓虹灯，有天知道是中国内地的还是港台的还是干脆是外国的咣唧咣唧的流行歌曲，有啤酒也有三色冰淇淋。冰淇淋的颜色鲜艳得过分便显得伪劣，吃到嘴里粘牙，莫非是放多了面粉？

便去冲淡水澡，一会儿有水，一会儿没有。一会儿水冷得刺骨，一会儿烫得她大叫。真是绝了。

便和伙伴们一起玩扑克牌。牌老是出错，竟把红心当成了方块。伙伴们取笑她在想孩子的爸爸。然而她不知道自己在想什么。在乱哄哄的夏天，在海边，在有病的儿子身旁，在三十六岁的时候，她怎么知道自己在想什么呢？想家想丈夫想再下海想休息想抓着一个大鬼？

不玩牌了，去邮电局。新盖的邮电局散发着油漆味。营业厅很不小，只是到处蒙着一层尘土。有两个外国女孩子到这里来发信。她感到羞愧，不由自主地掏出手绢擦柜台的土。然后她与丈夫通了电话。在疗养所电话总是叫不通。

"出了什么事？宝宝发烧了么？"丈夫的口气里充满了惊慌。

"没有。宝宝很好。我问……"

"呵，把我吓坏了，他真的没有发烧？医生说，一定要避免感冒。而且他对青霉素过敏……"

"……"

"那你打电话干什么呢？有什么别的事吗？安全方面怎么样？没有把粮票钱票弄丢吧？在我回来以前，你一个人最好不要下海，下海也不准离岸超过五米。太危险！这可不是闹着玩儿的！安全第一！安全第一！你有什么事？你方才说你问，你要问什么呢？我刚开会呀，现在还在开会呢。"

她很抱歉，她放下了电话，交了四块多钱。无缘无故地打长途，又干扰丈夫的工作又浪费钱。她太不对了。

便回房间，听正在施工的掘土机的轰响，闻柴油燃烧所释放的气体。听小贩叫嚷："包子！包子！大馅的包子！一块钱四个！""盒饭！盒饭！两块钱一份！""照相来！照相来！柯达彩色照片！"中国真伟大，要什么有什么。说红卫兵呼啦一下子都成了红卫兵，说做买卖一下都成了买卖人。说旅游呢，到处便都是"万国酒店"了。

晚上一处红红绿绿的霓虹灯闪烁的地方说是有歌舞表演。歌舞团才组织起来三个月，大多是农民的女儿。看着农民的女儿们穿着超短裙、高跟鞋，烫着头发抹着口红拿着话筒说着"谢谢，谢谢……"在架子鼓和电吉他的伴奏下唱起邓丽君唱剩下的歌！

　　银河，银河……伴着我……
　　曼然不知道是有趣还是肉麻，是热闹还是寂寞。

她领着孩子走出来，心想，也可以睡了。在家里过去一般是十一点睡觉，有了孩子便陪孩子早睡，十点睡过，九点半睡过，九点也睡过。那年夏天，孩子病得最厉害的时候，一天傍晚乌云密布，雷雨交加，孩子要睡，丈夫出差开会，她便在八点多陪孩子睡下了。刚睡下不久，阵雨过去，雨过天晴，夕阳竟又把世界照得亮亮的。她醒了，看着窗外的耀眼阳光，一时竟以为已经是睡到了第二天早上——原来长长的一夜还没有开始呢！

在与自己住的休养所相邻的一间大楼里，传出来极悦耳的钢琴声。她停住了。

看门人向她做出一个"请进"的手势，她进去了。

她来到大厅。只有二十几个观众。一位女钢琴家正在用不知道多少个的手指撩动琴键，发出令人沉醉的高雅的声音。

她屏气静神。钢琴，竟然也成了已逝的往事。小时候她还练过琴、想过琴呢。一上中学她就断然与钢琴告了别。她呆住了。她没有想到超出周围的环境与人之上，这里竟有真正的艺术家。她静听着潮水一样、风一样、马蹄一样的琴声。琴声一阵又一阵地弹过来又弹出去，好像一只在树林里迷了路的鸟，东飞西撞，急切而又天真，偏偏找不到飞向天空的路。鸟变得急躁、失望、痛苦。鸟的翅膀已经扇不动了，鸟落到了积满落叶的地上……那钢琴家的容貌和神态尤其令她动心。是不是上中学、梳两条辫子的时候她听过她的演奏呢？那时候她用吃早点节省下来攒下来的钱去买音乐会的票子。那一位女钢琴家也是穿着黑色的连衣长裙，头发上系着一根丝带。她好像忘记了自己身在何处和正在做什么。好像正有一个感觉从她的身体深处灵魂深处升起。那样痛楚，那样紧皱，那样切割，那样逗弄，那样纠缠得甜蜜，而又那样的舒展自由。你要仔细地端详，努力去发现她的随着音乐不断变化的表情，那种自身比钢琴还灵敏的对于手指的感应。她是笑了吗？痛苦了吗？紧张了吗？迷恋了吗？摇头了吗？闭眼睛了吗？用力了吗？快乐而又满足了吗？她的表情似乎和音乐一样微妙、变化多端、不可思议而又令人落泪，令人兴奋激扬。她的神圣体验把十一岁的女小学生曼然带入了一个彼岸的世界。

像旧梦的重温。像打开了一间封闭已久的房屋。像找到了一封遗失多年的来信。曼然盯住了钢琴家，随着钢琴家神情的变化而变化起自己的神情来。

我真羡慕呀：曼然不知道自己是不是说出了声。

又一个新的曲子开始演奏了。曼然竖起耳朵捕捉着这陌生的旋律——有什么办法呢，很长时间，她没有听过正经的音乐特别是钢琴了。丈夫回到家，顶多听听通俗歌曲和电影插曲。

"是 B 小调奏鸣曲，李斯特的。"旁边似乎有人轻声告诉她。

她略一旁视，才发现身旁坐着的是那个住木工房的潇洒的年轻人。他也在这里！

他们一起走回休养所，随便说了几句后来完全记不起来的话，分手时还说了"再见"。要不要说"晚安"呢？似乎太洋了一点。

第二天他来敲她的门。那时她吃过早饭，正与儿子下动物棋。

"我想给您画一张像。我是美术学院的教师，这是我的工作证。"他说，公事公办，很严肃。

"不，对不起，我不同意。"她立即拒绝，而且慌乱起来。

"真的不可以吗？"

"嗯。您为什么要画我呢？您可以画别人。"

年轻的画家毫无表情地转身而去。

她心慌意乱。和儿子下棋的时候竟把大象往老鼠的嘴下送，又把狮子当成了豹子。给她画一张像？这么说，她有什么值得入画的吗？为什么不去给那个女钢琴家画像呢？还没有见过比她更美丽更动人的人。而自己，自己又有什么可画的呢，她将在画家的画笔和颜料下，留下什么样的形象呢？昨晚还和人家并排坐着听音乐，并听取人家的介绍。而今天突然这样不讲礼貌地拒绝了。连考虑都没有考虑，连一声"让我考虑考虑"都没说就断然拒绝。难道有什么断然拒绝的道理或者规定吗？有什么不好呢？即使是被一个陌生人画进了自己的画。真是从小就不知不觉地变成了不折不扣的教条主义者了呀……再也不会有这样的机会了。

我想给您画一张像，可以吗？

一连几个小时他的问话、他的声音都在耳边回旋。那声音似乎是黏重的，滞留在空气里和她的耳朵里，难以消除。在下午游泳的时候，在游离了海岸一百五十米以后，在有规律的划水蹬水声中，她突然听见海浪轻轻地说：

给您画一张像，可以吗？

可以，可以，她要大喊。欢迎！欢迎！谢谢你！谢谢你！为什么不给我画像呢？就画我在海边，在海里。就画我穿着泳装。就画我跳猴皮筋。就画我坐在音乐厅的软椅上听音乐。就画我弹钢琴或者开飞机或者在空中跳伞吧。我还没有那么老，我还活着。我的手臂划水的时候还憋足了力量，我还分明受到了海潮的鼓动与催促。我分明感受到了大海是如许温热。我还像李斯特的钢琴曲一样的热烈和活泼。

给您画……可以吗？

不，我不同意。她却是这样回答。是谁命令她这样回答的？

一阵激动。她呛了一口水，咳嗽起来。她忽然一闪念，也许就是这一次了，她将沉没在汪洋大海里。她将晕倒，呛水，抽筋，恐怖地挣扎，愈挣扎愈陷入海底。十几分钟以后——也许用不了那么长时间，她的身体将会轻轻静静地漂浮上来，她将变得苍白、浮肿，像一块被浸泡的面包，她将受到惊呼，受到痛惜。她的儿子将呆呆地望着已经永远失去的母亲。她的丈夫将哽咽着跺脚：真是胡闹，真是胡闹！临走时我早就嘱咐过她，我不在，你不要下海！你不得下海！绝对不准下海！一片混乱。然后，她被忘记，她没有留下肖像，连一张理想的照片都没有，她所在的城市照相馆的技工，怎么都那么蠢呢？所以世界照常运行，连丈夫和儿子也将接受这一切并且习惯下来。画家也将把她忘记。她有生以来本来也没有引起过任何画家的注意。这究竟有什么不好呢？反正人总是要死的，老得不成样子了麻麻烦烦地去死，往鼻子里插管子，割开喉头，不间断地输氧，一身屎、尿、褥疮，然后在手忙脚乱的假惺惺的抢救之后彻底完蛋，又比淹死在大海里好在什么地方呢？

这实在是一个非常勇敢非常美好的幻想……可惜的是，她摆脱不了俗套子，摆脱不了那把她拴在岸上的铁的法则。怎么游出去的，便又怎么乖乖地游了回来。往大海深处游去的时候又兴奋、又壮丽、又紧张、又骄傲。往回游的时候，又安全、又忧伤、又单调、又疲乏。就像高高昂起了倔强的头颅，却又深深地把头低了下去。

晚上儿子突然发起烧来。乖儿子一再说："妈妈，您别着急，我没有什么。"孩子的懂事更使妈妈心疼，曼然掉下了泪来。她找休养所所长，又麻烦了服务员、司机，找来一辆面包车。从木工房里跑出来年轻的画家，他也在一边忙忙活活，意欲助人为乐，好像也有他的什么事似的。曼然几乎是粗暴地把他轰走了。然后去到一家部队的医院。然后说好话，亮牌子，说明儿子的爸爸是谁是谁。休养所所长还暗示他们曾经帮助这家部队医院解决过名牌白酒和新鲜对虾。便给孩子临时在病室走廊加了一张床，静脉打点滴，生理盐水、抗菌素和葡萄糖。医生说这个海滨的发病率非常之高，高烧拉肚子的人比比皆是。食品卫生是一个大问题。曼然不住地点头，完全赞成医生的看法而且认为这些看法与儿子的病一样的重要。

后来孩子就睡着了，医生也去睡了。病房里的所有病人与病人家属都睡得很香，好像根本不存在什么恼人的病。当然，所长、司机、服务员与面包车早已走掉了。只有曼然难以入睡，她摸着儿子的发热的额头，痛苦地感觉到这场病是上天对她的惩罚。游泳游的，她的心太野了。

第二天天亮以后儿子病就好了。回去休息，巩固一下，再吃点消炎药，退烧药备用，发烧时再吃，不烧就不吃。面包车便又来了，只有司机和年轻的画家。画家赶忙解释说："所长让我来的。别人，白天脱不开身，您去办手续，我帮您抱孩子。"

孩子平安地回到了休养所。妈妈不停地给孩子讲小时候已经讲过许多遍的孔融让梨与猴子捞月亮的故事。给孩子的爸爸又打了一个电话，她向丈夫忏悔，她没有照顾好孩子，她没有完成任务，她对不起他们父子。恰恰丈夫也要打电话来，说是这个会以后又有一个新安排的会，必须去。这就是说，不可能再回来陪她休息。怎么变成了陪我？她不解地想。便说等孩子的康复一巩固便马上回家，而且她加了一句："我再也不下海去游泳了。"

第三天上午十点四十四分的回城火车。吃过早饭以后，画家拿来一张炭画素描。画的是那个女钢琴家，她高雅地坐在琴凳上，目光那么含蓄，那么深情，那么遥远，好像有许多话要说。微微偏着头，那角度和阴影令人赞叹。

"如果您喜欢，就把它留下吧。"画家毕恭毕敬地、温柔地说。

"您画了那个钢琴家！真难得，只不过听了一晚上的曲子。您画的这个角度，这个神态实在是太好了！"曼然十分友好地说。

"您再看一看……您再看一看……"画家请求说。

"是的，这衣裳和琴凳画得也非常好，整个气氛非常协调……"

"我不是说这个……"画家的声调似乎有点急躁。

"您难道看不出来……"画家又说，"我画的是您吗？您和那位女钢琴家，双胞胎一样的相像。您的眼睛您的神态比她的还更富有情感……对不起，我并不认识您，我也许不应该这样画。我请求为您画像，遭到了您的拒绝……但我还是画了。如果您生气，就把它毁了吧。再见。您好像给孩子穿得太厚了……祝您好。"

离去的时候曼然才意识到，自己对这个新兴的海滨旅游点的腹议，是太苛刻了。最重要的是这里有海，有人，有涨潮与落潮。连那吵吵闹闹推推搡搡肮肮脏脏也叫人心疼。农民的女儿扭着腰肢唱邓丽君又有什么不可以呢？难道中国的女孩连扭腰的资格也没有吗？也许终于会扭出点新花样，也许扭了一阵子就不扭了，也算是坐到了，坐过了这一站。了不起的钢琴，离着真正欣赏你，还远得很。那些高雅的绅士淑女，那些伟人，如果落到了我们的农民我们的百姓的境遇，也许表现出来的风度还不如他们。谁也没有权利抱怨和责备别人，正像没有权利抱怨和要求退换自己脚下的土地。这是多么可爱的土地哟！

她怀着完全谅解、疼爱和留恋的心情在火车站台上徘徊。她东张西望，等待着，等待着。离开车只有十分钟了，广播喇叭在催促"送客的同志"赶快离开车厢。列车员示意要她迅速上车。她仍然满有把握地等待着。直到最后一分钟她仍然相信，他会来的。那个素昧平生的画家孩子会来的。是他发现了她，了解她在海里、在钢琴演奏的时刻乃至孩子生病的时刻所感觉到的一切。他画的那个"她"的目光里有多少含蓄的渴望和飞不出茂林的鸟儿的痛苦，那圣洁的面容正是她梦寐以求的。那肖像才是真正的被找出来的她！她愿意为这样的面容这样的目光去死。这次，在车站上，在临别的时刻她要接受他的赠画。然后，她也要去弹钢琴，她也要去作画。她将欢迎他再画自己，她可以为他的绘画端坐四十分钟或四百四千分钟。她还要再问问自己，你是怎么样的，你能够是怎么样的。她要握紧他的手，说一声"谢谢你"！

火车开了。她恍惚看到那画家奔跑而来，那个画上的更好的她奔跑而来。她向他们招一招手。她知道这一年的夏天已经离她而去。

1988 年 3 月

室内乐三章

晚霞

那天晚上老张或者张老睡着睡着，他想起或者梦见他的妻子有一块紫色的毛毯。那应该是他们结婚以后不久才买的。那时候他们的新房里最讲究最气派的东西就是这块鲜艳柔软温暖厚实的毛毯。那时候和他们的身份差不多又是邻居的其他新建立的家庭都是买那种灰白杂色又染出两道血红来的棉毯。棉毯给人一叠就会折断的感觉，因为一折就露出了麻袋似的基底。

在欲醒未醒的时候老张为不知这块毛毯哪里去了而焦虑不安。真奇怪，有许多年了，不是十年也是八年，要不至少是五年、三年，反正不能再少，他们忘记了这块毛毯，也再没有用过这毛毯，甚至数年来也许十年来他们就像是根本没见过这块紫色毛毯。

在醒来的一刹那他感觉到了这块毛毯的珍贵，揪心。那毛毯是一朵雨后的晚霞，令人依依不舍。他感觉到了新添置的卧室用具的过多和重压。席梦思、锦缎床罩、丝棉被与鸭绒被，有了席梦思便用不着了的狗皮褥子、驼绒褥子……还有数不清的枕巾。夏天用过的凉席没有及时洗涤便长了绿霉，买了新的广东凉席却又舍不得抛掉旧的。仅仅毛毯他就添了不知多少块，上海产的与天津产的，拉舍尔的与普通的，巴基斯坦进口的与澳大利亚带回来的，腈纶羊毛混纺的与纯毛的……但是，那块紫色的毛毯是多么好啊！它燃烧着，渐渐沉入了黑暗。

醒来后他又觉得茫然，也许没有过，根本没有过那么一块毛毯？也许在搬家的时候，在"红卫兵"运动开始的时候，在落实政策的时候，在分到了新房子的时候，在收购废旧物品的小贩来到家门口的时候，他们已经把这块毛毯卖掉了？或者是被偷掉了？一九七六年还是一九七七年，他们家不是失盗过一次吗？报过案的……

他问妻子："我们有过一块紫色的毛毯吗？"

妻子茫然地点点头。妻子得了脑血栓，后遗症包括行路不便与语言的部分障碍。妻子成天微笑着看电视节目或者看电视录像，包括球赛、外语讲座、电视剧、驱虫药广告与人民币汇率。从前妻子还会拉手风琴呢！

他翻箱倒柜。他遗憾地想，他的有限的人生用在找寻东西的时间大概与用在做检查上的时间一样多。他相当平静地想，找东西与做检查也是重要的人生。没有什么毛毯，没有他所回忆、他所想象的那样的毛毯，只有后来置备的，他并不需要的别样的毛毯。他找出了两双半袜子，不知脱下来多久了，没有洗，好在也还没有化学成芥子瓦斯。

他问曾经拉过手风琴曲《伏尔加河源远流长》的妻子："我们结婚的那年，是真的买过一块紫色的羊毛毯吗？很鲜艳，很柔软，很厚实，很温暖……"

妻子茫然地摇摇头。她微笑着，眼睛里含着泪，她又转过头，看着电视屏幕上的一个如花似玉的美人从天上掉下来。妻子喃喃地说："早晨……很贵的……都有销售。"过了很久，她还在自言自语："有——销——售……"

后来张老就忙别的事情，后来和孩子吵了一架，吵完了就忘记了毛毯。只是一年中有那么几次在欲睡未睡或者欲醒未醒的时候他会急切地想起毛毯，会断定毛毯是有过的，丢掉毛毯是非常可惜的，而且，没有及时去找毛毯是他的一个不可原谅的过失。他甚至觉得，对待毛毯的这种冷漠、麻木不仁，是一个可怕的征象，他的情感，他的智能，还有他的心，已经疲软得不成样子了。

又过了一些时日，不太短也不太长，他的妻子死了。

办完丧事，他回到家，却觉得家已经不能辨认。他甚至怀疑自己是否真的已经在这所房子里住了五年。厨房里的墙壁上挂着一层褐色的油珠；卧室的门把手脱落了一颗螺丝钉，拧了半天，实际上把手并没有旋转，而门也照样开了；稍微起一点风，窗缝中就渗进来一种类似野兽挨了一刀的哀嗥的声音。还有许多别的早该有所处理之处，这些，他怎么从来没有注意到呢？

在不眠的夜晚他愈来愈清晰地感觉到那块毛毯，看到它的愈旧愈雅的颜色，摸到它的温柔的气质，拉到身上就承接了它的温热与重量。然后毛毯浮走了。与毛毯一起，他回到了他们住过的房子。那是一排平房，他们住其中一间，房前有美人蕉、万年青和玉簪花。花上落着一只紫色的蝴蝶。那个房间既温暖又清新，他可以像一条小鱼儿一样地在这间房子里游泳，游泳的时候他的身躯伸展得很长很长，他弯来弯去，可以打弯也可以盘旋。他很心疼这个房间。好像这个房间里还有他的柳条包、他的小书架、他的洗脸盆和他自制的一个台灯。在这个房间里有他的一副铺板，参加革命工作的时候他从家里搬了三块铺板两条板凳到机关宿舍，三块板对得并不严丝合缝，可在上面睡得照样很香。此后他调动到别的单位，此后又调到了别的城市，又以后回到了这个城市，但铺板他始终没有拿走，铺板已经化私为公了，而不是现时流行的化公为私。三块铺板和两条板凳应该还在那房间里等着他去使用，或者是等待他去搬走。他的房间里好像还有一张照片，他的结婚照，把他的嘴唇涂得挺红，把妻的眼睛涂得有点棕绿，像猫。那照片永远年轻地挂在那里，当轻风吹拂起窗帘的时候，照片上的他的脸上将会现出笑容，他的嘴角将会生动得有趣，而他的妻子的眼睛里，眼泪似乎就快要滴出来。

他醒来，长叹一声，震动了屋宇。他蓦地获得了灵感，他断定紫色毛毯是放在门楣上的壁橱的深处。这个壁橱太高，他搬了两把椅子叠在一起，他冒着跌断腿乃至跌断腰的危险爬了上去。他没找到毯子，只是弄起了许多淡黄色的灰尘，呛得他咳嗽不已。他不明白为什么这灰尘是淡黄色的。他还找到了几张破纸头，是他几十年前写的诗。是诗？！

过了一些日子，老朋友们劝他重新建立生活。有的人从医疗保健的角度给他讲找一个老伴儿的必要性，说是有配偶的人的平均寿命比鳏寡者要高百分之十五到二十。有的人给他讲"黄昏恋"的魅力。他觉得"黄昏恋"这个词儿挺美。他想起雨后的晚霞，燃烧着。

他没有点头也没有拒绝。于是他开始在一些热心的关心他的友人家里与一些女性见面。有一位女士穿着一件灰白色的紧身粗线外衣，头发染得黑亮黑亮。从背影看简直是少女，她说话的声音带点上海味儿，也蛮好听。只是他觉得她的口音不对，肤色不对，眼镜式样不对，牙齿的大小与排列也有点别扭。他不认识她。

但他们终于有了一些来往。夏天，他们有一次一起在公园的茶座上要了一壶龙井，坐了一晚上，他们交换了各自大半生的饮茶经验，也谈了嗑了吃了瓜子儿。

回家以后他觉得非常清醒，清醒然而疲劳，除了清醒地躺在床上他做不成也不想做任何事情。他觉得天气炎热，不想盖被子但又不习惯不盖被子。后来他漫无目的地坐起来，翻动他妻子的床铺，忽然，他发现妻子的褥子底下垫着一块紫色的毛毯。

完全不像他想象的那样，这块毛毯很难引起他的什么感触或者兴趣。不像晚霞也没有诗意。旧物是没有生命也没有魅力的，何况，毛毯的颜色正在变黄，变成那种门楣上的壁橱里的灰尘的颜色。这未必就是那块毛毯。

但是后来他没有再与那个背影像少女的很有一把年纪的女人一起喝茶。他推托说，他要到他的孩子家住些日子，他要离开这个城市，也许过年也不回来。

"对不起。"

他想说"真不好意思"，没有说出口，他总觉得"不好意思"的说法来自台胞和美籍华人，来自可以说是一些"资产阶级"。学他们说话的口气？他毕竟是相当老了。

诗意

刘教授五十九岁那一年忽然患了口吃症。年轻时他本来是以巧舌如簧、口若悬河而著称的。他的声音也好听，许多人刚听了他讲的几句话就询问他是否学过声乐。现在呢，嘶哑、结巴、嗫嚅，真不知道怎样办才好。

人生最要紧的就是说话，他模模糊糊地想，一切都表现为说话或者决定于说话。胜利、失败、致敬、讨伐、崇高、卑下、爱恋、怨仇、富贵、贫贱、伟大、渺小、聪明、愚蠢、真理、谬误……莫不维系于、区别于、形成于和瓦解于说话。干脆说吧，人生就是说话。而他现在尚不满花甲，就感觉到了说话的障碍……太糟了。

他到许多医院、中医院、医学研究机构就诊，各派各医用尽了各种检查手段，把他从里到外翻过来又翻过去，卸成零碎再拼接成整块，查不出究竟来。

于是他只好求助于自己的直觉和想象，他在夜深人静的时候谛听日月、众星、风露，他寻找自己的内心，他希望能得到一个答案。许多年来，各种歧途、各种关口，当他深受选择的苦恼的重压的时候，他的最后也是最强的手段便是这样以心问心，让心来说话，倾听心语。经验证明，这样做出的判断和选择，大致是不差的。

于是他得到了顿悟。问题出在他的枕头上。

几十年来，他一直睡着儿时从父母手里得到的枕头。用乡村纺织的原色土布缝起一个口袋，里面装上荞麦皮，便成了枕芯，枕芯上有时铺一块毛巾，有时披一块亚麻布，有时什么也不铺。他不知道这个枕头的历史，但是他相信这个枕头的面世要比他本人的出生更早。乡村的土布呀，何等结实，虽然摸起来厚厚薄薄，粗粗糙糙，有棱有疙瘩有毛刺，睡得久了，土布乃至充填用的荞麦皮吸满了他的头油和汗水，渗发出一股特殊的气息，像巧克力。

妻子早就劝他换一个枕头。妻子早就买来了各式各样的枕芯，木棉的、蒲绒的、茶叶的、鸭绒的，长方的与正方的，还有各种花色品种的枕套。他以旧枕头睡惯了、旧枕头还好呢为理由拒绝了。儿子嘲笑说他的枕头早就应该送博物馆，儿子说这枕头是他们的祖传"家粹"，就像气功和武术是"国粹"一样。女儿捂着鼻子指责他的枕头污染了本来就并不清新的空气。他也愈加感到了古老的枕头与几度更新了的房舍与卧室其他用具太不协调。终于，半年以前，他把旧枕头扔掉了。

他回顾，确实是在换了新枕头一个月后，他开始有轻微的口吃。两个月之后，开始有轻微的沙哑。然后愈演愈烈，直到今日，声已不声，言已不言。他询问妻子、孩子、保姆，他的那只旧枕头哪里去了。如果还在，在哪里，能不能洗干净缝补一下再用。如果不在了，是谁扔掉的，什么时候扔掉的，扔到了哪里。奇怪的是所有的人都回答"不知道"。他们的样子是企图叫他相信，这只枕头压根儿就不存在，至少是，存在着存在着，然后自行消失了。

他追问他的亲人和保姆，逼得紧了、久了，人们便反诘说："你自己的枕头，你不知道，还问谁呢？如果说有人丢了，那丢了的人就是你。如果说有人扔了，那扔了的人就是你。"

果然，他无话可说。

他回了一趟故乡，乡、区、县的干部一次又一次请他吃烙饼、炖肉、水鱼和炸鹌鹑。他们都在争着搞化肥，搞塑料，搞木材、水泥、玻璃，收礼送礼。当他谈起枕头来的时候，乡亲们告诉他，现在包括农民在内，大家用的枕芯也是从北京、上海、天津、苏州这些个地方运来的，"绵绵软软的，外边绣着花"，他们说。

"那荞麦皮呢？"

"我们这里早就不种荞麦了。"乡村干部说,"产量太低,吃了又不好消化……现在有了化肥,又修了水利,哪有上着化肥浇着水种荞麦的?"

他知道荞麦一向是种在边远的高山坡地上的。但是他不相信荞麦不好消化,再说他并不是要讨一碗荞麦面面条吃。"我只需要一点荞麦皮呀!"他说。

"没有荞麦,哪里来的荞麦壳子呢?"村干部的话当然有理。

他终于走了许多里路从邻村找到了荞麦皮,但是没有土布,走到哪里也没有织土布的了。他只看到几台已经散了架的农用织布机,他抚弄着织布机上的梭子,想起了"光阴似箭,日月如梭"的陈词烂语。

他悻悻地回到了城市,他的口吃和沙哑更加厉害,他说每一个字都觉得困难,他渐渐不急于说话。生病也会改变一个人的性格,乃至世界观。他想。有说话才有了一切,不说话就有了更加宝贵的一切。他又想。

在寻找荞麦皮与粗土布的过程中,他回忆起许多事。他每天晚上都梦见童年,梦见外祖母纺线,那纺车的声音令他心碎。梦见乡村里家里的两个大掸瓶,掸子上的鸡毛在日光下显出一种变幻莫定的五颜六色。莫不是要成精?他也梦见夏天和童年的伙伴们一起洗澡,比赛扎猛子看谁潜游的时间最长,距离最远。他还梦见一条大黑狗,那只狗老是用它的湿润的舌头舔他的脸,他很舒服,又怕被咬一口。他又害怕又幸福又甜蜜。那只狗的目光是那样深沉坚定和成熟,像一位令人倾倒的思想家……他还梦见了一只喜鹊,叫着。

他干脆不怎么说话,而是把自己的所忆所思所感所梦写下来。他的妻子说他有病,要送他进医院,可他的孩子说他写下来的东西是诗,而且是好诗。孩子未经他的同意就把他写下来的东西寄到北京的一些大销量的文学期刊。诗发表出来了,他获得了成功。他以花甲之年而成为诗坛新秀。早已秀了的众诗人诗评人为他祝贺,请他吃酒,给他颁奖。他的名字被列入了一本文学辞典,为此他给辞典的编者汇去了二百五十块钱。

又过了几年,据说那一批文学刊物受到了指责批评。据说他的诗也写得不好,感情不健康,"玩文学",受西方思潮的影响,把美国人玩腻了的裤腰带当围脖绕到了脖子上……

一位按辈分说是他的孙儿的老人从乡下来看他,劝他不要再写诗了,说是耍钱盗墓嫖妓抢劫砍电线杆杀熊猫,都比写诗好。并且给他送来了土布荞麦皮枕芯,说是潮流又变了,开发土产看好,越古越好,越土越好,古、土,才能走向世界,得奖赚外汇。为此他们家乡建立了一个传统枕芯加工厂,承包给了一个跛子,他头一年就赚了六万块钱。

于是他重新睡土布荞麦皮枕头,并且按时吃中药。中药成分里有桑叶、蚕皮、蝉蜕、蝎尾、红花、黄芪、田七、穿心莲、琥珀、朱砂、车前子……用三岁以下男孩的小便做引子,据说小男孩的尿清火最有效。据有经验有水准的人说,这样服二百剂,服药治疗期间不再写诗,再加上天天枕荞麦皮,一准见效。他一定会痊愈如初,健谈如初,今后老来再上一层楼,前途未可限量,云云。

d 小调谐谑曲

大冬天,冷空气入侵,气温降到零下十度,室内却温暖如春。

"看来,今年锅炉工干得不错,瞧,"王院长拿着温度计,"二十一度,我们的意见没有白提……"

"光提意见就给你好好烧了?几瓶'刘伶醉'送去了,你知道吗?年前光挂历就送了十几本,你知道吗?"老伴说。

王院长不以为然地哼了一声,叹息着世风的不正与日下,又想着反正挂历也都是白给的,便回到卧室。近几年,为了休息得自如,他与老伴各住一间房。

读了一会儿书他才睡的觉。读书的时候他半盖着丝绵被,脱掉了夹克衫也脱掉了毛线衣,只穿一件秋衣,就着壁灯阅读《庄子·外篇·刻意第十五》:

> ……夫恬淡寂寞虚无无为……则忧患不能入,邪气不能袭……生也天行,死也物化,静而与阴同德,动而与阳同波……故无天灾,无物累,无人非,无鬼责……不思虑,不预谋……

真漂亮!真暖和!真高明!真深刻!冬天,温室,古书,夫复何求!

院长心满意足地熄了灯,心满意足地伸展开四肢,与天物同步,与阴阳合阖,不一时就发出了均匀的鼾声。

一段时间以后,似有细细的嗡嗡声。

是风吹响了窗户纸?他的家早已没有纸糊的窗户了。是提琴?大提琴?

萧？亦西亦中。怎么声音越来越大了？是消防警笛？是坦克？是飞机？是轰炸机？原来是——蚊子！

醒来时他脸上手上已经咬了几个包，像火烧一样疼痛酸痒。什么？秋天的蚊子？他的卧室暖和得使冻僵了的蚊子复活了！他的温暖的卧室把寒风中的蚊子吸引了进来！他竟拥有这样美妙的卧室，这样惊人的温暖！这蚊子是早已潜伏在他的卧室里的么？怎么三个月即十月中旬以来这房间里从来没有蚊子的踪迹？是从室外新近入侵的么？它们如何穿过严寒的空气？它们如何跨越了冬天？这个小小的害虫，销声匿迹之后，怎么稍一暖和就又飞出来了呢？

几个包痒、热、疼，如割如刺如焚。冬天的蚊子比夏天的蚊子厉害得多，狠毒得多。处于逆境的很可能是已经三个多月没有咬过人的蚊子复生以后，它的咬人带有一种疯狂的、不管不顾的、赚回老本的性质。夏天也有蚊子，夏天的蚊子咬过以后但痒而已，而冬天的蚊子似虎如狼似蝎如蛇而又不失蚊子的细小与鬼祟。

它的那些同类们呢？它的同伙们业已正寝寿终。是发生在"寒露"那一天还是"霜降"那一节令？至晚在"立冬"那一天以前，所有蚊类都通通冷冻而死，这有多么悲伤！而这只蚊子多么幸运！它藏在了——例如天花板——一个角落，而恰巧这个房间冬天有这样好的温度。如果这间房子不烧暖气，或者虽烧暖气但不好好地烧，如果人们没有送挂历也没有送"刘伶醉"，如果锅炉和暖气散热器疲软，如果这个房间冬天也能冻冰——像他过去的住房那样，这个幸运的蚊子在潜伏了一阵以后，不还是要呜呼哀哉的吗？

他真诚地为这只蚊子庆幸，又为自己卧室的温度而得意了。

然而脸上与手上的包疼痒不已，迷糊之中他又听到了蚊子的嗡嗡声，这嗡嗡声比夏天标准的蚊子嗡嗡声低几度，如果夏天的蚊子的咏叹是 B 调的，那么冬天的蚊子的呐喊则至多是 D 调的，就算是 d 小调的吧。

低抑而又不祥的声音靠近耳朵，他使劲打了自己一个耳光，他快意地搓着自己的手掌，手掌上似乎有一点黏稠的流质与半流质物质，那应该是蚊子的溅血与遗骸，而那血毕竟又是自己的。

"滚你的蛋！"他骂道。

耳朵轰轰地响。脸疼手痒再加上耳朵干、烫，轰轰隆隆。他干脆开开灯，找止痒的风油精。找不到风油精便找万金油，也没找到。后来就到洗手间往包上抹了一些肥皂水，肥皂水是碱性的，据说可以中和蚊子口中的蚁酸给人造成的痛苦。

熄灯以后又听到了蚊子声。蚊子没有死。要不就是一个蚊子死了，一个蚊子又飞来了。挺顽强。

"我家里到底潜伏着多少蚊子？"这个思想使他紧张起来。听到蚊子声他就往自己脸上身上手上腿上乱拍乱打。安静了一会儿。然后蚊子嗡嗡如故，d小调谐谑曲。

他再开灯，找出了日本国造象球牌杀虫剂。打完药他觉得呼吸不畅，便开窗子开门。外面正刮风，不但刮进了刺骨的寒气而且刮进了尘土与烧锅炉烧出的硫化氢，硫化氢与杀虫剂结合，他更加喘不过气。

他关上门关上窗干脆开空调。生活真是提高了，超前消费，又加暖气又放冷气。谁说我们差？据说尼克松当总统的时候就是这样，夏天，他的办公室放冷气放到了零度，然后他生起壁炉，他欣赏金色的火焰与松木木柴的劈啪声，在这光焰与劈啪的启示下他做出了决策，响应毛泽东——周恩来的乒乓外交。

空调机一响全家人都醒了，他努力证明自己的状态正常。老伴强迫他关掉了空调机。找了一个蝇拍，往墙上乱打一气，告诉他蚊子已经消灭。

他给老伴讲起尼克松。

"可人家的办公室里绝对没有蚊子！"

"不一定。那年我住在波恩的布里斯托旅馆，吃早餐的时候，发现餐桌上爬着蚂蚁！不要崇拜西方，以为他们的蚊子比我们的蚊子招人喜欢。"

后来就平静了，睡下了。他想起童年时代他住的土房。冬天，临睡前烧一烧热炕，然后热炕变成冷炕，卧室变成冰窖，不但头一天晚上没有倒掉的洗脚水冻成了冰，连尿罐里的尿也冻成了淡黄色的半透明体琥珀，颜色很不错。

而且没有蚊子。

第二天，他的气色很好。一位老朋友问他是否常吃杭州产的"青春宝"。他点点头，接碴说，"青春宝"是根据明朝永乐太医院的宫廷秘方制造的。

都说："他活得挺潇洒。"

1991 年 3 月

济南

我没想到那天早上接到你的电话，你的声音苍老而且温和。你说久违了。我还以为你有什么信息要告诉我。其实离上次我们的会面还不到一个月时间。上次会面我提到小莉学提琴的事只不过是没话找话而已。小莉的事自有她的父母操心——太多的操心，哪有我这个姥姥的事。你说你一天都在家，我相信你不只这一天而是差不多天天都在家。除了政协委员，你已经不承担别的任务，我们退到二线，都已经许多年了。我竟然是过了一会儿才明白过来你是邀我到你家。自从那一年在老同志的春节茶话会上重逢，你从来没有主动要我去看过你。我看你，你看我，我们都争取被动，这也是一种礼貌，把友谊探访的主动和慷慨留给别人，把接受别人的主动的看望的温暖和安慰留给自己。客人——老友的敲门声是令人喜悦的。你知道你被记挂着，你的名字虽然从在职干部的花名册上消失了，却没有从你的老友——老战友的心中蒸发掉。

你问："今天你能到我这儿来一下吗？"我说当然。我原来的计划？什么计划？买鸭子和豆芽菜、看报和发信，去新落成的百货商场物色一件生日礼物的计划吗？好的，我下午去看你。

我猜测你有什么话要告诉我。上面有什么新的精神？你大概这一生总是这样津津有味而又严肃万分地说上面的事。老侯活着的时候，他也是这样的。人事有调整还是"提法"有发展呢？他为上面，我为他，倾注了一切。照顾他的偏瘫，这一切的麻烦帮助我度过了退休后的日子。使不工作的日子不至于像羽毛一样轻飘。然后他去了，剩下了太大太空的房子。也许你有什么事需要我帮着办？你说过你的孩子们总是磨着你换房，他们不喜欢住在那边。还有医疗，还有出国访问，还有家用电器的免税指标，还有老三的工作调动……这一切我又能帮得上什么忙呢？要不就是找我谈谈国际形势吧，就像你或者是我即将担任外交部长或者中联部长似的。不论黎巴嫩的还是尼加拉瓜的事情，我们管得了吗？

你坐在躺椅上。给我倒茶的时候，你的手抖得厉害。你的脸上有一块特殊的黑。我问你到哪里晒了太阳。你说一冬都是足不出户，有一次去附近的菜市场买粉丝，来去十六分钟，就感冒了，躺了十六天。然而你不苍老，我说。是吗？你扬了扬眉毛，我发现你的一向显得严厉的眼睛竟是那样有神。你的眉毛长得那样长，好像一生的沧桑都隐藏在花白的长毛中。我说现在天好了，昨天最高温度是十二度，昨晚上预报今天最高温度是十五度，今天早晨拨电话121就说是十七度了，已经是非常非常的春天了，也许桃花就要开放了吧？开放真是个诱人的词儿。说着我不由得动了动我的外衣领子，那领子的面是单色的素，而里子是鲜艳的花格。

便说起了天气。你说你十年前访问过埃及的历史名城卢克索，你说卡纳克神殿我说我不知道。你说配乐解说我说小莉的事您不用费心了，我上次只是随便说说的。你说五月的卢克索已经是四十八度了，我说那可真糟糕。你说不论巴黎还是罗马还是慕尼黑，冬天虽然结冰，草坪却仍然是绿的，因为它们的土地是潮湿的。我问难道我们多浇一点水，勤浇一点水就可以使华北的小草不枯萎吗？你说即使是海南岛首府海口市，冬天阴雨天仍然很冷。我说飞机票票价上涨了，退居二线的人更难报销差旅费了。你说韶山冲秋天的风景实在美，那才叫"风水"呢。我问关于调整经济，中央开会了么？听说要增加信贷投放。物价越来越平稳了吧？

后来你说起了孩子，我也说起了孩子，我说你的那个最小的孙子可真胖，有一种天不怕地不怕横冲直撞的劲头。他常吃健儿粉——与新加坡商人合营的一个食品公司的出品么？你说你的姐姐的两个孩子都到国外去了，新年的时候、春节的时候、国庆的时候、过生日的时候他们都给父母打电话。我说听说从国外往国内打电话更方便也更便宜。你说你姐姐和你一样奋斗了一辈子，为了中国，但是她的孩子一个又一个地往外跑，还领了绿卡。你在国外看到过新从中国大陆去的某些人，就像在北京看到来自安徽省无为县的保姆，有一种说不出的令人心酸的狼狈劲儿。我说我家那个小保姆忽然辞活走了，我送她一件毛背心……这时我抬起头，我恍惚看到你的眼角是湿润的。你一见到我就显出微笑来了。你眨了眨眼睛，立起身来去取暖水瓶，往茶壶里续水。你的藤躺椅咯吱响了一声。你的已经并紧了的嘴角又变得轻松和柔和了。

这我才发现了一只黄色的猫，猫睡得昏天黑地，我把它抱在我的膝下，搬过来拨过去它只是不醒，它就像从来不会醒也没有醒过似的。过去到你家，我似乎从来没见过这只猫。你可不像喜欢猫的人。但我刚刚一走神，它就跑掉了，它又蜷曲在你的身边，继续做它的与生俱来的梦。

我扬头看了看四周。一盆巴西木长得葱郁茂盛。花盆里，在巨大的绿叶的庇荫下面，长出了一排小蘑菇。一幅书法写的是"心如清风明月……"桌子上仍然堆着公函信封、报纸和文件，倒好像你还在忙着，日理万机。台历上并没有多写一个字。摆着一个仿造的铜马。你建议我看阳台门附近摆着的鱼缸，水草，金鱼。你说金鱼最大的优点是它们的沉默。不管你喜欢它还是痛恨它还是羡慕它还是轻蔑它，它总是不出一声。你很难说出它个么二三来，但是你会看着它，看着它的一动不动与或有的沉浮自由。没有任何道理和说法的动与静吸引你的目光，时间就会不知不觉地过去。在我和你的交往中这也是第一次听你说到金鱼。

我问你要不要可以自动换水、供氧及保持恒温的鱼缸，要不要花纹斑驳的热带鱼，虽然我和那个行家已经有好几年没有联系了。老侯养过热带鱼也养过君子兰，集过邮也收集过各式烟斗，现在，老侯没有了，热带鱼没有了，君子兰、邮票与烟斗也都四散。我还问你的猫喜欢吃什么。

可能你说了句什么或者是问了句什么，在我的眼前正有小鱼邮票和桃花木的红烟斗飞舞。我捋了捋鬓发，不让它们盖上耳朵。都说我的耳垂比较大，像有福的人，像菩萨。我不懂心怎么能如"清风明月"。再有一个月就是清明了，是老侯他们的节日，我忽然听见你好像在远远的地方问："你还记得我们第一次在哪里见面的吗？"

"一九四九年七一党的生日纪念会上。那天我们冒着雨开大会，听郭沫若朗诵颂诗，回家都夜三点了。"我说。你说不是，更早。"……那是在老侯的办公室？"你说更早。我说那我就不记得了。你说是在老区，你看过我扭秧歌，是庆祝济南解放，活捉国民党的守城司令王耀武的联欢。你说我们文工团的人举着火把，脸照得红扑扑的。你说你一眼就认出了我是来自城市，是个学生娃。你说我的头发上系着的不是红头绳而是丝带，你说我很特别。我们说话了吗？我问。我们说了，你告诉我你会弹钢琴，但是到了老区，你找不到钢琴了，我说钢琴会有的，什么都会有的。你说。是这样吗？我怎么完全不记得？我是学过几天钢琴，但根本谈不到会弹还是不会弹。在解放战争节节胜利的高潮，刚刚到老区的我居然会和一个陌生人谈钢琴的事，这不可能。这不可思议。我无法相信这是真的。扭秧歌的人惦记钢琴做什么？有了秧歌不就行了吗？

我说我不记得了。真的，我一点也不记得。你失望了吗？你好像轻轻地叹了一口气。

后来就说身体，说吃药，说气功和特异功能，说病房设备的改善，说中美合作生产的多种维生素"施尔康"。我想起你的腰椎疾病，我发现你这次找我最终可能还是为了医疗事务，老侯在世的时候毕竟管过很长一段时间这方面的工作，虽说是人走茶凉，毕竟还有点热乎气。我提出要不要请那个名噪一时的特级气功大师为你发功治病，而你却像没有听见一样。你问：

"有多少年了，你不再跳舞啦？"

我没听懂你的问题，便没有回答。我在想你找我到底有什么事。

后来在菜市场排队买叉烧肉和酱鸭。很可能售货员少找给我一毛四分钱。后来到前门的茶叶店，有一百六十元一斤的银毫。后来回家收阅组织老干部春游的通知。如果不去春游，通知暗示说，可以发给本人一些钱。后来接到女儿的电话，说这个星期天他们带孩子去郊外踏青，便不到我这儿来了。后来炒菜吃菜，洗碗洗碟子。我想起女儿说的，金鱼牌洗涤剂不宜常用。后来看电视，看了许多次的冰上芭蕾，如要我当年学的话一定和他们跳得——滑得一样好。我本来可以多学一点东西的，却没怎么学。连续两个电话都是错号，一个非说我是公用电话，一个要我接 456 分机。当我说"错了"的时候他们一定要我回答我是谁。

我一直在想，你找我去是为了做什么。是为孩子出国的事么？你说到你的姐姐。是为腰疼？你似乎对气功大师不是那么感兴趣。是为寻找一个故人、一个老战友？你问起一些旧事，庆祝济南解放，最早济南是没有解放的，解放军英勇作战牺牲才有了解放济南，有了新中国。也不是为了鱼缸。难道是为了猫食？也没告诉我上级最近有什么新精神。每次听你严肃认真而又津津有味地讲精神我都特别爱听。我知道那是特别重要的，跟我们每个人的命运都有关系。我以为我已经知道了精神，十一届三中全会，一个中心两个基本点，不会变的，我早就相信了……你找我到底做什么？

对我们的会面的回忆与琢磨影响了我，电视节目结束了，没听到预告，明天的译制片会是什么呢？"大岛茂"的连续剧我看得够多的了，《苦难的历程》我也坚持看完了。就那么一点点"历程"么？

很快入睡，子夜醒来。我想起你的含泪的晶莹的眼睛。老人本来不应有那样明亮深沉的目光，本不应有那样温柔。我忽然明白，你找我只是为了友谊，只是为了你"想"我了，只是为了说话。这不是非常自然，十分明显的吗？我怎么会体会不到呢？我们本可以更多地一起坐坐，一起喝喝茶水，不一定必须为了传递信息，不一定互相托付交办什么事情，不一定有什么具体的目的具体的任务。我们可以干脆你看我我看你而没有什么"事"。难道不是真的么？尽管我们都享受着很好的照顾，尽管我们拥有一切，然而我们仍然——不是有点孤独吗？你的花白的眉头并不舒展呀，而在你的心目中，我还保持着庆祝济南的秧歌舞、那条彩色丝带和生疏了的弹钢琴的手……这真叫人感动。噢，除了你，除了你又有谁会和我谈这些呢？前个星期，我刚刚拔去了第六枚牙齿。莫非青春年华的记忆和龋齿一起拔掉了？而这一切竟然在过了那么长时间以后，在我睡下又醒来，终于心静下来以后，经过那么多隔膜寻觅和误解以后才被觉察。莫非我们所有的情感的细胞都已枯萎，我是木头人么？我甚至临别时没有说一声"请保重！"怪对不起的。

月光照亮了窗帘的一角。风吹着树枝。就要吹出新绿的叶子来了。远远传来汽车鸣笛的声音。我的鼻子酸了起来。我想起济南，当然。我相信我的眼睛在发亮。在黑暗中，我的目光在回应你的目光。我的含泪的笑容在回答你的含泪的笑容。许多的话语像热浪一样涌上我的心头。我舔到了自己的泪水的咸苦。老侯死后，我再也没有这样哭过了，我怀着近于狂喜的心情，万分珍重地把眼泪一滴一滴地咽下去……然后，天一亮我就给你打电话，不在乎从睡梦中搅起你，我只需说：

"我想起济南来了……"

没有等到起床，你的孩子就来了电话，他连阿姨都没顾得叫就说你昨夜猝然去世了。心肌梗死？不是心肌梗死。叫作心房震颤，吃硝酸甘油片也没有用。本来应该及时地按摩心脏的，但是发现晚了，一句话也没有来得及说。

送到急救室，心电图已经只剩下一条直线了，阿姨，您听见我说话了么？您别难过。昨晚上他没吃晚饭，说是有点胃疼，我们本来应该引起警觉的。来了许多领导，都说爸爸是好同志。后事会好好办的。讣告会寄给您……他的临终的样子很平静。我和你的孩子互相等待了很久很久，没有说话也没有把电话机挂断。

这一天，我一连接了三次从济南打来的电话。"我是济南长途。"对方说，那声音很认真、很陌生，好像在念一段电文。我慌忙报上自己的名字。电话断了。后来我仿佛听到，电话耳机里传出的是欢庆解放的秧歌锣鼓……一切寂静。

1990 年 7 月

选择的历程

说的是那一年我有点牙疼，只有那么一点点牙疼。那一年我相信医学是科学。科学是通向幸福与自由的航道。知识就是力量。上初中的时候三次跳鞍马我都没有完成体育教师指定的动作，但老师还是给了照顾友谊的及格分数。当然，这与缺少知识与健康及有少量的龋齿互为因果。

接下来说由于言行一致我头一天深夜便去排队。我打着伞并且穿着雨靴和雨衣。但我已记不清那天夜间是星空灿烂还是细雨蒙蒙还是大雨倾盆。强刺激会消除弱刺激的信号，底下您就会明白。那座口腔医院以做活地道而有名，报纸上登过先进事迹。登完先进事迹挂号的队就愈加漫长。一位我所敬佩的登山运动员本来建议我拿去他的登山帐篷，他建议我住在挂号处小窗口下面，为了挂号他送给我一包强化（加了维生素与金铝铜铁锌）压缩饼干。

可敬的体重不够四十五公斤的女牙医什么都没有问就往上颚软组织里打了普鲁卡因麻药针。我还没有来得及看清她是双眼皮还是单眼皮她就被叫走了。然后一位实习生接下来把寒光闪闪的钳子送到我的口里，按照病人的观点实习生参与门诊是一切不幸的根源。所以我认定那位讲求效率和节奏的超前型运动员是该死的实习医生。他问了一句："有感觉了吧？"

我点点头。没有疼的感觉还叫什么牙疼？人们包括我当然都是因为牙疼而不惜住帐篷去挂牙科的号，还没有人崇高圣明到因为牙不疼而去挂号的程度。接下来说的是凡活人便有感觉便一定不承认自己麻木不仁无感觉。而且，当可敬的医士向你威严地发问的时候你必须点头。人生的金科玉律恰恰是点头比摇头要好。为了表达得更准确一些接下来可以这样表达，可杀可不杀的一律不杀，可点头可不点头的可是一定要点头。

于是他拔我的牙，他拔我的下巴他拔我的脖子他拔我的头他把我整个的口腔都拔裂了。要不科学名称怎么叫口腔外科！不叫拔牙科而叫口腔外科，你马上变得多么深奥文明广博！口腔外科的钳子把我的灵魂从口腔内部拔到了外部，我满头冷汗两眼发黑，我昏倒了。

"你怎么这么娇气？"

我喘着气，考虑着三天之内送一份书面检讨来。娇气当然是严重的不纯。无产阶级则都是刮骨疗毒的关羽字云长的后代。只是在离开医院到了公共汽车上之后，我才感觉到被拔的牙的位置附近，突然变成了木头。伟大的科学的麻药啊，制造你的商人工人并没有偷工减料。在剧痛的延展之后我得到了麻木的升华，我的腮帮子！

这样你们就不难理解我堂堂二十世纪面向现代化之教授为何视拔牙为畏途，视口腔各科为日本宪兵队各刑讯室，视口腔医院为炼狱。牙，十余年来我把保护牙齿看得如此之重。保护人格，保护妻子，保护牙，这三个保护具有同样的悲壮连心性质！为此我每天刷五次牙，早晚各一次，三顿饭后各一次。我选择了无数种牙膏，每个月我用在买牙膏上的支出比用在吸烟饮酒上的还多。我成了牙刷的收藏家，长柄、短柄、长毛、短毛、竖毛、柔毛、一撮小毛……我不吃生冷、甜酸、热烫、坚硬、黏稠，我不但不嗑瓜子而且不吃油炸花生豆儿！

然而不幸的是，我牙疼了，天亡我也！

这样你们就不难理解为什么我牙疼之后惶惶不可终日。去医院？我实在没有这个勇气。这里出现了选择上的逻辑悖论。为什么去医院？因为疼。去医院怎么样？会一百倍一千倍地疼。当然，疼完了以后会好一些。医学的力量在于把你分散在十五年里的人生痛苦高度浓缩集中于二十五秒钟。哪样更好？好生费思量，关键在于你运用怎样的价值参照系统。在如今这美丑杂陈、新老并举、思想活跃、观念更迭、东西冲撞、南北对话、流派林立、旌旗蔽天的年月，在这各种各样的见解比全世界的人牙齿的总和不知道丰富多少倍的时代，我感到了真诚的选择的困惑。

历史只提出那些能够解决的问题。就在我为牙齿的疼痛与对策的思考而苦不堪言的时候，一位痛牙学会会长迁到了我的楼上。在楼道上我们握手，他像天使一样扇动着自由的翅膀并给我一张名片：

> 中华国际痛牙学会中心会长
>
> 史学牙
>
> 住址 原地踏步
>
> 电话 0000000

天不灭咱，奈痛牙何？我提着两包参茸壮肾丸去拜望史会长。史会长大悦拒礼，勉强收下。讲道：痛牙五种，种分五目。五五二五，金木水火。风虫冷热，钙镁磷钾。内外矫形，口腔多医。医分三教，教共九流。泰西牙医，欧美两翼。同行冤家，拔补磨洗。充水门汀，充玻璃珠，充银汞剂。失活干尸，开髓加冠，铜丝约束，青春美丽。中医古老，循本治标，各种牙疼，盖由火起。肝火胃火，心火肾火，肺火脾火，因火而气。水能克火，邪火难制。清火有道，灭火求医。东西南北，四大名医。民间验方，自异其趣。气功医牙，功能特异，拔而后生，生生不已，新牙如饮，冷暖自知……

史会长滔滔不绝，古今中外牙疼诸例诸论、诸派，他无不知晓，从拿破仑的上右五齿讲到希特勒的情妇爱娃的假牙拍卖行情，从东汉女尸的门齿讲到佛牙的导电性能与种种灵验，然后讲对待牙疾的保守疗派与激进疗派两大派数千年论战公案，就在他讲到最精彩之处我突然大喝一声："痛杀我也！"昏了过去。

史会长歉歉然，谦谦然。他声明他是痛牙学会会长而不是牙科门诊部值班医生。他解释学会是一个学术团体，而县以下的牙医都是由手工业管理科管理和由农贸市场管理处发执照。他善意友爱地批评说我的牙疼得太具体，是一个形而下等而下的问题，他可以借给我一批《牙疼大全》《痛牙指南》《护牙刍议》之类的书参阅。师傅领进门，治牙在个人。古语有云，不会错的。

我不好意思如此贪婪便克己复礼，拿走两本。读之愕然如堕五十里雾中。痛感牙也有涯知也无涯，拔时有牙拔后无牙，思之既无牙又无涯，无比悲观地摩登起来。

我的大舅子近日才从外国进修研究归来。他痛斥我的愚昧无知与史会长的清谈误牙。他指出挟痛牙而远医院犹如阿Q之讳癞疾医。如果阿Q对秃头采取科学态度及早服用灰黄霉素维生素激素并搽用NWS系列护发素，说不定早已秀发垂腰。他指出牙疼不治则自龋齿而发展为牙周病牙髓炎，由牙髓炎而发展为骨髓炎骨结核脊髓癌，轻则截四肢重则丧命。他举例说公元一六三五年因牙疾而丧命的仅欧洲就达五千四百八十八人。他一针见血地指出"痛牙学"是伪科学，在发达国家根本不承认有这么一种科学。他建议组织口腔医生审核有关建立痛牙学科体系的可行性论证。我对他一切以发达国家的驴头是看的劲头表示了含蓄的批评，但深深感谢他的警告。忠言逆耳，他指出了我久拖不治牙的严重后果，我高度接受绝不因一牙而断肢亡头颅。

我下定决心再去拔牙，我想象不出这所口腔医院除了拔还有别的什么办法。我的系主任告诉我拔牙最愉快最科学最干净最解决问题，而钻牙磨牙补牙比拔牙的痛苦漫长无边得多。我的同事关切地告诉我拔牙一定要找男医生而不要找女医生，因为拔牙是个力气活。牙医的口粮定量是应该与码头搬运工拉平的。我没好意思说上次把我拔死过去的正是一位男性。同事们亲友们向我提出了关于治牙的种种经验、教训、忠告、窍门、守则。"君子赠人以言，小人赠人以财""物以类聚，人以群分"，我和我的群落显然属于君子。君子之牙，痛矣哉，何况挂不上号！

连"挨"三天"个儿"，挂不上号！说是号儿都从后门走了，群情昂然，牙疼不已。先是想闹一闹，又觉有失身份体统，牙未拔而事已闹丑已出，怎么能这样？回家与妻一说，妻道：咱们也有后门儿！后门儿后门儿，走者宁有种乎！

我便提了两瓶茅台（是否冒牌，责不在我）去找我妻子的远亲，在卫生部门工作的刘处长。刘处长说，第一，他分管中医院而不认识西医，特别是不认识口腔医院的任何人。第二，他反对去看西医，西医把人体肢解进行分析研究，反映的是工业革命初期的观念，牙疼医牙，脚疼医脚，治标而不治本，用刀、钳、针、凿、夹给人治病，把人当成组装的机械零件。西医治牙，补了再拔，拔了再拔，直到把一口牙拔光为止，如此而已，岂有他哉？中医则不然，把人体看成一个整体，一个系统，一个耗散结构，一个熵效应基盘。五行相生相克，五脏相运相辅，区区一牙，其本在心在肺在肾，模糊数学，现代逻辑，整体直觉，经验感应，代表的是后工业时代第五次浪潮掀翻起来以后的水平。他说，一些欧美的名医对中国留学生说过：真正的未来医学出于中华，盛于中华，尔等为何舍近求远到西洋来学医呢？是欧美诸士子到中华神州去求教才是！其实类似的意思毕加索当年就对张大千说过，世界上只有中国有艺术。同样，世界上只有中国才有真正的牙。简而言之，刘处长建议并自告奋勇协助我去中医医院治牙。

我大喜若无痛牙。只恨自己两眼向外向洋，活该受上次野蛮拔牙之苦，接下刘处长亲笔写的人情信，千恩万谢。那一年拔牙的时候，我相信的是西洋科学医学，信奉科学救牙的小儿科观念。而后光阴荏苒，岁月穿梭，无数的风风雨雨，始知有科学而无哲学，有科学哲学而无关系学，是一颗牙齿也救不得的。

刘处长的亲笔信写道：

赵主任：

　　近日可好？我因穷忙，疏于问候，乞谅。所嘱诸事，正在办理，我有安排，勿念。所传种种，事出有因，固可贺也。

　　我的老友王教授牙疾，有劳了。又及。

牙要这样，才能得救！

中医医院，人来人往，如上海之城隍庙。连男女厕所前也都排着长队，上完厕所出来的人边走边整理裤带，显然里边人多得使人来不及系好裤子便走了出来。我暗暗称奇，回想解放前中医是何等的萧条冷落，而今竟能如此红火，令我欣慰。再看看这么多病号跑来跑去，唯独我有刘处长的亲笔信，胸有成竹，便有天下攘攘，唯我独高之慨。我见到一位护士，便问："赵主任，赵主任在哪里？"

护士没有任何反应地走掉了，莫非患耳疾？又问几位护士医士模样的穿白大褂的人，都听不见，都不理。

"我有刘处长的信！"我喝道。

仍旧全然无效。

我以为是认错了地方，走出门外看了看招牌，不错。再次进院，锐气已丧。糊里糊涂与众病号一样，拥到这边，又拥到那边。"我找赵主任，我有刘处长的亲笔信！"我仍然努力叫嚷，更像是哀鸣，没有了信心和威风。

"挂号去！"医院工作人员不予理睬，众病人却向我怒斥。我转头寻找，却不见任何人注意我。正以为并无人意欲干涉的时候，又听到齐声怒斥："挂——号——去！"

我便糊里糊涂地去挂了号，并隔着挂号室的小窗户，向高高坐在挂号室内的护士叫了一声："我找赵主任！"

挂号室的窗户极小，位置又低。我弯下腰，低下头，却又要提起黑眼珠隔着窗户试图一睹挂号工作人员的风采。模模糊糊看到一个骄傲的视病人如草芥的伟人，我喊："我找赵主任！"并拿出了手里已经捏得发软的信。

"七号。"挂号室的不动声色的人含糊地说。

也许他说的是一号吧？也许是十一号？十七号？都可能，我的脖子已因曲折向下复向上的姿势而变酸了。

我无法再询问。排队的人把我扒拉到一边。为了赶往诊室，我拥挤着。我不断地被看病的人扒拉开。我火了，我也开始扒拉别人。拥过来又拥过去。我进了一号诊室，是一位女医生。该不是赵主任吧？我便扒拉开门口伸脖子的人离开一号诊室，进入七号，我看到了一位年轻的医生，也不会是赵主任。我又扒拉着与被扒拉着，像水珠一样地被人浪拥进了十一号诊室，医生皓发银须。"赵主任！"我欢呼，旋即被扒拉开了。进了八号诊室，那里的医生正与病人吵架。病人指着医生的鼻子说："没见过你这样的医生！"医生指着病人的鼻子说："没见过你这样的病人！"双方都很激动。我相信这也不是赵主任，因为赵主任不会和病人吵架，病人也不会和赵主任吵架。我并且从中得到灵感。"没见过"原来是极严厉的贬义词。没见过的东西一定是坏的。可是我也没见过赵主任呀，为什么一定要找赵主任呢？

我便进入了九号诊室，见到一位留长发的小伙子，他那里病人很少，显然不受病人信任。我坐在他面前，嗫嗫嚅嚅，说："我本来想找赵主任……"

"我是赵主任。"他坚定地说。

我没有理由不相信，却又觉得不对劲。但牙疼使我顾不上继续考证赵主任是谁，便诉病史。

小伙子态度和蔼地叫我张开大嘴，用一根钢钎敲打我的牙齿，当敲打到痛牙的时候，我大叫起来。

赵主任同情地点了点头，开处方，字写得龙飞凤舞。开了半天，拿给我，我认不出来。我边辨认字体边向药房走去，忽然，我发现了处方：去痛片 $2\times3\times7$。

就是说，去痛片一天吃三次，每次吃二片，给药量够我吃一周的！再看签名，更认不出来，像周，又像刘，又像仇，又像许，反正有一点绝对肯定，就是说，不是赵！

骗人！

我闹了起来，十分委屈。后来四个自称是赵主任的人——包括男女老少，向我解释。他们说，中医当然很好，特别是治疗慢性病，虚弱的病方面。但是对于牙科，中医并没有什么特效的办法，这很不幸，然而这是事实。当然，这也是一家之言，内部参考，不得外传。从总体看，中医当然伟大，西医也认为中医伟大，去痛片对减轻痛感很有作用。你最好是吃一点去痛片然后去口腔医院找西医。你笃信中医，诚然令人感动。从理论上，自然不是说中医对牙疼毫无办法。邪火攻牙，是乃牙疼。你可以服用麝香、牛黄、羚翘、冰片、薄荷等苦寒药。但第一，此几种药服下去要一周以后生效，以你牙疼的迫切情况，能等得了一周吗？第二，此几种药都有下泻性质，吃少了无用，吃多了泻肚不止，伤了元气，牙就更不好办了。第三，几种药中最重要的是麝香，不过，卫生部一九××年××号文件已明令麝香要自己掏腰包，公费医疗不予报销，偏偏此药又那么贵，话又说回来，不贵也就不必发个专门的文件哩。

"我费了牛九虎二之力，还托了刘处长，难道只为了 2×3×7 片去痛片么！"我叫道。

"好好好，我们给你进行针灸治疗……"

给我扎了合谷穴又扎了耳朵，我无可奈何地取了去痛片回家。

扎针与吃药片还是管用的，症状果然减轻了些，我便也释然了些。管他中医西医，能治病就是好医。管他贵药贱药，对症便是好药。在牙疼问题上，何必搞许多门户之见呢。

五天之后，药片尚未吃完，牙又疼痛起来，扯得半边脸都木了。我坐卧不宁，饮食不进，彻夜不眠，不能工作，躺在床上呻吟，可能我呻吟的声音太响，夜静更深之时，一座楼里都震响着我的哀鸣。我真抱歉，这样，就惊动了我的楼上邻居，国际痛牙学会史学牙会长。

史会长西服革履，打着领带，别着领带针，左上兜里放着一块花色质料与领带相同的手帕，手帕露出一只角，散发出巴黎男用香水的气息。几天不见，当了会长的史学牙公便抖起来了，着实令人歆歔。他见了我的狼狈万状的丑态，叹道：

"嘻！区区小牙，为何疼痛至此乃尔！敝会本来是学术机构，已经与荷兰皇家医学会建立横向联系，对于你的具体的牙，本可以不管也管不了的。无奈你的呻吟影响了我的休息，形而下的啰嗦妨碍了形而上的思辨。基于人道的考虑，我只好自我异化一番，给你看看。听了：

中医玄虚，西医琐细。传统幽邃，横移粗鄙。药片去痛，医之堕落。合谷扎针，隔靴搔皮。西医治牙，钢铁器具。嗡嗡旋转，车冲磨铣。钳工拔去，视牙如机。而今而后，向民学习。自有扁鹊，自有神医。人民力大，山河能移，日月改换，乾坤转换，何况一牙之痛哉！

史学牙会长找来几位老太太，用铜顶针（言明必须是铜的，铝制镍制都不行）蘸醋给我刮痧。我赤出上体，她们一次又一次从颈椎部刮往尾尻，刮出三条血印，满身醋味，比涨了三次钱的鱼乐饭庄的糖醋鱼还要鲜。史会长又找来一位膀大腰圆、力能扛鼎的气功师向我发功。气功师左足微点地，右腿弯曲，左掌在前，右掌在后，对着我疼木了的腮帮子运气贯气。我知道这种气功可以劈砖碎石，连钢刀也会在他的掌心的运气下变弯，生恐他再一发功会把我的全部口腔乃至头腔颈腔砸个粉碎，吓得簌簌地发起抖来。想不到，这么一抖，牙疼倒轻了些。史会长指着躺在床上发抖的我对我的爱妻说："瞧这气功多厉害！看，正气把邪气震慑得不住发抖！"说时迟那时快忽见气功师豹眼圆睁，用丹田之气大喝一声：

开！

我牙不疼了。出了一身汗，吃了鸡蛋羹，睡着了。

此后果然牙渐渐好了。我非常感动，见人便说民间医术之高超灵验，比横移而来的西医好，也比纵向继承的中医好，晚报派记者来采访我，采访完又到楼上史学牙家大吃大喝了一通。晚报上登出了《民间自有回春术》的专题报道。这条消息居然被《八小时以外》与《读者文摘》转载，我因牙疼而增加了知名度。一位生活在洛杉矶的老华侨来信说他因牙疾而痛苦不堪，读了这条消息才知希望在神州，他准备不久便启程返回祖国，希望我帮他与民间神医会面。我的治牙经验有助于爱国华人、海外赤子的回归，使我十分高兴。统战部也派人来了解情况。不久，史学牙会长迁走了，据说是由于他在学会的贡献，地位与住房标准都提高了，好极好极。两个月后忽然传出史学牙被捕，国际痛牙学会已被解散，史学牙是骗子，许多人受骗上当为他抬轿的消息。闻听这样的消息后我便不由得惴惴起来，不断反思自己与史学牙的关系的来龙去脉。为治牙而攀附会长乎？为会长而假报战果乎？送参茸壮肾丸而图谋私利乎？形同行贿乎？为会长之声威而自动被动抬轿乎？史学牙被捕，证明他是骗子，而吾与骗子为伍，则吾是何人乎？除治牙外，有无客观上的别样动机乎？见晚报报道而悦之，个中有杂念乎？越想牙越疼，越想牙越疼，疼杀我也！

这次不但牙疼，而且全身性症状明显。发烧至三十八度，头晕目眩，恶心欲呕，连脚后跟都哆嗦。所有的同事都来看我，都劝我克服迁延侥幸心理，毋怕拔牙，毋找捷径，径直去找口腔医院。系主任对我说，世上的一切事都要老老实实地做的，既然牙疼，就要老老实实地疼，老老实实地去看病，老老实实地去拔牙，你这次一再延误，吃亏就吃在怕疼二字上。有怕必无老实，无老实必无成功。不感受一点压力，能把牙治好吗？事虽小而理大，岂容混淆是与非？

我叹服得五体投地，便说老实的态度便是科学的态度，无科学便无口腔的健康，至哉斯言！否定之否定，怎么否定也离不开科学！只是我欲科学而不能，挂不上号！上百万人口的城市，只此一家正规口腔医院，没有后门的头天晚上便要去医院门前排队，而我们老夫老妻，病夫弱妻，哪有当年排队挂号之豪兴？无豪兴便无壮举，无壮举便无号，便欲科学治牙亦不可能！而那些有后门的人，端坐家中，只需叫一声大舅二叔三姑四妈，便大模大样进入诊室，接受上好之治疗而且少算费用，夫何言哉！夫何言哉！

本来我对口腔医院的挂号情况不甚了解亦无多少意见，无奈诸同仁责备我不科学，我便不由自主地埋怨起科学的所在地来。越说越悲愤，还真来了劲。一旦埋怨起别人，自己也就添了些脸面。

系主任说，我市新任命了一位朱市长，礼贤下士，爱护知识分子，已经帮助许多教授学人解决了具体困难。他劝我给市长写一封信，有市长关怀，精神变物质，治牙如探囊取物，手到擒来。

我犹犹豫豫，同事们却很积极。说是我病中不方便写，便替我写。下笔千言，倚马可待。一会儿信便写好，信中叙述了牙疼之苦，批评了挂号走后门的不正之风，以情感人，以理服人，给我念了一遍，我提不出不同意见。立即誊清，要我签名。我正思忖写这样的信好不好，妻拿来了图章印泥。我的图章赫然盖在信纸上。同事们说将替我把信发到黄帽子邮筒中，四分钱邮票由他们贴。同志情谊，令人鼻酸。

信发了，我忐忑。老觉得自己做了一件不光荣不自觉的事。竟为一己的一颗病牙去打搅市长，全市一百万人，每人三十六颗牙共三千六百万颗，如果一起去找市长，还让市长怎样工作下去！说不定这种做法正是“文革”遗风，造反派脾气的流毒，好惭愧啊！

信发后第二天，接到了史学牙的信，告我他已平安无事，前此种种，纯系误会云云。并告我牙有事，可以找他。他即将担任另一个瘌痢头治疗学会的理事长。并从海外获得了一万五千西德马克的赞助，并问我的头发头皮有无异常，他愿随时提供方便。吓得我一天数次摸头摸发。

果然，次日在本市电视新闻中看到了瘌痢头治疗学会成立的场面，不少要人出席。史学牙满面春风，满场飞，极活跃。人们告诉我，这确实是一个开拓型的人物。

又一日，收到了口腔医院的公函，大意是：

> 你给朱市长的信已转来。你对挂号走后门的批评是正确的，基本属实。鉴于你是年过半百的有贡献的知识分子，经市长办公室批示，我们已指定主治医生资无痛为你治牙，你可于28日上午8时前来我院高级部54诊室就诊。来前毋庸挂号，治完补号即可，并欢迎继续对我们的工作提出批评建议。期待着你的合作，来我院治疗确是牙病患者的最佳选择！

我很兴奋。市长这样好，爱民如子！医院这样好，虚怀若谷！效率这样高，立竿见影，比东京牙医还要好！医生这样好，主治有资，正好无痛，天助我也！看来我一辈子积德行善，戒杀戒淫，终有后福了。

我却更加害怕起来。果真要去口腔医院看病牙了，好下天来，能不拔吗？区区一牙病烂迁延至此，照照镜子连形状也没有了，还有保全的希望吗？还能有不拔或拔而不疼的苟且偷安之心吗？不论是口腔医院还是天堂医院，不论是资无痛医生还是甄窨通医生，谁拔牙能不打麻药针？能不上钳子钎子，能不出血？能不挖个大黑窟窿？我费了九牛二虎之力，不就是因为怕拔牙么？我又费了九虎二牛之力，不是终于为自己争得了这痛苦的一拔了么？铁案如山，牙无再拖，最佳选择的结果只能是生米熟饭，别无选择了！牙齿何一荒唐而至此！

我一小时一小时地计算着时间。到了二十七日夜晚，我一分钟一分钟地看着表，彻夜无眠。反思人的一生牙齿消长的苦难历程。生也无牙，八月门牙，两周岁满口乳牙，而后堂堂诸牙，病痛亦与牙俱来。留之难，去之难，生之难，灭之更难！甚至火葬后进入骨灰罐时还有完整的与被侮辱与被损害的牙齿不得安息。为什么狗牙都长得那么好那么尖利呢？唉，终于到了二十八日清晨，妻子给我煮了荷包鸡蛋。我们俩相对凄然。妻说：

"不要怕疼！你要坚强些，再坚强些！"

两声"坚强",我几乎哭出声来,以诀别的庄严对妻说:"我去了,你保重!"

壮哉我也!我终于跨过了心理障碍关,怕拔怕疼关,雄赳赳气昂昂地进入口腔医院。以决绝的姿态克服了守门人的盘问,进入了高级部54诊室,俨然一个新我出现在护士小姐面前。"您来看牙么?"护士小姐微笑着问,露出一口白光灿灿的小牙。我便也微笑粲然,捂着疼肿了的腮帮子。

说明来意,拿出公函。护士小姐摊开手说:"真不巧,资无痛医生昨夜犯了脑溢血,已送到内科病房抢救,别的医生不了解这回事情,您知道,我们的诊治都是有计划的。您先回家吧,把信留下,我给您问问,安排好了再通知您……"

真扫兴!世上竟有这样的事,真欺负人!

可是……

走出口腔医院,挤上公共汽车,车走了三站以后,我忽然悟到,今天不必拔牙了,不需要火烧火燎地疼那么一家伙了,责任不在我!我尽了一切努力,命中不该今天拔牙,我有啥办法?牙而不拔,是天意也。

我极庆幸振奋,不拔的牙也不疼了。病牙虽然未拔,却比拔了还要畅快豁达!真奇事也!从老庄的观点看,拔即不拔,不拔即拔。从佛的观点看,牙即是悲,大悲即苦,苦海无边,回头是岸。从弗洛伊德氏的观点看,拔牙即发泄。从凯恩斯氏观点看,拔牙是一个增值过程。从萨氏观点看,疼是牙的本质的外化。从系统论的观点看,拔牙是一个系统工程。从布氏观点看,牙医是通向天堂的最大障碍物。从尼氏观点来看,牙痛是卑微和不幸的证明,是你并不为我而疼痛的痛苦,是伟大的不被理解的孤独的证明。而牙文化,比龋齿还令人难以忍受……

我的牙还没有拔,却比拔了还要深刻。

1987年12月

坚硬的稀粥

我们家的正式成员包括爷爷、奶奶、父亲、母亲、叔叔、婶婶、我、妻子、堂妹、妹夫，和我那个最可爱的瘦高挑儿子。他们的年龄分别是八十八岁、八十四岁、六十三岁、六十四岁、六十一岁、五十七岁、四十岁、四十岁……十六岁，梯形结构合乎理想。另外，我们有一位比正式成员还要正式的不可须臾离之的非正式成员——徐姐。她今年五十九岁，在我们家操持家务已经四十年，她离不开我们，我们离不开她。而且，她是我们大家的"姐"，从爷爷到我儿子，在徐姐面前天赋人权，自然平等，一律称她为"姐"。

我们一直生活得很平稳，很团结。包括是否认为今夏天气过热，喝茶是喝八块钱一两的龙井还是四毛钱一两的青茶，用香皂是用白兰还是紫罗兰还是金盾，大家一律听爷爷的。从来没有过意见分歧，没有过论证争鸣相持不下，没有过纵横捭阖、明争暗斗。连头发我们也是留的一个式样，当然各分男女。

几十年来，我们每天早晨六点十分起床，六点三十五分，徐姐给我们准备好了早餐：烤馒头片、大米稀饭、腌大头菜。七点十分，各自出发上班上学。爷爷退休以后，也要在这个时间出去到街道委员会值勤。中午十二点，回来，吃徐姐准备好的炸酱面，小憩一会儿，中午一点三十分，再次各自出发上班上学。爷爷则午睡至三点半，起来再次洗脸漱口，坐在躺椅上喝茶读报。到五点左右，爷爷奶奶与徐姐研究当晚的饭。研究是每天都要研究的，而且不论爷爷、奶奶还是徐姐，对这一课题都兴致勃勃；但得出的结论大致不差：今晚上么，就吃米饭吧。菜吗，一荤、一半荤半素、两素吧。汤呢，就不做了吧。就做一回吧。研究完了，徐姐进厨房，劈里啪啦响上三十分钟以后，总要再走出来，再问爷爷奶奶："瞧我糊涂的，我忘了问您老二位了，咱们那个半荤半素的菜，是切肉片还是肉丝呢？"这个这个，这确实是一个重大的问题。爷爷和奶奶互瞟了一眼，做了个眼色，然后说："就吃肉片吧。"或者说：

"就吃肉丝吧。"然后，意图得到了完满的贯彻。

大家满意。首先是爷爷满意。爷爷年轻时候受过许多苦。他常常说："顿顿吃饱饭，穿囫囵衣裳，家里有一切该有的东西，而又子孙团聚，身体健康，这是过去财主东家也不敢想的日子。你们哪，可别太狂妄了啊，你们哪里知道挨饿是啥滋味？"然后爸爸妈妈叔叔婶婶都声明说，他们没忘记挨饿的滋味。饿起来腹腔胸腔一抽一抽的，脑袋一坠一坠的，腿肚子一沉一沉的，据他们说饿极了正像吃得过多了一样，哇哇地想呕吐。我们全家，以爷爷奶奶为首，都是知足常乐哲学的身体力行者与现今体制的忠实支持者。

这几年情况突然发生了变化。新风新潮不断涌来，短短几年，家里突然有了彩电、冰箱、洗衣机。而且儿子说话里常常出现英文词儿，爷爷很开明开放，每天下午午睡后从报纸上、晚饭后从广播和电视里吸收新名词新观念。他常征询大家的意见："看咱们家的生活有什么需要改革改善的没有？"

大家都说没有，徐姐更是说，但愿这样的日子一代一代传下去，天天如此，年年如此，世世代代，永远如此。我儿子于是提了一个建议，提议以前挤了半天眼睛，好像眼睛里爬进了毛毛虫。他建议，买个收录机。爷爷从善如流，批准了。家里又增添了红灯牌立体声收录机。刚买时大家很高兴，你讲一段话，他唱一段戏，你学个猫叫，她念一段报纸，录下来然后放出音来，一家人共同欣赏欢呼鼓掌，认为收录机真是个好东西，认为爷爷的父辈祖辈不知收录机为何物，实在令人叹息。两天以后就降了温。买几个"盒儿带"来，唱的还不如收音机电视机里放送的好。于是，收录机放在一边接土蒙尘。大家便认识到，新技术新器物毕竟作用极为局限，远远不如家庭的和谐与秩序更重要。不如老传统更耐用——还是"话匣子"好哇！

那一年决定取消午睡，中午只休息四十分钟到一小时，很使全家骚动了一阵子。先说是各单位免费供应午餐，令我们既喜且忧，喜的是白吃饭，忧的是不习惯。果然，吃了两天就纷纷反映上火，拉不出屎来。没有几天，宣布免费供应的午餐取消，叫人迷惑。这可怎么办呢？爷爷教育我们处处要带头按政府指的道儿走，于是又买饭盒又带饭，闹腾了一阵子。徐姐也害得失眠、牙疼、长针眼、心律不齐。不久，各机关自动把午休时间延长了。有的虽不明令延长却也自动推后了下午上班时间，但没有推后下班时间。我们家又恢复了中午的炸酱面。徐姐的眼睛不再起包儿，牙齿不再上火，睡觉按时始终，心脏每分钟七十到八十次有规律地跳。

新风日劲、新潮日猛，万物动观皆自得，人间正道是沧桑。在兹四面反思含悲厌旧，八方涌起怀梦维新之际，连过去把我们树成标兵模范样板的亲朋好友也启发我们要变动变动，似乎是在广州要不干脆是在香港乃至美国出现了新的样板。于是爷爷首先提出，由元首制改行内阁制度，由他提名，家庭全体会议（包括徐姐，也是有发言权的列席代表）通过，由正式成员们轮流执政。除徐姐外都赞成，于是首先委托爸爸主持家政，并议决由他来进行膳食维新。

爸爸一辈子在家内是吃现成饭、做现成活（即分派给他的活）。这回由他负责主持做饭大业，他很不好意思也很为难。遇到买什么样的茶叶做不做汤吃肉片还是肉丝这样的大事，一概去问爷爷。他不论说什么话做什么事，都习惯于打出爷爷的旗号。"老爷子说了，蚊香要买防虫菊牌的。""老爷子说了，洗碗不要用洗涤剂了，那化学的玩意儿兴许有毒。还是温水加碱面，又节省，又干净。"

这样一来就增加了麻烦。徐姐遇事问爸爸，爸爸不做主，再去问爷爷，问完爷爷再一口一个老爷子说地向徐姐传话，还不如直接去问爷爷便当。直接去问爷爷吧，又怕爸爸挑眼而爷爷嫌烦，爷爷嫌烦也是真的，几次对爸爸说："这些事你做主嘛，不要再来问我了。"于是爸爸告诉徐姐："老爷子说了，让我做主，老爷子说了，不让我再问他。"

叔叔和婶婶有些窃窃私语。说了些什么，不知道。但很可能是既不满于爸爸的无能，又怀疑爸爸是不是拉大旗、假传圣旨，也不满于爷爷的不放手，同样不满于徐姐的啰嗦，乃至不满于大家为何同意了实行内阁制与通过了爸爸这样的内阁人选。

爷爷有所觉察，好好地开导了一次爸爸，说明下放权力是大趋势。爸爸无奈，答应不再动辄以爷爷的名义行事。爸爸也来了一个下放权力，明确做不做汤与肉片肉丝之间的选择权全由徐姐决定。

徐姐不答应。我怎么做得了主啊，她垂泪垂涕辞谢，惶恐得少吃了一顿饭。但大家都鼓励她："你在我们家做了这么多年了，你应该有职有权嘛！你管起来吧，我们支持你！你想买什么就买什么，你想做什么就做什么，你给什么我们就吃什么，我们信任你！"

徐姐终于破涕为笑，感谢家人对她的抬举。一切照旧，但人们实际上都渐渐挑剔起来。都知道这饭是徐姐一手操办的，没有尚方宝剑为来历为依据，从下意识的不敬开始演变出上意识的不满意。首先是我的儿子，接着是堂妹堂妹夫，然后是我妻子和我，开始散播一些讽刺话。"我们的饭是四十年一贯制，快成了文物啦！""因循守旧，墨守成规，凝固僵化，不思进取！""我们家的生活是落后于时代的典型！""徐姐的局限性太大嘛，文化素质太低嘛！人倒是好，就是水平太低！想不到我们家八十年代过着徐姐水平的生活！"

徐姐浑然不觉，反倒露出了些踌躇意满的苗头。她开始按照她的意思进行某些变革了。首先把早饭里的两碟腌大头菜改为一碟分两碟装，把卤菜上点香油变成无油、把中午的炸酱由小碗肉丁干炸改为水炸，把平均两天喝一次汤改为七天才喝一次汤，把蛋花汤改为酱油葱花做的最简陋的"高汤"。她省下了伙食钱，买了些人参蜂王精送到爷爷屋里，勒我们的裤带向爷爷效忠，令我们敢怒而不敢言。尤其可恶的是，儿子汇报说，做完高汤，她经常自己先盛出一碗葱花最多最鲜最香的来，在大家用饭以前先饮为快。还有一次，她一面切菜一面在厨房里嗑瓜子吃，儿子说，她一定是贪污了伙食费。"权力就是腐蚀，一分权力就是一分腐蚀，百分之百的权力就是百分之百的腐蚀。"儿子振振有词地宣讲着他的新观念。

父亲以下的人未表示态度。儿子受到这种沉默鼓舞，便在一次徐姐又先喝高汤的时刻向徐姐发起了猛攻："够了，你这套低水平的饭！自己还先挑葱花儿！从明天起我管，我要让大家过现代化的生活！"

虽然徐姐哭哭闹闹，众人却没说什么。大家觉得让儿子管管也好，他年轻，有干劲，有想法，又脱颖而出，符合成才规律。当然，包括我在内，还是多方抚慰了徐姐："你在我们家做饭四十年，成绩是主要的，谁想抹杀也抹杀不了的！"

儿子非常激昂地讲了一套理论："咱们家吃饭是四十年一贯制，不但毫无新意，而且有一条根本性的缺陷，碳水化合物过多而蛋白质不足。缺少蛋白，就会影响生长发育，而且妨碍白血球抗体的再生与活力。其结果，也就造成国民体质的羸弱与素质的低下。在各发达国家，人均日摄取的蛋白质是我国人均日摄取量的七倍，其中动物蛋白是我们的十四倍。如此下去，个儿没人家高，体型没人家好，力气没有人家大，精神没有人家足。人家一天睡一次，四五个小时最多六个小时就够用了，从早到晚，精气神十足。我们呢，加上午觉仍然是无精打采。或者你们会说，我们不应与发达国家比。那么，我要说的是，我们汉族的食品结构还比不上北方兄弟民族——总不能说兄弟民族的经济发展水平高于我们啊！我们的蛋白质摄入量，与蒙古、维吾尔、哈萨克、朝鲜以及西南地区的藏族比，也是不能望其项背！这样的食品结构，不变行吗？以早餐为例，早晨吃馒头片稀粥咸菜……我的天啊！这难道是二十世纪八十年代的中华大城市具有中上收入的现代人的早餐？太可怕了！太愚昧了！稀粥咸菜本身就是东亚病夫的象征！就是慢性自杀！就是无知！就是炎黄子孙的耻辱！就是华夏文明衰落的根源！就是黄河文明式微的征兆！如果我们历来早晨不吃稀粥咸菜而吃黄油面包，一八四〇年的鸦片战争，英国能够得胜吗？一九〇〇年的八国联军，西太后至于跑到承德吗？一九三一年日本关东军敢于发动九一八事变吗？一九三七年小鬼子敢发动卢沟桥事变吗？日本军队打过来，一看，中国人人一嘴的白脱——奶油，他们能不吓得整团整师地休克吗？如果一九四九年以后我们的领导及早下决心消灭稀粥咸菜，全国都吃黄油面包外加火腿腊肠鸡蛋酸奶干酪外加果酱蜂蜜朱古力，我国国力、科技、艺术、体育、住房、教育、小汽车人均拥有量不是早就达到世界前列吗？说到底，稀粥咸菜是我们民族不幸的根源，是我们的封建社会超稳定欠发展无进步的根源！彻底消灭稀粥咸菜！稀粥咸菜不消灭中国就没有希望！"

言者为之动火，听者为之动容。我一则以惊，一则以喜，一则以惧。惊喜的是不知不觉之中儿子不但不再穿开裆裤不再叫我去给他擦屁股而且积累了这么多学问，更新了这么大的观念，提出了这么犀利的见解，抓住了这么关键的要害真是天若有情天亦老，人间正道是儿强！真是身在稀粥咸菜，胸怀黄油火腿，吞吐现代化之八方风云，覆盖世界性之四维空间，着实是后生可畏，世界归根结底是他们的。惧的是小子两片嘴皮子一碰就把积弊时弊评击了个落花流水，赵括谈兵，马谡守亭，言过其实，大而无当，清谈误家，终无实用。积我近半个世纪之经验，凡把严重的大问题说得小葱拌豆腐一青二白千军万马中取敌将首级如探囊取物易如掌都不用翻者，早晚会在亢奋劲儿过去以后患阳痿症的！只此一大耳儿，为传宗接代计，实痿不得也！

果然，堂妹鼻子眼里哼了一声，嘟囔道："说得倒便利！要是有那么多黄油面包，我看现代化也就完成了！"

"啊？"儿子正在气盛之时，大叫，"好家伙！六十年代尼·谢·赫鲁晓夫提倡土豆烧牛肉的共产主义，八十年代姑姑搞面包加黄油的现代化！何其相似乃尔！现代化意味着工业的自动化、农业的集约化、科学的超前化、国防的综合化、思维的任意化、名词的难解化、艺术的变态化、争论的无边化、学者的清谈化、观念的莫名化和人的硬气功化即特异功能化。化海无涯，黄油为楫。乐土无路，面包成桥！当然，黄油面包不可能像炸弹一样由假想敌投掷过来，这我还不知道么？我非弱智，岂无常识？但我们总要提出问题提出目标，国之无目标犹人之无头，未知其可也！"

"好嘛好嘛，大方向还是一致的嘛，不要吵了。"爷爷说，大家便不再吵。

吾儿动情图治，第二天，果然，黄油面包摊鸡蛋牛奶咖啡。徐姐与奶奶不吃咖啡牛奶，叔叔给她们出主意，用葱花炝锅，加花椒、桂皮、茴香、生姜皮、胡椒、紫菜、干辣椒，加热冒烟后放广东老抽、虾子酱油，然后把这些"哨子"加到牛奶咖啡里，压服牛奶咖啡的洋气腥气。我尝了一口，果然易于承受接受多了。我也想加"哨子"，看到儿子的杀人犯似的眼神，才为子牺牲口味，硬灌洋腥热饮。唉，"四二一"综合症下的中国小皇帝呀！他们会把我国带到哪里去？

三天之后，全家震荡。徐姐患急性中毒性肠胃炎，住院并疑有并发肠胃癌症。奶奶患非甲非乙型神经性肝硬化。爷爷自吃西餐后便秘，爸爸与叔叔两位孝子轮流伺候，用竹筷子粉碎捅导，收效甚微。堂妹患肠梗阻，腹痛如绞，紧急外科手术。堂妹夫牙疼烂嘴角。我妻每饭后必呕吐，把西餐吐光后回娘家偷偷补充稀粥咸菜，不敢让儿子知道。尤为可怕的是，三天便花掉了过去一个月的伙食费。儿子声称，不加经费再供应稀粥咸菜亦属不可能矣！事已至此，需要我出面，我找了爸爸叔叔，提出应立即解除儿子的权柄，恢复家庭生活的正常化！

爸爸和叔叔只有去找爷爷，爷爷只有去找徐姐。而徐姐住院，并且声明她出院以后也不再做饭了，如果人们感到她没用，可以赶走她。爷爷只得千声明万表态，绝无此意，而且重申了自己的人生原则。人生在世，情义为重，徐姐在我家，情义俱全，比爷爷的嫡亲还要亲，比爷爷的骨肉还要近。徐姐在我们这里一天，我们就与徐姐同甘共苦一天。哪怕家里只剩了一个馒头，一定有徐姐的一瓣。哪怕家里只剩了一碗凉水，一定有徐姐的三勺。发了财有徐姐的好处，受了穷有徐姐的安置，岂有用完了人家又把人蹬掉之理哉！爷爷说得激动，慷慨陈词，热泪横流。徐姐听得仔细，肝胆俱暖，涕泪交织，最后被医护人员认定他们的接触不利于病人康复，劝说爷爷含泪退去。

爷爷回家召集了全体会议，声明自己年迈力衰，对于吃什么怎么吃及其他有关事宜并无成见，更无意独揽大权，但你们一定要找我，我只有去找徐姐。徐姐又因你们的怨言而寒了心，因吃重孙子的西餐而寒了肠胃，我也就无法再管了，谁爱吃什么吃什么吧，"我自己没的吃，饿死也好。"爷爷说。

　　大家面面相觑，纷纷表态。都说还是爷爷管得好，半个世纪了，老小平安，四代和睦。堂妹表示她准备每天给爷爷做饭吃。就是说，她、妹夫、爷爷、奶奶、徐姐是一组，吃他们自己的饭。爸爸声明：他可以与妈妈一组，但不管我和妻。因为我和妻有一个新潮的儿子，不可能与他们吃到一块儿。我也声明只和妻一搭。然后叔叔婶婶一搭。然后儿子单奔儿。堂妹见状，似乎相当满意，发挥了一句："各吃各的吧，这样才更现代些！四世同堂一起吃饭，太像红楼梦时候的事了。再说，太多的人围着一个桌，又挤，又容易传染肝炎哟！"堂妹反问："在美国，有这样大的家庭吗？有这么好几代人克服掉代沟一起吃饭的吗？"爷爷的表情似乎有些凄然。

　　分开吃了两天就吃不下去了。十一点多，堂妹这一组点着火做饭，由于挟爷爷之资格威重，别人只能望灶兴叹。然后爸爸，然后叔叔。然后我能做饭时已经下午两点，只好不做先去上班，然后晚饭同样是望灶兴叹。然后讨论计议论证各置一灶的问题。煤气罐不可能，上次为解决全家共用的一个煤气罐，跑人情十四人次，请客七次，送画二张，送烟五条，送酒八瓶，历时十三个月零十三天，用尽了吃奶拉屎之力。买蜂窝煤火炉也须手续，无证买不到煤。有证买到煤了也没有地方搁。如果按照现代意识设四个灶，首先要扩张厨房面积三十平方米，当然最好的是设立四个厨房，比最好更好的是再增加五套房子。人的消费要求真如脱缰野马，难怪报报谈消费过热，愈谈愈热。于是恍然：不盖房子而谈现代意识观念更新隐私权云云全他妈的是站着说话不腰疼的扯淡！

　　分灶软科学没有研究出子丑寅卯，一罐子煤气九天用完了。自从今年液化石油气限量供应，一年只有十几个票，只有一罐气用二十五天以上才能保证全家用熟食、饮开水。九天用完，一年的票四个月用完了，另外八个月找谁去？不但破坏了自己的生活程序，更是破坏了国家的安排！

　　众人惊慌，唉声叹气，牢骚满腹，闲言四起。有的说煤气用完以后改吃生面糊糊。有的说可以限制每组做饭时间十七分钟。有的说现在就分灶吃饭是生产关系超越了生产力的发展水平。有的说越改越糟还不如爷爷掌管徐姐当政。有的抨击美国，说美国人如禽兽，不讲孝悌忠信，当然没有大家庭。我们有优秀的家庭道德传统，为什么要学美国呢？大家不好意思也不忍再去打搅爷爷，便不约而同地去找堂妹夫。

堂妹夫是全家唯一喝过洋水之人，近年来做西服两套，买领带三条，赴美进修六个月，赴日参观十天，赴联邦德国转悠过七个城市。见多识广，雍容有度，会用九种语言道"谢谢"与"请原谅"，是我家有真才实学之人。只因属于外姓，深知自己的身份，一贯不争不论不骄不躁，知白守黑，随遇而安。故而深受敬重。

这次见我们虔诚急切，而且确实一家陷入困难的怪圈，他便掏出心窝子，亮出了真货色，他说：

"依我之见，咱家的根本问题还是体制。吃不吃烤馒头片，其实是小问题。问题是：由谁决定、以怎样的程序决定吃的内容？封建家长制吗？论资排辈吗？无政府主义吗？随机性即谁想做什么就吃什么吗？按照书本上的食谱吃吗？必然性即先验性吗？要害问题在于民主，缺了民主吃了好的也不觉得好，缺了民主吃得一塌糊涂却没有人挺身而出负责任。没有民主就只能稀里糊涂地吃，吃白糖而不知其甜，吃苦瓜而不知其苦，甜与苦都与你自己的选择不相干嘛！没有民主就会忽而麻木不仁，丧失吃饭的主体意识，使吃饭主体异化为造粪机器；忽而一团混乱，各行其是，轻举妄动，急功近利，短期行为，以邻为壑，使吃饭主体膨胀成有胃无头的妖魔！没有民主就没有选择，没有选择就失落了自我！"

大家听了，都觉如醍醐灌顶，点头称是不止。

堂妹夫受到了鼓舞，继续说道："论资排辈，在一个停滞的农业社会里，不失为一种秩序，这种秩序特别适合文盲与白痴。即使先天弱智者也可以理解、可以接受这样一种呆板与平静的，我要说是僵死的秩序。然而，它扼杀了竞争，扼杀了人的主动性创造性变异性，而没有变异就没有人类，没有变异我们就都还是猴子。而且，论资排辈压制了新生力量。一个人精力最旺盛、思想最活跃、追求最热烈的时期，应该是在四十岁以前。然而，这个时候他们只能被压在最下层……"

我的儿子叹道："太对了！"他激动地流出了眼泪。

我向儿子悄悄摆了摆手。他的西式早餐化纲领失败之后，在家里的形象不佳，多少有点冒险家、清谈家、成事不足败事有余甚至造反派的色彩。包括堂妹与堂妹夫，对吾儿也颇看着不顺眼。他跳高了，只能给堂妹夫帮倒忙。

我问："你说的都对。但我们到底怎么办呢？"

堂妹夫说："发扬民主，选举！民主选举，这就是关键，这就是穴位，这就是牛鼻子，这就是中心一环！大家来竞选嘛！每个人都谈谈，好比都来投标，你收多少钱，需要大家尽多少义务，准备给大家提供什么样的食品，你个人需要什么样的待遇报酬，一律公开化、透明化、规范化、条文化、法律化、程序化、科学化、制度化，最后，一切靠选票靠选民公决，少数服从多数。少数服从多数，这本身就是新观念新精神新秩序，既抵制僵化，也抵制无政府主义随心所欲……"

爸爸认真思考了一大会儿，脸上的皱纹因思考而变得更加深刻。最后，他表态说："行，我赞成。不过这里有两道关口。一个是老爷子是不是赞成，一个是徐姐……"

堂妹说："爷爷那儿没事。爷爷思想最新了，管伙食他也早嫌烦了。麻烦的是徐姐……"

我儿子急了，他喊道："徐姐算是哪一家的人五人六？她根本不是咱们家的成员，他没有选举权与被选举权。"

妈妈不高兴地说："奶奶的孙儿呀，你少插话好不好！别看徐姐不姓咱们的姓，别看徐姐不算咱们族人，你说什么来着？说她没有选举和被选举权是不！可咱们做什么事情不跟她说通了你就甭想办去！我来这个家一辈子了，我不知道吗？你们知道个啥？"

堂妹和妹夫也分化了，争论开了。妹夫认为，承认徐姐的特殊地位就是不承认民主，承认民主就不能承认徐姐的特殊地位，这是一个根本性的原则问题，没有调和余地。堂妹认为，敢情站着说话不腰疼，脱离了实际的空话高调有什么用？轻视徐姐就是不尊重传统，不尊重传统也就站不住脚，站不住脚一切变革的方案便都成了云端的幻想。而云端的改革也就是拒不改革。堂妹对自己的丈夫说话不客气，她干脆指出："别以为你出过几趟国会说几句外国话就有什么了不起，其实你在我们家，还没有徐姐要紧呢！"

堂妹夫听罢变色，冷笑一分半钟，拂袖而去。

过了些日子，是叔叔出来说话，指出两个关口其实是一个关口。徐姐虽然顽固，但她事事都听爷爷的，爷爷通了她也就通了，根本不需要人为地制造民主进程与徐姐之间的激烈斗争，更不要激化这种人为制造出来的斗争。

大家一听，言之有理，恍然大悟。种种烦恼，原是庸人自扰。矛盾云云，你说它大就大，说它小就小，说它有就有，说它无就无。寻找各种不同意见的契合点，形成宽松融洽亲密无间，这才是真功夫！一时充满信心，连堂妹夫与我儿子也都乐得合不拢嘴。

公推爸爸叔叔二人去谈，果然一谈便通。徐姐对选举十分反感，说："做这些花式子干啥嘛！"但她又表示，她此次生病住院出院后，对一切事概不介入，概不反对。"你们大家吃苍蝇我也跟着吃苍蝇，你们愿意吃蚊子我就跟着吃蚊子，什么事不用问我。"她对自己有无选举权也既不关心，又无意见，她明确表示，不参加我们的任何家事讨论。

看来，徐姐已经自动退出了历史舞台，大家公推由堂妹夫主持选举。选举日的临近给全家带来了节日气氛。又是扫除，又是擦玻璃，又是挂字画，又是摆花瓶和插入新产品塑料绢花。民主带来新气象，信然。终于到了这一天，堂妹夫穿上访问欧美时穿过的瓦灰色西服，戴上黑领结，像个交响乐队的指挥，主持这一盛事。他首先要求参加竞选的人以"我怎样主持家政"为题做一演说。

无人响应。一派沉寂。听得见厨房里的苍蝇声。

堂妹惊奇道："怎么？没有人愿意竞选吗？不是都有见解有意见有看法吗？"

我说："妹夫，你先演说好不好，你做个样子嘛！现在大家还没有民主习惯，怪不好意思的。"

堂妹马上打断了我的话："别让他说话，又不是他的事！"

堂妹夫态度平和，富有绅士派头地解释说："我不参加竞选。我提出来搞民主的意思可不是为个人争权。如果你们选了我，就只能是为民主抹黑了！再说，我现在正办自费留学，已经与北美洲大洋洲几个大学联系好了，只等在黑市上换够了美元，我就与各位告辞了。各位如果有愿意帮我垫借一些钱的，我十分欢迎，现在借的时候是人民币，将来保证还外币！这个……"

面面相觑，全都泄了气。而且不约而同地心中暗想：竞选主持家政，不是吃饱了撑的吗？自己吹一通，卖狗皮膏药，目无长上而又伤害左邻右舍，这样的圈套，我们才不钻呢？真让你主持？你能让人人满意吗？有现成饭不吃去竞选，不是吃错了药是什么？便又想，搞啥子民主选举哟！几十年没有民主选举我们也照旧吃稀饭、卤菜、炸酱面！几十年没有民主选举我们也没有饿死，没有撑死，没有吃砖头喝狗尿，也没有把面条吃到鼻子眼屁股眼里！吃饱了撑的闹他爷爷的民主，最后闹他个拉稀的拉稀，饿肚的饿肚完事！中国人就是这样，不折腾浮肿了绝不踏实。

但既然说了民主就总要民主一下。既然说了选举就总要选举一下。既然凑齐了而且爷爷也来了就总要行礼如仪。而且，谁又能说民主选举一定不好呢？万一选好了，从此吃得又有营养又合口味，又滋阴又壮阳，又益血又补气，既增强体质又无损线条与潇洒，既有色又有香又有味，既省菜钱又节约能源，既合乎卫生标准又不多费手续，既无油烟又无噪音，既人人有权过问又个个不伤脑筋，既有专人负责又不独断专行，既不吃剩菜剩饭又绝不浪费粮食，既吃蛤子又不得肝炎，既吃鱼虾又不腥气……如此等等，民主选举的结果如果能这等好，看哪个天杀的不赞成民主选举。

于是开始选举。填写选票，投票，监票计票。发出票十一张，收回票十一张，本次投票有效。白票四张，即未写任何候选人。一张票上写着：谁都行，相当于白票，计白票五张。选徐姐的，两票。爷爷三票。我儿子，一票。

怎么办？爷爷得票最多，但不是半数，也不足三分之一。算不算当选？事先没说，便请教堂妹夫。堂妹夫说世上有两种法，一种是成文法一种是不成文法。不成文法从法学的意义上严格说来，不是法。例如美国总统的连任期，宪法并无明确规定。实际上又是法，因为大家如此做。民主的基本概念是少数服从多数。何谓多数？相对多数？简单多数（二分之一以上）？绝对多数（三分之二以上）？这要看传统，也要看观念，至于我们这次的选举，由于是初次试行，又都是至亲骨肉父子兄弟自己人，那就大家怎么说怎么好。

堂妹说既然爷爷得票最多自然是爷爷当选，这已经不是也绝对不可能是封建家长意识而是现代民主意识。堂妹进一步发挥说，在我们家，封建家长意识的问题其实并不存在，更不是主要危险、主要矛盾，需要警惕的倒是在反封建的幌子下的无政府主义、自由主义、自我中心、唯我主义、超前消费主义、享乐主义、美国的月亮比中国的圆主义、洋教条主义。

我的儿子突然激动起来，他严正地宣布，他所获得的一票，并非自己投了自己的。他说到这里，我只觉得四周目光向我集中，似乎是我选了儿子，我搞了选人唯亲的不正之风。我的脸刷地红起来，并想谁会这样想？他为什么这样想？他知不知道我并没有选儿子而且即使选了儿子也不是什么不正之风因为不选儿子我也只能选父亲选叔叔选母亲选妻子选堂妹而按照时髦的弗洛伊德学说堂妹又何尝会比儿子生分儿子说不定还有杀父娶母的俄狄浦斯情结呢，他们知道吗？为什么儿子一说话他们都琢磨我呢？

我的儿子喊起来了。他说他得了一票说明人心未死火种未绝烈火终将熊熊燃烧。他说他之所以要关心我家的膳食改革完全出自一种无私的奉献精神，出自对传统的人文主义的珍视和对每一个人的泛爱。说到爱他眼角里沁出了黄豆大的泪珠。他说我们家虽然有秩序但是缺乏爱。而无爱的秩序正如无爱的婚姻，其实是不道德的。他说其实他早就可以脱离摆脱我家膳食系统的羁绊，他可以走自己的路改吃蜗牛吃干酪吃芦笋吃金枪鱼吃龙虾吃小牛肉吃肯德基烤鸡三明治麦当劳与苹果派桂皮冰激凌布丁。他说他非常爱自己的姑姑但是他不能接受姑姑的观点虽然姑姑的观点听起来很让人舒服顺耳。

这时叔叔插话说（注意，是插话而不是插嘴，插嘴是不礼貌的，插话却是一种亲切、智慧、民主，干脆说是一种抬举），堂妹关于当前应警惕的主要矛盾与主要危险的提法与正式的提法不符。恐怕最好不要过分强调某一面的问题是主要危险。因为半个世纪行医的经验已经证明，如果你指出便秘是主要危险，就会引起普遍拉稀，并导致止泻药的脱销与对医生的逆反心理。反之，如果你指出泻肚是主要危险就会引起普遍的直肠干燥，并导致痔疮的诱发乃至因为上火而寻衅打架。火气火气，气由火生，火需水克，五行协调，方能无病。所以既要防便秘也要防拉稀。便秘不好拉稀也不比便秘好。便秘了就治便秘拉稀了就治拉稀。最好是既不便秘也不拉稀。他讲得这样好，恍惚获得了几许掌声。

鼓完了掌才发现问题并没有解决，而由于热烈地讨论五行生克，新陈代谢的进程似乎受到了促进，人人都饿了。便说既然爷爷得票多还是爷爷管吧。

爷爷却不赞成。他说做饭的问题其实是一个技术问题而不是思想问题、观念问题、辈分（级别）问题、职务问题、权力问题、地位问题与待遇问题。因此，我们不应该选举什么领导人，而是要评选最佳的炊事员，一切看作饭烧火炒菜的技术。

我儿子表示欢呼，大家也感觉确实有了新的思路、新的突破口。别人则表示今天已经没有时间，肚子已经饿了。尽管由谁来管理吃饭做饭的问题还处在研讨论证的过程中，到了钟点，饭却仍然得照吃不误，讨论得有结果要吃饭，讨论得没有结果也还是要吃饭。拥护讨论的结果要吃饭，反对讨论的结果也还是要吃饭。让吃饭要吃饭，不让吃饭也还是要吃饭。于是……纷纷自行吃饭去了。

为了评比炊事技术，设计了许多程序，包括：每人要蒸馒头一屉，焖米饭一锅，炒鸡蛋两个，切咸菜丝一盘，煮稀饭一碗，做红烧肘子一盘等等。为了设计这一程序，我们全家进行了三十个白天三十个夜晚的研讨。有争论、行动、吵架、落泪，也有和好。最后累得气也喘不出，尿也尿不出，走路也走不动。既伤了和气，又增长了团结，交流了思想感情。既累了精神，又引起了极大的兴趣。说起要炒两个鸡蛋的时候，人们笑得前仰后合，好像受到了某种神秘的暗示性的鼓舞。说到切咸菜的时候，人们忧虑得阴阴沉沉，好像一下子衰老了许多。终于最后归根结底，炊事技术评出来了。评的结果十分顺利，谁也没有话说。

评的结果名次是：一等一级，爷爷、奶奶。一等二级，父亲、母亲、叔叔、婶婶。二等一级，我、妻、堂妹、堂妹夫，三等一级，我那瘦高挑的儿子。大家又怕儿子受到打击，便一致同意儿子虽是三等，却要颁发给他"希望之星特别荣誉奖"。虽然他又有特别荣誉又成了"希望之星"，但他仍然是三等。总之，理论名称方法常新，而秩序是永恒的。

许多时日过去了。人们模模糊糊地意识到，既然秩序守恒，理论名称方法的研讨与实验便会自然降温。做饭与吃饭问题已不再引起分歧的意见与激动的情绪。做饭与吃饭究竟是技术问题体制问题还是文化观念问题还是什么其他别样的过去想也没有想过的问题，也不再困扰我们的心。看来这些问题不讨论也照样可以吃饭。徐姐平安地去世了，无疾而终。她睡了一个午觉，一直睡到下午四点还不醒，去看她，她已停止呼吸。全家人都怀念她尊敬她追悼她。儿子到中外合资企业工作去了，他可能已经实现了天天吃黄油面包和一大堆动物性蛋白质的理想。节假日回家，当我们征询他对吃什么的意见的时候，他说各种好的都吃过了，现在想吃的只有稀饭与腌大头菜，还有高汤与炸酱面。说完了，他自我解嘲说：观念易改，口味难移呀！叔叔与婶婶分到了新落成的单元楼房，搬走了。他们有设有管道煤气与抽风换气扇孔的厨房，在全新的厨房里做饭。做过红烧肘子也做过炒鸡蛋，但他们说更经常地仍然是吃稀饭、烤馒头片、腌大头菜、高汤、炸酱面。堂妹夫终于出国深造，一面留学一面就业了，他后来接走了堂妹，并来信说："在国外，我们最常吃的就是稀饭咸菜，一吃稀饭咸菜就充满了亲切怀恋之情，就不再因为身在异乡异国而苦闷，就如同回到了咱们的亲切质朴的家。有什么办法呢，也许我们的细胞里已经有了稀饭咸菜的遗传基因了吧！"

我、爸爸和爷爷幸福地生活在一起。我们吃的鸡鸭鱼肉蛋奶糖油都在增加，我们都胖了。我们饭桌上摆的菜肴愈来愈丰富多彩和高档化了。有过炒肉片也有过葱烧海参。有过油炸花生米也有过奶油炸糕。有过凉拌粉皮也有过蟹肉沙拉甚至还吃过一次鲍鱼鲜贝。鲍鱼来了又去了，海参上了又下了，沙拉吃了又忘了，只有稀饭咸菜永存。即使在一顿盛筵上吃过山珍海味，这以后也还要加吃稀饭咸菜，然后口腔食道胃肠肝脾胰腺才能稳定正常地运转。如果忘记了加吃稀饭咸菜，马上就会肚子胀肚子疼，也许还会长癌。我们至今未患肠胃癌，这都是稀饭咸菜的功劳啊！稀饭和咸菜是我们的食品的不可改变的纲，其他只是搭配——陪衬，或者叫作"目"。

徐姐去世以后，做饭的重任落到了妈妈头上。每顿饭以前，妈妈照例要去问问爷爷奶奶。汤呢，就做了吧，就不做了吧。肉呢，切成肉片还是肉丝？古老的提问既忠诚又感伤。是一种程序更是一种道德情绪。在这种表面平淡乃至空洞的问答中寄托了对徐姐的怀念，大家感觉到徐姐虽死犹生，风范常存。爷爷屡次表示只要有稀饭、咸菜、烤馒头片与炸酱面，做不做汤的问题，肉片与肉丝的问题以及加什么高级山珍海味的问题，他不准备过问，也希望妈妈不要用这种愈来愈难以拍板的问题去打搅他。妈妈唯唯，但不问总觉得心里不踏实。饭做熟了，唤了大家来吃，却要东张西望如坐针毡，揣摩大家特别是爷爷的脸色。爷爷咳嗽一声，妈妈就要小声嘟囔，是不是稀饭里有了沙子呢！是不是咸菜不够咸或者过于咸了呢？小声嘟囔却又不敢直截了当地征求意见。虽然，即使问过爷爷也不能保证稀饭里不掺沙子。

于是，每一天，妈妈还是要在黄昏将临的时候忠顺地、由于自觉啰嗦而分外诚惶诚恐地去问爷爷——肉片还是肉丝？问话的声调委婉动人。而爷爷答话的声调呢？叫作慈祥苍劲。即使是回答"不要问我"，也总算有了回答。妈妈就会心安理得地去完成她的炊事。

一位英国朋友——爸爸四十年代的老友来华旅行，在我们家住了一个星期。最初，我们专门请了一位上海来的西餐厨师给他做面包蛋糕起司牛排。英国朋友直率地说："我不是为了吃西餐或者名为西餐实际上四不像的东西而来的，把你们的具有古老传统和独特魅力的饭给我弄一点吃吧，求求你们了，行不行？"怎么办呢？只好很不好意思地招待他吃稀饭和咸菜。

"多么朴素！多么温柔！多么舒服！多么文雅……只有古老的东方才有这样的神秘的膳食。"英国博士赞叹着。我把他的称赞稀饭咸菜的标准牛津味儿的英语录到了"盒儿带"上，放给瘦高挑儿子听。

1989 年

棋乡轶闻

赵聚旗的家乡飞象省双车县的人世世代代耽于下棋。那里的人可以不吃饭，不可以不下棋。可以不会写自己的名字，不可以不会下棋。男的不会下棋，甭想娶媳妇。女的不会下棋，甭想找婆家。学生不会下棋，甭想毕业。干部不会下棋，必遭精简。小时候不会下棋，无人疼爱。老了不会下棋，死了都没有人埋。连急腹症病人动大手术以前也先要与护士小姐下一盘棋，不下，硬是不往手术室里送；不下，就不消毒、不麻醉、连无影灯都不给你开开。

近百十年，双车县的棋艺以赵聚旗家一系为最。早年间虽然不知道什么冠军亚军金牌铜牌升旗奏乐之类，可都懂得要给棋下得好的人家送礼，送钱送粮、送香炉送瓷瓶送鸡毛掸子、送猪送羊、送鸡送蛋、送瓜送菜。这样赵家成了双车县的首富。故此，赵聚旗的曾祖父土改那年被划为大型地主，经群众斗争后就地枪决。到了"文化大革命"中，赵聚旗的祖父又被揪斗游街，终因恐惧忧虑紧张压抑患肝癌而去。

赵聚旗的父亲赵善思是省里的一个小学教员。他因为一直十分注意与父亲祖父划清界限，虽然几十年来一直被骂做"狗崽子""狗崽孙"，最后，还是被看作"可教育好的子女"。几十年过去了，他的身家性命大致上保持着安全囫囵的纪录，符合古训中的"无咎"原则。谁想得到，改革开放以来双车县所在的飞象省的棋风又重新炽热起来，而且与过去不同，都是以新的灿烂光辉的名义下棋来的。诸如：职工大联欢、新春大赛、五一大赛、友谊赛、对口赛、有奖大赛、拥军赛、支农赛、救灾义赛、弘扬东方文明大赛、支持北京申办 2000 奥运会大赛、智力开发赛、伯乐赛、千里马赛、孺子牛赛、护发素大赛、大力壮阳丸大赛、百鸟矿化磁化壶展销助兴大赛、此手也要硬大赛等等。赵善思鉴于爹爹爷爷的遭遇，本来不想再下海摸棋。无奈各次比赛旗高名大，来头不俗，气象逼人，他顶不住。而且众人心理是赵善思不来这棋赛就不热闹，这棋赛就不算棋赛。他一到场就引人注目，人们纷纷介绍他给外来棋手："他就是赵家头号传人，他爸爸他爷爷都是为下棋而死的。"说这话的人似乎以为这事迹是他赵某人的光荣与骄傲，也是他们全省全县全村乃至整个棋类运动的光荣与骄傲。而他听到这种揭旧伤疤的话语，实在是欲哭无泪，欲笑无颜，欲答无语，欲躲无地缝而陷于萎缩昏乱状态。然而奇妙的是，即使在昏乱中，他也是每下必赢，子无虚发。祖宗在天之灵硬是保佑着他的棋运，门第不同带来了感觉的不同，感觉的不同又带来了水平的不同。于是县而区区而省省而大区大区而全国全国而国际，赵善思呼啦一下子成了如风如火的大棋星，只一年他就获得了金杯六个金牌十五个金奖三十三个。

于是到了我们想说的那一年——谁知道是哪一年——进行终身特等大奖赛，赵善思一共需要下七十九盘棋，如果七十九盘棋都胜了，加上前几年的成绩，赵善思将获得金棋巨擘的终身称号和一笔由大力壮阳有限公司资助的巨款，另外，省体委将要奖给他三室一厅单元房间一套，并让他从此享受正科级待遇。果然，不负家乡父老，不负飞象山与双车河的风水，他一口气赢了七十八盘棋。下完七十八盘而且盘盘皆胜之后，各体育报刊记者已经写好了有关金棋巨擘赵善思的传奇生涯的报道，摄影记者整天围着他转，各种小报天天对他进行电话采访区域联防采访以及人盯人贴身采访，同时他还接到了不少以记者名义打来的莺声燕语流淌柔情蜜意甜汁的电话："是赵先生么？巨擘的种子，我们喜爱您！""您得了奖金以后打算拿这笔钱做什么用？""您得了这一笔钱以后，和没有这一笔钱以前会有什么区别吗？比如说，您有了大款和没有大款对您的太太态度不会有什么变化么？""功成名就财发以后，您是否准备移居国外？美国？法国还是澳大利亚？""席卷棋坛之后，您是否打算从政？您认为您是否能担任正司局级的省体委主任或是五（讲）四（美）三（热爱）办公室的负责人？您有没有可能当选下一届的省政协副主席？""您一般怎么样对待给您写表达倾慕的信件的女孩子？""发财以后您愿不愿意下海炒股票？您看好哪一种？""您是否有意去台湾访问，以棋会友，促进两岸的接近？""您对黎巴嫩长枪党有什么看法？""您愿不愿意向残疾人协会捐款？""您愿不愿卖掉您的名字搞一种赵善思丰乳器并且到商标局登记？""您是否打算整修您的先人的坟墓，搞一个棋艺先烈纪念馆？您怎么样解决批判地主阶级与继承棋艺先人的辩证关系问题？"

意外的是，在被称为"世纪大战"的决赛前夜，赵善思猝亡于榻上。医学专家解剖了赵善思的遗体，对于他猝死的原因其说不一。心肌梗塞乎？脑血管阻塞乎？急性胰腺炎乎？中枢神经爆裂乎？上呼吸道阻断乎？维生素A中毒乎？乃至于被谋杀暗害乎？

莫衷一是。于是记者们把他们写好的报道赵善思的光荣胜利的稿子改成了追悼文章：《二十世纪的最后一个谜》《光荣与终结》《深刻的后现代悲剧》《智慧太空船的发射失败了》《警策，不仅仅为了你我》为其中之最昭著最有希望获奖者。

至于再往下一辈的赵聚旗，早在小学三年级时候，与少先队的中队长下了三盘棋，三盘都是他胜。中队长面红耳赤，噙着眼泪与他分手。从此，他发现中队长对待他的态度与过去不一样了。次年爆发了"无产阶级文化大革命"，他的祖父被揪斗游街，他也被少先队批判，列为不得参加"文化大革命"的黑六类"狗崽子"。他从此烧掉了棋盘棋子，再也不摸棋了。

八十年代以来，赵聚旗的父亲赵善思转战活跃于棋坛，赵聚旗略有心动。但毕竟他从小罢棋，学的搞的是牙医专业，连续许多年牙医少口腔医院少而病牙多牙病多口腔病人多，赵聚旗每天上午给门诊病人、下午给住院病人治牙，上班前下班后还要给关系户治牙，无暇重整棋艺。巨擘大赛时他去给老爹助阵，开始感到了一种跃跃欲试的共振，感到了一种对自我的发现，甚至开始激荡起一种棋艺浪漫主义的美好情愫，他看到了一种新的前景……就在这个时候，他的老爹死了。于是他棋因（子）破碎，寒彻骨髓，思棋而惊，望棋而畏，触棋而痉挛，谈棋而色变矣。

进入九十年代，赵聚旗任省口腔医院第六分院的第四副院长，提拔为副科级。当了官，便不再去磨、洗、填、拔、钻，时间显得略略宽裕了些。接着他搬进了一幢处级干部住的单元楼。他本来只是副科级，因为为人老实，以中专毕业的学历获得了住院医生的职称，为落实知识分子政策，破格按高一级的住房标准给予优惠分房。飞象省的这个做法大得人心，受到各方的赞颂。在新居，赵聚旗的对门邻居便是卫生局的老局长，与老局长住在一起使赵聚旗深感荣幸。这位局长退下来以前干的最后一件事便是提拔赵聚旗并为他解决住房问题。为此，赵聚旗更有种靠近恩人的被照耀扶持被感化的甜蜜感。许多年来他被告诉是"身在福中不知福"，告诉说他们是"泡在蜜缸里长大的"。他不太懂这个泡在蜜缸里的滋味。这回他真的懂了，这回他可真的泡在蜜缸里了，他飘飘悠悠，甜甜腻腻，黏黏糊糊，舒舒服服，憋憋闷闷，实在不知道怎么样报答蜜之源才好。

春节之前，赵聚旗好不容易买了两瓶古井贡酒，一只符离烧鸡，半斤芝麻，一斤花生，装到一个大塑料袋里，系上一个红绸子带，打算在腊月二十四那一天恭恭敬敬地送到老局长府上以略表寸心。谁想得到，腊月二十三那天晚上，轻轻叩门三响，是老局长的最小的女儿送年礼来了。

老局长抢在前头给赵副院长送的礼是：飞天标志出口茅台酒两瓶、南京板鸭两只、半斤夏威夷果、半斤开心果、一斤腰果、万宝路三五登喜路红塔山香烟各一条。

"我爸爸说赵副院长辛苦了。"老局长的小女儿说。她穿着宽松的皮里毛绒面上衣，紧身的砂洗条绒裤，前额上用雅黛定型胶固定了一绺高高翘起的飘逸而又凝重，怎么看都是完美无缺的发绺。她画了眉毛和黛绿色的眼圈，身上有科隆花露水的香味。她的到来、言语、举止以及送来的高级礼物使赵聚旗有一种从蜜缸里腾空，直上云霄，天旋地转，美不胜收的感觉。

"初二那天晚上，请您和您爱人到我们家吃便饭，我爸爸说的。"老局长的小女儿说起话来如同港台歌星谢幕，音调高高低低，升升降降，不知道是不是受了英语语流的升调降调的影响——主持"正大综艺"节目的可爱的小姐也是这样说国语的。然后，她不等待任何回应，也不允许讨论，袅袅地踏动钉子一样的高尖跟皮鞋，扭动丰俭由人的腰臀，甩出一阵袭人的比高档的大众比大众的高档的花露水香，千娇百媚地走去了。

突如其来的幸福就像突如其来的癫症，赵聚旗一下子遍体酥麻、神魂颠倒、二便失禁、口眼歪斜起来，九分钟以后开始恢复正常，但整整一夜他仍然是傻笑个不住。

根据"小心无不是"的箴言，赵聚旗在赴宴前先去城郊的关帝庙去求了一签，他换了五次才获得了阴阳调和的木鱼的认可，签是"上上第十八"，词曰：

庸人自扰乱纷纷，护驾神丁法力深；
前程似锦风云会，积德守性胜遗金。

寻人不远，失物复得，官司有理，疾病痊愈，发财莫急，口舌自消。
"去得去得。老局长的家我们去得。"他告诉妻说。
"可是，我们送什么礼呢？"赵聚旗又转喜为忧道。在接到老局长的小女儿礼物以后，他们原先准备的礼物已经拿不出来了。他们没有钱，他们没有海外的阔亲戚，他们没有来自先人的老古董，他们是彻底的无产阶级——除了哆哆嗦嗦受宠若惊受惊若宠的心态以外他是什么都没有。

到了这种时候老婆便是起死回生的菩萨了。她说："我还藏着一盒佧佤石棋。"

"什么？"赵聚旗迷惑得如同老婆告诉他他们的床底下藏着一枚原子弹。

佧佤石是产自昆仑山的一种比较算不上特别珍贵的玉石。佧佤石棋应该不是他的曾祖父留下来的，而是前清官府赏给他祖父的，可以说这个东西也是很封建很反动的。据他所知这副佧佤石棋是在土改时期就被没收了，那时候老婆不但还没有下嫁给赵家，而且她那时候尚未出世，叫作还不知道在哪一个的腿肚子里转筋。后来历经风雨，保命亦非易事，遑论保棋？再后来他爹死的那一年他把家里的棋盘棋子全烧了。怎么可能又出来这么一副棋呢？这样的棋竟然到了老婆手里，这可是人间的一切逻辑所不能解释的，他的一无可取的黄脸婆却原来非仙即妖、非狐即蛇，端的一个可人一个精灵一个特异功能一个摩登巫婆天外来客是也。

联系到卦辞，他恍然大悟，神丁护驾，神丁护驾也者，他的老婆即是神丁是也。回想起五年前一次看电影看到一位美丽女星，他忽生邪念，心想如果能与这样的美人亲近一番也算不枉走一趟阳世。再想想老局长的小女儿的到来竟使他这个身为叔叔的口眼歪斜，不忠不敬不端之贼心一至于斯，下贱呀低劣！真是罪该万死！幸亏大人不记小人过，神丁肚里装得下航空母舰，有道是真人不露相露相非真人！面目一般语言乏味感情淡漠智商偏低的赵太太却原来是菩萨旨意神丁下凡！又道是天生我材必有用，千金散尽还复来！玉在匮中求善贾，钗于奁内待时飞！有佧佤石棋就有其主，有其主必有其运，有其运必有其劫，有其劫必有其护持保藏、金刚力士，有其护持保藏金刚力士必有其非凡之用！现在是给这一副本来只能引起悲惨的回忆的佧佤石棋派用场的时候了。时至矣，贾善矣，腾飞吧我亲爱的佧佤石棋！

于是大年初二傍晚，赵聚旗偕夫人沐浴更衣头发上洒花椒水，意气飞扬地进入了老局长的家门。他们受到了极好的招待。从茉莉花茶香烟瓜子到扎啤变蛋，从八碟七碗到牙签扎哈密瓜小块，再回到茶碗瓜子碟旁边来，赵聚旗诚惶诚恐，感恩戴德、五内俱热、拜舞颤抖地说："我一个小小医士，不瞒您说，由于'文化大革命'的关系我其实没有学到多少本领，承老领导一而再再而三三而四地照拂提携，无微不至地关怀，真是天大地大不如领导的恩情大，爹亲娘亲不如革命的老同志亲。没有您就没有我赵聚旗的今天！只希望您今后多教导我督促我训诫我修理我。我呢，身如草芥，心如微尘，满脑袋糊糊迷迷，一无所有，一无所长，一无所知，连该怎么到您这儿来做客我也实在是不明白。我有个破烂东西想拿出来又实在不敢，既非吉祥之物又非值钱之宝，食之无味，弃之可惜，送之无礼，藏之无益，罪过罪过，乞谅乞谅！"说着他从包里拿出一个红纸包，拆开红纸包，拿出了仵伍石棋。

老局长的眼睛一下子瞪大了，注视良久，哆哆嗦嗦地说："我可找着你啦！"

老局长的话使赵聚旗一下想起了《红灯记》里那人冒充我党的地下工作人员去与李家接关系、险些叫铁梅上了当了的日本特务，没等灯举起，特务就说了话：

"我可找着你们啦！"

老局长的小女儿连忙从里间屋拿出一个红布包袱，解开红布是绿布，解开绿布是白布，解开白布又是一个盒子，打开盒子是一副仵伍石棋！赵聚旗拿来的棋是黑仵伍石做的，老局长家的棋是白仵伍石做的。除颜色不同外，里里外外，形形状状，大大小小，两副棋完全一个样，端端地是天生的一对地造的一双也！

老局长说这是他的一个在"文化革命"中被迫害致死的战友临终前交托给他的，死者说这个棋有雌雄两副，雌者为黑，雄者为白，相失则天下乱，棋道衰，阴阳不调而五行失范，水旱交迭而瘟疫流行……相得则天下治，棋道昌，阴阳和谐而五行良性循环，水旱咸宜而传染病预防为主。好了好了，总之是世道兴则棋道兴，世局微则棋局微。老局长十分激动，竟与赵聚旗热烈拥抱，不知道是不是受到了外国电视剧的影响……外国影响真是无孔不入，不受也难！

激动中老局长提出咱们俩下盘棋吧。赵聚旗连连称是，使他近二十年戒棋的成效尽付东流矣！

一面下棋一面立下了规矩。老局长境界很高，一再说："我们下棋一不赌钱二不争名次，三不做记录四不宣传报道。不争一日之短长，无所谓胜负之分野，更不要往心里去。胜败乃兵家之常事，赢输是棋艺之末节，不足挂齿，不足一提！但是我们还是要切磋一点棋艺棋道斗争哲学，长点知识学问，提高一点知性悟性，寻觅一点真知灼思，体会一点为棋为人的道理。所以古人说，世事洞明皆棋艺，攻防练达即文章！另外，我们也搞一点小花头，我们也算是返老还童，不失赤子之心，平和而又略有刺激，刺激而又不失平和——我们喝凉水！就是说，下一盘，谁输了谁就喝一碗凉水。不知尊意如何呢？"

赵聚旗唯唯。但心中仍有警惕，不能动真的，下棋不是好事，不能来真的。我家三代人因下棋而遭祸，我早已痛下决心永不摸棋，此次破戒不无危险。一对一地下，你赢我就只有输，我赢你就绝对赢不了。赢的快乐以输的气恼为代价，太不好了。他在此种状况之下自然又无法推辞，便只想应付一下而已，只要输，不要赢，要赢并非易事，要输还会为难吗？赢不了还输不了吗？忖度已毕。他便摆出一副屎棋的样儿来。

"三十多年没有下过棋了。"他长叹一声，解释道。

"最近电视台的小品怎么都那么没意思？南竹竿胡同的自由市场茄子比国营商店的还便宜。最近新出一种健老洋参精吃了以后白头发都能重新变黑，您没服用一下试试？"赵聚旗一面下着棋一面扯着闲篇，以示潇洒。

几下，他推盘认输。

赵聚旗略感不安，多对付几下就好了。几下就输，显出他不用心玩来了，未免是对对方的不尊重。老局长若无其事，只是亲自倒了一碗凉水，让赵聚旗喝下去。立即重码棋子，并下出了第一步棋，头一局是赵聚旗先行的，第二盘当然是老局长先走了。

第二盘赵聚旗稍稍用了点心，才发现老局长确实下得很好，厉害！赵聚旗倒吸了一口冷气。拳不离手，曲不离口，家世不可能自然带来技艺，生疏了也！来真的也不见得能赢老局长，惭愧了也！稍稍一用心，也就来不及说废话了。一停闲话，一静下来，就有一点"战斗"的气氛了。此时无声胜有声，无声最厉害也。

他又输了。又喝了一碗凉水。觉得水很不好喝，喝下去噎得慌，态度也不那么自然潇洒了。

"我太笨了。我纯粹是屎棋。差距太大，让您玩不痛快。对不起了。"他客套说。他本意通过客套话使气氛自然一些。没想到客套话说得这样假，就像他是在演电视肥皂剧似的。老局长仍然是毫无反应，这也使他尴尬，心想这种不咸不淡的话还不如不说。

第三盘他想赢。他觉得自己无聊，冒傻气，甚至有些个可耻。这不是自己背叛了自己，忘记了曾祖父、祖父、父亲一代又一代的遭遇了吗？一个多小时以前他还不可能想得到自己会破了棋戒。两分钟以前他还不会想到自己居然要赢。多么愚蠢呀！简直是白痴加混蛋！他在内心里大骂着自己。他干脆觉得自己变成了自己的敌人。他不知道哪里来的一股邪劲，说不定是魔鬼附体，他觉得自己的心性像一个满地乱窜逮也逮不着的耗子。他完全没有能力抓住它，他这里又没有猫、灵之猫。他完全掌握不住那玩意儿了。

他开始感到了有那么点紧张。

可笑！莫名其妙！吃错了药了是怎么的？他忽然笑了起来，笑得干巴呲咧，笑得像奸臣，要不就是像神经病。

而且，愈紧张愈失常，愈想赢愈赢不了，愈注意愈出错，第一步错了第二步就还是错，真是一步错而后步步错，步步错也就是眼睁着自己堕入深渊。他脑门子上出了汗，心跳加速，嘴唇紧闭，拳头握紧、声音颤抖，眼珠发直……然而，这一盘他还是输了，而且是真的输了，结结实实地输了。

他噙起了眼泪。

然后他喝了凉水。

凉水如毒鸩，喝下去腹如刀绞。

然后他如坐针毡地与老局长切磋了几句"为棋之道，大矣哉，恍兮惚兮，曰罔曰象。不战而胜，是为上上，以退为进，以失为得，祸兮福所倚，凉水赛蔗糖，赢棋没本事，屎棋最芬芳"之类的道理。

这些道理比骂他先人还让他难受。

回家以后他失眠一夜。三碗凉水使他腹内开始长出一点什么东西。

他请假一个星期又续假一个星期去医院检查肠胃肝胆心脏，未发现阳性反应。

两星期后老局长又派女儿来请他去下棋。他咬一咬牙，去了，认真地下了，三盘全赢了。他眼看着老局长喝凉水，一再说不要喝了不要喝了，老局长坚持非要喝不可。他表现得颇为不安，实际上又暗暗解气。人是太可怕了，他想，怎么报一点根本算不上仇的"仇"也是这样令人痛快呀！简直比婆媳妇还美！

最后切磋棋艺的时候赵聚旗说了许多谦虚的话。他发现不论说得多么谦虚，只要是在赢的时候说的，就愈谦虚愈得意愈谦虚愈报仇。赢了棋以后说自己是王八蛋也是痛快的。相反，如果是输了棋，说什么得体的话也全白搭了。谦虚完毕之后，他忽发奇想，说是自己想喝一碗凉水——他想以此种姿态缓解一下老局长一人连喝三碗凉水的窘态。老局长却是很认真，给他倒茶倒可乐果珍倒咖啡硬是不给他喝凉水。喝完一切，老局长建议再加赛一盘，不考虑输赢也不喝凉水。下完，连切磋也不必。

下吧，偏偏赵聚旗输了。输掉这最后的一盘，前三盘的胜利似乎化为乌有了。不喝凉水的输棋比喝凉水还难受——不受惩罚的失败比受到惩罚的失败还难以挽回心理的失落感。他开始怀疑，这一切都是老局长的圈套。在输了这最后一盘加赛的棋以后，他看到了老局长的庄严的然而是窃笑的脸。这张脸流露着阴谋与杀机。下完这次棋，赵聚旗失眠了三天。

其后，赵聚旗成了棋痴棋狂，愈下愈疯，愈下愈精，沾了棋就红眼，不赢就活不了。

他很快就从老局长家里杀到社会上去了。

赵聚旗连续三年获得壮年组金棋大腕称号。一家企业奖给他一辆嘉陵牌摩托车，用这辆车不久他就摔了个肩胛脱臼。于是他计划下次赢回一辆桑塔纳来。与此同时，因为下棋他也得罪了不少人。上级部门已收到多封匿名信，检举赵聚旗的思想问题经济问题作风问题历史问题拔牙拔不干净的问题等等。

有人说赵聚旗是大器晚成终于回归自我在盛年开了春花，是人才的解放，是潜能的开发，是盛世的盛事，是棋坛的佳话，是祖宗有灵的显示……

也有人说此事不祥，是赵聚旗的人性的异化，是勾心斗角的人性恶的变相泛滥，是遗传黑线回潮，是恶有恶报的造孽……

还有人预言赵聚旗不可能得善终。

便又有人问：为什么一定要善终呢？

社会上还流传着一个说法，说是老局长的佽伍石棋的原主人其实是"文化革命"中被老局长迫害致死的。毁其人而夺其棋，其心又何其毒也。

也有人说这纯粹是放屁。

1993 年

杏语

你觉得头年夏天缺少了雨。理论上，专家们说，这个城市每年七、八两个月的降雨量应该占全年的降水量的百分之七十九。这个比例不怎么合理，但人们很少讨论纠正的途径。人究竟能纠正什么，不能纠正什么，这也是你越走得长越想不清楚的问题。世界气候在变暖吗？河南从前是热带，所以简称豫，豫者，人牵象之地也，说明河南从前多大象。还有河姆渡文化遗址，证明当年浙江那边也是热带，到处都是热带雨林。那么多的热带后来不热了，谁知道变暖了变凉了为什么变为什么不变？

然后秋天雨星寥寥。然后整整一冬天不下雪，大雪已经与童年同时离去，童年时期每年冬季你都堆雪人。雪到哪儿去了？雪到了她前年到了的地方。要不就是躲一些年再回来，现在它很遥远，当遥远接近于无限，时间也就变成了圆周、圆球，复活着她他他她，纪念着许多小说、诗、悔过书、考卷、通知单，化成无言的天空，有时有雾，有时晴朗，晴朗得令人怀疑为什么有人造谣生事，煽动雾霾。干杯！

冬天干燥得令人失去了对于春天的信心，无雪雨的冬天之后的春天还能是春天吗？一冬不水的五个月过去以后，鸟儿还会飞回、青草还会发芽、花儿还会开放、小河还会流奔吗？一个大男人经受不住一个星期的干渴失饮，一块城市的先天不足后天又失调的土地，能经受小半年的干旱吗？

随便你悲观、乐观、片面、全面、善良、刁恶、鸡汤、粪汁、取缔或者提倡……怎么思想怎么浇灌怎么念藏经还是喜歌、唱衰还是唱帅，三下五除二,三月二十二日，全市的杏花都开了。三天以后，白玉兰挂上一树又一树，五天以后，紫玉兰昂首挺项，后来居上，如火如荼。干脆就如荼也没有什么不好，老了老了吧，荨麻疹干脆念寻麻疹而不是"前"麻疹了，叶公好龙干脆念页公而不念射公了，邹领导念平声搂而不念周了，大家来个如火如荼岂不更好？有时候将错就错，有时候歪打正着，有时候以退为进。老天爷的特点也是约定俗成，抓大放小，一风吹，向前看，人艰不拆，有容乃大，容天下难容之事喽。

到了这个年龄，你终于坚定了对于杏花的体认。春天始于杏花。杏花开放像泼成的一大片一大片的水，杏花如湖如波如小小的泛滥。杏花开放使春天成了气候，使春天像忧郁与温柔一样地扩散。这是玉兰、迎春、刺梅、碧桃什么的做不到的。

所以你们早就喜欢杏花。你们移栽了不止一株杏花。你们当年总是在一起说，喀什噶尔的杏子比桃还大。与杏相比，桃太艳，梨太迟，海棠酸，樱桃太静，丁香也缺少规模优势。

时间有时候深文周纳，有时候网开八面，却又是按部就班。它们千篇一律，却又是毫厘不爽，该咋的咋的。雨水节气之后是惊蛰，惊蛰之后春分大大方方地来到了，她压根不为失雪、雾霾、在该冷的时候没有冷、在不该起尘土的时候扬起了土粉而不好意思。小渠与大渠里的流水仍然如银带闪闪。青草的繁盛仍然不减，虽然去年的枯草可能比往日更多，仍然压不住芳草的青翠年年、春色连连。不知道是不是由于大气污染，似乎今年的鸟儿也少了，你仍然在凌晨欲醒的时候听到了柔情活泼的鸟鸣，如果鸟儿没有来到树梢，至少是来到了你的心尖即梦的深处，啼啭得如此婉约生动，让你伤感得不好意思，世人不识余之戚，犹谓偷闲学少子！

十六岁的时候你可以给同桌的与非同桌的女生写信，你每个春天给自己出一本诗集，内部发行，只限女友。哪怕你计划自杀或者卧轨或者思想过人体炸弹的疯狂辉煌也还是青春。三十岁时候你声称你在战斗中负过伤，而且在重伤后向敌人甩出了手榴弹。四十岁时候你开始谦虚，讨好上司而且见了女士就笑美如莲……如今已经成熟，你，您，还酸馒头个什么劲儿呢？

树枝上的玉兰高举如炬，树冠上的杏花纷披如纱，连翘的小黄花如随心点染，海棠比它们矜持一点，桃李也跃跃欲试。榆叶梅的鲜丽略有突兀。梦中的鸟鸣使你想起了往事，你错过了太多的花开，包括花谢。花谢大美，花开揪心。盛开不过是开始，谢落才是美丽的完成与升华。你还能有多少遭芳华凋落呢，你哭了。

我们的生活有时候科学得要命，就像有时候荒唐得要命一样。春天，花儿始放始凋，小雨初降再降的时候，清明来了。这是到坟墓上献花的季节，这是怀念先人与亲爱的季节，这是钟情与诚挚的日子，这是深沉与低下头默哀的日子。这是悔恨与惋惜，不再悔恨也不再惋惜，默哀得愈多，你的生活的滋味就愈厚。也许你有理由为你的泪水自豪。这是春天的多情多思静谧却又不安的日子。

你开起了车。你的好友开起了宝马760，五年过去了，他住了医院，他可能是得了重症，他脸上长了斑点，你到了病房不敢与他相认。他说活到老就是要学到老，要学会安静地勇敢地死亡。谈起死亡来，他甚至有一点兴奋，就像五年前他谈起了他购买的宝马车，原装，他声称：我本来就是一个俗人嘛。

疾病与大限使你的这位朋友超越了凡俗。你可能讲述过书写过不知多少次光阴、生命、春天、劝君惜取少年时，你永远赶不上他的此时深深的痛苦中的幽默。他终生敏感、吹嘘、浮躁、自恋，所以他是好样儿的。

在高速公路的第一个出口你被告知出早了一个口，你开出去，见了第一个左面的路口就拐回来，你再上了路，白白交了五块钱。下一个也就是你应该出去的那个路口为交费已经排起了长龙，你想起了在豫地开车的经验，从洛阳到开封的收费口上写道，如果为交费而排起的队超过了二百米的话，应该立即打开道路，免费放行。这几句话像是男子汉豪壮的诗篇。只是不知道实行了没有。

证实了的是你自己陷入了停滞的车龙，为什么到这时候才想起了一切：第一，今天是清明前的一个周日，天又好，这时通往四郊的公路当然拥堵。第二，这里是四条道，一公里以后并成农村的小路一独条，再两公里后并上一个狭窄的石桥，从石桥下来是连续的拐弯，都是一条独路，桥后的路还有三公里，即使这些路都跑完了，进了墓地也会你堵着我我堵着你。你的车还能怎么走？

墓园这里是一个帝王的景区，人民过去是不可以到这里来的，所以这里的路很窄，现在人民都要来了。人民一拥，道路难通。而且今天没有雾霾。今天有点风，有少量的沙有少量的土却没有雾霾，这已经是阿弥陀佛，妙哉善哉了。

现在的四道快车线，走哪条？这里也有概率论的原理与法则。命运学就是概率论，所以说数学是上帝的学识。命运是公正的，这是大数定理。你抛硬币，抛了一万次，四千九百次是字儿朝上，五千一百次是幂儿朝上，它们的公正率是百分之九十九。一亿次的抛掷，公正率则可能是百分之九十九，或者更高。你看着现在是四条车道，有时是最外的第四道慢，第四道的车主不安分了就往里撇，有时是三道二道显慢了，有时又是第一道一动不动。越是撇过来撇过去的车越是落到后面。而你已经老奸巨猾，老成持重，老马识途。你不会在堵车的当儿存在幻想羡慕他道老是折腾自己。你不费那个油那个劲儿那个细胞与心力手力，你知道放弃了幻想就不再痛苦不再愤青儿不再装腔作势乱打无定向横炮。也就不再怨天尤人，牢骚满腹憋出病长出什么来。你第一是苦笑，第二是苦笑，第三还是苦笑着。

堵成长龙后你睡着了至少一整分钟。你以为是一分或一加一一加二分钟，突然你从驾驶仪表上看到，已经过去了两个半小时。你不能明确你是不是，不，你应该明确，你不可能是连续睡了一百五十分钟。你的感觉是在遭堵而且随遇而安以后，整整两个七十五分钟了，你才明白发生了什么事情。堵车，一篇法国小说描写的是高速公路的开车者们利用这段时间进行了公关、商务、政务、集会、结社、推销、调情、求偶、拉皮条与贩毒、寻找杀手的活动，各项业务绩效斐然。有一男一女已经进入做爱的准备按摩，脉搏、血压、肾上腺激素的分泌都已达标，就差勇敢地进入了……突然，交通畅通，唰唰唰，每个人都忘记了堵塞中正在进行的诸端好事，一切烟消云散，开车走人。它的启示真如僧侣的沙事，一个月用沙建筑最美的城郭与宫殿，用扫帚在十秒钟内把美妙清光。

不像有这样的得趣。不像有堵车期间与美女做爱的机会，中华的发展程度当然与法兰西不同步。更不像有交通突然畅通的可能。

你享受的仍然是春天，你边堵边欣赏。堵到极处是欣然，你有几分得心应语。道路两旁是含烟摆拂的垂柳，是早杏如浪花四溢。那早春的新绿穿过污染泄露着春风春雨。那片片的繁花述说着季节的转瞬即逝。那毕竟没有被汽车尾气扫灭干净的鲜嫩气息艰难地赞美着花季的好景无常令人心碎。那愈行愈近了的青山并不干旱，它们仍然妩媚多情，它们好像在说"爱我吧，我是湿润的"。这天有点小风，天空多少显现了一些蓝的清洁。拥堵的车流跃然闹心，却也坚持着春季苏醒的兴奋与躁动。坐在正副驾驶位置上的青年男女隔着车窗玻璃仍然显示了韶光正好。人们春天的出行是为了对逝者的怀念，但也可能还是有人为了春游，为了与沉闷的冬天告别。是为了凭吊也为了赏心，生者与逝者将在清明前后相会，将在相会中饱尝生命的痛惜与大悲的奇妙。他们在怀念当中尽情抚摸，他们的哀恸当中渗透着刻骨铭心的珍惜。百感交集中你不忘强调节气是阴历与阳历的结合，清明是终极与此岸的际会。

半仰着头颐看着路边林带形成的拱形绿色凯旋门，众多的凯旋门连接重合起来成为长的洞穴。一切都深不见底远不及端。原来被堵塞也是一种欣赏，城市风光只有在堵车的时候才被留意也被微笑，美丽的郊区，绿色的穴顶通道，疾走与被困，这就是我们。

从早晨九点钟奋斗到下午三点钟，他驾车行走了百多米。至少有几十年了，他没有这样充裕地耐心地感受春天。他本来十分明白，知道这个季节的周末不可以驾车走向北部山区。他突然忘记了这一切被卷入车流应该是天意。他怀念着这一生的数十个春天，多数是与她在一起。幸福的人从来不接受伤害，与她一道他不怕水深火热，俄罗斯的"二战"歌曲唱的是"火里不会燃烧，水里也不会下沉"。回想一切他感觉到的是坎坷的幸福与甜蜜。

他终于醒悟，今天不必再坚持下去了。等待使你空前地清醒，穷则变，变则通，通则久，其实也不会太久。你根本不应该这时来到这个地方，你本来不应该是空着手，你本来不应该当日就到达墓园。或者说，你本来就应该是明天再到达墓园，你虽然有自己的日程，你自幼有安排日程的习惯。世上还有另一种日程，例如与她的日程，你欲安排也安排不了。你早早地开始了你的扫墓之旅。从糊涂开始向明白过渡。现在你应该掉头打道回到你们共同的别居，你应该大量地准备好盛开着杏花的枝条，你可以明天凌晨五时前起床，再用你有的剪枝剪子剪下杏的花枝，用微波炉打热一碗粥出发。剪子是你们一起买的，微波是你们一起建构起来的，粥的结构与你们当初一样。你要保证在晨六时前到达墓园，你要独自与她说话，这次就说说别居的杏树。那株大白杏结果进入了盛期，不但量大个儿大甜美，而且芬芳得令人沉醉。那株连续五年没有开花以致你们两人曾议论杏树分不分雄雌与这株树是不是得了不育症，今年粉红色花盛开，此树正在雄起。你可以与她共同回想你们植杏树与樱桃的情景。一起种树是人生的多么大的幸福。要保证七时十五分前告别墓园，在其他车辆涌来以前。凌晨而去，清晨而归，拥堵于我何有哉？

然后回到别居的时候约好或者是忘记了约没有约过的客人已经来到，他们耐心地平和地蹲在你的防盗门前。客人还带来了两位你所不识的客人，你们一起在社区的小小会所里吃了烤羊腿宫保鸡丁干烧鱼，你们喝了不少酒。喝到了你根本忘记了客人是怎样走掉的与你是怎样睡着的。

你梦到了许多花枝，似杏非杏，似花非花，似有雨有语非语非声。醒来时天已相当亮，你激动得发起了抖，原来一夜春雨，淅淅沥沥。大地因水渍而闪光。太阳从云层中飘然走出。清明时节的早晨是多么明亮，它彻底告别了郁闷与污浊的冬天。但是你耽误了杏花也耽误了出祭的时间表。莫非真的老了，你如今做任何事都缺少缜密与预见性、提前量、合理化、优选法。你本不是这样的人。

这时吓坏了你，你在自己的会客厅里看到了堆存在沙发桌上的杏花枝杈，它们灿烂光明地进入了你的家。早春杏花在你家中爆炸了，横七竖八，鲜活挺棱。你隔着玻璃窗向后花园望出去，你看到了杏树边支放着的铝合金人字梯。你起来，往外走，你发现了你的房门只锁了一道，没有锁第二道。

这是什么？是奇迹？是梦游？是醉趣？是你的你托了梦？是午夜你开开房门进入了花园？你还搬动了铝合金梯子？你从抽屉里找到了剪枝剪子，有条不紊地完成了为亲爱的逝者准备杏花的任务。这是危险的游戏，你可能绊倒在门前，你可能坠落到梯子下面，你可能被树枝扎到眼睛，你更可能四脚八叉跌到雨与泥里。你没有摔倒。然而，你一点也不记得了。你的心怦怦跳了起来。记忆与逻辑的失落使得人生、春天、杏树与墓园为之颤抖。没有了记忆与逻辑，你摸到了赤裸裸的生命、自我、思念、甜甜的苦。你面对的是生与死的交流，是醒与睡的共享，是不可能与或可能的神秘。当然，那就是她，她帮助你，她指引你的生活中发生了这午夜清明的杏花雨。

你摸了一下自己的头发，你大叫起来，有雨湿水迹，可怜的、可贵的、星星点点的雨。

我的人！你疯了，你疯狂地原地打转。我的杏！你摇着头大哭。

是冥冥中的怀念向草坪与杏园述说了自己的心思。是她与衪帮助你准备好了春天的花枝。小楼一夜听春雨，墓地明朝献杏花。杏花，春雨，墓园。你跪下了，你热泪如注。

早起三光，晚起三荒。你早早超越了交通堵塞。你到了你的墓前，你摆放供献了春光灿烂的杏花，杏花使坟墓生机勃勃，比什么花束花篮花盆都更单纯也更个性。杏枝饱含了你们俩的太多的快乐太多的话语。杏花使你们回到了青年时代。一切不但如昨日更如今日。你更觉得清明的天意与生机，墓园的永久与甜蜜，杏花的亲切与随和，在北方，杏花带来了她我你，激扬了春光春意。还有怀念的安详与辽阔。还有今晨花枝的永无查证的来历。你告诉说："咱们的杏树。"你张开两臂，摆了一个当年她喜欢摆的新疆舞蹈的姿势。你在当天的拥堵形成以前，顺利地走了。带回去的，除了悲与伤的回忆，除了生与死的慨叹，还有充满杏花的春之语。你相信这一切杏语，大快乐，大悲悯，大欢喜，全无痕迹也全无道理。

仇仇

那年他二十三岁。那个礼拜天刮起了大风，但是天晴朗得爱死人，因为是深秋，或者更正确地说，是初冬，那天立冬。柳条刮得大把大把地歪来倒去，死去活来，难以自持。杨树上的黄叶纷纷飘扬，摇荡起舞。他决定要顶风去大湖公园。人生能在空明澄静的状态下游几回湖水、石桥、大公园和入冬的风？他悄然觉得，再没有几天树木会变得光秃秃，瘦棱棱，一片茫然。然后是连续五个月的冬的萧条与沉寂，除非有朋友带他去羊汤店，那里的汤锅，永远是繁花似锦，如火如荼。

后来他知道，慌慌张张的是他，不是落叶。立冬一个月了，树叶仍然没有落光。

那天早晨已经醒过来，时间过早，勉强自己再睡下去。渐渐他看到了炕上的自己变成了一个人头，金色的，欧罗巴型，只有头。既不恐怖，也不忧伤。而且他想到了一个雄浑的名字："约翰·克利斯朵夫"。

人头变成了一本形状不太确定的书，不确定的一本或一些本本。梦见了或者没有梦见，只是事后才想：可能？或者应该？看见还是不可能看见？

做了还是只是想着做了？虚？实？真？假？羞惭？无愧？

不，不是说那个人头砍自约翰·克利斯朵夫，也与书作者罗曼·罗兰无关，他后来长久想不明白为什么别的孩子只知道王二小、李逵、关公还有陈世美，而他会想起来一个其实也是极其模糊的约翰·克利斯朵夫，姓不姓，名不名，谁不谁。是他起床以后才明白了罗曼·罗兰。"赞美幸福，也要赞美痛苦"，法国大作家这样说过吗？想起罗曼·罗兰，这位实在不像"老革命"的二十三的老革命激动得喘不过气来。在金色而且模糊的头颅缓缓颤动的时候，他清醒地觉得自己是重新睡着了。如果他清醒，他不可能看到一个美丽头颅的旋转。如果他睡了，他不可能掂量头颅变书的真实性，也不会有能力判断自己的眨眼，乃是处于睡与非睡、醒与非醒的边界线上。少年时代他常常睡不好，他挣扎于红缨枪和文学，月光与青纱帐，地瓜与大黄米地头。

他知道他很早就是儿童团员了，并不明确自己是党员，也羞愧于自己寒碜的木头枪上没有拴红缨穗。

五年前被选拔上外国语大学以后，村支书给他开介绍信，让他填了一张表格，上面赫然写着李文财、一九四四年入党。他觉得"财"字不好，临时更名李文采。他喜欢这个采字，这个字有几分文学。过了很久，他才明白自己是十三岁零三个月的时候入的党。他记不太清楚了，他到底是哪一年生的，也说不太好。他生活在老解放区，日本没投降，他家乡就解放了，他没见过国民党，他成天参加共产党的会议和学习，唱共产党的歌儿，只是他不会扭秧歌舞。

外国语！你该死的外国语！可能是村支部发现了他炕头上摆着几大本以洋人名氏命名的厚书，想到了应该培养他作外交官。他们村历史上出过一个大官，代表清朝皇帝到琉球国封王，他抬着一块匾，上写"如朕亲临"，他代表的是大清皇帝。大官的后代是恶霸，已经判处了死刑，应该是就地正法。恶霸家里有外国文学书的译本，没有人读，他读，一接触就如醉如痴如喝了糊涂汤。

到城市上外语学院后，他发不出卷舌音，看到别人嘚嘚儿的哆嗦舌尖儿他哭了。更发不出小舌音，他练习得作呕，据说只有呕吐的时候他的发声才是对的。他始终不会发没有辅音的元音 U 和 I。幸亏他有个少年入党、抗日战争时期的老革命的身份，他没有等毕业就调到了党委工作。

他从小迷上了外国文学，在他们那里远近百公里，再没有第二号。是外国的，是文学的，他就迷，他看一本迷一本，即使还没有开始读，他已经崇拜得五迷三道，泪眼惺忪。他的感觉是外国文学能够催人生，能够催人死，能够催人勃起也能够给他一个透心儿凉。他觉得他就是约翰·克利斯朵夫。与约一样，早早地就有双亲为他寻找女性的身体，逼着他十七岁娶了媳妇。读了《复活》他想来想去他绝对就是聂赫留道夫公爵，如果不严加管束，他无法设想他这一辈子可能糟践多少身穿洁白连衣裙的卡捷琳娜·马斯洛娃。如果没有文学，一个个臭小子该有多么硬梆梆地丑恶，多少花一样的女孩会被他们玷污蹂躏刺穿。他读了点雨果，一会儿觉得他是从小偷变成圣徒的冉阿让，一会儿觉得是呆板凶恶的警察杀（沙）威。因为他读《悲惨世界》的感想竟然是：当杀威毕竟比当冉阿让痛快出火得多。他甚至想到，人生一世，没有比做好人更窝囊的事。他为自己的肮脏乖僻无地自容。然后在《红与黑》里他是于连，一干干娘儿俩。在《双城记》中，他是草菅人命的侯爵，也是被迫害成精神病的医生曼耐特，动不动他钉鞋，他吓得喊出了声。还有时时结绳记下阶级的也是全家的血海深仇的德法奇夫人，叫作苦大仇深啊，他更是德法奇夫人准备着灭门的仇家。然而，读了法捷耶夫《青年近卫军》以后，他惊骇地发现，奥列格、邱列宁、邬丽娅和刘巴，自己哪个也不是……然后他发现，他连《少年维特之烦恼》里的维特也做不到，不是做不到因失恋而向自己的太阳穴上砰地一枪，而是他没有恋，没有恋则欲失不能；却有一个能够屏蔽与压倒他，却实在引不起他多少激情的大媳妇。结婚的收获是加深了对于黄皮肤与肉气味的认知。没有恋就没有一切，连"烦恼""惆怅""彷徨"与"辗转"也未曾拥有。干脆说他找不到自己应有的苦闷、伤痛、忧郁。我亲爱的高雅的温柔的少妇影子般的忧愁啊，您在哪里？他负面的经验只有长疖子的痛与长针眼的胀，与轻度痔疮。

其实他爱的不是哪一本外国文学书与书里的哪一个人，他渐渐明白，他爱的是外国文学书籍的气息，是嗅觉，尤其是封面与封底、油墨与纸。新华书店里的外国文学书籍有一种特殊的激活鼻孔的神秘元素。当然与羊汤铺、火烧店、豆腐脑挑子、酒缸的气味不同。那时候没有酒吧，只有酒缸。进门就看到了一个或者一排大缸，用提子打散白酒，缸边上有两三张桌子，光秃秃的木椅子，卖一点咸鱼、豆干、五香蚕豆。关键在于，外国文学与中国文学的气味也不相同，巴尔扎克《人间喜剧》的油墨、封面与纸张，绝对与《家·春·秋》《骆驼祥子》不同，与《唐诗三百首》《古文观止》更不一样。甚至于，西欧北美作家的书也与苏联图书气味有微妙的差别，别人不知道，仇仇知道。

欧洲文学书，翻译过来气味与它的人物一样强烈，像酒非酒，像"四合一"香皂，像龙涎香，像强奸犯也像火枪手，像拳击的猛烈，也不无多毛的老娘儿们腋下腺体味儿。

调入院党委得到工资，他用当时的天价三元多钱购买了一本精装厚日记册，册子里有绘画插图与作家名言。我吃的是草，挤出的是奶——鲁迅。这世界要是没有爱情，它在我们心中还会有什么意义！这就如一盏没有亮光的走马灯——歌德。他在上面题了字：文采心波。他开始了自己的文学写作生涯。他信笔由缰，磕磕碰碰，东拉西扯，咕咕哝哝，诗诗文文……这个时候，神秘的神祇来造访了。

她名叫仉仉，开始他以为是叫唧唧。她梳着男生式小分头，同学们说那是卓娅·科斯莫杰扬斯卡娅式的发型。她面孔白皙，大眼睛目光炯炯。她的形象既有女生的机敏叫作鬼机灵，又有男生的清爽叫作英俊峭拔。她是新生，两个月后就当了学生会主席。她的女而男的魅力无与伦比。她的父母据说是极特殊的人物，虽然那时候谁也不在意谁的父母是谁。有一位学生会的文体部长父亲是著名的本地军统头子。

是她到校党委来办事的时候说李文采的办公室里有外国文学的气息，先说到味儿，后找到了书架上的梅里美小说译本《卡尔曼》与《高龙巴》。仉仉告诉李文采，卡尔曼在歌剧里普遍译做"卡门"。

说起对于外国文学气味的体认，仉仉声音低柔而又凶猛，婉转而又憨厚。李文采从来没有听到过这样的兼具男生与女生伟力的嗓音。

李文采代表学校党委去参加学生会那一年举办的"'和平与友谊'诗歌演唱朗诵会"。头一个节目是俄语系同学的小合唱《喀秋莎》。第二个节目就是仉仉朗诵与歌唱德语民歌《勿忘我》：

Blau bluht ein Blümlein,

Das heiβt Vergissmeinnicht

......

德语唱完了她用汉语朗诵：

> 有种花叫作勿忘我，
> 开满了蓝色的花朵，
> 你呀朋友，请把它佩戴于身，
> 愿你能当真，牢记赠花的我。
> 有什么法子，鲜花总要凋谢，
> 美梦也会，一个一个地破灭，
> 只有爱情，我们俩相依相爱，
> 永远如初，永远是那样真切。

仉仉上台，聚光灯打开，她的脸孔光洁纯净，她绷着令你想起卓娅就义的脸。满脸的严肃仍然驱不尽笑靥里的善良天真，她的亭亭玉立使李文采心怦怦乱跳。开口出声了，满溢的热烈，些许的嘶哑，毫无保护的孩子般的纯真，面对法西斯野兽毫不惧怕……她唱了德文，她朗诵了中文，她的小蓝花，她的卓娅，她的德意志民歌，她的心声，诉说得好苦、好甜、好梦幻、好云彩、好大的西北风啊。她的声音是低语也是呐喊，是喁喁也是忽忽，是大火也是微风。李文采一阵子自以为听到关于她的窃窃私语：她是学俄语的啊，她怎么会讲这么好的德语？除非她幼年是生活在德国，她是从德国回来的？西德？民主德国？或者是社会主义阵营绝对不承认主权属于西德的西柏林？不知为什么，像一阵阴风，李文采想，如果她是从西柏林来的，她会不会是美国中央情报局与西德阿登纳总理联合派来的间谍？晕，晕，晕……李文采晕过去了。

临床诊断是房性心动过缓与疑似心脏神经官能症。

然后李文采陷入了前所未有的痛苦。他的生活，他的经历，他的处境身份与他的对于文学尤其是外国文学的胡里巴涂的迷恋，他的已经三年未见的勤劳泼辣胴体通黄的媳妇与他的平生第一次晕眩，他对于仉仉的各方面的全然不同的印象，已经将他撕成好几瓣。第一，仉仉是不是西方的间谍？第二，他是不是有着强烈的奸淫仉仉的动机？这两个问题让他万分痛苦，此生的第一次认真的痛苦。

他们的家乡管商鞅受到的车裂之刑叫作"大卸八块"。他认定的是，他正在大卸八块，也许是十六块……他不知道是哪儿错了环儿，是脱臼也是裂缝，是爆胎也是滑扣，他已经是一个叛徒：他是父母的、妻子的、文学的、家乡的、八路军的、儿童团的、党支部与学院党委的、革命的、外语的、学生会的与约翰·克利斯朵夫的叛徒。

他在那个刮大风的礼拜天，在金色头颅带来的不安中，怀着对于春夏秋季节的恋恋不舍，慌慌乱乱地去到了大湖公园。其实是小小的湖。小湖里翻滚着大浪，他想起鲁滨逊、哥伦布与麦哲伦的航海。大浪使他走在公园的石径上，也感觉到了地表的起伏。夕阳使桥洞明暗庄严分明峻厉。西风使头发与柳条一样地不胜灵感，不胜胡思乱想，以及四季风雨，喜怒悲欢。寒冷与衣衫褴褛使青春年华屈辱莫名。游人瑟缩着零零散散，树叶不知道何方是归宿。李文采想了想是不是应该跳到波浪翻滚的湖水里去，那就更是彻头彻尾的叛变了。他在波涛的大浪边一坐坐了五个小时，直到公园管理人员将他驱逐。

他回到自己的单身汉双人宿舍，同舍人这天没有回来，他构思了一番，他写了一夜，一不做二不休，他虽然没有提名字，他在高级日记本上写了一封给仉仉的信，他相信这封信的汹涌超过了大湖里的波浪，大浪没过了元代的石桥。他写得比歌德也比福楼拜还比泰戈尔好。

第二天一早，他去邮局挂号寄出了日记本，给仉仉。回来，他到医务室，他的体温四十一摄氏度。

三天后，他又给仉仉发了一封长信，深责自己是一个叛徒。他连署名的勇气也在最后一分钟失去了。他画了一只兔子。

开始露馅的无非是他购买的大量外国文学书籍。他在朗诵会上的突然晕趴也令领导好生奇怪。大家一致认为他是忘了本，他自己也坚信自己是忘了本。他的家乡再也不会出他这样的人，他的同事里再也没有这样的人，约翰·克利斯朵夫也不是他这样的人。总之，他每况愈下，他频频在组织生活会上被"帮助"。而到了后来大的政治运动闹起来，他犯了更大的病，更大的错误，更大的胡里巴涂。他接受了所有令人涕泪横流的帮助。他的检讨发言胜过了托尔斯泰的自省忏悔。

糊涂的是，他事后无法分辨是不是在"帮助会"上他交代过，说他卑鄙地想着要奸淫仉仉……太恐怖也太惊人。更惊人的是，他可能不可能，硬是检举了仉仉的间谍嫌疑。

那些年的许多事都忘记了……后来，后来，在好多个后来以后，他见人只知道背诵：

    "房间很深，两扇窗户又正对着一条夹在高楼之间的小巷子，这时房里便已经光线晦暗……"

他受到了留党察看两年处分。他的家乡，他的组织，他的老革命经历与他的媳妇救了他。他的媳妇已经担任村里的妇女队长。李文采一摊糊涂糨糊，媳妇小葱拌豆腐，一清二白。媳妇在最困难的时期来到城市，不容分说地接管了对于李文采的路线掌管与命运决断，然后一切走上了正轨："出人，出（或不出）书，走正路。"

从外国文学的毒害一直发展到他的名字，见多识广的同事认为他改名文采是别有用心，是为四川的恶霸地主刘文采翻案。改名的事是他检讨中自己交代的。但是他一直没有交代他把自己的文学创作本本寄给了仉仉。他为此心如煎熬。不是他不老实，而是他怕给仉仉找麻烦。

这完全不合逻辑，如果仉仉有什么麻烦，还用问吗？是他给仉仉找上的。而后来，他却想，他没有用自己的创作笔记本加害仉仉。这个逻辑就像是说他没有杀人，因为，他已杀过了。

政治运动也扑向了仉仉，文采看见了大字报对仉仉的讨伐。党委机关的各种层级会议与文件已经与他无缘，他担心仉仉的命运，他无处可以打听，他干着急。

媳妇做主，他写下了对于仉仉的揭发，他认识到仉仉与他谈的关于外国文学的香气（原话是气味，揭露时他给改成了香气）的话，是为了腐蚀他，蜕变他，是代表帝国主义与国民党反动派来争夺他的。

对，媳妇帮助他想出了一个伟大的说法：仉仉客观上是来自西柏林黑窝子的间谍。

最后，他算是过了关，给了他一个党内警告处分。

……

五十多年过去了，快一个甲子。他的孪生龙凤胎一儿一女，都已经事业有成，生儿育女，收入颇丰。他媳妇文革结束以后也饱享了小康的人生之乐与儿孙绕膝天伦之乐，只是年前开始出现了间隙性脑软化，发展极快，一年后已经基本上进入迟钝状态。

李文采文革结束后到一个国营工厂当了一回党委副书记，光荣离休。他随女儿自费旅游去了趟维也纳，参观了当年两个阵营交换被俘间谍，并且常常进行外汇黑市与毒品交易的"黑佛"大街。那条街很宽大，卖最新款的银器与路易·威登箱包的专卖店吸引了许多游客。而柏伯利专卖店的橱窗里悬挂着的西服，牛气冲天，每件衣服声明，版权所有，只做此一件。商品和男女游人，都散发出高级香料与特级防腐剂的气息。他在那里伫立了二十多分钟，想不清楚他这一生的经历到底是怎么回事。他觉得有点乱。莫非他又要犯晕眩病？他扶着墙，闭了会儿眼睛。

除了维也纳，他还去了在那里拍摄了莫扎特家乡萨尔茨堡与山城音斯布鲁克。敢情奥地利的湖泊比他的家乡还多。

只是在老同学的聚会上，他看到了当年外语学院同班同学中的科学院院士、博士生导师、驻外大使、公使、参赞、合资企业董事长、局长级干部、还有一位是政治新星的父亲，他略显黯然地说一句："我是一事无成两鬓白"

啊。然后所有的同学都来说服他,让他认识到他是全中国最最幸福的一个。他苦笑着。在聚会结束的时候,他承认,其实他挺好,平安、健康、阖家团圆、离休老干部,上上下下,都冲着他"送温暖"。

这一年他已经七十九岁。刚离休的那年他天天坐着公交车去爬山,带着行军壶去山泉打长命仙水。后来改成了遛湖、喂鱼又喂鸥。后来改成小区散步,买包子。后来改成拄着籐杖挪动。

这个礼拜天刮起大风,但是天晴朗得爱死人,因为是深秋,或者更正确地说,是初冬,今天立冬。柳条刮得大把大把地横在了空中。杨树上的黄叶纷纷飘扬起舞。他悄然觉得,再没有几天树木就会变得光秃秃,瘦棱棱,一片茫然。

这天早晨欲醒未醒的时候,他梦中看到的是一张老式胶木唱片,放到微波炉里加热,怕过于干燥,他往微波炉里加了一调羹水。

全都放下了。在那次聚会上,老同学们最后说他笑得真诚、纯朴、沧桑。"人可以用一生,打造一个真诚、纯朴、沧桑的笑容。"同学们说他的此话可以进电视节目"名人名言"。他大笑起来,一直笑出了眼泪。

他决心在大风起兮云飞扬的时刻去大湖公园。他记得年轻时候曾经在初冬冒着大风去过大湖公园。他穿上了西式格子呢大衣,是唯一的那次奥地利之游时候购的境外之物。戴上当地卖烤白薯小贩常戴的灰蓝毛线软帽子,围上紫色鄂尔多斯羊绒围巾,拄上籐杖。他来到当年来过的湖边,张望着,想念着,冷却着,叹息着,更空洞地笑着。慢慢地,笑容使他感到了满足。

后来仇仇怎么样了呢?他竟然一无所知。与他关系不错的学院图书馆馆长张老师告诉他,仇仇自杀喽。另一名俄语助教告诉他,仇仇可能被送去"教养"了。直到文革结束,原来的党委书记弥留之际,在 ECU 急救病房,插着鼻饲橡皮管子的书记告诉他仇仇退学了。退学?当一个政治运动像疾风暴雨一样地扑过来的时候,谁能幸免?谁能无祸?谁能退学从而置身事外?他不信,书记说不出话了。

新的世纪,又一次李文采来到了湖边,一个强壮的汉子走到他身边,斜着眼盯视着他,他奇怪。然后过来了一组中外老小人员,显然不是普通人,他一眼看到了一位白发老妇人,她仍然窈窕风致,也仍然目光如炬,他从来没有见过这样强大的老妇的目光。她穿着一件藏蓝色羊绒高领上衣,蓝与绿格间杂着黄色细道道的毛料裙子。她目不转睛地看着李文采。李文采突然想起了自己的一生，都来过了，慢慢地去着。

她说："对不起，请原谅，您是李先生吗？"

她把本应轻声发音的"吗"字说得非常重，和惊叹"我的妈呀"时候的"妈"字一样。李文采知道，这样说话，是海外华人普通话，英语叫作"满大人"的。

他们互相问答了些什么，后来也就忘记了。他两眼发直，觉得世界上只剩下了两个人，聚在一起，相距十万八千里：

> "房间很深，两扇窗户又正对着一条夹在高楼之间的小巷子，这时房里便已经光线晦暗……"

她似乎回答："我一直保留着您的日记本。"然后她说：

> "其实他听到的，只是他自己的心跳声。"

然后他们共同说了一句："史托姆，《茵梦湖》。"

他们说话的声音很小，他是看着她的口型这样感觉到她的说话的。她应该也是。

他清楚地听到的是她说："我在胡苏姆，住了三十年……"

他说出了三个字："对不起。"

仇仇问："什么？"她为什么完全不解？

别的忘却了，都忘却了，他似乎读过一篇散文《忘却的魅力》，人好比一台电脑，它必须释放太多的信息，它每隔几年需要格式化那么一两回，要不死机。他勉勉强强上了一回网，查到了施笃姆，茵梦湖、当时的译者郭沫若、如今的译者杨武能教授，如今的史托姆译作施笃姆……胡苏姆是特奥尔多·施笃姆的故乡。

其后一年多的时间一事无成的李文采脑子里只剩下了仇仇一个人。她飘然而来，她陡然而去，她寂然而息，她凝然而至。她唱着《勿忘我》，她应和着《茵梦湖》。她就是梦中的人头，她就是微波炉里打热了的唱片，她就是外国文学的该死与神奇。胡苏姆是史托姆的故乡。他虽然笨，但是知道。这一切根本不像是真的。但是他并没有这样大的想象力，有想象力的话，他早就飞黄腾达达达了，"那达达的马蹄，是美丽的错误"，那是台湾背景郑愁予先生的著名诗篇。

他经常自言自语，此次邂逅以后，孩子们不只一次听他念叨："当然没有，我从来没有说过，也没有非礼。"孩子吓坏了，不知道他得了什么病，怎样出现了吓人的呓语。

两年以后，他收到一封德语来信，是仇仇的女儿写来的，说她的妈妈病故了，根据妈妈的遗嘱，把一本笔记寄到中华人民共和国的一所外国语大学，希望李先生能收到这本笔记。另外还附了一本小册子，是妈妈写作的一本德语书。

他给仇仇的女儿回了信，想了解更多一些事。女儿只能提供：据她所知，妈妈是上个世纪五十年代末期从香港移民到英国，又在英国结识了德国汉学家汉斯教授，迁居德国来的。在女儿出生后，妈妈与汉斯离婚，此后没有再结婚。除了两年前她与妈妈在大湖公园见到李先生，还有此次妈妈病危时谈到要她把笔记本邮寄给李先生以外，妈妈没有谈到过李先生。

李文采纳闷，为什么她们的大风中游大湖其实是小湖有那样的规格气势，他相信那个盯着他看的壮汉是本地警卫人员。他想写封信去问，又觉不妥，便没有问。他想，可能是女儿和女婿，有什么特殊身份，也许仍然是由于仇仇的父母，仇仇的父母究竟是什么天神天星呢？

撕开层层包裹，李文采看到了自己当年胡写八写的日记与文学"创作"，他兴奋，觉得火烫，又觉得遥远可羞，甚至无聊。一位在出版界混了点模样的老同学劝他将之整理出版，并且论证这样的书请作协分会领导作序，弄好了可以卖五万册，他约摸可以获得十五万元报酬。他拒绝，朋友说服，再拒绝，再说服……终于被说服，而且收了一万元预付订金。

然后是治疗牙周炎，然后是媳妇辞世，悲痛欲绝。李文采说，媳妇是他命运里的贵人，媳妇使他逢凶化吉，遇难呈祥。谁能想到，人生就是这样，白驹过隙，不到时候，要多远有多远，到时候，要多快就多快。然后是春节直到元宵节，然后是慢阻肺。最后，他感慨万千地，却又是漠然无所谓地焚香沐浴，理发梳头，泡了一杯据说是真实可靠绝非赝品大红袍，呷了两口，李文采打开电脑，打开半个多世纪前的日记簿，想开始重拾他为之付出了不知多少代价的文学梦。二十的好梦，八十圆，他自嘲说，他笑得傻帽而又无赖，沉稳而又满足。他发现了自己的幽默感，时至八十四岁，他毕竟开始产生了幽默感。

如果多一点幽默与游戏精神，也许早就有一点文学成就了。他哼了一声。

……他发现，日记本上原有字迹已经消失殆尽。天啊，人们常常在不可能再做的时候，才准备停当。

有的说是原来的保存人，即仉仉女士，花了很大力量，将日记本放到少氧、无光照、恒温、恒湿的条件下，她是用日尔曼人的认真来保护这本笔记的……保存至今。寄到他这里以后，他没有着意保护，很快字迹就氧化淡出。

有的说，五十余年无人问津的文字稿，能留到今天已经千难万难了，您不立刻输入电子版复制保存，您还想干什么呢？

有人说此时无形胜有形，此时无字胜有文，此时仙逝胜坚持。正是他文采，写出了巨著大作，永垂不朽。

孩子则说，略略费点劲，其实能看见字。是爸爸的白内障与青光眼造成了当前困难，他应该立即做无创纳米磁石吸附手术，然后开始他的文学大业。他的小舅子则摇摇头，说姐姐才走，姐夫和一位外籍女人闹得这样不明不白……

据说李文采后来一个人悄悄地哭了一场。不一定是真的。他将订金一万元退还给了出版社，倒是不假。他在 2012 年 11 月 11 号又由孩子帮助网购了一大批外国文学书，包括七大本《追忆似水年华》和《施笃姆小说精选》。后者的一篇小说题为《苹果熟了的时候》，李文采常常对书陷入沉思："苹果熟了的时候？这不是朝鲜影片的片名吗？它怎么成了施笃姆的名篇？"

他陷入这样的深思，一连几个月，却没有掀动笔记本纸页一次。他想着的是，怎么样去阅读仉仉的德语小册子，那可不像仉仉女儿的信样平顺简易。仉仉的书他独自完全读不懂。他不想找任何人帮忙翻译，翻译就是宰杀，他想起了当年上外国语课时听过的一句怪话。

又过了两年，长寿的他病瘫在床，不能说话。孩子们在他此生唯一的"文学创作"笔记本上看到了他复得后写下的一句话："其实挺好。"而这时再看他年轻时候写下的字，一个字也没有了。

他的字写在有作家名言的背景页上，名言说什么"不必要摆放悲哀的安琪儿"。悲哀的天使？儿女们眨一眨眼。

那时的油墨还不错，到现在插画呀，名言呀都能看清，但是墨水不好。"唉，俺们爹也有两下子，他一定经历了不少的事儿"。孩子总结说。

2015 年

我愿意乘风登上蓝色的月亮

一

> 我愿意乘风登上蓝色的月亮，
> 回望地球上人类有多么匆忙。
> 也想化为歌声穿过青草树木，
> 与蝴蝶般盛开花朵共鸣感想。
> 而后化作满天云霞滴滴雨珠，
> 湿润孱弱的小苗干涸的土壤。
> 谁能想到却变成奔跑的野兔，
> 追赶你勇敢的猎人猎犬猎枪？

　　我不知道说什么好。前四句有点感觉，而后两句意味与情感已经接不上了，最后两句简直是狗尾续貂。但是我不能这样对她说。

　　她是这里新任的的领导，地位排在副市长之二，好劲。我是历经艰辛终于担任了作协分会主席的报告文学写作人。文人相轻，同行冤家，当个破作协分会的主席，同行们与网民们恨不得生吃你的一百多斤。见了怂人压不住火，被反体制的时尚搅动起来的小哥儿们不敢反别的体制，不会去反他住家所在地的派出所与居委会，连文联都不敢反，可敢反作协与红十字会分会。主席了，我就算处级干部。在我们这种小地方，人们只承认行政级别。级别是硬通货，哪儿都能折算、兑换与经营。没有行政级别，您就是穷光蛋。她作为这里的政坛新星，则代表市领导来会见与招待我吃饭。

　　但是更重要的是，她是我的老相识。她自己说，可不是我说，她有今天，和我有很大关系。她一见面就说："老周，我应该感谢你。"这证明她是一个图报感恩的人。此话到此为止，赶紧咽下。我摇头摆手，意思是早已忘到九霄云外，何足挂齿。我必须识相，不要忘乎所以，从感激到厌恶，有时候只是三秒钟的事儿。

尤其可爱的是，她拿来了她的诗稿清样，第一篇是《我愿意乘风登上蓝色的月亮》，她的笔名是"蓝月"。天啊，怎么会是这样？蓝月亮，这明明是一种液态洗涤剂的品牌，经常在 CCTV 的广告里看到的。

是她太天真了？是我太低俗了？盛极必衰乃是天道。我的对于蓝月的感觉已经被商品传播公益广告文体的装酸弄醋侵蚀调戏殆尽。公众已经读惯了这样的文体：

> 文明是蓝图也是分享，
> 保险是温暖也是希望，
> 美丽是责任也是贡献，
> 痰吐与谈吐同样恰当！

亲切、美好、故人情深之中，我有几分空茫的叹息。吁！

二

十五年了。她给我的第一个印象像个田径运动员，修长的臂与腿，面孔红里透黑，皮肤仍然细嫩光滑纯洁。脸圆，眼睛圆，手攥紧的时候拳头显得也是圆球样的劲道和蓬勃。也许与女子中长跑相比，她更应该投身女子轻量级拳击。

她穿着雪白的、带蓝色斑纹的蝙蝠衫，乳白的灯笼裤，一半是无拘束的青春，一半是山寨的忸怩；一半是女权与女运动员的无畏——简直是高高在上，东方不败，一半是准"二儿"的怔忡愣磕；一半是白花花的大胆，她甚至让我想起农村的孝服丧服，一半是从远方刮过来的清风明彻澈。

那时她是后桑葚村的民办小学教师。民办小学，说明她得到的一切待遇都低于有正式编制的同工种人员。啊，编制，体制，你是多么丰饶美丽迷人！

高等学校本科毕业，应聘作了民校教师，莫非她有什么短处例如口吃，或者在校期间有所谓的不检点？要不就是得罪了哪位大佬？我心里闪过一丝阴影。

后桑葚村，从火车站还要坐三个多小时的环山公路汽车，经过山重重，水溅溅，路弯弯，屁股硌得生痛了才看到它的仙境模样。

它位于万花山脚下碧蓝溪河边，分流出来一道溪沟，从西北到东南，水波跳跃着歌唱着迅速地流淌。高低落差很大，除了结冰的季节，昼夜都有稀溜哗啦的声响。农民的房舍，修在水流两岸。全村都建筑在地无三尺平的坡地上，俯视过去，房顶们错落参差，谁跟谁也不在同一个平面上。奇异的是，明明一个百十来户的小村，却保留了自己厚实的土城墙，说不定这里曾经是古战场，离后桑葚村二十公里处有一块大平青石，传说是穆桂英的点将台。说这里是土墙吧，却有一个气势不凡的城门洞子，城门洞子内缘是此地少见的拱形磨砖对缝结构，钉着七七四十九个大铜钉的大门则早已不知去向何方。一进"城"，是高高搭起的戏台，大跃进中据说地方戏名伶——错了，应该叫著名表演艺术家筱铃铛，在这个戏台上唱过《红娘》。红娘是反封建的英雄，到了新中国，特别吃得开，就差报名"铁姑娘战斗队"了。从戏台上眺望全村，十五年前，依稀可以看到歌颂"三面红旗"的标语。此种字迹已经斑驳，更鲜艳的横幅则是"时间就是金钱，效率就是生命"……久违了，后桑葚的搏战与金鼓，还有几个朝代的悠远与安然。

后桑葚的一大特点是建筑材料用了大量石头。据说根据阴阳五行的传统文化，发达的地方石材只用于坟墓，是土木而不是石头才具有呼吸与渗透的活性，才适合为生活而居住。这儿偏僻穷困，就地取材，民屋也是石头垒墙，做得好的是漂亮大方的虎皮墙，做得差的则是七扭八歪的石头上糊上麦秸黄泥的厚墙，这种不规则的七扭八歪恰恰具有一种奇异的现代风格。

我到后桑葚村来的目的是逃脱我们市里的文人的明争暗斗。为了争个什么"代表""委员"当，满嘴高雅的"公知""公信""道义担当"与"批判精神"的写作人呲牙咧嘴，互相掐到那种程度，我只能远走高飞，暂避一时。我也相信，"心远地自偏"以后，将能"悠然见南山"，将至少维护片刻自我的心灵纯洁与自我救赎。

到后桑葚的第二天碰巧听到白巧儿老师给学生讲故事，《卖火柴的小女孩》，把安徒生请到了咱村，连同邻村前桑葚与山顶上的白仙姑庙村，三个自然村的孩子在听白巧儿讲：

"她想给自己暖和一下……"人们说。谁也不知道她曾经看到过多么美丽的东西，她曾经多么幸福……

　　眼泪从没有洗干净的众小脸上流下。山村的孩子们惊呆了，那么遥远却又是那么亲近，那么梦幻却又那么真实。这里的亲近的真实是一个切肤的"穷"字。

　　听了白巧儿的故事二十分钟，她的声音我一连几年忘记不了，她的声音有一种内涵，有一种弹性、糯性，温柔却又劲道，小心翼翼却又杀伐决断。我觉得我在升腾，我在醉迷。这本身就是传说，就是童话。人生不过几十年，几十年中难得有几次醉迷的享受。我惊奇也赞叹，一个贫穷的或者说刚刚开始脱离贫穷的山村怎么会出现了安徒生。流水叮叮琮琮（淙淙），话语清清明明，故事凄凄美美，讲述热热冷冷，口音标准得像是出自北京的中央广播，那时候这儿还没通电视。

　　如诗如梦，如舞如歌，如泣如诉，如全不可能的幻想。尤其是女教师的声音，它的温柔强大使我回想起母亲的手指、往事、童年、萤火虫，那人对人对虫讲客气的年代。一个朴素的小山沟，一道厚厚的老城墙，一个上圆下方的圈门，一个单纯健康、满脸阳光与献身的城市／乡村女孩子，她在这里讲了"白雪公主"，讲了"木（目）莲救母"，讲了"孔融让梨"，讲了"渔夫和金鱼的故事"还有"六千里寻母"……这本身就是最美的传说。

　　"您……是满族，是旗人吧？"我问。

　　"您怎么知道？您怎么什么都知道？"

　　"你说话特别礼貌，和气，您的那个声调就透着吉祥……再说，您姓白……"

　　大喜。一下子拉近距离，一见如故。我们就这样相识，我们谈了两天。时间虽然短，我知道了她的许多事迹，她有一个不幸的童年，四岁时候她死去了母亲，后来继母与父亲对她不感兴趣。她濡染在阅读里，从书里得到了她渴望的爱。她从初中就住了学校。高中一年她的父亲自杀。她的父亲出过两本诗集，父亲对她讲过，其实他的诗好过李白、徐志摩、普希金、艾略特。他父亲回答记者采访的时候说，他四十岁以后准备学习瑞典语，他要自己翻译自己的诗，他五十岁时要获得世界文学大奖。大学时期，她交了一个男友，一次说到自己的父亲，她介绍了这些情况后男友说他父亲是白痴自大狂，她伤心地离开了他。她报名作（做）山村民办小学教师，开始时只是为了逃脱她的深受伤害的初恋记忆。但是她确实爱上了山村、土城、孩子们。尤其是她喜欢这个村名，后桑葚。她从小爱吃桑葚，爱吃紫桑葚，更爱吃乳白色的桑葚，因为这个村名，她毫不犹豫、兴高采烈地选择了这里。她果然吃美了桑葚。

"我爱吃紫桑葚，更爱吃白桑葚"，她的这个说法让我马上想到巴金的《海行杂记》中的《繁星》一文，巴金年轻时写道："我爱月夜，但我也爱星天……"这篇散文曾经选入小学高年级的课文里。许多人却硬是不知道，每当我提到巴金的《繁星》，他们就纠正我说，是冰心的新诗。

爱吃桑葚的白巧儿一年给孩子们有时候也包括家长们，讲上百个中外知名的美好故事。山村的农家，于是知道哥本哈根的美人鱼雕像，知道《百喻经》中的《瞎子摸象》，知道庄子讲的挥动巨斧、砍落鼻子头上抹着的白的垩土，知道类似的威廉·退尔，知道了灌园叟晚逢仙女，也知道了阿拉伯大臣的女儿谢赫拉萨德用故事的讲说克服了哈里发的凶恶杀机、挽救了众姐妹的生命。这不是奇迹吗？

……也知道了她的苦恼，村民们都关心她的终身大事，村民们担心，她在这个狭小的圈子内找不到合适的郎君，最后只能走掉了事。

"也有人说我是傻子，是弱智……"她小声说，她的话声中不无轻微的疑问。

傻和弱智还可能是由于她的临时住所，那不是房屋，而是看瓜护秋的农人的"窝棚"，是石头堆积起的一个大"馒头"，外表更像坟墓，里面她有一只皮箱，有半导体收音机，有录放机，还有她自己做的用厚粗布包起来的草垫子，"这就是我的床！"她二儿二儿地说。

在我离开山村的时候，白老师带着几个孩子相送，在我回头张望的刹那间，我看到了她的一个奇异的笑容，我确然觉得笑容中有无奈，甚至有凄苦，有被遗忘的荒凉。我不敢再想她的白衣服，没有办法，我们的古老文化不接受茫茫大白。我努力去相信这仅仅是我自己莫名其妙。这个莫名其妙变成了我内心的动力压力，还有点隐私的酸楚。我要好好写一篇关于白巧儿这个民校老师的文字，我要让她摆脱凄苦与孤单，摆脱那失去了天良的弱智评论，我要让温暖的种子开放出好颜好状的蓬勃鲜花。

三

回到城市，我奋笔疾书，我写下了关于民校教师白巧儿的长篇报道《播种者姑娘》，写作中我数次落泪。我一连几夜梦中听到了她的非凡的声音，她的讲说比嗷嗷叫的千篇一律的朗诵好得多。我受到白巧儿的感动，更受到自己的感动，原来你写出了一个纯洁的好人的时候你自己也变得比没有写此篇作品的时候更加美好了，你提升一个你笔下的人物的精神境界的时候，恰恰是你自己的美好、善良、智慧的高扬与光耀。一个写作人，这时候有多么幸福！

没有想到这篇报道取得了大的反响，报纸收到了上百封读者来信，高层领导同志做了重要批示，教育行政部门与教育工会组织全国教育工作者阅读"学习"，我获得了报告文学年度奖与当年的好新闻奖，次年，省电视台播放了有后桑葚村与白巧儿的生活工作背景视频的我的作品朗诵。

有人说是我的作品还推动了后来民办小学教师待遇问题的解决，我谦虚，我还不敢这样宣布。

也是次年，我当选为作协分会副主席。

白巧儿来信说，不但她已经有了"编制"，而且我的报道使她收到了从帕米尔高原的边防、到深圳特区的商家巨擘，发出的数十封愿意与她"交朋友"的附有英俊挺拔照片的火爆的信。

两年半后，收到了白巧儿的婚礼请柬，她的丈夫是县人大副主任，请柬的双喜字与牡丹花图案显得俗气，但白巧儿手写的几个字纯真得出奇，她写："您是我命运中的贵人"，"贵"字洇湿了，我相信她写到这里时落下了泪水。

恰逢组织与宣传部门约我谈话，谈我的工作安排问题，我参加不了她的婚礼，给她寄去一套海峡对岸出品的床具，我写道："是你帮助了我，你不仅在后桑葚播种了爱与文明，你也在我的命运中播洒下吉祥的甘露。一个好人、福星，带来的是一方好运，正像一个坏种、恶煞，带来的是一势乖戾冤仇。"届时我又拨通了她的电话，向她与她的那一半，说了许多美好热烈的祝福话，这里叫作"喜歌儿"的。

实话实说，文字生涯中遇到一个先进模范，是几辈子修来的机遇，它是社会之福，地域之福，报刊之福，宣传文艺教育部门与团体之福，本人之福，这是报道者即写作者几代人修来的福缘福份。以福祈福，以福造福，正能裂变，福福无穷！

又过了五年，白巧儿三十三岁，她调任县妇联主席。她来信说她很矛盾也很不安，她觉得自己的前景很看好，但是更加值得珍惜的东西是在后桑葚。她说她婚后就已经是常常往县里跑了，每年的寒假与暑假，她都不在，五一、十一、春节假期，她也多在县里。她觉得对不起孩子们。她常常在梦中回到她的学校。

我回信说，她已经在山村工作了十一年，再说，她已经结婚五年，早该与先生团圆，我还以老辈的亲切直言不讳地对她说，她该考虑下一代的事儿了。

她回信说，听了我的话，她好受得多。临别的时候，她给后桑葚小学买了上百本书。听到此话，我货运给她们的小学三十多本书，其中两本是我写的。后桑葚村渐渐小有名气了，在省的新闻节目里，它每年都有几次曝光，也上过央视"你幸福吗"的专题采访报道。

四

又过了十年，也就是二零零九年，白巧儿已经是省会城市分管文教工作的副市长了。当我毕恭毕敬地接受副市长的接见，并向她致敬致贺的时候，她哈哈大笑，她说："没多大意思，谁让俺是无知少女呢，稀里糊涂就上来了。"

"无知少女？"我大惑不解。

"您不知道？无党派、知识分子、少数民族、女人，提拔得快呗。"

"当然，能往上提我还有一个优点……"她做了一个干杯的手势。

她设宴给我接风，有老板鱼，有鸭舌鸭掌，有卤水什锦，有瑶台翡翠，是一种海鲜贝类的特殊制作。她一再与我碰杯干杯，我几近天旋地转了。她的一套套的词儿也令我刮目相待："数字出干部，干部出数字"、"系统有核心，核心有系统"，"压力是动力、阻力是助力"，"接待出生产力、喝酒出公信力"，"背景最重要、德才作参考"，这大概是官经，还有商经："投资、回报、商机、预付、报价、长线、短线、牛市、崩盘、套牢、飘红、执行力、模式复制"……真能干呀！问题在于发掘：发掘，才能出人才乃至于出天才，如果十年以后她当了国家部长，比如教育部长、卫生部长、民政部长或者全国妇联副主席，那也丝毫不足为奇。希望在于下一代，我的眼睛湿润了。

她拿出了她独生子的照片给我看，我要全家福，我希望能见到她的老公，她心不在焉。

第二天我参加省城读书节活动，开幕式上举行了根据白市长（在我国，除了部队，对于副职人员的称呼一律免去"副"字，听着多么舒坦）的倡议编写的《我爱家乡的三十一个理由》一书发行仪式。白巧儿代表市政府两次讲话，她把讲故事的亲切与温柔，官员的正气与有板有眼，字正腔圆，诚恳随意，"旗人"同胞的谦恭与多礼，蒸蒸日上、前途看好干部的自信自如……都结合在一起。她不拿讲稿，不用套话，不带官腔，符合最高最新精神，顺流而上，入情入理，官听了官点头，民听了民喝彩，文人听了赞赏文采，老干听了首肯倾向（？），海归听了佩服她紧跟时代。已经许多年了，我没有在任何县市听到过这样精彩的即席发言。许多年来，连宣布开会，宣布请哪个领导或代表讲话，讲完话表示刚才的讲话很重要……一直到宣布请起立请坐下直到散会，都是死死地念千篇一律的稿儿上的"主持词"。

但是，她的讲话声腔里有一种圆熟、练达、自信，于无意中流露了高高在上……已经不是那个有独特的音响效果的女孩儿了。

我相信，再不要听那些唱衰家乡与祖国的狗屁段子了，希望在于少年中国，希望在于青春，希望在于文化教育，希望在于白巧儿她们。无怪乎省里的朋友们念叨，说是她即将更上一层楼，可能要调到省里担任职务。再想想她四十多岁的黄金年华，我怎能不为之雀跃呢。

同时我感觉到了她正式讲话的调门与单独相处或者共同吃饭饮酒时候说话的调门确有不同，场合不同，关系不同，几套语码；官员并非每一分钟都是官员，这是能放能收吗？这里有几个白巧儿吗？她还是后桑葚的播种者姑娘吗？

她接待我的时候有市府的一位副秘书长、一位接待办的科长，还有一位省城作协的党组副书记经常陪同，他们的点头哈腰满脸堆笑的样子，让我有点别扭。事物都不是简单的，然而权力是需要敬畏与抬轿的。我不是愤青儿，我懂。

次日她给了我她的诗集清样《我愿意乘风登上蓝色的月亮》，省人民出版社即将出版她的诗集，要我写个序。她什么时候成了诗人？我略感忐忑。

临分手时她送了我两盒茶（豆腐）干，两包大枣，两包香肠，还有两瓶本地出产、自称有三百年酿造历史的白酒。据说当年老一辈领导人夸奖过这个牌子的酒，可惜如今好酒如云，广告如花，信息如海，这个酒日益冷落，金副市长有"冠盖满京华，斯酒独憔悴"之不平。临别时风华正茂的女市长谆谆嘱咐我要写文章谈谈此地的酒，表现了她爱市如身的责任感。

此次会面，她既是故人情长，又是出于公心，既是谈笑风生，又是从心所欲不逾矩，如此得体，如此成熟，如此潇洒，俺知道绝非易事。女隔三日，刮目相待，人大十八变，越变越雄辩。历史搭上了高速列车，人人都在创造历史，创造自己。

要言不烦，她找了一个机会体己地告诉我，说我即将满六十岁，退下来后还有漫长的光阴，应该考虑考虑"后事"。她指出的路子是找省里的部门活动一下，争取明年换届时挂上一个市政协副主席，那我就是副地师级干部了，一辈子都不一样了。说的我感激却又闹心不已。

临走时候我劝了她一句："还是少喝点更好些。"她感激地捏了一下我的手。

……次年元宵节刚过，我在本城请几位老同学吃羊肉泡馍。本来"羊肉泡"是个大众饭，小铺子里，摊档上都可以吃到，边说话边撕馍边舐嘴唇，很方便的。由于近年旅游大发展，土特小吃，成了旅游看点卖点，再贴上千百年地域文化源远流长的标签，到处夸张造势，牵强附会，换场地，添背景，编造故事，挂凡尔赛宫式的大吊灯，摆洋不洋土不土的餐具器皿，菜单也印得如结婚请柬，加上上菜时的巧为解说宣传，发放广告彩页……种种泡沫服务，一下子价格上升了好几倍，搞得变成了专宰外地游客的奢侈大餐，而本地人少有问津的吃食了。我是因为为老友庆生，也为自己又有新作获奖，才闹腾了这么一下的。

就在我们吃喝得喊叫得最最红火之时，从里面雅间里出来一组客人，高雅富足，踌躇意满地走过我的身边，"老周！"我听到了分外亲切的招唤。

无意中在本乡本土遇到贵客，其乐何如！省城的白市长与我那样亲热，也是个体面事情。我心潮高涨，乐情荡漾。五分钟后，有一束百合花与马蹄莲配六朵玫瑰送到我手里，四十分钟后，我去结账，被告知已由雅间贵客结讫。

感动我的是"漂亮"二字，对于白巧儿，除了漂亮，还是"漂亮"，就是"漂亮"，硬是"漂亮"。瞧瞧人家，两千块多钱的饭钱与二三百块钱的花束事小，瞧瞧人家是怎样办事的：那出手，那风姿，那利索，那飘然而来，杳然而去，无迹无踪的身影格调……漂亮得令你醉迷，漂亮得像童话，您连感谢的话都没有地方可说。而她的美意永在身边，她的荣光罩严了你。人家果然是当市长的命，与臭鱼烂虾神经兮兮的穷酸文人们大异其趣！

回想自己该写的都还没有动手，辜负了故知新星领导的信任提拔。我不敢怠慢，秉笔含泪，激越疾书，给本省的文学刊物写了饮省城酒的散文，把刊物寄给了白市长，未有回复，我也自知此文改变不了此品牌酒的颓势。文学刊物发行量日益萎缩，我的一篇小文有什么用？无怪乎我们作协分会的党组书记调到劳动局当副局长，他跟摸彩摸到了大奖一样欣喜若狂，请我与所有的副主席与党组成员足搓了一顿。倒是酒厂来信要详细地址，说要给我送两箱子样品酒。我想，大概是市长小妹把拙文转给了他们。我没接茬。我不好意思。

我写了《……蓝色的月亮》的序，没有多谈她的诗，倒是回顾了在后桑葚村与"诗人"的相遇，我仍然强调她的播种的光辉。感慨系之。

没有回音。也没有见到此诗集的出版。也没有听到她再高升或者再调动的消息。自古讲"相府如潭，侯门似海"，相信她走在新的高阶起点上。

我识相一点，能当上地级作协分会主席就已经是祖坟冒青烟啦……不要去烦人了罢。

五

二零一三年，我又被邀去省会参加读书节活动了，我已经六十大几，渐觉耳背眼花，说话重复，时而脑筋短路，说着说着会忘记了自己在说什么，而一些最最普及的名人人名，乔治·华盛顿、哥白尼、赫胥黎、伏尔泰……最近我多次卡壳忘记。我将此次的省城之行，视为自己的告别演出。

在省城当我问到白巧儿副市长的时候，接待的人互相看了一眼，说是"我们也不太清楚"，我的心咯噔了一家伙。

零零星星，蛛丝马迹。人们小心翼翼地透露给我说，白巧儿的老公，因为早早就患有严重的糖尿病，一直半休在家，两人的关系似不融洽。白巧儿到省城工作后，当然把老公也接了来，随后，老公的弟弟与弟媳也到了省城，到与他们哥相识的一家企业混生活。如此这般，年初小叔子与媳妇打起了离婚官司，为分割财产闹了个不亦乐乎。在法院，媳妇咬定，嫂子是大官，给了小叔子一套房产，还给了多少多少万元的现金，多少多少万元的股票，她全部要求按婚后财产收入归夫妇二人共有的原则分享。此事在网上爆出来了。

"真的吗？"我问，心乱了，如同吃了一颗苍蝇，仍然不敢相信。"这怎么可能？怎么可能？不可能！不可能！"我的内心里山呼海啸，心、耳、思肉搏成了一团。

不，我并不是由于自己写了她，从而涨了行市而为她事后的种种变故感到关切，三十年河东，三十年河西，小二十年后失足落水也算沧桑之一景。这也是报告文学、更是小说与诗歌的资源。我并不需要因为发生了某些尚无结论的说法而尴尬而晦气，我本来可以振振有词地说，当时有当时的情况，现在有现在的情况，写而不察未必会比用而不察更输理。但我还是觉得自己挨了窝心一脚，我当真要喊："天地不仁，以万物为刍狗！"我失去了成为著名作家与兹后青云连上的理由，我失去了为那样美丽陶醉得令人迷惑的感觉，我推动了山村、童话、土城上空的月亮。我的失落感当然不是为了自己的俗务。

"网上贴了四五天，小地方指名道姓地一传，早已就满城风雨。后来屏蔽了一回，一屏蔽，各种爆料就更多了。"

谁都是欲言又止，大致的说法是：她的老公原来在县里就是"能人"，有些积蓄，后来倒腾了一下，有所发达膨胀，现在难以确定其合法性或非法性，事出有因，查无实据，上边也未必顾得上查他，比他问题大的人多了去了。这是第一种说法，认为白巧儿基本上没有太多责任。

第二种，是说她老公与这里的商企权贵家庭关系很深，尤其是老公善于与二三等的准红二代、准富二代交往，帮这个批地，帮那个批指标，起到了最需要起而他人无法起的作用。老公、小叔子、小叔子媳妇，都以市长家属的名义揽过事受过礼要过回报，也都用各种办法让市长嫂子去通过关节办过事儿。她本来一个"无知少女"，权力有限，问题是市里的几个关键人物对她印象特好，她确实是一个讨人喜欢的女子。

第三种，顺着第二种说法发展下去，就传出了她与本市一位权势满满的大佬有染的佳话丑闻。有男有女有关系有趣味盎然，形势大好，春色满园，底下的话可想而知。

再分析一下，戏后有戏，说是表面上看是小叔子夫妻打离婚，其实是老公导演的一场情节戏情景戏，时至今日，在网上把白巧儿臭了个三魂出窍，六魂涅槃，小叔子夫妇并未离婚，据说此年情人节人们看到小叔子给妻子送了二十九朵玫瑰。倒是把白市长逼上了绝路，老公算是秀了秀自己的道行，出了一口鸟气。也有人痛斥此种说法不合逻辑，两口子之间不管有啥问题，维护共同形象，必然是利益与智慧的交汇点。

而最最要命的事件发生了，当通俗的也是最易普及的严重杀伤性爆料甚嚣尘上之时，在春天万物的发情期，白巧儿上演了一回"自杀未遂"的陈旧拙笨戏码。她吃了一瓶安眠药。

浑蛋透顶啊，你怎么会是这样，你你你……

自杀未遂，此事确然发生，没有争议。属于新知识新概念领域的争论是：她的自杀是什么性质：畏罪？堕落、蜕化变质后的自责？网谣杀人？畏谣言与舆论如阮玲玉？背叛社会主义事业、为我们的体制与统战政策抹黑？还是完全无能力负责的忧郁症：它是用脑过度、精神紧张、体力劳累所引起的一种机体功能失调疾病。现在美国城市的忧郁症患者占城市人口的百分之四十以上。赵匡胤、林肯、罗斯福、丘吉尔、林彪、姬鹏飞、梵高、海明威、徐迟、许立群、崔永元……都有忧郁症。何况白巧儿的家族病史上就有板上钉钉的忧郁铁案。再加上个区区白巧儿，又有何妨碍呢？

多数市民与本市干部都不能接受这最后的说法，人们说，西医本来就不适合中国国情，西人亡我之心不死，忧郁中华之心未死，奇谈怪论更是为了给不良男女打掩护。孔孟老庄都教导我们，君子坦荡荡，无欲则刚，至人无梦，游刃有余，善摄生者无死地；为人不做亏心事，半夜不怕鬼叫门，一瓶唑吡坦，已经不打自招了她的贪腐……

很遗憾，无法了解得再多，我难以释然的一点是，这里似乎有我造的孽。我的笔毁了她，高高抬起，突然跌下。当然她必须对自己负责，但是如果我不写那篇高调的报道呢？我惶惑了。我恨白巧儿，更恨我自己。天上地下，怎么会这样快？完全无法相信。我唯一能做的是，给省城朋友留下了我的手机号与地址，还留下了一张纸条，托他们转交。我写道：

　　　　"白巧儿同志你好：请与我联系，永远不会忘记在后桑葚的日子，什
　　　么都不会太迟，美好在昨天也在明天，重要的是今天的勇敢面对与跨越
　　　……请接受我的惦念与祝福，保重，保重，再保重！"

六

又一年多过去了，我得不到白巧儿任何消息。梦里，我见到了她，听到了她讲故事的独有的声音。而且，不好意思，我亲吻了她。她的泪水落到了我鼻尖上。我的泪水，落到了她额头上。

我痛心，我也期待。我惦记，我也顿足。我愤怒，我也撕心裂肺。我完全丧失了信息来源也就是完全无法做出判断，又不能死乞白赖地打问，对一个有问题的人你怎么这样钟情，你老糊涂了还是老变了态？

却对她仍然充满担忧，并且愿意为她祈祷上苍。

这是什么？一天半夜睡梦中我喊了起来。

鼠疫？霍乱？埃博拉？化武？冤孽？自取灭亡？

痛心疾首！

该死！

这怎么可能？

痛心疾首！

这是怎么发生的？

告诉我，我不信，我不明白，我不接受！

七

又一年过去了，二零一五年除夕晚上从我的手机微信"发现"类的"朋友圈"中看到了几张彩图，是雪景，我蓦然心动，若有所惊。初冬的第一次大雪？

头一张照片是一条山里的公路，公路的一个侧面是白雪，另一个侧面是黑色柏油路的本色，一侧向阳雪薄，一侧背阴雪厚。公路拐着一个大弯，两端都通向远方。来处去处都还那么遥远。大路多雪的靠近河谷一侧安装了讲究的护栏，改革了，开放了，发展了。护栏下边的流水却并没有冻结，似乎听得到一点水声。山脚下有蜿蜒而上的电线杆，几道电线像是空中五线谱。好熟悉的地方，好疏朗的空间！

另一张照片是白茫茫大地真干净，是雪的丘陵，是雪的海洋，是雪的波涛，是雪的原野。一片空无，千山鸟绝，万径人灭，无笠无翁，无人钓雪。是肃穆更是纯净，是归零更是无穷。天上有一轮奇怪的蓝月亮。我觉得我要扑向跪向这巨大的清静庄严，于无声处，略略神秘。我暗感恐惧，觉得大雪积堆来自天外，蓝色月光只可能是来自梦寐，也像梦寐一样催人泪下。有冬季的脱落尽了树叶的光净刺人的枝杈，是几株橡树，山区农民喜欢称之为玻璃树，松鼠最喜欢找玻璃树爬，摘集贮存橡子过冬。经过寒风地冰雪的删节，它们的枝杈仍然密密麻麻，仍然潇洒、尖厉而且简洁。靠下面是一截断墙，凸凸凹凹，歪歪扭扭，戴着雪帽子，在雪地上留下了紧张庄严的黑影。

蹊跷，震慑，这不是真的，究竟是有还是没有这个彩信照片呢？我掐了掐耳朵，又捏了一下涌泉穴。

三星手机为节约电力动辄灰屏，我更看不清楚，额角上沁出汗珠。拼上老眼昏花，渐渐看到了右上角的轻纱般的薄云，云边是明净的蓝色的月亮。这才想起，怎么月亮不是橙黄而是淡蓝？是果真有这般样的月色还是经过电脑的人为操作？信息时代的伤脑筋处是什么都能做得出来。你难分虚实，你难分固有与制作。我疑惑着。然后费了好大劲，把图片横过来，用拇指和食指不断扩大，一二三四，我瞎瞅瞅找出了丰厚的白雪中的一些黑点。天上的黑点应该是几只乌鸦。我感到了一点冷风，我听到了风声与乌鸦的哇、哇、哇，渐飞渐远。地上的黑点呢？多么洁白的雪原，也总会被玷污的吗？

啊，终于发现了，这又一张图片就是久违了的后桑葚村啊！我看到了老墙圈门上的厚雪，看到了戏台与茂密的新屋顶。是摄影还是绘画？白与白之间，有那么多对比，有远近、厚薄、明暗、疏密、温寒、繁荣与荒僻、往日与后来……

还有全新学校校舍，小小的却是方正棱角的操场。我似乎看到了校园里的旗杆与五星红旗，看到了安装不久的篮球架子。看到了当年的身影，我仿佛听到了白巧儿讲《卖火柴的小女孩》的余音绕梁。我想起了我的成名作：《播种者姑娘》，我想起她的没有来得及出版的诗集，标题是《……蓝色的月亮》。大雪，雪大，雪落无声迹。

尤其是，我在最后一张图片上的右角，发现了那个白巧儿当年住过的石头堆积起来的"窝棚"，像坟墓，像鸟巢，像加泰罗尼亚的天才建筑家高地的纪念建筑，它下陷了，它几乎全部埋在大雪里。

我跳将起来，我赶快查彩信的发主，署名是"BZZGN"，什么是

"BZZGN"呢？来信息者的电话号标明是"私人号码"。那么难道我的叫通别人的手机必然会显示的电话号，是公用号码么？这里也有英语词汇的影响，以"私"加密，无孔不入。

而 BZZGN，莫非是"★★★★★"？

我幻想着，我期待着，我愿望着，我感动着，心跳着，我糊涂得要活要死。我赶紧点击"赞"与"评论"，出现了"拒收"字样，是隶书。这是什么型号的后乔布斯手机呢，我还从来没有知道任何手机有向来信方显示拒收隶书字样的功能。中国的设计师，快快设计出有强大拒功收能的手机来吧，拒收救国，拒收救世，拒收救人！

播种者小姑娘，播种的（好）人，糊涂人，不堪回首的人，那么容易失落的美好与青春啊，播撒良种的？抑或是病毒吞噬奄奄一息的姑娘啊，你在哪儿？

2015 年

神鸟

　　孟迪第一次拿着指挥棒站在众多的足以穿透他的身体与灵魂的顶灯下面。

　　为了这一天，他等待了许多年。

　　乐团不给他买，他就用积攒下来本来准备买录像机的钱做了一身燕尾服。穿上黑礼服，拿着指挥棒，走到辉煌的乐团面前，向观众点头致意，转过身来，他的脸色完全变了。他知道，底下是一生的关键时刻。关键的时刻将决定他的一生，也许会决定音乐在我国的命运呢。

　　阿勃罗斯的被人们称为《痛苦》的交响乐，气魄的宏大与结构的繁复，使举世没有几个指挥敢碰它。孟迪竟然选择了它作为自己的处女作，简直骇人听闻。他这种不顾众友人的告诫的做法，确实反映了他不成功宁可灭亡的背水一战的决心。

　　开始了第一乐章的头两个乐段以后，孟迪感到事情有蹊跷。是天气的异常造成了乐器的失常还是他的耳朵出了毛病？甚或是所有的演奏家喝了迷魂汤？为什么提琴不像提琴巴松不像巴松？为什么所有的他的独到的处理与谆谆讲解过的细腻要求，他的已经充分体现在他的脸上身上臂上棒上的入微的感觉竟没有一个能在声音上体现出来？为什么就像吃米饭的时候吃到了沙子或者接吻的时候吻到了脓包一样，不时在和声里出现那样一种差错，那样的暗箭和陷阱，把针一样的刺扎向他的脆弱的心？

　　第二乐章，民歌风的行板是在麻木不仁中走过的，他像是被催了眠。一种输到家的沮丧感使他冷汗淋漓，而汗还没有出透，便蒸发尽了。他似乎正在变成一具失去生命的躯壳。

　　有什么办法呢，失败就像死亡，不能避免也不能理论。而且，他快到四十岁了。

　　第三乐章是小步舞曲，情势突然发生了变化。一只黑鸟飞进了音乐厅，飞到了舞台上，他无暇思考为什么一个封闭良好靠空调机调节空气的现代化的音乐厅会飞进一只鸟。鸟沿着低低高高的优美的曲线飞翔，自由而潇洒。他隐约听到了鸟扑扇翅膀的扑扑声，声音溶进了忧伤的声响。一只飞鸟给了他一种不寻常的撩拨，他的心热了，想哭。鸟显然引起了全体演奏人员的注意。他们的乐器随着鸟飞的高低疾徐而发出声音。鸟在盘旋，声音在盘旋。鸟在展扬，声音在展扬。鸟有一点疲倦了，声音也变得历尽沧桑而含蓄地疲倦着。鸟犹豫，鸟摇了摇头，声音也立刻传达出了不安和摇曳。

观众显然也被鸟所吸引，所激动了。孟迪的后背上似乎长出了眼睛，他看到了观众的关切、被吸引、共鸣与普遍的激动。音乐就像一只莫名地飞入了厅堂的鸟，高飞然后低回，任意而又绝望，百态千姿而终无解释。

第四乐章与第三乐章之间没有停顿。情绪渐渐激昂。一座山又一座山在崩裂喷火。鸟愈飞愈大，黑羽毛变成了红色。黑羽毛在燃烧，发出了刺鼻的臭味。孟迪甚至看到了鸟的愤怒而悲壮的大眼睛。厮杀没有结果，鸟飞不出去。敌人和人民像小麦一样一大片一大片地被割倒。天上石落如雨。红鸟变成了空中霸王式轰炸机。鸟向孟迪俯冲，吓得孟迪瑟瑟发抖。鸟向提琴手俯冲，提琴发出深谷中的蛇音。鸟向鼓手俯冲，大鼓发出地震的轰鸣。鸟没有出路。声音没有出路。千军万马左冲右突。观众的热情愈炽愈烈。鸟快飞如梭，乐曲如疾风瀑布闪电。最后，鸟像子弹一样地向指挥头上的顶灯冲去，砰的一声，玻璃灯罩炸裂了，舞台瞬间暗淡下来。《痛苦》戛然而止。

掌声如雷。鼓了掌又鼓了掌，然后全体起立再鼓掌，鲜花从四面八方扔到台上。买不起鲜花的中学生也献上了纸花和塑料花。本市首长及白发苍苍的老音乐家上台与他热烈握手。不明国籍的女郎吻了他并要他的签名。有两个外国使节上台祝贺他的成功。记者像苍蝇发现了蜜糖一样地粘住了他。成功，成功，成功，各种不同的口音不同的音调与不同的语种交响出同一个成功的主题。他似乎听到了一个德国人说："你是卡拉扬之后全世界最伟大的指挥家！"

他头晕目眩而又身轻如燕。他自己就像一只终于起飞了而且燃烧了的鸟，腾云驾雾。连常常对他显示恶声恶容的妻子也笑得如此姣好，如含苞的玫瑰。他在一批中外人士的簇拥下进入了本市最高级的五星级酒店。喝了酒吃了夜宵，连拿酒杯的姿势也与素日不同。干脆说他就与卡拉扬一样……腾云驾雾般地最后回到了家里。妻子祝贺他感谢他称颂他，他与妻子如胶似漆化做一团烈火。

深夜三点，他忽然醒来。一醒来就想起了那只鸟。他忽然明白，《痛苦》的后面两个乐章，那使他转败为胜获得了如痴如狂的轰动效应的演奏，与其说是他指挥不如说是那只奇特的鸟儿所指挥的。鸟儿飞翔的路线与节奏重新在他的头脑里出现，清晰如画，它显然与音乐的结构完全吻合，最好地体现了阿勃罗斯的激情，达到了他梦寐以求、心有向往、心知其所却始终没有达到过的境界。这些印象非醉非狂非幻。

他相当恐惧。但是他不能否定自己的念头或者转移自己的注意力。尤其使他大悸大惊的是鸟儿在最后一个音符的最后一拍冲向了顶灯撞碎了玻璃——然而，他没有看到鸟儿的坠落的尸体。

他叫不醒妻子，便自己穿好衣服步行来到音乐厅。他拼命敲门，叫值班经理。他要过问一下那只鸟的下落。鸟如果还活着，他要把鸟放出去。鸟如果死了，他要带走尸体而且郑重地将它埋葬。他觉得这很重要。

没有人开门，虽然音乐厅每晚都有好几名拿国家俸禄的值勤人员。他的深夜的异常举动引起了巡逻民警的注意。这个地区前不久发生过恶性盗窃杀人案件，被害者是一个在农贸市场上收售鸟儿的老头儿。民警把他带到了治安机关，多方询问并且在第二天上班以后与乐团、音乐家协会的负责人联系以后才放他出去。

他不回家，径直从公安局再次去到音乐厅，问不到任何结果。清洁女工头一天晚上并没有参加音乐会，第二天来打扫也没有发现任何异常的物体。顶灯碎了一个灯泡，这是常有的事情。再说她们那副懒洋洋的样子即使发现了一只老虎只要没被咬一口她们也不会理会。音乐厅经理更不关心一只鸟飞进音乐厅的问题。他向孟迪强调的是《痛苦》交响乐演出的票子三分之二是送给专家、兄弟乐团和领导机关的，三分之一的门票收入不能使他这个经理满意。而且更坏的是，经理知道了孟迪深夜来敲音乐厅的门被民警带走查问的事，他为孟迪的尴尬而感到快慰。他回答孟迪关于鸟的提问的时候带着一种半是嘲笑半是怜悯的俯视神态。孟迪再问，他则是一串干笑。

孟迪不肯罢休。他想尽一切办法去寻觅那天晚上欣赏他指挥的《痛苦》交响乐的听众。有一些还是他的同学、同事、友人，还有那天晚上粘上他不肯离去的记者。只有极少的几个人回答："是啊，我们看见了。是一只鸟，随着您的乐曲的节拍飞上飞下飞来飞去。"很多的人回答是："没看见。音乐厅是二十世纪八十年代新建筑，连蚊子也进不去，哪儿来的鸟？"相当多的人回答是："也可能吧。那个鸟有什么特别的吗？会下蛋么？会送信么？炸着吃还是烤着吃香？"更多的人回答是："什么？什么交响乐？什么《痛苦》？什么鸟？什么人是你？什么指挥？什么阿勃罗斯？什么什么什么？我们早忘记了。我们的事儿太多了。要买酱油和修抽水马桶。要评工薪和配外衣纽扣，我们为什么要去记住一段可能听过的也可能没听过即使听过也早已忘了的音乐和一只不是我们购养的鸟儿呢？"

而孟迪从此名声大噪。南京、北京、广州、兰州的乐队都邀请他去指挥。每次一站在乐队面前，一挥起指挥棒，一听到乐器发出的新鲜而又古老的声音，他就想起了那只黑——红鸟，想起那鸟儿的活泼有力的飞翔，想起那鸟儿的随心所欲与走投无路。他盼望那鸟儿的重现，他等待和痴望地搜寻。一种对非人间的、奇迹的力量的信念，一种企盼和一种激动从他的指挥棒、从他的目光与全身流露出来。它使所有的乐手传染上了这样一种神秘的激动。有时，他突然恍惚看到了那鸟，迸发出震撼山岳的激情，音乐如洪水般地释放，将世界淹没。有时，他突然迸发出了令江河倒流日月变色的情感，鸟儿随之出现在他的眼前，奋力扑翅，拼死冲撞。此后，鸟儿不见了，热烈也不见了，他冷冰冰地指挥着，旋律冻结成铁的硬块。

神秘，焦渴，奇特，冷峻，各种音乐评论像雪片一样围绕着他纷飞。他仍然急切地与自己的同行、自己的听众探讨一只飞到死的鸟儿的事，没有人懂得他的话。一封又一封反映他神经不大对头的信写给乐团和乐团所在的市政府的领导人。经过一段吹捧以后紧接着出现了对他的严厉批评和放肆嘲笑。异己的、超前的并从而脱离了广大人民的审美趣味的、过分西化的……这是一种指责。无法摆脱本民族的局限即人均收入三百五十美元的局限的、西化得太不到家的、非卡拉扬又非小泽征尔的原装是不可能走向世界的……这是另一种指责。"孟迪的音乐是什么？只不过是在一个黑暗的大厅里寻找一只既不存在也不会飞翔的死去多时因而早已随着飞鸽自行车而过时的鸟儿罢了！"一位曾经请孟迪为自己指挥的交响音乐会赞助五千元外汇券而未被孟迪从命的新冒出来的自学成才的小小音乐家这样写道。

这么一批评孟迪就引起了外国人的兴趣。波士顿、洛杉矶、悉尼、惠灵顿、维也纳、马德里以及卡萨布兰卡的音乐家团体都向孟迪发出邀请。还有两个大学致函孟迪，愿意向他提供奖学金——假若他愿意去该国留学的话。

孟迪出了一圈国，头发变得更长，眼睛变得更大更呆，换了眼镜架，又买了一件式样奇特的一半白一半黑的毛线外套穿在身上。这一切气煞了过去不知孟迪为何物的音乐界同行。

而日益瘦削的孟迪日益疯狂地想念他的红鸟。他一夜又一夜地不眠，唉声叹气，折磨得他的妻子发疯。他在一切座谈会迎新会经验交流会与学术报告会上谈鸟。他接待友人会见记者一直到去咖啡厅喝咖啡的时候不停地絮叨着的仍然是一只鸟。

"我真傻。为什么当天音乐会散了场我没有立刻去找鸟而是在深夜三点才想起它来呢……"

终于在各方面的关心下孟迪被送进了精神病院。精神病院主治医生正醉心于弗洛伊德的精神分析学。他立即断言鸟是阳性的象征，孟迪患有因为性伤害或性变态所引起的偏执狂。他给孟迪服用了大量超强力镇静剂，还扎了伴有强电流刺激的改良针。在精神病院住院四个月后，孟迪又被送到深山里的一座气功康复中心，整整半年，他在气功师指导下练梅花桩气功，并接受当地音乐协会按摩师的按摩。

康复以后孟迪胖了，头发秃了一点，人显得比原来随和善良。他承认，根本没有那只鸟，是他自己错了。他承认，他不懂音乐也担任不了指挥。乐团管理体制改革的时候便有人出来提议干脆由他担任团长。有人反对，说是提拔精神病人会影响乐团的声誉乃至改革的声誉，便没有让他担任团长。

不久他得了肝炎，两个月后变成肝硬化。人们嘲笑说，孟迪因为既当不成指挥又当不成团长，染上了重病，半年后查出是癌症。

弥留之际，他喃喃地描绘那只鸟，哭喊那只鸟，伸出枯瘦如柴的胳臂向着天空，吓得妻子跑出了病房。医生给他注射了镇静剂，然而他仍然激动地叙说："我看见了，我看见了！"

1989 年

附录

王蒙主要作品出版年表

1956 → 《组织部新来的青年人》（短篇小说），《人民文学》杂志。

1979 → 《青春万岁》（长篇小说），人民文学出版社。

1980 → 《蝴蝶》（中篇小说），《十月》杂志。

1981 → 《当你拿起笔》（评论集），北京出版社。

1982 → 《相见时难》（散文集），中国青年出版社。

1983 → 《漫话小说创作》（评论集），上海文艺出版社。

1985 → 《王蒙谈创作》（评论集），中国文联出版社。

1986 → 《王蒙选集》（综合集），百花文艺出版社。

1987 → 《活动变人形》（长篇小说），人民文学出版社。

1988 → 《旋转的秋千》（诗集），四川文艺出版社。

1989 → 《坚硬的稀粥》（短篇小说），《中国作家》杂志。

1990 → 《星球奇遇记》（中短篇小说集），人民文学出版社。

1991 → 《风格散记》（文学评论集），人民文学出版社。

1992 → 《欲读书结》（随笔集），海天出版社。

　　　　《王蒙王干对话录》（文艺评论集），漓江出版社。

1993 → 《红楼梦启示录》（文论集）（繁体字版），香港天地图书有限公司。

　　　　《恋爱的季节 – 王蒙文集》（综合集），人民文学出版社。

1994 → 《王蒙文集》（综合集），人民文学出版社。

　　　　《失态的季节》（长篇小说），人民文学出版社。

1996 → 《王蒙小说精选》（中短篇小说），太白文艺出版社。

1997 → 《踌躇的季节 – 王蒙文集》（长篇小说），《人民文学》杂志。

1998 → 《王蒙诗情小说》（中短篇小说），漓江出版社。

1999 → 《行板如歌》（中篇小说），中国世界语出版社。

　　　　《春堤六桥》（短篇小说集），河南文艺出版社。

2000 → 《我的处事哲学》（随笔集），中国青年出版社。

《重放的鲜花》（短篇小说），解放军文艺出版社。

2001 → 《玫瑰春光》（中短篇小说集），中国华侨出版社。

2002 → 《心有灵犀》（古典文学论集），人民文学出版社。

2003 → 《王蒙文存》（综合集），人民文学出版社。

2004 → 《青狐》（长篇小说），人民文学出版社。

2005 → 《尴尬风流》（长篇小说），作家出版社。

《不成样子的怀念》（散文集），人民文学出版社。

2006 → 《苏联祭》（散文集），作家出版社。

《半生多事－王蒙自传（第一部）》（自传），花城出版社。

2007 → 《大块文章－王蒙自传（第二部）》（自传），花城出版社。

《伊朗印象》（散文集），山东友谊出版社。

2008 → 《我的人生笔记》（散文集），时代文艺出版社。

《九命七羊－王蒙自传（第三部）》（自传），花城出版社。

2009 → 《老子的帮助》（随笔集），华夏出版社。

《老子十八讲》（随笔集），生活·读书·新知三联书店。

2010 → 《庄子的享受》（随笔集），安徽教育出版社。

《庄子的快活》（随笔集），中华书局。

2011 → 《你好，新疆》（综合集），人民文学出版社。

《庄子的奔腾》（随笔集），湖南文艺出版社。

2012 → 《灵气》（短篇小说集），华夏出版社。

《我说是的－当代大家散文》（散文集），线装书局。

2013 → 《这边风景》（长篇小说），花城出版社。

《王蒙八十自述》（自传），人民出版社。

《与庄共舞－人生的自救之星》（随笔集），生活·读书·新知三联书店。

2014 → 《守住中国人的底线》（散文集），京华出版社。

《闷与狂》（长篇小说），北京联合出版社。

2015 → 《天下归仁－王蒙说〈论语〉》（随笔集），北京联合出版社。

《奇葩奇葩处处哀》（中短篇小说），四川文艺出版社。

2016 → 《别有风光》（散文集），北京联合出版社。

《得民心得天下－王蒙说〈孟子〉》（随笔集），浙江人民出版社。